JENNA C. BLACK

Der Seelensammler

Buch

Als in einem Naturreservat in Arizona zwei Jungvermählte ermordet in ihrem Zelt aufgefunden werden, überträgt man die Ermittlungen Detective Laura Cardinal vom Arizona Department of Public Safety. Wegen des angespannten Verhältnisses zu ihrem Partner und dank eines undurchsichtigen Falles, in dem es einfach keine verwertbaren Spuren zu geben scheint, sind Lauras Nerven bald bis zum Zerreißen gespannt. Hinzu kommt, dass die Einheimischen ihren Fragen abwehrend oder bestenfalls einsilbig begegnen. Ganz allmählich gelingt es der hartnäckigen Polizistin jedoch, das Geflecht aus Halbwahrheiten und dreisten Lügen zu durchdringen und ein Mosaik zusammenzufügen, das die schreckliche Seite der Liebe zeigt. Und als sich dann auch noch herausstellt, dass eines der beiden Opfer Verbindungen zu einer militanten Untergrundorganisation unterhielt, gerät Laura unvermittelt in das Zentrum einer gefährlichen Verschwörung, die sich vor dem Hintergrund der lebensfeindlichen Mojave-Wüste abspielt – wo keinem Menschen eine zweite Chance gegeben wird …

Autorin

Nach einer abgeschlossenen Ausbildung zur Opernsängerin arbeitete Jenna C. Black zunächst einige Jahre als Journalistin, bis sie sich schließlich voll und ganz ihrer wahren Leidenschaft, der Schriftstellerei, widmete. Jenna C. Black lebt gemeinsam mit ihrem Mann in Tucson, Arizona

Außerdem lieferbar

Der Puppenmacher. Roman (36640)

Jenna C. Black

Der Seelensammler

Roman

Aus dem Englischen von
Andrea Stumpf und Gabriele Werbeck

blanvalet

Die Originalausgabe erschien unter dem Titel
»Dark Side of the Moon« bei Signet,
published by New American Library, a division
of Penguin Group (USA) Inc., New York.

FSC
Mix
Produktgruppe aus vorbildlich
bewirtschafteten Wäldern und
anderen kontrollierten Herkünften

Zert.-Nr. SGS-COC-1940
www.fsc.org
© 1996 Forest Stewardship Council

Verlagsgruppe Random House FSC-DEU-0100
Das für dieses Buch verwendete FSC-zertifizierte Papier
Holmen Book Cream
liefert Holmen Paper, Hallstavik, Schweden.

1. Auflage
Deutsche Erstveröffentlichung Juni 2008
bei Blanvalet, einem Unternehmen der Verlagsgruppe
Random House GmbH, München.

Umschlaggestaltung: HildenDesign, München
Umschlagfoto: Shutterstock / Jed Brown
Redaktion: Ilse Wagner
Urban Hofstetter · Herstellung: HN
Satz: DTP Service Apel, Hannover
Druck und Einband: GGP Media GmbH, Pößneck
Printed in Germany
ISBN 978-3-442-36641-5

www.blanvalet.de

Seid ihr jemals dem wahren Bösen begegnet? Habt ihr ihm jemals ins Angesicht geblickt und es als solches erkannt? Ich schon. Und wisst ihr, was? Es sieht ganz normal aus.

1

Donnerstag – Pahrump, Nevada

Wegen der Mineralienschau, von der er keine Ahnung gehabt hatte, musste Bobby Burdette in einem schäbigen Motel mit dem Namen Mercury übernachten. Im Mercury gab es einen Swimmingpool voller kreischender Kinder und ein verglastes Büro, das zur Straße hin keilförmig aus dem Gebäude ragte – die Art von Raumzeitalter-Absteige, in der sich die Jetsons einquartiert hätten. Das Motel-Schild hatte die Form eines Thermometers und fing abends an zu leuchten: Eine Quecksilbersäule aus rotem Neon kletterte die ganze Nacht hindurch nach oben bis zum Siedepunkt.

Zumindest das war nicht gelogen; es war zwar schon September, aber die Temperatur betrug selbst nach Sonnenuntergang noch über dreißig Grad.

Das Mercury lag zwischen einer stillgelegten Tankstelle und einem Grundstück voller Dattelpalmen. Die Datteln fielen über den Zaun auf den Parkplatz und den auf Hochglanz polierten Lack seines alten Dodge Challenger – der Mean Green – und blieben den Leuten an den Schuhsohlen kleben. Auf dem Gehweg vor den Zimmern lagen ständig ein paar Datteln herum, die aussahen wie zertretene Kakerlaken.

Bobby sagte sich, dass er die armselige Unterkunft und den ekelhaften Geruch der Datteln nicht mehr lange ertragen musste. Wenn alles so lief, wie er es sich vorstellte, würde er niemals wieder in einem Dreckloch wie diesem übernachten müssen.

Allerdings hatte Pahrump auch seine guten Seiten, an die er überhaupt nicht gedacht hatte, als er ein paar Stunden zuvor in die Stadt gekommen war. Zum Beispiel standen in dem verglasten Büro Münzspielautomaten.

Und in der Stadt gab es ein Bordell.

Und es war legal. Es trug den Namen Bambi Ranch.

Bobby hatte vor, sich eines der Bambis zu gönnen.

Er hatte mal im Kabelfernsehen gesehen, wie die Mädchen in den Salon marschierten und Aufstellung nahmen – Blonde, Brünette, Rotschöpfe, in allen möglichen Aufmachungen –, und dann konnte man sich nach Lust und Laune eine aussuchen, wie das Essen an der Theke in einem Selbstbedienungsrestaurant. Die Sache hatte etwas an sich, das ihn reizte, ihm einen Kick gab. Es war wie dieses Gefühl in der Magengrube, wenn man Achterbahn fuhr.

Als er mit dem Mean Green vom Parkplatz des Mercury fuhr, ging gerade die Sonne hinter den Bergen unter und blendete ihn. Für eine Kleinstadt herrschte in Pahrump ein höllischer Verkehr; wohin man sah, im Schneckentempo vorwärtskriechende Wohnmobile mit Satellitenschüsseln auf dem Dach, links und rechts von der Straße Verkaufsstände und auf den Bürgersteigen davor Horden von Fußgängern, von denen immer wieder einer direkt vor seiner Stoßstange auf die Straße lief.

Einen Moment lang fragte er sich, ob es klug war, sich im Mean Green sehen zu lassen. Die giftgrüne Lackierung und die verchromten Radkappen konnte man nicht gerade als Tarnung bezeichnen. Aber die Leute waren alle so sehr damit beschäftigt, die Mineralien in den Vitrinen zu betrachten oder in dem Gedränge nicht über die eigenen Füße zu stolpern, dass sie es vermutlich auch nicht mitbekommen hätten, wenn ein Zirkuswagen an ihnen vorbeigefahren wäre.

Außerdem gefiel ihm, wie unverfroren es war – sich in aller Öffentlichkeit zu verstecken.

Die Bambi Ranch lag außerhalb der Stadt; diese Auflage galt seines Wissens für alle legalen Bordelle in Nevada. Die Größe des Etablissements überraschte ihn – es bestand aus fünf winzigen Gebäuden, die an die behelfsmäßigen Büros von Schulen erinnerten, nur dass das hier keine Schule war. Jedes von ihnen hatte einen lavendelfarbenen Anstrich. Als er über das Viehgitter auf den Parkplatz fuhr, bemerkte er zu seiner Rechten eine Start- und Landebahn mit einem Windsack, der horizontal in der Luft stand wie ein aufgeblasenes Kondom. Daneben befand sich ein kümmerliches, von einem weißen Lattenzaun umgebenes Stück Rasen mit einer Satellitenschüssel darauf.

Das Ganze erstrahlte in Festbeleuchtung, als stünde Weihnachten vor der Tür. Um die Aleppokiefern waren weiße Lichterketten geschlungen, und die Fassade des Büros verschwand hinter unzähligen farbigen Lämpchen, und zwar keinen billigen aus dem Baumarkt, das hier war Profiware, von der Art, wie man sie in den Casinos in Vegas bewundern konnte. So viel Glanz an diesen armseligen Baracken. Als würde man eine Zehn-Dollar-Nutte mit den Kronjuwelen behängen.

Er hatte seinen Besuch hier bis zum Letzten auskosten wollen, aber dann lief alles ganz anders. Es gab wesentlich mehr Frauen als Männer, und sie stellten sich auch keineswegs in einer Reihe auf, wie er es erwartet hatte. Vielmehr stürzten sie sich auf ihn wie Haie auf einen Brocken Fleisch.

»Na, Süßer, wie wär's mit uns beiden?«, sagte eine stattliche Frau in den Dreißigern und nahm ihn dabei fast in den Schwitzkasten. Sie roch nach schwerem Parfüm, Pfefferminzbonbons und Gin, aber ihre Haut war glatt, und sie hatte riesige Brüste.

Eine andere sagte: »Bei mir kriegst du's zweimal zum Preis von ein Mal. Aber ohne Umtausch.« Sie war jünger, hatte schwarze Haare und dunkelrote Lippen. Bleich wie ein Gespenst.

Dann war da noch eine schwermütig wirkende Russin, die sich bemühte, ein Lächeln zustande zu bringen. Zumindest hielt er sie für eine Russin. Blass, erschöpft, traurig. Die anderen stolzierten hüftschwingend um ihn herum und fuhren ihm mit den Fingern durch die Haare. Als sich die Tür öffnete und ein zweiter Mann hereinkam, verloren drei von ihnen sofort das Interesse an Bobby und stürzten sich auf ihn. Sie erinnerten Bobby an die Welse, die er als Kind immer am Lake Mead gefüttert hatte: Sie hatten das Wasser praktisch zum Kochen gebracht, wenn sie mit gierig aufgerissenen Mäulern angeschossen kamen.

Die Junge blieb bei ihm. Sie hatte eine gepiercte Augenbraue und bestand nur aus Haut und Knochen, aber ihr Teint erinnerte ihn an frische Sahne. Und sie roch auch nicht nach Alkohol wie ihre älteren Kolleginnen. Sie fing seinen Blick auf und deutete mit dem Kopf auf die neben dem Tresen aufgestellte Tafel – eine Liste mit den angebotenen Leistungen und dem jeweiligen Preis, alles in verschnörkelter Handschrift auf ein großes weißes Schild aus Karton geschrieben. Er entschied sich für das Standardprogramm und bezahlte bar bei dem gelangweilten kleinen Mann hinter dem Tresen.

Die Gothic-Braut forderte ihn mit einer Handbewegung auf, ihr zu folgen. Sie führte ihn hinaus in die warme Nacht, über den rissigen Gehweg zur ersten Baracke, einen Gang hinunter in einen kleinen, düsteren Raum mit einer Wandverkleidung aus Walnussholzimitat.

Sie waren kaum durch die Tür, da hatte sie sich auch schon ausgezogen. So schnell, dass man es kaum mitbekam. Sie trug Stiefel mit einem Reißverschluss an der Innenseite und einen dünnen Rock mit einem elastischen Bund. Ratsch, ratsch, und die Stiefel lagen am Boden, und genauso rasch hatte sie den Rock abgestreift und war von der Taille abwärts splitterfasernackt. Sie schlang die Arme um seinen Hals und zog ihn wortlos aufs Bett.

Es machte nicht so viel Spaß, wie er gedacht hatte. Er merkte sogar, dass er mit seinen Gedanken woanders war, dass er an den nächsten Tag dachte und an all die Tage danach. Alles in Gedanken durchspielte. Wie aus weiter Ferne hörte er sie seufzen und stöhnen, während sie sich nach Kräften bemühte, ihn zum Höhepunkt zu bringen.

Aber er war nicht bei der Sache. Es war bei weitem nicht so aufregend – oder schmutzig –, wie er erwartet hatte. Er hatte es sich toll vorgestellt, aber das hier – das war erbärmlich. Und deshalb ließ er seine Gedanken zu etwas schweifen, das er heute auf dem Weg hierher gesehen hatte: einen verlassenen Flugzeughangar, auf den die Wüstensonne brannte. Die Gothic-Braut stöhnte, wie super er sei – er stellte fest, dass sie sich umso stärker verausgabte, je länger es dauerte, wie ein Jockey, der sich auf seinem Pferd abarbeitet, wenn er sich der Ziellinie nähert –, aber gedanklich war er bei dem Checkpoint an der kalifornischen Grenze, bei den beiden Inspektoren vom Heimatschutz mit ihren Schutzwesten und dunklen Klamotten, den verspiegelten Sonnenbrillen und dem großen deutschen Schäferhund in ihrer Mitte.

Es gefiel ihm, wie sie aussahen. Leicht nachzuahmen. Alles, was er brauchte, war ein neuer Haarschnitt und die richtige Sonnenbrille.

»Oh – mein – Gott«!

Bobby fragte sich, ob er so tun sollte, als ob, wie es seine Freundin machte, oder das Ganze einfach abbrechen sollte. Aber dafür war er wiederum zu stur; er wollte eine Gegenleistung für sein Geld. Also beschloss er, sich zu konzentrieren, und mit äußerster Anstrengung gelang es ihm, zu kommen, im gleichen Augenblick, in dem die Eieruhr neben dem Bett zu rasseln anfing.

Es war das schwerste Stück Arbeit, das er an diesem Tag geleistet hatte.

Froh, dass er es hinter sich hatte, sagte er: »Na, wie war das, Schätzchen?«

»Oh, es war fantastisch.«

Die Art, wie sie das sagte, weckte in ihm den Wunsch, ihr eine zu kleben. Dieser Ton in ihrer Stimme. Sein ganzes Leben lang hatte er diesen Ton gehört, und jedes Mal sagte er ihm von Neuem, er sei es nicht wert, dass man mit ihm redete oder ihm zuhörte oder ihn auch nur anlog. Diese Art, wie einen Frauen allein durch ihren Tonfall runtermachen konnten.

Nur ein einziges Mal hätte er auf dem Gesicht einer Frau gern etwas anderes gesehen als Verachtung, Enttäuschung, Gier oder Verlangen.

»Die Kaffeekasse steht da drüben«, sagte Gothic.

Einen Moment lang sah er sich selbst, wie er die Büchse nahm und gegen die Spiegeltüren des Kleiderschranks schleuderte, aber dann fiel ihm wieder ein, dass er möglichst wenig Aufmerksamkeit auf sich ziehen sollte. Er durfte nicht das große Ganze aus dem Blick verlieren. Er wollte wie diese beiden Grenzbeamten mit ihren dunklen Sonnenbrillen und Bürstenhaarschnitten sein – anonym.

Er warf einen Dollar in die Büchse und sagte: »Ich hab's leider nicht kleiner, sonst würde ich's dir passend geben.«

Sie stieß mit dem Fuß die Tür hinter ihm zu.

Draußen wartete geduldig der Mean Green, sein einziger Freund.

Na ja, seine Freundin dachte, sie nähme diese Position ein. Sie dachte, sie wäre mehr als das. Aber je mehr sie ihn liebte, desto weniger empfand er für sie. In der Hinsicht war die menschliche Natur merkwürdig. Das war bei ihm noch nie anders gewesen. Er wusste es, dennoch tappte er immer wieder in die gleiche Falle. Jetzt war er auf dem Weg nach Vegas, um sich dort mit ihr zu treffen, und er wusste, was kommen würde. *Man sollte all die Hochzeitskapellen nicht einfach so rumstehen lassen.*

Er hatte Größeres vor in seinem Leben.

Allein für den Gedanken hätte ihn seine Mutter verdroschen. Ihr Lieblingsspruch war: »Gib nicht so an.« Aber er hatte schon als kleiner Junge gewusst, dass sein Name eines Tages in aller Munde sein würde. Klar, wenn man es mit den Augen eines Außenstehenden betrachtete, würde man auf diese Vorhersage nicht viel geben. Aber er war gerade dabei, den ersten Schritt zu machen.

Mit offenen Fenstern fuhr er in der lauen Nacht zurück. Ließ eine CD von Little Feat laufen und sang laut mit, grölte die Worte hinauf in den Wüstenhimmel. *When the Feats are on the box the speed just slips my mind, I start to sing along, tap my toe and slap the dash in time.*

Der Ranger, der in dem Song den Wagen anhielt und dem Typ erklärte: »Mein Junge, dieses Mal haben dich diese Feat in die falsche Richtung geführt.« Es war leicht, die falsche Richtung einzuschlagen, das Leben war zweifellos voller Gefahren. Die zweite Hälfte seines bisherigen Lebens war er überwiegend damit beschäftigt gewesen, wieder aus den Schwierigkeiten herauszukommen, in die er sich während der ersten Hälfte gebracht hatte.

Aber wenn Gott in deine Seele fuhr und dir sagte, dass

jetzt deine große Stunde gekommen war – dann hörtest du es. Und wenn du kein völliges Weichei warst, dann unternahmst du etwas.

Zurück in Pahrump, vertrieb er sich die Zeit an den Spielautomaten im Casino. Er dachte über all die Menschen auf den Straßen und in diesem Gebäude nach. Er fragte sich, ob ihnen bewusst war, dass sich von einer Sekunde auf die andere alles für sie ändern konnte. Hatten sie irgendeine Vorstellung von Gottes strengem und unerbittlichem Gericht, das ihnen bevorstand und sich bereits auf dem Highway näherte?

Aber höchstwahrscheinlich trugen sie Scheuklappen, wie alle anderen auf diesem Planeten. Wenn er sich hier so unter den Leuten umsah, wie sie ihre Zeit vertrödelten und mit beiden Händen das Geld zum Fenster rauswarfen, dann wusste er, dass es stimmte. Die meisten Leute taten nichts anderes, als sich von einem Tag zum nächsten zu hangeln.

Bobby hörte auf zu spielen, solange er noch am Gewinnen war, und ging zurück in sein Motelzimmer. Er breitete seine Straßenkarten aus, dachte darüber nach, was er am nächsten Tag tun würde. Hauptsächlich die Gegend erkunden. Und einen Plan entwerfen.

Er dachte an Death Valley, das gleich hinter der Grenze lag – war das nicht passend? Und an die endlose öde Straße, den Flugzeughangar, der in der heißen Sonne vor sich hin verrottete und sich schroff gegen die Wüste abhob – auffällig und unauffällig zur gleichen Zeit. Und mittendrin er selbst, Bobby Burdette, cool und unnahbar mit seiner dunklen Sonnenbrille.

2

Samstag – Williams, Arizona

Als Laura Cardinal am Tatort eintraf, befanden sich zwei Polizisten beim Zeltplatz, einer von ihnen musterte das Igluzelt, als würde er überlegen, wie er es am besten abbauen könnte.

Der Reißverschluss des roten Zweipersonenzelts war nicht zugezogen, die Nylonklappe, die den Eingang verschloss, lag auf dem Waldboden wie eine herausgestreckte Zunge. Aus diesem Blickwinkel konnte Laura ungefähr die Hälfte des Innenraums sehen. Die hinter dem Zelt untergehende Sonne ließ die rückwärtige Wand orangerot aufleuchten. Durch ein faustgroßes Loch im Stoff fiel Licht herein. Vom Boden des Zeltes konnte sie kaum etwas erkennen, aber das, was sie sah, war leer und blutdurchtränkt.

Warren Janes, der Sergeant, der sie zum Tatort gebracht hatte, musste sich anstrengen, um mit ihr Schritt zu halten. »Das ist jetzt das zweite Mal, dass hier so was passiert«, sagte er. »Anfang des Sommers ist ein Junge im See ertrunken.«

Laura hörte nur mit halbem Ohr zu. Alle ihre Sinne waren hellwach, und sie sagten ihr nichts Gutes. Irgendetwas stimmte hier nicht. Nicht, dass hier nicht von vornherein etwas ganz und gar nicht stimmte – zwei Collegestudenten waren während sie schliefen in ihrem Zelt erschossen worden.

»Was ist passiert?«, fragte sie, den Blick nach wie vor auf den Zeltplatz gerichtet.

»Na ja, das war alles ziemlich merkwürdig. Der Junge war

mitten in der Nacht mit seinem Lehrer, Mr. Garatano, unterwegs. Mr. Garatano hat ausgesagt, der Junge wollte schwimmen und wäre deshalb aus dem Boot ins Wasser gesprungen. Er ist nicht wieder aufgetaucht.«

»Wie alt war der Junge?«

»Vierzehn.«

Sie blieb stehen. »Was haben die beiden denn mitten in der Nacht in einem Boot auf dem See gemacht?«

Janes zuckte die Achseln. »Er hat behauptet, sie wären beim Angeln gewesen, aber das fanden alle ziemlich seltsam. Bald danach wurde Mr. Garatano gefeuert. Bei den Ermittlungen stellte sich heraus, dass sich der Junge in irgendwelchen Wasserpflanzen verheddert hat und ertrunken ist.«

Interessant, dachte Laura, aber im Moment hatten andere Dinge Vorrang. Trotz des wunderbaren Spätsommertages und der begründeten Annahme, dass die Polizei von Williams den Tatort gesichert hatte, beschlich Laura eine düstere Ahnung, die immer mehr zur Gewissheit wurde.

Schließlich fragte sie Janes: »Die Leichen sind doch noch im Zelt, oder?«

Er räusperte sich.

In diesem Moment sah sie, wie sich der jüngere Polizist bückte, um einen der Zeltheringe aus der Erde zu ziehen.

»Officer! Lassen Sie das bleiben!«

Er richtete sich verunsichert wieder auf. Fast noch ein Junge – er sah aus, als hätte er gerade mal vor ein oder zwei Jahren die Highschool beendet. Er wich von dem Zelt zurück, als hätte es sich in eine Schlange verwandelt, seine Bewegungen waren schnell und kraftvoll.

Der ältere Polizist kam auf sie zu, als wollte er ihnen den Weg versperren. »Die Leute von der Gerichtsmedizin waren eben da. Ich habe versucht, sie davon abzuhalten, aber sie konnten nicht länger warten.«

»Sie haben die Leichen mitgenommen«, sagte Laura. Sie hätte am liebsten mit der Faust gegen eine Wand geschlagen oder gegen etwas anderes. Oder gegen jemanden.

Der Polizist war keuchend vor ihnen stehen geblieben, die Hände in die Hüften gestemmt, als würde ihm die Höhe zu schaffen machen. »Sie hatten an diesem Wochenende in Flag ziemlich viel zu tun, weil es auf dem Freeway eine Massenkarambolage gab. Das war der einzige Termin, zu dem sie jemanden herschicken konnten, um sie zu holen.«

Laura versuchte, sich damit abzufinden. Das war schlecht, aber sie würde damit klarkommen müssen. Sie und Victor, normalerweise ihr Partner, hatten einen Spruch dafür, wenn an einem Tatort etwas schiefging: *So ist das eben im Showgeschäft.*

Laura winkte den jüngeren Polizisten zu sich heran. Sie registrierte, dass er darauf achtete, den Spuren zu folgen, die er und sein Kollege beim Betreten des Tatorts hinterlassen hatten, strikt nach der Regel »Auf demselben Weg rein und raus«. Das überraschte sie. Sein Griff nach dem Zelthering hatte sie vermuten lassen, dass er zu unüberlegten Handlungen neigte.

Sergeant Janes stellte sie einander vor. »Das ist Laura Cardinal, Kriminalermittlerin beim Department of Public Safety«, sagte er. Er warf ihr einen Blick zu. »Habe ich mir das richtig gemerkt?«

»Detective reicht.« Sie dachte: *Wo, zum Teufel, steckt Richie?* Wenn er früher hier gewesen wäre, hätte er den Abtransport der Leichen verhindern können.

Die beiden Polizisten hießen Tagg und Wingate. Der Ältere, Tagg, roch nach Zigaretten. Wingate wirkte, als stünde er unter Strom, man sah förmlich, wie das Adrenalin durch seinen Körper schoss. Vermutlich war es das erste Mal, dass er so etwas gesehen hatte.

Janes sagte: »Ich will, dass Sie ihr und ihrem Partner alles sagen, was Sie wissen.«

Tagg musterte sie, als versuche er, sie einzuordnen. »Ich glaube, ich habe Ihren Namen schon mal irgendwo gehört. Sind Sie nicht …?«

Laura ging nicht darauf ein. Stattdessen deutete sie auf einen blauen Truck, der hinter ihnen auf dem Forstweg stand, unmittelbar neben der Einfahrt zum Campingplatz. »Ist das der Wagen des Opfers?«

»Ja«, sagte Janes. »Wir dachten, wir lassen ihn da für Ihre Ermittlungen.«

»Ich werde eine richterliche Verfügung brauchen.« Obwohl der Truck zum Tatort gehörte, zog Laura es vor, auf Nummer sicher zu gehen und sich eine richterliche Verfügung zu besorgen. Abhängig davon, wo er sich befand, benötigte man sogar für einen Tatort einen Gerichtsbeschluss, was Laura schlicht und ergreifend für schwachsinnig hielt. »Gibt es hier einen Friedensrichter oder irgendeinen anderen Richter, an den Sie sich wenden können?«

Janes deutete auf seinen Streifenwagen. »Ich habe seine Nummer im Computer. Wir können das telefonisch erledigen.«

»Haben wir Fotos?«

»Der Gerichtsmediziner hat ein paar gemacht, aber die sind jetzt in Flagstaff.«

»Ich habe ein paar Polaroids gemacht«, sagte Wingate. Er trottete auf dem Schotterweg zu einem der beiden Polizeiautos aus Williams und kam wenig später damit zurück.

Vier Polaroids. »Mehr Film hatte ich nicht.«

Laura drehte sich mit den überbelichteten Fotos in der Hand mit dem Rücken zur Sonne und kniff die Augen zusammen.

Es war schwierig, Einzelheiten darauf zu erkennen; die

Farben wirkten ausgeblichen, und die Formen waren verschwommen. Zerzauste blonde Haare. Blasse, blutverschmierte Haut. Der Junge hinter dem Mädchen, halb drin im Schlafsack, halb draußen. Löffelstellung, sein rechter Arm über ihrem Körper. Der Schlafsack und die Zeltwände blutdurchtränkt.

Ein Teil der Schädeldecke des Jungen fehlte.

Alle vier Polaroids waren durch die Löcher im Zelt aufgenommen worden, jeweils aus einem anderen Blickwinkel.

»Ist das ein Schlafsack, oder sind es zwei?«, fragte Laura.

»Eigentlich sind es zwei«, sagte Tagg. »Sie haben sie mit den Reißverschlüssen miteinander verbunden. Bei Cabelas geht das.

Neun Millimeter Schrot«, fuhr er fort. »Durch die Zeltklappe und zwei der Seitenwände abgefeuert.«

»Er hat sie also nicht gesehen?«

»Er könnte sie durch die Löcher im Zelt gesehen haben, aber er hat sich nicht die Mühe gemacht, die Klappe zu öffnen. Wir mussten sie aufmachen, um die Leichen« – Tagg warf Wingate einen Blick zu – »um die Opfer rauszuholen.«

»Josh hat die beiden gefunden«, erklärte Sergeant Janes. »Er kannte Dan.«

Josh Wingate starrte auf das Zelt. Das elektrisch aufgeladene Feld, das ihn umgab, war nicht schwächer geworden; es schien im Gegenteil sogar eher stärker zu werden. »Er war mein bester Freund auf der Highschool«, sagte er.

Laura sah ihn mit neu erwachtem Interesse an. Kein Wunder, dass er so durcheinander war. Seine Augen sahen aus wie grünes Glas, matt vor Schmerz, aber sie bemerkte, dass er sich aufrecht hielt und das Kinn in die Höhe reckte. Beinahe trotzig.

Sie erinnerte sich an eine armselige Küche in Florida, daran, wie es war, jemanden, den man kannte, vor den eigenen Augen sterben zu sehen. »Tut mir leid.«

»Es ist schlimm«, erwiderte Josh Wingate, »aber ich komm schon klar.«

Laura hatte da ihre Zweifel. »Sie haben sie gefunden?«

»Meine Mutter wohnt weiter oben an der Straße.« Er deutete auf die Country Club Road, die hinter ihnen lag. »Ich war auf dem Weg zu ihr, als ich seinen Truck gesehen habe.«

»Woher wussten Sie, dass es seiner war?«

»Wir waren früher oft zum Zelten hier. Und der Aufkleber an der Stoßstange.«

Laura musterte den Truck, ein GMC jüngeren Baujahrs, dessen Lack in dem gleichen Blauton schimmerte wie der Cataract Lake. Eine beliebte Farbe für Trucks. Auf dem Aufkleber stand »COWBOY UP«. An der Windschutzscheibe klebte ein Aufkleber der Northern Arizona University. Dan Yates und Kellee Taylor hatten beide in Flagstaff studiert.

»Sie hatten hier eigentlich gar nichts zu suchen«, sagte Sergeant Janes. »Der Campingplatz ist seit Labor Day wegen Wartungsarbeiten geschlossen.«

Jetzt war die dritte Septemberwoche. Laura sah zu dem still daliegenden See, den Kiefern. Das Gras begann sich allmählich braun zu färben, die Farben der Wildblumen zu verblassen. Nach dem Labor Day am ersten Montag im September schien man hier bis zum Beginn der Skisaison nicht mehr mit Touristen zu rechnen. »Die Stadt ist ein gutes Stück weg, oder?«, sagte sie. »Ich nehme an, dass das hier in den Zuständigkeitsbereich des Sheriffs fällt.«

»Das Gebiet wurde letztes Jahr von der Stadt übernommen – es gibt Pläne, hier mindestens ein Hotel und ein Restaurant zu errichten, wegen der Lage.«

Laura blickte weiterhin hinaus auf den See. Sie fragte sich erneut, wo Richie Lockhart steckte. Weder Sergeant Janes noch sie hatte etwas von ihm gehört.

Aber sie konnte es sich nicht leisten, ewig auf ihn zu warten. Welche Entscheidung sie jetzt auch traf, es musste die Richtige sein. Durch den Abtransport der Leichen befand sich ihr Tatort – sie betrachtete einen Tatort immer als den ihren – in seinem ursprünglichen Zustand. Sie musste mit dem zurechtkommen, was sie hatte.

Officer Wingate war als Erster am Tatort gewesen. Er war mit mindestens einem der Opfer befreundet gewesen, was unter Umständen in unabsehbarer Weise seine Erinnerung beeinflussen konnte, aber sehr viel mehr hatte sie nicht. Er würde ihr Augen und Ohren ersetzen müssen.

3

Als Erstes entfernte Laura an einer Stelle des Bodens Laub und Steine. Dann sagte sie zu Officer Wingate: »Würden Sie bitte mal einen Moment Ihren Fuß hierher stellen?« Er sah sie unsicher an, dann setzte er seinen Fuß auf die bezeichnete Stelle und trat anschließend wieder zurück. Laura legte einen rot-weißen Meterstab neben seinen Fußabdruck und fotografierte beides mit ihrer 35-mm-Kamera. Anschließend machte sie eine weitere Fläche frei, stellte ihren Fuß in die Mitte und fotografierte auch diesen Abdruck.

»Ach, ich verstehe«, sagte Wingate. »Das tun Sie, damit wir unsere Fußabdrücke von den anderen unterscheiden können.«

Beim Betreten des eigentlichen Tatorts hinter dem gelben Absperrband sprang Laura sofort etwas ins Auge. »Sehen

Sie mal auf den Boden«, sagte sie zu Officer Wingate. »Fällt Ihnen etwas Ungewöhnliches auf?«

»Nein, Ma'am.« Er hielt kurz inne. »Moment.« Darauf bedacht, auf dem Pfad zu bleiben, den die Polizisten aus Williams getreten hatten, ging er in die Hocke und musterte den Boden. »Sieht so aus, als wären die Spuren verwischt worden.«

Sie nickte. Ein größeres Stück des Waldbodens sah aus, als hätte jemand mit einem Besen darübergefegt. Statt des zufälligen Musters aus Gelbkiefernnadeln bedeckte den Boden eine gleichmäßige dünne Schicht aus Nadeln und Erde, aus der hier und da ein paar Halme Moskitogras und grünes Rispengras und dunkelrote Astern mit staubigen, geknickten Köpfen ragten. Laura machte mehrere Fotos vom Boden.

Sie suchte die Umgebung ab, hielt Ausschau nach einem metallischen Glitzern, konnte jedoch nichts entdecken. Sie nahm an, dass derjenige, der seine Spuren verwischt hatte, auch seine Patronenhülsen eingesammelt hatte.

Sie sog die warme, vom Geruch der Kiefernnadeln erfüllte Luft ein. In dieser Höhe brannte ihr die Sonne heiß auf Rücken, Hals und Haare. Sie wünschte, sie hätte einen Hut dabei.

»Lassen Sie uns sehen, wie weit das reicht.«

Sie ging auf dem Pfad zurück und duckte sich unter dem Absperrband durch. Wingate folgte ihr wie ein Schatten.

Gemeinsam liefen sie am Rand des gefegten Bereichs entlang. Der Mörder war gründlich und überlegt vorgegangen. An einigen Stellen hatten sich unter den Bäumen kleine Haufen Kiefernnadeln angesammelt. An jeder davon hätte er den Tatort auf dem dichten Nadelteppich verlassen können. Sie folgten nacheinander jedem Pfad, bewegten sich sternförmig nach außen wie die Speichen eines Rads – aber sie konnten nichts finden.

Officer Wingate beobachtete, was sie tat, hielt sich dicht hinter ihr und folgte ihrer Spur. Sie hätte gern gewusst, was er dachte. Aus dem Augenwinkel heraus nahm sie wahr, dass seine Beine zitterten. Adrenalin. Sein Körper begann allmählich zu begreifen, was geschehen war, und reagierte darauf, dass er seinen besten Freund aus der Highschool-Zeit erschossen aufgefunden hatte.

Erstaunlich, was eine Schusswaffe bewirken konnte. Sie hatte es schon mit vielen erschossenen Opfern zu tun gehabt, aber sie würde sich nie daran gewöhnen.

Sie hatte bereits einen ersten Eindruck von dem Täter gewonnen. Leider war dieser Eindruck zwiespältig. Auf ein Zelt zu schießen, ohne die Klappe zu öffnen, deutete auf einen Täter, der seine Opfer nicht kannte. Es schien ihn nicht interessiert zu haben, als wäre es ihm völlig gleichgültig gewesen, ob er die Leute in dem Zelt tötete oder nicht. Der Umstand, dass er das Zelt nicht aufgemacht hatte, nicht hineingesehen hatte, um sich zu vergewissern, dass sie tot waren, deutete auf jemanden hin, der keine bestimmte Absicht verfolgte. Es deutete auf eine Zufallstat.

Aber wenn es eine Zufallstat war, warum hatte er sich dann so viel Mühe gegeben, seine Spuren zu verwischen?

Es kam ihr beinahe so vor, als wären hier zwei verschiedene Leute am Werk gewesen.

Sie standen jetzt hinter dem Zelt, etwa fünf Meter davon entfernt, auf einem leicht welligen Untergrund. Officer Wingate achtete darauf, hinter ihr zu bleiben.

Für Laura sah es so aus, als hätte der Täter dreimal geschossen; der erste Schuss war durch die vordere Zeltklappe gedrungen, der zweite durch die rechte Seite und der dritte war auf die Rückseite abgefeuert worden. Nach der Größe der Einschusslöcher zu urteilen, hatte er ungefähr aus dieser Entfernung geschossen: fünf Meter, etwas mehr oder weniger. Sie stellte sich vor, wie er um das Zelt herumgegangen war, ging, schoss, schoss, weiterging, weiterging, schoss.

Sie sagte zu Officer Wingate: »Irgendjemand muss die Schüsse gehört haben.« Auch wenn es eine abgelegene Gegend war, standen verstreut ein paar Häuser, in denen jemand wohnte.

»Ja, aber die haben wahrscheinlich gedacht, dass jemand nachts auf der Jagd ist.«

Sie wäre beinahe auf einen Teilabdruck getreten, bevor sie feststellte, dass er von Wingate stammte. »Wann haben Sie den Truck entdeckt?«

»Heute Morgen, ungefähr um sieben. Vielleicht eher halb acht. Ich sollte meiner Mutter helfen, Heu abzuladen, und danach wollten wir zusammen frühstücken.«

»Und da haben Sie angehalten?«, fragte sie, während sie mehrere Fotos von Boden und Zelt machte. »Oder war es auf dem Rückweg?«

»Ich war auf dem Weg zu meiner Mutter – ich bin gar nicht dort angekommen.« Er deutete die Straße hinauf zum Tor. »Ich habe direkt hinter seinem Truck gehalten.«

»Und was haben Sie dann gemacht?«

Er berichtete ihr, dass er um das Tor herum hinunter zum See gegangen war. »Ihr Zelt war das Einzige hier. Es war klar, dass sie es waren.«

»Sie haben das Zelt erkannt?«

Er sah sie einen Moment verblüfft an. Bemühte sich um eine korrekte Antwort. »Nein. Ich meine, mir war klar, dass es den Leuten mit dem Truck gehörte.«

Er bemühte sich, präzise zu sein. Er erinnerte sie ein bisschen an Andrew Descartes, nur hatte er kurze blonde Haare, während Andy dunkelhaarig gewesen war.

Sie gingen langsam weiter, auf das Zelt zu. »Welchen Weg sind Sie gekommen?«, fragte Laura.

Er deutete auf unzählige Fußspuren. »Von da, direkt von der Straße. Ich habe mir gemerkt, wie ich hergekommen bin, und auf dem gleichen Weg bin ich wieder zurückgegangen.«

»Das sehe ich. Das macht mir die Arbeit leichter.«

»Danke.« Seine Augen glänzten feucht.

Sie versuchte es zu ignorieren. »Und dann?«

»Das Zelt war zerfetzt – mein erster Gedanke war ein Bär, aber als ich näher kam, erkannte ich, dass es Schusslöcher waren.«

»Was haben Sie dann getan?«

Er starrte in die Ferne, als durchlebte er alles noch einmal. »Ich stand einfach nur da und versuchte, einen klaren Gedanken zu fassen. Im ersten Augenblick dachte ich, dass sie – Dan – weggegangen waren und irgendjemand das Zelt für Schießübungen benutzt hatte. Sie wissen schon, irgendwelche Vandalen.«

Laura konnte das verstehen. Selbst wenn alles darauf hindeutete, war es für den menschlichen Verstand nahezu unmöglich, die logische Schlussfolgerung zu ziehen, dass jemand, den man kannte, tot sein könnte.

»Aber ich glaube, eigentlich wusste ich es da schon.« Seine Stimme schien von ganz oben aus seiner Brust zu kommen – aufgeregt.

»Was haben Sie dann getan?«

»Ich habe ein paarmal Dannys Namen gerufen. Er hat nicht geantwortet. Also bin ich hingegangen und habe nachgesehen.«

Er hielt inne, aber Laura hakte nicht nach. Die Sonne brannte ihr auf den Kopf, während sie darauf wartete, dass er weitersprach.

»Das Loch in der Zeltklappe – das Ding hing bloß noch an einem Faden. Ich hab nur einen Blick reingeworfen und gesehen, dass sie tot waren. Dann bin ich zurückgegangen und habe die Meldung durchgegeben.«

»Haben Sie sie erkannt?«

»Ich wusste, dass es Dan war.« Er räusperte sich.

»Können Sie mir zeigen, wo sie lagen?«

Er folgte ihrer Aufforderung, nahm beide Hände zu Hilfe. Laura konnte es sehen. Der Schlafsack hatte ursprünglich in der Mitte des Zeltes gelegen, senkrecht zum Eingang. Die obere Hälfte war zur Seite gerutscht, als Dan und Kellee sich nach rechts gerollt hatten. So dicht wie möglich an die Zeltwand.

Laura sah von vorn ins Innere des Zeltes, machte Fotos vom Boden, von den Wänden. Dann zog sie vorsichtig den Reißverschluss der Zeltklappe, oder was davon noch übrig war, nach oben, um das Loch zu betrachten. Sie musterte jedes der drei Löcher im Zelt, stellte sich die Flugbahnen der Kugeln vor.

Sie konzentrierte sich auf die zwei Menschen, die im Inneren des Zeltes in der Falle gesessen hatten, auf ihre Bewegungen, ihre Gedanken. Die Angst der beiden drang wie Giftgas in ihre Seele.

Das Gefühl der Angst kannte sie selbst nur allzu gut, sie spürte es in diesem Augenblick wie Hochwasser in ihrer Brust aufsteigen – was ihr in letzter Zeit immer wieder gänzlich unerwartet passierte.

Kellee Taylor war an der Zeltwand liegen geblieben, in Embryohaltung zusammengerollt, das Gesicht auf den Zeltboden gepresst. Dan Yates' Körper lag hinter ihr, bedeckte sie teilweise mit seinem rechten Bein und Arm.

Er hatte alles getan, um sie zu beschützen.

Zwischen dem ersten und dem zweiten Schuss war ihnen

genug Zeit geblieben, um so weit wie möglich nach rechts zu rutschen, in der Hoffnung, dem nächsten Schuss zu entgehen. Laura nahm an, dass der Täter zu diesem Zeitpunkt bereits um das Zelt herum auf die rechte Seite gegangen war.

Dan und Kellee hatten sich, ohne es zu wissen, direkt in seine Schusslinie begeben.

4

Ein Windstoß ließ die Fastfood-Quittung, die aus dem Müllbeutel ragte, flattern. Laura hatte den Beutel auf den Tisch des überdachten Picknickplatzes neben dem Zelt gelegt und seinen Inhalt durchgesehen. Plötzlich spürte sie einen stechenden Schmerz im Rücken – ein Überbleibsel von einem Autounfall während ihrer Zeit bei der Highway Patrol. Sie rieb sich die schmerzende Stelle mit der in einem Latexhandschuh steckenden Hand.

Officer Tagg und Officer Wingate waren unterwegs, um die Anwohner entlang der Straße am Cataract Lake Park zu befragen, ob sie in der vergangenen Nacht etwas gehört oder gesehen hätten. Sergeant Warren Janes war dageblieben. Im Augenblick machte er Pause, lehnte er an seinem Streifenwagen und aß ein Sandwich. Ließ sie in Ruhe ihre Arbeit tun.

Laura wusste, dass der Polizeichef von Williams, der in diesem Moment auf dem Rückweg von einem vorzeitig beendeten Angelausflug nach Montana war, die Anweisung erteilt hatte, »dem Kaiser zu geben, was des Kaisers ist«. Der Kaiser war in diesem Fall die Strafverfolgungsbehörde, für die sie arbeitete, das Department of Public Safety. Offensichtlich hatte Sergeant Janes keine Probleme damit, was sie überraschte. Normalerweise wollten die Polizisten aus Kleinstädten, mit denen sie zu tun hatte, mitmischen und nicht ausgeschlossen werden.

Noch immer weit und breit nichts von Richie Lockhart zu sehen. Anrufe auf seinem Handy landeten auf der Mailbox. Er reagierte nicht auf seinen Pager.

Laura überlegte, ob sie ihren Sergeant anrufen sollte, aber sie wollte ihn nicht beunruhigen oder, schlimmer noch, auf die Idee bringen, sie sei beunruhigt. Es machte keinen guten Eindruck, wenn sie ihm sagen musste, dass sie keine Ahnung hatte, wo ihr Partner abgeblieben war. Das hatte ihr ihr früherer Mentor, Frank Entwistle, eingetrichtert: Niemals Schwäche zeigen. In ihrer Abteilung ging es kaum anders zu als in der Grundschule – alle möglichen subtilen Formen von Tyrannei, lächerliche Triumphe und Beleidigungen, verdeckt, aber eindeutig.

In letzter Zeit waren in der Kriminalabteilung allerdings alle nett zu ihr gewesen. Zu nett, um genau zu sein. Fürsorglich waren sie auf Zehenspitzen um sie herumgeschlichen und hatten sie behandelt wie ein rohes Ei. Jerry Grimes, ihr Sergeant, hatte ihr gleich zwei harmlose Fälle hintereinander zugeteilt – Wirtschaftsverbrechen.

Er hatte sie aufs Abstellgleis gestellt.

Sie schloss die Augen zum Schutz vor der Sonne, die jetzt am Nachmittag auf den Picknickplatz schien. Es ging auf halb vier Uhr zu. Die Luft war erfüllt vom Geruch von Kiefernnadeln, warmer Erde, Blut und Abfall.

Vorsichtig beschwerte sie den Müllbeutel wieder mit einem Stein und trat auf die Lichtung. Sie sah hinunter zum See – ein schmaler silberner Streifen zwischen den blässlich grün-golden schimmernden Grasböschungen unterhalb des Walds. Sie hatte das Bedürfnis, tief durchzuatmen, die Sonne auf ihrem Rücken zu spüren, ihrem Verstand Gelegenheit zu geben, das zu verarbeiten, was sie bisher in Erfahrung gebracht hatte.

Heute war Samstag, und genau so fühlte es sich auch an. Als Kind hatte Laura die Samstagvormittage geliebt. Am Samstag war die Welt voller Möglichkeiten. Ein freies Wochenende lag vor ihr, sie konnte tun und lassen, was sie wollte. Am Sonntagnachmittag begann sich dann eine kleine weiße Wolke am Horizont zu zeigen; sie wusste, dass der Sturm nahte, dass ihre Freiheit ein Ende haben würde. Zur Abendessenszeit war die Wolke größer und dunkler geworden, und bald darauf war der ganze Himmel pechschwarz.

Am nächsten Morgen hieß es wieder zurück in die Schule und sich den Schikanen ihrer Klassenkameraden stellen.

Durch ihren Beruf – ihre Berufung – hatte sie endlich eine Familie gefunden. Sie hatte sich immer als einer von den Jungs, ihren Kollegen, betrachtet. Jetzt war sie erneut Außenseiterin, und das gefiel ihr nicht. Vor allem gefiel es ihr nicht, um eine Ecke zu biegen und damit die Gespräche von Freunden und Kollegen zum Verstummen zu bringen.

Irgendwo in der Nähe musste ein Holzkohlenfeuer brennen. Ein warmer Tag im Spätsommer in den Bergen, das Tuckern von Rasenmähern, Leute, die Dinge erledigten, zu denen sie die ganze Woche über nicht gekommen waren. Samstag.

Der Samstag war in diesem Fall von Bedeutung, weil Wochenende war und Dan und Kellee die freie Zeit für einen Ausflug genutzt hatten. Sie fragte sich, ob sie am Freitag ihre Seminare geschwänzt hatten, um hierherzukommen und die Nacht hier zu verbringen, oder ob sie bis zum Abend gewartet hatten.

Sie stand in der Sonne und dachte darüber nach, was sie bislang in Dan Yates' Wagen gefunden hatte: ein wadenlanges cremefarbenes Kleid, das, in einem Kleidersack verstaut, am hinteren Fenster hing, daneben ein Anzug. Zu dem Kleid passende cremefarbene Stöckelschuhe. Hinter den Vordersitz war ein Paar dunkle Herrenschuhe gequetscht, darin steckten schwarze zusammengerollte Socken. Auf der Rückbank lag eine Krawatte. Irgendwann auf diesem Ausflug waren Dan Yates und Kellee Taylor irgendwo gewesen, wo elegante Kleidung erforderlich gewesen war.

Zusammen mit den Dingen, die sie obenauf in der Mülltonne neben dem Picknickplatz gefunden hatte – ein Karton mit Resten von Schokoladentorte und weißer Glasur, eine Schachtel Kerzen, Sandwichverpackungen, eine leere Flasche Cider und zwei Sektgläser aus Plastik –, zeichnete sich ein Muster für sie ab.

Festliche Garderobe und eine Feier.

Ein leichter Wind kräuselte die glatte Oberfläche des Cataract Lake, Schatten glitten über das schimmernde blaue Wasser. Sie dachte, dass es eine wunderbare Nacht werden würde. Sie fragte sich, wie es in der Nacht gewesen sein mochte, in der der Junge ertrunken war.

Seen waren trügerisch. Insbesondere dieser See wirkte einladend und freundlich. Und winzig. Es schien ein Leichtes, ans gegenüberliegende Ufer des Cataract Lake zu schwimmen, doch unter der friedlichen blauen Oberfläche gab es Wasserpflanzen, Felsen, Angelschnüre und Unrat.

Laura blickte hinauf zum Himmel: So blau, dass er zu pulsieren schien. Das goldgelbe Moskitogras, das im Schatten der Gelbkiefern leuchtete. Irgendwo nördlich von ihr eine Motorsäge, die abwechselnd kreischte und brummte, das Geräusch veränderte sich, je nachdem, durch was sie sich gerade fraß.

Es war klar, dass Dan und Kellee nicht einfach nur einen Campingausflug gemacht hatten. Sie waren irgendwo gewesen, wo festliche Kleidung angesagt war. Danach hatten sie sich umgezogen. Dan hatte seine Krawatte auf die Rückbank geworfen, seine Socken zusammengerollt und in seine Schuhe gestopft. Sie waren hierhergekommen, um zu zelten. Laura nahm an, dass die rosafarbene Tortenschachtel und der Cider von ihnen stammten.

Der Rest der Beweisstücke war einfacher zu deuten. Dinge, wie man sie für gewöhnlich zum Campen mitnahm, alles wild durcheinander in der schwarzen Reisetasche im Zelt, deren eine Ecke blutdurchtränkt war. Eine grüne Kühlbox. Eine Ausgabe von *König Ödipus*, mit Kellees Namen und Telefonnummer in ordentlicher Handschrift auf der ersten Seite. Ihre Handtasche – zwei Kreditkarten, etwas Bargeld, ein paar Quittungen, eine Haarbürste und so weiter –, nichts Weltbewegendes, aber auch nicht zu ignorieren, einschließlich einer leeren Filmdose. Der Film war zusammen mit den Fotos, die die Polizei gemacht hatte, zum Entwickeln bei Safeway in Williams.

Leider fehlte Dans Brieftasche, und Laura erhielt von Janes die Bestätigung, dass einer seiner Männer sie untersucht und dann zurück in Dans Jeans gesteckt hatte. Sie lag jetzt bei der Gerichtsmedizin in Flagstaff.

In diesem Moment stand sie zum ersten Mal kurz davor, die Beherrschung zu verlieren. Sie nahm sich jedoch zusammen und bat ihn stattdessen in ruhigem Ton, einen seiner Polizisten hinzuschicken und die Brieftasche holen zu lassen, um ihm dann noch genau zu erklären, dass sie in eine Beweismitteltüte zu stecken und diese, verschlossen und gekennzeichnet, ihr zu übergeben sei. Janes war sichtlich sauer gewesen, dass sie die ganze Prozedur Schritt für Schritt mit ihm durchging, aber es sprach für ihn, dass er sich jeglichen Kommentars enthielt.

Sie beendete die Untersuchung des Müllbeutels, verstaute das, was sie gefunden hatte, in Beweismitteltüten aus Papier oder Plastik, je nachdem, ob der Gegenstand trocken oder feucht war, verschloss und beschriftete sie. Im Grunde konnte man es sich leicht merken: Alles, was feucht war, wie zum Beispiel Blut, wanderte in Plastikbeutel, trockene Dinge in Papiertüten.

In dem Zelt war jede Menge Blut. Das erinnerte sie daran, dass sie sich etwas für den Transport des Zelts zum kriminaltechnischen Labor des Department of Public Safety in Phoenix einfallen lassen musste.

Sie hatte eben begonnen, sich mit diesem Problem zu befassen, als lautes Motorengeräusch die Stille durchbrach und in den Wäldern widerhallte. Sie blickte auf und sah, wie die Sonne von der Windschutzscheibe eines roten Monte Carlo reflektiert wurde, der in diesem Augenblick von der Straße auf den Campingplatz am Cataract Lake bog.

Richie Lockhart, ihr neuer Partner, war zu guter Letzt doch noch eingetroffen.

5

Der Motor verstummte, und über die Wälder senkte sich erneut Stille wie sanft fallender Schnee. Eine Autotür wurde zugeschlagen. Die Aktentasche in der Hand, kam Richie Lockhart die Straße herunter, sein vorzeitig weiß gewordenes Haar leuchtete hell in der Sonne.

Er war klein und untersetzt, sein Körperbau erinnerte an ein Fass. Das Gesicht offen und fröhlich. Er ging nicht, er schlenderte.

Der Ärger, der schon den ganzen Tag in Laura brodelte, drohte überzukochen. Sie hatte ihn unter dem Deckel gehalten, weil sie bisher noch nie mit Richie zusammen an einem Fall gearbeitet hatte und unvoreingenommen an die Sache herangehen wollte. Aber jetzt war sie wütend. Zwei Menschen waren tot. Das war kein Wochenendausflug.

Sergeant Janes stieß sich vom Kotflügel seines Streifenwagens ab und ging Lockhart entgegen. Sie trafen sich auf dem Schotterweg und gingen dann nebeneinander weiter. Richie blieb beim Wagen von Dan Yates stehen und musterte ihn mit unverhohlener Bewunderung.

Die beiden Männer unterhielten sich, als Laura zu ihnen trat.

Warren Janes sah sie plötzlich mit anderen Augen an. »Jetzt weiß ich, woher ich Ihren Namen kenne«, sagte er. »Gute Arbeit.«

Sie wusste nicht, ob er auf die Festnahme eines Sexualverbrechers und Serienmörders namens Musicman anspielte oder auf die damit verbundenen Auswirkungen auf das DPS, die immer weitere Kreise zogen wie die Wellen um einen Stein, den man ins Wasser warf.

Sie hatte den Stein geworfen.

»Allerdings möchte ich nicht in Ihrer Haut stecken«, fügte Janes hinzu.

Richie strahlte. »Man kann nur sagen, dass wir alle – bis zum letzten Mann – sehr stolz darauf sind, wie sich Laura geschlagen hat.«

»Ich dachte, du wolltest fliegen«, sagte Laura zu Richie.

»Es gab irgendein technisches Problem mit dem Flugzeug. Ich habe den ganzen Vormittag gewartet, mindestens zwei Stunden, bevor es hieß, ich soll es sein lassen und den Wagen nehmen.«

Sie verzichtete auf die Frage, warum er sein Handy ausgeschaltet und nicht auf seinen Pager reagiert hatte.

»Also, womit haben wir es zu tun?«, fragte Richie.

Laura brachte ihn kurz auf den aktuellen Stand: ein junges Paar, Collegestudenten, in ihrem Zelt erschossen.

Richie stand leicht zu Janes gewandt da, so dass Laura ausgeschlossen war. Zumindest sah es so aus. »Warum haben sie hier gezeltet?«, fragte er Janes.

»Die Familie des Jungen – Dan – wohnt hier. Ich schätze mal, sie kannten den Campingplatz; wahrscheinlich waren sie früher schon hier und sind deswegen hergekommen.« Janes sprach mit Richie, sah dabei jedoch Laura an. Vielleicht fragte er sich, wie es sein mochte, in einer Behörde, in der man großen Wert auf Unauffälligkeit legte, so auffällig wie ein bunter Hund zu sein.

»Sonst noch was, das ich wissen sollte?«, fragte Richie.

»Die Leichen wurden weggeschafft«, sagte Laura.

Das zeigte Wirkung. Er fuhr sich mit der Hand über die grau melierten Stoppeln an seinem Kinn. »Gibt's denn noch irgendwas zu sehen?«

Laura berichtete ihm von der Tortenschachtel im Mülleimer, der festlichen Kleidung im Truck. Von dem blutdurchtränkten Zelt. Während sie den Tatort beschrieb, fand sie plötzlich die Antwort auf die Frage, wie sie das Zelt wegbringen sollten, die sie die ganze Zeit über bewegt hatte.

Sie drehte sich zu Sergeant Janes. »Können Sie mir einen Leichensack besorgen?«

Janes sah sie verblüfft an. »Einen Leichensack? Ich denke schon, sicher.«

Sie zog das kleine Notizbuch hervor, das sie immer bei sich hatte, erstellte eine Liste der Dinge, die sie benötigte, und überreichte sie ihm. »Ich werde einen Beamten vom DPS brauchen, um das Zelt ins kriminaltechnische Labor nach Phoenix zu bringen.«

»Kein Problem.« Er nickte in Richtung der Interstate 40, die auf diesem Streckenabschnitt zu Lauras Arbeitsbereich gehört hatte, als sie noch im Verkehrsdezernat des DPS gewesen war. »Davon haben wir mehr als genug – wenn sie den Ausdruck verzeihen.«

»Gut. Das sollte erledigt werden, bevor es dunkel wird.«

»Worum geht's?«, fragte Richie und fiel neben ihr in Gleichschritt, als sie zurück zum Zeltplatz ging.

»Wir müssen das Zelt wegbringen.«

»Ja, und?«

Sie blieb stehen, um es ihm zu erklären. »Ich will den Boden des Zelts, damit wir eine Skizze machen können, wo die Kugeln in die Erde gedrungen sind.«

»Das ist mir klar«, sagte Richie ungeduldig.

Sie ignorierte seinen gereizten Ton. »Also rollen wir es so locker wie möglich zusammen und stecken es in einen Leichensack.«

»Warum können wir nicht das ganze Zelt auf einem Pritschenwagen transportieren?«

»Auf dem Freeway? Bei hundertzwanzig Stundenkilometern? Das Ding würde in Fetzen gehen.«

Einen kurzen Moment lang dachte sie, er würde ihr widersprechen, dann zuckte er jedoch nur die Achseln und sagte: »Du bist der Boss.«

Es dauerte nicht so lange, wie Laura gedacht hatte. Mit Sprühfarbe markierten sie jedes der Einschusslöcher in den Zeltwänden, bevor sie sie ausschnitten und auf einen Klapptisch legten, um sie separat ins Labor zu bringen. Als Nächstes trennten sie den Zeltboden ab.

»Scheiße!«, sagte Richie und blickte auf den Blutfleck an seinem Ellbogen. »Ich hoffe, dass keiner von den beiden Aids hatte.« Er sah Laura finster an. »Daran hätten wir denken sollen.«

Sollte heißen, sie hätte daran denken sollen.

Sie trugen zwar Handschuhe, aber es war kaum zu vermeiden, dass sie an Armen und Kleidung mit Blut in Berührung kamen, obwohl inzwischen das meiste davon getrocknet war oder doch zumindest fast. Laura hätte bei der Polizei von Williams oder im Büro des Sheriffs um Schutzkleidung und Gesichtsmasken bitten können, aber sie hatte nicht warten wollen; sie wollte, dass der Zeltboden vor Einbruch der Dunkelheit von hier weggeschafft wurde. Und so war sie ein kalkulierbares Risiko eingegangen, dass Dan und Kellee nicht mit HIV infiziert waren.

Das entsprach ganz und gar nicht ihrer Art. Wie die meisten Polizisten war Laura eher übervorsichtig. Aber in letzter Zeit war sie hin und wieder ein gewisses Risiko eingegangen – beim Autofahren, zu Hause, wenn sie versuchte, Reparaturen auszuführen, die schiefgehen konnten und es auch taten. In den vergangenen Wochen hatte sie es zu einer beeindruckenden Sammlung von Schnitten, blauen Flecken und Blutblasen gebracht.

Sie verlor auch schneller die Geduld. Mit sich und mit anderen. Sie reagierte gereizt auf Kleinigkeiten und wollte den immer gleichen, langweiligen Alltagskram so rasch wie möglich hinter sich bringen. Aber was diesen Fall anging, war es notwendig, dass sie einen Gang zurückschaltete und sich Zeit zum Nachdenken ließ. Eine unüberlegte Entscheidung, und nichts ließ sich mehr wiedergutmachen. Ein Beweisstück konnte leicht verloren gehen oder zerstört werden, und sie wollte keine Schlupflöcher schaffen, die sich später der Anwalt des Mörders zunutze machen konnte.

Sie markierten die vier Seiten des Zelts, beginnend an der Stelle, an der sich die Klappe befand. Dann markierten sie die entsprechenden Stellen auf dem Boden mit an Metallstäben befestigten, kleinen bunten Fähnchen. Nachdem sie den Zeltboden aufgerollt hatten – vorsichtig, um zu vermeiden, dass er irgendwo aneinanderrieb –, verstaute Laura ihn in dem Leichensack, zog den Reißverschluss zu, versiegelte ihn und schrieb ihren Namen auf den Anhänger.

»Ich habe was zum Händewaschen im 4Runner«, sagte sie.

»Bisschen spät, würde ich sagen«, brummte Richie, folgte ihr aber trotzdem zu ihrem Wagen.

Während er seine Hände mit der desinfizierenden Waschlotion schrubbte, sagte er: »Wenn die das Ding sehen, werden sie sich fragen, was das wohl für eine Leiche ist. Sieht aus wie ein toter Leguan.«

Inzwischen ging es auf sechs Uhr zu, und die Strahlen der tiefstehenden Sonne fielen schräg zwischen den Bäumen durch. Die Polizistin von der Highway Patrol – Marty Fields ihrem Namensschild zufolge – wartete oben an der Straße auf sie. Wenn alles gut ging, würde das Zelt in drei Stunden im DPS-Labor sein.

Richie warf einen Blick auf die untergehende Sonne. »Sieht aus, als wäre es Zeit für eine Meldung.«

Laura öffnete die Fahrertür des 4Runner, in der Erwartung, dass Richie mit ihr fahren würde.

»Lass uns meinen Wagen nehmen«, sagte er.

Sie blickte auf den roten Monte Carlo mit den schwarzen Streifen, den Chromleisten an den Seiten und einer stilisierten silbernen »8« am vorderen rechten Kotflügel.

»Ich habe alle meine Sachen da drin.«

»Wir können sie umladen.«

»Wenn ich in dem Ding da rumfahre, komme ich mir vor wie Starsky und Hutch.« Sie merkte, dass Warren Janes ihren Wortwechsel verfolgte. »Wir nehmen besser meinen.«

Seine Miene versteinerte. »Weißt du, was: Wir fahren einfach hintereinander her.«

Sie sah ihm nach, wie er zu seinem Auto ging und einstieg. Er ließ es an und drehte den Motor hoch, das tiefe

Dröhnen des Monte Carlo zerriss die friedliche Stille des Waldes. Mit einer Geste bedeutete er ihr, vorauszufahren.

Laura wurde klar, dass sie die ganze Zeit hintereinander her durch die Stadt fahren würden, zuerst zu Safeway, um Kellees Fotos abzuholen, dann zu den Familien der Opfer, um ihnen die Nachricht zu überbringen. Das gefiel ihr nicht. Ihre Eltern waren nach der Depression aufgewachsen und hatten etwas gegen jede Form von Verschwendung, und ihr ging es genauso. »Warte!«

Richie öffnete sein Fenster, blieb mit dem Fuß jedoch weiter auf dem Gaspedal und zwang sie, zu ihm zu kommen.

»Ich fahre mit dir. Lass mich nur schnell meine Sachen holen.«

Statt einer Antwort ließ er den Kofferraumdeckel aufschnappen.

Laura saß zusammengekauert in dem niedrigen Schalensitz, starrte an drei Aufklebern mit den Zahlen »1«, »8« und »15« – zweifellos waren sie von tiefer mystischer Bedeutung – vorbei durch die Windschutzscheibe und vermied es geflissentlich, Richie anzusehen. Das war auch gar nicht nötig. Er roch so stark nach Selbstgefälligkeit, wie ihr erster Freund, mit dem sie den Highschool-Ball besucht hatte, nach Rasierwasser gerochen hatte.

Sie folgten der Straße zurück, durch den engen Tunnel unter den Eisenbahngleisen und dann über den Freeway nach Williams hinein, wo sie sich in zwei Einbahnstraßen gabelte: die Railroad Avenue in Richtung Westen und die alte Route 66 nach Osten einen Häuserblock weiter.

Williams hatte den Ehrgeiz, sich zur Touristenstadt zu entwickeln, und konnte dazu mit zwei Attraktionen aufwarten: Geschäften, die den Kult um die Route 66 nutzten, und der Grand Canyon Railway. Die Eisenbahnlinie brachte Touristen für einen Tagesausflug zum Grand Canyon und zurück. Die Route 66 ... na ja, die war einfach die Route 66.

Die untergehende Sonne überzog die Gebäude an der Main Street mit einem goldenen Schimmer. Viele davon waren aus Steinen aus den umliegenden Steinbrüchen errichtet – ein Mosaik aus Rot, Gold und dunklen Brauntönen, das durch Zement zusammengehalten wurde. Als Laura am Morgen auf dem Weg zum Polizeirevier durch die Stadt gefahren war, hatte sie hauptsächlich Souvenir- und Antiquitätengeschäfte gesehen – im Schaufenster eines der Läden waren alte Kameras ausgestellt, ein anderes verkaufte alle möglichen alten Radios.

Safeway, der einzige Supermarkt in Williams, lag am westlichen Stadtrand, sie fuhren praktisch daran vorbei. Laura fiel ein Geschäft auf der anderen Seite des Parkplatzes auf. In einem der Schaufenster stand eine Schaufensterpuppe in Camouflagehosen und mit einem Paintball-Gewehr in der Hand, die Puppe im anderen Fenster trug ein weißes Brautkleid. Auf dem Schild darüber war in roten Leuchtbuchstaben KITTEN'S JOY SEWING SUPPLY AND DRESS SHOPPE zu lesen.

Richie verschwand, während Laura in der grellen Neonbeleuchtung am Fotostand darauf wartete, dass ihr der Angestellte Kellees Fotos heraussuchte. Alles war bereits für Halloween dekoriert. Sie hatte gerade den Umschlag geöffnet, als Richie mit einem cremegefüllten Doughnut in der Hand zurückkam. Er reckte den Hals, um einen Blick auf das oberste Foto zu werfen, ein Schnappschuss von einer strahlenden jungen Kellee Taylor. »Donnerwetter.«

»Sie ist eines der Opfer«, sagte Laura.

»Ach.«

Dann, nach einer kurzen Pause: »Hat sie eine Schwester?«

Polizisten-Humor. Laura ignorierte ihn und konzentrierte sich auf das Foto. Blendete alles andere aus. Na ja, beinahe alles andere – es entging ihr nicht, dass von Richies Doughnut Puderzucker auf den Ärmel ihres blauen Blazers rieselte.

Sie saß jetzt seit drei Jahren im selben Büro mit ihm, aber plötzlich war der riesige Supermarkt zu klein für sie beide. Irgendetwas an ihm – seine Körpersprache, der Doughnut, seine Gegenwart – nervte sie. Sie strengte sich noch mehr an, ihn zu ignorieren.

In einem Punkt hatte Richie recht: Kellee Taylor war umwerfend. Ein offenes Gesicht, leicht gebräunt, die blonden Haare unter der Baseballkappe zu einem Pferdeschwanz zusammengebunden. In einem Baseballtrikot der Northern Arizona University mit dunkel abgesetzten Ärmeln und abgeschnittenen Jeans stand sie vor dem Hoover Dam und strahlte Gesundheit und Fröhlichkeit aus.

Ihr ganzes Leben lag noch vor ihr.

Laura dachte an Josh Wingates Polaroid-Fotos, auf denen Farbe und Leben sie verlassen hatten, im Blitzlicht wirkten ihre blonden Haare stumpf und grünlich, verklebt mit geronnenem Blut.

Laura hatte keine Ahnung, vor wie langer Zeit dieses Foto aufgenommen worden war, ob es von diesem Ausflug stammte oder von einem früheren, aber es konnte bedeuten, dass Dan und Kellee erst gestern am Hoover Dam gewesen waren.

Mit dem nächsten Foto fügten sich die einzelnen Puzzlesteine dann schlagartig zu einem Bild. Auf dem Schild über der Tür stand: FORGET ME NOT WEDDING CHAPEL.

Das erklärte die Torte und die Sektgläser.

Dan und Kellee standen im hellen Sonnenschein nebeneinander. Hinter ihnen erstrahlte Amors Pfeil in grünem

Neon. Kellee trug das cremefarbene Kleid, und Dan sah aus, als fühle er sich in seinem Anzug ziemlich unwohl. Kellee hatte eine einzelne rote Rose in der Hand.

Richie Lockhart wischte sich die Hände an der Papierserviette ab, die er zusammen mit dem Doughnut bekommen hatte, und sah ihr über die Schulter. »Was sagt man dazu? Sie haben Nägel mit Köpfen gemacht.«

»Damit haben wir den Anfang eines zeitlichen Ablaufs«, sagte Laura und sprach damit laut aus, was sie dachte. »Dieses Foto am Hoover Dam. Was meinst du, wie spät es da war?«

»Könnte Morgen oder Nachmittag sein.«

»Gut, denken wir mal nach.« Sie kannte die Straße und die Biegung des Staudamms – es war die Arizona zugewandte Seite. Wenn ihre Überlegungen stimmten, stand die Sonne, den Schatten nach zu urteilen, im Osten und nicht im Westen. »Ich würde sagen, neun, höchstens zehn Uhr früh.«

»Könnte sein.«

»Achte mal darauf, wie die Schatten fallen.«

»Ja, klar, jetzt sehe ich es.«

»Und auf dem Foto vor der Hochzeitskapelle könnte es eins oder zwei gewesen sein.« Sie spielte es in Gedanken durch. »Sie wurden irgendwann im Lauf der Nacht umgebracht … es sei denn, das Foto wurde einen Tag vorher, am Donnerstag aufgenommen.«

»Hm-hm.«

Ihr wurde bewusst, dass sie die Antwort auf diese Frage praktisch in der Hand hielt. Sie warf einen Blick auf den Aufkleber auf der Fototasche. Dort waren Datum und Uhrzeit aufgedruckt: 15.9., 4:38 Uhr.

Der fünfzehnte September. Gestern.

»Sie sind gestern früh nach Las Vegas gefahren, haben

dort geheiratet und waren vor fünf Uhr in Williams.« Sie sah die anderen Schnappschüsse durch – eine Party in einer Wohnung, vermutlich die von Dan oder Kellee, und ein, zwei Aufnahmen von Dan, die wahrscheinlich auf dem Campus der Northern Arizona University gemacht worden waren. Nur vier Fotos von ihrem Hochzeitsausflug, einschließlich einem vor der Kapelle, ein Gruppenfoto. Jede Menge Leute. Die meisten davon – auch Braut und Bräutigam – standen mit dem Rücken zur Kamera. Keine gestellte Aufnahme.

Wer immer die Fotos vor der Kapelle gemacht hatte, er war kein Profi.

Während Laura wartete, bis Richie seinen Doughnut bezahlt hatte, dachte sie weiter über den zeitlichen Ablauf nach. Wenn ihre Überlegungen stimmten, dann waren Dan und Kellee am Tag zuvor in aller Herrgottsfrühe aufgebrochen, um in Las Vegas zu heiraten, möglicherweise einem spontanen Entschluss folgend. Sie waren zurück nach Williams gefahren, hatten den Film zum Entwickeln bei Safeway abgegeben – wo sie vermutlich auch die Sachen für ihre kleine Feier gekauft hatten – und dann ihr Zelt auf dem Campingplatz aufgebaut.

Hatten sie Dans Eltern einen Besuch abgestattet?

Die Feier war allerdings nur für zwei Personen gewesen: zwei Sektgläser, zwei Sandwichverpackungen, eine kleine Torte.

Sie fragte sich, ob sie ihre Heirat geheim gehalten hatten.

Endlich hatte Richie seinen Doughnut bezahlt und deutete in Richtung Toilette. Laura nutzte die Gelegenheit, um mit den drei Kassiererinnen zu sprechen. Sie waren ausgesprochen freundlich und hilfsbereit, aber keine von ihnen konnte sich an das junge Paar erinnern. Sie ließ sich Namen und Telefonnummer der Frau geben, die gestern Kassendienst gehabt hatte, dann ging sie Richie suchen. Er war nicht im Laden, und er war auch nicht draußen.

Wahrscheinlich noch auf dem Klo. Sie wusste, dass er Probleme mit der Prostata hatte – wie alles andere, war der Zustand seines Harnapparats Gegenstand ständiger Belustigung. Richie hatte in ihrer Abteilung die Rolle des Klassenclowns übernommen. Das Gute an ihm war, dass er über sich selbst lachen konnte.

Vom Parkplatz aus ließ Laura ihren Blick erneut über die alten Motels an der Main Street wandern. Entlang der Straße parkten etliche ramponierte Trucks, solche, wie sie Bauarbeiter fuhren. Lautes Hämmern hallte in der klaren Luft wider, untermalt vom Kreischen einer Kreissäge. In diesem Teil der Stadt herrschte rege Betriebsamkeit, obwohl es bereits Mitte September war und Laura nicht mehr viele Touristen gesehen hatte. Trotz der spätsommerlichen Hitze schien es, als wäre die Saison bereits vorbei und in den Bergen der Herbst eingekehrt, was zusammen mit dem ohrenbetäubenden Lärm eine merkwürdige Mischung ergab. In der Stadt war offenbar die Renovierungswut ausgebrochen, viele der alten Motels wurden modernisiert, wobei man jedoch gleichzeitig den nostalgischen Neonschimmer ihrer glanzvollen Tage zu bewahren suchte.

Laura fragte sich, wie viel von dieser Art Aktivismus sich eine kleine Touristenstadt leisten konnte. Aber wer baute, machte sich zumindest keine Sorgen.

Die Schatten auf den Parkplatz begannen länger zu werden, die letzten Strahlen der Sonne tauchten Häuser, Bäume und Autos in ein warmes goldenes Licht. Laura beobachtete den Verkehr auf der Route 66, genoss die Schönheit dieses Spätsommertags. Eine hübsche ruhige Stadt, viele alte Häuser, kleine Gärten, Lattenzäune und hohe Bäume. Allerdings hatten die meisten der Häuser schon bessere Tage gesehen, und die Fahrzeuge, die an ihr vorbeifuhren, waren alt und zerbeult.

»Was für eine Wohltat«, sagte Richie neben ihr. »Es lässt sich nicht leugnen, Pinkeln am Abend ist erfrischend und labend.«

Laura lachte pflichtschuldig; das hatte sie ihn mindestens schon ein Dutzend Mal sagen hören. Sie war im Geist noch bei Kellee, vor dem Staudamm. Die junge Frau, die zuversichtlich in die Zukunft blickte und keine Ahnung hatte, dass sie in weniger als vierundzwanzig Stunden tot sein würde. Dass sie zwischen dem ersten und dem zweiten Schuss ein paar grauenvolle Sekunden lang an die Zeltwand gedrückt daliegen würde, mit rasendem Herzen, während der Mann, den sie geheiratet hatte, versuchte, sie zu beschützen – vergeblich.

6

Das Haus von Chuck Yates in der schachbrettartig angelegten Siedlung gegenüber dem Holiday Inn war das letzte in einer Straße, die als Sackgasse an unbebautem Land endete. Über ein mit Rispengras und Sonnenblumen bewachsenes Feld hinweg konnte Laura die großen Lastwagen auf der Interstate 40 sehen, die sich wie auf einem Fließband vorwärtsbewegten. Der Anblick der letzten Sonnenstrahlen, die funkelnd über die Anhänger der Sattelschlepper tanzten, weckte in Laura den Wunsch, mit ihnen zu fahren. Obwohl sie mehrere Jahre lang als Polizistin bei der Highway Patrol gearbeitet hatte, war ihre Lust daran, unterwegs zu sein, nie richtig gestillt worden. Das war der Grund, warum sie sich so oft freiwillig für Einsätze außerhalb der Stadt meldete.

Das Haus der Yates' – blau mit grauen Fenstereinfassungen – wirkte trotz seines neuen Dachs traurig und vernachlässigt. Links davon lag eine große Pferdekoppel, auf der ein brauner Wallach stand. Klein, aber von kräftigem Körperbau, ein Quarter Horse. Auf dem offenen Gelände auf der gegenüberliegenden Straßenseite hatte jemand den Parcours für ein Barrel Race aufgebaut, drei Benzinfässer, die ein Dreieck bildeten. Dem harten, vertrockneten Boden nach zu urteilen, war hier jedoch schon lange niemand mehr ein Barrel Race geritten.

Der ungepflegte Vorgarten der Yates' wurde von einem großen Apfelbaum beherrscht. Der Fußweg und der Rasen waren mit heruntergefallenen Äpfeln, kaum größer als Golfbälle, übersät. Das Ganze war von einem halbhohen Maschendrahtzaun umgeben, an dem sich Wicken emporrankten. In der Einfahrt stand mit der Motorhaube zur Straße hin ein Pick-up, neben dem Carport war ein Pferdeanhänger abgestellt.

Ein kleiner Junge, er konnte nicht älter als drei Jahre sein, kurvte mit einem Bobbycar über die rissige Einfahrt. In einem gelben Laufstall stand ein Kleinkind und kommentierte die Kunststücke des Älteren mit Gelächter und Gequietsche.

Als der dröhnende Motor von Richies Wagen verstummte, sah Laura hinter der Fliegengittertür eine Gestalt auftauchen und aus dem Haus eilen.

Einen Augenblick lang glaubte Laura, die wiederauferstandene Kellee Taylor vor sich zu sehen. Aber die Haare waren eine Schattierung dunkler, die Gesichtszüge anders, auch wenn sie ebenfalls etwas von dem netten Mädchen von nebenan hatten. Das musste Dans Schwester Shana sein. Josh Wingate zufolge waren Shana und Dan Zwillinge.

Die junge Frau beugte sich über den Laufstall und nahm das Kind hoch. Sie sah ihnen mit unverhohlener Neugier entgegen.

Das war der Teil ihres Berufs, den Laura am meisten hasste: In das Leben anderer Leute einzudringen und es mit ein paar wenigen Worten zu zerstören.

Jedes Mal, wenn sie es tat, wurde sie in die Zeit und an den Ort zurückversetzt, als sie selbst eine solche Nachricht erhalten hatte. Manchmal fragte sie sich, was mit ihr nicht stimmte, welcher verkorkste Teil ihres Wesens sie dazu brachte, dieses grässliche Ritual immer wieder zu vollziehen.

Die junge Frau schien etwas zu ahnen. Das erkannte Laura an der Art, wie sie schützend die Arme um den kleinen Jungen legte.

»Sind Sie Shana Yates?«

Die junge Frau nickte misstrauisch.

Laura stellte sich und Richie vor. »Dürfen wir reinkommen?«

Die junge Frau blickte unsicher von dem Kleinkind zu Richie, dann nickte sie erneut. Sie ging ihnen voran ins Haus und hielt ihnen die Fliegengitter auf. Als Laura an ihr vorbeiging, hatte sie das Gefühl, die junge Frau wusste, dass etwas Schlimmes geschehen war. Sie konnte es spüren, ein Vibrieren wie von einer straff gespannten Saite.

Nach dem warmen Licht der untergehenden Sonne draußen war es im Haus düster. Lauras Augen gewöhnten sich jedoch rasch daran, und ihr Blick wurde von den zwanzig mal fünfundzwanzig Zentimeter großen, gerahmten Fotos angezogen, die an der Wand neben dem gemauerten offenen Kamin hingen. Shana auf dem Braunen. Auf den meisten Bildern saß Shana auf dem Pferd und posierte mit Schleifen, Medaillen, sogar mit einem Sattel. Einige Fotos zeigten

Shana und das Pferd – Mighty Mouse, der Plakette zufolge –, wie sie ein Barrel Race ritten, eine Staubwolke nach sich ziehend.

Jetzt, mit Anfang zwanzig, war sie Mutter von zwei Kindern. Zu beschäftigt, um den Parcours jenseits der Straße zu reiten?

Laura holte tief Luft. »Sind Ihre Eltern da?«

Shana setzte das Kind auf dem Sofa ab und ließ sich daneben nieder, hielt den zappelnden Kleinen fest. »Sie sind heute in Flagstaff. Was ist los?« Sie sah zu Richie, der wie gebannt auf das Aquarium unterhalb der Fotos starrte.

Richie sah sie an. »Wussten Sie, dass Ihr Bruder gestern hier in der Stadt war?«, fragte er. »Haben Sie mit ihm gesprochen?«

»Mein Bruder? Was ist mit meinem Bruder?« Sie sah von einem zum anderen, und ihre Nervosität schlug in Panik um. »Was ist los?«

Laura wusste aus Erfahrung, je früher sie es Shana sagte, desto besser war es für sie. Es hatte nichts mit Barmherzigkeit zu tun, wenn sie es hinauszögerte. Sie musste es deutlich sagen, durfte keinen Raum für Zweifel lassen. Sie trat zu Shana und kauerte sich vor ihr nieder, sah ihr in die Augen. »Shana, Sie müssen mir jetzt genau zuhören. Ihr Bruder Dan wurde gestern Nacht erschossen. Er ist tot. Dan und Kellee, sie sind beide tot.«

Shana starrte sie an, ihre Lippen bewegten sich lautlos. Sie warf einen Blick zu Richie. Unvermittelt ließ sie den kleinen Jungen los und stand auf. »Mein Gott. In welchem Krankenhaus …«

Laura fasste nach ihren Händen. *Ganz ruhig.* »Er ist tot, Shana. Er wurde umgebracht. Kellee wurde ebenfalls umgebracht. Gibt es jemanden, den Sie anrufen können?«

Shana rang mit geöffnetem Mund keuchend nach Luft.

Starrte ins Leere oder auf irgendeine trostlose innere Landschaft. Dann wandte sie ihren Blick wieder Laura zu.

»Mein Bruder ist tot?«

»Ich fürchte, ja.«

»Was ist passiert? Hatte er einen Autounfall?«

Shana versuchte zu verarbeiten, was sie gerade gehört hatte. Ihre ganze Welt lag in Trümmern, und sie tastete sich langsam an die Wahrheit heran. Es war oft so, dass die Familien fragten, ob es ein Autounfall gewesen war, obwohl Laura ihnen bereits mitgeteilt hatte, dass ihr Angehöriger einem Mord zum Opfer gefallen war. Ein Autounfall war etwas, das man begreifen konnte.

»Sie wurden erschossen«, sagte Laura. »Gibt es eine Möglichkeit, Ihre Eltern zu benachrichtigen? Vielleicht sollten Sie sie anrufen, damit sie herkommen.«

»Ich kann es ihnen nicht sagen …«

»Nein, das brauchen Sie auch nicht. Sie könnten sie einfach nur bitten, nach Hause zu kommen. Oder ich kann sie anrufen, wenn Sie wollen.«

Shana begann zu zittern. Ihre Augen röteten sich, füllten sich mit Tränen. »Nein, sie wüssten es sofort, wenn Sie – o nein!«

Sie ließ sich auf das Sofa fallen, griff nach ihren Haaren, die im Nacken von einer Spange zusammengehalten wurden. Sie packte sie, zerrte daran. »Ich kriege dieses Ding nicht aus meinen Haaren!«

»Brauchen Sie irgendetwas? Sollen wir Ihnen ein Glas Wasser holen?«

»Wasser? Klar, warum nicht?« Ihre Stimme wurde schrill. Bei einem letzten heftigen Ruck löste sich die Spange.

»Wenn Sie nicht mit Ihren Eltern sprechen wollen, gibt es dann vielleicht sonst jemanden?«, fragte Laura.

Sie öffnete den Mund, schien etwas sagen zu wollen.

Dann begann sie zu weinen. Legte den Kopf an Lauras Schulter und schluchzte.

Der kleine Junge richtete sich auf dem Sofa auf und hielt sich an der Rückenlehne fest. Er hatte längst gemerkt, dass etwas nicht stimmte. Er schwankte, fiel auf die Knie und klammerte sich an Shanas Oberschenkel, das Gesicht verzogen, als würde er gleich weinen. Was er dann auch tat – laute, klägliche Schluchzer.

Richie sagte: »Es ist nicht fair, dass Sie Ihre Eltern …«

»Richie, würdest du Shana ein Glas Wasser holen?« Sie sagte es in freundlichem Ton, während Shanas Tränen auf ihren Blazer fielen.

»Sicher.« Er verschwand in der Küche, und Laura hörte ihn Schranktüren öffnen und den Wasserhahn aufdrehen.

Dann fuhr ein Truck in die Einfahrt. Laura sah es aus dem Augenwinkel durchs Fenster, weiterhin den Arm um Shana gelegt.

Sie hörte, wie Autotüren zugeschlagen wurden, Stimmen, die Rufe eines kleinen Jungen. »Ist das der Wagen Ihrer Eltern?«, fragte sie Shana.

Shana sah sie mit leerem Blick an und nickte.

Richie kam mit dem Wasser zurück, sah zur Tür.

Ein Schlüssel drehte sich im Schloss, und die Tür ging auf.

Sie saßen um den Küchentisch: Chuck Yates, seine Frau Louise, Laura und Richie. Shana lehnte mit verschränkten Armen am Türrahmen und hörte zu. Sie sah aus, als hätte ihr jemand immer wieder ins Gesicht geschlagen. Von Zeit zu Zeit schrie sie den kleinen Jungen, Justin, an, er solle aufhören herumzurennen und »um Gottes willen dieses Geplärre sein lassen«. Den anderen kleinen Jungen, Adam, hatte sie schlafen gelegt.

Es war keineswegs leichter gewesen, den Eltern die Nachricht vom Tod ihres Sohnes zu überbringen. Mrs. Yates weigerte sich beharrlich, zu glauben, dass ihr Sohn Dan tot war. Sie widersetzte sich, still, mit Würde. Sie protestierte nicht, weigerte sich einfach nur, es zu glauben – wollte nicht einmal die Möglichkeit in Betracht ziehen. Sie hatten sich getäuscht.

Das bedeutete, dass sich Laura nach einer Weile mit all ihren Fragen an Chuck Yates wenden musste.

Im Gegensatz zu Louise Yates, die nichts davon hören wollte, fügte Chuck Yates sich in das Unvermeidliche. Er wirkte auf sie wie ein in die Jahre gekommener Ritter, groß und stark, der sich dem Feind stellte und die Schläge hinnahm – tödliche Schläge.

»Ich nehme an, ich soll ihn identifizieren.«

»Das ist nicht mehr nötig«, sagte Richie. »Wir haben mehr als genug für eine Identifizierung.«

»Wie meinen Sie das?« Er rieb sich die zerfurchte Stirn mit seiner kräftigen Hand.

»Es ist besser, wenn Sie ihn nicht sehen«, sagte Richie.

Seine Worte schienen sämtliche Luft aus dem Raum zu saugen.

Laura sah Louise Yates an. Sie hatte die Lippen zusammengepresst und schob trotzig das Kinn vor. Unnachgiebig.

»Kennen Sie jemanden, der Ihrem Sohn so etwas antun würde?«, fragte Laura Mr. Yates.

Er sah auf das gelbe Wachstuch, das den runden Tisch bedeckte, und schüttelte den Kopf.

Von der Tür her sagte Shana: »Was ist mit Ray Simms?«

»Ray Simms?«

Shana fuhr sich mit der Faust über eines ihrer geröteten Augen, um weitere Tränen abzuwischen. »Er war in der gleichen Football-Mannschaft wie Danny. Er hatte ihn auf dem Kieker, weil Danny Quarterback war. Er hasste ihn.«

»Wann war das?«

Sie holte zitternd Luft. »Vor fünf Jahren.«

Laura notierte pflichtbewusst Simms' Namen. »Wohnt er noch in Williams?«

»Ich glaube schon.« Sie verschränkte die Arme noch etwas fester vor der Brust, wie um sich nach innen und außen zu schützen. Abwehrend.

»Haben Sie ihn und Kellee gestern gesehen?«

»Ich wusste nicht einmal, dass sie hier waren«, sagte Chuck Yates.

»Das sieht Dan überhaupt nicht ähnlich«, sagte Louise. »Wenn er in der Stadt gewesen wäre, hätte er sich gemeldet.«

»Wussten Sie von der Heirat?«, fragte Richie.

Genauso gut hätte er eine Bombe werfen können. Verblüfftes Schweigen breitete sich aus.

Schließlich sagte Louise: »Heirat? Was für eine Heirat?«

»Dan und Kellee haben gestern geheiratet«, erklärte Laura. »In Las Vegas.«

Louises Miene versteinerte. »Das kann nicht sein.«

»Doch, es stimmt«, sagte Richie. Er gab ihr die Fotos.

Sie blickte auf das oben liegende, auf dem Kellee und Dan vor der Kapelle standen, dann legte sie den Stapel verkehrt herum auf den Tisch. »Das glaube ich nicht.«

Richie sagte: »Warum hat sie dann dieses Kleid an? Warum hält sie eine Rose in der Hand?«

Laura warf Richie einen Blick zu und räusperte sich.

Richie bemerkte ihren Gesichtsausdruck und zuckte die Schultern. *Was willst du denn sonst machen?*

»Ich wette, es war ein Theaterstück«, sagte Louise Yates. »Kellee ist in der Theatergruppe.«

Richie öffnete den Mund, um etwas zu sagen, verkniff es sich jedoch, als Laura ihn erneut scharf ansah.

Chuck Yates griff über den Tisch nach der Hand seiner Frau. Sie zuckte zurück, als hätte er sie mit kochendem Wasser übergossen. Der Blick, mit dem sie ihren Mann ansah – Laura hätte schwören können, dass Verachtung darin lag.

»Louise …«

»Sag kein Wort. Dan hätte es uns erzählt. Er hätte so etwas nicht hinter unserem Rücken getan. Das ist einfach nicht wahr.«

»Warum sollte die Polizei so etwas sagen, wenn es nicht wahr ist?«, fragte Chuck.

»Die hat sich getäuscht, das ist alles.«

Richie sah Laura an und zog die Augenbrauen hoch.

Sie ignorierte ihn. Ihr Blick wanderte zu Shana. Die junge Frau hatte sich am Türrahmen aufgerichtet, und Laura glaubte, Erschrecken in ihren Augen zu erkennen.

»Shana?«, sagte Laura. »Wussten Sie, dass Dan und Kellee heiraten wollten?«

Sämtliche Jalousien gingen runter. »Nein.«

»Dan hat nichts gesagt? Irgendein Hinweis vielleicht, etwas, das Sie zuerst vielleicht falsch gedeutet haben?«

Sie schüttelte den Kopf und verschränkte erneut die Arme. »Nein.«

Louise stand auf. »Wollen Sie einen Kaffee?«

Laura lächelte sie an. »Das wäre nett.«

Sie erwiderte das Lächeln. »Dan hat mir zu Weihnachten eine Kaffeemühle geschenkt. Ich habe Macadamia-Nuss-Sirup und …«

»Klingt gut.«

Richie wandte sich zu Chuck. »Irgendjemand sonst, von dem Sie sagen würden, dass er etwas gegen Dan hatte?«

»Dan erwähnte mal einen Jungen, der was für Kellee übrighatte.«

»Ja?«

»Er hat sich weiter keine Gedanken darüber gemacht, aber es war ziemlich offensichtlich.« Laura dachte, er würde noch etwas sagen, stattdessen starrte er jedoch nur den Kühlschrank an.

»Wissen Sie, wie er heißt?«

»Jamie Cottle. Seinem Vater gehört eine Autowerkstatt hier in der Stadt, Shade Tree Mechanics.«

Die Kaffeemühle begann zu kreischen und übertönte alle anderen Geräusche.

»Liebling«, sagte Chuck. »Könntest du das bitte bleiben lassen? Wir reden.«

Das Kreischen stieg einen Moment lang auf eine ohrenbetäubende Lautstärke an und verstummte dann abrupt, wie der Schrei eines Tiers, das in der Nacht erlegt wird.

Louise sah von einem zum anderen und bedachte jeden Anwesenden mit einem kurzen Blick aus halb zusammengekniffenen Augen.

»Ich glaube es nicht. Nicht, bevor ich es selbst sehe.«

7

Bei der Besprechung lernte Laura den Polizeichef von Williams kennen, Peter Loffgren, der spätabends zurückgekehrt war. Es war Loffgren gewesen, der am Morgen beim DPS angerufen und um Unterstützung gebeten hatte. In Phoenix – das viel näher bei Williams lag – hatte man niemanden entbehren können, und deshalb war die Anfrage nach Tucson weitergeleitet worden.

Loffgrens Kopf – der zurückweichende Haaransatz, das fliehende Kinn und der dünne Hals – ließ Laura unwillkürlich an eine Glühbirne denken. Auf dem Rückweg musste er schnell zu Hause vorbeigefahren sein, um seine Uniform anzuziehen. Erfreut nahm sie zur Kenntnis, dass seinen Augen, die auf den ersten Blick müde wirkten, nichts entging.

Sie saßen zu sechst um den kleinen Besprechungstisch – Chief Loffgren, Warren Janes, Ben Tagg, Josh Wingate, Laura und Richie.

Laura hatte bereits Dan Yates' Brieftasche untersucht, die am Nachmittag aus der Gerichtsmedizin zurückgekommen war. Sie enthielt mehrere Quittungen und eine Kreditkarte. Noch etwas anderes hatte man zusammen mit Dan zur Gerichtsmedizin gebracht: die Heiratsurkunde, sicher verstaut in einem festen Umschlag. Sie hatte sich in der Innentasche von Dans Jacke befunden. Laura fragte sich, ob er sie dorthin gesteckt hatte, um sie griffbereit zu haben und sie sich mit Kellee jederzeit ansehen zu können, wenn ihnen danach war.

Im Mittelpunkt des Treffens stand die Befragung der Anwohner in der Nähe des Cataract Lake.

Tagg zufolge hatten gegen zehn Uhr abends ein paar Leute drei oder vier (die Angaben waren widersprüchlich) Schüsse gehört. Über den Zeitpunkt herrschte weitgehend Einigkeit, da die Bewohner von zweien der Häuser nördlich des Campingplatzes die Zehnuhrnachrichten im Fernsehen eingeschaltet hatten.

»Die Leute, mit denen ich geredet habe, haben es zwar gehört, aber sie haben nichts unternommen«, sagte Tagg.

»Warum nicht?«, fragte Laura.

Tagg zuckte die Achseln. »Hier in der Gegend gibt es viele Jäger. Die Leute, die auf dem Land wohnen, hören dauernd irgendwelche Schüsse.«

»Um zehn Uhr abends?«

»Manche Leute gehen nachts mit Lampen auf die Jagd nach Wild.«

Wie Josh Wingate gesagt hatte.

»Außerdem finden viele Leute irgendeine Erklärung, wenn sie Schüsse hören«, sagte der Chief. »Sie sind sich nicht sicher, ob wirklich jemand geschossen hat, und reden sich ein, es wäre eine Fehlzündung gewesen.«

Laura wusste, dass er recht hatte. Sie wusste auch, dass die meisten Leute aus Angst in ihren Häusern blieben, wenn sie Schüsse hörten. Und weil sie nicht nachprüften, ob es sich tatsächlich um Schüsse handelte, war es ihnen dann oft peinlich, die Polizei zu benachrichtigen. Niemand wollte als Wichtigtuer erscheinen.

Nachdem die Polizisten zu ihrer Schicht aufgebrochen waren, setzten sich Laura, Richie und der Polizeichef zusammen und sprachen den Fall durch. Laura berichtete Loffgren, was sie wusste – den groben zeitlichen Ablauf der Ereignisse, die Tatsache, dass Dan und Kellee geheiratet und Dan Yates' Familie nichts davon erzählt hatten.

»Die Eltern wussten nicht einmal, dass sie in der Stadt waren«, sagte Richie. »Sie haben das alles heimlich geplant, und ihre Familien hatten keine Ahnung.«

»Ich glaube, Shana wusste es«, sagte Laura.

»Ach ja?«, sagte Loffgren. »Soweit ich weiß, standen sie einander sehr nahe. Dan hat immer auf sie aufgepasst. Man erkannte das an Kleinigkeiten. Als Kind ging Dan bei uns zu Hause ein und aus, und er hat sie oft mitgebracht.«

»Ich vermute mal, das kam gut an«, sagte Richie.

»Sie war eine verdammt gute Werferin beim Baseball, wenn ich mich recht erinnere«, sagte Loffgren. »Also, was glauben Sie, womit wir es hier zu tun haben? Irgendwelche Ideen?«

»Könnte ein Fremder gewesen sein«, sagte Richie. »Jemand, der es einfach so zum Spaß gemacht hat. So was kommt vor.«

»Jugendliche?«

»Könnte sein«, erwiderte Laura. »Aber wer immer es war, er hat seine Spuren am Tatort beseitigt. Das klingt nicht nach Jugendlichen.«

»Könnte es ein Serienmörder gewesen sein?«, fragte Loffgren. »Aus irgendeinem Grund schießt er wild um sich, und danach beseitigt er seine Spuren. Vielleicht gehört das zu seinem Ritual.«

Sie hatten die vorhandenen Informationen bereits durch VICAP, die zentrale Datenbank für Gewaltverbrechen, laufen lassen, aber dabei war nichts herausgekommen. Dass jemand einfach wild um sich ballerte, ja, das kam öfter vor. Aber nichts in dieser Art. »Wenn es ähnliche Vorkommnisse gäbe, wäre das vielleicht ein Hinweis«, sagte Laura. »Wir haben im Augenblick noch nicht genug Informationen, um das sagen zu können. Sie wissen sicher, dass Behörden nur dann Daten an VICAP weitergeben, wenn sie an das Netzwerk angeschlossen sind – und viele der kleineren Polizeidienststellen sind das nicht.«

»Wir sind selbst erst seit dem letzten Jahr dabei.«

»Zu einem Kerl, der um ein Zelt herumläuft und schießt, ohne nachzusehen, ob seine Opfer tot sind, passt es nicht, dass er hinterher seine Spuren verwischt und die Patronenhülsen einsammelt. Es sei denn, er wusste genau, wer in dem Zelt war, und wollte das Ergebnis seiner Tat nicht sehen.«

Richie rieb sich die Nasenspitze. »Mir fällt auf, dass du von einem ›Kerl‹ sprichst, Laura. Warum diese Einschränkung? Es könnte auch eine Frau sein.«

»Könnte es.«

»Ist aber unwahrscheinlich«, sagte Loffgren.

Richie lehnte sich zurück und verschränkte die Hände hinter dem Kopf. »Ich weiß nicht. Heutzutage sind Frauen dazu genauso fähig wie Männer. Denken Sie nur an diese Serienmörderin in Florida, über die sie den Film gedreht haben. Und auf unserer Seite, na ja, wir wissen ja, was Laura getan hat.«

»Das war gute Arbeit«, sagte Loffgren.

»Sie sagen es. Sie lässt den Rest von uns ganz schön alt aussehen.«

Laura ging darüber hinweg. »Chief, ich glaube nicht, dass wir es hier mit einer Frau zu tun haben, die mit einem Gewehr unterwegs ist. Sicher gibt es Frauen, auf die es zutreffen könnte, eine Militärangehörige oder jemand von einer Ranch in der Umgebung, aber die Wahrscheinlichkeit ist doch eher gering. Ich will zwar nichts von vornherein ausschließen, aber meiner Ansicht nach bringt es nichts, allzu intensiv in dieser Richtung zu ermitteln.«

Loffgren blickte von einem zum anderen und seufzte. »Wir müssen in diesem Fall alles tun, was in unserer Macht steht. Dan war ein guter Junge – ich wünschte, es gäbe mehr von seiner Sorte –, und soweit ich es beurteilen kann, trifft das auch auf Kellee zu. So etwas haben sie nicht verdient.«

»Ganz meine Meinung«, sagte Richie.

»Es hat unsere Familie schwer getroffen – verdammt noch mal, jeder in der Stadt ist wütend. Wir leben hier in einer Kleinstadt, in der praktisch jeder jeden kennt. Ich will den Täter haben, wer immer es war, unter allen Umständen.«

Er sprach es zwar nicht aus, aber Laura wusste genau, was er meinte.

Was immer zwischen euch beiden vor sich geht, lasst die Arbeit nicht darunter leiden.

Eines musste man Richie Lockharts Auto lassen: Es lag gut in der Kurve. Laura stellte fest, dass sie die kurvenreiche, talabwärts führende Fahrt durch den Mondschein und den schattigen Wald am Oak Creek entlang genoss.

Am nördlichen Ende des Canyons, wo der Wald am dichtesten war, hielten sie nach einer Kurve an. Zu ihrer Linken ragte aus einem Beet mit Zinnien und Petunien ein von unten beleuchtetes Holzschild auf: TAYLOR'S CREEKSIDE CABINS.

Zur Straße hin lag ein rustikal aussehender Laden. Laura nahm an, dass irgendwann einmal Zapfsäulen davor gestanden hatten. Auf dem Schild über der Eingangstür war TAYLOR'S CREEKSIDE COUNTRY STORE: EST. 1924 zu lesen. Hinter dem Laden standen mehrere Blockhütten, die über schmale gerodete Pfade zu erreichen waren, die üppig bepflanzten Beete links und rechts davon waren offenbar erst vor kurzem gegossen worden und glänzten noch nass. Die am weitesten entfernten Hütten standen unter ein paar hohen Gelbkiefern – hier und da war ein anheimelnder Lichtschein zu sehen. Den Autos auf dem Parkplatz nach zu urteilen, waren alle Hütten belegt.

Als sie den Wagen verließen, empfing sie kühle Nachtluft. Laura stieg der Geruch von Erde und Blumen in die Nase, und sie hörte Grillen zirpen. Das Schönste war jedoch, dass sie die Sterne sah, wenn sie nach oben blickte.

Richie schaute sich um. »Bisschen schäbig, was?«

Laura versuchte, sich zu wappnen, während sie die Stufen zum Laden hinaufging. Zwei solche Benachrichtigungen an einem Abend – eine gute Vorbereitung auf die Hölle. Die Glocke über der Tür bimmelte, als sie eintraten. Hinter dem hohen Tresen auf der linken Seite des kleinen Ladens, unter einer summenden Neonreklame für Marlboro, saß eine hübsche Asiatin mittleren Alters.

Laura sah sich um: Es gab drei Regalreihen mit Gewürzen und Snacks – die Gewürze waren alle in kleine Gläser und Flaschen abgefüllt. Die Wand am anderen Ende des Tresens wurde von einem Regal mit Getränkeflaschen eingenommen – Bier, Wein, Limonade, Mineralwasser. Sie registrierte einen Drehständer mit Taschenbüchern und einen winzigen abgetrennten Bereich mit Videos zum Ausleihen. Die Kassetten waren von der Sonne ausgeblichen. Rechts von der Kasse beanspruchte ein viertüriger Kühlschrank die halbe Wand. Gut möglich, dass er vom ersten Tag an hier gestanden hatte. Eine der Türen war mit Fotos gepflastert, Angler, die stolz ihren Fang präsentierten, Jäger, die Köpfe von Hirschen hochhaltend, die das nicht mehr selbst tun konnten, und eine Werbebroschüre mit einem Mann vor einem rot, weiß und blau gestrichenen Flugzeug: ERLEBEN SIE DEN GRAND CANYON AUS DER LUFT – HIGH-PINES-CHARTERFLÜGE – INH. GLENN TRAYWICK.

Richie fragte die Frau, ob sie mit Jack Taylor sprechen könnten.

»Worum geht es?«, erwiderte sie mit misstrauischem Blick.

Er zeigte ihr seine Dienstmarke. »Wir müssen wegen seiner Tochter mit ihm sprechen.«

»Kellee? Ist etwas passiert?« Die Frau lehnte sich gegen den Tresen, jeden Muskel ihres zierlichen Körpers angespannt. »Geht es ihr gut?«

»Das ist eine Sache, die …«

»Kennen Sie Kellee gut?«, fragte Laura.

»Sie ist meine Stieftochter. Geht es ihr gut?«

Ihr Gesicht war blass, ihre schwarzen Haare glänzten wie Seide, das Licht ließ einzelne Strähnen bläulich schimmern.

»Wir würden gerne mit Ihnen beiden sprechen – können Sie Ihren Mann erreichen?«

Im hellen, kalten Neonlicht der Marlboro-Reklame wirkte das Gesicht der Frau starr vor Angst. Sie zog ein Walkie-Talkie unter dem Tresen hervor. »Jack? Jack, komm bitte ins Büro – es ist … hier ist jemand, der dich sprechen will.«

Die Stimme eines älteren Mannes, angenehm und etwas heiser, sagte: »Bin gleich da.«

Seine Stimme klang beruhigend; die Art von Stimme, die einem automatisch die Angst nahm. Die Frau hielt das Walkie-Talkie noch ans Ohr, nachdem er seines längst ausgeschaltet hatte.

Ihre Hand zitterte, ihre Augen waren fast schwarz. Sie sah Richie nach, wie er in den hinteren Teil des Ladens ging und die Videos inspizierte, dann drehte sie sich Laura zu. »Sagen Sie es mir. Sie ist tot, nicht wahr?«

Laura musste ihr antworten. »Es tut mir leid, Mrs. Taylor …«

Ein schwaches Lächeln. »Megumi.« Sie streckte eine weiche weiße Hand aus – bei allem Kummer vergaß sie nicht ihre Manieren. »Sie ist also tot.«

»Ja, Ma'am. Sie ist vergangene Nacht gestorben.«

»Ich hatte so eine Ahnung.«

»Warum? Warum hatten Sie eine Ahnung?«

»Ich hatte das Gefühl, es könnte zurückgekommen sein.«

Laura wollte sie gerade bitten, ihr das etwas genauer zu erklären, als die Glocke über der Tür bimmelte. Ein groß gewachsener grauhaariger Mann um die Siebzig trat durch die Tür und zog dabei den Kopf ein, um nicht anzustoßen. »Megumi? Was gibt's?«

Er hatte ein offenes Gesicht, braun gebrannt und faltig von der Sonne. Blaue Augen, die eine gewisse Wachsamkeit erkennen ließen. Er trug ein kariertes Flanellhemd, das in einer grauen Hose steckte, dazu einen handgefertigten Ledergürtel mit einer runden, matt polierten silbernen Schließe mit Türkisen – Najavo. Mit den locker an den Seiten baumelnden Armen sah er aus wie jemand, der schwere körperliche Arbeit gewohnt war. Er erinnerte Laura an ihren Vater, einen Lehrer, der alles reparieren konnte und am liebsten im Freien gearbeitet hatte.

Laura berichtete den Taylors alles, was sie wusste. Wann und wo man Dan und Kellee gefunden hatte, dass sie vorher nach Las Vegas gefahren waren.

Richie hielt sich im Hintergrund, offenbar völlig versunken in die Betrachtung alter Videokassetten. Überließ ihr den schweren Teil der Arbeit.

Der Mann, Jack Taylor, reagierte nicht so, wie sie erwartet hatte. Er akzeptierte es sofort, es schien, als hätte er einen Teil der normalerweise erfolgenden Reaktionen übersprungen – Entsetzen, Ungläubigkeit, Zorn – und wäre sofort bei der Trauer gelandet.

»Was für eine Ironie«, sagte er.

»Ironie?«

»Kellee wäre vor drei Jahren beinahe gestorben. Sie hatte einen Hirntumor. Die Diagnose war – sie sagten, er sei inoperabel.«

»Was ist passiert?«

Er hob die Hände. Schwielig und rau; Hände, die Arbeit gewohnt waren. »Er verschwand. Einfach so. Er … löste sich einfach in Luft auf.«

»Sie haben unzählige Untersuchungen durchgeführt«, sagte Megumi Taylor. »Magnetresonanztomographie, Kernspin, Blutuntersuchungen. Aber er war weg.«

»Die Ärzte konnten es sich nicht erklären«, sagte Taylor. Er lehnte sich an den Tresen, zusammengesunken. Ein großer Mann, niedergedrückt von der Last des Unfassbaren. Abgesehen davon, dass er sich bereits damit auseinandergesetzt hatte, oft darüber nachgedacht hatte. »Es kam mir immer so vor, als würden wir auf geborgte Zeit leben. Wir hatten sogar schon eine Grabstelle auf dem Friedhof in Sedona ausgesucht. Sie wollte, dass wir ihr Leben feiern, um ein Leben nach dem Tod zu haben.«

Megumi sagte: »Sie ist – sie war Jacks einziges Kind.«

»Meine Frau starb, als sie noch klein war. Sie ist hier aufgewachsen, hat mir im Sommer im Geschäft geholfen, und dann ist sie aufs College gegangen …« Er wischte sich über die Nase. »Sie hat das alles hier angelegt, wissen Sie. Da war sie noch auf der Highschool.«

Seine Tränen fielen auf den Tresen.

Laura wartete, das Herz wurde ihr schwer, wie immer, wenn sie den Kummer anderer nachempfand. *Ich bin so eine Art Stoßdämpfer,* dachte sie. *Einer, der nicht besonders gut funktioniert.*

Richie hatte seine Sichtung der Videos beendet und stand still da. Lauschte auf den Schmerz in Jack Taylors Stimme.

Laura erkundigte sich, ob sie gewusst hatten, dass Kellee vorgehabt hatte zu heiraten.

»Ich weiß, dass sie es sich gewünscht hat«, sagte Taylor. »Sie hat Dan geliebt. Er war ein netter Junge. Hätte schlimmer kommen können. Verantwortungsbewusst, ernsthaft. Obwohl ich mir Gedanken wegen der Sache mit der Religion gemacht habe.«

»Die Sache mit der Religion?«, fragte Richie.

»Die Yates'. Chuck ist ein ausgesprochen aktives Mitglied der Southern Baptist Church. Daran ist nichts auszusetzen.« Jack Taylor nahm Megumis Hand. »Aber wir haben es nicht so mit Religion. Wir beide glauben …« Er sah sie an. »Es gibt so viel Elend auf der Welt, das von der Religion herrührt. Auch wenn das, was mit Kellee geschehen ist, ein Wunder war.«

Laura dachte, wie seltsam es war, dass Gott Kellee drei

Jahre zuvor das Leben geschenkt hatte, nur um zuzulassen, dass ihr jetzt jemand dieses Leben nahm, sprach es jedoch nicht laut aus. Laura konnte ihren Zwiespalt verstehen. Obwohl sie an Gott glaubte – sie tat es einfach –, konnte sie seine Entscheidungen oft nicht begreifen.

Sie hatte unaussprechliche Dinge gesehen. Schwer zu glauben, dass es einen gütigen Gott gab.

Jack Taylor blickte nicht hoch, während er mit seinem großen schwieligen Daumen Megumis Hand streichelte. »Jetzt bin ich froh, dass sie geheiratet haben. Vielleicht war es das, worauf Kellee gewartet hat.«

Sie hielten an einer Ausfahrt am Freeway, um sich etwas zu essen zu besorgen, und setzten sich im Licht der Natriumlampen des Burger King in den Wagen. Zu Hause versuchte Laura immer, sich gesund zu ernähren, aber sobald sie ein Fall aus Tucson wegführte, gingen alle guten Vorsätze flöten. Wenn man unterwegs war, waren ein Big Mac von McDonald's oder ein Crispy Chicken von KFC einfach wunderbar. Der bloße Geruch hatte auf sie die Wirkung eines Schlafmittels.

Laura war froh, dass Richie fuhr. Auf der Rückfahrt von Flagstaff nach Williams über das Hochplateau hatte sie die Augen geschlossen und auf das tiefe Brummen des Motors gelauscht, das Surren der Reifen auf dem Freeway, und sie hatte die Last der Ereignisse dieses Tages auf ihrer Seele gespürt.

Als sie in Williams ankamen, ging es bereits auf elf Uhr zu. Zu spät, um zu Hause anzurufen. Tom stand früh auf – eine Gewohnheit, die sie teilten. Laura hätte ihn gern gefragt, was heute Morgen los gewesen war. Aber sie würde es nicht tun. Wie sollte sie diese Frage formulieren, ohne nörgelig und unsicher zu wirken?

Sobald sie seine Stimme hörte, davon war Laura überzeugt, würde sie sofort wissen, ob er nur keine Lust gehabt hatte – was in Ordnung war – oder ob etwas Ernsteres dahintersteckte.

Aber da es zu spät war, um anzurufen, war es müßig, darüber nachzudenken. Sie war einerseits erleichtert, andererseits steigerte es jedoch ihre Unruhe, da es den Augenblick der Wahrheit nur etwas länger hinausschob, wenn sie nicht anrief.

Auf dem Weg in die Stadt machten sie kurz Halt beim Polizeirevier von Williams. Das gelbe Ziegelgebäude an der Hauptstraße lag ruhig da, der beleuchtete Eingang der Straße zugewandt, ein einsamer Polizist hinter der Scheibe. Er erkannte sie sofort, prominent, wie sie waren.

»Der Chief hat vor einer Weile angerufen«, sagte Officer Donnelly. Er trug eine Brille mit dicken Gläsern, die seine hellen Augen riesig erscheinen ließen, und hatte seine braun gefärbten Haare sorgfältig über den Kopf gekämmt. Er reichte Laura einen Notizzettel mit der Privatnummer von Loffgren. »Er sagte, Sie können ihn ruhig anrufen, egal, wie spät es ist.«

Sie rief vom Revier aus an, und Loffgren nahm nach dem zweiten Läuten ab.

»Ich dachte, das sollten Sie wissen. In den vergangenen zwei Monaten gab es drei Berichte über Zwischenfälle mit Verkehrsrowdys zwischen hier und Las Vegas. Einer auf der 93 kurz hinter Kingman, zwei auf der Interstate 40. Der Sheriff von Mojave County hat alle drei Fälle untersucht. Der Name des zuständigen Ermittlers ist David Fellows. Er hat heute Nacht Dienst. Ich gebe Ihnen die Nummer.«

»Bei zweien der Vorfälle handelte es sich um das Übliche«, sagte David Fellows, als sie anschließend mit ihm sprach. »Der eine wird geschnitten, er zeigt dem anderen den Vogel, und so geht es dann weiter. Glücklicherweise ist in beiden Fällen nichts Schlimmeres passiert.

Bei dem dritten Zwischenfall verhält es sich allerdings ein bisschen anders. Eine Frau fuhr hinter Kingman auf die 93 in Richtung Las Vegas. Der Typ fuhr so dicht auf, dass er sie beinahe gerammt hätte. Er und der Beifahrer beschimpften sie. Die Frau sagt, der Beifahrer hätte mit einer Waffe auf sie gezielt.«

»Was für eine Waffe?«

»Sie sagte, sie wäre groß gewesen. Irgendeine Art von Gewehr. Sie hat sich das Kennzeichen nicht gemerkt, es ging alles so schnell. Ich kann Ihnen den Bericht faxen.«

Laura ließ sich eine Beschreibung des Wagens geben – ein schwarzer Truck, neueres Modell. Eine bessere Beschreibung konnte die Frau nicht liefern.

»Verkehrsrowdy würde passen«, sagte Richie, nachdem Laura aufgelegt hatte. »Dan ärgert auf der Rückfahrt von Vegas jemanden, der Typ dreht durch, folgt ihnen nach Williams. Peng.«

»Aber warum wartet er so lange?«

»Tja, das ist eine gute Frage. Wann sind sie hier angekommen? Halb fünf? Was hat der Typ zwischen halb fünf und zehn Uhr gemacht?«

»Ich werde es morgen auf jeden Fall überprüfen«, sagte Laura müde. Jetzt, da die Entscheidung, was das Gespräch mit Tom betraf, gefällt war, wollte sie nur noch ihr Gepäck in einem Motelzimmer abstellen und schlafen.

Die meisten Motels an der Hauptstraße waren in den vierziger und fünfziger Jahren errichtet worden, viele davon waren inzwischen renoviert, sahen jedoch noch immer so aus wie zu ihrer Blütezeit.

Sie entschieden sich für das Pioneer, ein L-förmiges Gebäude mit einem vor kurzem frisch asphaltierten Parkplatz, einem Schild in Form eines Planwagens vor der Tür und rosafarbenen Neonröhren unterhalb der Dachrinne. Sportkanal und Kaffeemaschine in jedem Zimmer.

8

Welche Erleichterung!

Im Laufe des Tages hatte das, was sich im Nachhinein als Nichtigkeit entpuppte, immer größere Dimensionen in ihrem Kopf angenommen – wie sich Tom ihr an diesem Morgen entzogen hatte. Ihre Ängste waren völlig unbegründet gewesen. Tom war kurz nach ihr im Motel aufgetaucht. Er hatte neben einem Zelt alles Nötige für ein mitternächtliches Picknick in seinen Kofferraum gepackt – Wein, Brot und Käse. Jetzt waren sie am Cataract Lake und lagen, nachdem sie sich leidenschaftlich geliebt hatten, eng ineinander verschlungen da und dösten vor sich hin.

Alles vergeben und vergessen.

Als Laura sicher und geborgen in Toms Armen lag, wurde ihr klar, dass nichts mehr so war wie früher. Sie hatte sich immer viel auf ihre Unabhängigkeit eingebildet, und nun stellte sie fest, dass diese Vergangenheit war. Sie hatte sich ohne Wenn und Aber auf ihn eingelassen. Es gab Dinge, die ließen sich nicht mehr rückgängig machen, und Laura begriff, dass sie das auch gar nicht wollte.

Sie genoss seine Nähe, genoss es, seinen Atem auf ihrer Schulter zu spüren, das Heben und Senken seiner Brust im Schlaf. Sie lächelte. Schlief ein.

Das Knacken eines Zweigs riss sie aus dem Halbschlaf. Von einer Sekunde auf die andere befand sie sich, jeder Muskel, jeder Nerv, jede Synapse, in Alarmzustand.

Ein Lachen. Oder war es der Wind, der weiter oben durch die Bäume fuhr?

Nein, es war ein Lachen. Aus weiter Ferne, rau und vielsagend.

Stocksteif vor Angst lag sie im Zelt. Tom schlief tief und fest neben ihr. Ihr Herz raste.

Ein Schuh knirschte auf der Erde. Laura wappnete sich, sie wusste, was folgen würde, konnte sich aber aus irgendeinem Grund nicht rühren. Dafür bewegte sich Tom. Unvermittelt setzte er sich in dem Schlafsack auf und packte sie, stieß sie mit sagenhafter Kraft weg und warf sich über sie, gerade als der erste Schuss, begleitet von einem ohrenbetäubenden Krachen, durch die Zeltwand schlug.

Schrot schoss durchs Zelt, schlug neben ihr in den Boden. Drei laute Knalle. Sie musste getroffen worden sein, sicher versagten ihre Organe schon, und sie spürte durch den Schock nur noch nichts.

Toms Griff lockerte sich plötzlich, Laura drehte sich in seinen Armen, sah ihn an, sein Blut tropfte auf ihr Gesicht. Die Erkenntnis, dass er tot war, durchfuhr sie wie eine Klinge, und sie brach in Schweiß aus.

Ihre Wade zuckte vor Krämpfen.

Automatisch beugte sie ihr Knie, der Schmerz verschwand. Der Mundharmonika-Akkord eines vorbeifahrenden Zuges ertönte in der Nähe. Sie begriff, dass sie sich in einem Motelzimmer in Williams an der alten Route 66 befand, allein. Kein Tom. Keiner, der auf sie schoss. Die Laken klebten schweißnass an ihrer Haut.

Wieder das Zugsignal. Dort, wo sie lebte, in der Nähe von Tucson, mitten in der Wüste, verliefen die Eisenbahnschienen in einer Entfernung von drei Kilometern Luftlinie. Hier waren die Schienen nur einen Block entfernt.

Sie setzte sich im Bett auf und versuchte, sich zurechtzufinden. Ein typisches Motelzimmer, das gelbe Licht vom Laubengang kroch zwischen den Vorhängen herein und warf Flecken auf den runden Tisch beim Fenster. Als das Zugsignal abebbte, vernahm Laura ein metallisches Klirren, das von der Straße her kam. Der Schmerz in ihrer Wade war verschwunden, und sie stand auf und sah nach draußen, isolierte das Geräusch: die Kette an der Fahnenstange vor dem Polizeirevier von Williams, die jedes Mal rasselte, wenn der Wind die Flagge zum Flattern brachte.

Es wehte ein starker Wind. Sie konnte ihn hören, wie er an den Ecken des Motels scharrte, durch die Bäume rauschte, einen Ast über das Badezimmerfenster kratzen ließ. Eine ruhelose Nacht.

Sie knipste das Licht an, ging ins Badezimmer und starrte in ihr Gesicht. Sie sah unverändert aus. Nur ein weiterer schlechter Traum in einer langen Reihe schlechter Träume.

»Ich habe den Eindruck, davon hattest du in letzter Zeit eine ganze Menge.«

Laura starrte an ihrem Spiegelbild vorbei durch die Badezimmertür auf Frank Entwistle, der auf einem Stuhl im Zimmer saß.

Sie sagte: »Bringt der Job mit sich.«

»Wie du meinst.« Der pensionierte Detective der Polizei von Tucson legte einen Fuß auf das Knie des anderen Beins. Sie konnte die Stelle an dem Socken sehen, wo seine Frau Pat ihn gestopft hatte. Wer stopfte heutzutage noch Socken?

Ihr fiel ein, dass sie Pat seit Franks Beerdigung noch nicht wieder besucht hatte. Sie bekam ein schlechtes Gewissen.

Entwistle zündete sich eine Zigarette an. Laura hätte schwören können, dass sie sie roch, trocken und ein wenig beklemmend wie der Wind, der draußen am Türpfosten rüttelte.

»Was hältst du von dem Knaben, diesem Dan? Ein echter Held, hm? Sein erster Gedanke war, seine Frau zu schützen. Sie mit seinem eigenen Körper abzuschirmen, dazu gehört Mut.«

»Ich weiß.«

»Ich wette, du würdest alles tun, um den Typen, der das getan hat, zu erwischen.«

»Stimmt.«

»Du würdest alles tun, um ihn zu kriegen, und das ist gut. Aber wie du die ganze Sache anpackst ...« Er schüttelte den Kopf.

»Was meinst du damit?«

»Mach mir doch nichts vor, Lorie. Hier geht es doch nicht um Dan Yates und Kellee Taylor. Hier geht es um dich.«

Es war, als hätte er etwas in ihrem Inneren aufgestemmt, ein vor ein Fenster genageltes Brett – ein wenig, gerade genug, um einen schmalen Lichtstrahl hereinzulassen. »Inwiefern, meinst du, geht es um mich?«, fragte sie und merkte, dass ihre Stimme auf einmal piepsig klang.

Entwistle rieb sich über den Nasenrücken, die Zigarette zwischen seinen Fingern gefährlich nahe an den Augenbrauen. Er sah nicht gut aus. Sein Gesicht hatte das kränkliche Rosa eines schwitzenden Schinkens, und seine weißen Haare schienen spinnwebfein. Passend für einen Geist.

»Du hilfst überhaupt niemandem damit, wenn du so weitermachst«

»Ach Quatsch.«

»Wie heißt es in der Bibel doch so schön? Zieh den Balken aus deinem Auge, bevor du versuchst, den Splitter aus dem deines Bruders zu holen.«

»Was soll das denn heißen?« Sie schnappte sich einen Waschlappen, hielt ihn unter den Wasserhahn und fing an, sich damit den getrockneten Schweiß von Armen und Beinen zu reiben. »Das ist doch albern.«

»Nur ein kleiner Rat. Du solltest den Fall lösen wollen, weil es dein Job ist.«

»Das habe ich vor.«

Er erhob sich. »Mir wird es zu eng hier. Ich werde ein bisschen spazieren gehen.« Er öffnete die Tür und sah zu ihr zurück, seine Augen waren traurig. »Du kennst doch das alte Sprichwort: Wer im Glashaus sitzt, sollte nicht mit Steinen werfen.«

Noch so eine blöde Redensart. Wenn sie schon von einem Geist verfolgt werden musste, warum konnte es dann nicht einer sein, der weniger abgedroschene Sprüche anzubieten hatte.

Entwistle deutete mit dem Finger auf sie. »Und du bist diejenige, die im Glashaus sitzt.«

Er trat hinaus in die ruhelose Dunkelheit, der Wind zerrte an seinen Haaren, die wie ein Toupet aussahen, aber keines waren, und schloss die Tür hinter sich.

Laura ging zur Tür und öffnete sie.

Wie nicht anders erwartet, lag der Parkplatz verwaist da.

9

Die Luft war schneidend, als Laura am nächsten Morgen kurz nach fünf den Parkplatz des Pioneer Motels verließ. Es war Sonntag, der Ort lag totenstill da, und bis auf die zusammengeknüllte Hamburgerverpackung, die den Rinnstein hinunterrollte, waren die Straßen wie leergefegt.

Sie steuerte den Circle K auf der Hauptstraße an, um sich

einen Kaffee zu holen, und hielt neben einem alten International Scout mit laufendem Motor und einem Jagdhund auf dem Rücksitz. Zwei Kerle in Camouflage-Anzügen, die einen Sechserpack Bier und etwas zu essen in Händen hielten, nickten ihr zu, als sie einstiegen.

Sie bog um zwei Ecken, um zur First Street zu gelangen und nicht die Einbahnstraße fahren zu müssen, dann nahm sie die Straße, die aus der Stadt hinausführte. Sie fühlte sich verunsichert und leicht deprimiert.

Sie und Richie hatten beschlossen, an diesem Tag getrennte Wege zu gehen. Er wollte zur Northern Arizona University in Flagstaff fahren und mit Freunden und Mitbewohnern von Dan und Kellee sprechen. Laura wollte die Fahrt des jungen Paares nach Las Vegas und zurück verfolgen.

Neben ihr auf dem Sitz lag die Fotokopie einer Tankquittung von einem Circle K in Kingman, die Fotos von Dan und Kellee, die sie auf der Fahrt gemacht hatten, und die Heiratsurkunde der beiden.

Sie zweifelte daran, dass sie in Vegas die Lösung finden würde, aber sie durfte den Zwischenfall auf der Route 93 wegen eines Details nicht ganz außer Acht lassen – dass der Beifahrer mit einem Gewehr herumgefuchtelt hatte. Laura fand die Spanne zwischen Dan und Kellees Rückfahrt und dem Zeitpunkt ihrer Ermordung zwar ein bisschen zu groß, um einen Zusammenhang herzustellen, aber dafür könnte es eine Erklärung geben. Sie hatte während ihrer Laufbahn als Detective schon merkwürdigere Dinge erlebt.

Während der Fahrt ging Laura nicht etwa der Fall durch den Kopf, sondern das, was Frank Entwistle über Glashäuser gesagt hatte.

Sie wusste, dass sie reizbar und völlig fertig war. Und ihr war auch klar, dass sie deshalb Toms fehlendes Interesse gestern Morgen so tief verletzen konnte. In letzter Zeit war sie sehr dünnhäutig gewesen, und sie hatte auf Tom Lightfood gezählt, als den einzigen Menschen, auf den sie sich wirklich verlassen konnte. Vielleicht verließ sie sich zu sehr auf ihn.

Laura kannte anlehnungsbedürftige Menschen nur zu gut. Sie mochte sie selbst nicht, wie konnte sie das dann von Tom erwarten? Tom hatte einen großen Teil seines Lebens allein verbracht und sich an niemanden anpassen müssen. Das machte unter anderem seine Anziehungskraft auf sie aus – ein Mann Mitte dreißig, der sowohl mit den Pferden als auch den Touristen auf der Gäste-Ranch spielend fertig wurde. Sie konnte niemanden brauchen, der zu viele Forderungen stellte. Zumindest hatte sie das gedacht.

Anfangs hatte sie Bedenken gehabt, als er bei ihr einziehen wollte. Jetzt zeigte sich, dass die Dinge genau umgekehrt lagen und sie die Fordernde von ihnen beiden war.

In diesem Moment fiel ihr auf, dass immer sie die Initiative ergriff, wenn es um Sex ging. Immer. Was sagte das eigentlich über ihre Beziehung aus?

Wenn sie sich vorstellte, sie beide säßen auf einer Wippe, wäre sie diejenige, die in der Luft hing.

Auf der Höhe von Kingman nahm sie die Abfahrt zu dem Circle K, wo Dan und Kellee getankt hatten.

Die Kassiererin, die auch am Freitagvormittag Dienst gehabt hatte, erinnerte sich nicht an Dan oder Kellee. Das überraschte Laura nicht weiter, denn gleichzeitig mit ihr waren wohl um die fünfzehn Leute in der Tankstelle, von denen allein sechs darauf warteten, zahlen zu können. Die Augen der Kassiererin wanderten immer wieder nervös zu den Wartenden hinter Laura.

Laura drehte sich um und suchte den Laden nach einer Überwachungskamera ab. Sie hing in einer Ecke, schräg gegenüber der Theke. »Ich würde gerne den Geschäftsführer sprechen.«

Die Kassiererin nahm den Pager und rief Reggie Fortin, sichtlich erleichtert, dass Laura jetzt jemand anderen vom Arbeiten abhielt.

Reggie Fortin führte sie in eine kleine Kabine, die als Büro diente. Er war Anfang zwanzig, wohl an die zehn Jahre jünger als die Kassiererin, und seine Lippen umspielte immerfort ein Lächeln, das den Eindruck machte, als würde es durch unsichtbare Drähte in Form gehalten.

»Wie viele Tage reichen die Bänder aus Ihrer Überwachungskamera zurück?«

Er lehnte sich zurück und verschränkte die Hände hinter dem Kopf. Er trug ein kurzärmeliges Hemd mit abgestoßenem Kragen und gelben Schweißrändern unter den Armen. »Ein Videoband umfasst vierundzwanzig Stunden. Wir heben die Bänder einunddreißig Tage auf.«

»Sie haben zwei Kameras, oder?«

»Nein, in diesem Laden haben wir außen keine Kamera.«

Laura bat ihn um das Band vom gestrigen Tag. Er fragte, ob sie einen Gerichtsbeschluss hatte – das fragten dieser Tage eine Menge Leute. Bei den vielen Krimiserien im Fernsehen wollten die Leute zeigen, dass man ihnen nichts vormachen konnte.

Laura sagte: »Ich habe keinen Gerichtsbeschluss.«

Das brachte ihn aus dem Konzept. Er saß da, klopfte mit dem Schuh auf den Boden und tat so, als dächte er nach. Sie sagte nichts; sie hatte nicht die Absicht, ihn aus dieser Zwickmühle zu befreien.

»Okay«, sagte er schließlich. »Ich schätze mal, das ist in Ordnung. Hier geht's um Mord, oder?«

»Ich würde Sie nicht darum bitten, wenn es nicht wichtig wäre.«

Noch beim Sprechen dachte sie plötzlich, dass diese ganze Fahrt vermutlich überhaupt nichts brachte. Was hoffte sie auf dem Videoband zu sehen? Einen schwarzen Truck, der an einer Zapfsäule vorfuhr, darin zwei Kerle mit Schrotflinten, die mit Dan zu streiten anfingen?

Reggie legte das Band in das Abspielgerät und ließ es zurücklaufen, bis er bei acht Uhr morgens angekommen war. Laura hatte überlegt, dass Dan und Kellee frühestens um acht Uhr in Kingman eingetroffen sein konnten; von Flagstaff waren es knapp zweihundertfünfzig Kilometer bis hierher. Nach den Schatten auf dem Hoover Dam zu urteilen, war sich Laura ziemlich sicher, dass sie nicht vor neun Uhr dort gewesen waren.

Über den Bildschirm marschierten Leute, die an der Kasse zahlen wollten. Ein paarmal ließ sie das Band anhalten, aber keiner sah Dan oder Kellee besonders ähnlich. Auch keine verdächtig aussehenden schwarzen Trucks. Sie war inzwischen bei zehn Uhr angelangt. Viel später konnte es nicht gewesen sein.

»Wir gehen noch mal zurück, fangen dieses Mal aber um sieben an.«

Gehorsam ließ Reggie Fortin das Band zurückspulen. Konzentriert sah sie es sich noch einmal an.

Dann entdeckte sie die blonde junge Frau. Sie war ihr beim ersten Mal entgangen, weil sie Jeans und keine Shorts trug.

»Halt.«

Er drückte die Pausentaste, und die junge Frau erstarrte auf dem Bildschirm, über der oberen Hälfte zitterten diagonale Streifen.

»Soll ich zurückspulen?«

»Nur ein kleines Stück.«

Die Frau trug Jeans und ein Miederhemdchen, die Haare hatte sie locker mit einer Haarspange hochgesteckt.

»Weiter zurück«, sagte sie. Er ließ das Band noch ein paar Sekunden zurückspulen, dann drückte er wieder auf den Abspielknopf.

»Halt.«

Die Theke war aus der gegenüberliegenden Ecke aufgenommen, so dass Laura nur die Rücken der Kunden sah. Aber in diesem Moment hatte sich die Blondine umgedreht, um etwas zu jemandem, der hinter ihr stand, zu sagen.

Laura kannte sie.

Die Blondine war Shana Yates.

Die Forget-Me-Not-Hochzeitskapelle war in einem Haus im Tudor-Stil untergebracht, das etwas zurückgesetzt in einer Seitenstraße des Strip stand und von einer sauber manikürten Rasenfläche umgeben war, die unter der grellen Las-Vegas-Sonne dasselbe Froschgrün wie Kunstrasen hatte. Später am Tag würde die Kapelle vom Schatten eines der monströsen Hotelkasinos am Strip verschlungen werden.

Die knallrosa Leuchtreklame davor stellte die Umrisse einer Braut dar. Sie hielt die Hand vor den Mund, was in Lauras Augen einen durchtriebenen Eindruck machte.

Die Frau, die Laura in Empfang nahm, war um die Vierzig und hatte eine wilde hennarote Mähne. Sie trug ein langärmliges weißes Spitzenkleid, dessen Volantrock bis zu den weißen Cowboystiefeln reichte. Das Outfit stammte direkt aus den 1980ern, inklusive der Schulterpolster. Auf ihrem Namensschildchen stand AUDREY.

Mit ihrer schwer beringten Hand packte Audrey Laura am Handgelenk und zog sie in den Vorraum, in dem man sich kaum umdrehen konnte. Zur Hälfte bestand er aus einem Erker mit drei Bänken. An den Fenstern des Erkers prangten graue Samtvorhänge über Spitzengardinen, und überall standen oder hingen niedliche kleine Nippes herum – und an jedem Stück baumelte ein winzig kleines Preisschild.

»An welche Art von Hochzeit haben Sie gedacht?«, fragte Audrey und schätzte Laura mit einem Blick unter schwarz getuschten Wimpern ab. »Im Moment haben wir ein sehr schönes Angebot, kostet nur 129,49, inklusive Fotos, Videokamera, Trauzeugen, Limoservice, einer Rose für die Braut, ein Knopfloch-Sträußchen für den Bräutigam …«

»Ich bin nicht wegen einer Hochzeit hier.« Laura zeigte ihre Dienstmarke und nannte ihren Namen, wobei sie sich fragte, was Audrey dazu veranlasste, ihr gerade das billigste Paket anzubieten. Sie zeigte der Frau die Fotos von Dan und Kellee.

»Ich erinnere mich an sie. Ein richtig süßes Pärchen. Warten Sie einen Moment, ich hole mein Hochzeitsbuch.« Geschäftig eilte sie hinaus, eine Wolke Rosenduft hinterlassend, und kehrte mit einem dicken Ordner aus weißem Kunstleder zurück, der mit Bändern und Glasperlen verziert war. Sie setzte sich, den Ordner auf den Knien. »Ah, da ist es schon.« Sie drehte ihn so, dass Laura die Seite sehen konnte.

Es war eine Beschreibung des Hochzeitsservice-Pakets, das Dan Yates und Kellee Taylor gewählt hatten: »Verheißung«, für 199,99 Dollar.

Das teuerste Paket für 499,99 Dollar hieß »Für immer«.

»Hier steht, dass zu dem Paket ›Verheißung‹ auch Fotos und ein Video gehören. Haben Sie die hier?«

»Die Fotos sind noch nicht entwickelt, und unser Videospezialist muss das Band erst noch schneiden. Wir beauftragen immer einen ganz bestimmten Hochzeitsfotografen mit den Fotoarbeiten. Dasselbe gilt für die Videos; einen Moment, die Firma heißt – ach, ja, I-Cam Video Productions. Die Fotos sollten bis Mittwoch fertig sein und werden dann an die Braut und den Bräutigam geschickt …« Sie hob ihre weinrot lackierten Nägel an ihre weinroten Lippen, offenbar dämmerte ihr, dass mit Braut und Bräutigam möglicherweise etwas nicht stimmte. »Es geht ihnen doch gut, oder? Es ist ihnen doch nichts passiert?« Sie riss die Augen auf. »Die Schießerei auf dem Campingplatz! Das war in Williams, oder? Meine Freundin wohnt dort, und ich musste gleich an sie denken, als ich davon hörte …«

»Ma'am, würden Sie mir bitte die Nummer des Fotografen geben?«

»Das waren die beiden, oder?« Ihre Miene verriet Schrecken und gleichzeitig Neugier. »Sie war eine so hübsche Braut. Nein, die beiden Mädchen waren einfach bezaubernd.«

»Shana Yates?«

»Ja, ich glaube, so hieß die andere. Die Schwester. Ich weiß nur nicht, warum sie ausgerechnet Jeans tragen musste. Dann stimmt es also? Das junge Paar auf dem Campingplatz – ich habe es heute Morgen in den Nachrichten gesehen.«

Laura wusste keinen Grund, warum sie es leugnen sollte. Mittlerweile waren Dans und Kellees Namen an die Presse weitergegeben worden. »Die Schwester war Trauzeugin?«

»Sie und ihr Freund.« Die Missbilligung war ihrer Stimme deutlich anzuhören, als sie »Freund« sagte.

»Freund?«

»Ich habe jedenfalls angenommen, dass er ihr Freund gewesen ist, vielleicht war er aber auch nur ein Freund des Bräutigams.«

»Wie kamen Sie auf die Idee, dass er ihr Freund gewesen sein könnte?«

»Wie sie sich ihm gegenüber verhalten hat. Wie nennt man das noch mal … na ja, so besitzergreifend.«

»Ach ja?«

Audrey nickte. »So ein hübsches Mädchen, die hätte jeden haben können. Der Typ war wirklich nicht der Hit.«

»Können Sie ihn beschreiben?«

»Er war älter als sie – ich schätze mal, er war mindestens fünfunddreißig. Und diese Jahre können kein Zuckerschlecken gewesen sein. Er wirkte irgendwie heruntergekommen, billig.«

»Wie kommen Sie darauf?«

»Seine Klamotten. Und dann darf in der Kapelle nicht geraucht werden, und er hat alle warten lassen, bis er draußen seine Zigarette fertig geraucht hatte. Warum will er dann überhaupt Trauzeuge sein?«

»Hört sich egoistisch an.«

Ihre Augen blitzen auf. »Das ist es, Sie haben es genau erfasst. Es ging nur um ihn.«

»Wissen Sie seinen Namen?«

»Eine Minute. Wir lassen die Trauzeugen immer auf der Hochzeitsurkunde und im Buch unterschreiben.«

Sie kramte einen kleinen Zettel hervor, auf den ein Name gekritzelt war. Ein Name, den Laura nicht kannte: Robert Burdette.

10

»Was ist das denn?«, fragte June Burdette ihren Sohn, der eine Sackkarre mit einer riesengroßen Kiste darauf über den Gartenweg schob und aufpassen musste, nicht einen ihrer hundert Gartenzwerge oder Windrädchen umzufahren.

»Wirst es gleich sehen.«

»Es ist nicht wieder eine Waschmaschine, oder? Die Letzte, die du angeschleppt hast, ist totaler Mist. Ich hoffe nur, dass du nicht schon wieder Geld zum Fenster rausgeworfen und einen Ersatz gekauft hast. Ich habe mich inzwischen an das Ding gewöhnt.«

»Es ist keine Waschmaschine.« Bobby manövrierte die Sackkarre fachmännisch die zwei Stufen zu ihrer Veranda hinauf – wenigstens dafür war es gut, dass er jahrelang für ein Umzugsunternehmen gearbeitet hatte. »Halt mir bitte die Tür auf.«

Seine Mutter ließ sich alle Zeit der Welt. Er stellte fest, dass sie einen neuen Hausmantel trug, der genau wie der alte aussah, nur dass die Farben nicht ausgeblichen waren.

Mit einem tiefen Seufzer hielt sie ihm die Fliegengittertür auf. »Beeil dich, der Doktor sagt, dass ich meinen Arm nur kurze Zeit in derselben Position halten darf, weil die Rotatorenmanschette weg ist – Knochen liegt direkt auf Knochen. Pass auf den Lehnstuhl auf!« Sie ließ die Tür hinter ihnen beiden zufallen und folgte ihm nach drinnen. In dem Zimmer war es wie immer dunkel wie in einer Höhle.

»Ich weiß nicht, warum du mir immer irgendwelches Zeug kaufen musst. Ich will diesen Ramsch nicht.«

»Warte, bis du es gesehen hast.«

»Ich gehe in die Küche. Gleich kommt meine Lieblingsserie.«

Zehn Minuten später folgte er ihr. Sie hockte an dem Resopaltisch vor dem winzigen Fernseher, den er als Kind in seinem Zimmer gehabt hatte, und kroch beinahe in ihn hinein.

»Komm und schau es dir an.«

Sie stand ächzend auf. »Was ist es denn dieses Mal?«

»Es ist eine Überraschung, Ma.«

Ihr Mund verzog sich säuerlich. »Du hast nicht so viel Geld, dass du es zum Fenster rausschmeißen kannst. Wenn du jemals eine gut gefüllte Lohntüte nach Hause brächtest, würdest du alles an einem Wochenende auf den Kopf hauen.«

Er spürte, wie sein Blutdruck stieg, und holte tief Luft. »Es ist ein Geschenk. Zu deinem Geburtstag.«

»Ich habe erst in einem Monat Geburtstag.«

Sie litt an Altersstarrsinn; er musste nachsichtig sein. »Es war ein Sonderangebot«, sagte er geduldig.

June Burdette stand auf und folgte ihrem Sohn ins Wohnzimmer. Der riesige Widescreen-Fernseher sah in dem Zimmer mit den falschen Stilmöbeln und den kleinen Teppichen auf dem braunen Linoleumboden, in dem sich seit den fünfziger Jahren nichts verändert hatte, völlig fehl am Platz aus. Sie hatte an die Zimmerantenne des alten Fernsehers doch glatt rote Schleifchen geknüpft. *An die Zimmerantenne*!

»Was ist das?«

»Das ist ein Fernseher. Mit DLP. Man nennt so was auch HDTV-Fernseher. Der Bildschirm ist so breit, dass du deine Basketballspiele richtig gut sehen kannst.«

»Ich finde meinen alten besser. Wo ist er?«

»Ich habe ihn rausgestellt.«

»Na, dann hol ihn wieder rein. Ich will dieses Ding nicht. Er ist hässlich.«

Hässlich? Ihr Haus war hässlich. Ihre Hausmäntel waren hässlich. Die kahle Stelle auf ihrem Kopf war hässlich. Wie sie die Welt betrachtete, war hässlich – niemals sah sie etwas Gutes.

»Hast du mich gehört?«, sagte sie. »Hol ihn wieder rein! Ich will dein dummes breites Ding nicht. Bring ihn dorthin zurück, woher du ihn hast.«

»Bitte, wenn du meinst.« Er presste die Lippen aufeinander, um sie nicht anzuschnauzen, stolzierte hinaus und holte ihre alte Flimmerkiste. Am liebsten hätte er das Ding in den Garten geschmissen und damit einige der widerlichen Gartenzwerge geköpft. Er wollte ihn auf den Boden werfen und darauf herumtrampeln.

Stattdessen trug er ihn zurück ins Haus und stellte ihn auf den Boden.

»Pass doch auf! Dieser Fernseher hat die letzten zwanzig Jahre überstanden. Ich kann nicht wie du herumspazieren und mit dem Geld nur so um mich werfen.«

»Ich habe ihn doch für dich gekauft.«

»Tja, und ich will ihn nun mal nicht.«

Er schaltete den neuen Fernseher ein.

Sie starrte auf das Bild. »Scharf ist es ja. Ich dachte, dass diese riesigen Dinger verschwommen wären.«

»Er ist hochauflösend – das Feinste vom Feinen.«

»Also, das Bild ist wirklich gut. Fast so gut wie das von meinem alten. Hm.« Sie berührte ihn mit der Spitze ihres Hausschuhs. »Na ja, wenn er schon mal da ist, kannst du ihn auch hierlassen. Gibt keinen Grund, warum du ihn wieder zurückschleppen solltest. Wo hast du ihn her? Aus einem von diesen großen Elektromärkten, oder? Klar, was anderes könntest du dir ja gar nicht leisten. Du weißt, wie die das machen, oder? Sie lassen dich eine Umtauschgebühr bezahlen. Das ist das Problem bei diesen Läden – sie verkaufen dir irgendein billiges Teil und setzen darauf, dass du nicht zufrieden bist, wenn du es zu Hause auspackst. Dann sacken sie für nichts und wieder nichts zusätzlich Geld ein.« Sie nahm die Fernbedienung, die noch in Folie eingepackt war, und musterte mit ihren kleinen argwöhnischen Augen die Knöpfe. »Wenn du ihn zurückbringst, musst du ihnen nur dein schönes Geld in den Rachen werfen.«

»Dann nimmst du ihn also?«

»Jetzt ist er schon mal da. Ich will ja nicht, dass du noch mal hinfahren musst.«

Jedes Mal, wirklich jedes Mal, trieb sie dieses Spielchen mit ihm. Er kam zu ihr in der Hoffnung, dass sie sich vielleicht dieses eine Mal freuen würde und etwas geben würde, statt immer nur zu nehmen und zu nehmen und zu nehmen. Und jedes Mal wurde er wieder enttäuscht.

»Ich erspar dir nur eine weitere Fahrt. Du machst nämlich immer zweimal die gleiche Fahrt: Eine, um etwas zu kaufen, und eine, um es umzutauschen. Kennst du etwa nicht den Spruch: Erst denken, dann handeln?«

»Das tu ich doch!«

Sie schnaubte. »Du hast nicht ein Mal in deinem Leben vernünftig nachgedacht. Ich musste immer für dich mitdenken. Warum kannst du nicht so sein wie Steven ...«

»Steve ist ein Scheiß-Junkie, Ma.«

»Sprich nicht so mit mir. Er hat die Highschool geschafft, oder etwa nicht? Was hast du denn jemals geschafft?«

Er wollte ihr von seinem Plan erzählen, hielt aber den Mund. »Soll ich jetzt den Fernseher zurückbringen oder nicht?«

»Lass ihn hier.«

»Du könntest ruhig mal danke sagen.«

Sie sah weg.

Er wollte sie fragen, warum sie immer so gemein zu ihm sein musste, warum sie ihm nicht einmal etwas zugestehen konnte. Warum sie ihn immer so behandelte, als sei er ein Haufen Hundescheiße, in den sie gerade mit ihren Schlappen getreten war. »Was ist daran so schwierig, mal danke zu sagen?«

»Ich habe doch danke gesagt.«

»Hast du nicht.«

»Doch.«

Manchmal hätte er ihr am liebsten den mageren Hals umgedreht.

»Das Problem mit dir ist«, sagte sie, »dass du nicht zuhören willst. Du hörst nicht zu und du bringst nie etwas zu Ende. Ein normaler Mensch würde mich fragen, was ich mir zum Geburtstag wünsche. Steven hat …«

»Ich kann mir nicht vorstellen, dass du was von ihm bekommen wirst.«

»Warte es nur ab. Bisher habe ich jedes Jahr was bekommen.«

Plötzlich dachte er an die Bibelstunde in der First Pentacostal Church, in die ihn seine Mutter regelmäßig gebracht hatte – der Lehrer hatte gesagt, sie könnten sich irgendeine Geschichte aus der Bibel aussuchen und ein Bild dazu malen. Er hatte Kain und Abel gewählt. Und wie bei Kain waren auch seine Geschenke nie gut genug.

Er fragte sich, warum ihn das so traf.

»Noch etwas – du hast versprochen, dass du dich um den Baum draußen kümmerst. Eines Tages wird er noch aufs Haus fallen.«

»Ich habe gesagt, dass ich es tue, und ich tue es auch. Sobald ich Zeit habe.«

Sie verschränkte ihre Arme. »Siehst du? Genau das meine ich. Du versprichst mir dauernd irgendwelche Sachen, und dann hast du immer irgendeine Ausrede parat, warum du nicht kannst.«

»Ich muss jetzt gehen.« Er drehte sich zur Tür.

»Was ist mit meinem alten Fernseher?«

»Was soll mit ihm sein?«

»Wirfst du ihn für mich weg? Du weißt doch, wie mein Rücken beieinander ist. Ich schaffe das nicht.«

Am liebsten hätte er ihr gesagt, wo sie sich ihren blöden Fernseher hinschieben konnte, aber er tat es nicht.

Er nahm ihn mit und fuhr ihn auf dem Heimweg beim Sperrmüll vorbei.

11

Es ging auf drei Uhr nachmittags zu, als Laura wieder in Williams war. Sie fuhr an dem Motel vorbei und bog in die Straße ein, in der Shana Yates wohnte.

Als sie an diesem Tag ihr Auto vor dem Haus der Yates' abstellte, waren keine Kinder zu sehen. Der große Pferdeanhänger war an den verbeulten alten Truck gehängt, und Shana Yates war gerade dabei, Mighty Mouse in den Anhänger zu verladen. Sie warf den Zügel über den Rücken des kleinen Pferdes, und es ging gehorsam hinein. Shana schlüpfte an ihm vorbei und band ihn fest. Kaum hatte sie das Seitenfenster geöffnet, steckte Mighty Mouse seinen Kopf heraus und sog mit geblähten Nüstern die angenehmen Gerüche ein; aus dem Maul hing ihm ein grüner Alfalfa-Stängel.

Shana sah in ihren Jeans und der langärmligen grünen Bluse gut aus. Als sie Laura bemerkte, huschte einen Moment ein Ausdruck der Unsicherheit über ihre Züge, als würde sie jemanden in einer Umgebung sehen, in der sie ihn nicht erwartet hätte. »Hallo«, sagte sie und bedachte Laura mit einem Lächeln, das ein wenig gezwungen wirkte.

»Hallo, Shana. Haben Sie kurz Zeit?«

Sie deutete zu dem Anhänger. »Ich habe eigentlich zu tun.«

»Fahren Sie zu einem Rodeo?«

»Rodeo?«

Laura warf einen Blick auf das gerodete Stück Land auf der anderen Straßenseite. »Sie reiten auf Rodeos, Barrel Race, oder?«

»Nein, im Grunde reite ich überhaupt nicht mehr.«

»Ach.«

Ein unbehagliches Schweigen entstand. Schließlich sagte Shana: »Ja, also, ich muss jetzt los.«

»Darf ich Sie begleiten?«

»Ich weiß nicht, es könnte eine Weile dauern.«

»Ich habe Zeit. Da sind noch ein paar Dinge, die ich mit Ihnen klären will.« Dann fügte sie noch hinzu: »Um herauszufinden, wer Dan das angetan hat.«

Shana schien hin und her gerissen zu sein. Sie wollte ganz offensichtlich nicht mit Laura sprechen, aber sie liebte ihren Bruder. Die Liebe zu ihrem Bruder gewann die Oberhand. »Okay.«

Laura stieg auf der Beifahrerseite des Trucks ein, in dem es aussah, als wäre eine Bombe eingeschlagen. Papier, Styroporbecher, Chipstüten, Zeitschriften, ein Halfter, das schon bessere Tage gesehen hatte, ein alter Cowboyhut, Wasserflaschen, Schokoriegel – eine ganze Menge Zeug, das ihren Füßen den Platz streitig machte.

»Wohin fahren wir eigentlich?«, fragte Laura, als sie langsam auf die Straße abbogen.

Shana hielt an, ihr Gesicht wirkte müde. Dann sagte sie: »Ich verkaufe Mighty Mouse.«

Das überraschte Laura. »Gibt es einen Grund, warum Sie das Pferd gerade jetzt verkaufen wollen?«

Shanas Schultern hoben und senkten sich. »Es ist einfach an der Zeit. Ich bin jetzt Mutter.«

»Wie geht es Adam und Justin?«

»Gut. Sie sind bei Ronnie.«

»Ronnie?«

»Ihr Vater.« Sie blickte zu Laura. »Ich weiß schon, was Sie als Nächstes fragen werden. Ja, wir sind geschieden.«

»Aber Sie sehen sich noch?«

»Wie kommen Sie denn auf die Idee? Der Typ ist ein Schwein.«

»Ich dachte nur, dass Ihr Ex der Mann gewesen sein könnte, mit dem Sie in Las Vergas waren.«

Shana lief rot an. »Mit dem würde ich nirgendwohin gehen.« Sie schaltete einen Gang herunter und warf dabei einen Blick in den Rückspiegel, bevor sie auf die Cataract Road abbog. Schließlich sagte sie: »Na und, dann wusste ich eben von Dan und Kellee. Was soll schon dabei sein?«

»Nichts, außer dass Ihre Eltern vielleicht auch gerne davon gewusst hätten.«

»Das war Dans Sache, oder? Damit brauchen Sie mir nicht zu kommen.«

»Doch, das tue ich aber. Sie haben mich bewusst angelogen. Glauben Sie eigentlich, ich mache das hier zum Spaß? Das ist eine Mordermittlung, und wir sprechen über den Tod Ihres Bruders.«

Shana schlug auf das Lenkrad. »Gut. Okay.«

»Seit wann wussten Sie von Dans und Kellees Heiratsplänen?«

»Seit ein paar Wochen.«

»Haben Sie eine Ahnung, warum die beiden es geheim halten wollten?«

»Irgendwann kommt es ja doch raus, oder? Das sagen sie jedenfalls immer in den Krimiserien im Fernsehen. Dan und Kellee haben geheiratet, weil ihre Krankheit wieder ausgebrochen war.«

In diesem Moment fuhr der Truck über ein Schlagloch. Laura spürte, wie ihr Herz einen Satz machte. »Sie meinen den Hirntumor?«

Shana wischte sich über die Augen, schniefte, kämpfte mit den Tränen. »Davon wissen Sie auch schon? Sie sind ja eine echte Spitzenpolizistin.«

Laura konnte ihren Sarkasmus verstehen. Es war ein Versuch, mit der Situation fertig zu werden – sie kannte das von sich selbst. Als einzige weibliche Ermittlerin in den vier Abteilungen des DPS blieb ihr oft auch nichts anderes übrig. Shana erinnerte sie an eine kleine Katze, die ihr Fell sträubte, damit sie größer wirkte.

»Kellee und Dan beschlossen also zu heiraten, weil ihr Hirntumor zurückgekommen war?«

»Ja und? Das ist ja wohl verständlich.«

Laura versuchte, sich in die beiden hineinzuversetzen, mit Tom an ihrer Seite. Vor ein paar Tagen wäre sie noch vernünftiger gewesen. Jetzt dachte sie, dass eine Heirat genau das wäre, was sie in einem solchen Fall wollte. »Es tut mir leid«, sagte Laura. »Es ist so …«

»Ungerecht? O ja. Das kann man wohl sagen!«

Bitter.

Laura wurde klar, welche emotionale Achterbahnfahrt Shana innerhalb der letzten beiden Tage durchgemacht haben musste. Zuerst die Hochzeit, jetzt die Beerdigung. Vor diesem Hintergrund schien es ihr viel weniger seltsam, dass Shana ihr Pferd verkaufen wollte. Viele Leute, die mit dem Tod eines Familienangehörigen fertig werden mussten, taten etwas sehr Einschneidendes, weil sie hofften, wieder Macht über ihr Leben zu bekommen, wenn sie handelten, egal, wie. Laura hatte etwas Ähnliches getan. Sie hatte ein paar Wochen, nachdem ihre Eltern umgebracht worden waren, Billy Linton geheiratet.

Sie dachte über die Parallelen zwischen ihrem Leben und dem der Yates' nach. Kellee und Dan hatten beschlossen zu heiraten, als sie erfuhren, wie es um Kellee stand. Laura fragte sich, ob Kellees Ehe glücklicher geworden wäre als ihre nach der überstürzten Heirat.

Laura kannte die Strecke, die sie fuhren. Die Straße führte am nördlichen Zugang zum Cataract Lake vorbei, bevor sie in die Country Club Road mündete. Sie bogen rechts ab, so dass sie an dem Zeltplatz vorbeikamen, auf dem Dan und Kellee gefunden worden waren. Laura bemerkte, dass Shana starr geradeaus blickte und sich auf die Straße konzentrierte. Sie blinzelte nicht ein Mal, als das Schild des Kaibab National Forest, das zum Cataract Lake wies, am Straßenrand vor ihnen auftauchte.

Allerdings umklammerte sie das Lenkrad so fest, dass ihre Knöchel weiß hervortraten.

»Müssen Sie das Pferd verkaufen, Shana?«, fragte Laura.

»Ich will es.«

»Seit wann ist es in Ihrem Besitz?«

»Seit sieben Jahren.«

»Wie viele Preise haben Sie mit ihm gewonnen?«

»Keine Ahnung, an die dreißig vielleicht. Einmal habe ich beinahe einen Pferdeanhänger gewonnen, uns hat nur eine Fünftelsekunde gefehlt.«

»Hört sich so an, als wäre es ein Freund für Sie.«

Shana sah sie an. »Woher wollen Sie das wissen?«

»Ich hatte selbst einmal ein Pferd, eine Stute. Und sie war wie eine Freundin für mich.«

»Was ist mit ihr passiert?«

»Die Frau, der sie gehörte, hat sie zurückgefordert.«

»Haben Sie nicht eben gesagt, dass sie Ihnen gehörte? Wie kann dann ...«

»Ich will eigentlich nicht darüber reden, die Wunde ist immer noch nicht ganz verheilt. Ich habe die Stute anfangs sehr vermisst. Sie war in vielerlei Hinsicht meine beste Freundin.«

Shana starrte weiterhin stur geradeaus, aber ihre Schultern begannen zu beben. Sie zog die Nase hoch, aber dieses Mal ließen sich die Tränen nicht aufhalten. »Mist, ich sehe nichts mehr.«

Unvermittelt zog sie das Fahrzeug auf die Seite an den Straßenrand. Laura sah nach hinten und war beruhigt, als sie den Umriss des Pferdes hinter dem vorderen Fenster des Anhängers sah.

Shana ließ ihren Kopf auf das Lenkrad sinken. »Er ist tot, ich kann einfach nicht glauben, dass er tot ist!«

Sie klammerte sich am Lenkrad fest und weinte. Bekam nur stockend Luft, schniefte laut. Laura kramte ein Päckchen Taschentücher in ihrer Handtasche hervor und gab sie ihr. Shana schnäuzte sich und schluckte. »Er ... er war mein bester Freund. Er war mehr als ein Bruder.« Sie putzte sich erneut die Nase. »Wir waren Zwillinge. Ich war die Ältere, um zwei Minuten, aber er war immer mein großer Bruder und jetzt ist er tot. Alles, was mir noch bleibt, ist Mighty Mouse ...« Woraufhin sie wieder in Tränen ausbrach. Schließlich hatte sie die Tränen getrocknet und die Nase geputzt und fuhr weiter.

»Sie können doch anrufen ...«

»Nein. Ich habe gesagt, dass ich komme. Ihre Enkelin ist da, und sie will reiten ...«

Laura beschloss, es dabei bewenden zu lassen.

Nach der nächsten Linkskurve hieß die Straße plötzlich Double X Ranch Road, auch wenn Laura mehr Golf-Spieler als Rinder sah. Unvermittelt wurde das künstliche Grün des Golfplatzes von einer eingezäunten Weide abgelöst. Linkerhand war eine kleine Ansammlung von Ranch-Häusern zu sehen, hinter denen sich die Bill Williams Mountains erhoben.

Shana verlangsamte die Fahrt und bog in eine Straße ein, die im Grunde nur aus zwei mit Schotter aufgeschütteten Fahrrillen bestand. Ein paar Meter von der Hauptstraße entfernt kam ein Tor mit fünf Querbalken, das an zwei entrindeten Baumstämmen befestigt war, in Sicht. An einen der

Pfosten war ein Metallschild angeschlagen, auf dem UNICORN FARM stand.

»Können Sie bitte das Tor öffnen?«, sagte Shana. Laura sprang aus dem Wagen und öffnete das Tor, dann wartete sie, bis Shana durchgefahren war, und schloss es hinter ihr. »Warum heißt sie Unicorn Farm?«, fragte sie, nachdem sie wieder in den Truck gestiegen war.

Das Mädchen zuckte die Achseln. »Mrs. Wingate mag wohl Einhörner.«

»Wingate? Steht sie in irgendeiner Beziehung zu Josh Wingate?«

»Sie ist seine Mutter.«

Hierher war Josh Wingate also gefahren, als er Dans Truck gesehen hatte.

Weiter vorn, umgeben von Gelbkiefern, träumte ein hellblaues Haus mit braunem Schindeldach im von Schatten gesäumten Sonnenschein vor sich hin. Das Dach ragte so weit über die Fassade hinaus, dass es auch noch der Veranda Schutz bot, die sich über die ganze Vorderseite erstreckte. Rechts von dem Haus auf einer leichten Anhöhe befand sich ein langes, niedriges Gebäude mit einem Band aus kleinen quadratischen Fenstern knapp unterhalb der Traufe – eine Scheune. Davor rannten ein paar Hühner herum, gleich neben einem dreieckigen Hühnerstall. Der Feldweg gabelte sich vor einem schon halb abgeblühten Sonnenblumenfeld. Sie wandten sich nach rechts, zum Haus.

Im Garten stand eine Frau auf einem Weg aus grob behauenen Steinplatten, die nass glänzten, und wässerte die Blumenbeete, die den Rasen vor dem Haus säumten. Aus der Nähe entdeckte man Zeichen der Vernachlässigung: Es fehlten ein paar Schindeln, das Dach war mit Kiefernnadeln bedeckt, und der Anstrich des Hauses war verblichen. Die Bezeichnung »verarmter Adel« kam einem in den Sinn.

Die Frau, die die Ringelblumen goss, war stämmig, das Blond ihrer zu einem Pferdeschwanz zusammengebundenen Haare war ein gutes Stück herausgewachsen. Was ihre Figur anging, gehörte sie eher zum Typus Apfel statt Birne. Sie trug weiße Caprihosen und ein pinkfarbenes T-Shirt, das über ihrem Bauch spannte.

Shana hielt an und bat Laura, das Fenster auf ihrer Seite herunterzukurbeln. Laut rief sie: »Hi, Suzy. Ist Barb da?«

Die Frau schnippte die Asche von ihrer Zigarette. »Das letzte Mal, als ich sie gesehen habe, war sie unten an der Scheune bei den Pferden.«

Shana legte den Gang ein, und sie fuhren zur Scheune. Laura betrachtete Shana, den Mund, die Augen zusammengekniffen, als kämpfte sie gegen einen Schmerz an. Beinahe hätte sie etwas gesagt, tat es dann aber doch nicht. Shana war volljährig; sie konnte tun, was sie wollte, selbst wenn es den Eindruck machte, als wäre es etwas Unbedachtes. Aber nach allem, was Laura wusste, war es das nicht einmal.

Shana stieg aus und ging in die Scheune, wo sie Barbara Wingates Namen rief.

Laura beobachtete sie, wie sie um die Scheune herumging. Ihre Stimme klang leicht hysterisch. Vor Trauer oder Wut.

Oder auch Angst?

Die Erkenntnis traf Laura wie ein Blitz – Shana hatte Angst.

Aber wovor? Vielleicht lag es nur daran, dass sie sich ihrer eigenen Sterblichkeit bewusst wurde. Ihr Zwillingsbruder – groß, gutaussehend, stark – war vor kurzem ohne jede Vorwarnung gestorben, ermordet worden. Das würde jedem Angst machen.

Shana rief Laura zu: »Ich kann sie nicht finden. Ich habe

keine Ahnung, was sie macht. Sie hat mir gesagt, dass sie hier sein würde!«

Es fehlte nicht mehr viel, und sie bekäme einen Wutanfall.

Laura bemerkte eine Bewegung im Augenwinkel – eine Gestalt auf der Weide zu ihrer Rechten. »Könnte sie das sein?«, fragte sie.

Shana folgte ihrem Blick. Sofort entspannten sich ihre Gesichtszüge. Sie rief und winkte. Die Frau, die Jeans und ein langärmliges T-Shirt trug, stapfte, gefolgt von drei Pferden, durch das beinahe kniehohe Gras auf sie zu.

Ging man von Josh Wingates Alter aus, dann musste Barbara Wingate mindestens Mitte vierzig sein, aber sie sah viel jünger aus. Sie trug einen Cowboyhut aus grauem Filz, den sie tief über ihre rotblonden, zu einem Pferdeschwanz zusammengebundenen Haare gezogen hatte. Ein paar lose Strähnen, die die Nachmittagssonne zum Lodern brachte, rahmten ein herzförmiges Gesicht ein. Sie war schlank und hatte dennoch weibliche Kurven. Sie machte den Eindruck einer Frau, mit der man gerne auf einer sonnigen Terrasse den ersten Kaffee des Tages trinken würde. Ach was, sie sah aus wie die Werbeanzeige für eine Frau, mit der man gerne auf einer sonnigen Terrasse den ersten Kaffee des Tages trinken würde!

Sie streifte die festen Lederhandschuhe von ihren Händen und steckte sie in den Gürtel, der ihre schmale Taille umschloss. »Shana! Wie geht es dir?« Ihre Stimme war so angenehm und anziehend wie die ganze Frau.

»Ich habe Mighty Mouse dabei.«

Als Laura ihre Hand über den Drahtzaun streckte, um Mrs. Wingates Hand zu schütteln und sich vorzustellen, krachte etwas unter ihrem Fuß – der Flügel eines toten Raben. Laura sprang einen Schritt zurück und sah die Ameisen, die auf dem glänzend schwarzen Kadaver und in der leeren Augenhöhle herumkrabbelten.

»Sie sind beim Department of Public Safety, nicht wahr?«, fragte Mrs. Wingate. »Josh hat mir alles von Ihnen erzählt. Er ist von Ihrer Arbeitsweise sehr beeindruckt.«

Das brachte Laura einen Moment lang völlig aus dem Konzept. »Oh, danke.«

Shana sagte noch einmal: »Ich habe Mighty Mouse dabei.«

Barbara Wingate sah sie besorgt an. »Shana, wenn du ihn nicht verkaufen willst, können wir ihn auch ein paar Monate gegen einen vernünftigen Preis ausleihen. Falls du dann deine Meinung änderst, kannst du –«

»Ich werde meine Meinung nicht ändern.«

»Gut, dann gehe ich jetzt und hole Erin.« Sie kletterte mit bewundernswerter Anmut zwischen den Drähten des Zauns hindurch und ging auf das Haus zu.

Shana sah ihr nach. Drei Raben flatterten über den wolkenlosen Himmel, Flügelschläge wie rauschender Wind, die Stimmen ein raues Krächzen. Geschwister des toten Raben am Zaun? »Sind Sie zusammen mit Dan und Kellee nach Las Vegas gefahren?«

»Hm.«

»Das waren dann also Sie, Bobby, Dan und Kellee?«

»Nein, mit Bobby haben wir uns erst dort getroffen.«

»Mit wem sind Sie zurückgefahren?«

»Mit Bobby. Warum? Hat das irgendeine Bedeutung?«

Laura verbarg ihre Enttäuschung. Sie hatte gehofft, dass Shana mit Dan und Kellee zurückgefahren war. Dann wüsste sie, ob es während der Fahrt irgendwelche Zwischenfälle gegeben hatte. »Ist auf dem Hinweg irgendetwas vorgefallen?«

»Was soll denn vorgefallen sein?«

»Irgendetwas Ungewöhnliches.«

»Ob uns jemand gefolgt ist oder so? Glauben Sie, dass … Nein. Zumindest habe ich nichts mitbekommen.«

»Niemand hat Sie geschnitten oder etwas in der Art?«

»Nein.«

Laura seufzte. Es war nur eine vage Vermutung gewesen. »Wissen Sie vielleicht von jemandem, der Dan oder Kellee nicht leiden konnte?«

»Ich habe Ihnen doch schon gesagt, dass Dan bei allen sehr beliebt war. Außer diesem einen Typen, aber das ist schon eine halbe Ewigkeit her.«

Shana schien nicht mehr sagen zu können. »Was ist mit Kellee? Wissen Sie vielleicht von jemandem, der sie nicht mochte?«

»O Mann, keine Ahnung. Ehrlich gesagt hatte ich was anderes zu tun, als Tag und Nacht über Kellee nachzudenken.«

»Mochten Sie sie nicht?«

Shana zog die Schultern zusammen und starrte verdrießlich auf das Weideland. »Haben Sie eine Zigarette?«

»Nein, tut mir leid.«

»Dachte ich mir schon.« Sie starrte weiterhin auf das Weideland und die dahinterliegenden Berge.

Laura fielen keine weiteren Fragen ein, die Shana noch etwas Neues entlocken könnten. Sie achtete nicht darauf, dass Shana ihr die kalte Schulter zeigte, achtete nicht auf den Gestank des Rabenkadavers, der von der Sonne erwärmt wurde, und beobachtete stattdessen die Pferde.

Es waren Vollblüter. Das Knie eines der Pferde war dick wie eine Honigmelone, aber alle waren Rassepferde, wunderschön, wie Laura fand.

»Was ist mit ihm?«, fragte sie Shana und wies zu dem Pferd mit dem dicken Knie.

»Mrs. Wingate nimmt Rennpferde auf, die von ihrem Besitzer nicht mehr an den Start gelassen werden, und versucht, ein neues Zuhause für sie zu finden. Sie stellt Fotos von ihnen ins Internet.«

»Das ist nett von ihr.«

»Kann man wohl sagen. Sie ist eine echt tolle Frau. Sie arbeitet auch mit kleinen Kindern, die irgendwelche Probleme haben, und gibt ihnen Reitunterricht – Sie sollten sich das mal ansehen, echt stark.«

»Wird sie Mighty Mouse auch dafür einsetzen?«

»Wahrscheinlich nicht. Er ist ziemlich launisch. Nicht gerade was für Anfänger.« In ihrer Stimme schwang ein gewisser Stolz mit. »Ihre Enkelin soll ihn später bekommen.«

»Erin.«

»Ja.«

Eine Fliegengittertür fiel zu, und unter dem Vordach traten zwei Gestalten hervor. Barbara und ein Mädchen, das nach Lauras Schätzung acht oder neun Jahre alt war, kamen auf sie zu.

Laura war überrascht, dass das Mädchen – Erin – so zögerlich hinter Barbara herging. Die meisten Mädchen in ihrem Alter hätten bei der Aussicht auf ein neues Pferd aufgeregt reagiert, geradezu hysterisch.

Erin war sehr schmächtig, und in ihren Augen lag ein erschöpfter Ausdruck.

»Ist Erin krank?«, fragte sie Shana.

»Ja. Ich glaube, sie hat irgendwelche Anfälle.«

»Ach ja?«

»Oder irgendwas anderes. Ich weiß es echt nicht.«

Und es war ihr auch egal, so viel war klar.

Barbara Wingate blieb stehen, sah zurück, rief dem Mädchen etwas zu, das daraufhin zu ihr aufschloss. Barbara belohnte sie mit einem strahlenden Lächeln.

Laura hielt sich abseits, als Shana Mighty Mouse rückwärts die Rampe hinunterführte und ihn am Anhänger festband. Offenbar wollte Shana einen glatten, sauberen Schnitt ziehen; sie holte einen Sattel und Zaumzeug heraus, und dann warf sie einige Striegel und Kardätschen auf den Boden, als könnte sie es kaum erwarten, das Zeug endlich loszuwerden.

Sie befreite Mighty Mouse von den Transportbandagen und sattelte ihn. Laura beobachtete Barbara Wingate und ihre Enkelin. Erin zappelte herum, als würde sie eine Fernsehsendung ansehen, die sie nicht besonders interessierte. Barbara Wingates Hand berührte Erins Rücken – vielleicht um sie zu beruhigen. Als Shana fertig war, beugte sich Barbara hinunter und flüsterte Erin etwas ins Ohr. Erin nickte. Barbara half dem Mädchen in den Sattel.

Erin konnte reiten, das war nicht zu übersehen. Pflichtschuldig ließ sie Mighty Mouse ein Stück die Schotterstraße hinuntertrotten, kanterte und brachte ihn mühelos zum Stehen. Sie ritt ihn erst in die eine, dann in die andere Richtung im Zirkel. Mighty Mouse machte das fast so gut wie ein richtiges Dressurpferd.

Laura sah zu Shana hinüber und bemerkte Tränen in ihren Augen.

Erin wartete, bis Barbara ihr zunickte, dann glitt sie aus dem Sattel und führte Mighty Mouse zu ihnen herüber. »Schönes Pferd«, sagte sie, aber ihre Stimme war ausdruckslos.

Sie fing an zu husten.

Ihre Großmutter ging neben ihr in die Hocke. »Möchtest du ins Haus, Erin, Schätzchen?«

»Es geht schon.«

Danach hörte sie sich allerdings überhaupt nicht an.

Shana sah auf ihre Uhr. »Ich muss los.«

Barbara kramte in ihrer Hosentasche und reichte Shana einen Scheck. Laura erhaschte einen Blick auf die Summe: über 12 000 Dollar. Shana steckte den Scheck in ihre Jeans, drehte sich um und ging zu ihrem Fahrzeug. »Wo soll der Anhänger hin?«

Laura und Barbara Wingate tauschten einen Blick aus. Traurigkeit stand in den grünen Augen Barbaras, die Fältchen um sie herum vertieften sich vor Mitleid. »Stell ihn einfach neben die Scheune«, sagte sie.

»Kommen Sie?«, rief Shana Laura zu, »oder wollen Sie vielleicht nach Hause laufen?«

Laura verabschiedete sich mit einer höflichen Floskel – »Schön, Sie kennengelernt zu haben, ich hoffe, Erin hat Freude an Mighty Mouse« –, dann stieg sie in den Truck.

Shana stieß mit dem Pferdeanhänger gekonnt in eine Lücke zwischen dem Weidezaun und der Scheune, stieg aus und koppelte ihn ab. Dann stieg sie wieder ein und gab so viel Gas, dass die Reifen auf dem schlammigen Boden durchdrehten.

Laura warf einen Blick in den Seitenspiegel und sah, wie Barbara Wingate und ihre Enkelin langsam in der Ferne verschwanden, bis sie nur noch zwei winzige Punkte waren.

Als sie von Shanas Haus zurückfuhr, kam Laura an einer Autowerkstatt vorbei. Auf dem Schild stand SHADE TREE MECHANICS – der Name der Werkstatt, die Jamie Cottles Vater gehörte.

Jamie Cottle war der Junge, der in Kellee verknallt gewesen war.

Die Werkstatt machte zwar den Eindruck, als sei sie bereits geschlossen, aber Laura bog dennoch auf den Parkplatz ein. Die letzten Sonnenstrahlen fielen mit einem sanften rötlichen Schimmer durch die Äste der vor der Werkstatt stehenden großen Ulme, der sie vermutlich ihren Namen zu verdanken hatte.

Laura nahm ihr Handy vom Gürtel und tippte ihre Telefonnummer in Vail ein. Beim vierten Klingeln würde der Anrufbeantworter anspringen. Sie überlegte, ob sie eine Nachricht hinterlassen sollte, aber dann unterbrach sie die Verbindung.

Sie sah zu der Werkstatt hinüber. Shade Tree Mechanics war eine umgebaute Tankstelle aus den Zeiten, als man noch in riesigen Schlitten durch die Landschaft fuhr. Zwei der Tore waren zugenagelt, und die Glasfront des Büros war mit Plakaten von der Grand Canyon Railway und einem ausgeblichenen Poster des Williams Rodeo vom letzten Jahr zugepflastert. Sie spähte in das Büro und konnte durch das Fenster in einer Tür in die dahinter liegende Werkstatt sehen. Es waren ein paar Autos darin abgestellt.

An der rückwärtigen Wand sah sie einen riesigen Werkzeugschrank; links davon hingen an einer Aufhängeplatte noch mehr Werkzeuge. Der kirschrote Werkzeugschrank war vom jahrelangen Gebrauch ölverkrustet und abgestoßen und auch viel größer als der im Lagerhaus der Chiricahua-Farbenfabrik. Dort war einer gestanden, wie man ihn in jedem Baumarkt bekommen konnte.

Die Chiricahua-Farbenfabrik war vor gut einem Monat bis auf die Grundmauern abgebrannt. Sie hatte sich zum Zeitpunkt des Brandes darin aufgehalten. Und die Werkzeuge …

Plötzlich hatte Laura diesen Aspirin-Geschmack an ihrem Gaumen und unter ihrer Zunge, als wenn sie sich jeden Moment übergeben müsste. Sie schloss den Mund und schluckte, zwang alles, was nach oben kommen wollte, wieder hinunter. *Denk an etwas anderes – an Tom? Nein.* Lieber an die Rotluchsjungen, die auf dem Dach ihres Hauses in der

Wüste lebten. Sie konzentrierte sich auf sie, und nach kurzer Zeit verschwand der Würgereiz.

Wie idiotisch. Sie konnte sich doch nicht jedes Mal, wenn sie einen Werkzeugschrank sah, beinahe übergeben.

Offenbar veranstalteten die Besitzer des Pioneer Motel einen kleinen Flohmarkt in ihrem Hof und hatten zu diesem Zweck vor dem Büro und den ersten beiden Zimmern Klapptische aufgestellt. Es war nicht mehr viel übrig, nur billiger Schmuck, alte Computer und Drucker und eine Kaffeekanne. Von dem Auto von Richie Lockhart nach wie vor keine Spur; Laura überlegte, ob er tatsächlich immer noch die Mitbewohner in Flagstaff befragte.

Eine dicke Frau in einem Rollstuhl unterhielt sich mit der jungen Frau, die Laura am Abend zuvor den Schlüssel übergeben hatte, und ließ dabei die beiden Jungen, die Sachen einluden, nicht aus den Augen.

Die junge Frau war groß und hatte dunkelbraune Haare, die ihr bis zur Taille reichten, sie trug Jeans und einen kurzen blauen Kittel, wie Laura sie von Krankenschwestern und Pflegern kannte. Sie hatte sich nach vorn gebeugt, um sich mit der Frau im Rollstuhl besser unterhalten zu können. Ein schwarzer Chow-Chow mit einem violetten Tuch um den Hals saß geduldig unter dem Tisch neben ihnen. Die Jungen waren gerade dabei, Klappstühle auf der Ladefläche eines Pick-up zu verstauen. Der eine von ihnen musste im Collegealter sein, dachte Laura. Ein Altersgenosse von Dan und Kellee?

Sie ging zu den beiden Frauen und stellte sich vor.

Auf dem Namensschildchen der dunkelhaarigen Frau stand WENDY BARKER. »Ich dachte mir schon, dass Sie beide von der Polizei sind.« Sie wandte sich an die Frau im Rollstuhl. »Sie untersucht den Mord an Dan und Kellee.«

Die Frau nickte verständig. Sie hatte sehr blasse Haut, ihr Gesicht war birnenförmig, ohne feste Kontur, die schwarzen Haare dünn und strähnig. Aber ihr Lächeln war bezaubernd. Sie streckte eine weiche weiße Hand aus, deren Finger in perfekt lackierten Nägeln endeten. »Freut mich, Sie kennenzulernen. Nennen Sie mich Donna. Das sind meine beiden Jungs, Matthew und Darrell.«

Die beiden jungen Männer nickten ihr höflich zu. Schüchtern?

Der Chow-Chow erhob sich, trottete zu Laura und stellte sich vor sie hin, als wolle er sagen: »Du darfst mich streicheln.« So ähnlich wie die Königin von England einem erlaubt, dass man einen Knicks vor ihr macht.

Laura streckte dem Hund ihre Hand hin, damit er daran schnüffeln konnte – eine reine Vorsichtsmaßnahme, falls sie nicht recht haben sollte.

»Das ist Chelsea«, sagte Wendy. »Keine Angst. Sie beißt nicht.«

Laura fuhr mit der Hand durch Chelseas dichtes Fell, dann streichelte sie den Rücken der Hündin direkt über der Hüfte. Die lehnte sich an sie, die Augen vor Verzückung geschlossen. Laura lächelte, sie kannte sämtliche guten Stellen. »Haben Sie viel verkauft?«, fragte sie Donna.

»Ein paar Kleinigkeiten«, erwiderte diese. »Dafür, dass wir hier das ganze Wochenende stehen, muss ich sagen, dass ich ein bisschen enttäuscht bin. Die Einheimischen sind gekommen, aber zu dieser Jahreszeit sind nur noch wenige Touristen da. Und normalerweise kaufen die den Schmuck.«

Die meisten Schmuckstücke in den Glaskästen sahen aus wie billige Kopien der zierlichen Arbeiten von Zuñi-Indianern. Die Farben waren Silber, Türkis, Koralle. Viele kleine Vögelchen an Ketten.

Eine Kleinstadt, jeder kannte jeden. Wendy war wahrscheinlich in Dans Alter oder ein bisschen älter, und Darell konnte in der Abschlussklasse der Highschool oder das erste Jahr im College sein. Laura sagte: »Ich schätze mal, dass alle darüber reden, was am Cataract Lake passiert ist.«

»Kam ja in allen Nachrichten«, sagte Donna. »Schrecklich. Solche netten jungen Leute, alle beide. Darrells Freund Jamie hat zusammen mit ihnen im Mother Road Bar and Grille gearbeitet, das stimmt doch, Darrell, oder?«

Laura merkte auf. »Jamie Cottle?« Sie sah Darrell an.

Er räusperte sich. »Ja.«

»Stimmt es, was erzählt wird? Dass Jamie in Kellee verliebt war?«

»Er hat sie gemocht. Ob da mehr dahintersteckte, weiß ich nicht.«

»Ich will mit ihm reden. Arbeitet er immer noch im Mother Road?«

»Nein. Er arbeitet jetzt bei seinem Vater, im Shade Tree.«

»Haben Sie seit der Schießerei mit ihm gesprochen?«

Er zuckte die Achseln. Sie hatte den Eindruck, dass er sich ganz weit weg wünschte. »Wir haben mal telefoniert.«

»Wo wohnt er?«

Donna schaltete sich ein. »An der Oak, gegenüber der Highschool. Glauben Sie etwa, dass er das war?« Sie zog ein Taschentuch aus ihrer Handtasche, schüttelte es auseinander, ließ die Handtasche wieder zuschnappen und stellte sie auf ihrem breiten Schoß ab. Wischte sich mit dem Taschentuch über die Stirn. »Kaum zu glauben, wie heiß es noch ist. Wenn Sie meinen, dass Jamie Cottle für diese Sache verantwortlich ist, liegen Sie allerdings falsch. Ich kenne ihn und ich kenne seine Eltern. Er ist ein guter Junge, eng mit Darrell befreundet. Ach ja.« Sie sah hinüber zu Darrell. »Wart ihr beide nicht am Freitagabend zusammen?«

Darrell nickte.

»Was haben Sie gemacht?«

Erneutes Schulterzucken. »Nichts Besonderes.« Ein bedeutungsvoller Blick zur Straße, so als wolle er sagen: *Mehr ist dem nicht hinzuzufügen.* »Wir haben nur herumgehangen. Haben ein paar Maschinen Wäsche gewaschen.«

»Waschen Sie Ihre Wäsche immer am Freitagabend?«

»Wenn sie schmutzig ist. Aber er war dieses Mal derjenige, der die Wäsche gewaschen hat. Sein Vater spannt ihn so sehr ein, dass er unter der Woche keine Zeit für so was hat.«

»Haben Sie das bei ihm gemacht?«

»Nein. Sandoval's Seventy-six. Da gibt's Münzwaschmaschinen.«

Als sie weiter fragte, erklärte er, dass sie etwa um neun Uhr eine Maschine gestartet hätten und dann eine Weile mit dem Auto herumgefahren wären. Sie kamen zurück, warfen die Wäsche in den Trockner und fuhren wieder herum. Sie waren beide noch nicht alt genug, um in eine Bar gehen zu dürfen.

»Wer von Ihnen beiden ist gefahren?«

»Ich.«

»Um wie viel Uhr haben Sie ihn nach Hause gebracht?«

Darrell sagte, dass er sich nicht sicher sei. Es könnte Mitternacht gewesen sein, vielleicht auch ein bisschen später. Niemand hatte sie im Sandoval's Seventy-six gesehen, aber jemand hatte ihre erste Ladung Wäsche aus dem Trockner geholt und auf eine Waschmaschine gelegt. »Wir waren ganz schön stinkig deswegen.«

»Warum? Ich meine, warum tut das jemand?«

»Die anderen Trockner waren alle kaputt.«

Donna mischte sich wieder ein: »Ich sage Ihnen, dieser Junge könnte keiner Fliege was zuleide tun. Nicht nach dem, was Anfang des Jahres passiert ist.«

»Was war da?«

Donnas Augen sahen aus wie schwarze Korinthen, die tief in einem noch nicht aufgegangenen Hefeteig saßen. »Sein jüngerer Bruder ist gestorben. Die ganze Familie war am Boden zerstört.«

Wendy sagte: »Sein Bruder war Terry Cottle – T. J.«

Laura sah abwechselnd von einer Frau zur anderen.

Wendy sagte: »T. J. war der Junge, der im Cataract Lake ertrunken ist.«

Laura wartete noch eine Zeit lang auf Richie Lockhart, dann ging sie zum Mother Road Bar and Grille hinüber, um dort schnell etwas zu essen. Im Grunde war sie froh, allein zu sein, weil sie über vieles nachdenken musste. Shanas Ausflüchte, dass sie in Las Vegas gewesen war und diesbezüglich gelogen hatte, dass sie ihr Pferd und den Transporter einen Tag, nachdem man ihren Bruder zusammen mit seiner frischgebackenen Ehefrau erschossen in einem Zelt aufgefunden hatte, verkaufte. Dass sie zwölftausend Dollar einsteckte und einen Schlussstrich unter ihr bisheriges Leben zog. Dafür gab es sicher nachvollziehbare Gründe, aber Laura hatte das Gefühl, Shana verbarg etwas vor ihr.

Und dann Jamie Cottle. Sie erkundigte sich im Mother Road nach ihm. Netter Kerl, immer freundlich, ruhig; eine der Kellnerinnen nannte ihn »sensibel«. Alle erwähnten die Tragödie am Cataract Lake, die sich Anfang des Jahres ereignet hatte, als sein Bruder in Begleitung seines Trainers und Mathelehrers von der Highschool spätnachts auf den dunklen See hinausruderte und nie zurückkehrte.

Es war allgemein bekannt, dass Jamie in Kellee verknallt gewesen war. Soweit die anderen wussten, hatte er es aber niemals ernsthaft bei ihr versucht. Die Kellnerin, die ihn sensibel genannt hatte, meinte, er hätte nie etwas gesagt, es wäre aber nicht zu übersehen gewesen, dass er unglücklich verliebt war. Immer wenn Kellee mit ihm redete, errötete er und fing an zu stottern. Es hatte ihn schlimm erwischt, aber ihres Wissens hätte er nie irgendetwas unternommen, um ihre Aufmerksamkeit zu erregen. Und Dan kannte sie auch; Dan hatte wie Jamie hier gearbeitet, und der Gedanke, dass sie Rivalen waren, war völlig lächerlich. Dan war erwachsen. Jamie war noch ein Junge, auch wenn die beiden vielleicht nur drei Jahre trennten.

Jamie Cottle stand mit dem Fall in Verbindung und auch wieder nicht. Sie kam zu keinem rechten Schluss, inwiefern Jamie etwas mit diesem Fall zu tun hatte. Oberflächlich betrachtet schien er zu einer solchen Tat nicht imstande zu sein, aber eine Sache stimmte sie nachdenklich: die Koinzidenz. Jamies Bruder war vor nicht allzu langer Zeit zu Beginn des Sommers im Cataract Lake ums Leben gekommen. Dan und Kellee waren an ebendiesem See erschossen worden. Oberflächlich betrachtet schienen die beiden Fälle nichts miteinander zu tun zu haben; der Junge war ertrunken, und Dan und Kellee waren erschossen worden. T. J. Cottle hatte sich unter verdächtigen Umständen in Begleitung eines Lehrers befunden – ein Mann und ein Junge spätnachts auf einem See. Laut Richard Garatano, dem Lehrer, war T. J. aus freien Stücken in den See gesprungen.

Ein komplett anderer Fall.

Aber Frank Entwistle hatte sie gelehrt, dass es so etwas wie Zufälle und Koinzidenzien im Grunde nicht gab. Irgendwo gab es immer eine Verbindung, selbst wenn sie noch so lose und unbedeutend sein mochte, und ihre Aufgabe bestand darin, diese Verbindung aufzuspüren und herauszufinden, ob ihr nachgeforscht werden sollte.

Zurück im Motel legte sie Pistole und Handy auf dem

Bett ab und schaltete die Lokalnachrichten im Fernsehen ein. Sie bekam noch das Ende eines Berichts über die Schießerei am Cataract Lake mit, im Hintergrund sah man ein Archivbild vom See.

Sie sah zu dem Handy auf ihrem Bett. Tom müsste mittlerweile die Pferde versorgt haben und den letzten Touristen losgeworden sein, so dass er sich einen ruhigen Abend machen konnte. Sie wollte schon nach dem Telefon greifen, hielt dann aber inne.

Was hatte er gesagt, als sie losfuhr? »Ich ruf dich an.« Aber das hatte er bislang noch nicht getan. Als sie Single gewesen war, hatte sie diesen Satz unzählige Male gehört, und er war nie ernst gemeint gewesen. Aber Tom und sie lebten zusammen. Sie fragte sich, ob er es nur gesagt hatte, um sie zu beruhigen. Oder vielleicht auch aus einem Schuldgefühl heraus?

Da er gesagt hatte, er würde sich melden, sollte er es auch tun. Sie wollte ihm nicht die Genugtuung verschaffen, dass sie zuerst anrief.

Die Motelwände erzitterten unter einem Donnergrollen, das kurz von einem ohrenbetäubenden Aufheulen übertönt wurde, dann trat unvermittelt völlige Stille ein.

Laura hörte, wie eine Autotür zugeworfen wurde, hörte, wie Richie die Tür zu seinem Zimmer aufschloss und den Fernseher einschaltete. Dann tat es ein paar Schläge, und die Dusche wurde aufgedreht.

Kurz darauf klopfte er an ihre Tür.

Er lehnte am Türrahmen, einen triumphierenden Ausdruck im Gesicht. »Ich hab was«, sagte er, ging an ihr vorbei und setzte sich in einen der Sessel am Fenster. Er legte einen Fuß übers Knie und ließ ihn kreisen. Aufgekratzt. »Wir haben einen Zeugen.«

»Ach ja?«

»Ja. Da war so ein Typ, der am See geschlafen und das Ganze beobachtet hat.«

»Woher weißt du das?«

»Eine Frau namens Sandra Bell, B-E-L-L, hat ihn zufällig davon reden hören und die Polizei in Williams darüber informiert. Ihrer Aussage nach hat er gestern Abend vor dem Mother Road Bar and Grille damit geprahlt.« Er verlagerte sein Gewicht und zog einen zerknitterten Notizblock aus seiner Hosentasche. »Der Typ heißt Luke Jessup.«

»Hast du seine Adresse?«

»Meinen Aufzeichnungen zufolge scheint er ein besserer Rumtreiber zu sein – macht Gelegenheitsarbeiten, fährt Wasser aus.«

»Er fährt Wasser aus?«

»Hast du nicht die vielen Tanks bemerkt, die die Leute hinten auf ihren Pick-ups oder auf Anhängern spazieren fahren? In den abgelegeneren Gebieten hier herrscht Wasserknappheit. Die Leute jenseits der Stadtgrenze müssen sich ihr Wasser selbst holen. Sie füllen hier ihre Tanks, ähnlich wie sie es mit Propangas machen.«

Laura erinnerte sich an die Tanks. Die meisten waren weiß und hatten dieselbe Form wie Propangastanks, nur dass sie aus Plastik zu sein schienen. Sie fragte sich, warum Richie das bemerkt hatte und sie nicht.

»Hat einen alten Truck, einen 67er Chevy, und zieht mit einem Typen namens Dave Soderstrom herum. Dessen Adresse habe ich.«

Auf dem Weg zu Dave Soderstroms Haus gab ihr Richie eine Zusammenfassung seines Gesprächs mit den beiden Mitbewohnern von Dan.

»Er ist erst vor einem Monat eingezogen. Sie hatten keine Ahnung, dass er heiraten wollte, und ich hatte den Eindruck, dass einer der beiden, Steve Banks, nicht gerade erfreut darüber war. Er nahm es persönlich, dass Dan vorhatte, die WG zu verlassen, und sich nicht mal die Mühe machte, sie darüber in Kenntnis zu setzen.« Er zuckte die Achseln. »Egal, jedenfalls sind sie auf der Suche nach einem neuen Mitbewohner.«

»Hast du dir sein Zimmer angesehen?«

»War nicht viel zu sehen – Danny Boy hatte es noch nicht einmal geschafft, alle seine Kisten auszupacken. Die beiden hatten seine Sachen – Klamotten und Waschzeug und solchen Kram – in die Kisten geworfen, die sowieso noch von ihm herumstanden, und sie alle in die Garage geschleppt.«

»Da waren sie aber fix.«

Er bog in eine Straße, die aus der Stadt herausführte. »Ja, das Leben geht weiter.«

Er beschrieb, was er in den Kisten gefunden hatte. Dans Kontoauszüge, seine Kreditkartenabrechnungen, ein Scheckheft, Telefonrechnungen etc. Poster, die aufzuhängen er noch keine Gelegenheit gehabt hatte. Sportsachen, Lehrbücher, Kleidung, CDs.

»Was ein Collegestudent eben so hat. Ich war allerdings überrascht, dass er nur eine Kreditkarte besaß. Collegestudenten lieben doch Plastikgeld. Ich habe übrigens alles im Kofferraum meines Autos. Dann bin ich zu Kellees Wohnung. Ihre Mitbewohnerin Amy hat ganz schön Haare auf den Zähnen. Sie wusste, dass Kellee heiraten wollte, hatte aber versprochen, dichtzuhalten. Ich habe mir Kellees Zimmer angesehen, das genauso aussieht, wie man es erwartet. Ich habe alles dortgelassen und die Tür versiegelt.«

»Amy hat Haare auf den Zähnen? Wie meinst du das?«

Vor ihnen befand sich eine kleine, heruntergekommene Wohnwagensiedlung, die Rainbow's End hieß. Sie bogen in das erste Sträßchen ein, und Richie studierte die Namen an den Briefkästen.

»Ich weiß nicht – sie war irgendwie komisch. Hat so getan, als ginge sie das alles nichts an. Natürlich hat Kellee nicht lange dort gewohnt. Sie und Dan haben den ganzen Sommer über im Mother Road gearbeitet. Ich schätze mal, Kellee und ihre Mitbewohnerin kannten sich nur durch einen Aushang am schwarzen Brett. Da sind wir schon.«

Sie blieben vor einem gelben Wohnwagen mit einem winzigen Gärtchen davor stehen. Ein GMC-Truck, der mindestens so alt war wie der von Shana, stand auf einem kümmerlichen kleinen Rasenstück.

Als sie ausstiegen, durchbrach ein ohrenbetäubender Schrei die Nacht – ein Baby.

Richie seufzte: »Genau wie daheim.«

Richie und seine Frau hatten fünf Kinder, das Jüngste war gerade erst aus dem Säuglingsalter heraus.

Richie schob den Riegel des Gartentürchens hoch, und sie gingen zu dem Wohnwagen und klopften an. Das Baby heulte, ein Kontrapunkt zu den dröhnenden Bässen einer Stereoanlage aus den Tiefen des Wohnwagens. Buttergelbes Licht sickerte unter dem Vorhang eines Fensters neben der Tür durch.

Eine verhärmt aussehende Frau in Shorts und riesigem T-Shirt, auf das die amerikanische Flagge gedruckt war, stieß, das Baby im Arm, die Tür auf. Süßer kleiner Kerl. Zumindest dachte Laura, dass es ein Junge war, aber sie konnte auch falsch liegen; sie kam wegen der blauen Decke darauf. Die Frau war groß, müde und blass, ihre strähnigen braunen Haare wurden von einer Haarspange mit gefährlich langen Zähnen zurückgehalten.

»Wir suchen Dave Soderstrom«, sagte Richie.

»Er ist in seinem Zimmer. Die letzte Tür.«

Hinter der Tür drang die Musik hervor. Vielmehr der Bass. Laura hörte keine Melodie.

Laura sagte: »Er soll bitte hierherkommen.«

Die Frau warf ihr einen eigenartigen Blick zu, dann rief sie den Flur hinunter: »Dave, dein Typ wird verlangt!«

Augenblicklich verstummte die Musik, und es dauerte nicht lange, und ein klapperdürrer Mann mit Pferdeschwanz und Ziegenbärtchen erschien im Türrahmen. Er musste Mitte bis Ende dreißig sein.

Eine Haschisch-Wolke umgab ihn. Obwohl es eiskalt war, trug er ein fadenscheiniges Hawaiihemd und Flip-Flops. Unter dem Hemd blitzten rote Nylon-Laufshorts hervor, die wohl noch von anno 1980 stammten.

Er schenkte ihnen die Andeutung eines Lächelns. »Hi.«

Richie zeigte ihm seine Dienstmarke und stellte sich und Laura vor. Die Frau, die sich zurückgezogen hatte, tauchte unvermittelt wieder auf. »Willst du nicht endlich den Müll rausbringen?«

»Doch, klar.«

»Dann mach's auch.«

»Ja, ja, ich mach ja schon.« Er hörte sich wie ein Pubertierender an. »Kommen Sie?«, fragte er und lud sie mit einer Geste ein, ihm über den Falten werfenden Teppich in den unordentlichen Küchenbereich zu folgen. Er öffnete einen Schrank, holte eine Plastiktüte heraus und ging mit aufreizender Langsamkeit durch den Wohnwagen, um Papierkörbe zu leeren, Richie und Laura immer hinter ihm her. Dann holte er eine volle Tüte aus dem Mülleimer in der Küche – eine Fertigsuppenpackung obenauf –, wickelte umständlich ein Band um diese und um die andere Tüte und bedeutete ihnen, ihm nach draußen zu folgen.

Er führte sie durch das Gartentürchen und die Straße hoch zu einem Container, der unter einer Pappel stand. Die großen, herzförmigen Blätter raschelten im Wind und reflektierten das Licht der Laterne über ihnen.

Richie fragte ihn nach seinem Freund Luke Jessup.

»Luke?«, sagte er, während er die zweite der beiden Tüten in den Container wuchtete. »Geht es um das, was er gesehen hat? Die beiden Teenies, die erschossen wurden?«

»Hat er das gesagt?«

Der Mann lehnte sich gegen den Container und kratzte sich an der Nase, der Müllgestank schien ihn nicht zu stören. Er schüttelte den Kopf. »Ich sag's ja nicht gern, aber der gute alte Luke gibt normalerweise nur Schwachsinn von sich. Keiner hört ihm zu. Aber das war eine Geschichte, die man nicht einfach mir nichts, dir nichts beiseite wischen konnte.«

»Sie haben ihm also geglaubt?«

»Er schien ziemlich fertig zu sein. Ich hab ihm gesagt, er soll bloß keinen Unsinn reden, aber er hörte nicht auf, davon zu erzählen, so als meinte er, mich überzeugen zu müssen.«

Richie fragte: »Was hat er Ihnen denn erzählt?«

Dave wischte sich die Nase ab. »Er ist, wie er es öfter macht, zum See gefahren, um dort zu pennen. Er wollte sich gerade hinlegen, als er einen Gewehrschuss hörte.«

»Nur einen?«

Er rieb sich nachdenklich das Kinn. »Mehrere. Er sagte, es wären zwei oder drei gewesen. Er steht auf und sieht einen Kerl, der um ein Zelt geht und reinschießt. Hat einfach so da reingeschossen, verstehen Sie? Das ist doch der Hammer, oder?«

Laura fragte: »Der Mann ist also gegangen und nicht gerannt?«

»So hat Luke es jedenfalls erzählt. Das hat es wohl auch so unheimlich gemacht. Jemand, der so kaltblütig ist, Mann. Verstehen Sie das?«

»Wo wohnt Luke?«

»Im Moment nirgends. Er streunt herum. Lässt sich mal dahin, mal dorthin treiben.«

»Arbeitet er?«

Dave zuckte die Achseln. »Gelegenheitsjobs. Ein paar Leute hier aus der Gegend heuern ihn immer mal wieder an, aber nichts Festes.«

Richie fragte: »Gibt es *irgendetwas*, was er regelmäßig macht? In einem bestimmten Lokal essen oder sich besaufen?«

»Er versäumt nie die Kirche.«

»Die Kirche?«

»Na ja, es ist keine richtige Kirche, eher ein Gebetssaal. Heißt The Staff of Life. Drüben auf der Third Street.«

Auf dem Rückweg zum Motel rief Laura in der Staff of Life Ministry an. Wie sie nicht anders erwartet hatte, erreichte sie zu dieser Uhrzeit nur noch den Anrufbeantworter. Sie hinterließ eine Nachricht, dann warf sie Richie einen Blick zu. Da sie nun mal zusammenarbeiten mussten, konnte sie genauso gut versuchen, sich mit ihm zu vertragen. »Das war ein niedliches Baby«, sagte sie. »Aber ich hab keine Ahnung, ob es ein Junge oder ein Mädchen war.«

»Es war ein Mädchen. Das sieht doch ein Blinder mit Krückstock.«

»Aber sie hatte eine blaue Decke.«

Er verdrehte die Augen gen Himmel.

»Wie geht's deiner Kleinen eigentlich?«

»Sie ist ein echter Wonneproppen. Das süßeste kleine Mädchen, das du je gesehen hast. Schläft die Nacht durch. Hat sie von Anfang an gemacht, was natürlich prima für Gail ist.«

»Toll.«

»Ja, Gail und ich haben viel Freude an ihr. Eines sage ich dir, solange man keine eigenen Kinder hat, ist man nicht richtig erwachsen.«

Daraufhin erwiderte Laura nichts. Sie hielt sich durchaus für erwachsen.

»Wie geht's deinem Freund? Tom, oder? Hörst du schon die Kirchenglocken läuten?«

»Nicht mal aus der Ferne!«

»Überleg es dir. Es gibt nichts Schöneres, als verheiratet zu sein und Kinder zu haben. Ich würde um nichts in der Welt tauschen wollen. Ja, gut, es ist viel Stress. Aber das ist es wert. Kinder können einen richtig glücklich machen. Hab ich dir schon erzählt, dass Chris der Star in seiner Fußballmannschaft ist? Der Junge spielt Fußball, als hätte er nie was anderes gemacht. Kriegt jeden Ball. Das ist so sicher wie das Amen in der Kirche.«

Laura warf Richie einen Blick zu, der klein und ziemlich kompakt gebaut war. Sie konnte ihn sich nicht rennend vorstellen, und schon gar nicht auf einem Fußballplatz.

»Wir haben bald Hochzeitstag«, sagte Richie und sah sie dabei an, als mache es ihm tatsächlich Spaß, mit ihr zu plaudern. »Ich möchte nach Colorado, aber Gail hat sich auf San Diego versteift. Sie wollte immer schon mal in diesem Hotel auf Coronado Island übernachten, so ein riesiger alter Kasten, vielleicht hast du es schon mal gesehen. Wie ich mich kenne, werde ich nachgeben, das tue ich immer.«

Bis zum Motel hörte er nicht mehr auf, von seiner Familie zu erzählen – seinen drei Mädchen, den beiden Jungen, Gail, die ihn in die Oper geschleppt, und dass er sich dabei sogar vergnügt hatte. Während Laura ihm zuhörte, wünschte sie sich plötzlich auch eine Familie – woran sie normalerweise nicht mal einen Gedanken verschwendete. Das Wort

»Familie« war in den letzten Jahren eigentlich nicht mehr in ihrem aktiven Wortschatz vorgekommen. Sie merkte, dass sie vergessen hatte, was es bedeutete, Teil einer Familie zu sein, jemanden zu haben, der einen bedingungslos liebte. Eine solche Stütze fehlte ihr nun schon seit so langer Zeit, dass sie es kaum mehr als Mangel empfand. Sie führte mittlerweile einfach ein ganz anderes Leben. Die Erinnerung an die Familie, aus der sie stammte, war im Laufe der Jahre fast verschüttet worden. Wie wäre es, wieder eine solche Form von Unterstützung zu haben? Jemanden, der immer für einen da war?

Sie hatte gehofft, dass Tom dieser Jemand sein würde, aber mittlerweile war sie sich dessen nicht mehr so sicher.

Richie stellte das Auto vor der Tür zu seinem Zimmer ab und gähnte. »Ich bin fertig. Was hältst du davon, wenn wir uns morgen früh einen Überblick verschaffen, damit wir wissen, wo wir stehen, und dann sollten wir vielleicht zu dieser Kirche.«

Laura konnte nicht schlafen. Es kam ihr so vor, als läge sie seit Stunden wach, dann gab sie es auf. Vielleicht würde die Gebirgsluft sie müde machen. Sie stand auf, zog ihre Jeans an, schlüpfte in ihre Schuhe und trat hinaus in die kühle Nacht.

Sie roch Zigarettenrauch und entdeckte den winzigen roten Punkt auf der anderen Seite des Wegs. Jemand saß in einem der Plastikstühle vor dem ersten Zimmer, in dem sich das Büro des Managers befand. Die schlanke Frau mit den dunklen Haaren winkte ihr zu.

Laura ging zu ihr. Sie war zwar nicht gerade erpicht auf den Gestank der Zigarette, aber die Aussicht auf ein Gespräch überwog die Unannehmlichkeit. Wendy sagte: »Holen Sie sich einen Stuhl.«

Laura tat wie geheißen, wobei sie aufpassen musste, nicht auf den schlafenden Chow-Chow zu treten.

»Kommen Sie gut voran bei Ihren Ermittlungen?«, fragte Wendy.

»Das kann man nicht sagen«, erwiderte Laura wahrheitsgemäß.

Wendy drückte die Zigarette in der mit Sand gefüllten Kaffeedose zu ihren Füßen aus. »Ich kannte Dan ein bisschen. Ich fand immer, dass er ein sehr netter Kerl ist. Das alles ist ganz furchtbar traurig.«

Laura gab ihr im Stillen recht.

Wendy warf ihre langen braunen Haare über eine Schulter und strich gedankenverloren darüber. »Die arme Shana. Wer passt jetzt auf sie auf?«

»Sie kennen Shana?«

»Wir waren auf der Highschool zusammen in der Quadrille-Mannschaft.«

»Sie hat heute ihr Pferd verkauft.«

Wendy starrte sie an. »Mighty Mouse? Sie machen Witze! Sie hat dieses Pferd geliebt!«

»Sie hat es zusammen mit dem Anhänger an Barbara Wingate verkauft.«

»Wow. Ich fasse es nicht.« Wendy starrte vor sich auf den Boden und dachte kurz nach. »Dann muss es ihr wirklich schlecht gehen. Die Leute machen die seltsamsten Dinge, wenn es ihnen schlecht geht. Dinge, die sie sonst nie täten.«

»Ich schätze mal, dass sie gerade was anderes im Kopf hat«, sagte Laura. »Dans Tod. Ihre Kinder. Ihren Freund.«

»Ist sie immer noch mit diesem Widerling zusammen?«

»Sie meinen Robert Burdette?«

»Genau den.« Wendy schüttelte eine neue Zigarette aus der Packung, die sie auf ihrem Schoß liegen hatte, und steckte sie sich zwischen die Lippen. »Auch wenn es manchmal schwer ist, auf dem neuesten Stand zu bleiben. Shana hat die Männer schon immer gewechselt wie andere Frauen die Unterwäsche.«

Laura schloss die Augen und genoss die kühle Luft auf ihren Wangen. Sie hörte, wie Wendy das Streichholz anriss, und roch den Rauch. Sie drehte ihren Kopf zur Seite, damit sie ihn nicht direkt einatmete.

»Barbara Wingate muss Mighty Mouse für Erin gekauft haben. Ich hoffe, das Pferd muntert sie auf. Vielleicht lenkt es sie ein bisschen von dem ab, was sie durchmachen musste«, sagte Wendy.

Sie strich ihre Haare über die andere Schulter nach hinten, und Laura sah, wie sich in dem goldfarbenen Namensschildchen, das an ihrem Kittel befestigt war, das Licht fing. Über ihrem Namen stand Williams Health Care Center.

»Sind Sie Krankenschwester?«, fragte Laura.

»Nein, ich arbeite an der Anmeldung. Teilzeit.«

»Ist Erin sehr krank?«

»Wenn sie es nicht sein sollte, kann sie jedenfalls sehr gut schauspielern. Allerdings weiß niemand, was mit ihr nicht stimmt – sie leidet unter so vielen verschiedenen Symptomen. Sie hat schon viel durchgemacht, und Mrs. Wingate ist mit den Nerven fertig.«

Chelsea, der Chow-Chow, streckte sich, knurrte kurz und schlief wieder ein.

Wendy fügte hinzu: »Es zehrt an ihren Kräften. Aber sie lässt sich nicht unterkriegen. Ist beharrlich, fragt ständig nach, ist richtig proaktiv. Das ist wichtig. Die meisten Leute wissen nicht, dass sie den Ärzten und Pflegern Beine machen müssen, wenn es um die Betreuung der Patienten geht. Ich könnte Ihnen Geschichten erzählen ...« Sie schüttelte den Kopf. »Wenigstens weiß Barbara Wingate, wie der Hase läuft und wie wichtig es ist, sich um Erin zu kümmern. Das sollte sie wenigstens.«

Laura wollte Wendy fragen, was sie damit meinte, aber Wendy redete bereits weiter, über Richies Auto. »Mein Cousin hat genau so einen Monte Carlo. Dieselbe Farbe, nur hat er auf der einen Seite eine Acht und auf der anderen eine Drei.«

»Was bedeuten die Zahlen?«, fragte Laura.

»Die Acht ist die Nummer von Dale Earnhardt Juniors Auto.«

Laura hatte den Namen schon mal gehört. »Ist das nicht der Junge, der vor ein paar Jahren bei dem Autorennen starb?«

»Nein, das war der Vater von Junior, Dale Earnhardt. Dale, der Intimidator. Sein Auto hatte die Nummer Drei.« Sie drückte die nur halb gerauchte Zigarette aus. »Ich hoffe, Ihr Partner ist mit dem anderen Gerät zufrieden. Es ist doch Ihr Partner, oder?«

»Gerät?«

»Irgendwas mit dem Empfang hat nicht gestimmt, als er sich das NASCAR-Rennen ansehen wollte. Wir haben den Fernseher gegen den aus dem Zimmer gegenüber ausgetauscht. Ich bin davon ausgegangen, dass der besser funktioniert, weil er sich nicht mehr hat blicken lassen.«

In Lauras Brust bildete sich ein Knoten. »Er hat sich gestern ein Autorennen angesehen?«

»Ja.«

»Wie lange dauern diese NASCAR-Rennen normalerweise?«

»Normalerweise um die vier Stunden, aber dann darf es keine Unfälle geben.«

Am nächsten Morgen besuchten Laura und Richie die Staff of Life Ministry. Laura kochte innerlich immer noch vor Wut darüber, dass Richie einen großen Teil des gestrigen Tages damit verbracht hatte, fernzusehen. Aber es hatte überhaupt keinen Sinn, etwas zu sagen. Die enge Zusammenarbeit mit ihm hatte Seiten seines Charakters zutage gefördert, von deren Existenz sie bisher nichts gewusst hatte: Er konnte passiv-aggressiv sein, insbesondere, wenn er sich in die Ecke gedrängt fühlte. Es käme ihm nur entgegen, wenn sie wegen eines Autorennens ausflippen würde – dann könnte er wieder einmal seinen Lieblings-Verteidigungsmechanismus einsetzen. So gerne sie ihn auch zur Rede stellen würde, es brächte die Ermittlung keinen Schritt voran, und momentan war es einfach wichtiger, zügig weiterzumachen.

Die Kirchengemeinde hatte ihren Sitz in einem geklinkerten Bungalow, an dessen Wänden innen bunte Poster von Jesus und seinen Jüngern hingen. Die mollige, freundliche Frau am Empfang erklärte ihnen, dass sie Luke Jessup schon seit einigen Tagen nicht mehr gesehen hatte.

Ihre Augenbrauen zogen sich sorgenvoll zusammen. »Es ist seltsam. Er ist auch gestern nicht aufgetaucht, dabei hätte er seine Bibelstunde geben müssen. Das sieht ihm überhaupt nicht ähnlich.«

»Wollen Sie damit sagen, dass er sonst zuverlässig ist?«, fragte Richie.

»Ich will damit sagen«, erwiderte sie und sah Richie über ihre Lesebrille hinweg an, »dass er in den fünf Jahren, die ich ihn kenne, niemals einen Gottesdienst oder eine Bibelstunde versäumt hat.«

Bevor sie gingen, fügte sie noch hinzu: »Wenn Sie ihn finden, geben Sie mir bitte Bescheid, ja? Ich hoffe, er ist wohlauf.«

Die beiden Autopsien im gerichtsmedizinischen Institut von Coconino County in Flagstaff konnten einem sehr nahegehen und waren gleichzeitig reine Routine. Die Obduktion von Kellee Yates erbrachte die Bestätigung, dass ihr Hirntumor tatsächlich zurückgekehrt war. Vielleicht würde das ihre Eltern trösten. Schwer zu sagen.

Nach den Autopsien teilten Laura und Richie die Arbeit auf; Richie kehrte nach Williams zurück, wo er nach Luke Jessup suchen wollte, während Laura im gerichtsmedizinischen Institut blieb, um dort auf Chuck und Louise Yates zu warten.

Laura sah das Auto mit den beiden von der Fort Valley Road abbiegen und passte sie vor der Eingangstür ab. Chuck lief um das Auto, um Louise die Tür zu öffnen, aber sie war schneller und stieß ihn beinahe um. Laura hatte den Eindruck, dass er seiner Frau sonst eigentlich nicht die Tür öffnete und dies jetzt mit Rücksicht auf ihre Trauer geschah.

Louise Yates stürmte auf den Gehweg, wo sie unvermittelt stehen blieb. Sie starrte auf das beigefarbene, von ein paar Gelbkiefern umstandene Gebäude, als wäre es die Vorhölle. Andrew Witcomb, der Forensiker von Coconino County, gesellte sich zu Laura. Er stellte sich den Yates' vor und führte sie zur Rückseite des Hauses.

Sie traten durch die Hintertür in einen spärlich ausgestatteten Raum, etwa fünf mal fünf Meter, ein rot gefliester Boden und nackte weiße Wände. Laura sah die Kühlfächer, in denen die Leichen aufbewahrt wurden, und hoffte, dass Chuck und Louise Yates sie nicht bemerkten.

Louises Blick fiel sogleich auf die mit einem Tuch bedeckte Bahre, die an einer Wand stand. Sie holte tief Luft.

Neben der fahrbaren Bahre stand ein Stuhl. Er war korallenrot und bestand aus einem Material mit körniger Oberfläche. Laura sah, dass Louise Yates die Hand von Andrew Whitcomb hielt, als würde sie ihn ihr Leben lang kennen. Er hatte das offensichtlich schon viele Male getan und flößte durch sein sanftes, respektvolles Verhalten Vertrauen ein.

Andrew ließ Louises Hand lange genug los, um das Tuch von dem Arm des jungen Mannes zu ziehen, der am Rand der Metallwanne lag, auf der er in der Kühlung aufbewahrt wurde.

Louise stöhnte auf.

Hinter Laura murmelte Chuck Yates: »Mein Gott.«

Andrew Whitcomb trat wieder an Louises Seite und sagte etwas, das Laura nicht hören konnte, etwas, das nur für Louises Ohren bestimmt war. Louise nickte. Sie gingen die wenigen Schritte zu Dan Yates.

»Wollen Sie sich setzen?«

Louise schüttelte den Kopf. Sie starrte auf die Hand ihres Sohnes, deren Innenfläche nach oben zeigte und die leicht gekrümmt war. Das Tuch war ein Stück nach oben gezogen worden, bedeckte den Unterarm aber weit genug, um die Einschusswunden zu verbergen, die Laura beim Fotografieren der Leiche gesehen hatte.

»Wollen Sie vielleicht ein paar Minuten mit ihm allein sein?«, fragte Andrew.

Louise Yates drehte sich zu ihm um, in den Augen lag Panik. »Und wenn es überhaupt nicht Dan ist?«

Chuck ergriff das Wort. »Sie haben es uns doch erklärt. Sie haben seine Fingerabdrücke verglichen. Die Fingerabdrücke, die sie genommen haben, als er bei ...«

Louise ließ ihre Schultern sinken, und Chuck verstummte.

Die Minuten vergingen. Louise starrte weiterhin auf Dans Arm. Absolute Stille breitete sich aus. Louises Gesicht war ausdruckslos, nicht zu entschlüsseln, aber ihre Finger bewegten sich unabhängig von ihrem übrigen Körper, so als spielten sie Klavier in der Luft. Laura fragte sich, was Louise Yates tun würde. Ob sie weglaufen würde.

»Ich möchte ihn nicht anfassen, wenn er nicht mein Sohn ist«, sagte Louise Yates in das Schweigen hinein.

Andrew Whitcomb stand neben ihr. Er sagte nichts, aber er war da.

Unvermittelt beugte sich Louise vor und griff nach dem Arm. Sein Gewicht oder auch die Kälte erschreckte sie, und sie ließ ihn beinahe wieder los, riss sich im letzten Augenblick zusammen. »Er ist kalt.«

»Ja, Ma'am, das stimmt.«

»Als ob er in einem Kühlschrank gelegen wäre.«

Sie hielt seine Hand am Handgelenk, aber nur ganz vorsichtig. Starrte unsicher auf den Arm. Laura konnte ihrem Blick ansehen, dass sie mit sich rang: Sie wollte nicht, dass er ihr Sohn war, aber ihr Instinkt sagte ihr, dass er es war und dass dies die letzte Gelegenheit war, ihn zu berühren.

Louise Yates ließ sich auf den Stuhl sinken und nahm seine Hand in ihre Hände.

Sie fing an zu weinen, legte die Hand gegen ihre Wange, ihre Tränen rannen auf die wächserne Haut. Ihre Finger strichen über seine Handfläche, seine Knöchel, seine Finger, erkundeten den einzigen Teil ihres Sohnes, den sie ansehen durfte.

Nahm das Gewicht, die Körperlichkeit, das Gefühl seiner Haut in sich auf, für die Zeit, in der sie ihn nie wieder bei sich haben würde.

12

Mark Sproule war zu früh dran. Das war er immer. Jedes Mal, wenn er mit jemandem verabredet war, traf er fünf Minuten bis eine Viertelstunde zu früh am Treffpunkt ein, und obwohl er schon oft versucht hatte, seine innere Uhr umzustellen, war es ihm nie auch nur annähernd gelungen. So kam es also, dass er jetzt vor dem Mineshaft Coffee Shop im kalifornischen Shoshone herumstand und die frühmorgendliche Kälte durch seine Jacke drang, während er den Sonnenaufgang betrachtete. Die Hände hatte er in seine Hosentaschen gesteckt; Handschuhe hatte er vergessen.

Ich bin zu alt für solche Sachen, dachte er, den Blick auf die Berge gerichtet. Sie hoben sich als scharfkantige blaue Silhouetten gegen den bleichen Morgenhimmel ab, der zwischen zwei niedrigen Gipfeln zartgelb angehaucht war. Er war den ganzen Weg nach Indiana und zurück gefahren, wofür er volle vier Tage gebraucht hatte, und jetzt wollte er nur noch nach Hause.

Mit meinen siebenunddreißig Jahren sollte ich allmählich wie jeder vernünftige Mensch in geordneten Verhältnissen leben. Aber vor einem Jahr war alles den Bach runtergegangen. Jetzt hatte Rhonda Sarah zu ihrer Familie in Indiana gebracht, und er war zurückgeblieben, allein bis auf seine Schildkröten.

Seine Schildkröten und seine Freunde. Wenn es überhaupt richtige Freunde waren. Langsam hatte er so seine Zweifel. Wie gut kannte er sie eigentlich?

Er warf einen Blick auf seine vier Gopherschildkröten, Hambone, Colonel Klink, Bubba und Landshark, ihre uralten, verschrumpelten Gesichter, die weisen Augen. Sie gehörten ihm im Grunde gar nicht, er hatte nur staatlicherseits die Erlaubnis erhalten, sich um sie zu kümmern. Was damit zu tun hatte, dass sie ihn für einen gesetzestreuen Bürger hielten. Die ersten beiden Tiere hatte er wegen Sarah genommen. Jetzt war sie nicht mehr da, um mit ihnen zu spielen.

Er musste irgendeine Möglichkeit finden, sie zurückzugeben, ohne damit Argwohn zu erregen. Er könnte den Beamten sagen, dass er nach Indiana zog, was ja nicht einmal gelogen war.

Er trat in der klaren, kalten Wüstenluft von einem Fuß auf den anderen und fragte sich zum hundertsten Mal: *Wie bin ich nur in all das hineingeraten?* Er konnte es sich immer noch nicht erklären. Wie hatte er sich nur in diese Sache hineinziehen lassen können, nach allem, was er über den PATRIOT Act wusste und darüber, dass sie US-amerikanische Staatsbürger ohne jede Erklärung deportieren konnten.

Irgendwie musste er da reingerutscht sein.

Sie hatten ihm wiederholt versichert, dass er nur eine ganz unbedeutende Rolle spielte, aber in seinem tiefstem Innersten wusste er, dass man sich nie hundertprozentig sicher sein konnte. Das hatte er schmerzhaft am eigenen Leib erfahren müssen.

Mark rieb seine Hände aneinander und zündete sich eine Zigarette an. Früher hatte er immer gelacht, wenn jemand sagte, dass der Staat hinter seinen Bürgern herschnüffelte. Das galt doch nur für Rechtsradikale und solche wie den Unabomber, die Waffen lagerten und Bunker buddelten, sich eindeckten mit alten Armeebeständen an Konservenbüchsen und ihre Hetzschriften mit Hakenkreuzen und martialischen Waffen schmückten.

Aber er war eines Besseren belehrt worden. Die Vereinigten Staaten – sein Heimatland, das Land, dem er als Schulkind Treue geschworen hatte – waren nur so gut wie die Leute, die gerade an der Regierung waren. Wie in jedem anderen Land der Welt.

Man musste sich doch nur die Sache mit Yucca Mountain ansehen. Diese beiden Worte jagten ihm einen Schauer über den Rücken. Bald würde die US-Regierung auf Highways und Schienen die ersten radioaktiven Abfälle aus jedem Winkel des Landes hierher transportieren und in dieser nahezu unberührten Wüstenlandschaft vergraben.

Aber am meisten Angst jagten ihm die Kernkraftwerke ein. Die Regierung sprach zum ersten Mal seit fünfundzwanzig Jahren davon, neue bauen zu wollen. Falls es einen GAU gab wie damals in Tschernobyl, würde es fünfundzwanzigtausend Jahre dauern, bis sich das Land von der Kernschmelze erholt hatte.

Er hatte mal einen Dokumentarfilm über Tschernobyl gesehen – die Häuser der Menschen, die langsam verfielen und dem vergifteten Erdboden gleichgemacht wurden. Der Sarkophag, der Block IV einschloss, sollte die Strahlung zurückhalten, aber er war im Grunde nicht viel mehr als ein Heftpflaster und schien nur darauf zu warten, bei einer Kernexplosion in die Luft zu fliegen. Die Sperrzone betrug nur etwa dreißig Kilometer. Wenn das Ding explodierte, würde es Russland, Weißrussland und die Ukraine vernichten.

Und diese Arschlöcher wollten genau so etwas in dieser Gegend bauen.

Deshalb war er hier, nahm dieses enorme Risiko auf sich, ohne zu wissen, ob es auf Dauer etwas bringen würde. Aber er musste es einfach tun.

Nicht zu vergessen das Geld. *Das solltest du wirklich nicht vergessen.* Es war nicht unbedingt viel, aber genug, um damit nach Indiana zu kommen, sich dort eine Wohnung zu nehmen und die ersten sechs Monate sorgenfrei leben zu können. Genug, damit er in der Nähe seines kleinen Mädchens sein konnte. Vielleicht würde seine Tat auch im ganzen Land eine Debatte entfachen, und die Leute würden aufwachen und erkennen, was vor sich ging, bevor es zu spät war. Aus eigener Erfahrung wusste er, dass man ab und zu wachgerüttelt werden musste, damit sich überhaupt etwas bewegte.

Ein alter blauer Truck bog auf den Parkplatz ein. Bobby Burdette saß am Steuer, Glenn Traywick stützte seinen Ellbogen gegen das Beifahrerfenster.

»Hopp, rein mit dir!«, rief Bobby Burdette.

Mark warf seine Zigarette auf den Gehweg und trat sie aus, dann lief er hinüber und quetschte sich zu den anderen auf die Sitzbank. »Du hörst dich zufrieden an.«

»Ich bin zufrieden. Ich habe die perfekte Stelle gefunden.«

Glenn machte wie immer einen heiteren Eindruck, aber der Blick aus seinen blauen Augen wirkte gleichgültig – man wusste nie, was er gerade dachte. Er steckte von Kopf bis Fuß in steifem, schwarzem Jeansstoff, den Jackenkragen hatte er hochgeschlagen, um das Feuermal an seinem Hals zu verdecken, und die bescheuerte Kappe mit einem Blitz und dem Schriftzug GLENN ELECTRIC darauf tief über seine buschigen Augenbrauen gezogen. Der Mann hatte einen eigenen Laden und tat so etwas – o Mann.

Diese Kappe trug Glenn ständig. Mark war dabei gewesen, als Glenn sie in einer Werkstatt für Elektrogeräte entdeckt hatte, er hatte nicht widerstehen können, weil sein Name darauf stand. Die Briefe an Zeitungen unterschrieb er seither mit Glenn Electric.

Bobby trug einen neuen Haarschnitt, bemerkte Mark. Militärisch kurz, an den Seiten rasiert. Eine neue, ziemlich fies aussehende Sonnenbrille, die so gebogen war, dass seine Augen auch von der Seite nicht zu sehen waren. Er sah wie ein Bulle aus. Fehlte nur noch der Schnurrbart.

Bobby fuhr vom Parkplatz, dabei schwappte Kaffee aus dem Styroporbecher von Glenn Electric und landete auf Marks Hose, aber wenigstens verbrannte er sich dabei nicht.

»Scheiße! Tut mir leid. Diese blöden Deckel sind echt zu nichts nutze.«

»Pass doch auf den Teppich auf«, sagte Bobby.

Mark starrte auf die rote Matte unter seinen Füßen. Sie sah aus, als wäre sie monatelang Wind und Wetter ausgesetzt gewesen, ganz steif und faltig und ölverkrustet. Wie kam er eigentlich dazu, sich mit solchen Leuten einzulassen?

Er hatte früher Biologie in der Unterstufe unterrichtet, und jetzt saß er hier mit einem Typen, auf dessen Kappe GLENN ELECTRIC prangte, und einem, der aussah wie eine wandelnde Anzeige für *Soldier of Fortune*. Genauso gut hätte er auf der erdabgewandten Seite des Mondes landen können.

Nach zwanzig Minuten erreichten sie Micaville. Zumindest das Ortsschild von Micaville. Ein paar brave Steuerzahler hatten gutes Geld für das grüne reflektierende Schild gezahlt, aber an der Straße gab es nichts außer einem unkrautüberwucherten, halb zerfallenen Fundament, das von einem dreißig Zentimeter hohen Wall aufeinandergeschichteter flacher Feldsteine umgeben war, und einem verbrannten braunen Joshua Tree.

Bobby wirbelte eine Staubwolke auf, als er an den Straßenrand fuhr.

»Hier soll der Treffpunkt sein?«, fragte Mark.

»Nein«, sagte Bobby, und deutete aus dem Fenster zu seiner Linken. »Wir treffen uns dort drüben.«

Mark blinzelte in die ausgeblichene Landschaft und entdeckte ein paar einzelne staubbedeckte Salbeibüsche, die wie schmutzige Schafe aussahen, dahinter ein halbmondförmiges Gebilde aus Wellblech, das die Sonne stumpf gemacht hatte.

»Was ist das?«

»Ein Hangar«, sagte Bobby.

In diesem Moment hätte sich Mark beinahe in die Hose gemacht. Es war tatsächlich kein Spiel. Sie meinten es völlig ernst. Und das bedeutete, dass er es auch ernst meinte. Er sog diesen Gedanken in sich auf, buchstäblich, und versuchte, den Krampf in seinen Eingeweiden zu vertreiben.

Was ihm gelang. Aber der Flugzeughangar blieb, wo er war.

Die Wohnung, in der Kellee in Flagstaff gewohnt hatte, befand sich in einem roten Ziegelbau mit Holzbalken und einem Schindeldach. Die Swiss Chalet Apartments waren um einen weitläufigen Hof herum angeordnet. Zwischen den hellgrünen Rasenflecken, auf denen ein paar zurechtgestutzte Büsche standen, wand sich ein Gehweg. Vor den Fenstern der unteren Stockwerke standen Blumenkästen, und auf den Balkonen aus dunkel gebeiztem Holz sah man den gewöhnlichen Krempel von Studenten – Badetücher, Fahrräder, Grills.

Apartment 409C befand sich im ersten Stock. Sie musste nicht klopfen, die Tür stand offen, und ein Song, den sie nicht kannte, war bis ins Treppenhaus zu hören. Die Männerstimme war tief und rau und sang monoton vor sich hin.

Sie rief: »Ist jemand zu Hause?« Sie musste dreimal rufen, jedes Mal ein bisschen lauter.

Ein barfüßiges, braunhaariges Mädchen in knappen Shorts und einem ebenso knappen Top tauchte im Türrahmen auf. Sie hatte ihre Haare mit einer großen Spange hochgenommen. Ihre Brustwarzen zeichneten sich unter dem dünnen Stoff des Tops ab. Laura sah in das Gesicht des Mädchens, das trotz der Pickel auf der Stirn und einer dicken Schicht Make-up hübsch war. »Kann ich Ihnen helfen?«

Laura zeigte ihre Dienstmarke und stellte sich vor.

Das Mädchen blieb in der Tür stehen, offenbar verwirrt. »Ich habe doch schon mit einem Detective gesprochen.«

»Ich will nur noch ein paar Dinge klären.«

»Ach so.« Sie ging in die Wohnung zurück, ohne die Tür hinter sich zu schließen. Nachdem sie die Musik leiser gedreht hatte, warf sie sich auf ein cremeweißes Sofa.

Das Zimmer war überwiegend in Weiß oder Cremefarben gehalten, nur die Rattanmöbel waren dunkel, und sie sahen aus, als wären sie alle auf einmal gekauft worden. Abgesehen von ein paar dicken Lehrbüchern, Schreibheften und losen Blättern war alles sauber und aufgeräumt. Laura setzte sich auf einen Sessel gegenüber vom Sofa.

Amy gab kluge und überlegte Antworten auf ihre Fragen. Sie wäre die perfekte Zeugin. Laura hatte den Eindruck, dass Amy sehr intelligent war und den Verlust ihrer Freundin und Mitbewohnerin rational zu bewältigen versuchte. Sie war sachlich, redegewandt und hilfsbereit. Gab freimütig ihre Meinung über die Beziehung zwischen Kellee und Dan zum Besten (»Sie hatten beide alte Seelen, aber trotzdem hatten sie auch etwas Naives an sich.«), über ihre Beziehung zu Kellee (»Sie war für mich mehr eine Schwester als eine Freundin – ja, wir waren eine Art Familie.«) und über Kellees Familie (»Kellee und ich haben in diesem Sommer ein paar Tage in einer der Blockhütten verbracht.«).

Laura erinnerte sich an das, was Richie gesagt hatte, dass Kellee und Amy sich seiner Meinung nach erst kürzlich kennengelernt hatten. Da hatte er also falsch gelegen.

»Wie lange kannten Sie beide sich?«

»Seit dem Psychologieseminar letztes Jahr.«

»Aber Sie sind erst vor kurzem zusammengezogen? Warum ist sie überhaupt bei Ihnen eingezogen, wenn sie vorhatte zu heiraten?«

»Das kam ganz plötzlich. Sie waren zwar schon seit letztem Jahr zusammen, aber Kellee hat nie ein Wort übers Heiraten verloren. Dann zog meine damalige Mitbewohnerin aus, und ich schlug ihr vor, bei mir einzuziehen, und sie sagte spontan ja.«

»War wohl eine ziemliche Überraschung für Sie, als sie Ihnen von der Heirat erzählte.«

»Und wie. Von einem Tag auf den anderen sagte sie: ›Wir lassen es uns amtlich geben.‹ Genau so hat sie es gesagt, als sie zusammen herkamen und es mir verkündeten. Ich hatte den Eindruck« – gedankenverloren tastete sie die Pickel auf ihrer Stirn ab –, »sie waren völlig aufgekratzt und sagten sich wohl, jetzt oder nie. Sie schienen sich gegenseitig mit ihrer Begeisterung anzustecken.«

»Warum waren Sie nicht ihre Brautjungfer?«

Wieder berührte sie ihre Stirn, tastete die Pusteln ab, als wäre es Braille-Schrift und würde ihr die Antwort verraten.

»Sie hat mich gefragt, aber ich konnte nicht. Ich hatte am Freitag eine Prüfung, die erste von drei Pflichtprüfungen. Wenn ich eine davon versäume, schlägt sich das auf meinen Notendurchschnitt nieder. Das hat sie verstanden. Ihr ist klar, wie wichtig mein Studium für mich ist. Ich bin im Grundstudium und will mich auf orthopädische Chirurgie spezialisieren.«

»Wussten Sie von dem Hirntumor? Könnte das der Grund für die überstürzte Heirat gewesen sein?«

»Na ja, das hätte eine gewisse Logik. Viele Leute handeln aus einem Impuls heraus, wenn sie mit ihrer eigenen Sterblichkeit konfrontiert werden.«

Analytisch. Fast ein bisschen zu überlegen. Laura hatte den Eindruck, dass die junge Frau in ein tiefes Loch fallen würde, wenn der Schock erst einmal nachließ.

»Können Sie mir irgendetwas über diesen Tag erzählen?«

Sie zuckte die Achseln. »Dan tauchte ungefähr um sieben in der Früh auf. Kellee packte ihr Zeug und zog mit ihm ab.«

»Sonst noch was? Ist Ihnen vielleicht irgendetwas an den beiden aufgefallen?«

Amy konzentrierte sich und ging sorgfältig ihre Erinnerungen durch. Wollte ihr so viel Hilfe wie möglich bieten.

»Tut mir leid. Nur dass Dan sagte, sie müssten sich beeilen – sie wollten Shana unterwegs aufsammeln.«

»Kennen Sie Shana?«

»Ich habe sie einmal getroffen.«

Kurz angebunden. Missbilligend.

»Sie haben Shana abgeholt. Hat einer von beiden Shanas Freund erwähnt?«

»Bobby? Soviel ich weiß, wollte Dan ihn nicht dabeihaben. Bei der Hochzeit.«

»Warum?«

»Er mochte ihn nicht. Kellee mochte ihn auch nicht, aber sie gab Shana nach, als die sagte, sie würde nicht zur Hochzeit kommen, wenn er nicht mitdürfte – tja, damit war es klar. Kellee will – wollte immer, dass Harmonie herrscht. Sie gab lieber nach, als irgendwelche Unstimmigkeiten zu ertragen.«

»Kellee und Dan mochten Bobby Burdette also nicht.«

»Das war kaum zu übersehen. Kellee verstand nicht, was Shana in ihm sah. Sie glaubte, dass er einen schlechten Einfluss auf sie hatte.«

»Wie kam sie darauf?«

»Kellee hat mal so was erwähnt. Sie machte sich Sorgen, dass Shana in Schwierigkeiten geraten könnte. Als ich nachfragte, wollte sie aber nicht mit der Sprache rausrücken.« Sie zuckte die Achseln. »Manchmal war Kellee so – dann machte sie komplett dicht.«

»Haben Sie Bobby jemals kennengelernt?«

»Ich habe ihn nur das eine Mal mit Shana zusammen gesehen. Mir war er auch nicht sympathisch. Kellee machte sich Sorgen, aber wenn Sie mich fragen, war das nur so eine Übergangssache.«

»Welche Übergangssache?«

»Den Übergang zum Erwachsenenalter. Wenn man gegen Ende der Highschool herauszufinden versucht, was man mal machen will. Das trifft uns alle früher oder später. Selbst Leute, die schon früh ganz genau wissen, was sie wollen. Sämtliche Regeln, mit denen man aufgewachsen ist, sind plötzlich außer Kraft gesetzt – auf dem College genießt man das erste Mal echte Freiheit. Leider wissen viele Leute mit dieser Freiheit nicht richtig umzugehen und geraten in ziemliche Schwierigkeiten.«

»Glauben Sie, dass Shana in Schwierigkeiten war?«

»Machen Sie Witze? Sie ist einundzwanzig, hat zwei Kinder und ist geschieden. Das College kann sie doch vergessen. Meiner Meinung nach hat sie sich völlig ins Abseits manövriert.«

Amy saß ganz schön auf dem hohen Ross, aber Laura widersprach ihr nicht. »Hat Kellee jemals davon gesprochen, dass Shana nicht aufs College geht?«

»Aber nein. Kellee gehörte zu den Leuten, die die Privatsphäre der anderen achten. Sie gab sich alle Mühe, irgendwelchen Vorurteilen vorzubauen. Abgesehen davon glaube ich, dass es nur eine allgemeine Sorge war. Dan war möglicherweise dagegen, dass Shana sich so sehr auf ihre Eltern verließ. Mensch, sie hatten schon ihre eigenen Kinder aufgezogen und die Verantwortung für sie getragen. Und dann bekommen sie wieder zwei Kinder aufgehalst – gut, vielleicht ist ›aufgehalst‹ ein bisschen zu stark, schließlich haben alle Beteiligten was von solchen familiären Konstellationen. Aber Dan war ein so aufrechter Kerl. Er hätte sich nie von jemandem unterstützen lassen, und Kellee war nicht anders. Das muss ihn also bis zu einem gewissen Grad geärgert haben.«

Laura machte sich ein paar Notizen, dann sagte sie: »Ich möchte mir noch mal ihr Zimmer ansehen.«

»Der andere …« Amy hielt inne und lächelte. »Es geht nur um ein paar Dinge, die geklärt werden müssen, richtig?«

»Richtig.«

»Ihre Eltern waren schon da und haben ihre Sachen geholt.«

»Ich würde es trotzdem gerne sehen.«

»Warum nicht«, sagte Amy lächelnd.

Während Laura sich in Kellees Zimmer umsah, dachte sie über die byzantinischen Verschlingungen in Amy Dawsons Hirn nach. »Vergiss die orthopädische Chirurgie«, murmelte sie vor sich hin. »Du solltest Psychiaterin werden.«

Laura fuhr zurück nach Williams und hielt am Ortseingang vor Shade Tree Mechanics an.

Als sie die Tür zu dem verglasten Büro öffnete, bemerkte sie einen jungen Mann in einem blaugrauen Overall, der mit der flachen Hand auf einen Getränkeautomaten einschlug. Er war riesig. Seine Bewegungen waren schwerfällig, als wäre es wie bei einem Bären gegen seine Natur, aufrecht zu stehen.

»Jamie Cottle?«, fragte sie.

Er drehte sich zu ihr um und sah sie nervös blinzelnd an. Ein plumpes Gesicht, Sommersprossen, ungewöhnlich breiter Kiefer.

»Nein, ich bin Walt.«

»Ist Jamie da?«

Er wandte seine Aufmerksamkeit wieder dem Automaten zu. »Das Ding macht das jedes Mal.« Er trat dagegen. Münzen klapperten in eine Metallschale, und er klaubte sie auf. »Jamie arbeitet montags nicht. Hatten Sie Ihr Auto bei ihm?«

»Nein. Wo finde ich ihn denn?«

»Er wohnt bei seinen Eltern in der Oak.«

Das Haus in der Oak Street gewährte keinerlei Einblicke, welche Art von Menschen dort lebte. Der Vorgarten wurde von einer Blautanne beherrscht, den perfekt geschnittenen Rasen, der aussah wie Samt, verunzierten nur ein paar vereinzelt herumliegende Tannenzapfen. Das Haus im Ranch-Stil war blassgelb mit einem Schindeldach, auf einer Seite stand ein Wohnmobil. Auf dem Dach thronte eine Satellitenschüssel, und an der Garage war eine Stange befestigt, an der eine Fahne hing. Keine Reaktion, als sie auf die beleuchtete Klingel drückte. Ein brauner Schäferhundmischling, dessen eines Ohr in die Höhe ragte, während das andere nach unten hing, streckte seinen Kopf durch den Lamellenvorhang und bellte einmal kurz. Laura hinterließ ihre Visitenkarte mit der Bemerkung, dass Jamie sie bitte anrufen sollte.

Kaum war sie wieder ins Auto gestiegen, klingelte ihr Handy.

»Ich habe das Zelt«, sagte Richie. »Wie wäre es, wenn wir uns in zwanzig Minuten am See treffen?«

Das Sonnenlicht spiegelte sich auf dem See und blendete Laura, als sie dort eintraf. Normalerweise wären am Ufer Angler gestanden, in deren Angelschnüren sich die Sonne fing, wenn sie sie auswarfen. Dann wäre ein leises Ploppen zu hören, und das Sinkblei verschwände im Wasser. Sonst wäre nichts zu hören, vielleicht noch das Geräusch, wenn der Deckel einer Kühltasche geöffnet wurde, das Knistern einer Papiertüte oder von Frischhaltefolie, in die ein belegtes Brot eingewickelt war, das Scharren eines Schuhs auf der Erde, wenn jemand sein Gewicht verlagerte, um bequemer zu stehen – sämtliche Geräusche verstärkt durch die Nähe zum Wasser.

Ein einsamer Sport in der Gesellschaft von Fremden, entspannt, aber nur etwas für Einzelgänger.

So sollte es an diesem See hier sein.

Vielleicht wären aber auch Kinder hier, die im Wasser planschten und quatschten und kreischten. Von den Feuerstellen roch es nach Rauch, der übers Wasser trieb. Aber heute nicht, heute war da nur ein Polizeiauto, das am Eingang parkte, und gelbes Absperrband, das in der leichten Brise flatterte.

Die Szenerie hatte etwas Surreales, als wären an diesem sonnigen Nachmittag nicht nur die Ufer dieses Sees menschenleer, sondern die ganze Welt.

Laura erinnerte sich, wie sie mit Billy mehrere Male zum Zelten auf den Mount Lemmon in der Nähe von Tucson gefahren war. Sie hatten genau wie Dan und Kellee ein rotes Zelt gehabt, das sie wie Tausende andere junge Paare billig im Baumarkt erstanden hatten. Sie erinnerte sich, wie es war, als junge Studentin mit dem Freund zelten zu gehen, bis über beide Ohren verliebt und innerlich lodernd, das Leben voller Verheißungen. Die Erde drehte sich um sie.

Sie waren genauso alt wie Kellee und Dan gewesen.

Das Zelt der beiden war nur noch ein einsamer roter Kreis aus Nylon, die knallige Farbe verblasst, aber nicht genug, um die geisterhaften Spuren ihres Blutes auszulöschen, der Stoff an mehreren Stellen durchlöchert – Schüsse aus einer Schrotflinte.

Laura und Richie verbrachten eine Stunde damit, die Stellen zu markieren, an denen die Schüsse den Zeltboden durchschlagen hatten, dann buddelten sie in der Erde nach den Kugeln und legten die einzelnen erbsengroßen Kugeln in Pillendöschen, die mit Watte ausgekleidet waren.

Sie arbeiteten schweigend vor sich hin. Schließlich fragte Laura Richie, warum er nicht in ihrem Auto mitfahren wollte.

Er hockte sich auf die Fersen und bedachte sie mit einem verwunderten Blick, als würde sich das von selbst erklären. »Es ist ein Toyota.«

»Was ist denn an einem Toyota falsch?«

Er zuckte die Achseln.

»Nun mal ehrlich, was ist an einem Toyota falsch? Es sind die zuverlässigsten Autos, die es gibt. Eine Freundin von mir hat einen Camry, und der fährt wie geschmiert, obwohl er schon dreihunderttausend Kilometer auf dem Buckel hat.«

Sie machte sowohl Mitleid als auch Selbstgefälligkeit in dem Blick aus, mit dem er sie ansah. *Du hast ja keine Ahnung.*

Sie hätte beinahe etwas wegen des Autorennens gesagt, hielt sich aber zurück. Stattdessen stand sie auf und streckte sich. Sie hatte wieder Rückenschmerzen. Dann ließ sie sich auf einem der großen Steine um die Feuerstelle nieder und sah zu, wie Richie den Zeltboden aufrollte. Verschränkte ihre Hände über den Knien, zog sie an die Brust und spürte, wie der Schmerz in ihrem Rücken nachließ. Ihr Blick konzentrierte sich auf die Stelle am Boden vor ihr, die leichte verkohlte Oberfläche, die weißgrauen Steine, die in der Sonne leuchteten.

Sie rieb ihre Hände aneinander, die sich sandig anfühlten, stützte sie links und rechts neben sich auf die Steine, streckte ihren Rücken, dehnte sich.

Richie sah zu ihr, als er den Zeltboden zum Auto brachte, die Tüte mit den Döschen in der anderen Hand. »Kommst du?«

»Ich werde noch ein bisschen hierbleiben.«

»Hoffentlich können wir den Fall bald abschließen. Mein Kleiner hat Geburtstag. Ich bin nicht gern an den Geburtstagen der Kinder unterwegs.«

»Ich weiß.« Auch sie fühlte sich erschöpft.

Er rieb sich den Nacken, der von der Sonne verbrannt war – das lag an der Höhe. »Dieser Jessup kommt mir komisch vor. Während du heute Vormittag bei der Gerichtsmedizin warst, habe ich Erkundigungen über ihn eingezogen. Sieht ganz danach aus, als hätte er sich in Luft aufgelöst. Wenn wir ihn finden, kann er uns bestimmt ein paar interessante Dinge verraten. Na ja.« Er ging weiter. »Wir sehen uns auf der Ranch.«

Laura hörte, wie er das Auto anließ, das Geräusch schreckte einen Schwarm Raben auf. Dann war er weg, und sie hatte den See und den Zeltplatz für sich allein.

Sie schloss die Augen und genoss die warme Sonne auf ihrem Gesicht. Dachte über Luke Jessups Verschwinden nach. Dachte über Shana nach, die ihr Pferd und den Anhänger für ein recht hübsches Sümmchen verkauft hatte. Dachte über Jamie Cottle und seinen Bruder nach. Sah auf die glatte blaue Wasserfläche des Sees und fragte sich, an welcher Stelle T. J. Cottle eingetaucht war. Vielleicht war an der Geschichte mehr dran – zum Beispiel ein Streit zwischen dem Schüler und dem Lehrer? Sie blickte auf ihre Hand, die flach auf dem großen Stein lag. Ihre Fingernägel waren von der Buddelei nach den Schrotkugeln ganz schmutzig.

Sie merkte sich, dass sie nach der Akte zu T. J. Cottles Tod fragen wollte.

Erneut sah sie auf ihre Nägel, und dabei wanderte ihr Blick zu einem Spalt zwischen drei großen Steinen, der ein schwarzes, kreisrundes Loch bildete.

Es war so rund, dass sie den kindlichen Drang verspürte, ihren Finger hineinzustecken. Er würde bestimmt hineinpassen, das Loch hatte den Durchmesser eines Männerfingers. Aber sie tat es nicht. Es könnte sich etwas darin verstecken – beispielsweise eine Spinne. Sie hatte schon einmal unter den Folgen des Bisses einer schwarzen Witwe gelitten, das musste sie nicht noch einmal haben.

Sie stand auf und ging zu ihrem Auto.

13

Das Casino-Hotel Blue Lagoon war ein endloses Labyrinth, das einen immer wieder an derselben Stelle ausspuckte – zumindest hatte man den Eindruck, dass es dieselbe Stelle war. Ehe man es sich versah, hatte man sich verlaufen. In jedem der Säle herrschte die gleiche Kakophonie aus Klingeltönen und dem Klackern fallender Münzen, und das alles in einer unruhig gemusterten Umgebung ohne Uhren, die darauf ausgerichtet war, die Leute so lange dort festzuhalten, bis sie ihren letzten Cent ausgegeben hatten. Die blau-grünen Farbtöne und die Lichteffekte, die reflektierendes Wasser darstellen sollten, waren ebenso Teil des Konzepts wie das Muster aus Kokosnusspalmen auf dem Teppichboden und der Wasserfall zwischen dem ersten und dem zweiten Stockwerk. Jede Menge Dschungeldeko – von der Decke hingen Lianen herab, es gab Themenrestaurants wie den Safari-Saloon, die Kassierer saßen in kleinen Strohhütten, die Bedienungen liefen je nach Geschlecht in Lendenschurz oder Baströckchen herum. Hübsche junge Frauen und noch hübschere junge Männer. In Bobby Burdettes Kopf vermischte sich das alles zu einem einzigen verschwommenen Bild.

Zuerst die Arbeit: Den Parkplatz auskundschaften, auf das Dach des Mirage nebenan steigen. Er gab die Idee mit dem Hubschrauber nur widerstrebend auf. In einem Film hätte es sich bestimmt großartig gemacht, aber es war problematisch: Es gab zu viele Möglichkeiten, dass etwas schiefging. Besser, man machte es auf die intelligente Art, auch wenn die nicht so spektakulär war.

Das Ziel war, zu überleben. Und es sich gut gehen zu lassen.

Dennoch stieg er aufs Dach – das war nicht besonders schwierig. Die Sicherheitsvorkehrungen waren nicht so gut, wie sie hätten sein sollen, obwohl er genug Männer in dunklen Anzügen sah, die den Kopf in ihre Krägen steckten und an ihren Ohrstöpseln herumfingerten.

Alles Show. So wie ganz Las Vegas.

Nach der Erkundungstour war es Zeit, eine Weile am Pool herumzuhängen, die Münzspielautomaten auszuprobieren, am Würfeltisch vorbeizuschauen und so viele Shrimpscocktails wie möglich zu essen.

Er hatte sich ein bisschen Urlaub verdient.

Es gelang ihm, an den Spieltischen für ein paar Stunden alles andere zu vergessen, aber als er das Casino verließ, musste er wieder an Shana denken.

Als er sie gestern angerufen hatte, hatte sie irgendwie geistesabwesend gewirkt.

Das bildete er sich nicht ein. Sie hatte eindeutig versucht, ihn am Telefon mit fadenscheinigen Ausreden möglichst schnell abzufertigen. Er hatte sogar erwähnt, dass er die kommende Nacht in einem neu eröffneten Casino in Las Vegas verbringen würde, weil sie ihn dann sicher fragen würde, ob sie sich nicht dort treffen könnten. Aber sie hatte nicht gefragt.

»Ich dachte, du bist in Kingman«, war alles, was sie sagte.

»Nee, ich gönne mir einen Kurzurlaub. Frag gar nicht erst, ob du kommen kannst. Ich bleibe bloß eine Nacht.«

Sie schwieg.

Das sah ihr nicht ähnlich. Sie platzte immer mit allem heraus, was ihr durch das hohle Köpfchen ging, ein Grund mehr, warum er froh war, ihr nichts von seinen Plänen erzählt zu haben. Schlimm genug, dass sie überhaupt etwas wusste.

In erster Linie war er deshalb noch mit ihr zusammen, weil sie so scharf aussah. Wenn er mit ihr ausging, verrenkten sich die anderen Männer den Hals nach ihr. Er wusste, dass sie überlegten, wie es wohl sein mochte, mit einer Frau wie ihr eine Nacht auf der Matratze zu verbringen.

Außerdem war sie von Anfang an bei diesem tollkühnen Vorhaben dabei gewesen. Das war ein weiterer Pluspunkt – er hatte nicht auf der Hut zu sein brauchen, nicht darauf achten müssen, was er sagte, zumindest was diesen Teil betraf. Aber seit er seine Pläne geändert hatte, war es auch damit vorbei gewesen. Er musste sich dazu zwingen, in eine bestimmte Richtung zu denken, wann immer er mit ihr zusammen war – die Richtung, die nach Cottonwood Cove führte. Als wäre das das Ziel.

Aber jetzt hatte er das Gefühl, dass irgendetwas zwischen ihnen anders war.

Er lag auf einem Liegestuhl und betrachtete die vielen schönen Frauen, die in Bikinis von Island Fashion, der hoteleigenen Boutique, an ihm vorbeiflanierten. Shana hätte in so einem Teil ohne Frage super ausgesehen.

Was war los mit ihr? Sie hatte dreimal ihren Bruder erwähnt.

Eine Cocktailkellnerin im Bastrock erkundigte sich, ob sie ihm nachgießen dürfe. »Klar, Schätzchen«, sagte er und hielt sein leeres Glas hoch.

Das Lächeln auf ihrem zurechtgemachten Gesicht wich dem starren Ausdruck, den Frauen immer bekamen, wenn sie sich beleidigt fühlten.

Er betrachtete das Wasser, er betrachtete die Frauen, aber in Gedanken war er bei Shana. Dachte darüber nach, dass der Tod ihres Bruders sie möglicherweise aus dem Gleichgewicht gebracht hatte.

Wie kurz davor war sie, durchzudrehen?

Zwanzig Minuten später hatte er gepackt und stand an der Rezeption an, um auszuschecken, nachdem er zu dem Schluss gelangt war, dass er sich von jetzt an besser nicht mehr allzu weit von zu Hause entfernen sollte.

Zurück im Motel stellte sich Laura zum zweiten Mal an diesem Tag unter die Dusche, um sich an diesem heißen Spätsommertag Abkühlung zu verschaffen. Dann holte sie ihre Akten hervor und sah sie durch, suchte nach irgendetwas Ungewöhnlichem, etwas, das herausstach. Wie üblich versank sie dabei in eine leichte Trance und bekam kaum etwas von dem mit, was vor ihrem Fenster vor sich ging. Als sie mit dem Durchlesen der Akten fertig war, waren einige Stunden vergangen.

Sie ging nach draußen, um sich die Beine zu vertreten, und stellte fest, dass Richies Wagen weg war. Als sie durch das Fenster in sein Zimmer spähte, sah sie den Schlüssel auf dem Tisch liegen.

Man ließ den Schlüssel im Zimmer liegen, wenn man auscheckte.

Sie rief ihn auf seinem Handy an. Als er sich meldete, ging seine Stimme im Geräusch des Fahrtwinds und im Verkehrslärm fast unter.

»Wo steckst du?«

»Tankstelle in Flagstaff.«

»Flagstaff? Was machst du da?«

»Ich bringe das Zelt zurück ins Labor.«

»Nach Phoenix?«

»Hm-hm. Dann fahre ich nach Hause.«

»Warum?«

»Die Leute des Sheriffs haben Hector Lopez in einem Wohnwagen in San Simon festgenagelt. Ich muss da hin.«

»Und was ist mit diesem Fall?«

»Du kommst bestimmt ganz gut allein zurecht.«

»Hast du das mit Jerry abgeklärt?«

»Was denkst du denn? Hör mal, ich muss weiter. Sieht so aus, als würde ich meinen Kleinen heute Nacht doch noch sehen.«

»Du hättest mir was davon sagen können …«

Aber er hatte bereits aufgelegt.

Im Nachhinein fand Laura es gar nicht so schlecht. Sie und Richie hatten zusammen ohnehin nicht besonders viel an dem Fall gearbeitet; jeder von ihnen hatte das getan, was er für richtig hielt. Die Zusammenarbeit war also von Anfang an nicht sehr eng gewesen. Jetzt hatte sie den Fall für sich allein. Die Nachfrage bei ihrem Sergeant, Jerry Grimes, bestätigte, dass ein paar Stunden zuvor Hector Lopez, einer der ganz Großen im Schleppergeschäft – ein *Coyote* –, festgenommen worden war. Lopez hatte Massen von Mexikanern illegal über die Grenze gebracht und sie mit gefälschten Ausweisen und Führerscheinen versorgt. Außerdem hatte er einige dieser Illegalen als Geiseln festgehalten und für ihre Freilassung exorbitant hohe Lösegelder von ihren Familien erpresst. Ein paar von seinen Leuten hatten auf der Interstate 10 eine Schießerei mit einer rivalisierenden Bande von Coyoten angefangen, in deren Verlauf ein unbeteiligter Autofahrer ums Leben kam, der unglücklicherweise in die Schusslinie geraten war.

»Es ist Richies Fall«, sagte Jerry. »Wir brauchen ihn – ist das ein Problem?«

»Nicht dass ich wüsste.«

»Gut.« Sie hörte die Erleichterung in seiner Stimme. »Um die Wahrheit zu sagen, wir sind im Augenblick unterbesetzt. Jeder schiebt Überstunden. Besteht die Chance, dass Sie den Fall in absehbarer Zeit abschließen?« Seine Stimme klang hoffnungsvoll.

»Brauchen Sie mich?«

»Nein«, sagte er hastig. »Ich hatte nur gehofft, dass wir bald etwas vorweisen können. Ich meine, zwei Collegestudenten … Sie wissen schon.«

»Es gibt ein paar Anhaltspunkte, die ich verfolge.«

»Der Lieutenant sagt, Sie kriegen, was immer Sie brauchen, zumindest in einem gewissen Rahmen. Der Fall ist wichtig.«

Laura hätte beinahe gesagt, jeder Fall sei wichtig, wollte jedoch nicht mit ihm streiten. Die Vorstellung, dass jemand heimtückisch zwei Collegestudenten erschossen hatte, während sie in ihrem Zelt schliefen, würde jeden nervös machen. Je früher sie den Täter fanden, desto besser. Und Jerry war ein guter Mann, ein Sergeant, wie man sich keinen besseren wünschen konnte. Er ließ sie ihr Ding durchziehen, auch wenn sie dabei manchmal unkonventionell vorging. Er verließ sich auf sie, vertraute ihr. Vielleicht der Einzige in der gesamten Abteilung, der ihr wirklich vertraute.

Also sagte Laura: »Ich werde mein Bestes tun«, und beließ es dabei.

Sie ging die drei Blocks zu Safeway, wo sie ein paar Besorgungen erledigte: zwei Bogen dünner weißer Karton und zwei Puppen, Barbie und Ken, gerade im Sonderangebot für jeweils 4.99 Dollar.

Als kleines Mädchen hatte Laura nie mit Puppen gespielt, sie hatte noch nicht einmal eine Barbie besessen. Aber heute Abend waren Barbie und Ken genau das Richtige.

Als Laura das Geschäft verließ und wieder hinaus in die Dunkelheit trat, spürte sie, wie die Anspannung der letzten Tage nachließ. Sie war nicht überrascht, dass sie eine gewisse Aufregung verspürte. Sie genoss dieses Gefühl.

Als Einzelkind hatte Laura sich immer gut mit sich selbst beschäftigen können, sie war so daran gewöhnt, für sich zu sein, dass sie niemanden brauchte, mit dem sie ihre Ideen ausprobieren konnte. Es war ihre Version des Nesttriebs. Manche Frauen putzten gern, sie besorgte gern all die Dinge, die sie für ihre Arbeit brauchte, und vertiefte sich dann darin. Sie freute sich darauf, dass sie das gleich wieder tun würde.

Sie machte halt bei einem Fastfood-Restaurant und statt das zu bestellen, worauf sie wirklich Lust hatte – etwas Fetttriefendes mit jeder Menge Kalorien –, aß sie einen Salat, der wie Pappe schmeckte. Sie nahm sogar das kalorienreduzierte Dressing dazu. Es machte sie satt, aber nicht zufrieden.

In ihrem Zimmer klebte sie die beiden Bogen Karton so zusammen, dass sie zwei Handbreit überlappten, und breitete sie auf dem runden Tisch neben dem Fenster aus. Sie legte die Aufzeichnungen von der Autopsie und die Notizen, die sie zusammen mit Richie über die Verteilung und Fundorte der Kugeln gemacht hatte, auf den einen der beiden Stühle und setzte sich auf den anderen.

Sie zog auf dem Papier einen großen Kreis, der das Zelt darstellen sollte. Dann holte sie (mit einiger Mühe) Barbie und Ken aus ihrer jeweiligen Verpackung und legte sie in das Zelt, mit den Füßen zum Eingang hin. Sie legte Ken auf den Rücken und Barbie ihm zugewandt auf die Seite. Laura versuchte, Ken auf den Ellbogen aufzurichten, aber die Plastikgliedmaßen ließen sich nicht biegen. Sie nahm an, dass Dan ein Geräusch gehört und sich auf den Ellbogen aufgerichtet hatte, kurz bevor der erste Schuss auf das Zelt abgefeuert worden war. Offenbar hatte er sich nach dem ersten Schuss, als die Kugeln ihn ins Bein getroffen hatten, rasch umgedreht und Kellee nach rechts an die Zeltwand geschoben. An der Stelle, an der sich ihre Füße befunden hatten, war wenig Blut zu sehen gewesen, lediglich eine dünne Blutspur ließ erkennen, wo er sein Bein zur Seite bewegt hatte.

Der Gerichtsmediziner war sämtliche Schusswunden mit ihr durchgegangen, und Laura hatte sich Notizen dazu gemacht: drei Schüsse, jeweils neun Projektile, sechzehn von siebenundzwanzig Schrotkugeln hatten Dan und Kellee getroffen.

Der Mörder hatte zunächst aus einer Entfernung von etwa fünf Metern durch die Zeltklappe geschossen. Laura schrieb dazu auf:

1-1 reißt männlichem Opfer rechten großen Zeh ab
1-2 zertrümmert rechtes Schienbein
1-3 zerfetzt rechte Wade
1-4 durchschlägt rechte Ferse und Zeltboden

Sie ergänzte die Aufstellung um die restlichen fünf Kugeln, die Dan nicht getroffen hatten, sondern gleich durch den Boden des Zeltes geschlagen waren.

1-5 Loch auf der rechten Seite
1-6 dito
1-7 Loch auf der linken Seite
1-8 dito
1-9 dito

Sie arrangierte Ken und Barbie neu, drehte sie auf die Seite und schob sie dicht an die Linie, die die rechte Zeltwand markierte. Dann drehte sie die Unterlage um neunzig Grad im Uhrzeigersinn. Jetzt lag das Paar quer zu ihr, und sie nahm die Position des Mörders ein.

Sie notierte die Kugeln, die Dan und Kellee beim zweiten Schuss getroffen hatten:

2-1 durchtrennt Halsschlagader des weiblichen Opfers
2-2 zertrümmert rechtes Schlüsselbein der Frau
2-3 Frau – Brust unterhalb des Schlüsselbeins
2-4 Mann – unterhalb der rechten Brustwarze, trifft Herz
2-5 durchschlägt seinen Unterarm und trifft weibliches Opfer
2-6 trifft ihren Kehlkopf
2-7 durchschlägt ihren rechten Arm, parallel zum Knochen, dringt rechts in die Brust des Mannes ein, zertrümmert Rippe, prallt ab und bleibt in seinem Rückgrat stecken
2-8 unterhalb ihrer rechten Brustwarze fünf Zentimeter zur Mitte hin
2-9 rechter Handrücken des Mannes, in ihre Brust, zerreißt ihre Aorta

Dem Gerichtsmediziner zufolge waren alle neun Kugeln in den Körpern stecken geblieben.

Das war der tödliche Schuss gewesen. Dan Yates' Herz zerfetzt, Kellees Halsschlagader durchtrennt.

Kellees Aorta zerrissen.

Eine Kugel in Dans Rückgrat.

Eine Kugel in Kellees Hals.

Erneut drehte sie die Unterlage. Jetzt blickte sie auf die Köpfe der Opfer.

Sie listete den letzten Schuss auf:

3-1 schlägt rechts von Dan Yates in den Boden
3-2 dito
3-3 dito
3-4 dito
3-5 dito
3-6 dito

Jede dieser Kugeln verfehlte die Opfer, durchschlug stattdessen den Zeltboden und blieb in der Erde stecken. Diese Kugeln hatte Laura eingesammelt.

Die Kugeln 3-7, 3-8 und 3-9 lagen dicht beisammen, in einem Radius von der Größe eines Tennisballs, und sie alle hatten Dan Yates in den Hinterkopf getroffen.

3-7 folgt der Wölbung der Schädeldecke und dringt in Hirnstamm
3-8 zerschmettert hinteren Teil des Schädels
3-9 dringt ebenfalls in hinteren Teil des Schädels

Die Kugeln 3-8 und 3-9 hatten große Austrittswunden hinterlassen – jede Menge Blut und Gehirnmasse, die sich über Boden und Wände des Zeltes verteilt hatten.

Laura betrachtete ihre Zeichnung, die Auflistung der Kugeln.

Die Zahlen auf dem Papier wirkten kalt und nüchtern, aber der Schaden, den sie angerichtet hatten, summierte sich. Er breitete sich in ihrem Magen aus wie ein giftiger See, ein gleichmäßiger scharfer Schmerz. Der Salat fühlte sich an wie zusammengeknüllte Alufolie.

Erstaunlich, was eine Schusswaffe anrichten konnte. Sie war an so vielen Tatorten gewesen, an denen jemand aus Wut geschossen hatte, bevor er sich Gedanken darüber machen wird, begreifen konnte, was er da tat. Die Ermittler im Morddezernat mochten solche Fälle, weil sie leicht aufzuklären waren.

Laura hasste sie. Sie hasste es, ganz normalen Leuten gegenüberzustehen, Leuten, die sich selbst für gut hielten und die plötzlich mit einer dunklen, bis dahin völlig unbekannten Seite von sich konfrontiert wurden. Mit eigenen Augen die Zerstörung zu sehen, die sie anrichten konnten, zog unweigerlich Entsetzen nach sich. Entsetzen und Angst. Bis dahin ein anständiger Mensch, und dann von dem verzweifelten Wunsch erfüllt, die Kugel zurückrufen zu können.

Leute, die im Geist eine ganz neue Behausung für ihre Seelen errichten mussten.

Hier war das nicht der Fall. Die Botschaft, die ihr dieser Täter übermittelte, lautete, dass es ihm gleichgültig war.

Einerseits war es ihm gleichgültig, andererseits aber auch wieder nicht.

Gleichgültig genug, dass er nicht in das Zelt schaute, aber nicht gleichgültig genug, um nicht sicherzustellen, dass sie tot waren. An dieser Stelle kam der Aspekt des Overkill ins Spiel.

Er war um das Zelt herumgegangen und hatte von drei

Seiten gefeuert. Dieses Vorgehen erschien ihr überlegt, methodisch. Aber auch Wut spielte dabei eine Rolle.

Je länger Laura darüber nachdachte, die Auswirkungen betrachtete, desto stärker war sie davon überzeugt, dass er die beiden gekannt hatte.

Im Zimmer war es stickig. Laura stand auf und öffnete die Tür. Eine kühle Brise wehte herein und strich um ihre bloßen Füße, und sie musste an Frank Entwistle denken. Heute Abend war weit und breit nichts von ihm zu sehen, obwohl er sich hätte nützlich machen und sie bei ihrem Brainstorming hätte unterstützen können, wie er es früher getan hatte, wann immer sie bei einem Fall nicht weiterkam. Obwohl er früher bei der Polizei von Tucson gewesen war, während sie als Detective bei einer staatlichen Polizeibehörde arbeitete – rivalisierende Behörden –, war Frank immer ihr Mentor gewesen. Aber neuerdings tauchte Frank nur noch auf, wann und wo es ihm gefiel, und es gab keine Möglichkeit, dass Laura ihn hätte herbeirufen können. Der Mann, der sich damit brüstete, er sei mit Peg Entwistle verwandt, dem Filmsternchen aus den dreißiger Jahren, das sich mit einem Sprung vom H des Hollywood-Schriftzugs umbrachte, fand Gefallen daran, seine eigenen dramatischen Auftritte zu inszenieren.

Laura setzte sich wieder und betrachtete den Umriss des Zelts, die beiden Puppen, hübsch und blond wie ihre menschlichen Gegenstücke.

Wenn es zutraf, dass der Täter sie kannte, dann war das naheliegendste Motiv Eifersucht.

Was sie wieder zu Jamie Cottle brachte.

Sie wusste, dass Liebe – und Zurückweisung – mitunter immer mehr Raum im Kopf eines Menschen einnehmen konnten, bis alles andere davon in den Hintergrund gedrängt wurde.

Die Leute, mit denen sie gesprochen hatten, waren der Ansicht, Gewalt läge Jamie fern, er sei schüchtern und still, nicht einmal in der Lage, Kellee seine Gefühle zu offenbaren. Sie konnten allerdings nicht in seinen Kopf sehen.

Doch etwas störte sie. Woher wusste der Mörder, wo er sie finden würde? Dan und Kellee waren aus einem Impuls heraus nach Las Vegas gefahren. Wäre ihnen der Mörder den ganzen Weg bis nach Las Vegas gefolgt und dann zurück zum Campingplatz am Cataract Lake? Wenn dem so war, dann musste er sich in Flagstaff an ihre Fersen geheftet haben.

Sie starrte auf den Kreis, versuchte, ihren Kopf leer zu bekommen und Platz zu schaffen für einen neuen Gedanken, aber alles, was sie sah, war der nichtssagende Kreis.

Der Kreis störte sie.

Sie hatte sich bemüht, einen perfekten runden Kreis zu ziehen, aber das war ihr nicht gelungen. Auf der einen Seite hatte er eine Ausbuchtung. Laura hatte noch nie über die ruhige Hand verfügt, die für so etwas erforderlich war. Sie konnte ganz gut zeichnen, aber eine gerade oder gebogene Linie ziehen – das passte wohl einfach nicht zu ihrer Persönlichkeit.

Sie verspürte den Drang, ihn zu korrigieren, gleichmäßiger zu machen.

Sie dachte: *In der Natur findest du auch keinen perfekten Kreis.*

Einen Augenblick lang saß sie ganz still da, der Gedanke ließ sie förmlich erstarren. Dann griff sie nach Gürteltasche, Pistole und Taschenlampe und lief aus dem Zimmer zu ihrem Wagen.

14

Als Megumi Taylor aufwachte, war der Platz neben ihr leer. Sie konnte das Plätschern der Sprinkleranlage hören, die die Beete neben der Blockhütte bewässerte. Normalerweise war es ein beruhigendes Geräusch. Aber heute hatte es etwas Bedrohliches an sich, etwas Großes, Überdimensionales, das sie spüren, aber nicht beschreiben konnte.

Es dauerte ein paar Minuten, bis ihr Verstand sich des Schmerzes in ihrem Inneren bewusst wurde. Und dann fühlte es sich an, als wäre sie unvermittelt in eine Glasscherbe getreten, so scharf und stechend war er.

Dem durchdringenden Schmerz folgte eine dumpfe Leere. Das Gefühl, dass es keine Zukunft mehr gab.

Sie wusste, dass das nicht stimmte. Sie hatte Jack. Jack war ihr Leben. Aber sie wusste auch, dass ihre Ehe, wie sie sie gekannt hatte, zu Ende war. Sie waren nicht länger zu dritt; sie waren nicht länger ein Ganzes. Was von nun an auch geschah, es würde nichts mehr so sein wie vorher.

Megumi dachte, dass sie sich schon seit langem darauf vorbereitet hatte, aber jetzt wurde ihr klar, dass man sich niemals richtig auf so etwas vorbereiten konnte. Bei ihrem Vater hatte sie es nicht gekonnt und später bei ihrer Mutter auch nicht. Es gab keine Vorbereitung auf den gespenstischen Schmerz, der einen überfiel, wenn jemand, den man liebte, plötzlich nicht mehr da war.

Dass Jack nicht neben ihr im Bett lag, war nichts Neues. Sie wusste, dass er ein geheimes Leben führte, Freunde hatte, mit denen er E-Mails austauschte, telefonierte. Sie wusste auch, dass es nichts mit ihr zu tun hatte. Sie wusste, dass es keine andere Frau gab. So war Jack nicht.

Ihre Freundinnen – falls sie noch welche hatte – hätten

sich darüber mokiert. Sie hätten gesagt, sie stecke den Kopf in den Sand. Das war die Art von Freundinnen, die sie gehabt hatte, als sie in San Francisco lebte – misstrauische Frauen. Immer auf der Suche nach dem Trick hinter allem, was ein Mann tat.

Nein, Jack liebte sie. Aber er brauchte noch etwas anderes, etwas, das zu der Stille spät in der Nacht gehörte. Das lag an seinem rastlosen Wesen. Er musste sich bewegen, er musste mit anderen Leuten in Verbindung bleiben. Früher hatte er ein Funkgerät besessen. Jetzt hatte er das Internet.

Dummchen, hätten ihre Freundinnen gesagt. *Wo Rauch ist, da ist auch Feuer.*

Durch den Spalt unter der Tür fiel Licht, so wie sie es im Lauf ihrer Ehe unzählige Male gesehen hatte. Sie hörte seine Stimme, gedämpft, er telefonierte. Die Uhr zeigte ein Uhr fünfzehn.

Heute Nacht verspürte sie den Wunsch, zu ihm zu gehen und sich zu vergewissern, dass es ihm gut ging. Sie wusste, dass sie damit gegen eine stillschweigende Übereinkunft verstieß, aber sie konnte einfach nicht anders.

Sie setzte sich im Bett auf, ihre bloßen Füße berührten den Flickenteppich, der auf dem blank polierten Holzfußboden lag.

Sie spürte die kalte Luft durch ihr Nachthemd dringen, über ihre Waden streichen. Sie stand auf, ging über den glänzenden Fußboden und öffnete die Tür. Sie quietschte.

Er saß im Wohnzimmer unter der altmodischen Sturmlampe und telefonierte. Er hatte sich über den Apparat gebeugt, aber sie merkte, dass sich sein Rücken ein wenig versteifte.

Sie sagte nichts. Er wusste, dass sie da war, und er brauchte ihren Trost nicht. Manchmal war man als Ehefrau sehr einsam.

Sie ging zurück ins Schlafzimmer. Stellte sich ans Fenster, sah hinaus auf den Parkplatz, die Blumenrabatten, ohne jede Farbe jetzt, den Bogen aus silbrigem Wasser, der über den Boden wanderte.

Während sie nach draußen sah, wurde es um sie herum heller.

Er stand im erleuchteten Türrahmen.

Eine große Silhouette, die Arme nutzlos an den Seiten baumelnd. Einen kurzen Moment lang zog sich ihr Herz vor Angst zusammen – wie ein Fremder stand er dort.

»Megumi«, sagte er.

Auch seine Stimme klang fremd.

Dann fiel er auf die Knie, die Hände vors Gesicht geschlagen, und ein heiseres Schluchzen drang tief aus seiner Brust.

Sie lief zu ihm, gleichzeitig verlegen und erschrocken. Seine Frau, diejenige, an die er sich wandte, immer. Sie drückte sein nasses, brennendes Gesicht an ihre Brust, flüsterte ihm beruhigende Worte zu, manche davon in ihrer fast vergessenen Muttersprache.

Er klammerte sich an sie und öffnete ihr seine Seele.

15

Das ist albern, dachte Laura.

Aber jetzt war sie schon mal hier und nahm den Fuß vom Gas, um zum Campingplatz am Cataract Lake abzubiegen. Vor langer Zeit hatte sie gelernt, auf ihren Instinkt zu hören, selbst wenn es unvernünftig schien.

Zu ihrer Rechten, vom Campingplatz her, sah sie das Licht von Scheinwerfern über die Bäume streichen – ein

Wagen kam ihr entgegen. Das Tor zum See war geschlossen, aber bis dahin waren es noch ungefähr hundert Meter.

Unmittelbar vor der Zufahrt zum Campingplatz hielt sie an und ließ den anderen Wagen an sich vorbeifahren. Ein kleines Auto, weiß. Am Lenkrad ein junger Mann, einen kummervollen Ausdruck in den weit aufgerissenen Augen, als der Wagen an ihr vorbeischoss und nach links auf die Country Club Road abbog. Laura versuchte im Seitenspiegel das Kennzeichen zu erkennen, aber es war zu dunkel.

Ihr Herzschlag hatte sich mittlerweile beinahe verdoppelt.

Sie wendete und folgte dem Wagen, der in östlicher Richtung auf die Cataract Road abbog. Folgte ihm an den Bahngleisen entlang, durch die Unterführung am Freeway, prägte sich alles genau ein. Das weiße Auto war eines von denen, die junge Leute mit wenig Geld fuhren. Auf der Heckscheibe klebte ein Chevrolet-Aufkleber, und die Radkappen fehlten. Sah cool aus und kostete nichts. Wahrscheinlich war es auch auffrisiert. Sie gab per Funk das Kennzeichen durch und erhielt bald darauf die Antwort: Der Wagen gehörte Jamie Cottle.

Wie klein die Welt doch war.

Sie folgte ihm in die Stadt. Aus einer Stichstraße vor ihr kam ein Auto und zwang sie, langsamer zu fahren, aber es war so flach hier, dass sie die Rücklichter des weißen Autos im Blick behalten konnte, als es auf die Seventh Street abbog und in Richtung Stadtmitte fuhr.

Als sie in die Seventh Street einbog, gingen die Rücklichter aus. Sie gab Gas und wäre beinahe an ihm vorbeigefahren. Das Auto stand unter der Ulme vor Shade Tree Mechanics, der Junge saß auf der Motorhaube.

Laura hielt so an, dass sie Auto und Fahrer im Licht ihrer Scheinwerfer sehen konnte. Sie blieb sitzen und versuchte die Situation einzuschätzen. Der Junge saß zurückgelehnt im Schneidersitz auf der Motorhaube, die Hände hinter sich flach auf das Blech gestützt. Er sah sie an.

Sie stieg aus, die rechte Hand an der SIG Sauer in dem Holster an ihrer Hüfte. »Polizei«, sagte sie. »Ich will Ihre Hände sehen.«

Er rückte nach vorn und hielt die Hände hoch.

Mit der linken Hand ließ Laura den Lichtkegel ihrer Taschenlampe über ihn wandern. Er war groß und dünn, ein schmales Gesicht, halb von einem langen dunklen Pony über kräftigen Augenbrauen verdeckt, die Haare auf der Seite gescheitelt. Er trug Jeans und eine Jacke. Ein Diamantstecker in einem Ohr. Sie konnte sein Gesicht nicht erkennen, aber er schien keinen Widerstand leisten zu wollen.

»Sind Sie Jamie Cottle?«

Er räusperte sich. »Ja, Ma'am.«

Laura wies sich als Polizistin vom DPS aus. »Kommen Sie von dem Auto runter, drehen Sie sich mit dem Rücken zu mir und legen Sie die Hände hinter den Kopf. Verschränken Sie die Finger ineinander.«

Er erhob keinen Protest. Er ließ sich von der Motorhaube gleiten, lehnte sich mit dem Rücken zu ihr an das kleine Auto und nahm die Hände hinter den Kopf. Mit durchgestrecktem Rücken, eine Haltung geduldigen Wartens.

»Haben Sie etwas dagegen, wenn ich Sie durchsuche?«

»Ich denke nicht.«

Sie klopfte ihn ab, fragte, ob er irgendetwas in seinen Taschen habe, woran sie sich verletzen könnte. »Nein, Ma'am.«

Nichts außer einer Geldbörse und ein paar Streifen Kaugummi. Als sie fertig war, forderte sie ihn auf, sich zu ihr umzudrehen.

»Ist Ihnen klar, dass der Cataract Lake ein Tatort ist?«

Er nickte. »Ja, Ma'am.«

»Was haben Sie dort gemacht?«

Er zögerte einen winzigen Augenblick, bevor er antwortete. »Trauern.«

»Trauern.«

»Ja, Ma'am.«

Sie sah ihm ins Gesicht. Blass, stoisch. Er hielt ihrem Blick stand. »Darf ich mich jetzt wieder bewegen?«

»Ja.«

Bevor sie reagieren konnte, hatte er die Autotür geöffnet, ließ sich, eins seiner langen Beine nach außen gestreckt, auf den Fahrersitz plumpsen und griff nach irgendetwas.

Laura zog ihre Waffe, sie brachte die Pistole mit beiden Händen in Anschlag und richtete sie auf das Wageninnere. Alle ihre Sinne waren aufs Äußerste angespannt: das Schaben seines Turnschuhs auf dem Asphalt, das Licht, das auf seinen Nacken fiel, als er sich in den Fußraum auf der Beifahrerseite beugte.

»Ich will Ihre Hände sehen.«

Er reagierte nicht so schnell, wie er es hätte tun sollen. Laura spannte ihre Muskeln an, war bereit. Er könnte ein Messer oder eine Pistole unter dem Sitz versteckt haben.

Jamie Cottle richtete sich auf, hielt eine Hand in die Höhe. »Ich muss Ihnen etwas zeigen«, sagte er.

Er hatte einen Packen Papier in der Hand.

In dem Moment sah er die auf ihn gerichtete Waffe, und seine Augen weiteten sich.

»Scheiße.«

Laura steckte die SIG Sauer zurück in das Holster.

»O Mann.« Er schluckte. »Ich wollte Ihnen doch bloß das hier zeigen.«

»Steigen Sie aus dem Auto aus.«

Er tat wie geheißen, behielt sie aber im Blick. Seine Miene

war nicht zu deuten. Sie streckte die Hand aus, und er gab ihr mehrere zusammengeheftete Blatt Papier. Im Licht der Straßenlaterne über ihren Köpfen wirkte es gelblich orange. Ausdrucke von Webseiten – Nachrichtenmeldungen.

Sie kannte diese speziellen Berichte nicht, aber sie wusste, worum es darin ging.

Eine der Schlagzeilen lautete: *Detective vom DPS Arizona bringt Serienmörder zur Strecke.*

Der Junge sah sie an. »Das sind Sie, oder?«

»Ja, das bin ich.«

»Was Sie da getan haben – dazu braucht es eine Menge Mut. Ich bewundere Sie.«

Was für ein Spielchen spielte er? »Was wollen Sie damit?«

Er strich sich den Pony aus der Stirn. »Als ich gehört habe, dass jemand vom DPS hier ist, habe ich mich an Ihren Namen erinnert. Ich habe nachgesehen. Ich wusste, was Sie in Tucson gemacht haben, wie Sie diesen Typ erwischt haben.« Er ließ seinen Blick zwischen den Ausdrucken und ihrem Gesicht hin und her wandern. »Wie kommen Sie voran? Gibt es irgendwelche Verdächtigen?«

Sie ging nicht darauf ein. »Was wollten Sie am Cataract Lake?«

»Das habe ich Ihnen doch schon gesagt, ich habe getrauert. Ich wollte zu der Stelle, an der Kellees Seele diese Welt verlassen hat.« Er strich sich erneut die Haare zurück, die ihm wieder über das eine Auge gefallen waren. »Würden Sie das nicht auch tun?«

Der Junge wusste, wie man ein Gespräch lenkte. Laura bewunderte seine Reaktionsfähigkeit, aber dies trug nur noch mehr zu ihrem Argwohn bei. »Können Sie mir sagen, was Sie Freitagnacht gemacht haben?«

Er legte eine Hand auf die Brust. »Ich? Denken Sie etwa,

ich würde Kellee etwas antun?« Er lief auf und ab, schlug sich auf die Oberschenkel, blickte hinauf zum Himmel. »Das glaube ich einfach nicht.« Mit hängenden Schultern trat er auf sie zu, und Laura spannte erneut ihre Hand an und wich einen Schritt zurück, um Platz zum Ziehen ihrer Waffe zu haben, falls es erforderlich war. Das brachte die Arbeit bei der Polizei mit sich. Sie ließ einen mehrmals am Tag darüber nachdenken, jemanden zu töten oder getötet zu werden.

»Ich hätte ihr niemals wehgetan«, sagte Jamie Cottle. »Wie können Sie so was denken? Ich hätte ihr nie im Leben auch nur ein Haar gekrümmt!«

Er wandte sich von ihr ab, ging ein paar Schritte, die Hände in den Taschen vergraben. »Nie und nimmer hätte ich Kellee so etwas antun können. Wie kommen Sie bloß auf so eine Idee? Ich liebe sie!«

Sie bemühte sich um einen sanfteren Ton. »Gut, Sie haben sie geliebt. Aber sie ist tot, und ich muss wissen, was Sie in der Nacht gemacht haben, in der sie umgebracht wurde. Und sei es auch nur, um Sie als Verdächtigen auszuschließen. Das verstehen Sie doch, oder? Ich wette, Sie kennen die Statistiken. Dass die meisten weiblichen Mordopfer von ihren Liebhabern oder Ehemännern umgebracht wurden.«

»Ich war nicht ihr Liebhaber. Damit Sie das richtig verstehen. Wir hatten niemals eine Beziehung.« Erneut hielt er ihrem Blick stand. Seine Augen waren zwei dunkle Punkte in seinem Gesicht, aber sie sah dahinter etwas Wildes und Ungezähmtes. Sie hakte den Daumen über dem Holster in ihren Gürtel, für alle Fälle.

»Was haben Sie vor, wollen Sie mich erschießen?«

»Sagen Sie mir einfach, wo Sie gewesen sind. Ist das denn so schwer?«

»Ich habe meine Wäsche gewaschen, okay? Während jemand da draußen war und die Frau erschossen hat, die ich liebe …« Er hielt inne. Schüttelte den Kopf.

Sein Kummer schien echt zu sein.

Das Problem dabei war nur, dass in Fällen von häuslicher Gewalt der Täter oft Reue zeigte, nachdem er jemanden umgebracht hatte, der ihm nahestand.

Jamie Cottle riss sich zusammen. Sein Gesicht war wieder undurchdringlich. Seine Stimme klang neutral. »Am Freitag war ich mit einem Freund unterwegs. Ich hatte Wäsche zu waschen, also haben wir das bei Sandoval's Seventy-six gemacht. Ich habe einen Schokoriegel gekauft. Vielleicht hat mich die Verkäuferin dort gesehen. Zwischendurch sind wir einfach so durch die Gegend gefahren, haben rumgehangen. Darrell hat irgendeinen Typ dazu gekriegt, uns bei Circle K Bier zu besorgen. Ich wünschte, ich hätte mit ihm geredet.«

Laura stellte ihm noch ein paar Fragen, die er zu ihrer Zufriedenheit beantwortete. Sie ließ ihn gehen. Seine letzten Worte, bevor er in sein kleines Auto stieg, waren: »Lassen Sie es mich wissen, wenn Sie den Wichser haben. Ich werde da sein!«

Mit quietschenden Reifen verließ er den Parkplatz.

Auf der Fahrt zurück zum See rissen ihre Scheinwerfer auf beiden Seiten der Straße die Kiefern aus der Dunkelheit, das Mondlicht tauchte die Straße in ein gespenstisches Weiß. Am Eingang zum Campingplatz schaltete Laura die Scheinwerfer aus und fuhr ohne Licht langsam weiter die leicht abfallende Straße hinunter. Hin und wieder wurde von den Reifen ein Stein zur Seite geschleudert.

Mittlerweile machte sich auch der Adrenalinstoß bemerkbar. Jamie, der so schnell in sein Auto gestiegen war, Laura, die um ein Haar auf ihn geschossen hätte. Schießen oder erschossen werden.

Man konnte nie wissen, wann der Tod die Hand nach einem ausstreckte. Die meisten Leute begriffen diese simple Wahrheit nicht, Polizisten schon.

Sie verdrängte diesen Gedanken aus ihrem Kopf und bemühte sich, nüchtern über Jamie Cottle nachzudenken. Sie glaubte ihm, dass er Kellee geliebt hatte. Aber sie hatte keine Ahnung, welche Form diese Liebe angenommen hatte. Er hatte etwas Unbeherrschtes an sich. Gut möglich, dass zwei Schicksalsschläge innerhalb so kurzer Zeit ihn aus der Bahn geworfen hatten.

Andererseits hatte er auch etwas Berechnendes an sich. Die Art und Weise, wie er sie dazu gebracht hatte, sich auf sein Spiel einzulassen, wenn auch nur vorübergehend.

Wie immer man es auch betrachtete, Jamie Cottle war ein junger Mann mit einem starken Willen. Laura war sicher, dass es etwas gab, das er ihr nicht erzählte. Und sie bezweifelte, dass sie es jemals aus ihm herausbekommen würde, wenn er es nicht sagen wollte.

Die Nacht war erfüllt vom Zirpen der Grillen. Sie sah hinauf zu dem indigofarbenen Himmel über den schwarzen Silhouetten der Kiefern: unglaublich. Der Sternenhimmel breitete sich über ihr aus wie eine strassbesetzte Samtdecke, so nah, dass einem schwindlig werden konnte.

Die Luft war kühl, ein erster Vorbote des Herbstes.

Laura wartete, bis sich ihre Augen an die Dunkelheit gewöhnt hatten, dann ging sie die Straße zu dem Zeltplatz hinunter. Sie blieb an der Feuerstelle stehen, die Felsbrocken außen herum reichten ihr bis zur Wade. Sie ließ den Lichtstrahl ihrer Taschenlampe darüber gleiten, auch über die Spalten zwischen den Felsbrocken, und hielt Ausschau nach dem perfekten Kreis.

Und da war er, genauso wie sie ihn in Erinnerung hatte.

Als Laura den Spalt zwischen den Steinen beleuchtete, entdeckte sie einen dünnen runden Ring, etwas kleiner als der Umfang eines Vierteldollars. Gummi? Plastik?

Im Schatten war es nicht zu erkennen, aber im Licht der Taschenlampe konnte man sehen, dass der Ring rot war.

Laura ging in die Hocke und holte eine Pinzette und eine Beweismitteltüte aus ihrer Jackentasche. Sie packte den Ring mit der Pinzette und zog vorsichtig daran. Er entglitt ihr, und sie musste ein zweites Mal ansetzen. Langsam zog sie die rote Plastikhülse nach oben, aber sie wusste bereits, was es war.

Eine Patronenhülse.

Sie schob sie in den Umschlag, spürte das zufriedene Grinsen auf ihrem Gesicht. Sie blickte sich um, empfand die Kälte jetzt stärker als zuvor. Die ebene Stelle, an der sie und Richie den Zeltboden untersucht hatten, sah irgendwie anders aus. Sie lag im Schatten einer riesigen Gelbkiefer, aber jetzt war da etwas, das vorher nicht da gewesen war.

Sie ging hinüber.

An der Stelle, an der sich der Zeltboden befunden hatte, war ein behelfsmäßiges kniehohes Holzkreuz errichtet, gestützt von ein paar aufeinandergeschichteten Steinen. In den Querbalken war Kellees Name geschnitzt.

Laura piepste Richie in Tucson an. Er rief sofort zurück.

»Wie stehen gleich noch mal die Chancen?«, sagte er, als sie es ihm erzählte. »Du hast einen Treffer von einer Million zu eins gelandet.«

»Sie muss senkrecht in den Spalt gefallen sein. Wenn es dunkel war, als er seine Spuren beseitigt hat, konnte er sie unmöglich sehen.«

»Er ist sicher ganz schön ins Schwitzen geraten. Sind dir

bei deinen Befragungen irgendwelche Nervenbündel untergekommen?«

Einige, dachte sie. Vielleicht hatte Jamie Cottle das Kreuz aufgestellt und anschließend nach der Patronenhülse gesucht. »Weißt du, was ich glaube? Wir sollten den Tatort Tag und Nacht bewachen lassen. Ich wette, wer immer es getan hat, ist zurückgekommen, um danach zu suchen.«

»Na gut, wenn er es getan hat, dann wissen wir davon nichts. Und er hat sie nicht gefunden. Du kannst stolz auf dich sein.«

Laura sagte: »Ich bin sicher, dass er sie gekannt hat.«

»Wie kommst du darauf?« Seine Stimme klang skeptisch.

»Seine Gründlichkeit. Die Tatsache, dass er seine Spuren beseitigt hat. Dass er von drei Seiten auf das Zelt geschossen hat, um sicherzugehen, dass sie tot sind.«

Schweigen am anderen Ende. Dann: »Es könnte genauso gut jemand gewesen sein, der einfach drauflosgeballert hat. Das hast du selbst gesagt.«

»Könnte – glaube ich aber nicht.«

»Nach allem, was wir wissen, könnte diese Patronenhülse seit Jahren dort gelegen haben.«

»Nein, sie wurde erst vor kurzem abgefeuert.«

»Okay, dann haben wir also ein Beweisstück. Jetzt müssen wir bloß noch den Kerl finden, der es getan hat.«

16

In ihrem Traum war sie wieder auf der Alamo Farm. Eine blutrote Sonne versank hinter den riesigen, dunklen, sommerlich dicht belaubten Bäumen. Laura war auf dem Weg zurück zum Stall, saß entspannt in dem englischen Sattel, etwas erschöpft von der Arbeit. Eine angenehme Erschöpfung allerdings. Calliope, ihre Stute, lief ruhig »am langen Zügel«. Wenn man ein Pferd am langen Zügel laufen ließ, dann hieß das, dass der Reiter die Zügel einfach locker auf den Hals des Pferdes legte und es selbständig den Weg nach Hause finden ließ.

Sie hatte die Füße aus den Steigbügeln gleiten lassen, eine Wohltat für ihre Fußballen, die sich anfühlten, als würden sie mit Nadelstichen malträtiert. Sie beugte sich vor, um Calliope über den samtweichen dunklen Hals zu streichen, und blickte zwischen ihren aufgestellten Ohren hindurch nach vorn. Die kurze Mähne der Stute schwang jedes Mal sanft hin und her, wenn sie einen Huf auf den Boden setzte.

Sie ritt am Tennisplatz vorbei. Jay Ramsey, dessen Mutter Calliope und die Alamo Farm gehörten, war eifrig am Bälleschlagen. Braungebrannt, in weißen Shorts, die blonden Haare in der Sonne leuchtend, fuhr er hin und her und drosch auf die hellgrünen Bälle ein, die von der Maschine am anderen Ende des Platzes ausgespuckt wurden. Immer schneller, der elektrische Rollstuhl surrte und schoss über den Platz, so viele Bälle, dass Jay sie in seinem Schoß auffangen musste, viele landeten auf dem Boden. Plötzlich hielt die Maschine an, und er wendete seinen Rollstuhl, um zuzusehen, wie sie vorbeiritt.

Er wirkte verloren.

Wieder einer dieser verdammten Alpträume. Laura wachte in der Dunkelheit des Motelzimmers auf, allein.

Sie wollte nicht allein sein, aber sie war es.

Es war ein intensives Bild, sie konnte beinahe körperlich spüren, wie sie die Hand ausstreckte und der Stute über das dunkle, feste Fell strich, das Netz von Adern unter der Haut. Sie konnte das feuchte Fell riechen, den feinen Staub schmecken. Und auch das Bild von dem jungen Jay Ramsey, der trotz Rollstuhl gesund und kräftig wirkte, war sehr eindrücklich gewesen; auf die zusammenhanglose Art, wie es in Träumen manchmal geschah, hatte ihr Geist es um den Rollstuhl ergänzt. Als sie Jay kennengelernt hatte, konnte er noch gehen, rennen und Tennis spielen. Das war, bevor er bei einer Schießerei in Verbindung mit Drogengeschäften eine Querschnittslähmung davontrug.

Vor nicht allzu langer Zeit hatte Jay ihr im Fall Musicman geholfen. Jetzt war er tot. Eine weitere Folge dieses Falls – sie schienen kein Ende nehmen zu wollen. Der Ort, an den sich Laura so lebhaft aus ihrer Kindheit erinnerte, würde ebenfalls bald der Vergangenheit angehören, da es nichts gab, was ihn hätte erhalten können. Jay war tot, Calliope war tot, und die Alamo Farm würde bald zum Verkauf angeboten werden.

Leise Countrymusic drang an Lauras Ohr. Sie blickte aus dem Fenster und sah Wendy auf der gegenüberliegenden Seite vor dem Büro sitzen.

Plötzlich verlangte es sie nach Gesellschaft – sie ertrug das Alleinsein nicht mehr. Sie zog sich an und ging hinaus, um hallo zu sagen.

»Ich wollte, Shana hätte mich zuerst gefragt, wenn sie vorhatte, ihn zu verkaufen.« Wendy Baker drückte eine weitere Marlboro in der mit Sand gefüllten Kaffeedose aus.

Es ging um Mighty Mouse.

»Wissen Sie, was sie für ihn bekommen hat?«, fragte Wendy Laura.

»Ich habe nicht gefragt.« Laura hatte den Scheck gesehen, aber sie hatte keine Ahnung, wie viel von den zwölftausend Dollar für das Pferd gewesen war und wie viel für den Anhänger.

»Ich bezweifle, dass Mr. Wingate ihn wieder verkauft, falls sie ihn für Erin gekauft hat. Meine kleine Schwester fängt gerade auf der Bahn an. Sie ist gut, aber ihr Pferd ist nicht gerade toll, und er wäre optimal für sie gewesen.«

Laura streckte die Hand aus und ließ Chelsea daran schnüffeln, dann kraulte sie ihr den kräftigen Hals und dachte dabei über die Vollblüter auf Barbara Wingates Farm nach. »Es ist sehr großzügig von ihr, dass sie die Pferde aufnimmt.«

»Ihr Mann war auch so ein guter Mensch. Die Gemeinde lag ihnen wirklich am Herzen – Partys, Wohltätigkeitsveranstaltungen, egal, was, sie ist daran beteiligt. Das Rodeo organisiert im Wesentlichen sie.« Wendy zündete sich eine neue Zigarette an und blies eine lange Rauchfahne in die Luft. »Sie gehört zu den Leuten, von denen man meinen sollte, dass Gott gnädig mit ihnen umgeht – falls es einen Gott gibt. Aber nein, so war es nicht. Zuerst ihr Mann, dann Kathy.« Auf Lauras fragenden Blick hin fügte sie hinzu: »Kathy war die ältere Schwester von Josh. Sie und ihr Mann Mike kamen bei einem Autounfall ums Leben. Es war ein großer Schock. Sie arbeiteten beide als Ärzte im Health Care Center – Mike hat meine Nichte auf die Welt geholt. Deshalb zieht jetzt Mrs. Wingate Erin groß.«

»Muss ganz schön schwer sein«, sagte Laura.

»Sie hat sich kein einziges Mal beklagt oder um Hilfe gebeten – und Erin ist weiß Gott mit Problemen geschlagen. Mrs. Wingate verfügt noch über echten Pioniergeist, so viel steht fest. Solche Leute wie sie sind das Rückgrat dieser Gemeinde. Wie meine Mom und mein Dad. Mein Dad hat in Vietnam einen Arm verloren, aber er kam zurück und hat dieses Motel gekauft, fünf Kinder großgezogen, und aus jedem von uns ist was geworden.« Sie schnippte die Asche von ihrer Zigarette. »Als Kind wollte ich immer so sein wie sie – Mrs. Wingate. Sie hat früher Katechismusunterricht an der Mother of Sorrows gegeben, und sie war so schön, dass ich sie für einen Engel hielt, als ich klein war. So wie in den Western aus den Sechzigern, die immer auf dem Movie-Channel laufen, wissen Sie. Ich habe mir sogar die Haare gefärbt, damit ich aussehe wie sie.« Sie strich sich über ihre langen dunklen Haare. »Aber das ist mir leider nie gelungen. Abgesehen davon, dass ich dunkle Haare und einen dunklen Teint habe, war ich eine richtige Bohnenstange. Flach wie ein Brett.«

Sie beugte sich nach unten und streichelte Chelsea. »Sind Sie mit der Suche nach dem Täter weitergekommen?«

»Eigentlich nicht.«

»Josh Wingate hat sie gefunden, richtig?«

Die Buschtrommeln in einer Kleinstadt funktionierten Tag und Nacht. Laura hatte die Zeitungen durchgeblättert, und in den Berichten hatte nichts davon gestanden, wer die Leichen entdeckt hatte. »Er war als Erster am Tatort. Übrigens, kennen Sie einen Mann namens Luke Jessup?«

»Luke? Dieser Straßenprediger, der die Touristen belästigt? Ehrlich gesagt mussten wir ihn einige Male verscheuchen – er vergrault uns die Leute, wenn sie einchecken wollen, wissen Sie. Warum?«

»Wir würden gern mit ihm reden.«

Wendy sah sie mit neu erwachtem Interesse an. »Warum? Glauben Sie, dass er es getan hat?«

»Nein. Ich will einfach nur mit ihm reden. Sie wissen nicht zufällig, wo ich ihn finden kann?«

Wendy ließ ihren Stuhl nach hinten kippen, bis sie an der Wand lehnte. »Sie machen Witze. Bis jetzt hat ihn noch nie jemand finden wollen. Alle haben immer nur versucht, ihn loszuwerden.«

Die Sonne war gerade aufgegangen, Nebelschwaden stiegen vom Cataract Lake auf und hingen zwischen den Kiefern. Bereits zu Beginn der Ermittlungen hatte Laura am Tatort und in der unmittelbaren Umgebung sechs Rollen Film verschossen. Jetzt verschoss sie noch einmal zwei, wobei sie sich in erster Linie auf das hölzerne Kreuz konzentrierte, das Jamie Cottle zurückgelassen hatte.

Cottle hatte das Kreuz an der abgeflachten Stelle errichtet, an der das Zelt gestanden hatte. Jeder konnte den Campingplatz betreten; Absperrband würde niemand davon abhalten. Laura wünschte, sie hätte daran gedacht, rund um die Uhr eine Wache zu postieren. Ein weiterer Beleg dafür, dass sie nicht in Bestform war.

Sie hatte bei der Polizei von Williams nachgefragt, ob sie für ein oder zwei Tage einen Beamten entbehren könnten, nur für den Fall, dass Jamie zurückkam.

Auf dem Weg hierher hatte sie am Haus der Cottles haltgemacht. Jamies weißes Auto stand in der Einfahrt vor der Garage. Es brannte kein Licht, nichts deutete darauf hin, dass jemand wach war. Laura hatte in dieser Nacht nicht mehr geschlafen, obwohl sie und Wendy sich gegen zwei Uhr getrennt hatten. Sie hatte viel Zeit damit verbracht, sich zu wünschen, sie könnte zum Telefon greifen und Tom anrufen.

Sie hatte Jamie Cottles Auto von allen vier Seiten mit ihrer Polaroid-Kamera fotografiert. Sie würde sich bei den Anwohnern in der Umgebung danach erkundigen, ob jemand in der fraglichen Nacht dieses Auto gesehen hatte. Sie überlegte, ob sie die Spur bis nach Las Vegas zurückverfolgen sollte. Sie konnte sich nicht daran erinnern, auf dem Überwachungsvideo des Circle K in Kingman einen Wagen wie den von Jamie gesehen zu haben, aber ihre Erinnerung konnte sie trügen. Vielleicht war Jamie Dan und Kellee bis zur Hochzeitskapelle gefolgt.

Sie fragte sich, woher Jamie Cottle gewusst hatte, an welcher Stelle Kellee gestorben war. Er könnte die bunten Fähnchen gesehen haben, die sie in die Erde gesteckt hatten, um die vier Seiten des Zelts zu markieren. Aber auch wenn es so war, hatte er das Kreuz auf der rechten Seite aufgestellt, wo Dan und Kellee liegen geblieben waren.

Hatte er das unbewusst gemacht?

Laura blickte hinaus auf den See und dachte über Jamie Cottle und T. J. Cottle nach. Was passierte, wenn man seinen Bruder verlor und der Mann, der mit ihm zusammen gewesen war, praktisch ungeschoren davonkam? Flüchtete man sich noch tiefer in seine Fantasien? Laura stellte sich vor, wie Jamie alle seine Wünsche und Bedürfnisse auf Kellee übertrug, wie er sich auf sie fixierte, das Einzige, was in seinem Leben gut war, das Einzige, was ihm Hoffnung gab.

Was passierte, wenn er erfuhr, dass sie geheiratet hatte?

In ihrer Tasche auf dem Picknicktisch befand sich eine Kopie der Akte von T. J. Cottle. Sie war dünn und wies Lücken auf. Gegen Richard Garatano war keine Anklage erhoben worden, nicht einmal wegen des Besitzes von Marihuana oder weil er einem Minderjährigen Alkohol zu trinken gegeben hatte.

Der Akte zufolge hatte ein Waldhüter namens Brent Stabler bei seinem Rundgang über den Campingplatz einen Mann ein Boot ans Ufer ziehen sehen. Der Mann hatte gerufen und gesagt, er brauche Hilfe. Er schien in Panik zu sein.

»Ich glaube, mein Freund ist ertrunken«, hatte der Mann gesagt. »Ich kann ihn nirgendwo finden. Ich habe da draußen eine halbe Stunde nach ihm gesucht, und er ist einfach nicht mehr aufgetaucht.«

In dem Bericht des Waldhüters stand, dass der Mann, in

dem er den Footballtrainer der Highschool von Williamsburg erkannte, nach Marihuana und Bier gerochen hatte.

Am nächsten Tag fanden Taucher zwischen den Wasserpflanzen die Leiche von T. J. Cottle. Laut Autopsiebericht hatte T. J. Cottle Marihuana und Alkohol konsumiert, bevor er ertrunken war. Bei der Autopsie hatten sich keine Hinweise auf irgendwelche sexuellen Handlungen ergeben, ein Segen für die Eltern.

Garatano wurde zwei Tage später gefeuert. Laura hatte in Erfahrung gebracht, dass er mit seiner Frau und seinem neugeborenen Sohn die Stadt verlassen hatte.

Garatano, der für Jamie Cottles Wut verantwortlich war, hatte die Stadt verlassen. Was hatte das bei Jamie bewirkt? Worauf konnte er seine Wut jetzt richten? Wie würde er reagieren, wenn irgendetwas anderes in seinem Leben schiefging?

Vielleicht war Jamie der Meinung, dass Kellees Heirat die schlimmste Form von Betrug war.

Laura hatte gemischte Gefühle, was Cottle betraf. Er hatte etwas an sich, das sie noch nicht richtig einordnen konnte. Es ließ sie nicht los. Teile seines Wesens erinnerten sie an scheinbar leeren Speicherplatz auf der Festplatte eines Computers: nicht zu lesen. Aber wer wusste schon, was sich in Wirklichkeit dort verbarg?

Seine Trauer schien jedoch echt zu sein.

Aber er war offenbar auch jemand, der sich an dem, was er wollte, festbiss wie ein Pitbull.

17

Als sie in ihr Zimmer zurückkam, klingelte das Telefon. Laura stellte die Tüte ab, die sie in der Bäckerei bekommen hatte – ein Croissant und ein Styroporbecher mit »Gourmet-Kaffee« –, und griff mit einem Blick auf die Uhr nach dem Hörer: acht Uhr fünfzehn.

»Spreche ich mit Detective Cardinal?«

Die Stimme einer Frau, hoch, verängstigt, atemlos. Laura erkannte sie sofort: Louise Yates. Wild drauflosredend.

»Chuck glaubt mir nicht, er sagt, sie ist wahrscheinlich nur bei ihrem Freund, aber es sind jetzt schon zwei Tage, und sonst ruft sie immer an …«

»Holen Sie erst mal tief Luft; lassen Sie sich Zeit. Ich bin da.«

Louise hielt inne. Laura meinte ein leises Schluchzen zu hören.

»Shana ist weg. Sie ist seit zwei Tagen weg, sie hat nicht in ihrem Bett geschlafen, und heute sollte sie die Jungs abholen. Das weiß ich!« Der letzte Satz galt Chuck. »Chuck sagt, das hätte sie früher auch schon gemacht, und das stimmt, sie kann ziemlich unzuverlässig sein …« Erneut begann sie alles atemlos hervorzusprudeln. Ihre Stimme wurde immer schriller, schien sich von ihrem Körper zu lösen. »Aber das würde sie den Jungs nicht antun, sie ist eine gute Mutter … Ich spüre es, dass irgendetwas nicht in Ordnung ist.«

»Haben Sie die Polizei benachrichtigt?«

»Chuck hielt es für besser, wenn ich Sie anrufe. Dann hätten wir der Polizei wenigstens nicht so viel Mühe gemacht, wenn sie wieder auftaucht – Sie wissen schon, dass sie einen Bericht schreiben müssen und so weiter. Ich dachte, weil Sie so nett waren, und nach allem, was Sie getan haben, und …« Abrupt verstummte sie.

»Sie müssen bei der Polizei anrufen und es melden.«

»Aber …«

»Es ist wichtig, dass Sie das tun. Die Polizei von Williams hat Zugang zu allen Datenbanken und kennt die Stadt.« Sie hielt einen Moment inne. »Aber ich würde gern zu Ihnen rauskommen, wenn es Ihnen recht ist.«

Louises Stimme war die Erleichterung anzuhören. »Würden Sie das tun?«

»Aber Sie müssen es melden, ja? Sagen Sie der Polizei alles, was Ihnen dazu einfällt, wo sie sein könnte, wer ihre Freunde sind. Ich komme, so schnell ich kann.«

Als Laura vor dem Haus der Yates' hielt, riss Louise die Fliegengittertür auf und kam die Treppe heruntergestürzt. »Gott sei Dank!«

Laura warf einen Blick auf den Carport. »Ist Ihr Mann da?«

»Nein, er ist zur Polizei gefahren. Ich bin so froh, dass Sie da sind.« Sie biss sich auf die Lippe. »Zuerst Dan, und jetzt … glauben Sie, dass da ein Zusammenhang bestehen könnte?«

»Das bezweifle ich. Wollen wir nicht hineingehen und uns setzen?«

Laura stellte fest, dass die Frau jedes Mal, wenn ein Auto vorbeifuhr, mit hoffnungsvoller Miene zur Straße sah. »Ich würde lieber draußen bleiben. Wir könnten uns an den Gartentisch setzen.«

»Natürlich.«

Sie ließen sich an dem Tisch neben der verrosteten Schaukel nieder, die wohl noch aus den Kindertagen von Dan und Shana hier stand. Das Klettergerüst daneben aus rotem und gelbem Plastik war neu. Von liebevollen Großeltern für Shanas Kinder gekauft?

»Wann haben Sie Shana zum letzten Mal gesehen?«

Traurige, stumpfe Augen. »Gestern – nein, vorgestern Abend. Sie hat mit uns zu Abend gegessen und wollte anschließend ein bisschen ausgehen.« Sie hatte den Saum des ausgeblichenen plastikbeschichteten Tischtuchs ergriffen und schlug es nach oben um, rollte es auf der Tischplatte ein Stück auf, ließ es wieder nach unten fallen und fing von vorn an.

»Sie sagte nicht, wohin sie wollte?«

»Das tut sie nie. Manchmal kommt es mir vor, als lebte sie hier nur zur Untermiete. Nein, so was sollte ich nicht sagen. Sie ist einfach nur gedankenlos – verstehen Sie? Waren Sie in ihrem Alter nicht genauso?«

In ihrem Alter verbrachte ich meine Zeit in einem Gerichtssaal in Tucson. Drei Wochen lang hatte sie jeden Tag den Mörder ihrer Eltern angesehen. Ihr einziger Verbündeter war der große Mann gewesen, der neben ihr saß, Detective Francis X. Entwistle vom Morddezernat der Polizei in Tucson.

Louise Yates sagte: »Ich dachte, sie braucht einfach mal einen Tapetenwechsel. Sie hat viele Freunde, und ich bin sicher, dass sie einfach das Bedürfnis hatte, mit … mit Gleichaltrigen zu reden. Sie war völlig außer sich. Sie und Danny standen sich so nah. Er hat immer auf sie aufgepasst, und jetzt ist sie ganz allein. Sie ist so wütend, aber Sie wissen ja, dass das nur die Trauer ist.«

»Hat sie etwas mitgenommen?«

»Mir ist nichts aufgefallen. Aber ich habe auch nicht weiter darauf geachtet. Sie lief aus dem Haus und sagte, sie müsste – sie sagte, sie müsste ›verdammt noch mal raus aus diesem beknackten Haus‹, das waren genau ihre Worte. Sie hat nichts gegessen, ich auch nicht …« Ein Auto fuhr vorbei, und ihr Blick folgte ihm. »Sie stritt dauernd mit ihrem Vater. Keiner von uns hat die Kraft für so was. Ich weiß, wir sollten uns um sie kümmern – sie ist unsere Tochter –, aber es war wie …« Sie schluckte, war erneut den Tränen nah, drängte sie aber noch einmal zurück. »Es ist wie – für mich jedenfalls –, es ist, als wäre die Luft aus einem Ballon gewichen. Kein bisschen Luft mehr übrig. Ich war dem einfach nicht gewachsen. Ich konnte ihr nicht helfen. Und Chuck ist schon gar keine Hilfe. Manchmal glaube ich, er hat Angst vor ihr.« Sie hatte das Tischtuch etwa zu einem Drittel aufgerollt, ließ es los, zerknüllte es.

»Fehlt irgendetwas aus ihrem Zimmer?«

»Ich weiß es nicht. Ich habe nur kurz reingesehen und gemerkt, dass das Bett unbenutzt ist. Sie mag es nicht, wenn ich in ihren Sachen herumkrame. Sie hat ein Kofferset«, fuhr sie fort. »Ich habe es ihr gekauft, als sie auf der Highschool im Chor war und zu einem Auftritt gefahren ist …« Ihre Augen wurden groß. »Sie glauben, dass sie mit Absicht weg ist?«

»Es wäre möglich.«

»Sie würde nicht …« Louise unterbrach sich und legte die Fingerspitzen an den Mund.

»Sie würde was nicht?«

»Ihre Söhne verlassen.«

»Vielleicht musste sie einfach nur mal für ein paar Tage raus.«

Louise suchte ihren Blick, sah sie hoffnungsvoll an. »Meinen Sie?«

»Es könnte ihre Art sein, damit fertig zu werden. Sie hat ein furchtbares Trauma erlitten. Sie alle haben das. Gibt es in der Stadt irgendjemanden, zu dem sie gegangen sein könnte? Eine Freundin vielleicht?«

Louise dachte nach, zwischen ihren Augenbrauen erschienen zwei tiefe Falten. »Sie hat ein paar Freundinnen. Und dann ist da noch ihr Freund.«

Sie sagte das mit besonderer Betonung auf dem Wort »Freund«. Und verächtlicher Miene.

»Bobby Burdette?«

Sie machte eine wegwerfende Handbewegung. »Ich glaube nicht, dass es etwas Ernstes ist.« Sie räusperte sich. »Wenn Sie ihn kennen würden, wüssten Sie, warum. Vor allem ist er zu alt für sie. Achtunddreißig.«

»Was macht er?«

»Ich glaube, er fährt einen Lieferwagen. Für eine Bäckerei?«, fragte sie sich selbst und gab sich auch gleich die Antwort. »Holsum oder Goodness – eine von beiden. Ich kann mich erinnern, dass sie mir das mal erzählt hat. Früher war er Fernfahrer. Ich denke, es ist nur eine Phase«, fügte sie hastig hinzu. »Sie hat vor, aufs College zu gehen, sie hat vor, sich nächsten Januar am Grand Canyon College einzuschreiben.«

»Darf ich mir ihr Zimmer ansehen?«

Laura fragte sich, woher Louise wusste, dass Shana nicht in ihrem Bett geschlafen hatte. In dem Zimmer sah es aus, als wäre ein Orkan durchgefegt, es erinnerte eher an das Zimmer einer Highschool-Schülerin als an das einer erwachsenen Frau mit zwei Kindern.

Auf den ersten Blick deutete nichts auf die Existenz dieser Kinder hin, außer dass unter einigen gerahmten Fotografien und einem fuchsiafarbenen BH von Victoria's Secrets die Ecke eines Kinderbuchs hervorsah. Was auf den Fotos zu sehen war, konnte man nicht erkennen, sie waren unter dem Gewicht einer Masse von Haarbürsten, Make-up, Parfümflaschen und BHs umgefallen.

Louise hatte ihr erzählt, dass die Jungen bei ihrem Vater

und dessen Familie lebten, was im Grunde genommen darauf hinauslief, dass sie von ihren Großeltern aufgezogen wurden.

Laura wunderte sich über die Familienverhältnisse. Der kleinere der beiden Jungen konnte nicht älter als ein Jahr sein. Wer hatte die Entscheidung getroffen, wo die Kinder aufwachsen sollten, und was sagte die Familie des anderen Vaters dazu? Es gab noch vieles, was sie über Shana Yates in Erfahrung bringen musste – nicht zuletzt, wie die Beziehung zu ihrem Bruder ausgesehen hatte.

Während Laura durch das Zimmer ging, dachte sie über die Situation nach. Auch wenn Shana einundzwanzig Jahre alt war, konnte man sie kaum als erwachsen bezeichnen. Laura war nicht überrascht, dass ihre Kinder von den Großeltern aufgezogen wurden, vor allem in der schwierigen Zeit nach der Scheidung. Dennoch hätte sie gedacht, dass die Eltern der Mutter diese Aufgabe übernehmen würden – aber möglicherweise war das altmodisch und sexistisch.

Sie verschränkte die Arme, um nichts zu berühren, und drehte langsam eine Runde durch das Zimmer, sah sich alles einfach nur an. Jede Menge Krimskrams, aber es fügte sich zu einem Bild. Shana war schlampig, immun gegen Staub, hatte eine Schwäche für Pink und war, zumindest in der Theorie, Umweltschützerin.

Der Kalender an der Wand stammte von der World Wildlife Federation. Zwei Poster: auf dem einen Eminem und auf dem anderen ein Wolf. Ein Blick in Shanas Bücherregal (die Bücher waren zum größten Teil übereinandergestapelt statt nebeneinandergestellt) zeigte, dass sie ein Buch des bekannten Ökologen Aldo Leopold besaß, und auf einem Stapel von etwa einem Dutzend Ausgaben von *Cosmopolitan* und *People* thronte *The Monkey Wrench Gang* von Edward Abbey.

Es gab noch ein paar andere Bücher, überwiegend an junge Leser gerichtete Ratgeber von *Er steht einfach nicht auf dich* bis zur Beratung in christlichen Glaubensfragen. Ein Buch über Feng-Shui – dem Zustand dieses Zimmers nach zu urteilen, bezweifelte Laura, dass Shana es auch nur ein Mal aufgeschlagen hatte – und eines über das Training mit Pferden. Eine verstaubte Avon-Schachtel mit ihrem Namen auf dem Etikett – war sie Avon-Beraterin?

In einer Plastikkiste lagen achtlos aufeinandergetürmt Countrymusic- und Hiphop-CDs. Die CDs mit Countrymusic waren einige Jahre alt, die mit Hiphop, die zuoberst lagen, neueren Datums. Als hätte Shana plötzlich vom Country genug gehabt und sich dem Rap zugewandt.

Sprunghaft.

Neben dem Bücherregal eine tragbare Archivbox für Akten, mit einem Aufkleber vom WWF auf der Seite.

Laura streifte ein Paar Latexhandschuhe über und öffnete die Box. Drei Aktendeckel, zwei davon in Shanas rundlicher Handschrift beschriftet. Laura öffnete den, auf dem *Zeitungsausschnitte* stand. Obenauf lag ein Artikel aus den *Williams News* über einen Brand bei einem Autohändler in Williams. Drei Geländewagen waren völlig ausgebrannt. Dazu ein Schwarzweißfoto, das einen in Flammen stehenden Geländewagen vor dem dunklen Nachthimmel zeigte und Feuerwehrmänner mit Schläuchen, aus denen in einem dicken Strahl Löschschaum kam. Der Artikel war vom 13. Juni.

Laura überflog ihn. Es war ein Brandbeschleuniger verwendet worden – Benzin –, und eine Umweltschützergruppe, die Earth Warriors, hatte sich in einer an die Zeitung gerichteten E-Mail zu dem Anschlag bekannt.

Die Earth Warriors. Sie hatte noch nie etwas von ihnen gehört. Sie sah sich im Zimmer um, betrachtete den Kalender mit Naturaufnahmen, die Poster, *The Monkey Wrench Gang*.

Gehörte Shana zu den Earth Warriors?

Laura rief sich ihre Unterhaltungen mit Shana ins Gedächtnis, aber sie konnte sich nicht erinnern, dass auch nur mit einem Wort das Thema Umwelt erwähnt worden wäre. Wenn man sich an die üblichen Klischees hielt, dann müsste Shana mehr mit Viehzüchtern als mit Umweltschützern am Hut haben. Sie war hier in Williams aufgewachsen, einer Stadt, die man nicht gerade als Bastion liberalen Gedankenguts bezeichnen konnte, und ihre Freizeit hatte sie auf Pferdeausstellungen und Rodeos verbracht.

Was Laura an eine andere Sache erinnerte: etwas fehlte.

Es gab keine Fotos von Mighty Mouse. Keine Rosetten, keine Pokale, keine Medaillen.

Hatte Shana sie mitgenommen? Oder hatte sie entschieden, diesen Teil ihres Lebens als abgeschlossen zu betrachten? Manchmal war es weniger schmerzhaft, einen klaren Schlussstrich zu ziehen, damit man nicht mehr ständig darüber nachdenken musste, welches Leben man früher geführt hatte. Laura war das nicht fremd. In den elf Jahren seit dem Tod ihrer Eltern – nachdem sie das Haus verkauft und die Habseligkeiten ihrer Eltern eingelagert hatte – war sie genau ein Mal, einem Impuls folgend, an dem Haus vorbeigegangen.

Shana hatte das Pferd, den Anhänger und sämtliches Zubehör an Mrs. Wingate verkauft.

Falls sie dieses Kapitel ihres Lebens abgeschlossen hatte, war sie dann gerade dabei, ein weiteres Kapitel abzuschließen? War es möglich, dass sie für immer gegangen war?

Laura hatte Zimmer und Schrank durchsucht und keine Koffer gefunden, weder zusammenpassende noch irgendwelche anderen. Shana hatte zweifellos vorgehabt, länger als eine Nacht wegzubleiben, ihr Schrank war nur zu einem Drittel voll, die Schubladen der Kommode nahezu leer. Hatte sie einen längeren Aufenthalt geplant?

Sie war verschwunden, ohne jemandem Bescheid zu sagen.

Laura nahm sich erneut die Archivbox vor. In dem ersten Aktendeckel fanden sich außer einem Folgeartikel über die in Brand gesteckten Autos keine weiteren Zeitungsausschnitte.

Sie sah sich die beiden anderen Mappen an. Auf der einen stand *Irgendwann*. Sie enthielt ebenfalls Ausschnitte, aber die passten besser zu einer einundzwanzigjährigen Kind-Frau, die von einer rosigen Zukunft träumte. Ein Foto von einem Porsche Boxter, hellgelb, und von einem großen Haus – eigentlich schon fast eine Art Anwesen – am Ufer eines tiefblau schimmernden Sees, ausgeschnitten aus einem Hochglanzmagazin. Das Haus nannte sich Big Bear Creek Lodge und lag am Big Bear Lake in Montana. Außerdem gab es prächtige Innenaufnahmen – ganz im Cowboy-Stil – und weitere Fotos von Häusern in Los Angeles, der Karibik und Aspen. Eine Hinckley-Yacht und ein Swimmingpool, bei dem man kaum sagen konnte, wo das Wasserbecken aufhörte und die Bucht begann. Teure Kleidung, die Art von Garderobe, die man am Rodeo Drive kaufen konnte. Schöne Frauen, die über einen roten Teppich schritten und Unnahbarkeit ausstrahlten. Laura erkannte sie: Filmstars.

Shana hatte große Träume.

Auf der letzten Mappe stand nichts, sie enthielt Zeitungsausschnitte über in jüngerer Zeit eingetretene Umweltschäden im gesamten Land. Eine traurige Auflistung von sterbenden Flüssen, verseuchten Stränden, ausgestorbenen Spezies.

Laura warf einen Blick auf die *Irgendwann*-Mappe. Es bestand eine ziemlich große Kluft zwischen den Dingen, die Shana sich wünschte (das rustikale Haus, bei dem man unwillkürlich an einen ausgestopften Elchkopf denken musste, der einen mit glasigen Augen von der Wand herunter anstarrte), und dem Raubbau, der an der Natur betrieben wurde.

Shana verstand es, zu differenzieren.

»Sie hätte es mir gesagt, wenn sie vorgehabt hätte, von hier wegzugehen«, sagte Louise Yates.

»Ihre Koffer sind verschwunden.«

Louise schlug die Hand vor den Mund. »Das kann doch nicht sein, dass ich nichts davon mitbekommen habe.« Sie ließ sich auf die mit braunem Tweed bezogene Couch vor dem Kamin sinken, ihr Gesicht war aschfahl.

»Ich habe ihr Adressbuch gefunden«, sagte Laura. »Würden Sie es mit mir durchgehen und mir sagen, zu wem sie gefahren sein könnte?«

Bewaffnet mit Shanas Handynummer und den Telefonnummern von einem halben Dutzend ihrer Freundinnen, fuhr Laura zum Polizeirevier in Williams, um ihre Aufzeichnungen mit denen des Beamten zu vergleichen, mit dem Chuck Yates gesprochen hatte.

Officer Wingate, der die Vermisstenanzeige aufgenommen hatte, war gerade auf Streife unterwegs. Laura verabredete sich mit ihm vor dem Dairy Queen.

Er saß in seinem Wagen und stieg aus, als sie ankam, und sie setzten sich auf die niedrige Mauer, die den Parkplatz umgab.

»Wie geht es Ihnen?«, fragte er.

»Das sollte ich wohl eher Sie fragen.«

»Ganz gut, denke ich.« Er zuckte die Achseln und sah auf seine Füße.

Laura stellte fest, dass er frisch rasiert war, aber seine Augen waren gerötet und wirkten geschwollen.

»Vor ein paar Jahren wäre es schlimmer gewesen«, fuhr er fort. »Bevor er nach Flagstaff gezogen ist. Er ging dort auf die NAU und ich auf die Akademie, um Polizist zu werden. Wir haben uns nicht mehr oft gesehen, außer im Sommer.«

Der Versuch, Abstand zwischen sich und Dan zu schaffen. Laura verstand, warum. »Ich habe die Vermisstenanzeige für Shana gelesen. Darüber wollte ich mit Ihnen reden.«

»Da gibt es nicht viel zu berichten. Wahrscheinlich ist sie einfach nur abgehauen, um wieder einen klaren Kopf zu bekommen.«

»Kannten Sie sie gut?«

»Nein.« Er fuhr sich mit der Hand über die kurz geschnittenen Haare. »Als wir Kinder waren, trottete sie immer hinter Dan her. Irgendwie komisch, weil sie bloß ein paar Minuten auseinander waren. Jemand, der das nicht wusste, hätte sie für Dans kleine Schwester halten können.«

»Dan hat auf sie aufgepasst?«

»Ja. Manchmal ist sie ihm natürlich auch voll auf die Nerven gegangen.«

»Die beiden standen einander noch nah?«

»Wahrscheinlich. Wenn sie etwas brauchte, hat sie sich immer an ihn gewandt. Ich würde nicht gerade sagen, dass sie sich an ihn geklammert hat, aber meistens hat sie ihn dazu gebracht, das zu tun, was sie wollte.«

»Und wie?«

»Sie hatte eine Neigung zu dramatischen Auftritten, verstehen Sie? Hat ihn unter Druck gesetzt, um ihren Willen zu kriegen. Dan musste ihr mehr als ein Mal aus der Patsche helfen.« Er kratzte sich am Hals. »Einmal hing sie in der Buckhorn Bar fest, als der Typ, mit dem sie unterwegs war, abhaute und sie einfach dort zurückließ. Keiner von beiden war damals schon volljährig, aber Dan musste in die Bar, um sie rauszuholen.«

»Haben Sie eine Ahnung, wo sie sein könnte?«

»Ehrlich gesagt, habe ich sie nicht besonders gut gekannt. Sie hatte eine Freundin namens Heather, mit der sie oft zusammen war.«

Laura sah auf ihre Liste. Heather stand darauf.

Ein kleines Auto fuhr vorbei. Die Stereoanlage war so laut aufgedreht, dass Lauras Magen vibrierte. Auf der Heckscheibe prangte die Jungfrau von Guadelupe.

»Ich habe gehört, dass Sie eine Patronenhülse gefunden haben«, sagte Josh Wingate. »Das müsste Sie doch weiterbringen.«

»Nur wenn wir einen Verdächtigen haben.«

»Stimmt.« Seine Augen wanderten ununterbrochen die Straße auf und ab: der Blick eines Polizisten. Stets wachsam. »Haben Sie sonst noch was? Ich hoffe wirklich, dass Sie denjenigen, der es getan hat, erwischen.«

»Nicht sehr viel. Das mit Luke Jessup wissen Sie ja. Ich versuche immer noch, ihn aufzuspüren.«

»Sie wissen, dass ich auch den Bericht aufgenommen habe, oder?«

»Nein.«

»Ich würde nicht zu viel darauf geben, was er sagt. Mir kam es nicht so vor, als hätte er besonders viel gesehen, falls überhaupt.«

»Sie halten ihn für keinen verlässlichen Zeugen?«

Er zuckte die Achseln. »Ist nur so ein Gefühl. Ich habe ihn in der Stadt herumlaufen sehen. Ständig nervt er die Leute wegen irgendetwas. Meistens geht es darum, ›gerettet‹ zu werden.«

»Warum hat Dan im Hauptfach Forstwirtschaft studiert?«, fragte Laura.

»Keine Ahnung. Ich nehme an, es lag ihm einfach.«

»Weil er sich Sorgen um die Umwelt gemacht hat?«

»Er hat nicht jeden Baum umarmt, so viel steht fest. Aber er ging gern jagen und angeln, war gern im Freien. Als Umweltschützer würde ich ihn allerdings nicht bezeichnen.«

»Was ist mit Shana?«

»Was soll mit ihr sein?«

»War Shana Umweltschützerin?«

»Shana?« Er sah sie an, schnaubte. »Falls sie es war, habe ich jedenfalls nichts davon mitgekriegt.« Er fuhr sich mit dem Ärmel übers Gesicht. »Aber ich habe sie in letzter Zeit natürlich nur selten gesehen. Sie war leicht zu begeistern – ständig fand sie irgendetwas ganz toll, nach dem Motto ›das ist es jetzt‹, verstehen Sie? Dann gab es für sie nichts anderes mehr. Als sie diesen Typ geheiratet hat, zum Beispiel, der, von dem sie die beiden Kinder hat. Er kam aus der Esoterikecke oder irgendwie so was – sie war davon überzeugt, das wäre das Nonplusultra. Stürzte sich kopfüber hinein.«

»Ist sie immer noch dabei?«

»Das bezweifle ich. Es war nur eine Spinnerei von vielen. Sie wollte sich auch x-mal irgendwelchen Hilfsorganisationen anschließen, daraus ist aber nie was geworden. Meistens hatte es mit irgendeinem Kerl zu tun.«

»Jemand, der in so einer Gruppe war?«

»Ja. Dan hat sich deswegen immer Sorgen gemacht. Dass sie so gar keine eigene Meinung zu haben schien. Er sagte, die einzige Sache, die sie nicht sofort wieder aufgegeben hat, wäre das Barrel Race. Aber das stimmt nicht ganz. Ganz egal, was in ihrem Leben sonst passierte, Dan hätte sie nie aufgegeben.«

Zurück auf dem Polizeirevier, ließ sich Laura den Bericht über die Brandstiftung bei dem Autohändler Jimmy Davis Ford heraussuchen. Während sie darauf wartete, erledigte sie einige Anrufe, mit mäßigem Erfolg. Heather Olson, Shanas Freundin, von der Josh Wingate gesprochen hatte, besaß offensichtlich keinen Anrufbeantworter. Nach dem achten Läuten legte Laura auf.

Heather wohnte in Flagstaff und ging auf die NAU. Vielleicht war Shana bei ihr. Eine schöne Vorstellung, aber so einfach war es nur selten.

Sie versuchte ihr Glück bei zwei weiteren von Shanas Freundinnen und landete jedes Mal auf der Mailbox. Bei Bobby Burdette meldete sich der Anrufbeantworter. Sie legte auf. Als Nächstes ließ sie ihn durch die NCIC-Datenbank laufen. Zwei Verurteilungen: eine wegen häuslicher Gewalt – er hatte sich reumütig gezeigt und drei Monate auf Bewährung bekommen – und eine wegen einer Reihe kleinerer Einbrüche. Dafür hatte er zweieinhalb Jahre im Gefängnis gesessen. Vor dreieinhalb Jahren war er aus Florence rausgekommen, und seither hatte er sich offenbar nichts mehr zuschulden kommen lassen.

Häusliche Gewalt. Dem Strafregister zufolge hatte er seine Freundin gepackt und ihren Kopf in die Kloschüssel gedrückt.

Laura konnte nicht verstehen, warum sich eine junge Frau aus einer anständigen, religiösen Familie mit einem solchen Mann abgab. Nach allem, was Laura gehört hatte, brauchte Shana jemanden, der sich um sie kümmerte, aber andererseits bestimmte sie auch gerne, wo es langging. Sie benutzte ihre Verletzlichkeit, um ihren Kopf durchzusetzen. Jedenfalls hatte sie ihren Bruder damit im Griff gehabt.

Nun ja. Liebe – oder das, was man für Liebe hielt – ging manchmal eben seltsame Wege.

Officer Tagg kam mit dem Bericht über Jimmy Davis Ford. »Gibt nicht viel her«, sagte er entschuldigend und ging wieder.

Der Bericht war kurz und bündig. Obwohl sich die Earth Warriors an die Zeitung in Williams gewandt und die Verantwortung für den Brandanschlag übernommen hatten, war niemand verhaftet worden.

Laura überflog den Laborbericht. Als Brandbeschleuniger war eine Benzinsorte verwendet worden, wie man sie für Bootsmotoren verwendete. Bei den drei verbrannten Geländewagen hatte es sich um Fahrzeuge vom Typ Ford Excursion gehandelt, brandneu, die zwischen 36 000 und 50 000 Dollar wert waren.

Man hatte den Namen Earth Warriors durch die beiden großen Polizei-Datenbanken NCIC und VICAP laufen lassen, aber es war nichts dabei herausgekommen. War es eine neue Gruppe? Oder hatte sich einer einfach nur einen Namen ausgedacht, um die Ermittlungen in die Irre zu leiten?

Sobald Laura wieder im Motel war, schaltete sie ihren Laptop ein und gab die Earth Warriors bei drei verschiedenen Suchmaschinen ein. Sie erhielt lediglich einen Treffer, und dabei handelte es sich um den Blog eines gewissen Peter Sage, der scheinbar von dem unbezwingbaren Verlangen getrieben wurde, über alles und jeden zu schreiben, ohne dass irgendetwas davon auch nur im Entferntesten interessant gewesen wäre. Laura begann schon zu schielen, als sie den Begriff »Earth Warriors« schließlich versteckt in einem zweiseitigen Eintrag entdeckte.

»… ein Mann namens John Soundso. Ich habe gehört, dass er, man höre und staune, in den *Sechzigern* einer Gruppe von Ökoterroristen angehörte, die sich Earth Warriors nannten oder so ähnlich. Janet sagte, er hatte eine Vorliebe für Avantgarde-Kunst, vor allem für ihr Zeug, und kaufte einige Arbeiten …«

Sie scrollte zurück und las den Anfang des Satzes. Wie es schien, hatte Janet für diesen John ein Haus in Ojai verkauft. Aus dem Kontext des Blog kam Laura zu dem Schluss, dass das irgendwann Anfang der neunziger Jahre gewesen sein musste.

Sie überflog den Blog noch nach weiteren Nennungen, aber nachdem sie mehr über die Kultivierung von Wasserlilien erfahren hatte, als sie jemals hatte wissen wollen, gab sie auf. Sie schickte Peter Sage eine E-Mail und bat ihn, sich mit ihr in Verbindung zu setzen.

Nach dem zu schließen, was sie gerade gelesen hatte, hatte es also in den sechziger Jahren in Kalifornien eine Gruppe Ökoterroristen gegeben, die sich Earth Warriors nannte. Laura fragte sich, ob die neue Gruppe zufällig irgendwo auf den Namen gestoßen oder ob sie von selbst darauf gekommen war. Wie auch immer, sie bezweifelte, dass die Earth Warriors von 1960 noch aktiv waren, zumal sie keinerlei Hinweise in den Medien gefunden hatte.

Kurz vor dem Mittagessen traf sie sich mit Bobby Burdettes Bewährungshelfer – der während des Gesprächs ständig auf die Uhr in seinem winzigen grauen Verschlag sah und sagte, wie hungrig er sei. Er hatte wenig anzubieten außer einem nicht sehr schmeichelhaften Foto von Bobby aus der Verbrecherkartei, seiner derzeitigen Adresse, Berichten, die er nur widerstrebend für sie kopierte, und einem guten Rat. Er faltete die Hände über seinem beeindruckenden Bauch, wippte mit dem Stuhl vor und zurück und sah sie traurig an. »Was Sie auch tun, machen Sie ihn nicht wütend. Er mag Frauen nicht, und es würde Ihnen gewiss nicht gut bekommen, wenn Sie ihn verärgern.«

Laura fuhr zu Bobby Burdettes Haus, einfach, aber ordentlich hergerichtet mit seiner grauen Holzverschalung, an der Edison Nähe Seventh Street. Der Vorgarten war wie alle anderen mit Maschendraht eingezäunt und wurde von zwei großen Buchsbäumen beherrscht. Neben der kurzen, ungepflasterten Einfahrt stand ein kleines Boot in einem tragbaren Carport – ein mit weißem Tuch bespannter Metallrahmen. Laura sah keinen Außenbordmotor, aber aus den Spuren am Boot schloss sie, dass es irgendwo einen geben musste, vielleicht befand er sich in dem Metallschuppen daneben. Treibstoff ebenfalls. Sie hoffte, dass sie später wiederkommen und das Haus genauer unter die Lupe nehmen konnte, wenn sie es schaffte, einen Durchsuchungsbeschluss zu bekommen.

Sie überlegte, ob sie ihre Karte in die Fliegengittertür stecken sollte, beschloss dann jedoch, ihn lieber zu überraschen.

Ein Anruf bei der Hauptverwaltung der Backwarenfirma Goodness Bread in Flagstaff bescherte ihr die Information, dass Bobby Burdette als Aushilfsfahrer für ein Franchise-Unternehmen arbeitete, das Kingman, Williams und die westlichen Außenbezirke von Flagstaff belieferte – den gesamten Abschnitt der Interstate 40. Der Zufall wollte es, dass er im Moment ein Stück weiter die Straße hinauf eine Lieferung Backwaren für Safeway auslud. Laura fand ihn in der Brotabteilung, wo er Hot-Dog-Brötchen aus übereinandergestapelten Plastikkisten in ein hohes Regal räumte. Als sie sich ihm näherte, hielt er gerade inne, um etwas in ein Gerät einzutippen, das wie eine Mischung zwischen Klemmbrett und Taschenrechner aussah.

Laura blieb auf der anderen Seite des Gangs bei den Grußkarten stehen und musterte ihn in aller Ruhe.

Er sah aus wie auf seinem Karteifoto: dünn und ungepflegt, mit demselben leblosen Ausdruck in den Augen. Seine Haare waren schwarz und militärisch kurz geschnitten. Er hatte von Natur aus eine dunkle Haut, die darüber hinaus zu viel der Sonne ausgesetzt gewesen war. Er war kleiner, als sie gedacht hatte. Er trug ein kurzärmeliges Hemd und eine dunkelrote Krawatte, dazu eine beige Baumwollhose und Arbeitsschuhe. Das Hemd verbarg nur halb eine schlecht ausgeführte Tätowierung eines Adlers. Sah aus wie ein Gefängnis-Tattoo.

Sie sah ihm bei der Arbeit zu. Seine Bewegungen waren flink und präzise, kein Handgriff zu viel. Ein guter Arbeiter.

Laura versuchte, ihn sich mit Shana vorzustellen – aber es wollte ihr nicht recht gelingen. Ebenso schwer tat sie sich damit, ihn mit Shanas Augen zu betrachten, das zu sehen, was sie in ihm sehen mochte. Er war älter, also vielleicht war er eine Art Vaterfigur für sie. Aber dieser Mann hatte nicht die geringste Ähnlichkeit mit Chuck Yates, zumindest nicht, was sein Äußeres betraf.

Sie stand da und überlegte, wie sie die Sache angehen sollte.

Ohne große Umschweife. Sie räusperte sich. »Sind Sie Robert Burdette?«

Er hielt mitten in der Bewegung inne, drehte den Kopf zu ihr. Sie sah, dass seine Augen dunkelbraun waren, und die Iris schienen zu zittern. »Wer will das wissen?«

»Laura Cardinal, Department of Public Safety.« Sie schlug ihre dünne Jacke zur Seite, um ihm die Dienstmarke an ihrem Gürtel zu zeigen.

»Lassen Sie mal sehen.«

Laura gab sie ihm, und er musterte sie, seine Augen zuckten hin und her. Irgendein körperliches Gebrechen? Oder Drogen. Er ließ sich Zeit. Sie fragte sich, ob er Probleme mit dem Lesen hatte. Schließlich gab er ihr die Dienstmarke zurück. »Geht es um Dan Yates?«

»Soweit ich weiß, sind Sie mit Shana aus Las Vegas zurückgefahren.«

Er trat auf sie zu, seine Schuhsohlen quietschten auf dem Linoleum, und Laura wich einen Schritt zurück, verschaffte sich Platz für den Fall, dass sie ihre Waffe ziehen musste.

Er bemerkte es und lächelte, er wusste, woran sie dachte. In keiner Weise beeindruckt. »Ich bin mit Shana hergekommen, dann habe ich sofort wieder kehrtgemacht und bin zurück nach Kingman. Ich wollte früh ins Bett, weil ich um vier in der Früh bei der Auslieferung der Bäckerei sein musste.«

»Lange Fahrt, nicht wahr?«

Er stieß mit dem Fuß leicht gegen die Seite des Karrens. »Bin ich gewohnt.«

»Warum sind Sie mit ihr zurückgekommen?«

»Ich wollte die beiden Turteltäubchen nicht stören.« So wie er das Wort »Turteltäubchen« aussprach, hätte man meinen können, es sei etwas Ekliges. Noch immer stand er dicht vor ihr, den Kopf etwas vorgeneigt, so dass er ihr in die Augen sehen konnte. »Außerdem kamen Shana und Kellee nicht besonders gut miteinander aus, es gab wegen irgendwas Streit. Sie wissen ja, wie nervig so was sein kann. Deshalb habe ich ihr angeboten, sie mitzunehmen und zu Hause abzuliefern.«

»Haben Sie sie in letzter Zeit gesehen?«

»Nein. Sollte ich?«

Er versuchte sie einzuschüchtern, sie in die Defensive zu drängen. Es war offensichtlich, dass Bobby Burdette im Knast gewesen war.

»Ich wüsste keinen Grund«, sagte Laura und senkte dabei absichtlich die Stimme, damit er sich anstrengen musste, sie zu verstehen. »Einmal davon abgesehen, dass ihr Bruder tot ist und Sie eine Beziehung mit ihr haben.«

»Hat sie das gesagt? Dass wir eine Beziehung haben?«

»Täusche ich mich da, Sir?«

Er schüttelte den Kopf, als traue er seinen Ohren nicht. Dabei waren seine zuckenden, verstörenden Augen unverwandt auf sie gerichtet. »Reines Wunschdenken ihrerseits.«

»Wie meinen Sie das? Sie beide ...«

»Shana denkt, es wäre mehr als das. Ich will damit nicht sagen, dass wir nicht unseren Spaß miteinander hatten – aber selbst das verliert nach einer Weile seinen Reiz. Es bleibt nichts übrig, verstehen Sie?«

»Wo haben Sie sich kennengelernt?«, fragte Laura.

»Ich wüsste nicht, was Sie das angeht.«

»Bei den Earth Warriors?«

Für einen kurzen Moment wirkte sein kalter Blick unsicher. »Was soll das sein?«

»Ein Gruppe von Ökoterroristen. Sie haben sicher von dem Feuer bei einem Autohändler hier in der Stadt gehört, bei dem vor ein paar Monaten mehrere Geländewagen verbrannten?«

»Ja, stimmt.«

»Haben Sie Dan gut gekannt?«

»Eigentlich nicht.«

»Was ist mit Kellee?«

»Nein.«

»Aber Sie waren Trauzeuge bei ihrer Hochzeit.«

»Das ist ja wohl nicht verboten, oder?«

Laura änderte ihre Taktik. »Engagiert sich Shana für den Umweltschutz?«

Er zuckte die Achseln, sein Blick war ausdruckslos.

Von ihm würde sie nichts erfahren. Sie überlegte, ob sie ihn fragen sollte, wo Shana im Augenblick war, aber ihr Instinkt riet ihr davon ab. Sie traute ihm nicht, und falls er nicht wusste, dass Shana verschwunden war, wollte sie nicht diejenige sein, von der er es erfuhr.

»Hören Sie, ich muss um zwei in Kingman sein. Und es ist schon Mittag.« Er deutete auf das halb gefüllte Regal. »Ich muss mir meine Brötchen verdienen.«

Laura gab ihm ihre Karte. »Wenn Ihnen noch etwas einfällt, können Sie mich auf dem Handy anrufen.«

»Was, zum Beispiel?«

»Irgendwas – vielleicht etwas über Dan und Kellee, das Sie vergessen haben.«

Als sie sich zum Gehen wandte, hörte sie ihn verächtlich schnauben.

Einen Häuserblock weiter an der Seventh Street lag die Niederlassung von Jimmy Davis Ford. Die Hälfte des Hofes wurde von riesigen Geländewagen beansprucht, zumeist in Dunkelblau, Schwarz oder Braun. Um den Hof herum flatterten Wimpel – rot, weiß und blau, passend zu der großen Fahne, die an einem Mast neben dem Büro hing.

Laura hielt Ausschau nach Dave Lonigan, dem stellvertretenden Geschäftsführer. Er hatte das Feuer von seinem Haus aus als Erster gesehen und die Feuerwehr alarmiert. Seiner Aussage zufolge hatten die Geländewagen bereits in Flammen gestanden, als er eintraf.

Ein übergewichtiger Mann in den Dreißigern mit mittelbraunen Haaren und einem unauffälligen Gesicht kam auf sie zu. Hemd mit passender Krawatte im Set aus dem Discount-Laden, ein schmales goldenes Namensschild, auf dem DAVE LONIGAN stand.

»Kann ich Ihnen helfen, Ma'am?«, fragte er.

Sie stellte sich vor. »Können wir hier irgendwo in Ruhe reden?«

»Selbstverständlich.« Er ging ihr voran in den Ausstellungsraum, rundum verglast, und führte sie an einem weiteren glänzend schwarzen Ungetüm vorbei in ein kleines Büro, in das gerade mal ein Schreibtisch und zwei Stühle passten. Jede Menge Grün und Lila, Stofftapeten an den Wänden.

Laura befragte ihn zu dem Brandanschlag auf die Autos, und er gab ihr geduldig Auskunft, auch wenn er dabei mit einem Auge den Hof im Blick behielt. Offenbar hatte sie heute den Tag der Schaukler erwischt; er wippte auf seinem lilafarbenen Stuhl vor und zurück und klopfte dabei mit dem Kugelschreiber aus dem Stiftset auf die Schreibunterlage vor ihm, ein verkappter Schlagzeuger. Im Wesentlichen hatte sie das, was er ihr erzählte, bereits dem Bericht entnommen.

»Sie waren als Erster am Tatort?«

»Ich habe den Feuerschein gesehen – ich wohne bloß ein paar Straßen entfernt.« In dieser Stadt wohnte jeder bloß ein paar Straßen von jedem anderen Einwohner entfernt. »Ich habe die Feuerwehr alarmiert, und dann bin ich ins Auto gesprungen und hergefahren.«

»Wussten Sie, dass es hier war?«

»Ich hatte so eine Ahnung.«

»Woher?«

Wippen. »Der Ort – da, wo das Feuer zu sehen war. Und …« Er griff in die oberste Schublade des Schreibtischs, zog ein Blatt Papier heraus und schob es ihr mit einer eleganten Handbewegung zu, mit der er sonst vermutlich seine Kunden aufforderte, auf der gepunkteten Linie zu unterschreiben. Laura bemerkte, dass er einen Erinnerungsring der Highschool von Williams trug und seine Nägel sorgfältig manikürt waren.

Sie blickte auf das Blatt Papier. Eine Fotokopie. Es handelte sich um ein Memo von Jimmy R. Davis, dem Besitzer höchstpersönlich, mit dem er seinen Mitarbeitern einschärfte, alles zu melden, was ihnen auf dem Gelände der Niederlassung verdächtig vorkam.

»Irgendjemand hatte Mr. Davis eine Botschaft geschickt und etwas in der Art angedroht«, sagte Dave Lonigan.

»Haben Sie eine Kopie dieser Botschaft?«

»Nein, Ma'am. Mr. Davis hat sie, aber er ist im Augenblick nicht da.«

»Wo ist er?«

»Er hat noch ein zweites Geschäft in Pinetop. Im Augenblick ist er dort.«

Laura machte sich eine Notiz.

Das scharfe Auge von Dave Lonigan erspähte eine potentielle Kundin, die sich einen neuen Mustang ansah. »Ist das alles?«, fragte er.

»Fürs Erste.«

Sie standen auf, Lonigan hatte es eilig, nach draußen zu kommen. Sie folgte ihm, sah ihn in Richtung der Frau marschieren. Die Frau warf ihm einen Blick zu, machte auf dem Absatz kehrt und eilte zu ihrem Wagen.

Lonigan blieb stehen und blickte enttäuscht drein.

»Passiert das oft?«

»Bei Frauen schon. Manche sehen sich gern erst mal eine Weile um, ohne dass sie jemand dabei stört, um sich zu orientieren.« Er schüttelte den Kopf. »Sie schien eigentlich nicht zu dieser Sorte zu gehören, aber man kann ja nie wissen.« Er sah sie an. »Sie untersuchen den Mord an Dan Yates, stimmt's?«

Sie nickte.

»Hat das irgendetwas mit der Sache hier zu tun? Mit der Brandstiftung?«

Laura wollte schon antworten, als er hinzufügte: »Ich frage nur deshalb, weil Dan Yates vor knapp zwei Wochen hier war und sich auch danach erkundigt hat.«

»Dan Yates?«

»Ja, Ma'am. Er wollte mit Mr. Davis sprechen. Ich glaube, er wollte den Drohbrief sehen, den Mr. Davis erhalten hatte.«

»Wissen Sie, ob er mit ihm gesprochen hat?«

»Leider nicht. Mr. Davis war nicht da, aber er könnte ja noch mal gekommen sein.«

Laura hatte ihren Notizblock bereits weggesteckt, doch jetzt holte sie ihn wieder hervor und schlug eine neue Seite auf. »Was genau hat er zu Ihnen gesagt?«

»Er hat sich nur nach dem Feuer erkundigt. Er wollte wissen, ob wir eine Warnung erhalten hätten, und ich sagte ja. Sie glauben doch nicht, dass ihn jemand deswegen erschossen hat?«

Sie ging nicht darauf ein. »Hat er sonst noch was gesagt?«

»Nein. Ich hatte auch gerade Kundschaft.«

»Wie hat er sich verhalten?«

»Er wirkte, ich weiß nicht, irgendwie wütend. Entschlossen. Wenn ich so darüber nachdenke, bin ich ziemlich sicher, dass er mit Mr. Davis gesprochen hat. Er hatte einen Ausdruck in den Augen, als würde er sich durch nichts davon abhalten lassen.«

18

Tickled Pink, eine Boutique, lag eingezwängt zwischen zwei anderen Geschäften in einer Ladenzeile an der Aspen Street im Zentrum von Flagstaff. Das Geschäft zur Rechten nannte sich The Cliff's Edge und bot Outdoor-Ausrüstung und Sportartikel für Bergsteiger an. Links befand sich eine Eisdiele, an diesem sonnigen Nachmittag stand eine Reihe Touristen in Shorts und Flip-Flops davor. Laura sah eine Gruppe neun- oder zehnjähriger Mädchen, die die Stühle an den vier schmiedeeisernen Tischen auf dem Bürgersteig mit Beschlag belegt hatten und lebhaft durcheinanderschnatterten. Die meisten trugen Strumpfhosen und Gymnastikanzüge unter kurzen Röckchen, die kaum ihre Hinterteile bedeckten. Die Mädchen, die standen, schienen von Natur aus nach außen gedrehte Fußspitzen zu haben. Sie wirkten außergewöhnlich graziös und schlank, aber nicht mager. Die Haare waren straff zurückgekämmt. Laura vermutete, dass es sich um eine Ballettklasse bei einem Ausflug handelte, wahrscheinlich zur NAU. Sie befanden sich in Begleitung mehrerer Frauen, die Laura für die Mütter hielt; sie waren zwischen dreißig und vierzig Jahre alt und sahen aus wie die älteren Ausgaben ihrer Töchter.

Das Tickled Pink behauptete zwischen den jungen Tänzerinnen und der speziellen Kundschaft von The Cliff's Edge seinen Platz.

In der Auslage standen durchsichtige, in Pink gekleidete Schaufensterpuppen – ärmellose Oberteile, Hüfthosen, Miniröcke. Pink in allen erdenklichen Schattierungen, kombiniert mit Karo-, Paisley- und Blümchenmustern in anderen Farben. Einer der kurzen Röcke flatterte der Puppe um die Taille, eine noch aufreizendere Version von Marilyn Monroe über dem Lüftungsschacht.

Alles, was nicht durchsichtig pink war, war verspiegelt, was dem Ganzen etwas von einem Spiegelkabinett auf dem Jahrmarkt verlieh. Laura bekam Kopfschmerzen davon.

Laut Aussage ihrer Mitbewohnerin sollte Heather Olson heute arbeiten. Hinter einem hohen Verkaufstresen saß eine junge Frau, dem Alter nach Collegestudentin, in einer pinkfarbenen Bluse, unter der sich ein üppiger Busen abzeichnete. Laura fragte sich, ob es zur Stellenbeschreibung gehörte, Pink zu tragen. Die junge Frau hatte ein hübsches, wenn auch etwas nichtssagendes Gesicht, ihre kräftigen dunklen Haare waren in der Mitte gescheitelt und glänzten wie Seehundfell.

Sie hielt eine Pappbrille mit pinkfarbenen Gläsern in die Höhe. »Wollen Sie sie aufsetzen? Macht alles noch pinker.«

»Da verzichte ich lieber.« Laura sah sich in dem Laden um. Leer. Vielleicht war er doch nicht so cool, wie er sich gab. »Ich bin auf der Suche nach Heather Olson.«

»Das bin ich.«

Laura trat zu ihr und zeigte ihre Dienstmarke vor.

Auf Heathers Gesicht erschien ein trauriger Ausdruck. »Geht es um Dan?«

»Um Dan und Shana. Hat Shana sich bei Ihnen gemeldet?«

»Nein.«

Der Ton, in dem sie das sagte, war irgendwie merkwürdig. Kühl?

»Wenn ich es richtig verstanden habe, sind Sie eine Freundin von Shana.«

»Nein, das bin ich nicht.« Ihre Stimme klang ein wenig zu hoch, ihr Atem ging etwas schneller. Nicht aufgeregt, aber es war offensichtlich, dass Shanas Name etwas bei ihr auslöste – und es war nichts Positives.

»Sie sind nicht befreundet? Ich hatte den Eindruck, Sie wären es.«

»Wie kommen Sie darauf?«

»Shanas Mutter hat mir eine Liste mit den Namen von sechs oder sieben ihrer engsten Freundinnen gegeben.«

»Ich bezweifle, dass sie eine einzige Freundin hat, geschweige denn sechs.«

Das war eine Überraschung. »Aber Sie waren befreundet, richtig?«

»In der Highschool.«

»Gibt es jemanden, an den sie sich Ihrer Meinung nach wenden würde, wenn sie in Schwierigkeiten steckt?«

Heather stürzte sich auf ihre Worte wie der Hund auf den Knochen. »Sie steckt in Schwierigkeiten?«

»Das habe ich nicht gesagt. Natürlich hat sie der Tod ihres Bruders mitgenommen. Ich will einfach nur mit ihr reden.«

»Mein Gott, das mit Dan ist furchtbar. Er war ein echt netter Kerl.«

»Aber Shana war nicht so toll?«

»Sie ist hinterhältig.«

»Sie hat Sie hintergangen?«

»Mich und alle anderen.«

»Würden Sie mir sagen, worum es ging?«

»Warum nicht? Es gab da einen Jungen, den ich wirklich mochte. Sie wusste, was ich für ihn empfand, aber sie hat sich trotzdem an ihn herangemacht. Obwohl sie selbst mit jemandem zusammenlebte …«

»Dieser Jemand, mit dem sie zusammenlebte, war das ihr Ehemann, Ronnie?«

»Ja, bevor sie geheiratet haben. Ich weiß, dass sie absichtlich schwanger wurde, um ihn dazu zu bringen, dass er sie heiratet.«

»Ich dachte, so etwas machen junge Leute heutzutage nicht mehr.«

»Williams ist eine Kleinstadt. Jede Menge Spießer, wenn Sie verstehen, was ich meine.«

»Sie hat Ihnen diesen Jungen also weggeschnappt?«

»Sie hat ihn mir nicht weggeschnappt, er hat mir ja nicht

gehört. Sie hat ihn angebaggert, und er hat nicht nein gesagt – was soll man machen, wenn sich einem jemand an den Hals wirft? So war es bei Shana immer. Für sie war alles ein Konkurrenzkampf. Sie wollte etwas immer nur dann, wenn sie es nicht haben konnte.«

»Haben Sie jemals Bobby Burdette getroffen?«

»Wen?«

»Den Mann, mit dem sie im Moment zusammen ist. Sie haben sie nie von ihm reden hören?«

»Ich habe seit dreieinhalb Jahren nicht mehr mit Shana gesprochen.«

Laura holte ihre Liste mit Namen und Telefonnummern hervor. »Kennen Sie eine von diesen Frauen?«

»Alle.«

»Würde Shana zu einer von ihnen gehen?«

Heather beugte sich mit gerunzelter Stirn über die Liste. »Jillian vielleicht.«

»Jillian?«

»Jillian North. Sie waren ziemlich dicke miteinander, nachdem wir uns zerstritten hatten. Shana hat immer jemanden gefunden. Sie wechselte von einer Freundin zur nächsten – als wären sie beliebig austauschbar. Solange sie nur jemanden hatte, mit dem sie sich die Zeit vertreiben konnte. Und sobald sie einen neuen Freund hatte, hat sie einen sowieso abserviert.«

»Klingt, als hätte sie Ihnen ziemlich übel mitgespielt.«

»Da bin ich nicht die Einzige. Die Schule war gepflastert mit ehemaligen ›Freundinnen‹, auf denen sie herumgetrampelt ist. Ich habe mich zwar länger gehalten als die anderen, aber ich bin ja nicht blöd. Sie hat sich mit einer angefreundet, ihre ganze Zeit mit ihr verbracht, und dann hat sie sie fallenlassen und hat sich der Nächsten zugewandt.«

»Aber Sie glauben, mit dieser Jillian könnte sie noch immer befreundet sein?«

Heather Olson zuckte die Achseln. »Jillian wohnt jetzt in Tucson, da konnte sich die Freundschaft vielleicht nicht so schnell abnutzen, verstehen Sie? Shana kann einen wirklich aufbauen, sie vermittelt einem das Gefühl, etwas ganz Besonderes zu sein, aber nach einer Weile ist es so, als würde sie feststellen, dass man doch nur ein Mensch ist und Fehler macht wie alle anderen auch. Und wenn sie erst einmal anfängt, einen als normalen Menschen zu betrachten, sollte man sich besser in Acht nehmen.«

Als Laura das Tickled Pink verließ, dachte sie darüber nach, dass Heather Olson über die Sache mit Shana Yates noch längst nicht hinweg war. Sie wollte gerade Jillian North' Nummer wählen, als sie vor der Eisdiele nebenan einen kleinen Tumult bemerkte – ein lautes Quietschen, mit dem einer der schmiedeeisernen Tische auf dem gepflasterten Bürgersteig zurückgeschoben wurde, eine Stimme, die rief: »Macht Platz!«

Eines der Mädchen saß auf dem Boden und rang, den Kopf auf die Knie gelegt, keuchend nach Luft.

Laura wandte sich an eine der Mütter. »Brauchen Sie Hilfe? Ich bin Polizistin.«

Die Frau drehte sich um. »Ich denke, wir kommen zurecht. Sie muss einfach nur ein paarmal ruhig durchatmen – das passiert nicht zum ersten Mal.«

Plötzlich ertönte lautes Sirenengeheul, und ein Krankenwagen hielt am Bürgersteig.

Laura trat zurück und sah zu, wie zwei Sanitäter zu dem Mädchen eilten. Sie saß jetzt auf einem Stuhl, mit gesenktem Kopf, aber sie nickte, als die beiden neben ihr in die Hocke gingen.

Sie kam ihr bekannt vor. Es dauerte ein paar Sekunden, bis Laura einfiel, wo sie sie schon einmal gesehen hatte: Das war Erin, die Enkelin von Barbara Wingate.

Barbara Wingate kauerte mit besorgtem Gesicht neben den Sanitätern. Kaum zu glauben, dass sie die Großmutter der Kleinen war und nicht die Mutter – sie sah genauso aus wie die anderen Mütter.

Die Frau neben Laura – blonder Pferdeschwanz, weiße Caprihosen, ein schmal gestreiftes Oberteil – sagte etwas.

»Entschuldigung?«

Die Frau war ungefähr Mitte vierzig. Das Einzige, was ihr Alter verriet, waren ihre Lippen, zusammengekniffen und faltig unter einer dicken Schicht pfirsichfarbenen Lippenstifts. »Ich sagte, es ist schade, aber ich weiß nicht, ob das alles nicht einfach zu viel für Erin ist. Es scheint, als würde die Aufregung sie jedes Mal überfordern.«

Laura beobachtete, wie die Sanitäter Erin beim Aufstehen halfen und sie zum Krankenwagen führten.

»So was ist also schon öfter passiert?«

»Sie hat irgendeine Krankheit – Barbara hat uns erzählt, was es *nicht* ist. Die Ärzte sind ratlos. In letzter Zeit war es ziemlich schlimm – ich habe gehört, dass sie sogar Blut gespuckt hat. Armes Ding.« Sie schauderte. »Ich will ja nicht gefühllos klingen, aber das ist jetzt das dritte Mal bei einer solchen Unternehmung, und es verdirbt …« Sie unterbrach sich. »Na ja, es verdirbt es nicht, aber für die Mädchen sollte es ein schöner Ausflug werden und dann so was …« Sie sprach den Satz nicht zu Ende, sie gab den Versuch auf, es zu erklären, und zuckte stattdessen ihre gebräunten, muskulösen Schultern. »Sie sind einfach enttäuscht, das ist alles.«

Barbara Wingate stand beim Krankenwagen und sprach mit den Sanitätern, der Dieselmotor dröhnte zu laut, als dass man hätte verstehen können, was sie sagten. Ihr sonst so glattes Gesicht war von tiefen Sorgenfalten durchzogen, und sie hatte die Arme vor der Brust verschränkt.

Schließlich nickte einer der Sanitäter, führte Barbara zum rückwärtigen Einstieg und schloss die Türen hinter ihr.

»Na ja, das war's dann«, sagte die Frau neben Laura.

»Sind Sie aus Williams gekommen?«

»Woher wissen Sie das?«

»Ich bin Barbara Wingate schon einmal begegnet.«

»Ach so. Ja, wir machen einen Tagesausflug – an der Universität gibt es eine Meisterklasse. Um genau zu sein, hat Barb das organisiert. Sie kennt irgendjemand von den hohen Tieren in der Verwaltung der NAU, deshalb haben sie uns eingeladen. Julie«!, rief sie. »Hier bin ich. Brauchst du Geld?«

Ein großes Mädchen winkte graziös und bahnte sich mit trippelnden Schritten einen Weg durch die Menge.

Die Frau bedachte Laura mit einem verlegenen Lächeln. »Halten Sie mich bitte nicht für unsensibel, was Erin angeht. Sie ist ein liebes Mädchen, und wir alle mögen sie, und Barb ist einfach großartig. Die Sache hat mir nur ein bisschen zugesetzt.« Mit diesen Worten ging sie ihrer Tochter entgegen.

Auf dem Rückweg zu ihrem Auto wählte Laura Jillian North' Nummer in Tucson, die Louise ihr gegeben hatte. Ein Anrufbeantworter meldete sich. Eine männliche Stimme sagte, sie hätte die und die Nummer gewählt, und fügte dann hinzu: »Wir sind im Moment nicht da, aber wenn Sie eine Nachricht hinterlassen wollen …«

Schlau, sich potentiellen Betrügern und Leuten von Telemarketingfirmen nicht zu erkennen zu geben. Schlau, das Band von einem Mann besprechen zu lassen.

Laura hinterließ eine Nachricht und bat Jillian North um Rückruf, trennte die Verbindung und wählte die gleiche Nummer sofort noch einmal. Wieder meldete sich der Anrufbeantworter. Die Ansage klang nach einem älteren Mann um die fünfzig, aber da konnte man sich leicht täuschen.

Sie beobachtete, wie sich der Krankenwagen ohne Blaulicht in den fließenden Verkehr einfädelte. Es sah so aus, als wäre Erins Zusammenbruch nicht ernsthaft bedrohlich. Es musste schwer sein für ein kleines Mädchen, das versuchte, ein normales Leben zu führen und Dinge zu tun, die alle Mädchen taten, und dann passierte so etwas.

Sie dachte an die Mutter in dem gestreiften Oberteil und fragte sich, ob die anderen Mütter und die Mädchen sich auch darüber ärgerten, dass ihnen Erins gesundheitliche Probleme in die Quere kamen.

Laura traf Steve Banks, einen von Dans Mitbewohnern, beim Waschen seines Autos in der Einfahrt vor einem Bungalow aus den zwanziger Jahren an. Um das Grundstück lief eine niedrige Mauer aus Vulkansteinen. Das Auto war klein und schwarz und hatte einen Aufkleber auf der Heckscheibe – Calvin, der auf das Wort »Dodge« pinkelte.

Steve Banks war groß, hatte kurz geschnittene dunkle Haare und trug lediglich Bermudashorts und Flip-Flops. Seine blasse Haut begann sich zu röten, und trotz seines jugendlichen Alters wölbte sich bereits ein kleiner Bauch über dem Gummibund seiner Shorts.

Er ließ sich durch sie zunächst nicht bei seiner Autowäsche stören. »Ich habe schon mit einem von Ihren Leuten geredet.«

»Dann reden Sie jetzt noch mal mit mir.«

Er seufzte und drehte das Wasser ab. »Ich weiß nichts darüber, was mit Dan passiert ist. Wir haben uns kaum gesehen.«

Laura stellte ihm die gleichen Fragen, die ihm Richie gestellt hatte, und dazu noch ein paar neue. »Waren Sie am Freitag hier, als er losgefahren ist?«

»Nein, ich war bei meiner Freundin. Da müssen Sie sich an Brandon wenden.«

Laura warf einen Blick auf die Notizen, die Richie ihr überlassen hatte. Brandon Terry. »Wann kann ich ihn erreichen?«

»Nachmittags ist er meistens da. Er hat dieses Jahr viele Vormittagseminare.«

»Hat Brandon irgendetwas zu Ihnen gesagt? Über diesen Tag?«

»Nein.« Er kratzte an einer kleinen blassen Schwellung an seinem Knöchel – ein Ameisenbiss. Er blickte nach unten, sah die Ameisenstraße in der Einfahrt und sprang zurück. »O Mann!« Er trat auf den Rasen, zog seine Flip-Flops aus, schüttelte sie.

Laura wartete, bis er wieder in die Flip-Flops geschlüpft war. Sie machte einen Kreis um die Handynummer auf ihrer Karte und bat ihn, Brandon auszurichten, dass er sie anrufen solle.

Er kratzte sich immer noch am Knöchel, als sie ging.

Bobby Burdette verließ Tickled Pink und trat hinaus in den Sonnenschein, aber er nahm nichts davon wahr. Er nahm überhaupt nicht viel wahr, außer einem Gefühl der Betäubung.

Er hätte sich um die Angelegenheit kümmern sollen. Stattdessen hatte er herumgetrödelt, war in Las Vegas am Pool gelegen, hierher zurückgekommen, hatte so getan, als wäre der Job als Lieferwagenfahrer seine eigentliche Aufgabe. Als wäre es sein Lebensinhalt, dafür zu sorgen, dass Joe Blow an seinem Imbissstand die Hot-Dog-Brötchen nicht ausgingen. Und weil er es versäumt hatte, Prioritäten zu setzen, hätte er um ein Haar alles vermasselt.

Er hätte zuallererst zu Shana fahren sollen, als er zurückgekommen war, aber er war zu beschäftigt gewesen. Sie hatten die Verabredung verschoben, und jetzt war es zu spät. Er war in drei verschiedenen Geschäften in drei verschiedenen Städten gewesen, um den Dünger zu besorgen. Wahrscheinlich fiel die Menge ANFO, die er hatte, kaum ins Gewicht, aber wenn er noch mehr kaufte, würde er einen Anhänger mieten müssen, um das Zeug transportieren zu können. Das war zu kompliziert, zumal die Idee ja war, es überhaupt nicht zu verwenden.

Er würde sich mit dem begnügen, was er hatte, und sich weiter keine Gedanken darüber machen.

Aber jetzt war Shana verschwunden, und zwanzig Minuten früher, und er wäre dieser penetranten Polizistin in die Arme gelaufen.

Zwanzig Minuten früher, und sie hätten eine nette kleine Unterhaltung führen können. *Sind Sie auf der Suche nach Shana?*

Ja, Sie auch?

Blöde Zicke.

Bobby hatte nicht erwartet, dass sie sich um diese Sache kümmern würde. Sie sollte den Tod von Dan Yates untersuchen und nicht Ausschau nach Vermissten halten. Aber irgendwie hatte sie beides miteinander in Verbindung gebracht. Sie hatte beschlossen, dass es ihr die Zeit wert war, nach Shana zu suchen. Wie weit würde sie gehen? Würde sie alles stehen und liegen lassen und runter nach Tucson fahren, um mit Jillian North zu reden?

Er musste sich so verhalten, als würde sie es tun.

Er fuhr auf die Interstate 17 in Richtung Süden, in seinem Kopf begann bereits ein neuer Plan Gestalt anzunehmen. Bis er die Ausfahrt zum WalMart erreichte, stand dieser in allen Einzelheiten fest. Es gefiel ihm, wie einfach er war und dass er ohne größere Vorbereitungen funktionieren konnte.

Vielleicht wäre das sogar der entscheidende Faktor.

Im WalMart lud er einen Pickel, eine Schaufel, eine Sperrholzplatte, ein PVC-Rohr, einen Kasten Mineralwasser, zwei große Packungen Müsliriegel und zwölf Rollen Toilettenpapier in seinen Einkaufswagen, bevor er sich an der Kasse mit der kürzesten Schlange anstellte. Dabei landete er hinter irgend so einem alten Knacker, der eine Ewigkeit brauchte, um einen Scheck auszustellen. Untersetzt, übersät mit Leberflecken, eine Baseballkappe über einer dieser dunklen gebogenen Sonnenbrillen, die ihn an die Arbeitsschutzbrillen erinnerten.

Bobby warf einen Blick auf seine Uhr. Die Zeit lief ihm davon. Er schob seinen Einkaufswagen ein Stück vor und rammte beinahe den Alten in seinen Bermudashorts.

Der blieb unmittelbar hinter der Kasse stehen, glotzte auf seinen Kassenzettel, rieb sich den Hals und blockierte den Weg.

Bobby hatte noch eine lange Fahrt vor sich und jede Menge zu erledigen, und dieser alte Knacker war …

Und dann, es war einfach unglaublich, trottete der Alte zurück zu der Kassiererin. »Das kann ich nicht durchgehen lassen. Ich habe zweimal nachgerechnet, und ich muss mich beschweren. Sie haben mir einen Cent zu wenig herausgegeben.«

Einen Cent?

Die Kassiererin sah Bobby an und verdrehte die Augen, erklärte dem Alten, sie müsste jemanden mit einem Schlüssel kommen lassen, um die Kasse zu öffnen, dann müsste sie noch einmal alles einzeln eintippen …

»Das macht nichts. Ich habe Zeit.«

Ja, aber ich nicht, du alter Trottel. Bobby griff in seine Tasche und zog einen Cent heraus. »Hier«, sagte er mit aufgesetzter Fröhlichkeit zu der Kassiererin. »Ich habe einen Cent.«

Der Alte machte eine abwehrende Handbewegung. »Ich will keinen Cent von Ihnen. Ich will ihn von denen!«

Bobby verspürte nicht übel Lust, dem Alten die Münze zwischen die Zähne zu schieben. Innerlich vor Wut kochend, wartete er, bis eine zweite Kassiererin mit dem Schlüssel kam und sie alles noch einmal eingaben und dem alten Knacker zu guter Letzt seinen bescheuerten Cent aushändigten.

Später stellte er fest, dass seine Wut ihm Kraft verlieh, in seinem ganzen Leben war ihm noch nie eine Arbeit leichter und schneller von der Hand gegangen.

Auf der Rückfahrt nach Williams erreichte Laura schließlich Don North in Tucson. Sie stellte sich als Ermittlerin vom DPS vor und fragte ihn, ob er eine Tochter namens Jillian habe.

Sie konnte beinahe spüren, wie er erstarrte, und seine Stimme klang argwöhnisch. »Stimmt irgendetwas nicht?«

»Nein. Ich bin eigentlich auf der Suche nach einer Freundin von ihr. Ich hatte gehofft, sie bei Jillian anzutreffen.«

Seine Erleichterung war unüberhörbar. »Jillian ist in Mexiko. Ich dachte schon, es ist etwas passiert.«

»Tut mir leid, wenn ich diesen Eindruck erweckt habe, Sir. Ist Shana Yates eine Freundin Ihrer Tochter? Ich frage mich, ob Shana sich vielleicht bei Jillian aufhält.«

»Wenn es so ist, weiß ich nichts davon. Aber ich kann Ihnen Jills Handynummer geben. Wir haben das mit Shanas Bruder gehört. Wir haben es in der Zeitung verfolgt.«

»Seit wann ist Jillian in Mexiko?«

»Seit einer Woche ungefähr. Wir haben ein Haus in Rocky Point. Jilly hat eine schwere Zeit hinter sich und brauchte einen Ort, an dem sie ein bisschen allein sein kann.«

Wieder eine Sackgasse. »Sie würde Shana also nicht bei sich haben wollen?«

»Vielleicht fängt sie ja langsam an, sich einsam zu fühlen. Sie hat drei Geschwister, das heißt, sie ist ihr ganzes Leben lang nie allein gewesen. Um ehrlich zu sein, kann ich mir vorstellen, dass sie sich nach ein paar Tagen nach Gesellschaft sehnt. Vor allem jetzt, während der Scheidung.«

Laura war immer wieder verblüfft, wie viel die Leute freiwillig preisgaben. »Haben Sie Shana jemals kennengelernt?«

»Nein – ich bin Jillians Stiefvater. Jilly ist in Williams aufgewachsen, und als ihre Mutter und ich heirateten, blieb sie bis zum Abschluss der Highschool bei ihrem Vater. Sie kam letztes Jahr hierher, um aufs College zu gehen.«

Laura wählte Jillians Nummer und landete bei ihrer Voicemail. Sie hinterließ eine Nachricht und bat um Rückruf, ohne sich als Polizistin zu erkennen zu geben, um einen sachlichen Ton bemüht. Zu viele Informationen könnten Jillian verschrecken. Sie würde wahrscheinlich eher anrufen, wenn ihre Neugier geweckt war.

Als Nächstes rief sie Louise Yates an, um sich zu erkundigen, ob Shana inzwischen wiederaufgetaucht war. Das war nicht der Fall, aber Louise konnte ihr etwas anderes berichten. Bobby Burdette hatte sich gemeldet und nach Shana gefragt. Er wusste nicht, dass sie verschwunden war.

Laura fragte sich, ob er der Grund dafür war.

Einem Impuls folgend, wählte sie ihre eigene Nummer. Ihr Anrufbeantworter schaltete sich ein. Einen erschrockenen Moment lang war sie in Versuchung, gleich wieder aufzulegen, wartete dann jedoch ab, bis der Piepston zu hören war. Es hatte sowieso keinen Sinn, aufzulegen, die Nummern der Anrufer wurden aufgezeichnet … Nachdem sie ihre eigene Ansage angehört hatte, sagte sie: »Tom, ich komme heute Abend wahrscheinlich nach Hause. Ich gebe dir Bescheid, falls etwas dazwischenkommt.« Sie sprach ins Leere.

Nachdem sie aufgelegt hatte, setzte sie sich aufs Bett und fragte in den Raum hinein: »Bin ich vielleicht zu empfindlich?«

Sie bekam jedoch keine Antwort. Frank Entwistle war offenbar unterwegs, um jemand anderen zu nerven.

19

Jillian North rief nicht zurück, daher versuchte Laura es erneut. Dieses Mal wurde abgehoben, die Stimme einer jungen Frau, atemlos. »Hallo?«

So als hoffte sie auf etwas Bestimmtes – jemand Bestimmtes.

Laura musste sie enttäuschen. »Hier spricht Laura Cardinal …«

»Ich wollte Sie gleich nachher anrufen.«

Das glaubte Laura nicht eine Sekunde lang.

»Kenne ich Sie?«, fragte Jillian. »Ihr Name kommt mir irgendwie bekannt vor, aber …«

Laura erklärte, wer sie war, und fragte, ob sie mit Shana sprechen könnte.

»Shana? Sie ist nicht da.«

»Ist sie vielleicht in der Nähe? Gibt es irgendeine Möglichkeit, wie ich sie erreichen kann?«

»Hm, nein.« Laura glaubte förmlich zu hören, wie sich die Gedanken im Kopf der jungen Frau überschlugen. »Sie ist nicht da. Ich könnte Ihnen ihre Nummer in Williams geben.«

»Ich dachte, sie wohnt gerade bei Ihnen.«

Kurzes Schweigen. Laura hatte den Eindruck, dass Jillian North das Lügen nicht gewohnt war. »Sie ist nicht da. In Las Conchas, meine ich.« Sie schien sich schnell daran zu gewöhnen. »Ich weiß nicht, wo sie ist, vielleicht fragen Sie am besten ihre Eltern in Williams.«

»Wann haben Sie das letzte Mal etwas von ihr gehört?«

»Ich weiß nicht … macht es Ihnen etwas aus, wenn ich Sie zurückrufe? Ich erwarte einen wichtigen Anruf.«

Sie hängte auf.

Jetzt wusste Laura, warum Jillian sie nicht zurückgerufen hatte. Shana wohnte bei ihr und wollte nicht, dass Laura erfuhr, wo sie sich aufhielt.

Wenn man eine Freundin hatte, die nicht gut lügen konnte, dann konnte ein solcher Plan leicht fehlschlagen.

20

Kaum hatte sie den Grund und Boden von *Bosque Escondido* – was so viel wie »verborgener Wald« hieß – erreicht, fing Lauras Herz an, erwartungsvoll zu klopfen.

In wenigen Minuten könnte sie sich versichern, dass zwischen ihnen beiden alles gut war: Tom war noch ihr Freund, der große, starke und ruhige Tom, wie sie ihn kannte, und er würde sie in seine Arme nehmen und auf den Scheitel küssen, wie er es so oft machte.

»Hallo, Bird«, würde er sagen, »ich habe dich vermisst.«

Noch ein paar Minuten, und alle ihre Ängste würden wie weggewischt sein, so als hätte es sie nie gegeben.

Sie fuhr durch die Wüste, glücklich, den Saguaro-Kaktus zu sehen und die Mesquitebäume und Feigenkakteen, die spinnenartigen Äste der Kreosotbüsche, ein lebendes Bild vor dem blassen, mondbleichen Wüstenboden.

Vor sich sah sie zu ihrer Rechten die Lämpchen leuchten, die die hohe Mauer um die Spanish Moon Cantina schmückten. Im Spanish Moon aßen die Ranchgäste mexikanisches Essen und tranken Margaritas, nachdem sie sich tagsüber den Hintern auf einem der Pferde, für die Tom verantwortlich war, wund geritten hatten.

Sie erreichte eine Gabelung auf der abwärts führenden Schotterstraße. Rechts von ihr lagen die *cantina*, das große Ranchhaus und die später gebauten *casitas* für die Gäste. Die Straße, die nach links abzweigte, wand sich durch die Wüste und führte an einer kleinen Ansammlung von Häusern vorbei, in denen die Rancharbeiter wohnten. Laura war hier mietfrei untergekommen. Sie war mit dem Besitzer der Ranch befreundet und stellte ihm ihre Kenntnisse als Polizistin zur Verfügung – unter anderem sorgte sie für die Einhaltung der Verkehrsordnung auf dem Gelände und für den Sicherheitsdienst bei Hochzeiten.

Sie fuhr durch die sanfte, sandige Senke des Agua Verde Wash. Während der Monsunregen im Sommer verwandelte er sich für Minuten oder Stunden in einen reißenden Fluss und zwang sie, zu Hause zu bleiben, bis das Wasser im Boden versickert war. Durch die offenen Autofenster spürte sie die kühle feuchte Luft hier im Flussbett und im Schatten des Blätterdachs, das die Mesquitebäume darüber bildeten. Vor ihr lag das weiß getünchte Haus, das den mexikanischen Häusern in den innerstädtischen Barrios von Tucson sehr ähnlich sah, außer dass dieses für sich allein stand und nicht in einer Reihe. Als ob es an einer Seite abgesägt und hierher zwischen die Bäume gestellt worden wäre.

Als sie aus der Senke herauskam, leuchteten zwei schimmernde grüngoldene Augen im Licht ihrer Scheinwerfer auf: Mama Rotluchs, die die Fahrbahn überquerte. Sie drehte Laura kurz den Kopf zu, bevor sie lässig und als hätte sie dicke Fellhausschuhe an den Pfoten, auf die andere Seite schlenderte.

Laura stellte das Auto ab, öffnete das Gartentor und ging über die mit Ziegeln ausgelegte Veranda, die im Laufe von hundert Jahren von den Stiefelabsätzen der Bewohner abgetreten worden waren.

Nirgends Licht.

Die Tür verschlossen.

Mist.

Laura sah wahrscheinlich zum hundertsten Mal auf die Uhr. Fast halb eins. Tom musste früh aufstehen, wie sie selbst auch. Er musste die Pferde versorgen. Diese Arbeit wartete jeden Tag auf ihn, egal, welches Wetter herrschte.

Sie war in das dunkle Haus getreten und hatte sich zum Lichtschalter vorgetastet. Auf dem Küchentisch war kein Zettel von ihm, auch nicht am Kühlschrank, auf ihrem Kissen oder ihrem Schreibtisch. Der Anrufbeantworter blinkte. Sie hörte ihn ab, vernahm ihre eigene Stimme, überrascht, wie zaghaft sie klang.

Als erwartete sie, dass ihr jeden Augenblick der Boden unter den Füßen weggezogen wurde.

So klang sie doch sonst nicht, oder?

Laura ging unter die Dusche. Wenn sie fertig war, würde Tom bestimmt hier sein.

Aber er war nicht gekommen. Sie machte sich bettfertig, schlüpfte unter die Decke und knipste das Licht aus. Irgendwann war sie es müde, auf das Scharren eines Schuhs auf den Ziegeln oder das Geräusch eines Schlüssels im Schloss zu lauschen, und schaltete den Fernseher ein. Auf HBO lief *The Sixth Sense*. Sie guckte eine Weile zu, aber sie kannte den Film schon und konnte sich nicht konzentrieren, deshalb schaltete sie ab, gerade als der Geist des kleinen Mädchens Haley Joel Osment die Schachtel mit dem Videoband überreichte.

Laura zog ihr Nachthemd aus und streifte Jeans und ein sauberes T-Shirt über. Sie steckte den Schlüssel ein und ging auf dem Weg, der an der Koppel entlangführte, zum Spanish Moon hinüber. Toms Truck und der Anhänger waren nicht da. Das konnte alles Mögliche bedeuten, aber sie war völlig vor den Kopf gestoßen.

Was ist nur mit mir los?

Ihr wurde klar, dass sie nicht mit Sicherheit sagen konnte, dass irgendetwas nicht stimmte. Sie hatte nur dieses unangenehme Gefühl im Bauch. Und sie hatte bereits festgestellt, dass dieses Gefühl sie manchmal in die Irre führte. Sie sollte sich also vielleicht keine Sorgen machen, sondern lieber etwas in der *cantina* trinken und die schöne Mondnacht genießen.

Die Spanish Moon Cantina war irgendwann in den zwanziger Jahren gebaut worden, vermutete Laura. Der Putz war im Laufe der vielen Jahre, in denen er Wind und Wetter ausgesetzt gewesen war, abgebröckelt und hatte die Lehmziegel freigelegt. Mina sagte, dass sie es neu verputzen lassen wollte, »bevor das Ding wie ein Karamellbonbon wegschmilzt«, aber Laura mochte es so – dadurch wirkte das Gebäude authentisch.

Laura ging durch das Lokal nach draußen zu einem Tisch an der alten Freiluftbar. Die Bar sah noch älter als die *cantina* selbst aus. Sie bestand aus einer aus irgendwelchen Brettern zusammengezimmerten und von Barhockern gesäumten niedrigen, kreisförmigen Theke, hinter der der Barmann stand und seine Drinks servierte.

Auf die alte Holzbar waren rostige Schilder genagelt, die Philip-Morris-Zigaretten und Barq's Sodawasser bewarben. Außen herum standen alte Picknick-Tische. Laura wählte den Tisch, der einem kleinen Mesquitewäldchen am nächsten stand. Abgesehen von einem Paar mittleren Alters, das nur Augen füreinander hatte, war Laura der einzige Gast.

Mina, die mit ihren knapp eins sechzig Metern gebaut war wie eine Kanonenkugel, rollte in einem bunten Volantrock zu ihr. Gekräuselte graublonde Haare und eine runde Nickelbrille beherrschten ihr Gesicht. Sie stellte Tortilla-Chips und Salsa vor Laura hin und blieb neben ihr stehen, ihre mütterliche Figur strahlte etwas Beruhigendes aus und vermittelte Laura das Gefühl, dass jetzt alles gut war.

»Das Übliche? Oder hast du Lust, einen unserer neuen Weine zu probieren? Yellowtail, aus Australien. Einen Merlot oder einen Cabernet Sauvignon.«

Laura bestellte den Cabernet.

»Sag mal, du siehst aus, als wäre dir eine Laus über die Leber gelaufen.«

»Nein, nein, es ist nur dieser Fall.«

»Na klar, nur dieser Fall.« Mina hatte ein untrügliches Gespür dafür, wenn irgendetwas nicht stimmte.

Laura sagte: »Zwei Collegestudenten sind erschossen worden, als sie in ihrem Zelt schliefen. Sie hatten an diesem Tag geheiratet.«

»Das ist schrecklich, stimmt, aber es ist nichts, womit du nicht fertig wirst. Schade, dass du nicht früher hier warst, dann hättest du etwas zu essen bekommen. Jetzt hat die Küche schon geschlossen, und du wirst dich mit den Chips hier zufriedengeben müssen.« Sie schnappte sich die Speisekarte, ging in Richtung Küche und kehrte ein paar Minuten später mit dem Yellowtail-Cabernet zurück. Laura hätte ihn am liebsten ex getrunken wie einen Tequila, zwang sich aber dazu, erst einmal nur daran zu nippen. Mina blieb erneut bei ihr stehen. »Hast du das mit der Wanderin mitbekommen?«

»Welcher Wanderin?«

»Irgendeine junge Frau, die sich in den Rincons verirrt hat. Ist seit zwei Tagen verschwunden. Tom sucht nach ihr.«

»Ach so.« Deshalb waren sein Truck und der Anhänger nicht da. »Wie lange ist er schon unterwegs?«

»Seit heute Morgen. Sie haben in der ganzen Umgebung Suchmannschaften losgeschickt. Ron Bransky, du weißt schon, der Deputy, hat Tom um Hilfe gebeten. Er kennt die Gegend hier wie seine Westentasche.«

Damit war das Geheimnis gelüftet. Tom suchte nach einer verirrten Wanderin. Erleichtert wollte Laura nur noch ihren Wein und den Mond genießen.

Aber Mina rührte sich nicht von der Stelle. Mina glaubte, dass jeder Bewohner der Ranch sich anhören müsste, was sie über den Lauf der Welt dachte. Für sie waren sie alle wie ihre Kinder, denen sie sagen durfte, was sie zu tun und zu lassen hatten. Sie verteilte großzügig Ratschläge und brachte ihre Meinung stets im Brustton der Überzeugung vor, so dass man den Eindruck hatte, dass sie mehr von einem wusste, als man selbst jemals zu hoffen wagen konnte. »Du brauchst einen Mann«, sagte sie beispielsweise. Oder: »Du bist einfach zu schüchtern. Du musst öfter unter die Leute gehen.«

Sie sah Laura mit schief gelegtem Kopf an. Hinter ihren Augen rührte sich etwas; Laura meinte fast, das Räderwerk ihrer Gedanken knirschen zu hören.

»Danke, Mina, ich habe eine lange Fahrt hinter mir und will wirklich nur ein Glas Wein trinken und …«

»Du siehst total fertig aus«, stellte Mina kategorisch fest.

»Vielen Dank. Das hört man gerne.«

»Hast du schlecht geschlafen?«

»Nein, mir geht es gut.«

»Nein, das tut es nicht. Irgendetwas ist mit dir los. Seit dieser Sache in dem Lagerhaus. Es ist nicht normal, dass man nach einem solchen Ereignis so weitermacht, als wäre nichts gewesen. Ist Tom auch nett zu dir?«

»Natürlich.«

Mina sah sie zweifelnd an. »Na ja, irgendetwas ist jedenfalls los. Das spüre ich doch.«

»Es geht mir gut«, wiederholte Laura. Aber dann fing die Kerze in dem billigen kleinen netzbespannten Glasbehälter auf dem Tisch merkwürdig zu flackern an. Sie hatte den Eindruck, in ihrem einen Auge stünden Tränen, aber als sie darüberwischte, war da nichts. Nur ein Leuchten am rechten Rand ihres Sehfeldes. Seltsam.

Mina beugte sich vor und sah sie prüfend an. »Alles in Ordnung?«

»Ja, klar.«

Mina sagte: »Eines Tages wirst du die Hilfe annehmen, die man dir anbietet.« Dann ging sie zu einem der anderen Tische.

Am Rand ihres rechten Auges blinkten Lichter. Ein seltsames Bild. Laura schloss die Augen, aber die Lichter hüpften und blitzten weiter.

Das passierte ihr nicht zum ersten Mal. Es war schon einmal in einem Motel passiert, als sie im Musicman-Fall ermittelte, und dann auf dem Rückflug von Florida. Beide Male ging es wieder vorbei, daher hatte sie sich nicht weiter darum gekümmert.

Sie trank einen Schluck Wein, spürte, wie sich seine tröstende Wärme in ihr ausbreitete. Sie schloss die Augen gegen das Licht und brachte es auch dieses Mal zum Verschwinden.

Als sie zurück zu Hause war, konnte sie wieder völlig klar sehen.

Es musste mit dem Stress zu tun haben.

Der Wein machte sie benommen. Sie schlief ein und wachte neben einem leeren Platz im Bett auf. Tom schien immer noch nach der Wanderin zu suchen. Seit sie wusste, wo er war, machte es ihr nichts mehr aus. Er hatte ihr keinen Zettel hingelegt, weil er nicht wusste, dass sie zurückkam. Ganz einfach.

Sie trat in die Nische zwischen Schlafzimmer und Küche, wo sie ihren Computer aufgestellt hatte, schaltete ihn ein, dann ging sie weiter in die Küche und machte sich Kaffee und Toast. Bei Google gab sie »Sehprobleme und Lichter« ein.

Sie erhielt Tausende von Treffern. Laura spürte, wie ihr eng in der Brust wurde, als sie die Beschreibungen las – diabetische Retinopathie, Makuladegeneration, Migräne, Blindheit, Hirntumor.

Genug, damit man in Angst und Schrecken versetzt wurde.

Sie ging offline. Es war nur der Stress. Jamie Cottle hatte ihr Angst eingejagt, als er so schnell in sein Auto gesprungen war und sie überrumpelt hatte.

Sie hatte sich schon mit einem Loch im Kopf gesehen, bevor er diese Ausdrucke herausgezogen hatte.

Damit lebte jeder Cop – jeder kluge Cop zumindest. Man musste jedes Mal, wenn man das Haus verließ, aufs Neue damit rechnen, nicht mehr zurückzukehren.

Aber Laura war klar, dass sie schreckhafter war als sonst, und Mina hatte recht mit dem Schlafmangel. Das war nicht gut, wenn man in seinem Job darauf angewiesen war, immer hellwach zu sein.

Vielleicht hatte auch Frank Entwistle recht. Vielleicht saß sie wirklich im Glashaus. Sie hörte ein Geräusch auf dem Dach. Die Rotluchsjungen tobten wieder herum. Sie wurden immer größer. Hector, der Mann, der nach den Häusern sah, war besorgt wegen der Leitungen, dass sie sie durchbeißen könnten.

Die Leitungen in diesem Haus sind völlig in Ordnung, dachte sie. *Es sind meine Leitungen, mit denen etwas nicht stimmt.*

Laura schaltete die Lokalnachrichten im Fernsehen ein, bevor sie sich zur Arbeit fertig machte. Sie war mit dem Fernsehen aufgewachsen und daran gewöhnt, dass es ständig im Hintergrund lief, während sie etwas anderes tat. Sie hörte eigentlich nie hin.

Heute hörte sie allerdings hin, weil sie etwas über die Wanderin erfahren wollte. Sie bügelte gerade ein Paar blaue Hosen – in ihrem Schrank hingen sieben dunkelblaue und schwarze Hosenanzüge –, als die blonde Ansagerin mit munterer Stimme verkündete: »Die Wanderin, die sich in den Rincon-Bergen verlaufen hat, ist gefunden worden.«

Laura stellte das Bügeleisen ab und setzte sich aufs Bett, um auch die Bilder zu sehen.

Nach der Werbepause wurden die Aufnahmen eingespielt, und sie war überrascht, dass es Nacht war. Eine junge Frau war in hartes Licht getaucht, sie sah zerkratzt und schmutzig aus und musste beim Gehen gestützt werden. Tom Lightfood hielt ihren Arm, seine ganze Aufmerksamkeit war auf sie gerichtet.

Sie lehnte sich gegen ihn. Völlig erschöpft. Die Stimme aus dem Off erklärte, dass sie letzte Nacht gegen zehn Uhr gefunden worden war.

Die Kamera schien sich nur schwer von der jungen Frau lösen zu können, die kaum älter als fünfundzwanzig Jahre war. Sie sah umwerfend aus, und selbst der Schmutzstreifen an ihrem Kinn und der glasige Blick konnten ihrer Schönheit keinen Abbruch tun. Sie hatte welliges schwarzes Haar, das Laura an polynesische Tänzerinnen denken ließ, und ein fein geschnittenes Gesicht. Und dieses Gesicht sah zum Helden des Tages hoch, dem starken, unerschütterlichen Tom Lightfood, der auf seinen breiten Schultern die Welt zu tragen vermochte, und er sah auf sie herunter, als hätte er in einem Haufen Dreck einen seltenen Edelstein gefunden. Seine Hand führte sie, so wie er Laura geführt hatte, wenn sie unterwegs gewesen waren.

Dann blickte er in die Kamera, und Laura entdeckte ein Lächeln an ihm, das sie noch nie gesehen hatte. Als könne er sein Glück kaum fassen.

Zehn Uhr abends.

Das war um zehn Uhr abends gewesen, und jetzt war es früher Morgen, und er war noch immer nicht zurück. Vielleicht hatte er sie ins Krankenhaus begleitet.

Sie bildete es sich nicht ein. Er hatte sie im Bett von sich ferngehalten. Er verlor das Interesse an ihr. Als sie sah, wie er diese Frau anblickte, zerbrach etwas in ihr.

Und an dessen Stelle trat etwas Hartes und Kaltes.

Sie würde nicht zulassen, dass er sie abwies.

Sie würde diejenige sein, die ihn abwies.

21

Das Department of Public Safety befand sich an einer geschäftigen Straßenecke, nicht weit vom Tucson International Airport. Das zweistöckige kittfarbene Gebäude, dessen Front drei Fahnenstangen zierten, war ein Relikt aus den Sechzigern. Zur Zeit seiner Erbauung war das DPS eine völlig neue Einrichtung gewesen, und man hielt sie für die beste unter den Strafverfolgungsbehörden des Staates. Mittlerweile mussten sie wie alle anderen um ihr Geld kämpfen – und fanden sich oft genug auf der Verliererseite wieder.

Laura fuhr auf den Parkplatz, holte ihren Dienstausweis heraus, um die Schranke zu öffnen, und fuhr durch. Voller Traurigkeit und Selbstgerechtigkeit gab sie sich ihrem Schmerz hin, was ihr eine seltsame Ruhe verlieh. Vom Verstand her war ihr klar, dass sie sich wie eine Märtyrerin verhielt. Genauso war ihr klar, dass sie sich in einem anderen Zustand, der wenig Ähnlichkeit mit der Realität hatte, befand – voller Traurigkeit, aber stur darauf beharrend, ihn zu genießen. Wenn sie von Rocky Point zurückkehrte, würde sie ihm sagen, dass er ausziehen musste. Er würde sie fragen, warum, aber sie würde nur sagen: »Mir ist klar geworden, dass es mit uns nicht klappen kann.«

Sie würde sich lieber die Zunge abbeißen, als das Mädchen mit dem polynesischen Haar zu erwähnen.

Es war aus, Schluss, vorbei.

An der Eingangstür zückte sie noch einmal ihren Ausweis und warf einen Abschiedsblick in den tiefblauen Wüstenhimmel. Mit etwas Glück würde sie in einer Stunde wieder auf der Straße und auf dem Weg nach Rocky Point sein und mehr davon sehen können.

Zuerst wollte sie jedoch die Kiste überprüfen, auf der

YATES, DOKUMENTE stand und die sich in der Asservatenkammer befand. Da sie schon einmal hier war, nahm sie auch gleich Dan Yates' Laptop mit und ging hinüber zu Charlie Specter, der ihr Computerspezialist war und an den sie sich mit sämtlichen Computerproblemen wenden konnte. Sie wartete, während er ihn einschaltete.

»So soll es sein«, sagte er, als der Computer hochgefahren war und der Desktop erschien. »Ohne irgendwelchen Schnickschnack – ein ganz stinknormaler PC. Ich wette, das Passwort für den Login ist abgespeichert. Suchst du nach irgendetwas Bestimmtem?«

Laura überlegte. »Bookmarks. Ich möchte wissen, ob er die Seiten von Ökoterroristen besucht hat.«

Seine Finger tanzten über die Tastatur. »Schlüsselwörter?«

Warum nicht? »Earth Warriors.«

Laura machte einen Umweg über Jerrys Büro, aber er war nicht da. Sie würde es nachher noch einmal probieren; sie wollte sich endlich diese Telefonlisten vornehmen.

Als sie ins Büro kam, hingen ihre sämtlichen Kollegen entweder am Telefon oder saßen am Computer, oder sie blätterten in irgendwelchen Akten und sahen nur kurz auf und lächelten sie abwesend an. Immer etwas zu tun, immer unter Dampf. Sie fühlte sich gleich wieder wie zu Hause. Sie goss ihre Pflanze und fing dann an, Dans Telefonlisten durchzusehen.

Richie saß mit dem Rücken zu ihr, die Füße auf dem Schreibtisch, und sprach in den Hörer.

Victor Celaya, bei den meisten Fällen ihr Partner, beendete gerade sein Telefonat und kam zu ihr. Italienische Schuhe, Achthundert-Dollar-Anzüge. Das Herrenbekleidungsgeschäft seines Onkels gab es seit sechzig Jahren, und es war eine gute Adresse in Tucson.

»Lange nicht gesehen«, sagte Victor.

»Ich war Sightseeing in Williams, Arizona.«

Er sah sie von Ehrfurcht ergriffen an. »Meinst du etwa das Tor zum Grand Canyon – dieses Williams?«

»Genau das.«

»Wie wäre es nachher mit einem kleinen Frühstück? Ich lade dich ein.«

»Wie kommt's?«

Er zuckte die Achseln. »Ich kann von deinem hübschen Gesicht einfach nicht genug bekommen.«

Auch wenn sie das natürlich gerne hörte, glaubte sie ihm trotzdem nicht. Victor hatte mit seiner Frau und einer Geliebten genug zu tun. »Wendy's oder McDonald's?«

»Mc D, wenn es dir nichts ausmacht.«

»Einverstanden. Gib mir eine halbe Stunde, in Ordnung?«

Sie vertiefte sich wieder in Dan Yates' Telefonlisten. Es dauerte nicht lange, bis sie festgestellt hatte, dass er in den letzten Wochen eine Nummer öfter als jede andere angerufen hatte. Einige der Telefonate hatten länger als zwanzig Minuten gedauert, aber die meisten waren nach einer Minute beendet gewesen. Ein paarmal hatte er es dann gleich wieder unter dieser Nummer probiert.

Hieß das, der oder die Angerufene hatte sofort aufgelegt?

Laura hatte eine Vermutung, wem die Nummer gehörte. Sie verglich sie mit den ihr bereits bekannten Telefonnummern. Bingo – es war die von Shana. Dan hatte Shana in den letzten Wochen einige Male angerufen, in der Zeit davor dagegen fast nie. Und offenbar hatte Shana einige Male gleich wieder aufgelegt.

Laura zog ungern voreilige Schlüsse, aber höchstwahrscheinlich hatte Dan irgendwie herausgefunden, dass Shana etwas mit dem Brandanschlag auf Jimmy Davis Ford zu tun hatte. Jedenfalls sollte sie diese Spur verfolgen.

Und Shana war abgehauen. Die Frage war nur, warum.

Und sie war ohne Bobby Burdette abgehauen. Bedeutete das, sie lief vor ihm weg?

Hatte sie Angst vor ihm?

Laura dachte über all diese Fragen nach, während sie die Kiste durchsuchte, die Dans Korrespondenz und Unterlagen zu finanziellen Angelegenheiten enthielt. Vielleicht hatte er ja jemandem von seinem Verdacht berichtet. Aber das glaubte sie eigentlich nicht. Shana war schließlich seine Schwester.

Sie studierte eine Stunde lang den Inhalt der Kiste: viele Bücher, Fotos seiner Familie, ein paar Fotos von Kellee, auf denen sie zum Teil barbusig irgendwo in der freien Natur zu sehen war. Das brave Pärchen hatte offensichtlich auch eine weniger prüde Seite. Sie sah die Klarsichtmappe mit seinen Rechnungen durch. Er hatte nur eine Kreditkarte, und deren Konto war ausgeglichen – was, wie Richie sehr richtig bemerkt hatte, für einen Collegestudenten ungewöhnlich war. Die Unterlagen zu dem Kredit für sein Auto, seine Internet- und Handyrechnungen – alles war fein säuberlich abgeheftet. Es gab keine offenen Rechnungen, alle waren mit einem Häkchen als bezahlt gekennzeichnet.

Ein verantwortungsbewusster junger Mann.

Des Weiteren fand sich in seinem Besitz eine Zigarrenkiste voller Kleinkram. Eine Zigarrenkiste. Sie kam ihr wie ein Relikt aus längst vergangenen Zeiten vor, als kleine Jungen ihre Baseball-Karten in solchen Dingern aufgehoben hatten.

In der Zigarrenkiste lagen ein paar Karten, die meisten mit Liebesgrüßen, unterzeichnet mit *Deine Geliebte* und *Die Frau Deines Herzens*.

Kellee musste sehr romantisch veranlagt gewesen sein.

Aber waren das nicht die meisten Mädchen in diesem Alter? Laura erinnerte sich, dass sie Billy Linton zu jedem Anlass und auch ohne jeden Anlass Karten geschickt hatte. Sie sah eine Karte in einem Laden und musste sie einfach mitnehmen. Manchmal schickte sie ihm zwei, drei Karten auf einmal. Sie schrieb in schön geschwungener Handschrift so schlichte Botschaften wie *Ich liebe dich*, die sie nie unterzeichnete. Damals war ihr diese Art von Minimalismus wichtig, auch wenn sie sich nicht mehr daran erinnern konnte, warum.

Laura glaubte, dass die Karten, die man für andere aussuchte, sehr viel über einen selbst aussagten. Wenn das zutraf, dann sah sich Kellee als mittelalterliches Burgfräulein. Auf einer der Karten war Rapunzel in ihrem Turm zu sehen, wie sie ihr langes goldenes Haar zu dem Prinzen, der ihrer harrte, hinunterließ.

Sah Kellee in Dan ihren Retter? Hatte sie das Gefühl, dass sie in einer Art von Turm gefangen war, und wartete darauf, dass ihr Prinz sie rettete? Vielleicht hatte es etwas mit ihrer Krankheit zu tun.

Und manchmal ist eine Zigarrenkiste auch einfach nur eine Zigarrenkiste.

Als sie an Jerry Grimes' offene Tür klopfte, sah er auf und lächelte sie an. Hinter diesem Lächeln verbarg sich etwas, das sie nicht genau benennen konnte. Aber da war es auch schon wieder verschwunden, und er war der alte Grimes – väterlich wie immer.

»Wie geht es im Yates-Fall voran?«

Sie berichtete ihm von Shana und ihrer möglichen Verbindung zu den Earth Warriors.

»Rocky Point, hm?« Jerry saß auf seinem billigen roten Stuhl an seinem Schreibtisch und rieb sich den Nacken. Ergraut und wettergegerbt und alt, mit Ausnahme der lebhaften irischen Augen.

Laura zuckte die Achseln, sie wollte nicht den Eindruck erwecken, als bedeutete es ihr viel. Selbst bei Jerry musste sie dieses Spiel spielen. »Was Besseres habe ich momentan nicht.«

»Dieser Mann, Bobby Burdette. Glauben Sie, dass er sie umgebracht hat?«

»Theoretisch wäre das möglich. Wenn Dan herausgefunden hat, was da vor sich geht, könnte er versucht haben, seine kleine Schwester zu beschützen. Nach dem derzeitigen Stand der Dinge sollte man die Finger tunlichst von allem lassen, was irgendwie nach Terrorismus aussieht – auch wenn es nur Ökoterrorismus ist. Bobby war im Gefängnis und ist auf Bewährung draußen.

Darüber hinaus«, fügte sie hinzu, »traf er sie in Las Vegas und fuhr mit Shana zurück. Wenn irgendjemand wusste, wo sie waren, dann er.«

»Glauben Sie, dass Shana sich zu irgendetwas von alldem äußern wird?«

»Es wäre einen Versuch wert.«

Er lehnte sich zurück und betrachtete sie mit diesen strahlenden blauen Augen. Dann sagte er: »Wollen Sie Ihre Spesos gleich?«

Sie lachte, auch wenn der Witz etwas lahm war. »Ich hoffe, dass ich bis heute Abend wieder zurück bin. Ich werde kaum Spesen machen, nur ein paar Dollar fürs Mittagessen.«

»Sind Sie sicher, dass sie sich dort aufhält?«

Laura erinnerte sich an Jillians verzweifeltes Herumlavieren. »Ja, völlig sicher. Ich wette mein Pferd darauf.«

Jerry verschränkte die Hände hinter dem Kopf. »Sie kennen die Regeln.«

»Keine Handfeuerwaffen, kein Pfefferspray, keine …«

»Okay, Sie kennen sie.«

Laura hatte sich zum Gehen gewandt, da sagte er: »Einen Moment noch.«

Sie drehte sich um.

Sie kannte den besorgten Ausdruck in seinem Gesicht. »Nach diesem Fall sollten Sie sich vielleicht einmal freinehmen. Alle viere von sich strecken und den lieben Gott einen guten Mann sein lassen.«

»Finden Sie, dass ich meine Arbeit nicht gut mache?«

»Nein, daran ist nichts auszusetzen.«

»Was mache ich dann falsch?«

»Nichts.« Er hielt inne. »Das ist das Problem. Sie machen einfach so weiter, als wäre nie etwas passiert.«

»Es ist genug passiert – aber es ist von offizieller Seite bestätigt worden, dass ich alles richtig gemacht habe, erinnern Sie sich? Man hat mir einen Persilschein ausgestellt.«

»Ich weiß. Sie könnten sich dennoch freinehmen, um sich zu erholen. Sie wissen selbst, wie sehr dieser Job einen auslaugen kann.«

»Okay, ich werde darüber nachdenken.«

»Gut. Mehr wollte ich auch nicht.«

»Du machst ja einen reichlich selbstzufriedenen Eindruck«, sagte Laura zu Victor, während sie sich über ihr Egg McMuffin hermachte. Er brannte ganz offensichtlich darauf, ihr etwas zu erzählen, und konnte sich kaum zurückhalten. Victor liebte Tratsch.

»Wir leben in interessanten Zeiten.«

»Was soll so interessant daran sein?«

Victor nippte an seinem Kaffee und verzog das Gesicht. Sah sie an. »Wie kannst du nur zu einem Egg McMuffin eine Cola trinken?«

»Deiner Miene nach zu urteilen, ist der Kaffee nicht gerade empfehlenswert. Was meinst du mit interessanten Zeiten?«

»Ich bin gestern im Supermarkt Richies Frau in die Arme gelaufen.«

»Ja, und?«

Victor beugte sich vor. »Du weißt doch, wie Richie immer über seine Familie spricht. So als hätten wir anderen alle keine Familie – gut, du und Todd Rees habt tatsächlich keine, aber der Rest von uns schon. Er gehört seiner Meinung nach zu diesen Übervätern und Superehemännern, oder?«

»Stimmt.« Sie dachte an ihre Beziehung, die gerade den Bach hinunterging. *Schlag ein Ei drüber, es ist vorbei.*

»So, und was muss ich jetzt erfahren? Wie sich herausstellt, sind die beiden seit drei Monaten getrennt.«

»Getrennt?« Sie war wie vom Donner gerührt. Einen Moment lang konnte sie Victor nur anstarren. Dann sagte sie: »Du machst Witze. Er ist doch gerade wegen des Geburtstags seines Sohnes nach Hause gefahren und …«

»Er tut so, als wären sie noch zusammen. Er nervt sie ununterbrochen, und als wir uns gestern über den Weg gelaufen sind, hat sie mir alles erzählt – ich scheine die Ausstrahlung eines Beichtvaters zu haben. Ich soll ihm stecken, dass sie sich eine einstweilige Verfügung besorgt, wenn er sie nicht endlich in Ruhe lässt.«

Laura versuchte, das soeben Gehörte zu verdauen. Richie war immer ein echtes Familientier gewesen – eines der wenigen Dinge, die sie an ihm bewundert hatte. Seine Ehe schien auf einem sicheren Fundament zu stehen.

Wenn sich Richie und seine Frau trennten, dann konnte das jedem passieren. »Aber sie machten immer einen so glücklichen Eindruck.«

»Ja, ich begreife das auch nicht.«

»Er hat uns wirklich die ganze Zeit über belogen? Er hätte sich doch denken können, dass das früher oder später rauskommt.«

Victor zuckte die Achseln. »Ich weiß nicht, was in ihm vorgeht. Gail regt sich ziemlich auf. Wenn er nicht aufpasst, kriegt er ganz schön eins auf die Mütze.«

Bevor sie nach Rocky Point aufbrach, entledigte sich Laura ihrer Pistole, ihrer Ersatzpistole, ihres Messers und der Dose mit Tränengas und verstaute alles in der untersten Schublade ihres Schreibtischs. Sie wagte es nicht, die Waffen mit nach Mexiko zu nehmen; was das betraf, hatten sie dort sehr strenge Gesetze. Dann ging sie in den Waschraum, um sich frisch zu machen. Es wollte ihr nicht aus dem Kopf gehen, was Richie alles auf sich genommen hatte, damit die Kollegen glaubten, dass bei ihm zu Hause alles in schönster Ordnung sei. Dabei konnte sie ihn durchaus verstehen. Sie wollte auch nicht, dass irgendjemand über ihre Probleme mit Tom Bescheid wusste. Wenn es um Liebe ging, war es schwierig, das eigene Versagen einzugestehen. So viele Leute schienen es auf die Reihe zu kriegen – um sie herum nur glückliche Paare und Familien –, dass man sich wie ein Aussätziger vorkam, wenn man allein war.

Das Ganze ließ Richie viel menschlicher wirken.

Als sie in den Spiegel im Waschraum blickte, sah sie, was Mina und Jerry und alle anderen gesehen hatten: dunkle Augenringe. Im Neonlicht hervortretende Tränensäcke.

Sie hatte den Pappbecher mit der Cola mitgenommen, die jetzt nur noch aus braunen Eistücken bestand. Sie holte mit Papiertüchern zwei der Eiswürfel heraus und presste sie so lange auf ihre Augen, bis sich die untere Hälfte ihres Gesichts ganz taub anfühlte. Sie wünschte, sie hätte einen Abdeckstift, aber sie hatte noch nie so etwas benutzt und besaß auch keinen, weil sie Zweifel hatte, ob das Zeug wirklich natürlich aussah. Die Schwellung würde durch das Eis weggehen, das hatte bisher immer geklappt.

Auf dem Gang traf sie Richie.

»Ich hab gehört, dass du zu Shana fährst.«

»Ich hoffe, ich treffe sie an«, erwiderte Laura in dem herzlichsten Ton, den sie zustande brachte. Wenn jemand schon am Boden lag, sollte man nicht noch nachtreten.

»Der Hector-Lopez-Fall ist eigentlich unter Dach und Fach, das heißt, ich stehe wieder für diesen Fall zur Verfügung.«

»Keine Sorge, Richie. Ich krieg das auch allein hin. Ich schätze mal, du hast genug am Hals.«

Ihre freundschaftlichen Gefühle verwandelten sich bereits wieder in Genervtheit.

Er vergrub seine Hände in den Hosentaschen. »Ich sag doch, dass ich den Fall abgeschlossen habe. Abgesehen davon bin ich wirklich scharf auf diesen Luke Jessup. Ich glaube, er ist die Lösung für diesen Fall.«

»Vielleicht solltest du dann zurück nach Williams.«

Er sah aus wie immer: Oxford-Hemd mit weißem Kragen, breite einfarbige Krawatte, Jeans und Schnürstiefel. Laura fragte sich, wie er ihnen allen solche Lügengeschichten über seine Ehe auftischen, sie alle so unverfroren anlügen konnte. Polizisten waren gute Lügner – das mussten sie sein, um Geständnisse zu bekommen –, aber dass er diese Fähigkeit ihr und allen anderen im Revier gegenüber eingesetzt hatte, sollte einem zu denken geben.

»Genau das habe ich vor. Jerry will, dass ich hinfahre.«

»Nur zu, je mehr mit von der Partie sind, desto lustiger wird es«, log Laura. Sie begriff diese Ermittlungen mittlerweile als ihren und ausschließlich ihren Fall. Als sie zu ihrem Auto ging, überlegte sie, warum Jerry Richie oben in

Williams haben wollte. Traute er ihr nicht zu, dass sie es allein schaffte?

Vielleicht wollte er aber auch, dass Richie die Stadt verließ und weg von seiner Frau war.

Vom DPS fuhr sie zurück auf die Interstate 10, der sie bis zur Ajo Road folgte. Die Ajo Road ging in die State Route 86 über, die wiederum durch das Land der Tohono O'odham führte. Als sie noch ein Kind gewesen war, wurde das Volk der Tohono O'odham auch Papagos genannt – ein herabsetzender Begriff eines anderen Indianerstammes, der so viel wie »Bohnenfresser« bedeutete. Inzwischen hatten sich die Bohnenfresser umbenannt und führten drei lukrative Casinos.

Die Fahrt war schön – fast nur Wüste und Berge und kaum Zeichen der Zivilisation, außer den Kreuzen.

Als Laura das letzte Mal hier entlanggefahren war, hatte sie zwischen Tucson und Why in Arizona hundert Kreuze am Straßenrand gezählt. Die meisten Unfälle waren auf Alkoholeinfluss oder überhöhte Geschwindigkeit oder beides zurückzuführen – diese Straße teilten sich Illegale, Haschischschmuggler, Grenzpolizei, Stammesangehörige und Collegestudenten, die in den Frühlingsferien nach Rocky Point fuhren. An der Tankstelle in Gu Achi standen neben den Ständern mit Kartoffelchips und Gewürzen und den Kühltheken mit Getränken auch mehrere Ständer mit Kränzen, Kreuzen und Blumengebinden.

Eine echte heimische Industrie.

22

Laura schaffte es nicht bis nach Why. Sie strandete an einer Tankstelle irgendwo in der Pampa, wo sie in einer winzigen Toilette, die nach Reinigungsmitteln roch, in einen gesprungenen Spiegel starrte. Ein schmales Schiebefenster, das in die weiß getünchte Ziegelwand gebrochen worden war, stand offen, und zusammen mit einem blauen Vorhang wehte das Geräusch von Reifen auf Asphalt in den Raum.

Laura hörte den Verkehrslärm, aber ihre Aufmerksamkeit war auf den Spiegel gerichtet, weil …

Die Hälfte ihres Gesichts fehlte.

Das stimmte nicht ganz. Eine Seite ihres Gesichts sah völlig normal aus, nur die andere sah aus wie glatter, fleischfarbener Lehm. Wenn sie sich sehr anstrengte, dann konnte sie ein paar zarte Linien in dem Lehm erkennen, dort, wo ihr linkes Auge sein sollte.

Das wässrige Licht war wieder da und hüpfte am Rand ihres Gesichtsfeldes herum. Es half auch nichts, wenn sie die Augen schloss.

Was geschah nur mit ihr? Sie hatte es geschafft, letzte Nacht im Spanish Moon ihre Sorgen zu vergessen, und das Licht war verschwunden. Sie hatte es überstanden. Aber jetzt war die Hälfte ihres Gesichts eine teigige Maske.

Hol tief Luft. Keine Panik. Es war schon zuvor von selbst weggegangen, und es würde wieder weggehen.

Sie trat in die Kabine, klappte den Klodeckel herunter und setzte sich. Hielt die Augen geschlossen. Die Lichter blinkten wie Neonschrift, krümmten und wanden sich in ihrem Augenwinkel.

Die Worte tobten in ihrem Kopf: Makuladegeneration, Hornhautablösung, Blindheit, Hirntumor.

Draußen war jemand und drückte die Türklinke herunter.

Die Lichter blinkten.

Sie stand wieder auf und starrte in den Spiegel. Unverändert. Keine Gesichtszüge; die Hälfte ihres Gesichts war eine fleischfarbene Plastilinmasse.

Es wurde an die Tür geklopft.

»Hier ist jemand drin!«, brüllte Laura. Dachte, wie dumm es war, zu sagen, jemand sei drin, wenn man selbst der Betreffende war. Von sich selbst in der dritten Person zu sprechen, als würde man sich aus der Vogelperspektive betrachten.

Ihre Panik wuchs. Sie konnte unmöglich Auto fahren. Sie hing in einer uralten Tankstelle irgendwo zwischen Tucson und der mexikanischen Grenze fest und konnte nicht weiterfahren.

Scheiße.

Die Zeit verging. Sie atmete weit oben in der Brust, Schweiß glänzte auf ihrem Gesicht, die Lichter blinkten am Rand ihres Gesichtsfelds.

Sie hatte etwas Zeit gewonnen, aber derjenige, der dort draußen wartete, würde wieder klopfen.

Und zwar früher, als sie erwartet hatte.

Sie wusch ihr Gesicht, öffnete die Tür und wäre beinahe über die kleine Frau mit dem winzigen Hund gestolpert, die dort stand und erneut ihre Hand gehoben hatte.

»Das hat ja ganz schön lange gedauert«, sagte die Frau.

Laura ignorierte sie und lief über den Asphalt zu ihrem 4Runner. Nach mehreren erfolglosen Versuchen schaffte sie es, die Tür zu öffnen. Sie stieg ein, lehnte sich auf ihrem Sitz zurück und schloss die Augen.

Es wird schon vergehen.

»Du musst das ansehen lassen«, sagte eine Stimme neben ihr.

Sie öffnete die Augen. Frank Entwistle saß auf dem Beifahrersitz, den Ellbogen gegen die Tür gestützt.

»Was geschieht mit mir? Weißt du das vielleicht? Und wenn du es weißt, klär mich bitte auf.«

»Ich habe keine Ahnung, Lorie. Aber es gefällt mir nicht. Du musst zum Arzt.«

»Tja, das geht jetzt wohl schlecht.« Bildete sie es sich ein, oder verschwanden die Lichter wirklich langsam?

»Nein, das stimmt, aber das Problem ist doch, Lorie, sobald es sich wieder gegeben hat, wirst du möglichst schnell vergessen, dass es jemals stattgefunden hat.«

»Nein, das werde ich nicht.« Aber sie wusste, dass er recht hatte.

»So sind die Menschen. Sie bewegen sich von einer Krise zur nächsten. Sie unternehmen gerade genug, um durchzukommen, und wenn sich dann die Probleme aufgetürmt haben und über ihnen zusammenstürzen, wundern sie sich. Aber du bist schlimmer als die meisten, Lorie.«

Sie blickte zu ihm, wie er da auf dem Beifahrersitz saß, mit einem weißen bestickten Hemd und hellblauen Altmänner-Hosen aus Polyester und weißen Slippern. Sein »Rentner-Outfit«.

Die Lichter hörten auf herumzuhüpfen. Sie streckte sich, um in den Rückspiegel sehen zu können, und stellte fest, dass sie wieder zwei Augen und eine Nase und einen vollständigen Mund hatte.

Erleichterung überströmte sie wie warmes Wasser.

Entwistle sah starr geradeaus.

»Du bist wie der Kerl aus *Sixth Sense*«, sagte sie. »Der wusste auch nicht, dass er tot ist.«

»Hey, ich bin nicht dumm.«

»Warum bist du dann hier? Eigentlich hast du hier gar nichts mehr zu suchen. Was hält dich noch hier?«

Entwistle rutschte auf seinem Sitz herum, klappte die Sonnenblende herunter und musterte sich in dem kleinen Spiegel, strich eine weiße Strähne aus seiner Stirn. »Ich weiß, dass ich tot bin. Das ist der Unterschied zwischen uns beiden. Ich weiß, wann ich mich den Tatsachen stellen muss.«

»Tatsachen«, sagte Laura. Die blinkenden Lichter waren jetzt eindeutig verschwunden. Sie sah auf ihre Uhr: Es hatte fünfundzwanzig Minuten gedauert. Es war alles wieder in Ordnung. Wenn Frank Entwistle recht hatte, würde sie jetzt wieder einfach weitermachen, bis sie in die nächste Krise rutschte.

»Hast du über das, worüber wir das letzte Mal gesprochen haben, nachgedacht?«

»Meinst du die Geschichte, dass man nicht mit Steinen werfen soll? Was hast du damit gemeint?«

»Das Glashaus, Lorie. Die Sache ist die, dass du verletzlich bist. Du sitzt da in deinem Glashaus, und jeder kann hineinsehen, aber das scheinst du nicht zu wissen.«

»Du sprichst in Rätseln.«

»Nein, das tue ich nicht. Du musst zu dir kommen und dich damit auseinandersetzen, bevor es dich fertigmacht.«

»Was? Was soll mich denn fertigmachen?«

»Deine Angst«, sagte er.

23

Sonoyta an der mexikanischen Grenze war eine heiße, staubige, laute Stadt. Eine Fahrt durch sie glich dem Versuch, bei einem Streitwagenrennen mitzuhalten. Laura folgte der Beschilderung und bog nach links, dann rechts über die Rio

Sonoita Bridge, wo sie dem rechten Arm der Y-förmigen Gabelung folgte, der in die Mexican Route 8 mündete, eine zweispurige Asphaltstraße, die in südwestlicher Richtung durch die Wüste führte. Der Text auf den Schildern war auf Spanisch, und die Entfernungsangaben in Kilometern statt Meilen angegeben. Da sich auch die Geschwindigkeitsbegrenzungen auf Kilometer und nicht auf Meilen pro Stunde bezogen, ging Laura lieber auf Nummer sicher und fuhr langsam; in Sonoyta wurde streng auf die Einhaltung der Verkehrsregeln geachtet. Sie wartete darauf, dass die Lichter hinter ihren Augen zurückkehrten, und war erleichtert, als sie es nicht taten. Je weiter sie Richtung Küste kam, desto trockener und unfruchtbarer wurde das Land. Sie fuhr an einem Schrein für die Heilige Jungfrau vorbei, der am Straßenrand am Fuß eines Aschenkegels stand. Ein weißgrüner *Angeles-Verdes*-Pick-up parkte auf dem Wendeplatz. Der mexikanische Automobilclub patrouillierte am Highway, um Auto- und Motorradfahrern zu helfen.

Der Boden zu beiden Seiten des Highways wurde immer sandiger, und hier und da war ein verstaubter Salzbusch zu sehen. Zu ihrer Rechten musste der Golf von Mexiko liegen. Bald schon tauchten die ersten Straßenhändler im Schatten selbstgebauter Verschläge auf. Dann kamen ein paar Häuser und Geschäfte: die Ausläufer von Puerto Penasco – Rocky Point.

Als der Highway in die geschäftige, von Palmen gesäumte Hauptstraße, die Juarez, überging, neigte sich der Nachmittag schon langsam dem Abend zu. Sie fuhr an Häusern, die in leuchtenden Farben gestrichen waren, an Ladenzeilen und kleinen Parks vorbei, dann bog sie nach links zum Polizeirevier ab.

Um nach Las Conchas zu kommen, einen vollständig amerikanisierten Vorort von Rocky Point, musste Laura eine Schotterstraße nehmen. Das goldene spätnachmittägliche Licht, das von dem heißen Tag übrig geblieben war, hing wie ein Schleier über den blassen Salzbüschen, die die Straßenränder säumten. Zu dieser Tageszeit sahen die wogenden Dünen aus, als bestünden sie aus Salzkristallen. Sie schienen sich bis zu den in der Ferne liegenden Bergen auszudehnen, die nicht mehr als bläuliche Silhouetten am staubig blauen Himmel waren. Sie fuhr bis zum Wachhäuschen und erklärte, dass sie mit Jillian North im Casa del Mar sprechen wollte; ihre Dienstmarke zeigte sie nicht vor.

Der schmächtige, uniformierte Sicherheitsmann, ein Mexikaner, nickte und winkte sie durch. Sie folgte einem Gewirr breiter Straßen, vorbei an weiteren, verstaubt aussehenden Büschen, unterbrochen nur von künstlichem grünem Rasen und Stangen mit Wimpeln – ein Golfplatz. Zu ihrer Rechten konnte sie hinter den zweistöckigen Strandhäusern im spanischen Stil verlockende Blicke auf das Meer erhaschen, das wie ein blassblaues Satinband in der untergehenden Sonne schimmerte.

Die Häuser waren teuer, aber die ganze Siedlung machte den Eindruck, willkürlich zusammengewürfelt zu sein. Geld war offensichtlich kein Thema gewesen, Geschmack oftmals leider auch nicht. Türmchen und Wendeltreppen und hohe verputzte Mauern, verschachtelte Fassaden, spanische Fliesen, viel Weiß und Blau – jeder hatte sich sein Traumhaus gebaut. Das Ergebnis war eine Art Rube-Goldberg-Version eines mexikanischen Dorfes.

Aber das Meer, das die Lücken zwischen den hohen, blanken Gipswänden ausfüllte – das Meer war perfekt.

Casa del Mar lag der Meeresbucht am nächsten. Sie stellte den Wagen davor ab, stapfte durch den Sand zu dem eingemauerten Hof und klingelte am Tor. Casa del Mar war die moderne Form einer mediterranen Villa, grandios, aber zu neu, um ernst genommen zu werden. Kobaltblaue Fliesen auf dem Dach, blaue Fliesen, mit denen die rosettenförmigen Fenster eingefasst waren.

Sie hörte das Quietschen einer Tür und leichte Schritte.

Der eine Flügel des Tors wurde aufgestoßen, und eine junge blonde sonnenverbrannte Frau von Anfang zwanzig streckte den Kopf heraus. Ihre Nase schälte sich.

»Jillian North?«

»Ja.« Offenbar dämmerte ihr gleich darauf, wer Laura sein könnte, denn ihre Augen weiteten sich erschreckt, und sie machte Anstalten, das Tor zuzudrücken.

Laura schob ihren Fuß dazwischen. »Darf ich reinkommen? Ich habe eine lange Fahrt hinter mir.«

Jillian trat einen Schritt zurück. Sie war hübsch und zierlich, trug ihre langen, gebleichten Haare in der Mitte gescheitelt und war mit einem knappen, hellgrün geblümten Bikini bekleidet.

Laura betrat einen gepflasterten Hof, rechts war eine Garage und links die Haustür. In einem großen Tontopf wuchs eine Bougainvillea, die an einen Stecken gebunden war.

Jillian führte sie ins Haus, nachdem sie sie gebeten hatte, sich die Füße abzutreten. Der Sand war überall.

Sie kamen in einen riesigen Raum. Die Klimaanlage lief auf vollen Touren. Traditionelle mexikanische Stühle mit Polstern aus Schweinsleder standen herum, über der Kücheninsel hingen Kupfertöpfe, an den Wänden mexikanische Masken, Talavera-Vasen und -Waschschüsseln. Zweifellos stammte die Einrichtung von Jillians Eltern. Die Kinderfotos an den Wänden waren mehrere Jahre alt – vermutlich zeigten sie Jillian und ihre Geschwister. Beherrscht wurde der Raum von einer Fensterfront, die zum Meer hinausführte. In dem Panoramafenster waren Glastüren eingelassen. Davor befand sich eine Terrasse mit einer Treppe, die zum Strand führte, das leise rauschende Meer, nicht einmal fünfzehn Meter vom Eingang entfernt, zeigte in den schräg einfallenden Strahlen der Abendsonne ein tiefes, dunkles Blau.

Auf der Terrasse standen zwei Liegen mit Strandtüchern darauf.

»Wo ist Shana?«

Jillian wich einen Schritt zurück. »Sie ist nicht hier. Ich habe Ihnen doch schon gesagt, dass …«

»Ich weiß, was Sie gesagt haben.« Laura wies in Richtung der Liegen. »Sie benutzen also beide?«

»Äh, ja.« Das Mädchen war eine miserable Lügnerin, jetzt war sie auch noch errötet. Von Angesicht zu Angesicht log sie noch schlechter als am Telefon.

»Ich weiß, dass sie hier ist.«

»Nein, ist sie nicht. Sie ist gerade weg.«

»Weg?«

Jillian nickte heftig. »Vor ein paar Stunden.«

»Ist sie in die Stadt gefahren?«

»Nein. Endgültig. Sie kommt nicht zurück.«

»Haben Sie ihr gesagt, dass ich sie suche?«

Das Mädchen rieb ihre Füße mit den lackierten Zehennägeln aneinander. »Sie wusste, dass Sie sie suchen, aber das ist nicht der Grund, warum sie weg ist. Wir – sie glaubte nicht, dass Sie den weiten Weg auf sich nehmen würden –, Ihretwegen hat sie sich keine Gedanken gemacht.«

»Warum ist sie dann weg?«

»Bobby kam und nahm sie mit.«

»Bobby Burdette.«

»Ja.« Jillian verschwand hinter der Kücheninsel. »Darf ich Ihnen etwas zu trinken anbieten? Eiswasser vielleicht? Ich glaube, ich habe auch noch irgendwo gekühlten Roibuschtee.«

Laura warf einen Blick auf die Granitarbeitsplatte. Drei

Margarita-Gläser, an den dunkelgrünen Rändern Salz, im Übrigen leer.

»Nett, es gab Margaritas.«

Jillian warf einen schuldbewussten Blick auf die Gläser.

»Woher wusste Bobby, wo sich Shana aufhielt?«

»Sie hat ihn angerufen.« Leiser Trotz.

»Sie hat ihn angerufen? Ich hatte den Eindruck, dass sie versucht hat, vor ihm wegzulaufen.«

»Wie kommen Sie denn darauf?«

»Ich war überzeugt, dass Shana Angst vor Bobby hatte.« Das war ein Schuss ins Blaue, aber probieren konnte man es ja.

»Wenn Sie meinen, dass sie Stunk hatten, ja, das stimmt.«

»Was meinen Sie mit Stunk?«

»Na ja, er hat sie geschlagen. Sie hat gesagt, dass es ihr reicht. Deswegen habe ich ihr angeboten, eine Weile bei mir zu wohnen, und sie nahm das Angebot an.«

Irgendetwas stimmte hier nicht. »Wenn dem so war, warum hat sie ihn dann angerufen?«

»Sie hat ihn vermisst. Außerdem war es nur eine Ohrfeige. Es war nicht so, dass er sie brutal zusammengeschlagen hätte oder so.«

»Aber offensichtlich war es schlimm genug, dass sie mit ihm Schluss gemacht hat.«

»Sie hat sich eben aufgeregt. Aber sie haben sich entschlossen, es noch einmal zu probieren, und jetzt sind sie verliebter denn je.«

Verliebter denn je.

Laura konnte sich das Gespräch lebhaft vorstellen, und sie spürte einen Stich. Sie erinnerte sich, wie es war, nur an Männer denken zu können und unbedingt wie ein Covergirl aussehen zu wollen. Eine halbe Stunde vor dem Spiegel mit

Schminken zuzubringen, sich zu überlegen, was man tragen wollte. Mit den Freundinnen immerzu nur über Jungen zu reden, Gespräche, die mit zunehmendem Alter immer unverblümter wurden und, sie wollte sich nichts vormachen, auch obszöner. Sich zu betrinken und zu weinen und sich zu wünschen, man könnte nach Las Vegas flüchten, um dort zu heiraten, damit sich alles irgendwie in Wohlgefallen auflösen würde.

Sie dachte an ihre verwirrenden Empfindungen gegenüber Tom Lightfood. »Glauben Sie wirklich, dass sie verliebt ineinander sind?«

Jillian zuckte die Achseln. »Sie hat sich jedenfalls so verhalten.«

Laura sah sie vor sich: Zwei schöne junge Frauen, in einem Alter, in dem sie so perfekt wie nur möglich waren und wie lebende Barbie-Puppen aussahen, die auf Strandtüchern auf der Terrasse lagen, ihre Bäuche bräunten und über »Liebe« sprachen. Sich langsam in Begeisterung redeten. Aus einem Margarita wurden zwei, dann drei, die Welt verwandelte sich in einen Traum.

Sie stachelten sich gegenseitig an, wollten, was sie nicht haben konnten.

Die von der strahlenden Sonne, den glitzernden Wellen, dem Alkohol, der Distanz betörte Shana. Die vergaß, warum sie Angst hatte. Die dachte: *Alles, was ich tun muss, ist, den Telefonhörer abheben und anrufen, dann kann ich seine Stimme hören.*

Beschwipst und in Gesellschaft einer verwandten Seele würde Shana sich in einem Gefühl der Sicherheit wiegen. *Ich rufe ihn an, nur um seine Stimme zu hören. Das ist alles. Nur um mit ihm zu reden. Was soll daran schon schlimm sein?*

Und Bobby, den Laura keineswegs für dumm hielt, würde

sie überzeugen, dass er kommen und sie holen sollte. Der nicht ganz makellose Ritter auf dem weißen Pferd.

Laura konnte sie vor sich sehen, denn sie war selbst Opfer eines solchen Wunschdenkens gewesen. Gott gab jungen Frauen Schönheit und Klugheit und einen freien Willen, aber er gab ihnen auch Gruppenzwang, Unsicherheit und ein verzweifeltes Bedürfnis nach Bestätigung durch das andere Geschlecht.

»Wann hat Shana Bobby angerufen?«, fragte Laura.

»Gestern Abend.«

»Haben Sie da auch Margaritas getrunken?«

»Nein, wir haben Gin getrunken.« Trotziger Blick: *Wir sind erwachsen.* »Ich muss mal kurz. Bin gleich wieder da.« Sie verschwand in dem Badezimmer, das von dem großen Zimmer abging.

Laura sah sich die Fotos an, die an den Wänden hingen. Die meisten waren Familienfotos, vergrößert auf 18 mal 24. Ein Bild erregte besonders ihre Aufmerksamkeit, Jungen und Mädchen in zwei Reihen zu je vier, die Jungen in Anzügen und die Mädchen in weißen Kleidern.

Sie hörte die Klospülung. Hinter ihr sagte Jillian: »Das war Natashas Erstkommunion.«

»Natasha?«

»Meine kleine Schwester.«

Laura interessierte sich mehr für das Mädchen, das neben Natasha saß. »Ist das Erin? Die Enkelin von Barbara Wingate?«

Jillian trat neben sie und sah das Mädchen an. »Ja.«

»Kennen Sie sie?«

»Das kann man wohl sagen. Sie hat mehr Zeit bei uns als zu Hause verbracht. Meine Mutter hat auf Erin aufgepasst, als ihre Mutter im Health Care Center gearbeitet hat.« Sie verzog das Gesicht. »Dumme Göre.«

»Warum nennen Sie sie so?«

»Sie hat Natasha immer in Schwierigkeiten gebracht. Sie hat sie dazu angestiftet, irgendeinen Unsinn anzustellen, und dann hat sie Natasha die Schuld in die Schuhe geschoben. Sie wollte immer im Zentrum der Aufmerksamkeit stehen.«

Laura erinnerte sich an das teilnahmslose Kind, das kaum Interesse an seinem neuen Pferd zeigte. »Hört sich an, als wäre sie eine echte Nervensäge gewesen.«

»Da haben Sie recht. Irgendwann hatte meine Mutter genug und sagte ihr, dass sie nicht mehr zu uns kommen könnte.«

»Wann war das?«

Jillian zuckte die Achseln. »Vor ein paar Jahren. Sie wissen, was mit ihrer Mutter und ihrem Vater passiert ist, oder? Sie sind bei einem Autounfall ums Leben gekommen. Ich habe gehört, dass Erin jetzt bei ihrer Großmutter lebt.«

Laura nickte. »Es geht ihr nicht gut.«

»Das kann ich mir vorstellen. Sie hing sehr an ihrer Mutter.«

»Nein, ich meinte, dass sie krank ist.«

»Krank? Hat sie Krebs oder so was?«

»Sie wissen nicht, was es ist, aber sie ist schon eine ganze Weile krank.«

»Oh, das tut mir leid. Ich erinnere mich, dass sie sich manchmal wehgetan hat – irgendwelcher Kinderkram –, was sicher damit zu tun hatte, dass sie dauernd etwas anstellte und kaum zu bändigen war. Einmal hat sie sich den Arm gebrochen. Aber krank … ich kann mir irgendwie nicht vorstellen, dass sie den ganzen Tag im Bett liegt.«

»Macht es Ihnen etwas aus, auf die Terrasse zu gehen?«, fragte Laura. Sie glaubte, wenn sie draußen wären, würde sich Jillian sicherer fühlen und das Gespräch würde vertraulicher werden – zwei Frauen, die miteinander plaudern. Außerdem war die Vorstellung, die Sonne auf der Haut zu spüren und das Wasser zu betrachten, auch nicht übel.

»Von mir aus.« Jillian goss sich ein Glas eisgekühltes Wasser ein, ohne Laura etwas anzubieten, und ging vor ihr hinaus ins Freie.

Laura fragte sie: »Was halten Sie von Shana und Bobby als Paar?«

Jillian nippte an dem Eiswasser – Laura vermutete, dass es das einzige trinkbare Wasser im Haus war – und sah aufs Meer hinaus. »Na ja, ich verstehe nicht, was sie in ihm sieht, aber Liebe ist nun mal Liebe, oder?«

»Mögen Sie ihn nicht?«

»Das ist es nicht«, erwiderte sie hastig. Sie wollte nicht als Verräterin erscheinen. »Er ist nur so viel älter. Aber es gibt eben Mädchen, die mögen ältere Männer, das ist kein Verbrechen.«

»Der Grund, warum sie Bobby verließ und hierherkam, war also, dass er sie geschlagen hatte, richtig?«

»Na ja, da waren auch noch andere Sachen. Sie glaubte nicht, dass er sie wirklich liebte, sondern vermutete, dass er sie möglicherweise nur ausnutzte. Aber was das anging, konnte er sie wohl vom Gegenteil überzeugen.«

»Was meinen Sie damit? Woher will sie wissen, dass er sie wirklich liebt?«

Jillian warf ihre Haare zurück und schirmte ihre Augen mit ihrer schlanken Hand vor der Sonne ab. »Es war wirklich sehr romantisch, Sie hätten dabei sein sollen. Er fiel zwar nicht auf die Knie vor ihr, aber er führte sie auf die Terrasse und hat ihr hier den Ring angesteckt. Ich war zwar im Haus, aber ich habe alles sehen können.«

»Einen Verlobungsring?«

»Ja. Sie hat sich furchtbar gefreut.«

»Sind Sie sicher, dass es ein Verlobungsring war?«

»Sie kam rein und zeigte ihn mir.« Jillian zog eine Schnute. »Er war nicht besonders groß, von den Karat her. Aber Bobby hatte noch nie viel Geld, und es ist die Absicht, die zählt. Außerdem hat er gesagt, dass er ihr irgendwann einen richtig schönen Ring schenken würde.«

»Und daraufhin verschwanden die beiden also. Haben sie gesagt, wohin sie wollten?«

Jillian zuckte die Achseln. »Zurück nach Williams, nehme ich an. Ich bin sicher, dass Shana den Ring allen ihren Freunden zeigen möchte. Und dann hat sie noch gesagt, dass sie etwas erledigen muss.«

»Etwas erledigen?«

»Ja.«

»Haben Sie eine Ahnung, was sie damit gemeint haben könnte?«

Jillian schüttelte den Kopf.

Laura versuchte es auf einem anderen Weg. »Was hat Shana eigentlich vor? Mit den Kindern, zum Beispiel.«

Jillian starrte unverwandt aufs Wasser, aber ihre Augen wurden schmal. »Sie hat nicht viel für ihre Kinder übrig. Sie erzählt kaum etwas von ihnen. Wenn ich ein Kind hätte, würde ich den ganzen Tag von nichts anderem reden. Ich habe sie gefragt, was die Kinder machen, solange sie hier bei mir ist, und sie sagte nur, dass sie bei Ronnie und seinen Eltern wären.«

Laura stellte fest, dass Jillian ihre Freundin nicht besonders gut kannte. Möglicherweise lag es an der geographischen Distanz zwischen ihnen – da Jillian mittlerweile in Tucson lebte.

»Hat sie von Dan gesprochen?«

»Was für eine schreckliche Geschichte. Dan war ein echt netter Kerl.«

»Sie muss sehr traurig sein.«

»Das kann man wohl sagen. Einmal saßen wir abends hier draußen und haben Margaritas getrunken, und da hat sie mir erzählt, wie furchtbar es für sie ist. Die beiden waren wirklich eng. Er hatte eher etwas von einem besten Freund für sie als von einem Bruder, und sie fühlte sich richtig schuldig.«

»Warum sollte sie sich schuldig fühlen?«

Jillian zuckte die Achseln. »Ich weiß nicht. Sie hat ziemlich viel Unsinn geredet – wir waren beide ganz schön betrunken. Dass alles ihre Schuld gewesen sei. Aber das hat sie natürlich nicht so gemeint.«

»Hat sie irgendetwas Näheres dazu gesagt? Inwiefern es ihre Schuld war?«

»Nein, nur dass sie sich manchmal selbst hasst, dass sie vielleicht etwas hätte tun können – ihn retten. Als ich sie dann gefragt habe, was sie hätte tun können, hat sie mir keine Antwort gegeben.«

»Glauben Sie, dass sie etwas verbirgt?«

»Vielleicht. Sie hat plötzlich so ängstlich gewirkt und gesagt, sie wäre traurig, weil ihr Bruder tot ist. Und das war alles.«

»Und dann?«

»Dann sind wir schlafen gegangen. Nein, ich bin schlafen gegangen. Sie saß noch eine Zeit lang hier draußen und hat geweint. Ich dachte, ich sollte sie allein lassen, damit sie sich richtig ausheulen kann. Als ich am nächsten Morgen auf die Terrasse kam, lag sie auf der Liege und schlief.«

24

Die Rückfahrt dauerte mehr als drei Stunden. Laura würde auch heute erst spätabends zu Hause eintreffen. Während sie in der Dunkelheit durch das Tohono-O'odham-Reservat fuhr, dachte sie über Shana und Bobby nach.

Sie konnten inzwischen überall sein. Aber sie vermutete, dass sie Williams angesteuert hatten, was für sie bedeutete, dass sie noch einmal nach Norden fahren musste.

Sie fragte sich, ob Bobby Shana wirklich heiraten wollte oder ob das nur ein Trick gewesen war, sie zum Mitfahren zu bewegen. Nach allem, was sie gehört hatte, nutzte Shana andere aus, und Bobby tat das auch. Wer von beiden war in einer solchen Beziehung letztlich der Nutznießer?

Laura setzte auf Bobby.

Als sie auf die Interstate 10 abbog, die durch Tucson führte, dachte sie an ihr Zuhause und an Tom. Ihr wurde klar, dass sie überreagiert hatte. Der Gedanke, dass er sich Knall auf Fall in eine verirrte Wanderin verliebte, war wohl ein wenig paranoid. Sie hatte seit mehreren Tagen nicht mit ihm gesprochen, und außer ihren unheilschwangeren Ahnungen wies nichts darauf hin, dass sich zwischen ihnen etwas geändert hatte. Logisch betrachtet, mit den Augen eines Ermittlers, gab es keinerlei Hinweise, dass etwas nicht in Ordnung war.

Sie brauchte Ruhe.

Als sie nach Hause kam, war Tom jedoch immer noch nicht da. Kein Anzeichen, dass er zwischendurch hier gewesen war.

Wo steckte er nur? Die Wanderin war entweder noch zur Beobachtung im Krankenhaus, oder sie hatte es schon wieder verlassen und war nach Hause zurückgekehrt. Laura ging zur *cantina*, um dort nach ihm zu suchen, aber da war er auch nicht zu entdecken. Mina sah sie und hob eine Hand, um ihr zu signalisieren, dass sie zu ihr käme, sobald sie die anderen Gäste bedient hatte.

Aber Tom war offensichtlich nicht hier, und Laura hatte an diesem Abend keine Lust darauf, sich eine Lektion erteilen zu lassen. Sie ging zurück und blieb unterwegs an der Koppel stehen.

Toms Pferdeanhänger war wieder da, nur der Truck fehlte. Sein altersschwacher Bronco Ali – benannt nach Muhammed Ali – stand auf der Koppel.

Dann war Tom also nicht endgültig verschwunden, dachte Laura erleichtert. Er würde Ali niemals zurücklassen.

Sie kehrte in das leere Haus zurück und legte sich ins Bett, aber sie konnte nicht einschlafen. Sie war frustriert und ärgerte sich, dass sie schon wieder auf ihn wartete.

Sie fühlte sich im Stich gelassen. Sie wollte wissen, was los war – ob überhaupt etwas los war. Aber sie konnte ihn nicht erreichen. Er besaß kein Handy. Er besaß überhaupt fast nichts. Er gehörte zu den Männern, die ihr Leben ganz nach ihren eigenen Vorstellungen lebten und sich nicht darum scherten, was andere Leute davon hielten.

Laura war fürchterlich wütend, dass sie zum Nichtstun verurteilt war.

Sie schaltete den Fernseher an. Denselben Sender wie am Abend zuvor, einen dieser Spielfilmsender, wo ständig Filme wiederholt wurden, wie jetzt *The Sixth Sense*.

Haley Joel Osment und Bruce Willis waren wieder auf der Trauerfeier für das kleine Mädchen.

Das kleine Mädchen reicht Haley Joel die Schachtel.

Das Mädchen steht vom Bett auf und schaltet den Videorekorder ein.

Die Mutter kommt mit dem Tablett herein, stellt es ab

und schüttet etwas in das Essen des Kindes – alles auf Video festgehalten.

Laura schaltete den Fernseher aus. Sie erinnerte sich an etwas, das ihr Wendy über Mrs. Wingate erzählt hatte. Dass sie den Leuten in der Klinik keine Ruhe ließ, den Ärzten ein Loch in den Bauch fragte, ihnen immer wieder auf die Pelle rückte, niemals ein Nein als Antwort akzeptierte.

Inzwischen eine Expertin.

Es kam ihr eigenartig vor, dass Erin einen Rückfall in der Eisdiele in Flagstaff erlitten hatte, gerade als Laura da war. Wie groß war die Wahrscheinlichkeit, dass das passierte?

Die Mutter von einem der anderen Mädchen hatte erzählt, dass so etwas schon öfter vorgekommen war. Zweimal? Dreimal? So oft jedenfalls, dass die anderen Mädchen sich in den Hintergrund gedrängt fühlten.

Warum bestand Mrs. Wingate darauf, dass Erin bei außerschulischen Unternehmungen mitmachte, wenn sie so krank war?

Vielleicht erwartete sie sich einen therapeutischen Effekt davon.

Aber Laura erinnerte sich auch, was Jillian ihr über Erin erzählt hatte: *Man kann sich kaum vorstellen, dass sie den ganzen Tag im Bett liegt.*

25

Das Erste, was Laura machte, als sie am Flughafen in Flagstaff ankam, war, ein Auto zu mieten. Sie musste es aus eigener Tasche zahlen, aber das war ihr egal, und es war ihr auch egal, ob sie das Geld zurückbekam oder nicht. Sie spielte nicht, sie reiste nicht und hatte auch sonst kein teures

Hobby. Ihr einziges Laster war ihr Job. Sie hatte keine Ahnung, wie lange sie sich in Williams aufhalten würde, aber sie würde während dieser Zeit ganz sicher nicht in Richie Lockharts Starsky-Mobil herumfahren.

Als Laura an diesem Morgen ins Büro gekommen war, hatte sie festgestellt, dass Richie schon auf dem Weg nach Williams war. Die Polizei von Williams hatte ihm Bescheid gesagt, dass Luke Jessup aufgetaucht war. Laura musste auch dorthin. Es bestand die Möglichkeit, dass Bobby Burdette und Shana Yates sofort zurück nach Williams gefahren waren.

Sie hatte ihre Kollegen in Williams angerufen, um ihr Kommen anzukündigen und Bescheid zu geben, dass niemand sie abzuholen brauchte. Allerdings schien sie sich nicht klar genug ausgedrückt zu haben, denn als sie das Flughafengebäude verließ, wartete Officer Tagg draußen auf sie.

»Ich habe ein Auto«, rief sie und hielt den Schlüssel in die Höhe.

Er warf ihr einen angesäuerten Blick zu. Sie glaubte fast, hören zu können, wie er dachte. *Weiber: mal hü, mal hott.*

Bei der Wahl des Autos war Lauras umweltbewusste Erziehung voll durchgeschlagen. Sie mochte die neuen amerikanischen Autos nicht, auch wenn sie das niemals laut gesagt hätte. Wenn das bekannt würde, dann würde sie von sämtlichen ihrer Kollegen mit Verachtung gestraft werden: was Autos betraf, war ein Polizist absolut USA-treu. Laura war wegen ihres Autos gnadenlos aufgezogen worden, der einzige Toyota in einem Pantheon von Excursions und Silverados. Drogendealer schätzten amerikanische Autos übrigens genauso wie Cops – ein weiterer Beleg dafür, dass das Brechen von Gesetzen und deren Durchsetzung in vielerlei Hinsicht die zwei Seiten ein und derselben Medaille waren.

Laura hätte am liebsten wieder einen 4Runner genommen – oder gar einen Camry –, aber stattdessen bekam sie einen Chevy Impala. Jetzt hätte Richie keine Entschuldigung mehr, nicht mit ihr zu fahren.

Der Impala hatte die Farbe von frisch aufgeworfener Erde. Sie fragte sich, welcher großartige Marketingexperte auf diese Idee gekommen war. Wie nannten sie das in ihrer Broschüre? Kaffee? Torfmoos? Bohnenbrei?

Als Laura ihren Koffer in dasselbe Zimmer zog, das sie schon vor drei Tagen bewohnt hatte, war es Nachmittag.

Sie ließ ihre Sachen stehen und fuhr zu dem Treffen mit Richie, der vor dem Tor zur Unicorn Farm im Auto auf sie wartete. Als er sie vorfahren sah, stieg er aus.

»Dann bist du also endlich zur Vernunft gekommen«, sagte er und nickte in Richtung ihres Autos. »Waren ihnen die Monte Carlos ausgegangen?«

»Ich wollte dir nicht die Schau stehlen.« Sie ging zur Beifahrerseite ihres Autos und öffnete die Tür. »Wollen wir?«

Er lächelte und schüttelte den Kopf. »Würde ich ja gerne, aber ich kann mein Schätzchen unmöglich am Straßenrand stehen lassen. Erst recht nicht, wenn ein Golfplatz in der Nähe ist.«

Natürlich nicht. Sie fuhren an der Weide entlang zum Haus der Wingates. Die Blumen sahen mittlerweile welk aus, und das Gras war völlig verdorrt.

Laura dachte über Koinzidenzen nach. Es hatte sich herausgestellt, dass Luke Jessup in einem Wohnwagen auf Barbara Wingates Grund gewohnt hatte, wo er irgendwelche Hilfsarbeiten übernahm. Als Laura das letzte Mal hier gewesen war, saß er vielleicht gerade in seinem Wohnwagen.

Als sie an dem blauen Haus vorfuhren, sah sie den zerbeulten Truck, auf dessen Türen der Name »Unicorn Farm« gemalt war und auf dessen Heckklappe ein Aufkleber mit dem Spruch »ACHTUNG FREUNDLICHER FAHRER« prangte.

Richie stellte seinen Wagen auf den freien Platz neben dem Truck und stieg aus, die Sonne ließ seine weißen Haare wie einen Heiligenschein leuchten.

»Siehst du hier einen Pferdeanhänger?«

»Nein.«

Richie sah zur Scheune hinüber. Laura folgte seinem Blick, der auf einem Haufen frisch geschlagenen Holzes und Rollen mit silbern glänzendem Zaundraht ruhte.

»Meinst du, Zäune bauen fällt unter Handlangerdienste?«, fragte Richie.

»Wenn man ein guter Handlanger ist.«

Laura hörte ein Geräusch und blickte zum Haus. Josh Wingate hatte die Tür geöffnet und stieß gerade die Fliegengittertür auf. »Wir sind hier drin.«

Laura sah Richie an. »Hast du uns telefonisch angemeldet?«

»Ich? Nein.«

Sie lächelte. Sie rief auch nie vorher an.

Sie betraten das Haus.

»Meine Mutter ist in der Küche. Sie wollen doch bestimmt sie sprechen, oder?«

»Ehrlich gesagt …«

Laura warf Richie einen Blick zu, und Richie grinste, sprach aber den Satz nicht zu Ende.

Josh Wingate sah Laura an. Er wirkte verlegen. »Ich wollte Ihnen nur sagen, dass mir meine Mutter nie was davon erzählt hat, dass er hier war. Und ich rede mit ihr nicht über Polizeiangelegenheiten, also – na ja, egal.« Er zuckte die Achseln.

»Kein Problem«, sagte Laura. »Hält er sich gerade auf der Farm auf?«

»Ich habe ihn losgeschickt, ein paar Besorgungen zu erledigen.« Barbara Wingate stand in der Küchentür und hielt einen Schneebesen in der Hand.

Sie trug Jeans und ein frisch gestärktes weißes Cowboyhemd über dem Bund, um die Schultern hatte sie einen grünen Pulli geknotet, und ihre rotgoldenen Haare waren bis auf ein paar feine Strähnchen über der Stirn zu einem Pferdeschwanz gebunden. Die Haut ihres herzförmigen Gesichts war nicht mehr ganz straff, aber das verlieh ihr gegenüber einer Zwanzigjährigen nur zusätzlichen Reiz. Ihre großen dunkelgrünen Augen blickten unschuldig in die Welt. Sie erinnerten Laura an Puppenaugen.

Sie sah Richie an. Er war wie gebannt.

»Wissen Sie, wann Jessup zurückkommt?«, fragte Laura und überlegte, dass wenigstens sie sich nicht von der Anziehungskraft dieser Frau aus dem Konzept bringen lassen würde.

»Nein, tut mir leid. Aber wollen Sie nicht mit in die Küche kommen? Ich bin gerade dabei, einen Kuchen zu backen. Ich habe auch noch eine offene Flasche Wein.« Sie sah ihren Sohn an. »Wir haben doch diesen Brie, Josh. Wie wäre es, wenn du etwas davon aufschneidest?«

Sie führte sie in die Küche: ein riesengroßer Herd mit Backofen, ein Kühlschrank aus Edelstahl und eine lange Granitarbeitsplatte. Mitten im Raum stand eine alte Schlachtbank als Kücheninsel. Alles war hell und farbenfroh wie die Keramikdosen in Hühnerform, die auf einem Wandregal über der Spüle der Größe nach aufgestellt waren. Gemütlich, einladend.

Als Josh zum Kühlschrank ging, spürte Laura einen eisigen Hauch. Er riss die Tür auf, zog scheppernd ein Gemüsefach auf und holte einen großen wiederverschließbaren Plastikbeutel hervor, in dem ein mächtiges Stück Käse lag.

»Ich glaube, der Brie würde besser passen«, sagte Barbara Wingate.

Joshs Schultern versteiften sich.

Mrs. Wingate achtete nicht darauf. »Im anderen Fach. Aber der ist wahrscheinlich auch in Ordnung. Nimm doch das Schneidebrett an der Spüle.«

Josh ließ den Käse auf das Brett fallen und zog mit Schwung ein Messer aus dem daneben stehenden Messerblock, fast wie ein Samurai.

Barbara Wingate stand mit dem Rücken zu ihnen; sie schlug Eiweiß, während Josh sich mit dem Messer über den Käse hermachte. »Ich habe Rotwein da. Möchten Sie vielleicht ein Glas?«

»Nein danke«, sagte Laura.

»Für mich auch nicht, danke«, sagte Richie, dann flüsterte er Laura zu: »Der Knabe schlachtet den Käse ja regelrecht ab.«

»Sehr komisch.«

Mrs. Wingate stellte noch irgendwelche Dinge mit dem Eischnee an, schüttete ein paar Sachen hinein und vermischte alles, bis das Ganze wie eine Kuchenfüllung aussah, dann ließ sie es in eine mit Mürbeteig ausgelegte Backform fließen, machte noch einmal irgendetwas damit und schob schließlich die Form in den Ofen. Laura hatte in ihrem ganzen Leben noch keinen einzigen Kuchen gebacken und auch noch nie jemanden dabei beobachtet, wie er einen Kuchen backte, daher hätte sie nicht in Worte fassen können, was sie sah, aber ihr war klar, dass Barbara Wingate eine Expertin auf dem Gebiet des Backens war.

Binnen kürzester Zeit verbreitete sich in der Küche ein leckerer, leicht fruchtiger Geruch, der Laura hungrig machte. Backte Barbara Wingate gleichzeitig mehrere Kuchen, fast wie ein Profi?

Laura wünschte sich auf einmal, sie hätte im Haushaltsunterricht besser aufgepasst – das alles machte einen richtig gemütlichen Eindruck. Wie bei Martha Stewart, wenn Martha Stewart einen wütenden Sohn gehabt hätte.

Laura fragte sich, welche Dynamiken wohl in dieser Familie wirkten.

Josh stellte den Käseteller auf den Tisch und wiederholte, was er eben schon gesagt hatte. »Meine Mutter hatte keine Ahnung, dass wir nach ihm suchen, weil ich mit ihr nicht über polizeiliche Angelegenheiten spreche.«

»Kein Problem«, sagte Laura.

»Nur damit Sie es wissen«, beharrte er. »Es war eine Fehlkommunikation.«

»Das haben wir begriffen«, erklärte Richie und nahm sich ein Stück Cheddar.

Barbara Wingate setzte sich zu ihnen. »Sie wollen also Luke sprechen. Es hat doch hoffentlich nichts mit Dans Tod zu tun?«

»Nicht direkt. Aber wir müssen trotzdem mit ihm sprechen.«

Mrs. Wingates schöne Augen blickten sie weiterhin ruhig an. Sie stützte ihr Kinn in die offene Hand, den Ellbogen auf dem Tisch. »Josh hat sich fürchterlich aufgeregt über das, was passiert ist. Mit Dan. Sie waren die besten Freunde …«

»Das wissen sie alles schon«, raunzte Josh Wingate. Er öffnete den Kühlschrank, suchte nach irgendetwas, dann schlug er die Tür wieder zu und lehnte sich mit dem Rücken daran, die Arme verschränkt.

Barbara schien es nicht zu bemerken. »Luke errichtet einen neuen Zaun um die Koppeln. Er brauchte einen neuen Bodenbohrer, unser alter hat den Geist aufgegeben. Aber er ist wahrscheinlich bald zurück.«

Unbehagliches Schweigen breitete sich in der Küche aus.

Barbara Wingate spielte mit einem Käsestückchen herum, dann stand sie auf. »Ich habe auch Reiscracker.«

»Vielen Dank, aber …«

Sie eilte jedoch schon zum Küchenschrank, holte sie heraus und legte sie auf einen Teller.

Von draußen war ein Fahrzeug, das die leichte Anhöhe erklomm, zu hören. Es hielt nicht am Haus, sondern fuhr weiter zu den Koppeln.

»Da ist er ja«, sagte Richie und erhob sich.

Auf dem Weg nach draußen fragte Laura Mrs. Wingate: »Wie geht es Erin?«

Barbara Wingate sah sie verwundert an: »Erin?«

»An dem Tag, als Sie mit der Ballettgruppe in Flagstaff in der Eisdiele waren, war ich auch dort. Es ging ihr nicht gut.«

Barbara Wingates Miene verdüsterte sich. »Ich habe einen fürchterlichen Schrecken bekommen. Aber sie ist wieder auf den Beinen, die Sache ist ihr nur etwas peinlich. Sie meint, dass wir unnötigen Wirbel veranstaltet haben, als wir den Notarzt holten.«

Ihre hübschen Augen sahen plötzlich traurig aus.

»Aber Sie sagen, es geht ihr wieder gut?«

Josh, der ihnen zur Tür gefolgt war, meinte: »Es ist ein ewiges Auf und Ab. Oder, Mom?«

In seiner Stimme schwang kaum hörbar Ärger mit. Da ging es um mehr als um die Schlappe mit Luke Jessup. Sie erinnerte sich, dass sie sich als Teenager genauso verhalten hatte. So als wollte sich Josh von seiner Mutter distanzieren, indem er sie reizte. Für ein solches Verhalten war er zwar ein wenig zu alt, aber die Beziehungen in einer Familie konnten seltsame Züge annehmen.

»Seit sie hier ist, ist sie immerzu krank«, fügte Josh hinzu. »Im Grunde schon, seit Kathy und Mike gestorben sind.

Die vielen Fahrten zum Health Care Center, ich schätze mal, meine Mutter wird sich daran gewöhnen müssen.«

Laura sah Mrs. Wingate an, der keinerlei Gefühlsregung anzumerken war. Sie würde eine gute Pokerspielerin abgeben. Ihre kühlen und unbewegten Augen hielten Lauras Blick fest.

Laura hatte in ihrer Kindheit durch all die Fernsehserien, Filme und Bücher gelernt, dass Schönheit und Gutsein verschwistert sind. Bei einer solchen Konditionierung fiel es ihr schwer, zu glauben, dass Barbara Wingate ihr eigenes Enkelkind krank machen könnte.

Aber in den drei Jahren, die sie nun schon als Detective arbeitete, hatte sie vieles gesehen. Sie hatte Leute erlebt, die jedes Mal, wenn sie den Mund aufmachten, logen.

Und sie waren nicht alle Cops gewesen.

Als sie an der Scheune anlangten, bohrte Luke Jessup hinter der Scheune bereits Löcher für die Pfosten der neuen Koppel. Er war genau so, wie man ihn beschrieben hatte: schmuddelig. Er trug seine langen dunkelblonden Haare zu einem Pferdeschwanz zusammengebunden, was gut zu seinem Vollbart passte. Wie bei vielen Leuten, die oft unter freiem Himmel schliefen, war es schwer zu sagen, wo sein braunes langärmliges T-Shirt endete und seine dunkle Haut begann. Es war allerdings keine gesunde Bräune, eher eine Mischung aus Sonnenbrand und Dreck, die sich zu einer hässlichen Farbe vermischt hatten. Aber er ging geschickt mit dem Bodenbohrer um und trug neue gelbe Handschuhe.

Laura rief Jessups Namen, und er schaute auf. Die strahlend blauen Augen in dem dunklen Gesicht blickten wach und intelligent. Sie überlegte, dass er ziemlich gut aussehen würde, wenn er sich mal wieder waschen würde.

Als er ihre Dienstmarken sah, sagte er: »Sind Sie die Detectives, mit denen ich reden soll?«

»Ja. Ich heiße Laura Cardinal, und das hier ist mein Partner Richie Lockhart.«

Er legte den Bodenbohrer hin, und sie traten zusammen in den Schatten einer Esche. Es war bereits ziemlich warm, obwohl es noch früh am Tag war, typisches Spätsommerwetter eben. Laura bemerkte, dass einige Blätter am Rand gelb zu werden begannen. Der Herbst kündigte sich an.

Jessup zog die gelben Arbeitshandschuhe aus und rieb sich über das Gesicht. Schweiß rann an seinen Schläfen herunter. Laura dachte, dass er wohl fest anpacken konnte.

Sie fragten ihn darüber aus, was er gesehen hatte, und seine Aussage unterschied sich nicht von dem, was Dave Soderstrom berichtet hatte. Er war von Schüssen geweckt worden und hatte einen Mann gesehen, der um ein Zelt herumging und darauf schoss.

»Machte er einen ruhigen Eindruck?«

»Es tut mir leid, Ma'am, aber ich befand mich auf der anderen Seite des Sees.«

Aus dieser Entfernung hätte er auch nicht die Kleidung des Mannes erkennen können, aber der schemenhaften Form nach zu urteilen, so glaubte er, hätte er ein langärmliges Hemd und lange Hosen getragen.

»Ist er nach dem letzten Schuss gleich weggegangen?«

»Ja. Ich hatte den Eindruck, er rannte zur Straße hoch.«

»Rannte? Zuerst haben Sie erzählt, dass er gegangen sei.«

»Nein, sah eher nach rennen aus. Jedenfalls schien er sich mit Gewehren auszukennen. Er hatte den Lauf auf den Boden gerichtet.«

»Der Lauf des Gewehrs war auf den Boden gerichtet?«

»Ja. So wie er das Gewehr getragen hat, würde ich sagen,

dass er sich mit Gewehren auskennt. Sie wissen schon, als ob's für ihn normal wäre.«

»Sein Auto haben Sie nicht gesehen?«

»Das stand weiter oben an der Straße. Er ist zwischen den Bäumen verschwunden.«

Laura fiel etwas ein. »Er ist also nicht stehen geblieben, um die Patronenhülsen aufzusammeln?«

»Nein. Es sei denn, er ist später wiedergekommen.«

Es sei denn, er ist später wiedergekommen.

»Sind Sie noch länger geblieben?«

»Nee, ich hab 'ne Fliege gemacht.«

»Sie sind also nicht zu dem Zelt gegangen, um nachzusehen, ob noch jemand am Leben war.«

»Ma'am, so wie der auf das Zelt losgeballert hat, wusste ich, dass ich mir das sparen kann. Abgesehen davon wollte ich nicht, dass er mich auch noch erschießt.«

»Warum haben Sie den Vorfall nicht sofort der Polizei gemeldet?«, fragte Richie.

»Eine innere Stimme sagte mir, dass ich das lieber bleiben lassen sollte.«

»Eine innere Stimme sagte Ihnen, dass Sie das bleiben lassen sollten?«

Er bohrte mit der Stiefelspitze in der Erde. »Ich dachte einfach, dass ich es für mich behalten sollte. Die Polizei würde es früh genug herausfinden.«

Richie und Laura tauschten einen Blick aus.

»Wo haben Sie sich seither aufgehalten?«, fragte Laura.

Er sah sie an. »Ich hatte mich in Miz Wingates Wohnwagen verkrümelt.«

»Die ganze Zeit über? Und was war mit der Kirche?«

Er rieb sich den Nacken. »Ich habe es diese Woche nicht in die Kirche geschafft.«

»Warum?«

»Ich war krank. Irgendeine Grippe oder so. Konnte mich kaum bewegen.« Er streifte wieder die Handschuhe über. »Ich konnte von Glück reden, dass ich hier untergekommen war. Miz Wingate hat sich wie eine Mutter um mich gekümmert, hat mir Suppe und so gebracht. Es geht mir erst seit gestern wieder besser.«

»Wie lange waren Sie krank?«

»Ich glaube, es fing ein oder zwei Tage nach der Schießerei an. Ich war die ganze Nacht aufgeblieben, weil ich wissen wollte, welches Mistvieh die Hühner holt.«

»Hühner?«

»Da muss irgendein Räuber rumschleichen; seit ich hier bin, sind schon zwei Hühner verschwunden.« Er schüttelte den Kopf. »Ich habe den Zaun an allen kaputten Stellen geflickt, ich kann mir gar nicht vorstellen, wo da noch was reinkommen soll.«

Laura fielen keine weiteren speziellen Fragen ein, deshalb ging sie zu den Standardfragen über. »Kannten Sie Dan Yates oder Kellee Taylor?«

»Kellee kannte ich vom Sehen, und Dan habe ich vor ein paar Wochen mal hier kennengelernt.«

Laura fragte erstaunt: »Auf dieser Ranch, meinen Sie?«

»Ja.«

»Gab es irgendeinen bestimmten Grund, warum er hier war?«

Er zuckte die Achseln. »Er ist ein Freund von Miz Wingates Sohn. Dem Polizisten. Soviel ich weiß.«

Als Laura und Richie zu ihren Autos zurückgingen, sagte Richie: »Diese Barbara Wingate ist eine Nummer für sich.«

»Ja, stimmt.«

»Hast du bemerkt, dass nirgendwo im Haus Kindersachen herumlagen?«

»Kindersachen?«

Er zuckte die Achseln. »Also, wenn ich an mein Haus denke, da führt eine regelrechte Ameisenstraße zur Küche – Rucksäcke, Bücher, Spielzeug, Gameboys. Aber dieses Haus hier ist unglaublich ordentlich aufgeräumt. Alles ist an seinem Platz, sieht aus wie im Möbelkatalog.«

»Und?« Da Laura keine Kinder hatte, war ihr deren Welt eher fremd, so wie die Kuchen, die Barbara Wingate in ihrer Küche zauberte.

Richie zuckte die Schultern. »Es kommt mir nur komisch vor, mehr nicht.«

Sie folgte Richies Auto zum Motel und dachte über seine Bemerkung über das Haus nach. Es wies tatsächlich nichts darauf hin, dass dort ein Kind lebte.

Barbara Wingate, die vollkommene Frau. Schön, freundlich, stark. Fast zu perfekt, um wahr zu sein.

Bildete Erin vielleicht nur einen Teil dieser Fassade?

Am Motel angekommen, befestigte Richie die Diebstahlsicherung an dem Lenkrad in seinem Monte Carlo und stieg in Lauras braunen Impala. Er strich über das Armaturenbrett. »Schon viel besser.«

»O Gott.«

»Nein, Gott fährt einen Monte Carlo.«

Bei der Vorstellung musste Laura lächeln.

Den Rest des Tages verbrachten sie damit, nach Bobby zu suchen. Sie versuchten es zweimal bei ihm und einmal bei seiner Mutter. Sie versuchten es bei seinen Freunden. Wie sich herausstellte, hatte er nicht viele. Dafür, dass er den Großteil seines Lebens in Williams verbracht hatte, hatte er dort nur wenige Spuren hinterlassen. Immerhin brachten sie in Erfahrung, dass er seinen Job aufgegeben hatte.

»Irgendetwas braut sich da zusammen«, sagte Richie, als sie auf der Terrasse vor dem Cruisers zu Abend aßen. »Warum kehrt er nicht einfach nach Hause zurück? Wo sind die beiden?«

»Da kann ich auch nur raten.«

»Glaubst du, dass er sie umgebracht hat? Dan und seine Freundin?«

Laura dachte an die Anrufe von Dans Telefon zu Shanas Handy. Sie dachte an das, was auf seinem Computer aufgetaucht war: Bookmarks von einem halben Dutzend Ökoterrorismus-Seiten, zu denen auch der Blog mit dem Hinweis auf die Earth Warriors gehörte. »Einen besseren Verdächtigen habe ich momentan nicht zu bieten«, sagte Laura.

Bei ihrer Rückkehr ins Motel sagte Richie, dass er früh ins Bett wollte. »Ich bin fertig. Die Kinder haben mich fast die ganze letzte Nacht auf Trab gehalten.«

Beinahe hätte sie ihm gesagt, dass er sich seine Lügengeschichten sparen könnte; sie kannte die Wahrheit und wollte sich seine Märchen nicht länger anhören. Aber warum sollte sie? Offenbar war es ihm wichtig, die Illusion einer glücklichen Ehe aufrechtzuerhalten.

Er hatte vermutlich ein Recht darauf.

Am nächsten Morgen ging Laura zu dem Gebäude in der Third Street, in dem die *Williams – Grand Canyon News* untergebracht waren und das nur ein paar Blocks von dem Motel entfernt lag.

Laura betrat das kleine Büro, das im vorderen Teil des Hauses lag und zur Hälfte von einer alten Druckerpresse eingenommen wurde, die mit falschen Spinnweben und Totenköpfen für Halloween dekoriert war. Links stand eine lange Theke, die den Eingangsbereich von dem eigentlichen Büro trennte. Eine etwa dreißigjährige Frau, deren Namensschildchen sie als Lila Johnston auswies, lächelte sie an und sagte: »Kann ich Ihnen helfen?«

Nachdem Laura ihr erklärt hatte, wonach sie suchte, führte Lila sie nach hinten. »Gehen wir in den Konferenzraum. Ich glaube, ich weiß, wo ich suchen muss.«

Laura folgte Lila durch eine Schwingtür in einen kleinen Raum mit einem großen Tisch.

»Einen Moment, ich muss es nur schnell holen.« Lila zog eine Duftwolke hinter sich her – Rose.

Während Laura wartete, sah sie aus dem Fenster. Die Blätter einer Esche glänzten vor dem kristallblauen Himmel, auch sie begannen, sich gelb zu verfärben.

Laura hatte ein schlechtes Gewissen, sich mit solchen Fragen aufzuhalten. Sie verfolgte eine Spur, die nicht direkt etwas mit dem Fall zu tun hatte, und dabei rann ihr die Zeit durch die Finger. Aber sie konnte auch nicht einfach darüber hinweggehen.

Wenn ihr Verdacht zutraf, dann war Barbara Wingates Enkelin das Opfer von etwas, das man als Münchhausen-Stellvertreter-Syndrom bezeichnete.

Laura erinnerte sich an die Mutter vor der Eisdiele in Flagstaff. Was hatte sie über das Unglück, das Erin zu verfolgen schien, gesagt? Es war nicht das erste Mal? Nein, sie hatte gesagt: *Das ist jetzt das dritte Mal, dass so etwas passiert.*

Drei Mal, wenn sie mit der Ballettgruppe unterwegs war.

Wie hoch ist die Wahrscheinlichkeit dafür?

Lauras Meinung nach ging es um die Frage, ob Barbara Wingate tatsächlich ihre Enkelin krank machen würde, nur um selbst Aufmerksamkeit zu erlangen?

Sie stand gerne im Zentrum der Aufmerksamkeit. Daran bestand kein Zweifel. Ihr ganzes Tun war darauf ausgerichtet, es ging ihr immer um den richtigen Effekt. Laura hatte den Eindruck, dass Barbara Wingate sich von außen, von der Position eines anderen aus, betrachtete. Sie war sich ständig ihrer Wirkung auf andere bewusst.

Laura fragte sich, wo die reale Barbara war, ob sie überhaupt existierte.

Lila kehrte mit einem schweren Band voller Zeitungen zurück. Sie beugte sich über Laura, und der Geruch nach Rosen wurde übermächtig. »Lassen Sie mal sehen, ich glaube, das war in der letzten Märzwoche.«

Geübt blätterten die lackierten Fingernägel Lilas durch die Zeitung. Und da war es. Mike und Kathy Ramey waren am 27. März bei einem Autounfall gestorben, als sie von einer Wohltätigkeitsveranstaltung in Flagstaff nach Hause fuhren. Sie waren nicht einmal fünfzehn Kilometer von ihrem Zuhause entfernt durch einen betrunkenen Fahrer ums Leben gekommen. Laura starrte auf die Schwarzweiß-Fotografie eines zusammengequetschten Autos.

Sie überflog den Artikel. Mike Ramey, neunundzwanzig, und Kathy, dreißig, hinterließen eine Tochter, Erin. Sowohl Mike als auch Kathy hatten als Allgemeinärzte im Health Care Center von Williams gearbeitet.

Kathy war neun Jahre älter als ihr Bruder Josh. Laura überlegte, warum Barbara Wingate mit dem zweiten Kind so lange gewartet hatte. Vielleicht stammten sie von zwei verschiedenen Vätern. Diese Frage ließ sich fürs Erste nicht beantworten, sollte es sich allerdings als wichtig erweisen, wäre das sicher kein Problem. Im Moment jedenfalls schien sie keine Bedeutung zu haben. Sie sah sich die Todesanzeigen von Mike und Kathy Ramey in der Ausgabe der folgenden Woche an – die *Williams – Grand Canyon News* erschienen nur ein Mal wöchentlich. Die einzigen anderen Verwandten, die in der Todesanzeige aufgeführt waren, waren Mikes Bruder und dessen Frau und drei Kinder. Der Bruder war in Deutschland stationiert.

Zu weit entfernt, um Erin aufzunehmen? Für das Mädchen wäre es jedenfalls ein harter Bruch gewesen. Aber es gab wenigstens noch Familienmitglieder, die sich um sie kümmern könnten, sollte sich die Notwendigkeit ergeben.

Lila hatte sich diskret zur Tür zurückgezogen, um Laura die Todesanzeigen in Ruhe studieren zu lassen. Es ergab sich jedoch nichts Neues, interessant war höchstens die Bitte, statt Blumen der amerikanischen Krebsgesellschaft zu spenden. Laura sah sich auch die Todesanzeige für Barbara Wingates Mann an. Er war vor einigen Jahren an Krebs gestorben. Er war wesentlich älter als seine Frau gewesen.

Laura fragte Lila, ob sie Barbara Wingate kenne.

»Ich habe letztes Jahr einen Artikel über sie geschrieben.«

»Ach, dürfte ich den mal sehen?«

Lila nickte erfreut. Sie hatte die Seite mit dem Artikel schnell gefunden und breitete sie vor Laura aus. »Ich bin vorn, wenn Sie mich brauchen«, sagte sie.

Der Artikel vom letzten September sang ein Loblied auf Mrs. Wingate und all die guten Werke, die sie vollbrachte – dass sie behinderten Kindern das Reiten beibrachte, alte Vollblüter vor dem Abdecker rettete, Wohltätigkeitsarbeit leistete und früher als Krankenschwester in Iowa gearbeitet hatte. Die zwei Tragödien in ihrem Leben wurden nur am Rande erwähnt.

Der Artikel wurde von zwei Fotos begleitet, eines von Mrs. Wingate mit einem der geretteten Pferde und daneben eine kleinere Aufnahme. Darauf war sie zu sehen, wie sie Highschool-Schülern Katechismusunterricht gab. Ein halbes Dutzend Schüler saß auf Klappstühlen im Halbkreis um sie herum, während Barbara Wingate vor ihnen stand und etwas auf eine Tafel schrieb.

Eine strahlende Erscheinung und ganz in ihrem Element – im Zentrum der Aufmerksamkeit.

Und für Laura hielt das Foto eine kleine Überraschung bereit: Der Schüler, der der Kamera am nächsten saß, war Jamie Cottle. Laura dachte, dass weder Barbara Wingate noch Jamie Cottle zum Zeitpunkt der Aufnahme etwas von den Tragödien geahnt hatten, die ihr Leben in naher Zukunft überschatten sollten.

Sie las den Artikel noch einmal durch. Ein Detail fiel ins Auge – dass Barbara Wingate ausgebildete Krankenschwester war.

Laura hatte bislang zwar nur einmal am Rande mit einem Fall zu tun gehabt, der mit dem Münchhausen-Stellvertreter-Syndrom verbunden war, aber sie kannte das Krankheitsprofil so gut wie jeder ihrer Kollegen. Erstens litten fast ausschließlich Frauen an diesem Syndrom. Zweitens arbeiteten sie mit einiger Wahrscheinlichkeit im medizinischen Bereich. Sie waren oft kluge Menschen, die sich klar ausdrücken konnten, sich mit Krankheiten auskannten und viel Zeit damit verbrachten, mit den Ärzten, die sie oder ihre Kinder behandelten, zu sprechen.

Die Bezeichnung »Münchhausen-Syndrom« war in den 1950er Jahren von einem Arzt geprägt worden, um Patienten zu beschreiben, die akute Krankheiten vorgaben und ihre Krankengeschichten dramatisierten. Er hatte den Begriff aus einem historischen Bericht über den russisch-türkischen Krieg von einem zu Übertreibungen neigenden, deutschen Baron namens Karl Friedrich von Münchhausen, der fantastische Geschichten über seine Zeit bei der russischen Kavallerie erfunden hatte.

Das Münchhausen-Stellvertreter-Syndrom war noch schlimmer. Der Betreffende machte nicht sich selbst krank, um Aufmerksamkeit zu erlangen, sondern einen anderen –

zumeist ein Kind, für das er verantwortlich war. Laura erinnerte sich an einen Fall, der vor nicht allzu langer Zeit weltweit Aufmerksamkeit erregt hatte. Eine Frau gab vor, ihre Tochter hätte Krebs, und überzeugte alle – Ärzte, Krankenhäuser, ja, selbst das Kind – davon, dass es tatsächlich an dieser Krankheit litt. Das Kind musste qualvolle Chemotherapien und andere schlimme Therapien über sich ergehen lassen, die es für alle Zeiten traumatisierten.

Laura überlegte, was sie von Erin wusste. Der Vorfall in der Eisdiele in Flagstaff, der Umstand, dass so etwas mindestens schon zweimal passiert war. Der Tag, an dem Laura Erin kennengelernt hatte. Wie sich das Mädchen verhalten hatte: teilnahmslos, gleichgültig gegenüber allem um es herum. Jillians Schilderung eines völlig anderen Kindes: eines, das so lebhaft war, dass es sich beim Herumtollen sogar den Arm brach.

Wann hatte die Veränderung stattgefunden? Nachdem sie zu ihrer Großmutter gezogen war?

Sei vorsichtig. Wenn sie dem nachging, dann konnte das ernste Folgen haben. Erin könnte Mrs. Wingate weggenommen und in eine Pflegefamilie gesteckt werden. Sie musste sicher sein, dass sie mit ihrem Verdacht recht hatte.

26

Das Health Care Center von Williams lag vier Häuserblocks entfernt an der Seventh Street südlich von Safeway. Ein einstöckiges Gebäude, eine durchgehende Fensterfront, neben dem Eingang ein großer behauener Felsblock mit dem Namen darauf. Links davon stand ein Krankenwagen.

Im Inneren herrschte kleinstädtische Behaglichkeit.

Wandteppiche, kornblumenblau gestrichene Stühle im Wartebereich zur Linken, in einer der Ecken ein Fernseher. Direkt vor ihr ein langer Schalter aus hellem Holz mit Plexiglasfenstern darüber, rechts davon eine Tür, die ins Innere des Gebäudes führte. Ein Stuhl vor jedem der Fenster für die Patienten, die hier den Nachweis ihrer Krankenversicherung vorlegen mussten.

Laura hatte eine Stunde lang mit dem Arzt telefoniert, der das Gutachten im Fall Lynette Stokes erstellt hatte. Lynette Stokes war eine Frau aus Tucson, die ihrem kleinen Sohn immer wieder Schnittwunden zugefügt und Erde, ja sogar Abfälle in die Wunden gerieben hatte, um ihn krank zu machen. Auf lange Sicht hatte ihr das mehr Aufmerksamkeit beschert, als sie beabsichtigt hatte. Das Kind war inzwischen von einem der Staatsanwälte, die vor Gericht die Anklage vertreten hatten, adoptiert worden und gedieh prächtig.

Laura rechnete damit, dass der Arzt ihr sagen würde, sie hätte zu wenig in der Hand. Stattdessen riet er ihr, mit Erins Arzt zu sprechen und ihm ihre Bedenken mitzuteilen.

»Die meisten dieser Fälle gründen auf Indizienbeweisen«, erklärte er ihr. »Lassen Sie mich Ihnen nur eine Frage stellen. Wie würden Sie sich fühlen, wenn Sie die Sache nicht weiterverfolgen?«

Und deshalb war sie jetzt hier im Health Care Center und überlegte, was sie sagen sollte. Sie wollte nicht gleich mit schweren Geschützen auffahren. Falls es so weit kam, dass Ermittlungen aufgenommen wurden, würde sie dem Sheriff von Yavapai County sämtliche Informationen übergeben, da Barbara Wingate in dessen Zuständigkeitsbereich wohnte. Im Moment konnte sie sich jedoch noch nicht dazu entschließen. Sie kannte genug Kleinstädte, um zu wissen, dass der Verdacht wie Pech an Barbara Wingate kleben bleiben würde, sobald die örtlichen Behörden nachzuforschen begannen, ganz gleich, ob sie ihre Enkelin tatsächlich misshandelte oder nicht.

Laura erkundigte sich bei der Rezeptionistin, ob sie mit dem Arzt von Erin Ramey sprechen könnte.

Die junge Frau warf einen Blick auf die Uhr – beinahe Mittag. »Das ist David Sanchez. Soll ich ihn anpiepsen?«

»Nicht, wenn er gerade zu tun hat.« Laura gab der Frau – auf ihrem Namensschild stand Renee – ihre Karte. »Ich bin jederzeit über mein Handy erreichbar ...«

»Ist schon in Ordnung. Er hat jetzt sowieso Mittagspause.«

Laura wartete in dem dafür vorgesehenen Bereich und hörte der jungen Frau zu, wie sie etwas in eine Gegensprechanlage sagte und dann mit einem Lächeln aufblickte. »Er kommt sofort.«

Beim Anblick von Dr. David Sanchez fragte sie sich unwillkürlich, ob er wirklich schon Arzt war. Er war noch sehr jung und hatte dunkle Augen, die sie intensiv, wenn auch höflich musterten. Er trug einen weißen Kittel über einer Baumwollhose und strahlend weiße Turnschuhe.

»Sie wollten mich sprechen?«

»Ich wollte Sie zu einer Ihrer Patientinnen befragen.«

Sie sah, wie sich seine Miene verschloss. »Sie müssen wissen, dass ich als Arzt keine Auskunft über meine Patienten geben darf.«

»Ja. Ich übernehme das Reden.«

Er sah auf seine Uhr. »An der Ecke gibt es ein gutes Café. Ich kann mich ein paar Minuten freimachen. Aber glauben Sie nicht, Sie könnten mich dazu bringen, irgendetwas zu sagen.«

Sie setzten sich vor dem Café an einen der beiden Metalltische unter der gestreiften Markise. Dr. Sanchez schlug die Beine übereinander und nahm einen Schluck von seinem Kaffee. »Wahrscheinlich sollte ich überhaupt nicht hier sein.«

»Das verstehe ich«, sagte Laura. »Ich wollte Sie auf etwas hinweisen, das Sie möglicherweise schon wissen.«

»Und das wäre?«

Wachsam. Jung, aber sehr, sehr schlau.

Laura berichtete ihm von ihrem Verdacht in Bezug auf Barbara Wingate und ihre Enkelin Erin.

Dr. Sanchez erwiderte nichts darauf. Er rührte mit dem Plastiklöffel in seinem Kaffee, den er mit Milch und Zucker trank.

»Sie ist doch Ihre Patientin?«, fragte Laura.

Der Klang ihrer Stimme schien ihn aus seinen Gedanken zu reißen. »Was? Ja. Genau genommen ist sie …« Er unterbrach sich. Er senkte den Kopf, presste die Lippen aufeinander. Er sah erneut auf seine Uhr. »Hören Sie, ich muss zurück.« Er griff über den Tisch und klopfte ihr ungeschickt auf das Handgelenk. »Sie können mich jederzeit anrufen.«

Laura sah ihm nach, als er mit großen Schritten davoneilte, der Kittel flatterte um seine Beine, hob sich strahlend weiß von seiner dunklen Haut ab.

Wahrscheinlich hatte er sein Studium vor nicht mehr als einem Jahr beendet, saß auf einem Berg Schulden und arbeitete im Ärztehaus von Williams, weil dies der Weg des geringsten Widerstandes war. In Kleinstädten mangelte es immer an Ärzten. Vermutlich hatte er irgendeine Art von Handel geschlossen, auf der gepunkteten Linie unterschrieben, um die finanzielle Unterstützung zu erhalten, die er brauchte. So war er in Williams gelandet und sofort ins kalte Wasser geworfen worden. Zwei Ärzte tot. Eine große Lücke, die es zu füllen galt.

Und dann war da noch Erin Ramey. Die Tochter der beiden Ärzte, die ums Leben gekommen waren.

Er wohnte in einer Kleinstadt, in der jeder jeden kannte und in der Barbara Wingate als Paradebeispiel einer guten Bürgerin galt. Zweifellos hatte sie überall in der Stadtverwaltung Freunde sitzen.

Laura fragte sich, ob er irgendetwas unternehmen würde.

Nun ja, sie hatte das ihre getan. Jetzt war Dr. Sanchez an der Reihe.

Dr. Sanchez schaute bei Erin vorbei, um sie und ihre Großmutter zu begrüßen und einen Blick auf das Krankenblatt zu werfen. Er betrachtete Mrs. Wingate auf einmal mit anderen Augen. Es war schwierig, zu glauben, dass sie etwas anderes war als eine fürsorgliche Großmutter.

Erin sah aus, als ginge es ihr gut. Sie saß in ihrem Bett und malte Pferde in ein Heft, das sie dabeigehabt hatte. Sie malte am liebsten Pferde und konnte es auch sehr gut. Beim Zeichnen spitzte ihre Zunge aus ihrem Mundwinkel hervor. Es machte ihr nicht das Geringste aus, dass das Bett, in dem sie saß, in der Notaufnahme stand.

Inzwischen war sie daran gewöhnt.

Vor einer halben Stunde hatte Barbara Wingate Erin hierher gebracht, weil sie Blut spuckte – zum zweiten Mal in diesem Monat.

Die Ergebnisse der Untersuchungen, die man bei ihr durchgeführt hatte, machten ihn ratlos. Als er sie übernommen hatte, hatte er jeden einzelnen Test wiederholen lassen. Doch nach wie vor ergaben die Röntgenaufnahmen von ihrer Lunge keinen Befund. Die Ursache der Blutungen war einfach nicht festzustellen.

Eine große Herausforderung für jemanden, der gerade

erst das praktische Jahr hinter sich hatte. Aber er war entschlossen, Erfolge vorzuweisen, wo andere versagt hatten. Es dauerte vielleicht einige Zeit, aber er würde es herausfinden. Das Blut musste irgendwoher kommen. Es war kein Nasenbluten, es kam nicht von der Lunge, aber es gab viele Stellen, an denen man suchen konnte. Und er würde keine davon auslassen.

Es versetzte ihm einen Stich, als er sie jetzt ansah. Sie war ihm ein Rätsel. So gelassen. Es machte ihr nichts aus, was sie mit ihr anstellten. Ein tapferes kleines Mädchen.

Und die Großmutter.

Sie erschien ihm plötzlich in einem anderen Licht, auch, dass sie immer wieder mit neuen Theorien zu ihm kam, ständig das Gespräch mit ihm suchte. Als wäre hier ihr zweites Zuhause. Er hatte den Eindruck, dass sie stundenlang über Erins Krankheit sprechen konnte. Außerdem machte sie ihn allein durch ihre Anwesenheit nervös. Sie war so viel älter als er, aber manchmal ertappte er sich dabei, dass er sich von ihr angezogen fühlte. In ihrer Gegenwart war er um Worte verlegen, was ihm sonst selten passierte.

Und sie war sich dessen bewusst. Und nicht nur das, er war sicher, dass sie ihre Anziehungskraft auf ihn genoss.

Das gefiel ihm nicht. Er hatte schon eine Freundin.

Er betrachtete das Blut auf Erins blau geblümtem Krankenhaushemd. Sie hatte versucht, es in ihre Hand zu spucken, aber es war überallhin gespritzt. Sie sah ihn an.

»Geht's dir gut?«, fragte er ein bisschen zu munter und strich ihr über den Kopf.

»Geht so. Es schmeckt nicht gut.«

»Ich weiß. Wir müssen nur herausfinden, woher es kommt, und dann sorgen wir dafür, dass es aufhört.«

»Hm-hm.« Skeptisch. Als hätte sie das schon öfter gehört.

Mrs. Wingate beobachtete ihn dabei, wie er sie beobachtete. Ihre großen grünen Augen schienen alles Licht im Raum einzufangen und festzuhalten.

Plötzlich hörte er Würgegeräusche. Erin, die sich über ihre Hand beugte.

Ohne nachzudenken, fasste er in die oberste Schublade des Schreibtischs, streifte Handschuhe über und griff nach einem Objektträger und einem Wattestäbchen.

Blut quoll aus ihrem Mund und tropfte in ihre Hände. Es sah nach viel aus, war es aber nicht.

Er war mit dem Wattestäbchen zur Stelle. Er wusste nicht, warum er nicht schon früher daran gedacht hatte. Vielleicht weil es ebenso sinnlos war wie alles andere, was er bisher getan hatte, aber es war einen Versuch wert. Er fing etwas von dem Blut mit dem Wattestäbchen auf und tupfte es auf den Objektträger, legte einen zweiten darüber. Er würde es ins Labor bringen und unters Mikroskop legen, nur um sicherzugehen.

Erin sah ihn an. Er zwinkerte ihr zu.

Dabei dachte er: *So lange Zeit, und ich bin nie auf die Idee gekommen, mir ihr Blut unter dem Mikroskop anzusehen.*

Jeanette Moran wartete darauf, dass David sein Telefonat beendete. Sie wollte die Verabredung für heute Abend fix machen. Sie wollte zum Essen ins Doc Holliday's im Holiday Inn und ein Lendensteak mit allem Drum und Dran bestellen. Nach dem Tag, den sie hinter sich hatte, nachdem sie unmittelbar nacheinander drei kranke Tiere hatte einschläfern müssen, konnte sie ein Steak und ein Glas Wein gut brauchen.

Als Tierärztin hatte sie es leider nicht nur mit gesunden, niedlichen Welpen und Kätzchen zu tun.

Jeanette ging zu dem Mikroskop, das auf dem langen Arbeitstisch zu ihrer Rechten stand, und blieb davor stehen. Sie konnte einfach an keinem Mikroskop vorbeigehen. Das war eine Art Zwang bei ihr. Sie musste einen Blick durch das Okular werfen, auch wenn sie keine Ahnung hatte, was darunter lag.

Kurze Zeit später beendete David sein Gespräch.

»Was ist das?«, fragte sie und zeigte auf das Mikroskop.

Er sah sie verlegen an. »Nur etwas, das ich schnell überprüfen wollte.«

»Was denn?«

»Mir ist da so eine merkwürdige Idee gekommen, wahrscheinlich ist es nichts.«

»Was für eine merkwürdige Idee?«

Man sah ihm an, dass es ihm peinlich war. »Ich wollte nur sichergehen, dass es wirklich Blut ist.«

»Klar ist es Blut.«

»Ja.«

»Und, woher ist es?«, fragte Jeanette.

»Was meinst du?«

»Stammt es von einer Eidechse?«

»Eidechse?«

»Oder einem Vogel. Vielleicht ist es das. Hat es etwas mit dem West-Nile-Virus zu tun?«

»Wovon redest du eigentlich?«

»Ach, komm schon. Du willst doch wohl nicht behaupten, dass du es nicht weißt?«

»Was nicht weiß?«

»Das Blut unter dem Mikroskop. Es stammt entweder von einer Eidechse oder von einem Vogel.«

Wenn seine Freundin nicht Tierärztin gewesen wäre, hätte David vielleicht nie herausgefunden, dass das Blut, das aus Erins Mund gekommen war, von einem Tier stammte und nicht von einem Menschen. Oder er hätte es erst nach zahllosen Untersuchungen und Stunden im Labor herausgefunden. Er konnte es noch immer nicht fassen. Er begriff nicht, wie eine Frau ihrem eigenen Enkelkind so etwas antun konnte.

Genauso wenig begriff er, wie eine Frau ihrem eigenen Enkelkind so etwas ohne dessen Mithilfe antun konnte. Erin war neun Jahre alt. Sie musste mitbekommen haben, was mit ihr gemacht wurde.

Nichts während seiner Ausbildung hatte ihn auf eine solche Situation vorbereitet. Er war Arzt, kein Psychiater.

Als er einige Stunden zuvor die kernhaltigen Blutzellen unter dem Mikroskop gesehen hatte, hatte er zuerst an Leukämie gedacht. Normale menschliche Blutzellen waren kernlos. Seiner Freundin, der klugen Tierärztin, zufolge wiesen nur Eidechsen und Vögel kernhaltige Blutzellen auf.

Wenn bei einem Menschen kernhaltige Blutzellen vorkamen, war das nicht normal. Es bedeutete Krebs.

Das war die Diagnose, mit der er sich konfrontiert gesehen hatte, vorbehaltlich einer Reihe weiterer Untersuchungen im Hinblick auf Leukämie. Doch jetzt hatte Jeanette ihn auf eine andere Möglichkeit aufmerksam gemacht.

Vor Erleichterung war ihm einen kurzen Augenblick lang geradezu schwindlig. Er brauchte der Großmutter nicht zu erklären, dass Erin erneut auf Leukämie untersucht werden musste. Auch Erin brauchte er das nicht zu sagen.

Aber dafür schien es so zu sein, als hätte die Polizistin vom DPS recht gehabt.

Es sah immer mehr danach aus, als handele es sich um einen Fall von Münchhausen-Stellvertreter-Syndrom.

David versuchte, sich auf seine Patienten zu konzentrieren, während er auf einen Anruf von Jeanette wartete, die die Blutprobe in das Labor ihrer Tierarztpraxis mitgenommen hatte. Sie war sich ziemlich sicher, dass sie feststellen konnte, um welche Art von Blut es sich handelte, und das schnell. Während David sich um Wespenstiche kümmerte, Rezepte für Magentropfen ausstellte und an Patienten die jährlichen Routineuntersuchungen durchführte, fragte er sich, was er tun sollte, falls sich herausstellte, dass die Polizistin vom DPS tatsächlich recht gehabt hatte. Etwas hatte er bereits getan – er hatte Erin nach Hause geschickt, obwohl Mrs. Wingate gewollt hatte, dass er sie über Nacht zur Beobachtung im Krankenhaus behielt.

Als das Telefon läutete und er Jeanettes Stimme hörte, war er dennoch nicht auf die Diagnose vorbereitet, die sie ihm mitteilte.

»Hühner«, sagte Jeanette.

»Hühner?«

»Deine Patientin hat Hühnerblut gespuckt.«

27

Laura schaute gerade die Autopsieberichte für Dan und Kellee Yates durch, als ihr Handy klingelte. Es war der Sheriff von Yavapai County, Terry Langley. Er rief freundlicherweise an, um sie über den aktuellen Stand im Fall von Barbara Wingate und ihrer Enkelin zu informieren.

»Wir ermitteln wegen Kindesmisshandlung gegen Barbara Wingate«, sagte er.

Laura seufzte, teils aus Erleichterung, teils aus schlechtem Gewissen. Es war nie gut, eine Familie auseinanderzureißen, aber manchmal musste es um das Wohl des Kindes willen sein.

»Man möchte es nicht glauben«, fuhr Langley fort. »Das Mädchen, Erin, hat zugegeben, dass sie vorgetäuscht hat, Blut zu spucken. So wie man es im Film macht. Sie hat es mit Hühnerblut gemacht. Ist das zu fassen?«

In ihrem Herz schien sich eine Leere aufzutun. »Warum hat sie das getan?«

»Schwer zu erklären. Ich habe mit einem befreundeten Arzt an der NAU gesprochen, der Patienten mit Münchhausen-Syndrom behandelt hat, und der meinte, das kann alle möglichen Ursachen haben. Offensichtlich hängt Erin sehr an ihrer Großmutter. Sie verbrachte die ersten anderthalb Jahre ihres Lebens bei ihr, als Kathy in Stanford Medizin studierte, und wir sind ziemlich sicher, dass Barbara schon damals damit angefangen hat, sie krank zu machen. Anschließend zog Erin zu ihrer Mutter – zu dem Zeitpunkt hatten Kathy und Mike geheiratet –, dann starben ihre Eltern, und das war's. Sie kam zurück zu ihrer Großmutter. Es wäre vorstellbar, dass sie einfach da weitermachte, wo sie aufgehört hatte. Für sie war das ganz normal.«

Laura versuchte ihm zu folgen. »Aber hat sie denn nicht mitbekommen, was Mrs. Wingate mit ihr gemacht hat?«

»In irgendeiner Weise sicher. Der Arzt hat es mir so erklärt, dass sie es gewohnt war, krank zu sein, nachdem sie die erste Zeit ihres Lebens bei Barbara Wingate verbracht hatte. Als sie zu ihr zurückkam, hat sie einfach wieder das getan, was ihr vertraut war, vermute ich. Und es hatte ja auch etwas Gutes. Sie sah, wie sehr ihre Großmutter die Aufmerksamkeit genoss – und für sie selbst fiel auch etwas davon ab. Plus die Anerkennung ihrer Großmutter.«

Laura begriff, wie es zu so einer Situation kommen konnte. Die Leere in ihrem Inneren breitete sich weiter aus. Sie fragte sich, wie Erins Zukunft aussah. Ob sie irreparable Schäden davongetragen hatte oder ob sie zu irgendeiner Art von normalem Leben zurückfinden konnte.

»Wir haben vom Gericht ein psychiatrisches Gutachten angefordert, dann wissen wir vielleicht mehr.« Langley räusperte sich. »Außerdem haben wir mit dem Jugendamt Verbindung aufgenommen. Dank Ihnen geht jetzt alles ziemlich schnell.«

Nachdem sie aufgelegt hatten, ging Laura zu Richies Zimmer und klopfte an die Tür. Sie erhaschte einen Blick auf seine Woody-Woodpecker-Boxershorts und begann zu lachen.

»Hey, ich wollte gerade unter die Dusche. Was ist los?«

Sie erstattete ihm Bericht. Über Erin, über ihre Großmutter.

»Warte einen Moment.« Er verschwand in dem dunklen Zimmer. Sie hörte, wie die Kühlschranktür geöffnet und wieder geschlossen wurde, und gleich darauf ein vertrautes Zischen.

Als er zurückkam, hatte er Jeans an und hielt zwei beschlagene Bierflaschen in der Hand. »Das muss gefeiert werden.«

Sie setzten sich an den kleinen runden Tisch am Fenster, und Laura versuchte, in dem eiskalten Bier und der Unterhaltung Trost zu finden.

»Ich hätte es erkennen müssen«, sagte Richie. »Vor allem nach dem, was Josh Wingate mir erzählt hat.«

»Was hat er dir denn erzählt?«

Er lehnte sich zurück und stieß mit dem nackten Fuß ein paarmal gegen das Tischbein. »Dass die gute alte Barbara vor ein paar Wochen versucht hat, sich umzubringen.«

Laura richtete sich kerzengerade auf. »Was? Wann hast du das erfahren?«

Er zuckte die Achseln. »Josh hat es mir erzählt. Irgendwann, als es ihm nicht so gut ging, du weißt schon. Ich glaube nicht, dass er es mir erzählen wollte, es ist ihm einfach so rausgerutscht.«

Laura glaubte, nicht recht zu hören. Wenn Barbara Wingate dermaßen labil war, dann musste das Büro des Sheriffs informiert werden. »Weiß der Sheriff von Yavapai County darüber Bescheid?«

»Hey, reg dich wieder ab. Ich habe ihn sofort danach angerufen und es ihm gesagt. Aber sie wussten es bereits. Es gibt einen Bericht darüber.«

»Langley hat mir gegenüber nichts davon erwähnt«, sagte sie und fragte sich, welchen Einfluss eine selbstmordgefährdete Barbara Wingate auf Erins eingeschränkten Sinn für die Realität haben mochte.

»Jedenfalls weiß er es.«

»Ich hoffe, dass sie das berücksichtigen.«

»Ich bin sicher, dass sie das tun. Das ist jetzt ihre Sache.«

»Was soll das heißen?«

»Nichts. Nur, dass du wahnsinnig gewissenhaft bist.«

»Du nicht?«

Er begann an der Folie um den Flaschenhals zu zupfen. »Klar, ich versuche es. Aber für mich ist es eher ein Job, verstehst du? Etwas, womit ich Frau und Kinder ernähre. Versteh mich nicht falsch – ich mag meine Arbeit. Es ist der beste Job, den ich mir vorstellen kann. Aber du – du glaubst aufrichtig daran.«

»Was ist daran verkehrt?«

Er sah sie an. »Nichts. Du bist ein Star, Laura. Manchmal mache ich mich darüber lustig, aber du und ich, wir wissen, dass es stimmt.«

»Ein Star. Klar doch.«

»Aber du könntest es uns anderen leichter machen, weißt

du? Indem du hin und wieder mal nicht ganz so unfehlbar bist.«

Sie fragte sich, ob er sie auf den Arm nahm. Er hatte sich schon als perfekter Lügner erwiesen. »Ach, Richie, ich wollte, du wärst ehrlich mir gegenüber. Wir sollten in diesem Fall zusammenarbeiten.«

»Ich bin ehrlich. Klar, ich reiße gern mal einen Witz, aber was das angeht, meine ich es todernst.«

Sei's drum, dann würde sie es eben glauben.

»Ich halte dich für eine sehr gute Polizistin«, fuhr er fort. »Schon immer. Ich ärgere dich eben nur gern von Zeit zu Zeit. So bin ich nun mal, verstehst du?«

Er klang aufrichtig. Laura hätte beinahe das Versteckspiel hinsichtlich seiner Ehe zur Sprache gebracht, aber es war das erste Mal, dass sie wirklich freundschaftlich miteinander umgingen, und sie wollte es nicht verderben.

Richie hob seine Flasche und stieß mit ihr an. »Ganz im Ernst, Laura, du hast dieses Kind vor Gott weiß was bewahrt. Das ist einfach toll.« Er stellte die Flasche auf den Tisch und verschränkte seine dicken Finger hinter dem Kopf. »Vielleicht schaffen wir es nicht, den Mörder von Dan und Kellee zu finden, aber Barbara Wingate hast du zur Strecke gebracht, so viel steht fest.«

Am nächsten Morgen kam Laura gerade aus der Dusche, als das Telefon in ihrem Zimmer klingelte.

Sie wickelte sich in ein Handtuch und lief auf Zehenspitzen zum Telefon, nasse Flecken auf dem Teppich hinterlassend.

Eine Stimme am anderen Ende sagte: »Elendes Miststück!«

In der Stimme der Frau schwang so viel Hass mit, dass sie sie nicht erkannte. »Wer …«

»Ich weiß, was Sie getan haben – mit wem Sie gesprochen haben. Leute, die ich kenne! Und jetzt ist sie weg. Mein kleines Mädchen ist weg!«

Einen Augenblick lang war Laura verwirrt. Dann begriff sie, dass Barbara Wingate von ihrer Enkelin sprach. »Weg?«

Barbara Wingates Stimme zitterte – mehr vor Wut als vor Schmerz, dachte Laura. »Als ob Sie das nicht wüssten. Sie haben sie doch informiert.«

»Wen? Beruhigen Sie sich erst mal, dann können wir …«

»Die Leute vom Jugendamt!«

»Jugendamt?«

»Sie können wirklich stolz auf sich sein!«

Der Hörer drohte Lauras Hand zu entgleiten, und sie umklammerte ihn fester. »Mrs. Wingate?«

»Warum, zum Teufel, konnten Sie sich nicht einfach raushalten, Sie hinterhältiges, betrügerisches, gemeines Stück!«

Keuchender Atem. Laura setzte zu einer Erwiderung an, kam jedoch nicht dazu. »Wie konnten Sie mir das antun? Wie konnten Sie so etwas tun? Ich hoffe, dass Sie eines Tages dafür bezahlen!«

Es war, als hätte Barbara Wingate jede Spur von Menschlichkeit verloren; und darunter kam ein Ungeheuer zum Vorschein, wie Laura es noch nie in ihrem Leben gesehen hatte.

»Mrs. Wingate …«

Sie sprach ins Leere.

Mit wild hämmerndem Herzen und dem Gefühl, von ihrem eigenen Körper abgetrennt zu sein, griff Laura nach dem Telefonbuch, um die Nummer von Barbara Wingate herauszusuchen. Das schwere Buch rutschte ihr von den Knien und landete auf dem billigen Teppich. Ihre schweißnassen Hände.

Das Hämmern setzte sich in ihrem Kopf fort. Selbstmord,

dachte sie. Die Frau hatte erst vor kurzem versucht, sich umzubringen. Das schöne Bild, das Barbara Wingate von sich geschaffen hatte, war zerstört.

Laura wusste, dass sie zu ihr fahren musste. Sie zog sich an, schnappte sich ihre Schlüssel und lief zu ihrem Wagen. Hektisch hantierte sie mit dem Wagenschlüssel herum, wollte ihn ins Schloss stecken und verfehlte es, der Griff rutschte ihr aus der Hand und quetschte ihr die Finger ein. Sie ließ die Schlüssel in den Fußraum fallen. Aus den Haaren lief ihr das Wasser zwischen den Schulterblättern den Rücken hinunter.

Vielleicht bin ich die Falsche, dachte sie, als sie über die Cataract Road raste. Vielleicht sollte nicht gerade ich zu ihr fahren.

Aber es blieb ihr nichts anderes übrig.

Sie wählte Richies Nummer.

»Ich mache mir Sorgen um Barbara Wingate«, erklärte sie ihm, während sie unter der Eisenbahnbrücke durchfuhr. »Das Jugendamt hat Erin geholt.«

»Erin? Meine Fresse, das ging aber schnell. Was …«

»Hör mir jetzt einfach zu. Ich glaube, ich brauche Verstärkung. Sie ist am Telefon völlig ausgerastet, und ich habe keine Ahnung, was ihr möglicherweise einfällt.«

»Meinst du, sie könnte noch mal versuchen, sich umzubringen?«

»Du lieber Gott, ich hoffe nicht.« Sie trat aufs Gas und ließ den Motor des Impala aufheulen.

Sie beendete die Verbindung, warf das Handy auf den Beifahrersitz und umklammerte mit beiden Händen das Lenkrad.

Das frühmorgendliche Licht tauchte die von glitzernden Tautropfen überzogene Weide der Unicorn Farm in ein blasses Grüngold. Laura hatte ihr Fenster geöffnet und sog den frischen Geruch von Gras ein, doch statt sie zu beruhigen, verstärkte er ihr Unbehagen nur noch. Sie öffnete das Tor und raste, ohne es hinter sich wieder zu schließen, die Zufahrtsstraße entlang.

Im Schatten der Kiefern wirkte das Haus düster und heruntergekommen.

Laura hielt rechts davon an, ein Vorgehen, das ihr in Fleisch und Blut übergegangen war. Falls jemand die Tür aufmachte oder aus dem Fenster blickte, konnte er sie an dieser Stelle nicht sehen.

Sie registrierte alles. Die Stille. Die heruntergelassenen Jalousien. Das Einzige, was sich bewegte, waren die Schatten auf dem Dach des Hauses und die Grashalme, als ein leichter Wind aufkam. Sie blickte zu der Veranda, die sich über die gesamte Breite des Hauses zog. In ländlichen Gegenden waren solche Veranden ein gewohnter Anblick; nur ein paar Zentimeter über dem Boden, kein Geländer, Holzplanken, eigentlich keine richtige Veranda. Sie wusste bereits, dass sie die Veranda betreten und sich nach links wenden würde, sorgfältig darauf achtend, unterhalb der Fenster zu bleiben, bis zur Eingangstür auf der linken Seite des Hauses.

Sie musste es einfach tun.

Sie saß im Wagen, überlegte, ob sie alles bedacht hatte, ging im Geist ihre Vorgehensweise durch. Sie spürte den vertrauten Adrenalinstoß, als sie sich den Befehl »Tu's einfach« gab.

Sie sollte auf Verstärkung warten, die eigentlich gleich da sein müsste. Aber diese Frau war selbstmordgefährdet. Vielleicht war sie schon tot. Oder lag im Sterben.

Sie rutschte auf den Beifahrersitz, ihr Herz begann schneller zu schlagen. Sie spürte in ihrer Brust etwas Schweres, Kompaktes nach oben steigen. Adrenalin schoss durch ihre

Adern, aber da war noch etwas anderes, etwas Wildes, Pulsierendes, das in ihrem Kopf dröhnte, ihren Geist ausschalten und in Dunkelheit tauchen wollte.

Sie erkannte es, erinnerte sich von der Chiricahua-Farbenfabrik her daran: Angst.

So viel Angst, dass sie kaum den Türgriff festhalten konnte. Angst, die flügelschlagend ihren Kopf zu umkreisen schien, ihr die Sicht zu nehmen versuchte.

Reiß dich zusammen!

Sie musste sie zurückdrängen. Sie musste das Zittern in ihren Beinen unter Kontrolle halten, ihr Herz, das ihr aus der Brust zu springen drohte. Sie schluckte und merkte, dass ihre Angst ein wenig nachließ.

Rational betrachtet, hatte sie von Barbara Wingate vermutlich keine ernsthafte Gefahr zu fürchten. Dennoch würde sie nicht das geringste Risiko eingehen und vorsichtig sein.

Aber ihre Angst überraschte sie.

Sie hatte sie unvermittelt überfallen, ließ das Blut in ihren Ohren rauschen, ihren Magen sich zusammenziehen, ihre Hände zittern, ihren Mund trocken werden.

Frank Entwistle: *Du sitzt in einem Glashaus.*

Na gut. Dann warte, warte auf Verstärkung. Du kannst dich zwischen den Bäumen verstecken, du kannst in sicherer Entfernung bleiben, Abstand halten, du kannst …

Vergiss es.

Sie öffnete die Tür und lief in geduckter Haltung bis zum ersten Pfosten der Veranda auf der rechten Seite.

Das Rascheln der Blätter in den Bäumen ringsum überdeckte das Geräusch ihrer Schritte.

Sie spürte, wie die Angst sich niederkauerte, abwartend, wachsam, aber keine Gefahr mehr für sie war.

Sie betrat die Veranda. Die Holzbretter knarrten leise unter ihrem Gewicht. Mit angehaltenem Atem schlich sie zur Hauswand, ging unter dem Fenster in die Hocke. Langsam bewegte sie sich auf die Tür zu, darauf achtend, auf keine losen Bretter zu treten. Die Pistole gezogen und schussbereit.

Auf halbem Weg zur Tür blieb sie stehen und lauschte. Über die blaugrauen Holzbretter zuckten unablässig Schatten.

Laura atmete tief durch und ließ die Angst in ihrem Inneren zu einem kleinen Ball schrumpfen, vertraute auf ihre Erfahrung. Sammelte sich. Die Pistole lag ruhig in ihrer Hand. Sie ließ ihren Blick an der Hausfront entlangwandern, hielt Ausschau nach einer Bewegung, konzentrierte sich auf die Fliegengittertür. War im Begriff weiterzugehen.

Ein Klicken. Vielleicht eine Eichel, die vom Dach gefallen war, aber metallisch ...

Plötzlich wusste sie es.

Sie spürte es im Nacken. Kalt, fremd. Ein kleiner Kreis, Knapp einen Zentimeter im Durchmesser.

Die Angst, die sie zurückgedrängt hatte, brach sich Bahn und überflutete sie, als ihr klar wurde, was es war.

Barbara Wingates Stimme durchbrach die Stille. »Keine Bewegung.«

Für den Bruchteil einer Sekunde wäre Laura überhaupt nicht fähig gewesen, sich zu bewegen, sie konnte nicht einmal denken. Dann begann ihr Gehirn wieder zu funktionieren. Es war richtig, sich ruhig zu verhalten. Aber vor Angst wie erstarrt zu sein – das war ihr noch nie passiert.

Sie zwang sich dazu, ganz still zu stehen. Schaffte es, den Kopf ein kleines Stück zur Seite zu drehen, spürte, wie das kalte Ding unter ihre Haare glitt, sich gegen ihre Haut drückte, sah aus dem Augenwinkel Jeans und Stiefel und eine braune Wildlederjacke.

»Ich will Sie nicht verletzen.«

»Dann legen Sie die Waffe weg«, sagte Laura.

»Nur, wenn Sie Ihre Waffe wegwerfen.« Laura spürte, wie sich die Mündung fester gegen ihren Hals presste. »Jetzt sofort.«

Laura warf ihre Pistole weg.

»Drehen Sie sich um. Sehen Sie mich an.«

Laura folgte der Anweisung.

»Sie sollen sehen, was Sie angerichtet haben.«

Barbara Wingates Gesicht wirkte eingefallen, die Wimperntusche lief ihr über die Wangen. Ihre Haare hatten sich aus dem normalerweise so adretten Pferdeschwanz gelöst und hingen ihr um den Kopf, zerzauste rotgoldene Strähnen, die in der Sonne leuchteten wie ein Heiligenschein. In ihren Augen war ein irres Funkeln zu erkennen.

In Lauras Kopf überschlugen sich die Gedanken: Würde sie sterben? Wie war der Tod? War danach nichts mehr? Oder würde sie nicht sterben? Was, wenn sie überlebte und schwer behindert war? Wer würde sich dann um sie kümmern? Sie hatte niemanden, nicht einmal Tom.

Sie versuchte, etwas zu sagen, aber ihre Stimmbänder versagten ihr den Dienst. Zögernd kehrte ihr Verstand immer wieder zu dem gleichen Gedanken zurück, einem dummen Gedanken. Jay Ramseys Querschnittslähmung.

Hilflos. Was würde sie tun, wenn das geschah?

Hör auf! Rede mit ihr.

»Mrs. Wingate ...«

Blitzschnell hielt sich Barbara Wingate die Waffe an die Schläfe. »Keine Bewegung!«, schrie sie. »Wenn Sie sich auch nur einen Millimeter bewegen, erschieße ich mich.«

Die Polizistin in Laura meldete sich zurück und übernahm das Kommando. Der Bann war gebrochen. »Mrs. Wingate«, sagte sie behutsam, »das wollen Sie doch gar nicht. Was ist mit Erin?«

»Erin ist weg.« Eine Träne rann über die Wange der Frau, tropfte von ihrem Kinn. Dennoch lag die Waffe ruhig in ihrer Hand. Der Ausdruck in ihren Augen hatte von irre zu eisern entschlossen gewechselt.

Laura merkte, dass sie den Atem anhielt. »Was soll ich tun?«

»Sie sind hierher unterwegs, nicht wahr?«

»Wer? Die Polizei? Niemand will, dass Sie sich selbst verletzen. Sie wollen …«

»Scheiß auf das, was irgendjemand will! Ich will meine Tochter zurück.«

Wenn Barbara Wingate das Kind als ihre Tochter bezeichnen wollte, bitte. »Falls das alles ein Missverständnis war, dann müssen Sie ihnen die Gelegenheit geben, es aufzuklären. Ich weiß, dass Sie Erin lieben. Sie wollen nur das Beste …«

»Sie haben keine Ahnung, was ich will! Ich will, dass Sie sehen, was Sie mir angetan haben. Ich will, dass Sie es hautnah miterleben.« Sie betonte jedes einzelne Wort, spuckte es förmlich aus. »Ich will, dass Sie es für den Rest Ihres Lebens nicht mehr vergessen.«

Rede mit ihr. Reden war alles, was ihr blieb. »Barbara, wenn Sie das tun, dann werden Sie Erin nie wiedersehen. Denken Sie mal daran, was Sie ihr damit antun. Wenn sie es erfährt – welche Schuldgefühle das bei ihr auslösen wird.«

Barbara Wingate hielt ihrem Blick stand. Die Waffe ruhig auf die Stelle über ihrem Ohr gerichtet, das kalte blaugraue Metall hob sich dunkel gegen ihre Haare ab. Den Finger am Abzug – Laura dachte an die geringe Kraft, die es brauchte, um ihn zu betätigen.

»Denken Sie an Erin. Es findet sich eine Lösung. Wir finden eine Lösung, ich kann für Sie bürgen. Aber Sie müssen zeigen, dass mit Ihnen alles in Ordnung ist. Das wollen Sie doch, nicht wahr, Barbara?«

Statt einer Antwort brannte Barbara Wingate mit ihrem Blick ein Loch in Lauras Seele.

Und drückte den Abzug durch.

28

Laura hatte schon unzählige Schussverletzungen gesehen, und sie waren immer hässlich. Bisher war es ihr erspart geblieben, Zeugin eines Mordes oder eines Selbstmordes zu werden – des Augenblicks, in dem die Kugel das Gehirn durchschlug und alles auslöschte, was menschlich war. Aber sie wusste, dass es dieses Mal passieren würde, und sie wusste auch, dass sie nichts dagegen tun konnte – dafür blieb ihr nicht genug Zeit. Sie zuckte zusammen, sah wie in Zeitlupe die Explosion, das hervorschießende Blut, unter dem die eine Hälfte von Barbara Wingates Gesicht verschwand, graue Gehirnmasse und zersplitterte Knochen, die an die blaue Hauswand spritzten.

Aber sie sah es nicht, weil es nicht geschah.

Wie in einem Film hatte ein Zeitsprung stattgefunden. Erste Einstellung: Frau steht auf der Veranda, hält sich eine Waffe an den Kopf. Zweite Einstellung: Frau steht auf der Veranda, hält sich eine Waffe an den Kopf.

Kein Schuss, kein Korditgeruch, kein Blut, kein dumpfer Aufprall, als die Frau auf dem Holzboden zusammenbricht.

Nur Barbara Wingate, die vor ihr stand, sich die Waffe an den Kopf hielt, auf dem Gesicht einen Ausdruck, der gleichzeitig trotzig und triumphierend war.

Laura wartete nicht ab, bis sie ein zweites Mal abdrückte. Sie machte einen Satz nach vorn und brachte Barbara Wingate mit ihrem Gewicht zu Fall. Warf sich auf sie, packte von hinten zuerst ihre eine Hand und dann die andere. Drückte der Frau das Knie ins Kreuz, bog ihr grob die Arme auf den Rücken und legte ihr Handschellen an. Adrenalin pulsierte durch ihre Adern; es fiel ihr nicht schwer, Mrs. Wingate hochzuziehen, sie zu zwingen, die wenigen Schritte bis zum Auto zu gehen, und sie gegen die Motorhaube zu drücken.

In ihrem Kopf breitete sich Wut aus wie ein roter Nebel. *Pass auf.* Verlier nicht die Beherrschung, ermahnte sie sich. Und deshalb ging sie vorsichtiger vor, als sie mit dem Fuß die Beine der Frau nach links und rechts schob.

»Beine auseinander.«

Barbara Wingate leistete keinen Widerstand und tat wie geheißen. Keine Tränen, kein Geschrei, einfach nur stille Ergebenheit. Laura klopfte sie nach Waffen ab, dann bückte sie sich nach dem Revolver, der im Gras gelandet war.

Sie öffnete die Trommel und drehte sie: leer.

Unterschiedliche Empfindungen – hauptsächlich Erleichterung und Zorn – ergriffen von ihr Besitz und ließen ihre Beine zittern. Sie hob ihre eigene Waffe auf und setzte sich auf die Veranda, die Pistole auf Barbara Wingate gerichtet. »Versuchen Sie nicht, auch nur den kleinen Finger zu bewegen«, sagte sie.

»Warum? Meinen Sie, es kümmert mich, ob Sie mich erschießen?«

»Mutige Worte«, sagte Laura, »für jemanden, der niemals die Absicht hatte, sich umzubringen.«

Sie hörte das vertraute Motorgeräusch eines Streifenwagens. Ein Fahrzeug des Sheriffs kam die Zufahrt entlang und blieb vor dem Haus stehen.

»Was ist hier los?«, rief ein Deputy.

Die Waffe noch immer auf Barbara Wingate gerichtet, sagte Laura: »Nichts. Nichts mehr.«

29

Der Deputy – auf seinem Namensschild stand Frank Gutierrez – verfrachtete Barbara Wingate auf den Rücksitz seines Streifenwagens, dann trat er wieder zu Laura.

»Ich glaube, Sie können sich jetzt wieder entspannen«, sagte er.

Laura merkte, dass sie immer noch mit zitternden Händen ihre Pistole im Anschlag hielt. Langsam ließ sie die Arme sinken.

»Was ist hier passiert?«, fragte er noch einmal.

»Darüber versuche ich mir auch gerade klar zu werden.«

Die nächste Stunde raste an ihr vorbei. Zusammen mit drei Leuten des Sheriffs betraten Laura und Richie das Haus, in dem es genauso ordentlich aussah wie bei ihrem Besuch zwei Tage zuvor. Nichts deutete auf Barbara Wingates Geisteszustand hin: Die Betten waren gemacht, das Zimmer von Erin war aufgeräumt.

Mit anderen Worten: perfekt.

Gerahmte Drucke an den Wänden, allesamt mit romantischen Motiven. Arbeiten von Maxfield Parrish, vornehme Damen und Herren, wunderschöne junge Mädchen. Einhörner.

Richie ging hinaus, um Barbara Wingate auf der Rückbank des Streifenwagens zu verhören. Sie blickte starr geradeaus und weigerte sich, mit ihm zu reden, erklärte lediglich, sie wolle mit ihrem Anwalt sprechen.

Der Adrenalinschub, der Laura in die Lage versetzt hatte, Mrs. Wingate zu überwältigen, wirkte noch nach. Er ließ sie am ganzen Körper zittern.

Sie folgte der üblichen Prozedur, sah sich im Haus um, stand Richie und dem Deputy Rede und Antwort, aber ihre Gedanken kreisten um die Frage, wie sie hätte verhindern können, dass es zu dieser Situation kam.

Wie hatte sie zulassen können, dass Barbara Wingate sie derart überrumpelte?

Laura erkannte, dass sie nicht genau genug auf ihre Umgebung geachtet hatte. Sie hatte den Wind, die Geräusche und die Schatten einfach als gegeben betrachtet. Sie war so darauf fixiert gewesen, in Barbaras Haus einzudringen, dass sie nichts anderes wahrgenommen hatte.

Kaum zu glauben, dass sie sich so leicht in einen Hinterhalt hatte locken lassen.

Es war von Anfang an schiefgelaufen. Sie hatte die Sache in Gang gesetzt und war dann davon überrollt worden.

Der Wagen des Sheriffs mit Barbara Wingate auf der Rückbank fuhr los. Richie kam zu ihr. »Sie bringen sie ins Krankenhaus nach Flagstaff. Zur Beobachtung in der Abteilung für Selbstmordgefährdete, zumindest für eine Nacht.«

»Und dann?«

»Sie kriegt eine Anzeige wegen tätlichen Angriffs und Bedrohung mit einer Waffe und wird wahrscheinlich wieder auf freien Fuß gesetzt. Ihr Sohn ist unterwegs.«

Plötzlich verspürte sie das Bedürfnis, sich zu setzen. Sie öffnete die Fahrertür des Impala und ließ sich auf der Kante des Schalensitzes nieder. Keine Sekunde zu früh: Der Adrenalinschub, der sie die ganze Zeit auf den Beinen gehalten hatte, ließ allmählich nach. Sie fühlte sich unglaublich schwach.

Sie sah immer noch die Mündung dieses Revolvers auf

ihr Gesicht gerichtet, blickte in dieses gleichmäßige runde schwarze Loch.

Richie sah sich um. »Ich schätze mal, unsere Arbeit hier ist getan.«

»Ja.«

»Jessup hat uns nicht weitergebracht.«

»Hm-hm.«

»Bobby und Shana sind verschwunden.«

»Ich weiß.«

»Also, was hast du jetzt vor?«

»Ich denke, es gibt nichts, was ich hier noch tun könnte. Ich fahre nach Hause.«

»Dann sehen wir uns in Tucson.« Er klopfte auf das Dach ihres Impala und ging pfeifend zu seinem Starsky-Mobil. Er sah aus wie jemand, der ganz oben war.

Froh, dass es sie getroffen hatte und nicht ihn.

Na und? Er war obenauf, und sie war am Boden. In diesem Augenblick interessierte sie das einen feuchten Kehricht. Benommen fuhr sie zurück ins Motel. Sie packte ihren Koffer, verstaute ihn im Kofferraum ihres Wagens und machte sich auf den Weg zum Flughafen.

30

Laura nahm kaum etwas von ihrer Umgebung wahr, als sie auf der Interstate 40 in Richtung Flagstaff fuhr. In Gedanken war sie woanders.

Noch immer spürte sie die kalte Mündung in ihrem Nacken. Sie musste unablässig über ihre Reaktion nachdenken.

Vor Angst wie gelähmt, nicht fähig, irgendetwas zu tun,

nicht fähig zu denken. Es hatte nur den Bruchteil einer Sekunde gedauert, aber in ihrem Beruf konnte der Bruchteil einer Sekunde eine Ewigkeit dauern. Der Bruchteil einer Sekunde konnte über Leben und Tod entscheiden.

Und sie war praktisch zu Eis erstarrt.

Nicht nur das, selbst jetzt noch, während sie auf der Interstate unterwegs war, verspürte sie Angst.

Angst, weil sie die Entschlossenheit in Barbara Wingates Augen gesehen hatte. Die Frau hatte daran gedacht, sie zu töten. Das hatte ihr Tonfall zu erkennen gegeben, das Flackern in ihren Augen. Sie hatte ihr Leben lediglich einer Laune von Mrs. Wingate zu verdanken, die vorher dafür gesorgt hatte, dass der Revolver nicht geladen war. Ihr Plan hatte bereits festgestanden, und dieser Plan sah vor, Laura einen solchen Schrecken zu versetzen, dass sie lange daran zu knabbern haben würde. Aber für einen kurzen Moment hatte ihr Verstand ausgesetzt, und Laura hatte die Entschlossenheit in ihren Augen gesehen.

Die Frau war keineswegs verrückt. Aber sie war von einer grenzenlosen Wut erfüllt, und diese Wut war einen kurzen Augenblick lang an die Oberfläche gestiegen. Wenn der Revolver geladen gewesen wäre, säße Laura jetzt nicht hier.

Es war Barbara Wingates Entscheidung gewesen. Lauras Leben hatte in ihren Händen gelegen.

Laura bremste, um die Ausfahrt zur Interstate 17 zu nehmen, bemerkte das Zittern ihrer Hände. Sie hatte die Frau unterschätzt. Sie hatte ihren Weg bis zu Mrs. Wingates Tür geplant, aber sie hatte ihn nicht gründlich genug geplant. Sie hatte außer Acht gelassen, dass die Frau sich außerhalb des Hauses befinden und sich von der Seite um das Haus herum an sie anschleichen könnte.

Laura war nur deshalb noch am Leben, weil sie Glück gehabt hatte.

Die unterdrückte Angst, die sie jeden Tag begleitete – der ständige, quälende Gedanke, dass dieser Tag ihr letzter sein könnte –, hatte sich schließlich Bahn gebrochen und Besitz von ihrem Körper und ihrem Verstand ergriffen.

Falls sich das wiederholte, war sie unbrauchbar für den Polizeidienst.

Die Möglichkeit, in Ausübung des Dienstes zu sterben, war real. Es war etwas, das man in Betracht ziehen musste. Wenn man sich am Morgen von seinen Lieben verabschiedete, vergewisserte man sich, dass man im Reinen miteinander war. Jeder Tag konnte vorzeitig zu Ende sein. Aber man durfte nicht zulassen, dass einen dieser Gedanke lähmte.

Ihre Beine zitterten. Sie musste anhalten. Kurz vor dem Flughafen fuhr sie auf das grasbewachsene Bankett, öffnete die Tür und ging zwischen den mächtigen Stämmen der Gelbkiefern auf und ab. Hielt das Gesicht in die Sonne, nahm die Wärme auf ihren Wangen wahr, roch den Duft der Kiefernnadeln. Vor ihr sprang ein Grashüpfer durch das hohe rostbraune und goldfarbene Gras.

Lebendig. Sie war noch am Leben. Zeit, es mehr zu schätzen. Zeit, ein Dankgebet gen Himmel zu schicken.

Sie hatte Fehler gemacht, aber sie war noch am Leben. Sobald sie zu Hause war, würde sie sich mit den Ereignissen des heutigen Tages auseinandersetzen. Sie würde einiges in ihrem Leben ändern. Sie würde zum Augenarzt gehen. Sie würde zum Polizeipsychologen gehen. Sie würde sich dem stellen, was heute geschehen war, und sich damit aussöhnen.

Und ich werde die Sache mit Tom angehen und ein für alle Mal klären, wo wir stehen. Zumindest hatte sie eine zweite Chance bekommen, all das zu tun.

Sie blieb unter einer großen Kiefer stehen, spürte das

Spiel der Schatten auf ihrem Gesicht, lauschte auf das Rauschen des Verkehrs. Ihre Finger tasteten nach dem Lippenbalsam in ihrer Tasche. Plötzlich verlangten ihre Lippen danach, fühlten sich an wie die Felsspalten im Grand Canyon. Sie war so darauf konzentriert, ihnen die ersehnte Erleichterung zu verschaffen, dass es einen Moment dauerte, bis sie das Klingeln des Handys an ihrem Gürtel registrierte.

Es war Shana. Zuerst ergaben ihre Worte keinen Sinn – sie befand sich am Rand der Hysterie.

»Beruhigen Sie sich«, sagte Laura. »Holen Sie tief Luft und fangen Sie noch mal von vorn an.« Sie hoffte, die junge Frau würde nicht einfach einhängen.

»Er hat mich dort zurückgelassen! Er wollte mich umbringen, ich dachte, ich würde sterben, und ich habe immerzu gegraben und, o Gott! Wie konnte er so etwas tun? Ich verstehe das einfach nicht! Troy, ich hab dir doch schon gesagt, dass du nichts unternimmst!«, sagte sie, an jemanden gewandt, der mit ihr im Zimmer war. »Er würde dich umbringen!«

Jetzt schluchzte sie, die Laute drangen abgehackt aus dem Handy, im Hintergrund schrie ein Mann irgendetwas. Laura presste das verdammte Ding so fest an ihr Ohr, dass es wehtat, und dachte, wie nervtötend die moderne Technik manchmal sein konnte. »Wo sind Sie? Ich komme zu Ihnen.«

Schweigen am anderen Ende.

»Shana? Shana?« Hatte sie aufgelegt?

»Ich weiß nicht, ob das eine gute Idee ist.« Ihre Stimme klang dumpf.

»Sie haben gesagt, er wollte sie umbringen. Stimmt das?«

Wimmern.

»Shana, er könnte zurückkommen. Sie müssen es jemandem erzählen. Sie haben mich doch nicht ohne Grund angerufen.«

»Ich habe Troy.«

»Wer ist Troy?«

»Ein Freund.« Die alte Shana. Trotzig.

»Hören Sie«, sagte Laura rasch, »sagen Sie mir, wo Sie sind. Ich komme zu Ihnen, und wir können reden, wenn Sie wollen, müssen aber nicht. Das liegt bei Ihnen. Wo sind Sie im Augenblick?«

»Wenn Bobby wüsste, dass ich mit Ihnen gesprochen habe. Würdest du endlich den Mund halten, Troy? Sei still! Ich kann keinen einzigen klaren Gedanken fassen!«

»Bobby kann Ihnen nichts tun, solange ich bei Ihnen bin. Sind Sie zu Hause?«

Wieder Schweigen. »Ich bin in Flagstaff.«

»Was für ein Zufall. Ich bin in der Nähe des Flughafens.« Laura bemühte sich um einen freundlichen Tonfall. Sie war noch niemals jemandem begegnet, der so misstrauisch war, so verquer dachte. »Wo sind Sie?«

Laura hörte, wie der Hörer auf einen Tisch oder eine andere harte Unterlage geknallt wurde, und Shanas Stimme, die sagte: »Erklär du es ihr.«

Jemand nahm den Hörer und eine gereizte junge Männerstimme drang an ihr Ohr. »Hören Sie, ich weiß nicht, wer Sie …«

»Würdest du ihr einfach sagen, wo wir sind?«, brüllte Shana.

Laura fuhr auf der Interstate 17 nach Süden bis zur Ausfahrt Kachina Village und Mountainaire. Am Ende der Ausfahrt entdeckte sie den Laden, den Shana ihr beschrieben hatte. Sie fuhr bis zur nächsten Kreuzung und bog nach rechts auf den Kachina Trail ab. Der Kachina Trail wand sich einen mit Kiefern bewachsenen Hang hinauf. Der Asphalt wich Schotter, und die grüne Baumkulisse verschwand hinter der Staubwolke, die ihre Reifen aufwirbelten.

Zur Linken Abzweigungen, zur Rechten Nadelwald, der hin und wieder den Blick auf eine Koppel mit weidenden Pferden neben dem Freeway freigab. Ein Stück weiter vorn waren rings um das Haus an der Ecke Personenwagen und Trucks geparkt. Eine Familie überquerte die Straße, Mutter und Tochter in pastellfarbenen Kleidern, jede von ihnen trug ein Hochzeitsgeschenk, was zu der blumengeschmückten Laube neben einem künstlichen Teich und der strahlenden blonden jungen Frau in einem Brautkleid passte.

Laura bog an der Ecke ab, Moenkopi. Die restliche Straße war über weite Strecken erheblich weniger angenehm. Sie fuhr an zerbeulten Briefkästen, Wohnwagen in verschiedenen Stadien des Verfalls, aufgebockten Autos und den allgegenwärtigen Kiefern vorbei, die es selbst in dieser Umgebung noch schafften, einen hübschen Anblick zu bieten. Auf der rechten Seite umgab ein hüfthoher Maschendrahtzaun einen Hof, der im Wesentlichen von einem abgewrackten Schulbus und zwei spitzköpfigen Pitbulls beherrscht wurde.

Im hinteren Teil stand ein Wohnwagen in verblichenem Türkis, auf den schiefen hölzernen Stufen vor dem Eingang saß eine schlanke junge Frau, einen Arm auf die Knie gestützt, zwischen den Fingern eine lange Zigarette. Ihre weizenblonden Haare waren zerzaust, über einem rosa-weiß-braun gestreiften Top trug sie ein langärmeliges offenes Männerhemd, dazu schmutzige Jeans und Stiefel.

Laura brauchte einen Moment, bevor sie Shana erkannte und dass das Schokoladenbraun in dem engen Oberteil zum Teil Schmutz war. Sie ging zum Tor.

Die Hunde kamen an den Zaun geschossen und steckten

die Schnauzen durch den Maschendraht, ihre Augen waren goldfarben und unergründlich.

Shana sah in ihre Richtung und schnippte die Asche von ihrer Zigarette. Der junge Mann, der auf einer Hantelbank Gewichte stemmte, setzte sich auf, wischte sich mit einem rosafarbenen Handtuch das Gesicht ab und kam zum Tor geschlendert. Ärmelloses T-Shirt, Tätowierungen, Ohrring. Er hatte schwarze Haare und tief liegende Augen mit dunklen Ringen, und an seinem Gürtel hing eine schwere Kette, die in der vorderen Tasche seiner Jeans verschwand. Er packte die beiden Hunde am Halsband, zerrte sie um das Haus herum in einen Schuppen und warf die Tür hinter ihnen zu, die dabei durchdringend in den Angeln quietschte.

Er sah sie finster an, als er das Tor öffnete.

Laura betrat den Hof und wich einem verrosteten Grill aus, der mitten auf dem Weg lag.

Shana blieb auf der Treppe sitzen, griff sich mit einer Hand in die Haare und strich sie sich nach vorn, so dass sie ihr über eine Schulter fielen. Laura bemerkte einen dunklen Haaransatz, vielleicht sah es aber auch nur so aus, weil die Haare ungewaschen waren.

»Haben Sie was dagegen, wenn ich mich setze?«

Shana stieß einen Seufzer aus, nahm einen Zug von ihrer Zigarette. Sie versuchte den Eindruck zu erwecken, als kümmere sie das alles nicht, aber Laura sah, dass ihre Hand zitterte.

Troy war Laura zum Wohnwagen gefolgt, stand jetzt vor ihnen und sah sie abwechselnd an. »Du brauchst ihr überhaupt nichts zu erzählen«, sagte er.

»Troy«, murmelte Shana.

»Sie haben mich angerufen«, sagte Laura mit leiser, ruhiger Stimme. »Dafür wird es ja wohl einen Grund geben.«

Shana griff sich erneut in die Haare. Laura stellte fest,

dass ihre Fingernägel abgebrochen und zum Teil tief eingerissen waren, die Ränder schwarz. An ihren Knöcheln haftete ebenfalls Schmutz.

»Sie sagten, Sie mussten graben. Ich nehme an, das war kein Scherz. Was hat das alles zu bedeuten?«

Troy stand vor ihnen, die Arme verschränkt, mit funkelnden Augen. »Hör mal, wenn du sie los sein willst …«

»Nein, nein«, sagte Shana müde. Und dann begann sie zu reden.

In dem Haus an der Ecke war die Hochzeitsfeier in vollem Gang. Das hübsche junge Paar stand unter dem weißen Gitterbogen der Laube und schwor sich ewige Treue. Als Laura vor der Kurve abbremste, sagte Shana: »Halten Sie mal kurz an.«

Laura ließ den Motor im Leerlauf weiterlaufen. Shana sah aus dem Fenster, einen traurigen Ausdruck auf dem Gesicht. Laura dachte, wenn Shana sich waschen würde, sähe sie der Braut sehr ähnlich.

Über das Plätschern des Wassers in dem Teich und das Rascheln der Zitterpappeln hinweg hörte Laura den Pfarrer sprechen. Sie blickte zu Shana, die den billigen Verlobungsring von Bobby an ihrem Finger hin und her drehte.

Dann ließ sich Shana in ihren Sitz zurücksinken, ihre Miene völlig ausdruckslos.

Laura fragte: »Sollen wir weiterfahren?«

Shana sah starr geradeaus. »Ich verstehe nicht, warum ich ins Krankenhaus muss. Mir geht es gut.«

»Sie müssen sich untersuchen lassen, Shana. Sie könnten dehydriert sein. Sie haben einen starken Sonnenbrand, und Sie haben selbst gesagt, dass Ihnen ziemlich übel war, als Sie bei Troy ankamen.«

»Na und, ich habe gekotzt. Wie ginge es Ihnen denn,

wenn jemand mit Ihnen das machen würde, was Bobby mit mir gemacht hat?«

»Je schneller wir dort sind, desto schneller haben Sie es hinter sich.«

Als Laura den Gang einlegte, murmelte Shana etwas vor sich hin.

Laura fragte sie, was sie gesagt habe.

»Ich hatte nicht so eine schöne Hochzeit.«

Im Krankenhaus in Flagstaff behielt man Shana über Nacht zur Beobachtung da. Wie Laura vermutet hatte, war die junge Frau dehydriert und brauchte vor allem Flüssigkeit. Die Schürfwunden, die sie sich zugezogen hatte, als sie sich aus dem Grab, das Bobby Burdette für sie geschaufelt hatte, befreite, mussten ebenfalls versorgt werden.

Shana protestierte, aber nicht besonders überzeugend. Laura hatte den Eindruck, dass die junge Frau die Aufmerksamkeit genoss. Sie hatte bereits Shanas Eltern angerufen, und die hatten offensichtlich einen neuen Geschwindigkeitsrekord aufgestellt, um nach Flagstaff zu kommen. Laura sprach im Wartezimmer mit ihnen. Vor allem, um sie zu beruhigen, aber sie erwähnte mit keinem Wort das Grauen, das Shana in den letzten Tagen durchlebt hatte.

Ebenso wenig erwähnte Laura ihre Befürchtung, dass Shana sich auf eine gefährliche Sache eingelassen hatte. Sie musste sich erst noch darüber klar werden, ob es sich hier um einen Fall von häuslicher Gewalt handelte oder ob noch etwas anderes dahintersteckte.

Nur ein kurzes Stück vom Krankenhaus entfernt fand sie ein Motel am Business Loop – der alten Route 66 – und aß im moteleigenen Coffeeshop einen Salat.

Sie hatte den ganzen Tag hin und her überlegt, ob sie Richie anrufen sollte, der inzwischen wieder in Tucson sein musste. Shana hatte sich zwar bei ihr gemeldet, was auf ein gewisses Vertrauen hinwies, aber sie hatte sich nur vage dazu geäußert, was genau ihr in der Wüste nördlich von Phoenix widerfahren war. Richies Anwesenheit könnte sie möglicherweise irritieren, und das wäre nicht gut. Dennoch war Laura klar, dass sie ihn über den neuesten Stand informieren musste. Sie musste auch Jerry Grimes informieren.

Sie saß draußen am Pool, aus dessen beheiztem Becken Dampf aufstieg, sah zu den hohen Bergen, die hinter Flagstaff aufragten, und lauschte auf das surrende Geräusch von Autoreifen auf dem vielbefahrenen Business Loop. Sie rief Richie im Büro an und hinterließ eine Nachricht, das Gleiche tat sie bei Jerry Grimes. Was ein bisschen feige war.

Shana wurde am nächsten Vormittag um halb elf aus dem Krankenhaus entlassen. Sie war bereit zu einer Aussage. Sie hatte das Mitgefühl und die Aufmerksamkeit des Krankenhauspersonals genossen, und als Laura vorschlug, nach dem Loch zu suchen, in dem sie begraben gewesen war, stimmte sie sofort zu.

Im Moment war das Entsetzen darüber, fast drei Tage lang in einer mit Holz verschalten Grube in der Erde gefangen gewesen zu sein, der Vorstellung von einem Abenteuer gewichen. Das hieß allerdings nicht, dass sie Laura gegenüber nicht verschlossen war. Wie stets war ihre erste Reaktion, bestimmte Informationen zurückzuhalten und Laura zu zwingen, sie ihr einzeln aus der Nase zu ziehen.

Laura hatte von Anfang an wenig Sympathie für Shana empfunden. Sie hielt sie für verwöhnt und egoistisch, und sie ging ihr fürchterlich auf die Nerven. Shana war entweder mürrisch oder schnippisch, und von diesem Verhalten war sie kein einziges Mal abgewichen. Aber Shana hatte ihren Zwillingsbruder verloren. Und nun hatte der Mann, der sie angeblich liebte, sie mitten in der Wüste lebendig begraben und zum Sterben zurückgelassen.

Laura hatte die ganze Zeit über den Eindruck gehabt, dass Shana über kein besonders ausgeprägtes Selbstbewusstsein verfügte, doch wie mochte es jetzt erst darum bestellt sein?

Die Fahrt auf der Interstate 17 hatte sie durch Kiefernwälder geführt, dann durch mit Wacholder bewachsenes Grasland und schließlich in die Sonora-Wüste. Die Mittagssonne brannte auf sie herunter, aber Laura fand sie wunderbar. Ihr Land. Sie spürte einen Stich, vermisste ihr *Nidito* in Vail.

Vermisste Tom.

Als sie sich der Ausfahrt nach Rock Springs näherten, brach Shana ihr Schweigen. »Ich muss aufs Klo.«

Laura bog auf den Parkplatz des Rock Springs Café ein.

Shana stieß die Tür auf und lief über den Parkplatz zu dem alten im Pueblo-Stil erbauten Handelsposten. Laura entdeckte vor der Tür ein Münztelefon; wahrscheinlich hatte Shana von hier aus ihren Exfreund angerufen, um sich abholen zu lassen. Burdette hatte Shana das Handy abgenommen, als er sie in der Wüste zurückließ.

Laura stellte das Auto im Schatten des Gebäudes ab und beschloss, sich im Laden umzusehen, während sie auf Shana wartete. Sie ging zwischen den halbleeren Regalen auf und ab, in denen T-Shirts mit dem Aufdruck Rock Springs und ein paar andere Souvenirs lagen. Doch dann vernahm sie einen vertrauten Klang und folgte ihm in einen dunklen Raum, der etwas von einem Keller an sich hatte, wenn man von den Bierwimpeln, die von der Decke hingen, der Leuchtreklame und der altmodischen Bar aus Mahagoni an der hinteren Wand einmal absah.

Über der Bar hing ein Fernseher, es wurde gerade ein Pferderennen aus Turf Paradise übertragen. Der vertraute

Klang war die Ansage des Kommentators gewesen, die immer aufgeregter wurde, als die Pferde die letzte Kurve nahmen und durchs Ziel galoppierten.

»Was darf ich Ihnen bringen?«, fragte eine grauhaarige Frau hinter dem Tresen und legte eine Serviette vor sie.

Laura wandte den Blick nicht von den Pferden ab, die nach beendetem Rennen zu den Ställen zurückgeführt wurden. »Ich warte nur auf jemanden.«

»Okay.«

Laura betrachtete die Vollblüter und war überrascht, welche Sehnsucht sie auf einmal verspürte. Es gab nichts Schöneres für sie als ein Vollblut in kraftvollem Galopp.

Sie vermisste ihre Stute Calliope nach all den Jahren immer noch. Jay Ramseys Bruder hatte ihr die Telefonnummer einer Frau gegeben, die eines von Calliopes Fohlen besaß, aber bis jetzt hatte Laura noch nichts unternommen.

Trägheit. Sie hatte nichts für ihr Leben getan, nur für ihren Beruf, und selbst da hatte sie Mist gebaut.

»Was machen Sie hier?«

Laura drehte sich um, fühlte sich merkwürdig schuldig. In der Tür stand Shana, mit verschränkten Armen und säuerlicher Miene.

»Ich warte auf Sie.«

»Ich will hier nicht den ganzen Tag verbringen. Troy und ich gehen heute Abend miteinander essen.«

Nach dem Dämmerlicht in der Bar war es draußen in der Sonne so hell, dass Laura die Augen zusammenkneifen musste. »Wohin?«, fragte sie, als sie vom Parkplatz fuhr.

»Da entlang«, sagte Shana und zeigte nach rechts. Auf der Zubringerstraße in Richtung Phoenix nach Süden.

Shana lehnte sich mit nachdenklicher Miene gegen die Beifahrertür, so weit von Laura weg wie möglich.

»Halt! Sie sind zu weit gefahren.«

Laura bremste, fuhr auf dem unbefestigten Bankett zurück.

»Ich glaube, da ist es«, sagte Shana. Rechts von ihnen zweigte eine Schotterstraße ab, die Zufahrt wurde von einem Gatter zwischen zwei Holzpfosten versperrt, und auf dem daran befestigten Schild stand zusätzlich DURCHFAHRT VERBOTEN.

»Hierher hat er Sie gebracht?«

»Hm-hm.«

Laura stieg aus, zog die Schlinge, mit der das Gatter an dem verwitterten Zaunpfosten befestigt war, nach oben und öffnete es. Sie fuhr durch und warf Shana einen Blick zu. Shana ignorierte sie, so dass Laura selbst aussteigen musste, um das Gatter wieder zu schließen.

»Wie weit?«

»Keine Ahnung. Aber ich erkenne es, wenn ich es sehe.«

Sie fuhren die Straße entlang, in der Mitte ein niedriger Wall aus Erde, Steinen und Gras und links und rechts davon zwei tiefe Spurrillen. Sie kamen mit dem tiefliegenden Auto nur langsam voran und saßen beinahe auf, als die Straße in ein ausgetrocknetes Bachbett überging. »Das hier gehört zu einer Ranch. Haben Sie jemanden gesehen?«

»Irgendein Typ hat mich aufgelesen und zum Handelsposten gefahren. Er fragte mich, ob ich Lust hätte, mal Hoden zu kosten«, fügte sie hinzu.

»Was?«

»Nicht, was Sie jetzt denken. Irgend so ein alter Cowboy, mindestens achtzig. Er meinte, das Rock Springs Café wäre berühmt für Lammhoden. Er wollte mich zum Essen einladen.«

Laura fragte sich, wie viele Anhalter der alte Cowboy schon mit diesem Scherz erfreut hatte. »Sie hatten Glück, dass er vorbeikam.«

Shana erwiderte nichts darauf, sondern drehte weiter an ihrem Verlobungsring. Laura kannte sich mit Karat nicht aus, aber der Diamant an diesem Ring war bestimmt einer der winzigsten, die jemals geschliffen worden waren. Noch ein bisschen kleiner, und es wäre ein Staubkorn. Bobby Burdette hatte es sich nicht besonders viel kosten lassen, um Shana dazu zu bringen, mit ihm zu fahren. Selbst wenn er nur dem Schein dienen sollte, war dieser Ring ein Witz. Aber ihr war klar, dass es sich in Shanas Augen dennoch um einen Verlobungsring handelte.

Laura dachte, dass Shana die Neigung hatte, gleichzeitig zu viel und zu wenig zu erwarten.

Sie fuhren eine Ewigkeit weiter, einen mit Felsen und Kakteen übersäten Hügel hinauf.

»Ich glaube, hier ist es«, sagte Shana und deutete auf eine kaum mehr erkennbare Piste, die in einem Gebüsch verschwand. Laura warf einen Blick auf den Tacho. Sie waren knapp vier Kilometer gefahren.

Sie folgten der Piste über einige weitere Hügel und dann wieder hinunter zu einem ausgetrockneten Flussbett.

»Es war in der Nähe des Flussbetts.« Sie klang aufgeregt.

Sie stiegen aus und folgten dem Flussbett nach Osten. Es war heiß hier draußen, weit über dreißig Grad, und Laura spürte, dass ihre Kopfhaut zu schwitzen begann. Sie war froh, dass sie beide eine Flasche Wasser dabeihatten. Shana sah sich an verschiedenen Stellen um, aber nirgendwo war der Boden aufgegraben, es fand sich kein Hinweis auf die Grube, in der sie so lange gefangen gewesen war.

Schließlich blieb Shana stehen. »Vielleicht ist es in der anderen Richtung.«

Eineinhalb Stunden später wurde Laura klar, dass Shana keine Ahnung hatte, wo sie sich befanden oder wo sie eingegraben gewesen war.

»Sind Sie sicher, dass es hier ist?«

»Es ist irgendwo hier. Glauben Sie vielleicht, ich lüge? Das tu ich nämlich nicht!«

»Warum hat Bobby Sie hierher gebracht?«

Geduldig wiederholte Shana ihre Geschichte. Dass er nach Rocky Point gekommen war und gesagt hatte, sie würden zurück nach Williams fahren und ihren Eltern mitteilen, dass sie heiraten wollten. Dass er auf der Fahrt dorthin in Rock Springs abgebogen war, gesagt hatte, sie würden einen kleinen Umweg machen, weil er ihr etwas zeigen wollte.

»Was wollte er Ihnen zeigen?«

»Er sagte, er hätte hier in der Gegend Pot versteckt.«

Doch nachdem er Shana an die Stelle in der Wüste geführt hatte, an der sich angeblich das Marihuana befand, hatte er ihr den Schock ihres Lebens versetzt. Er hatte ihr seine »Festung« gezeigt, ihr erklärt, sie sähe genauso aus wie die, die er in seiner Kindheit in die Erde gegraben hatte.

»Er hat Sperrholz verwendet«, sagte Shana. »Er schaufelte Erde darauf, viel Erde. Ich konnte hören, wie er sie auf mich schaufelte …«

Sie schauderte und begann zu weinen. Aus dem Abenteuer war plötzlich wieder Wirklichkeit geworden.

Laura nahm es sich übel, dass sie Shana einen Moment lang nicht geglaubt hatte. Ohne zu überlegen, breitete sie die Arme aus und zog Shana an sich, spürte die heißen Tränen der jungen Frau über ihren Nacken laufen, ihr Schluchzen kam aus ihrem tiefsten Inneren.

Von oben war Bobbys gedämpfte Stimme zu Shana gedrungen, und er erklärte ihr, sie hätte Wasser, sie hätte Essen, sie hätte sogar Toilettenpapier. Erklärte ihr, sie müsse die Geisel für ihn spielen, aber er würde bald zurückkommen, und dann würden sie heiraten.

Das müsse sie einfach für ihn tun.

Ihre Angst war echt. Ihre abgebrochenen, rissigen Fingernägel waren echt. Sie konnte das Loch nicht finden, aber sie hatte darin gelegen. Sie war im Dunkeln allein gewesen.

Bobby hatte die Wahrheit gesagt, berichtete Shana. Er hatte ihr einen Kasten Mineralwasser dagelassen, zwölf Rollen Klopapier und ein paar Müsliriegel. Aber kein Licht.

Sie hatte sich den Weg in die Freiheit buchstäblich mit Händen und Füßen erkämpft.

»Was ich nicht verstehe«, sagte Laura, als sie zurück nach Flagstaff fuhren, »ist, warum er Ihnen das angetan hat.«

Shana drehte wieder an ihrem Ring.

Laura nahm die linke Hand vom Lenkrad und schob sie in ihre Hosentasche. Sie tastete nach den Knöpfen an ihrem Diktaphon und schaltete es ein. Was sie tat, widersprach nicht dem Gesetz. Sie musste Shana nicht davon unterrichten, dass sie das Gespräch aufnahm, und sie musste sie auch nicht um Erlaubnis bitten.

In der Liebe und bei einer polizeilichen Ermittlung ist alles erlaubt.

»Ich kann es einfach nicht begreifen«, sagte Laura noch einmal. »Was glauben Sie, hatte er vor?«

Shana sah starr geradeaus.

»Ich meine, wenn ein Mann eine Frau heiraten will …«

»Er sagte, er würde zurückkommen.« Trotzig.

Laura erwiderte: »Ich nehme an, das hätte er nicht gesagt, wenn er es nicht ernst gemeint hätte, oder?«

»Er hat es ernst gemeint.«

»Aber glauben Sie nicht, dass er sich Sorgen um Sie hätte machen müssen? So ganz allein da unten?«

»Er wollte zurückkommen.«

»Waren Sie davon auch überzeugt, als Sie da unten waren? Hatten Sie keine Angst?«

»Klar hatte ich Angst. Hätten Sie keine gehabt?«

»Glauben Sie, dass er ein schlechtes Gewissen hat, weil er Ihnen Angst eingejagt hat? Ich meine, sehen Sie sich doch mal an. Ihre Fingernägel. All der Schmutz – diese Festung hätte über Ihnen einstürzen können.«

»Ist sie ja auch.«

Laura schwieg, ließ dem Entsetzen Zeit, zu wirken. In ihrem aufgelösten Zustand würde sich Shana wahrscheinlich schmerzhaft einer Leere bewusst werden und sich beeilen, sie zu füllen.

Shana sah unverwandt aus dem Fenster, als sie schließlich sagte: »Das hätte er mir nicht antun dürfen.«

Laura sagte: »Sie haben recht. Das war nicht in Ordnung.«

»Ich hätte da drin sterben können.«

»Sie hatten Glück, dass Sie nicht gestorben sind«, sagte Laura. »Was ich nicht verstehe, ist, warum er es getan hat. Er sagte, er will, dass Sie die Geisel spielen. Was soll das heißen? Glauben Sie, es war ein Spiel?«

Schweigen. Sie fuhren die Steigung nach Cordes Junction hinauf, überholten einige Wagen, die im Schneckentempo fuhren. Ein Wagen stand mit geöffneter Motorhaube auf dem Pannenstreifen – im Lauf der Jahre hatte Laura viele Autos gesehen, die diese Steigung nicht hinaufkamen. Sie warf einen Blick zu Shana. Sie konnte beinahe sehen, wie sich in ihrem Kopf die Rädchen drehten. Laura sagte: »Es muss ein Spiel gewesen sein. Aber worum ging es dabei?«

Shana drehte sich zu ihr. »Ich weiß es nicht, okay? Ich weiß nur, dass er mich nicht umbringen würde.«

Vor ihnen blockierten ein Tanklastwagen und ein Sattelschlepper beide Fahrbahnen. Die gleichen Laster, die in der Ebene rücksichtslos an ihr vorbeigedonnert waren, krochen jetzt mit eingeschalteter Warnblinkanlage die letzten Meter der Steigung hinauf. Laura musste bremsen, verlor ihren Schwung.

Sie sah zu Shana, die mit verschränkten Armen dasaß. Shana wollte eine Bestätigung hören. Sie wollte, dass man sie in ihrer Überzeugung bestärkte. »Ich bin sicher, dass er nicht die Absicht hatte, Sie umzubringen«, sagte Laura. »Er hat Ihnen Wasser und etwas zu essen dagelassen. Aber was wäre geschehen, wenn ihm etwas zugestoßen wäre, das ihn daran gehindert hätte, zurückzukommen?«

»Ich konnte mich befreien, oder? Er hat mich nicht so tief eingegraben. Wahrscheinlich hat er das extra gemacht. Damit ich mich leichter befreien konnte.«

»War es leicht?«

Shana versuchte, nicht zu weinen. Aber sie verlor den Kampf.

Laura sagte: »Was meinen Sie, wann er zurückkommen wollte? Heute?«

Lange Zeit blieb es still, und dann sagte Shana etwas mit so leiser Stimme, dass Laura nicht sicher war, ob sie sie richtig verstanden hatte. Sie meinte jedoch gehört zu haben, dass sie sagte: »Nie.«

Sie erreichten Camp Verde, überquerten den Verde River, fuhren an den Pappeln am Flussufer entlang, vorbei am Wasserturm der Wohnwagensiedlung und dem Schild mit der Aufschrift JESUS IST DER HERR und auf der zweispurigen Straße den Hügel hinauf.

Laura fragte: »Hat es etwas mit den Earth Warriors zu tun?«

Nervosität in Shanas Stimme. »Was soll das sein?«

»Wir wissen von den Earth Warriors – von den Geländewagen.«

»Ich habe keine Ahnung, wovon Sie reden.«

»Vielleicht ging es bei der Geiselgeschichte darum.«

»Quatsch.« Aber sie klang unsicher.

Sie befanden sich jetzt auf der Hochebene. Weideland. Blassgelbes Gras, das fast bis zu den Wurzeln abgefressen war, jede Menge Feigenkakteen, rote Vulkanerde und Felsbrocken in ausgetrockneten Bachläufen, die das Grasland durchzogen, zur ihrer Rechten Rinderhürden. Laura achtete genau auf Shanas Tonfall, nahm eine Veränderung wahr. Die meisten ihrer männlichen Kollegen waren in der Deutung der Körpersprache besser als sie. Sie sagten, die Augen seien die Fenster zur Seele. Laura dagegen war empfänglicher für Stimmen, dafür, wie die Leute sich ausdrückten – sie konnte fast immer sofort sagen, ob jemand log.

Laura sagte: »Wissen Sie, was ich glaube? Bobby benutzt Sie, um sein eigenes Ding durchzuziehen. Ich glaube, er ist der Öko, nicht Sie.«

»Das ist nicht wahr. Ich war schon in der Gruppe, lange bevor –« Sie merkte, was sie gesagt hatte, und warf Laura einen bösen Blick zu. »Sie haben mich reingelegt.«

»Was soll ich denn glauben? Dieser Mann hat Sie bei lebendigem Leib begraben, und Sie haben selbst gesagt, dass Sie nicht wussten, ob er zurückkommen würde. Ich habe auch einige schlechte Beziehungen hinter mir. Ich weiß, wie es ist, ausgenutzt zu werden.«

»Wir werden heiraten. Haben Sie jemals jemanden dazu gekriegt, Sie zu heiraten?« Mit einem demonstrativen Blick auf ihren Ringfinger.

Laura traf blitzschnell eine Entscheidung. Sie griff in ihre Hosentasche und schaltete das Diktaphon aus. »Einmal, aber es dauerte nur sieben Monate.«

»Was ist passiert?«

»Er hat mich betrogen.« Das war allerdings nicht die ganze Geschichte über Billy Linton. »Er behauptete, er würde mich lieben, wir würden für immer zusammenbleiben, aber es hat nicht geklappt. Ich habe gemerkt, dass er mich nur ausnutzt.«

Das war natürlich eine glatte Lüge, aber sie diente ihren Zwecken.

»Bobby ist nicht so.«

»Dan hat ihn nicht gemocht, oder?«

»Na und?«

»Vielleicht hat er durchschaut, was für ein Mensch Bobby ist. Wissen Sie, ob er jemals mit ihm gesprochen hat – Sie wissen schon, so von Bruder zu Freund.«

»Woher soll ich das wissen?«

»Dan hat auf Sie aufgepasst, nicht wahr? Was glauben Sie, hat er von Bobby gehalten?«

»Was geht Sie das an?«

»Wie schon gesagt, ich kenne das. Ich weiß, wie es ist, betrogen zu werden. Ich weiß, wie es ist, wenn einem die Familie und die Freunde sagen, man solle nichts überstürzen, dass dieser Mann vielleicht doch nicht der Märchenprinz sei, für den man ihn hält, aber man lässt sich nicht abhalten, und plötzlich steckt man zu tief drin. Ich weiß jedenfalls, dass ich zu tief drinsteckte.«

»Nett, dass Sie mir Ihre Lebensgeschichte erzählen.«

»Na ja, wir können genauso gut ehrlich zueinander sein. Wir haben einiges gemeinsam. Dan hat Bobby nicht gemocht, oder? Er hat sich Sorgen um Sie gemacht. Ich weiß, wie das mit großen Brüdern ist …«

»Er war nicht mein großer Bruder. Wir waren Zwillinge.«

»Er hat sich Sorgen um Sie gemacht. Vielleicht war er der

Meinung, dass Sie sich zu stark auf die Earth Warriors einlassen. Ich meine, so wie die Dinge heutzutage stehen – was Sie getan haben, ist nicht nur ein bisschen Sabotage. Nach dem elften September? Die Regierung versteht da keinen Spaß. Die sperren Sie ein und werfen den Schlüssel weg. Hätten Sie sich keine Sorgen gemacht, wenn Sie an Dans Stelle gewesen wären?«

»Scheiße«, sagte Shana und fing wieder an zu weinen.

»Mir ist klar, dass Sie sich mies fühlen. Aber das brauchen Sie nicht. Sie haben nur das getan, was Bobby von Ihnen verlangt hat. Ich weiß, dass es nicht Ihre Idee war, diese Autos anzuzünden. Aber wahrscheinlich stecken Sie ganz schön in der Klemme.«

»Wollen Sie mich verhaften?«

Statt die Frage zu beantworten, sagte Laura: »Ich persönlich glaube nicht, dass es Ihre Schuld war. Ich glaube, Bobby hat Sie benutzt, und Dan wusste es.«

Shana schwieg.

Laura fuhr fort: »Ich wette, dass er sich wirklich große Sorgen gemacht hat. Meinen Sie, er hat Bobby von sich aus damit konfrontiert? Ein großer Bruder würde so etwas wohl tun.«

»Hat er nicht.« Shanas Stimme klang jedoch nicht sehr überzeugend.

»Woher wissen Sie das?«

»Ich weiß es eben.«

»So wie ich die Sache sehe, wusste Dan, was Sie tun. Oder er hat es vermutet. Und Bobby ist unbeherrscht …«

»Das wissen Sie doch gar nicht.« Aber sie klang noch unsicherer als zuvor.

»Aber Sie wissen es. Sie beide führen eine stürmische Beziehung. Ununterbrochen streiten und versöhnen Sie sich. Ich kenne das. Ich weiß, wie das mit der Liebe ist. Sie ist beinahe wie eine Droge, man fühlt sich großartig. Und wenn es schlecht läuft, wird man so wütend, dass man es kaum aushält, aber mein Gott, man fühlt sich wenigstens lebendig. All diese Höhen und Tiefen.«

Sie ließ ihre Worte wirken.

»Als Bobby Sie lebendig begraben hat, zum Beispiel. Ich glaube, Bobby hat angefangen, sich Sorgen zu machen, dass Sie vielleicht nicht mehr auf seiner Seite sind, insbesondere weil er mit Dan nicht gut auskam, und ich glaube, er wollte Ihnen eine Lektion erteilen. Ihnen Angst machen.«

»Das ist nicht wahr …«

»Denken Sie doch mal nach. Jetzt, da Dan tot ist und nicht mehr auf Sie aufpassen kann, sind Sie ganz allein und auf sich gestellt. Verstehen Sie, was ich meine? Dan ist nicht mehr da, um Ihnen Ratschläge zu geben, es gibt niemanden, der Ihnen hilft, niemanden, der für Sie Partei ergreift. Und plötzlich sind Sie in diese üble Geschichte verwickelt und finden sich irgendwo in der Wüste wieder, begraben. Die schlimmste Form von Betrug.«

Shana drehte sich auf ihrem Sitz um und hielt ihr die Hand unter die Nase. »Sehen Sie das? Das ist ein Verlobungsring! Wir werden heiraten, wir lieben uns.« Und dann brach sie erneut in Tränen aus.

Laura sagte: »Sie wissen, dass das nicht wahr ist, oder?«

»Es ist wahr!«

»Er wird Sie niemals heiraten. Das wissen Sie. Sie sind nicht dumm. Vielleicht hat er nicht die Absicht gehabt, Sie umzubringen, aber Sie wissen, wie es gelaufen ist. Sie haben selbst gesagt, dass er niemals zurückgekommen wäre.

Vielleicht hat er es Ihnen deshalb relativ leicht gemacht, zu entkommen. Auf diese Weise brauchte er sich nicht damit auseinanderzusetzen, dass er ein Mörder ist. Wenn Sie sich befreien können, prima. Wenn nicht, dann sind Sie selbst schuld. Aber so oder so sind Sie die Verliererin. Wenn er mit dem, was er vorhat, davonkommt, wenn er Sie als Geisel benutzt, und das ist nun wirklich ganz übel, dann raten Sie mal, wer am Ende dafür zahlt?«

»Ich«, sagte Shana, und ihr Atem ging keuchend.

»Richtig.«

Laura spürte, dass sich Shana ihr zuwandte. Sie spürte, dass Shana von ihr beschützt und getröstet werden wollte. Es gab bei vielen Verhören den Punkt, an dem das passierte, und es hatte etwas Magisches. Laura war plötzlich in Hochstimmung, als gehöre ihr die ganze Welt. Jetzt hatte sie die Zügel wieder in der Hand, und nichts konnte sie aufhalten. »Ich betrachte das von außen, Shana. Und ich möchte Sie etwas fragen. Was glauben Sie, wann er dieses Grab geschaufelt hat? Was glauben Sie, wann er die Vorräte hingebracht hat? Bevor er den Verlobungsring für Sie gekauft hat?«

Shana erwiderte nichts darauf, sie weinte noch immer.

»Wann hat er das geplant? Als Sie ihn angerufen und ihm gesagt haben, wo Sie sind? Als er in den Laden gegangen ist und den Ring gekauft hat? Als er gekommen ist, um Sie abzuholen?«

»Ich weiß es nicht!«

»Was hat er zu Ihnen gesagt, als Sie hierher gefahren sind? Wann hat er Ihnen von dem Marihuana erzählt?«

»Kurz bevor wir dort waren.«

»Und dann hat er Sie in dieses Loch geworfen. Als wären Sie ein Haufen Abfall. Er hat Sie in dieses Loch geworfen, hat Ihnen einfach einen Schubs gegeben, und es mit einem Brett verschlossen. Und dann hat er eine Schaufel genommen und Sie regelrecht beerdigt, Shana. Klingt das nach jemandem, der Sie heiraten will? Nach jemandem, der Sie liebt?«

Keine Antwort. Aber Laura wusste, dass sie diese Runde gewonnen hatte.

»Was mich allerdings noch viel mehr interessiert: Wie viel wusste Dan? Wenn Bobby bereit war, Sie lebendig zu begraben, und Sie sind immerhin seine Freundin, was hätte er dann mit jemandem gemacht, den er nicht leiden konnte?«

Sie suchte Shanas Blick, hielt ihn fest.

»Was hätte er dann mit Dan gemacht?«

Als Laura die Ausfahrt Kachina Village – Mountainaire erreichte, war Shana eingeschlafen. Heulkrämpfe machten die meisten Leute müde.

Sie wachte auf, als die Interstate 17 in die Milton Road überging und sich ihre Geschwindigkeit verlangsamte. Verwirrt sah sie Laura an. »Sie haben die Ausfahrt verpasst.«

»Ich habe Hunger«, sagte Laura. »Sie nicht?«

Shana nickte, aber dann sagte sie schnell: »Troy und ich gehen zum Abendessen aus.«

»Dort drüben ist ein Wendy's.« Laura bog zum Drive-in-Schalter ein. Shana erhob keine Einwände und bestellte sich einen doppelten Hamburger mit allem und dazu Pommes frites. Sie machte sich darüber her, als hätte sie seit Tagen nichts mehr zu essen bekommen, was im Grunde genommen ja auch der Fall war. Dann fuhr Laura weiter, zurück auf den Business Loop und vorbei an einigen billigen neueren Motels und ein paar alten heruntergekommenen. Bevor Shana mit ihrem Hamburger fertig war, passierten sie das Schiebetor zum örtlichen Büro des DPS an der Kaibab Lane.

»Was machen wir hier?«, fragte Shana.

»Ich muss kurz etwas erledigen. Wollen Sie mitkommen?«

Shana schüttelte den Kopf. »Ich bleibe hier.«

»Sie haben eine bessere Blase als ich.« Laura stieg aus und ging auf den blassgelb gestrichenen Behelfsbau am hinteren Ende des umzäunten Grundstücks zu, in dem die Ermittler arbeiteten.

Sie hörte, wie die Wagentür geöffnet wurde und gleich darauf Shanas Schritte hinter sich. »Warten Sie.«

Sie gingen die Stufen hinauf und traten ein. An der Wand ihnen gegenüber standen mehrere Schreibtische, teils durch niedrige Trennwände voneinander getrennt, meistens jedoch nur durch persönliche Gegenstände – einen Cowboy-Kalender, ein Poster mit der amerikanischen Flagge, Familienfotos. Keiner der Schreibtische war besetzt – es war nach fünf Uhr, und die Leute waren entweder nach Hause gegangen oder wegen einer Ermittlung unterwegs. Laura suchte sich den Schreibtisch aus, auf dem am wenigsten herumlag, und sagte: »Gehen Sie zuerst.« Auf dem Namensschild stand Z. BROWNING. Sie hoffte, er hatte nichts dagegen, dass sie für ein paar Minuten seinen Arbeitsplatz besetzte. Sie zeigte Shana den Weg zur Toilette und sorgte dafür, dass sie den letzten Stuhl in der Reihe sah, mit der Lehne zur Wand und ausgestattet mit Handschellen und Fußeisen. Sie deutete mit dem Kopf auf Z. Brownings Schreibtisch. »Ich bin dort drüben, okay?«

Shana nickte müde.

Laura schob ein paar Akten zur Seite, um Platz zu schaffen, nahm einige Unterlagen aus ihrer Aktentasche und breitete sie direkt vor sich aus. Die Tür öffnete sich, und ein junger rothaariger Verkehrspolizist steckte den Kopf herein. »Kann ich Ihnen helfen?«

Er sah die Dienstmarke an ihrem Gürtel, sagte: »Oh, Verzeihung«, und verschwand wieder.

Laura schob den Stuhl ein kleines Stück nach links, so dass ihr jeder, der hereinkam, über die Schulter sehen konnte. Sie breitete die Zeichnung von Dans und Kellees Zelt auf dem Schreibtisch aus, zusammen mit der Aufstellung der Kugeln, von denen das Paar getroffen worden war, und den Verletzungen, die sie verursacht hatten.

Sie spürte eher, dass Shana zurückkam, als dass sie es hörte.

»Was ist das?«

In dem halbherzigen Versuch, die Zeichnung zu verbergen, legte Laura einen Arm darüber. »Können wir weiterfahren?«

»Das ist das Zelt, oder? Dannys Zelt.«

Laura räusperte sich. »Ja.«

Shana beugte sich über sie. »Was bedeuten die Zahlen da links.«

Gleich darauf schnappte sie nach Luft.

Laura stand hastig auf, sammelte die Unterlagen ein und schob sie zu einem Stoß zusammen. »Tut mir leid, Shana, das hätten Sie nicht sehen sollen.«

»Zeigen Sie es mir.«

»Besser nicht.«

»Zeigen Sie es mir.« Ihre Stimme war schneidend.

Laura stieß einen Seufzer aus und legte die Aufstellung wieder auf den Tisch.

Shana sah sie lange an. Dann ließ sie sich auf den Stuhl sinken und schlug die Hände vors Gesicht. »Scheiße«, sagte sie.

Laura wartete.

»Er hat sie regelrecht *zerfetzt*!« Sie begann zu weinen.

»Es ist meine Schuld. Sie hätten das nicht sehen dürfen.«

Shanas Stimme zitterte. »Wie konnte er so etwas tun?«

Laura sagte: »Ich weiß es nicht.«

Shana sah sie mit geröteten Augen an. »Haben die beiden es mitbekommen?«

So viele Male hatte Laura in der vergangenen Woche mit Shana gesprochen, und jetzt stellte sie endlich diese Frage. Endlich hatte sie es begriffen. Zum ersten Mal ging es Shana nicht um sie selbst oder um ihre Gefühle. Sie dachte an ihren Bruder.

»Dan hat versucht, Kellee zu schützen«, sagte Laura, jedes Wort sorgfältig wählend. »Der zweite Schuss folgte so rasch, dass ihm wohl keine Zeit zum Nachdenken blieb. Keinem von beiden.«

»Das war der Schuss, der sie umgebracht hat«, sagte Shana.

»Ja.«

Sie saßen schweigend da.

Schließlich sagte Shana: »Sie glauben, dass es Bobby war.«

Laura erwiderte nichts darauf, sondern sah Shana nur an.

»Es stimmt, Sie glauben, dass es Bobby war.« Sie verschränkte die Arme und rieb sie mit den Händen.

»Es ist wichtig, was *Sie* denken.«

»Er brächte das nicht fertig. Er liebt mich. Er würde niemals …« Sie beendete den Satz nicht, starrte auf den Schreibtisch. Die Aufstellung lag nicht mehr da, aber sie sah etwas anderes. Vielleicht die Leere in ihrem Inneren.

Laura sagte sanft: »Er hat Sie lebendig begraben, Shana. Er ist zu allem fähig.«

»Vielleicht.«

Laura dachte, dass sie Shana jetzt endlich zum Reden bringen würde – und zwar richtig. Sie konnte es spüren, sie standen kurz davor. So musste sich ein Turmspringer fühlen, bevor er sich vom Brett abstieß, die Zehen an der Kante, alle Muskeln angespannt und bereit zum Sprung. So ging es jetzt Shana.

Und dann, einfach so, war dieser Augenblick vorbei. Shana sprang auf und sah sie wütend an. »Ich will nicht mehr mit Ihnen reden.«

»Gut. Aber darf ich Ihnen einen Rat geben?« Sie wartete die Antwort nicht ab, sondern trat so dicht vor die junge Frau, dass sie sich Auge in Auge gegenüberstanden, rückte ihr regelrecht auf den Leib. »Wenn ich Sie wäre, würde ich mir den besten Anwalt suchen, den ich finden kann.«

Shana starrte sie an, ihre Miene wechselte von Ärger zu Angst.

»Kommen Sie, Shana. Sie und ich, wir wissen beide, dass Sie Mitglied der Earth Warriors sind. Ich habe es Ihnen schon einmal gesagt. Seit dem elften September hat sich in diesem Land einiges verändert. Terrorismus kann Ihnen viele Jahre im Gefängnis einbringen. Wenn Sie klug sind, lassen Sie sich auf einen Deal ein. Das ist die einzige Möglichkeit, wie Sie vermeiden können, Ihre besten Jahre in einer Zelle zu verbringen.«

Ein trotziger Zug legte sich um Shanas Mund. »Kann ich mal Ihr Telefon benutzen? Ich muss Troy anrufen, damit er mich abholt.«

»Aber sicher.«

Sobald Shana weg war, rief Laura den Bundesstaatsanwalt in Flagstaff an, wurde jedoch nur mit seiner Mailbox verbunden. Sie hinterließ eine Nachricht, spürte seinen Assistenten auf und ließ sich die Privatnummer geben. Sie landete wieder bei einer Mailbox und hinterließ die gleiche Nachricht noch einmal – die Bitte um Rückruf, so schnell wie möglich.

Laura glaubte, dass es ihr gelingen würde, Shana dazu zu bringen, über die Earth Warriors auszupacken, wenn im Gegenzug keine Anklage gegen sie erhoben wurde. Shana war nicht besonders kooperativ, aber sie verfügte über einen starken Selbsterhaltungstrieb. Shana würde sagen, was sie wusste, weil für sie, trotz aller gegenteiligen Beteuerungen, Shana stets an erster Stelle stand.

Laura war sich ziemlich sicher, dass der Bundesstaatsanwalt ihrer Bitte entsprechen würde. Aber die Zeit lief ihr davon, und sie hatte keine Ahnung, wo Bobby Burdette steckte.

Bevor sie zum Essen ging, sah sie ihre E-Mails durch. Eine fiel ihr sofort ins Auge, sie stammte von Peter Sage, dem Blogger, der die Earth Warriors erwähnt hatte. Er nannte ihr darin die E-Mail-Adresse von Janet Weir. Janet Weir war die Frau, die für diesen John, den Anführer der seit langem nicht mehr existierenden Earth Warriors, ein Haus in Ojai verkauft hatte.

Laura ging in den Coffeeshop des Motels und bestellte einen Salat, in Gedanken noch immer bei dem Gespräch mit Shana und daran, welche Bedeutung es für ihre Ermittlung haben könnte. Bestand tatsächlich eine Verbindung, oder versuchte sie nur krampfhaft, eine herzustellen? Sie hatte gerade das letzte Blatt Eisbergsalat auf ihre Gabel gespießt, als ihr einfiel, dass sie die Mailbox ihres Handys, das sie während des Essens ausgeschaltet hatte, abhören sollte. Es gab eine Nachricht von einer Anwältin namens Marty Gaar, die Shana Yates vertrat. Sie wollte sich am nächsten Tag um acht Uhr morgens mit Laura im Büro des Bundesstaatsanwalts treffen.

Shanas Selbsterhaltungstrieb regte sich also endlich. Sie war von ganz allein darauf gekommen.

31

Der nächste Morgen fing für Laura eher unerfreulich an. Der Radiowecker schaltete sich nicht ein, und sie hatte nicht gut geschlafen, war um Mitternacht aufgewacht und erst gegen drei Uhr wieder eingeschlafen. Infolgedessen sah sie furchtbar aus, sie besorgte sich Eis aus der Eismaschine, steckte es in einen Waschlappen und drückte sich diesen auf die Augen, während sie ihre E-Mails abholte. Es gab nur eine E-Mail, die sie lesen musste. Sie war von Janet Weir, der Künstlerin und Immobilienmaklerin, die für den Anführer der Earth Warriors ein Haus verkauft hatte. Janet Weir nannte Laura einen Namen: John J. Traywick. Janet hatte ihn vor langer Zeit aus den Augen verloren, aber sie war sicher, dass er nach Arizona gezogen war.

Laura traf fünf Minuten nach acht mit noch nassen Haaren im Büro des Bundesstaatsanwalts ein. Chuck und Louise Yates saßen bei einer mürrischen Shana, die neben der farbenfrohen Marty Gaar dünn und verhärmt wirkte. Marty Gaar hatte eine Vorliebe für Chiffon und bunte Farben, und sie trug Schulterpolster, die sie aussehen ließen wie einen Rugbyspieler – einen ein Meter fünfzig großen Rugbyspieler. Über ihrem ausladenden Busen baumelte eine Lesebrille an einer Kette.

Shana gegenüber saß Jon Service, Special Agent des FBI in Flagstaff, den Laura aus der Zeit kannte, als er in Tucson gearbeitet hatte. Er erhob sich, als Laura den Raum betrat, und begrüßte sie mit einem knappen Lächeln. Seine Augen waren klar und blau, die Tränensäcke darunter ließen jedoch die mit seinem Beruf verbundenen Belastungen erkennen.

Laura mochte Jon; er wirkte unangestrengt, bekam jedoch alles mit, und von seiner massigen Gestalt ging etwas Beruhigendes aus. Was ihr an ihm jedoch am besten gefiel, war, dass er nie überheblich war. Laura hegte keinen Zweifel, dass er tief in seinem Inneren, wie man es ihm beim FBI während seiner Ausbildung eingedrillt hatte, der Überzeugung war, alle anderen Strafverfolgungsbehörden – und deren Angehörige – seien minderwertig, aber es war ihm hoch anzurechnen, dass er es nicht zeigte. Laura ging es nicht anders, was das Verhältnis zwischen ihrer Abteilung und den anderen Behörden betraf, mit denen sie zu tun hatte, und auch sie bemühte sich, es nicht zu zeigen.

Jeremy Sharp, der Bundesstaatsanwalt, vervollständigte die Runde. Er war klein und jung, hatte weiche Gesichtszüge, blasse Haut und verblüffend schwarzes Haar mit den ersten Anzeichen einer Glatze. Bei seinem Anruf vergangene Nacht hatte Jon Service Laura erklärt, Jeremy Sharp und Marty Gaar teilten eine Schwäche für Antiquitäten und seien miteinander befreundet – sie hatten einige Jahre lang zusammen als Anklagevertreter für die Staatsanwaltschaft von Coconino County gearbeitet. Offensichtlich hatte ihre Freundschaft beim Zustandekommen dieses Deals eine gewisse Rolle gespielt.

Von dem Augenblick an, als Sharp das Wort ergriff, war klar, dass sowohl der Bundesstaatsanwalt als auch Marty Gaar ihre Hausaufgaben gemacht hatten und sich einig waren. Letzte Nacht mussten etliche Faxe und Anrufe hin und her gegangen sein, um Shana den Weg für ihre Aussage zu ebnen.

Shanas Anwältin erklärte ohne große Umschweife, dass Shana Dan Yates' Mörder seiner gerechten Strafe zugeführt sehen wolle und sich daher entschlossen habe, ihnen alles zu sagen, was sie wusste.

Dann erteilte sie Laura die Erlaubnis, ihre Fragen zu

stellen. Shana antwortete mit monotoner Stimme, aber sie machte keine Ausflüchte. Jedes Mal, wenn der trotzige Ausdruck auf ihrem Gesicht erschien, gab Marty Gaar ihr einen Stups.

Sie klang, als würde sie vor ihrer Klasse einen auswendig gelernten Text aufsagen. Ja, sie war Mitglied der Earth Warriors. Ja, sie war an der Brandstiftung bei Jimmy Davis Ford mit den verbrannten Autos beteiligt gewesen.

Ja, sie glaubte, dass Bobby Burdette Dan und Kellee umgebracht hatte.

»Warum glauben Sie das?«, fragte Laura.

»Weil Dan das mit den Autos herausbekommen hat. Bobby hatte Angst, er könnte auch von dem …«

Marty Gaar unterbrach sie, indem sie eine pummelige sommersprossige Hand auf die magere gebräunte Hand der jungen Frau legte. Sie warf einen Blick zu Sharp.

Sharp nickte.

Gaar sagte: »Fahren Sie fort.«

Plötzlich begann am Rand von Lauras rechtem Auge ein Licht zu blinken. Sie konzentrierte sich auf eine Stelle rechts neben Shanas Gesicht, das in dem Licht abwechselnd scharf hervortrat und wieder verschwamm. Zwang sich, ihren Blick zu fokussieren.

Shana holte tief Luft. »Soll ich ihnen das von den Transportern erzählen?«

»Das müssen Sie«, erklärte ihr ihre Anwältin.

Shana fing wieder an, ihren Ring zu drehen. Flackernde Lichter. *Konzentrier dich.*

»Bobby hat mir von dem Plan erzählt, den sie sich ausgedacht haben.« Sie sah Marty an, und Marty nickte.

»Wer?«

»Bobby, Jack und Glenn. Sie wollten nichts Gefährliches tun«, fügte sie rasch hinzu. »Es sollte nur so aussehen.«

Laura sah zu Jon Service, nickte. Überließ die Fragen ihm.

»Wer sind Jack und Glenn?«, fragte er Shana.

»Sie leiten die Earth Warriors.«

»Wissen Sie, wie sie mit Nachnamen heißen?«

»Jack Taylor und Glenn Traywick.«

Der Name Jack Taylor kam ihr bekannt vor – jemand Wichtiges, jemand, dem sie begegnet war, aber sie kam nicht darauf, wann oder wo. Das verdammte Flackern am Rand ihres Sichtfelds machte ihr das Denken schwer. Der Name Traywick dagegen – den hatte sie erst heute Morgen in einer E-Mail gelesen. John J. Traywick.

John, nicht Glenn.

Brüder?

Sie notierte die drei Namen: Jack Taylor, Glenn Traywick und John J. Traywick. Betrachtete sie nacheinander, die Lichter huschten umher wie schimmernde Eidechsen, irritierten mit ihren flinken Bewegungen ihr Gesichtsfeld. Laura ignorierte sie, so gut es ging, suchte nach einer Verbindung. Als ihr nichts dazu einfallen wollte, sah sie Shana an. »Was hatten sie vor?«

»Haben Sie schon mal was vom WIPP-Projekt gehört?«

»Nein.«

»Das steht für Waste Isolation Pilot Plant, eine Anlage zur Endlagerung von transuranischen Abfällen. Unten in New Mexico, in der Nähe von Carlsbad. Dorthin wird ständig schwach radioaktives Plutonium von der Nevada Test Site transportiert.«

Plutonium. Laura merkte, wie das Lächeln auf ihrem Gesicht gefror.

Sie wusste bereits, worauf das hinauslief, noch während Shana sprach. Es passte zu jemandem wie Bobby Burdette. Ein widerlicher Typ, der einen knallgrünen Dodge Challenger fuhr und seine Freundin mit ein paar Flaschen Mineralwasser und Müsliriegeln lebendig begrub.

Er hatte vor, einen der Transporter zu entführen.

Um was zu tun?

Laura dachte fieberhaft nach. Shana sprach zu langsam für ihre hin und her schießenden Gedanken. Aber sie schaffte es, sich ein Bild zu machen.

Bobby Burdette und ein paar anderen Earth Warriors war es gelungen, sich Zutritt zur Nevada Test Site zu verschaffen, von wo aus der Transport des radioaktiven Abfalls nach New Mexico durch einen Subunternehmer erfolgte.

Das war ihr neu: Man vergab Aufträge zum Transport von radioaktivem Abfall an externe Subunternehmer? Waren die völlig irre?

Der Plan der Earth Warriors war hanebüchen: Einen Transporter mitsamt seiner radioaktiven Ladung stehlen und irgendwohin in die Pampa fahren, dort abstellen und die Medien informieren …

Pünktlich für die Elf-Uhr-Nachrichten.

So wie Shana es darstellte, klang es ausgesprochen einfach. Zu einfach. Laura war nicht klar, wie sie das bewerkstelligen wollten. Es sei denn, sie hatten jemanden eingeschleust. Sie warf einen Blick zu Jon. Die Lichter flackerten immer noch in ihrem Augenwinkel, waren jetzt aber eher lästig als eine Behinderung.

Jon fragte Shana: »Wann haben sie vor, es zu tun?«

»Ich weiß es nicht. Bald. Aber es ist keine große Sache.«

»Wie meinen Sie das, ›keine große Sache‹?«

»Sie hatten nicht vor, irgendeinen Schaden damit anzurichten. Sie wollten den Transporter einfach irgendwo an einem abgelegenen Ort stehen lassen und die Medien benachrichtigen … Es ist für einen guten Zweck. Die Leute müssen erfahren, wie gefährlich das Zeug ist.«

Laura lag schon eine Erwiderung auf der Zunge, sie wollte jedoch Jon nicht in die Quere kommen. Es war seine Befragung.

»Was, wenn etwas schiefgeht?«, fragte Service. »Etwas, womit Bobby nicht gerechnet hat?«

Shana sah ihn an. »Diese Dinger sind unzerstörbar.«

Laura hätte sie am liebsten angeschrien: *Wozu soll das Ganze dann gut sein, verdammt noch mal?*

Jon sagte: »Die Earth Warriors sind Leute, die diese Transporter mit radioaktivem Abfall für die Regierung fahren?«

»Ja. Na ja, genau genommen für Fleet Trucking.«

»Und diese Transporter haben Plutonium geladen?«

»Man bezeichnet es als transuranische Abfälle«, erklärte Shana. Ganz die Expertin. »Technisch gesehen ist es Plutonium, aber es ist nicht wirklich gefährlich – hauptsächlich irgendein Müll wie Gummihandschuhe und anderes Zeug, das kontaminiert ist, Sie wissen schon, Atemschutzmasken und so was.«

Also nur ein ganz kleines bisschen radioaktiver Abfall, dachte Laura. Sie erinnerte sich, in den Nachrichten einen Bericht über die Transporte gesehen zu haben. Sie hatte die Bilder von Demonstranten gesehen, die in Albuquerque auf der Brücke über den Freeway standen und an dem Gitter über der Unterführung Transparente aufhängten, während die Transporter auf dem Weg nach Carlsbad unter ihnen durchrauschten.

Die Transporter fuhren mitten durch Albuquerque. Und übrigens auch mitten durch Flagstaff.

Aus eigener Erfahrung wusste Laura, dass jeden Tag eine Menge schädliches Zeug – Giftmüll, gefährliche Medikamente, schwach radioaktiver Abfall – über die Straße transportiert wurde. Tatsächlich hatte sie im vergangenen Jahr geholfen, zwei solche Transporte zu überwachen. Sie hatte in einem der Wagen gesessen, die von einer Ausfahrt zur nächsten vorausfuhren, die Umgebung kontrollierten und dann wieder zu den Transportern aufschlossen. Wenn bestimmte Gefahrengüter per Zug oder LKW transportiert wurden, war jeder einzelne Beamte des DPS im gesamten Bundesstaat in Alarmbereitschaft.

Und das war der Punkt, an dem der Plan unsinnig war. Es gab zu viele Sicherheitsmaßnahmen. Giftmüll wurde regelmäßig überprüft, ganz gleich, ob er per Zug, Schiff oder LKW transportiert wurde. Jede radioaktive Fracht wurde von mindestens zwei Polizisten begleitet und per GPS verfolgt.

»Wo wollten Ihre Freunde den Transporter abstellen?«, fragte Jon.

»Am Colorado River.«

Der Colorado River, der Kalifornien, Nevada und Arizona mit Wasser versorgte. Laura verschlug es vor Schreck die Sprache.

»Es war keine so große Sache«, sagte Shana. »Wir hätten niemanden verletzt.«

Laura dachte an Dan und Kellee, die tot in ihrem Zelt lagen.

Und dann fiel das Puzzleteilchen – dasjenige, das ihr gefehlt hatte – an die richtige Stelle. Sie erinnerte sich, wer Jack Taylor war.

32

Das war einer der Morgen, für die Mark eigentlich lebte. Vor ihm das rosarote Leuchten der hinter den Amargosa Mountains aufgehenden Sonne, während die Dämmerung noch den Atem anhielt und erst zögernd die ersten Sonnenstrahlen über die Berggipfel drangen und das Wüstental zu durchfluten begannen.

Und es sah auch nach einem ganz normalen Tag aus, als die beiden durch die Tore der Nevada Test Site zu Abschnitt 25 fuhren, wie sie es schon ein halbes Dutzend Mal gemacht hatten. Sie parkten auf dem Stellplatz und breiteten den Sonnenschutz über die Windschutzscheibe.

Allerdings war das Auto, das sie abstellten, eine Schrottkarre, die Dell für zweihundert Dollar gekauft hatte. Marks neuer Ford stand kilometerweit weg in Kingman.

Mark und Dell stiegen aus und gingen zu Glenn Traywick, der auf der Ladefläche seines Trucks vor einem riesigen Wellblechschuppen saß und frühstückte. Ein Tieflader stand, das Führerhaus nach vorn ausgerichtet, im Eingang des höhlenartigen Gebäudes. Auf dessen Dach befand sich das Logo von Fleet Trucking, der Firma, für die Mark arbeitete.

In dem Gebäude war ein Arbeiter, der einem mobilen Ladeteam angehörte, gerade dabei, mit einem ferngesteuerten Kran insgesamt vierzehn Fässer mit Transuran-Abfällen in einen der drei TRUPACT-II-Container auf dem Transporter zu laden. Diese Transuranic Package Transporter Model II, die Dell gerne auch Nuklear-Shaker nannte, waren mit einer Höhe von dreieinhalb Metern und einem Durchmesser von gut drei Metern riesig.

Die Fässer selbst waren zu je sieben Stück eng aneinandergepackt, so dass sie aussahen wie ein Bündel Dynamitstangen, und diese Bündel waren übereinandergestapelt. Ein Vergleich, der gar nicht mal so falsch war.

Sie waren nicht mehr weit von Glenns Sattelschlepper entfernt, als Dell Mark auf die Schulter schlug. »Ich geh mal zu Teddy«, sagte er und machte sich auf den Weg zu dem

Bürogebäude, das sich links von dem Parkplatz befand. Teddy und Dell spielten in dem kleinen Aufenthaltsraum, den man den Arbeitern für ihre Arbeitspausen eingerichtet hatte, regelmäßig Pool-Billard gegen Geld. Mark wollte nicht, dass Dell sich absentierte, aber was sollte er sagen? »Vergiss nicht, um neun Uhr wieder hier zu sein. Dann geht's los.«

Dell drehte sich um und ging ein paar Schritte rückwärts. »Das sind noch zweieinhalb Stunden. Warum wolltest du überhaupt so früh herkommen?«

»Um sicherzugehen, dass alles in Ordnung ist«, erwiderte Mark.

Er wusste, was sein Cousin dachte, schließlich sagte er es oft genug: *Du Memme.* Aber Mark konnte nichts dagegen tun. Er war sein Leben lang ein vorsichtiger Mensch gewesen, und das würde sich jetzt sicher nicht ändern. Er wollte eben vor der Abfahrt noch mit Glenn sprechen, und so viel Zeit war nun auch nicht mehr.

Glenn sah von dem Nusshörnchen auf, das er gerade aß, und grinste Mark an. »Hey. Wie geht's, wie steht's?«

Wie geht's, wie steht's? Das Leben, wie er es kannte, war ein für alle Mal vorbei, so ging es ihm.

Glenn nahm einen Schluck Kaffee von dem Kaffee im Styroporbecher. »Da ist noch Kaffee im Büro, wenn du magst.«

Mark wollte lieber keinen Kaffee trinken. Er müsste sonst nur aufs Klo, und außerdem war er schon nervös genug. Aber er spürte auch ein aufgeregtes Kribbeln, so als würde jemand an einem kleinen Faden an seinen Leisten ziehen. Nicht dass er in der Laune war, vor Freude in die Luft zu springen, aber er fühlte sich doch irgendwie gut. Er war dabei, sein Leben von Grund auf zu ändern. Und vielleicht hatte er genau das gebraucht.

Glenns Gesicht glänzte in der Morgensonne rosa, und er

blinzelte und zog sich seine Glenn-Electric-Kappe tiefer in die Stirn. »Entspann dich. Es dauert noch eine Weile, bevor es losgeht.«

»Ich wollte nur noch mal alles mit dir durchsprechen. Um sicherzugehen, dass wir auf demselben Stand sind.«

Glenn sprang von der Pritsche herunter. »Klar. Warum nicht?«

Mark ging auf den Transporter zu.

»Stopp mal, Junge, falsche Richtung«, sagte Glenn. »Das ist nicht dein Sattelschlepper.« Er ging um die Ecke des großen Lagerhauses. Mark folgte ihm, er fühlte sich wie so oft in Glenns Anwesenheit wie der kleine Bruder, der mit dem großen Schritt zu halten versuchte.

»Da steht deiner«, sagte Glenn.

Es war ebenfalls ein Fleet-Transporter. Der einzige Unterschied bestand darin, dass die drei Behälter, die auf der Ladefläche standen, schon geschlossen waren. Die Deckel sahen aus wie knapp sitzende Baskenmützen, mit einer Art kleinen Bommeln auf der Spitze.

»Wir haben die Inspektion vorgezogen, so dass ich sie selbst machen konnte«, sagte Glenn.

Die Inspektionen waren der schwierigste Teil, wie Mark wusste. Als einer der Aufseher des mobilen Ladeteams überwachte Glenn Traywick den Vorgang, der aus insgesamt vier Schritten bestand, und übernahm ihn manchmal selbst. »Es ist für alles gesorgt«, sagte Glenn. »Die gesamte Überprüfung, die Gasraumprobe, die Glovebox-Untersuchung, Radiographie.«

Mark wusste zwar, dass es mehrere Schritte gab, verstand aber nur in groben Zügen, um was es dabei ging, daher musste er Glenn einfach glauben. »Sieht nach viel Arbeit aus, wenn man bedenkt, dass sie angeblich leer sind.«

»Die oben wollen eben auf Nummer sicher gehen. Lass

uns jetzt alles noch einmal durchsprechen. Wohin fährst du?«

»Texas A&M.«

»Welche Ausfahrt?«

»Na komm schon, Glenn. Ich bin doch nicht blöd.« Aber er fügte dennoch hinzu: »College Station. Vor Waco.«

»Gut.«

Mark und Dell sollten leere Atommüllbehälter zur Texas A&M bringen, wo ein mobiles Ladeteam den Atommüll aus dem dortigen Labor der Uni in die TRUPACT-II laden sollte. Es war reines Glück gewesen – oder Glenn hatte es so gedreht –, dass sie drei leere Behälter auf der Nevada Test Site hatten, denn sonst wären die Behälter von der Waste Isolation Pilot Plant in Carlsbad gekommen. Schließlich war das ein WIPP-Projekt.

Die Behälter waren wiederverwendbar. Weil sie als leer gekennzeichnet waren, würden sie keine Polizeieskorte erhalten. Nur so konnte der ganze Plan funktionieren.

Mark spürte, wie sich sein Magen zusammenzog, als er die großen Fässer ansah. »Welcher ist es?«

Glenn ging zu dem Behälter, der direkt hinter dem Führerhäuschen stand, und klopfte dagegen. »Der hier.«

Mark zuckte zusammen. Wenn jemand auf eines dieser Dinger klopfte, wurde ihm immer mulmig, auch wenn es hieß, dass sie nicht kaputtzukriegen waren. Er hatte sich auch nie daran gewöhnen können, das Zeug auf dem Sattelschlepper hinter sich herzuziehen, aber er hatte es getan, und heute war es ohnehin das letzte Mal.

Ein Monat in Kingman, wo er sich mit Dell versteckt halten sollte, und dann würde er nach Indiana zu seiner Tochter Sarah gehen. Und wenn er bereit war umzuziehen, um in der Nähe seiner Tochter zu leben, konnte auch Rhonda nichts dagegen einwenden.

An all das dachte er, als er die großen Behälter betrachtete, die das Licht dieses schönen Morgens in der Mojave-Wüste zu verschlucken schienen. *Denk an dein Fernziel.*

Vielleicht konnten sie diesem Wahnsinn ein für alle Mal ein Ende bereiten und die Leute in diesem Land dazu bringen, aufzuwachen und sich nicht mehr alles gefallen zu lassen.

Glenn sah auf seine Uhr. »Hol dir doch was zum Frühstück oder spiel ein Videospiel oder mach irgendetwas anderes. Du solltest nicht die ganze Zeit daran denken. Ich muss mich auf den Weg machen. Muss heute Nachmittag in Salt Lake sein.«

Er wandte sich zum Gehen.

»Glenn?«

»Ja?«

Mark merkte, dass Glenn genervt war, aber er redete trotzdem weiter. »Wie steht es mit dem Checkpoint an der Grenze?«

»Mach dir deswegen keine Sorgen.«

»Aber ...«

Glenn warf ihm einen enttäuschten Blick zu. »Hör mal, wenn du es nicht machen willst, können wir Dell auch allein losschicken.«

Mark fühlte sich genau wie damals in der Highschool, wenn er nur deshalb mitmachte, weil er nicht ausgeschlossen sein wollte, und sich dennoch immer wie das fünfte Rad am Wagen fühlte. Er erinnerte sich an den Abend, an dem Jimmy Hollings sie alle auf eine Spritztour in seinem neuen Camaro mitgenommen und den Wagen auf einhundertsechzig Stundenkilometer hochgejagt hatte, und er war auf der Rückbank gesessen und hatte die Lippen zusammengepresst, obwohl er am liebsten gebrüllt hätte: »Du bringst uns noch alle um!« Er hatte überlebt, und dass er das nächste Mal, als sie ihn fragten, ob er mitkommen wollte, wieder mitging, zeigte nur, wie dumm er war. Und auch jetzt hatte er die Möglichkeit, auszusteigen, was das Vernünftigste gewesen wäre. Aber da hörte er sich schon sagen: »Die werden Dell nicht allein losschicken. Du müsstest einen zweiten Fahrer auftreiben.«

»Ich wüsste einen. Es würde ein bisschen Zeit kosten, aber wir könnten trotzdem heute loskommen. Du musst dich entscheiden. Wenn du nicht willst, wird uns schon eine Entschuldigung einfallen.«

»Ich fahre«, erklärte er. »Ich möchte nur wissen, was uns erwartet.«

»Vertrau mir doch, Mark. Es wird an der Grenze keine Probleme geben. Du wirst durchfahren können. Wart's nur ab.«

Mark wollte noch etwas sagen, zum Beispiel, dass die staatlichen Inspektoren an der kalifornischen Grenze über die Ausrüstung verfügten, um dieselben Test vorzunehmen, wie Glenn an diesem Morgen. Wie viele Leute waren eigentlich in diese Sache verwickelt?

Aber dieses Mal hielt er die Klappe. Er sah zu, wie Glenn eilig zu seinem Sattelschlepper ging, hineinkletterte und losfuhr.

Als wollte er so schnell wie möglich von hier weg.

Je näher sie der neuen Grenzstation kamen, die ein paar Kilometer weit auf kalifornischem Gebiet lag, desto schlechter fühlte sich Mark. Die Station auf der State Route 127 diente allein der Inspektion der Atommüll-Transporter, die von der Nevada Test Site zum Endlager in New Mexico fuhren. Mark und Dell hatten sie in den letzten drei Monaten wiederholt passiert, aber dieses Mal entsprach ihre Ladung nicht dem Ladungsprotokoll.

Er betete, dass Glenn sich nicht täuschte, was die Inspektoren anging.

Bislang hatte sich Glenn noch nie getäuscht, das musste er ihm zugestehen. Er hatte Mark und Dell ohne Probleme den Job bei Fleet Trucking verschafft. Er hatte ihnen falsche Papiere besorgt, und auch wenn es immer hieß, dass es die staatliche Energiebehörde bei der Überprüfung ihrer Bewerber übergenau nahm, waren sie sofort eingestellt worden. Glenn war jemand, dem man trauen konnte, und Mark fühlte sich sicher, wenn er dabei war. Aber im Moment war er nicht da, und Mark musste diese neuerliche Bewährungsprobe ohne ihn bestehen.

Er versuchte, sich zu beruhigen, indem er die Wüste betrachtete. Für die meisten Menschen war die Mojave-Wüste so öde wie eine Mondlandschaft, aber für Mark gab es nichts Schöneres. Er liebte die changierenden Farben der Berge, die von Schwarz zu Lila und über fünf Schattierungen von Blau zu Violett und Rosa reichten. Im Laufe des Tages verwandelten sie sich je nach Licht wie in einem Kaleidoskop. Er liebte es, durch die Wüste zu fahren, liebte den unverstellten Blick. Er versuchte, sich an der herben Schönheit sattzusehen – den zartgelben Schwemmkegeln, die sich am Fuß der Berge ausgebreitet hatten und erstarrt und mit Salbei-, Salz- und Kreosotbüschen bewachsen waren. Noch mehr Farben: Silber, Grau und Olivgrün. Er hatte auf der Suche nach Steinen viel Zeit auf den Hochgebirgspässen im Death Valley im Westen und in den Funeral und Amargosa Mountains verbracht.

Er hatte diese Gegend genau studiert: Geologie, Biologie, Geschichte. Er kannte alles, was er in diesem Moment sah. Schon von Kindheit an hatte er allem einen Namen geben müssen. Seine Exfrau sagte immer, in dieser Hinsicht wäre er geradezu zwanghaft.

Er wusste beispielsweise, dass diese Gegend ausschließlich aus Horsten und Gräben bestand. Er kannte die Bewohner der Wüste und die Zusammensetzung des Gesteins. Er hatte in der Nähe seines Hauses in den Bergen Steine gefunden, die er geschnitten und poliert und zu Ohrringen, Armbändern und Halsketten für Sarah verarbeitet hatte.

Dies war einer der einsamsten Orte auf der Welt. Die einzigen menschlichen Spuren waren die Stromleitungen, die die Landschaft von Boulder Dam ausgehend durchschnitten, und das sich vor ihnen erstreckende schwarze Asphaltband, das zu dieser Tageszeit immer wieder in den Senken verschwand, wo Luftspiegelungen die Straße zum Schmelzen brachten und mehrere Gipfel ineinanderfließen ließen, um sie dann wie Knetmasse wieder auseinanderzuziehen.

In Indiana gäbe es nichts dergleichen.

Etwas in ihm wurde furchtbar traurig. Er hatte seine Geräte zum Steinschleifen schon eingelagert. Vielleicht würde er nie mehr Gelegenheit haben hierher zu kommen, um sie zu holen – das war ihm klar.

Und er hatte seine Schildkröten der Regierung zurückgegeben. Das war das Schlimmste gewesen.

Dafür würde er Sarah aufwachsen sehen. Er würde ein neues Leben anfangen. Und nach dieser Sache würde er auch ein anderer sein.

Er würde etwas bewegt haben.

»Da wären wir«, sagte Dell.

Mark hatte die Inspektion um die dreißig Mal in acht verschiedenen Staaten über sich ergehen lassen, aber das heute war anders. In seinem Hals hatte sich ein dicker, zähflüssiger Klumpen festgesetzt. Wie sollte er sich verhalten? Er war kein guter Lügner, war es noch nie gewesen. Er sagte sich zum wiederholten Mal, dass Glenn den Typen bestochen hatte, aber was war, wenn es einen unvorhersehbaren

Personalwechsel gegeben hatte? Was, wenn das eine Falle war?

Sein Herz begann zu pochen. Er fühlte sich, als wäre Klavierdraht um seinen Bauch geschlungen, der ihn in zwei Hälften teilte. Er hatte Angst, dass seine obere Hälfte davonschweben würde, wenn er nicht aufpasste.

Ich werde es vermasseln.

Sie wechselten auf die für Lastwagen reservierte Spur.

Der Inspektor trug eine dunkelblaue Uniform, eine passende Baseball-Kappe und eine Sonnenbrille, die der von Bobby Burdette ähnlich sah. Die Wüstensonne spiegelte sich in seinem Dienstabzeichen.

Trotz seiner Ängste erwartete Mark, dass sie durchgewunken wurden. Glenn hatte bislang immer recht gehabt, und Mark setzte sein ganzes Vertrauen darein, dass es auch dieses Mal so war.

Aber es war nicht so. Man winkte sie rechts ran.

Er atmete auf einmal ganz flach. Seine Hände wurden feucht, und der Schweiß lief ihm in Strömen die Schläfen herunter.

»Reg dich nicht auf, altes Haus«, sagte Dell. »Ich werde das Reden übernehmen.«

Mark fragte sich, ob er Sarah jemals wiedersehen würde.

Dell wirkte gelassen. Er war erst achtundzwanzig Jahre alt, aber er tat so, als könne ihm nichts etwas anhaben, als wäre er ein Superheld oder so was. Er war der skrupelloseste Lügner, den Mark kannte.

Dell reichte dem Inspektor das Klemmbrett mit ihrer Routenbeschreibung. Sagte beiläufig, dass die Behälter leer seien, wie er sehen könne, und dass sie auf dem Weg zu Texas A&M seien. Riss sogar einen Witz. Texas sei »zwar größer als ein Haufen Scheiße, aber kein bisschen besser«.

Mark fand, dass er etwas übertrieb.

Trotzdem machte es immer noch den Eindruck, als würden sie durchgewunken werden.

Doch dann wies sie der Inspektor zu ihrer Überraschung an, auszusteigen und zur Baracke zu gehen, während sie eine oberflächliche Inspektion vornehmen und die Ladung mit einem Strahlendetektor auf Lecks untersuchen würden.

Davon hatte Glenn nichts gesagt! Sobald die Inspektoren zu dem ersten Behälter hinter der Fahrerkabine kämen, wüssten sie Bescheid.

Während er und Dell auf Klappstühlen im Schatten der Baracke warteten, versuchte Mark sich vorzustellen, wie es war, in Handschellen mit einem Polizeiauto weggebracht und in Haft genommen zu werden.

Bei der seit dem 11. September herrschenden Hysterie in diesem Land würde man ihm bestimmt die Höchststrafe aufbrummen.

Er versuchte das Bild der Wüste in sich aufzunehmen. Die Wüste war leidenschaftslos, ihr Angesicht wunderschön. Er erinnerte sich, wie er einmal mit dem Fahrrad hier entlanggefahren war. Das schien in einem anderen Leben gewesen zu sein, vor sieben, acht Jahren. Sarah war damals noch ein Baby.

Sarah. Die Vorstellung, dass er sie nie wiedersehen würde …

Jemand räusperte sich. Mark blickte auf, gab sich Mühe, die Angst, die er empfand, zu verbergen.

»Alles in Ordnung«, sagte der Inspektor und reichte Dell das Klemmbrett. »Noch eine gute Fahrt.«

Als Mark sich erhob, wären seine Knie beinahe unter ihm eingeknickt, so erleichtert war er. Dell bedachte ihn mit einem merkwürdigen Blick, als sie zu ihrem Sattelschlepper gingen.

Memme.

Mark war es egal, was Dell dachte. Er war durchgekommen. Er hatte die Bewährungsprobe bestanden.

Und Glenn Traywick hatte sie nicht im Stich gelassen.

33

Es war noch früh, als Jon Service' Dienstauto, ein dunkelblauer Taurus, unterhalb des Mogollon Rim über die kurvige Straße am Oak Creek fuhr. Die wenigen Straßenabschnitte, auf denen die Sonne den Asphalt erreichte, waren gefleckt von den Schatten von Eichen, Walnussbäumen, wildem Wein und Bergahorn. Der Bergahorn nahm langsam ein sattes Rot an, und die Walnussbäume und Pappeln verfärbten sich gelbgold.

Kurze Ausblicke auf den Oak Creek, der abwechselnd braun und, wie gehämmertes Silber schimmernd, über die Felsen unter ihnen rauschte.

Aber Laura konnte an nichts anderes denken als an Behälter mit radioaktivem Abfall und an Verrückte wie Bobby Burdette und dass diese Behälter vielleicht doch nicht so unzerstörbar waren, wie behauptet wurde.

Wenigstens waren die blinkenden Lichter verschwunden. Sie hatte durchgehalten, und es war wie gewöhnlich einfach weggegangen. Die Sehstörung, welche Ursache sie auch haben mochte, dauerte nie länger als zwanzig Minuten an, und dann sah sie wieder ganz normal.

Damit konnte sie leben.

Das Auto von Jon Service roch nach künstlichem Tannenduft. Wenn Laura nicht schon gewusst hätte, dass Jon ein gläubiger Katholik war, dann hätte es ihr das Wageninnere verraten: Vom Rückspiegel baumelte ein Rosenkranz, und auf dem Armaturenbrett befand sich ein Aufkleber mit Christus im Garten. Jon Service fuhr schnell und sicher um die Kurven, während er in sein Headset sprach.

Laura dachte: *Jack Taylor*.

Jack Taylor, John Traywick.

Jack war eine Verballhornung von John, oder?

Die ganze Fahrt auf der 89A den Oak Creek Canyon hinunter dachte sie darüber nach, wie leicht Jack Taylor sie hatte in die Irre führen können. Aber wem wäre es anders ergangen? So etwas hätte doch kein Mensch geahnt. Er war ein Vater, der um seine eben ermordete Tochter trauerte; so hatte sie ihn gesehen. Aber offenbar war Kellees Vater auch der Kopf der Earth Warriors.

»Versuchen Sie es weiter«, sagte Service ins Headset, dann sah er zu Laura. »Wir kriegen eine Spezialeinheit, aber der Gerichtsbeschluss lässt offenbar noch auf sich warten.«

»Es geht hier um einen Terrorakt. Wie schwer kann das denn sein?«

»Möchten Sie die geschönte Fassung oder lieber die traurige Wahrheit?«

Laura beschirmte ihre Augen, als die Sonne sich in der Heckscheibe des VW-Busses vor ihnen spiegelte – er war wie aus dem Nichts vor ihnen aufgetaucht und tuckerte mit nicht mehr als vierzig Stundenkilometern vor sich hin. Der Taurus beschleunigte und rauschte unter den Buhrufen und Stinkefingern der Hippies in dem Bus an ihm vorbei.

Laura sagte: »Sobald er uns sieht, weiß er, was los ist. Können wir das Auto irgendwo weiter vorn an der Straße abstellen? Mir wäre es lieber, wenn nicht alle sofort Bescheid wüssten.«

»Das lässt sich machen.«

Laura versuchte es noch einmal bei Richie, der auf dem

Weg von Williams nach Tucson war. Auch er hatte Probleme. Er hatte telefonisch Katz und Maus mit einem Richter in Williams gespielt, um einen Durchsuchungsbeschluss für das Haus von Bobby Burdette zu bekommen.

Manchmal hatte sie den Eindruck, sie mussten ihren Job mit einer Augenbinde und Fesseln an den Füßen machen.

Jon bog auf einen kurzen Weg ein, der zu einer Hütte führte, die hinter einem hohen Zaun mit Marterpfählen als Pfosten lag. Dort wartete schon ein Wagen des Sheriffs von Coconino County. »Taylor's Creekside Cabins befinden sich gleich um die Ecke«, erklärte Jon.

Sie versammelten sich zu einer kurzen Besprechung, dann gingen sie die Straße hinunter.

Die Ferienhäuschen lagen hinter einer unübersichtlichen Kurve, wo sie in der Sonne vor sich hindämmerten. Megumi Taylor machte sich gerade bei den Blumenbeeten zu schaffen, die das Büro umgaben. Sie trug einen weichen Strohhut, eine rosafarbene Bluse, alte Jeans und Gartenhandschuhe. Als sie sie sah, lächelte sie und winkte ihnen mit ihrer Schaufel zu.

Laura nickte den Deputys des Sheriffs zu, um ihnen zu bedeuten, zurückzubleiben. Sie ging zu Megumi. »Mrs. Taylor?«, sagte sie. »Ich muss mit Ihrem Mann sprechen.«

Megumis sonniges Lächeln verschwand, und an dessen Stelle trat ein verwirrter Ausdruck. Sie wusste sofort, dass etwas nicht stimmte. Laura fragte sich, ob sie eingeweiht war.

Megumi sah von Laura zu Jon in seinem dunkelblauen Anzug mit Krawatte und dann zu den Deputys, die hinter ihm auf der Straße warteten. »Geht es um Kellee?«, fragte sie.

»Ist Mr. Taylor hier?«

Megumi erhob sich. »Er ist in Hütte acht. Ich kann ihn rufen.« Sie griff nach ihrem Walkie-Talkie.

»Lassen Sie nur«, sagte Laura. »Mir wäre es lieber, wenn Sie ihn nicht riefen. Wo ist Hütte acht?«

»Den Hügel hoch auf der rechten Seite – die letzte Hütte. Die Gäste, die letzte Nacht dort geschlafen haben, sind in aller Frühe aufgebrochen. Sie kamen spät in der Nacht und sind los, bevor wir das Frühstücksbüfett aufgebaut hatten. Komisch, oder? Da gibt jemand Geld aus, um an einem schönen Ort wie diesem zu übernachten, und dann interessiert er sich nicht mal für …«

Offenbar wurde ihr bewusst, dass sie Unsinn redete, denn sie unterbrach sich unvermittelt. »Es ist doch nichts passiert, oder?«

»Wir wollen nur mit Mr. Taylor sprechen.«

»Okay.«

Laura nickte einem der Deputys zu. »Würden Sie bei Mrs. Taylor bleiben?«

Während sie den gewundenen Weg zu Hütte acht entlanggingen, dachte Laura über Megumis Reaktion nach. Shana hatte geschworen, dass Megumi und Kellee keine Ahnung von den Earth Warriors hätten; Jack hätte sie bewusst im Dunkeln gelassen, um sie zu schützen. Aber Laura hatte den Eindruck, dass Megumi zumindest einen Verdacht hatte. Entweder das, oder sie hatte ein gutes Gespür für aufziehende Gefahr.

Unterhalb der rustikalen Hütte stand ein Elektrokarren, auf dessen kleiner Ladefläche hinter den Sitzen sich Bettwäsche stapelte, die in Kissenbezüge gestopft war. Die Hüttentür stand offen, und das Dröhnen eines Staubsaugers war von drinnen zu hören, begleitet vom Plärren eines Fernsehers.

Laura hatte ihre Hand auf das Holster gelegt, das am Bund ihrer Jeans befestigt war. Sie sah, dass Jon und der Deputy ebenfalls bereit waren.

Zu allem.

Sie betraten im Schutz des Staubsaugerlärms die Hütte. Der Fernseher war so laut aufgedreht, dass er trotzdem zu hören war – ein alter Gangsterfilm mit James Cagney in der Hauptrolle lief.

Jack Taylor trug eines dieser langärmligen Hemden mit Button-down-Kragen, wie man sie bei Land's End kaufen konnte, und saugte, den Rücken ihnen zugewandt, auf der gegenüberliegenden Seite des Betts Staub. Er hatte sie nicht bemerkt, obwohl er eigentlich registriert haben musste, dass weniger Licht durch die Tür fiel. War er in Gedanken versunken oder tat er nur so, als bekäme er nichts mit? Laura wollte kein Risiko eingehen, daher bewegte sie sich schnell. Mit ein paar Schritten war sie bei ihm, die Handschellen gezückt, packte seine freie linke Hand und ließ genau in dem Moment die Handschellen zuschnappen, als Jon Service' Stimme über den Staubsauger und den Film hinweg zu hören war: »FBI. Keine Bewegung!«

Jack Taylor, der ihnen immer noch den Rücken zuwandte, erstarrte, drehte leicht den Kopf zur Seite, wo Special Agent Service mit schussbereiter Waffe stand.

Laura streckte ihre Hand aus und schaltete den Staubsauger ab.

Taylor starrte Jon verwirrt an, und Laura nahm seine rechte Hand und schloss sie mit der linken hinter seinem Rücken zusammen. Sie manövrierte ihn um das Bett herum und führte ihn nach draußen.

»Was ist denn los?« Er klang erstaunt, verängstigt, unschuldig.

Special Agent Service las ihm seine Rechte vor. Aus der Hütte waren Schreie und Schüsse zu hören. Laura erinnerte sich an den Dialog; er stammte aus dem Film *Sprung in den Tod*. Der Polizeichef, der in das Megaphon spricht und versucht, James Cagney zum Aufgeben zu bewegen.

Laura führte Taylor oder Traywick, oder wie er auch heißen mochte, an eine Wand der Hütte, fragte ihn, ob er etwas Scharfes in seinen Taschen habe oder irgendetwas anderes, von dem sie wissen sollte, bevor sie ihn abklopfte.

In der Hütte schoss James Cagney auf seine Peiniger und auf die in der Nähe stehenden Chemikalien-Tanks.

Laura wusste, wie der Film ausging. Bald würde James Cagney schreien: »Ich hab's geschafft, Ma! Jetzt bin ich ganz oben!«

Und wie ein Feuerwerkskörper in die Luft gehen.

34

»Ich bin bereit, auszusagen«, sagte Jack Taylor.

Er ließ die Schultern hängen, und auch seine gefesselten Hände hingen schlaff herunter.

Das hatte Laura noch nie einen Verdächtigen sagen hören. Sie hatte zwar schon erlebt, dass Leute kamen und Dinge gestanden, die sie nicht getan hatten, aber diese völlige Kapitulation traf sie unvorbereitet. Beinahe hätte sie ihm geraten, sich einen Anwalt zu nehmen. Sie konnte sich gerade noch zurückhalten. Sie warf einen Blick zu Jon, der seine Augenbrauen hochzog und lächelte.

»Ich will aussagen«, bekräftigte Taylor noch einmal.

»Warum?«, fragte Jon.

Seine Stimme klang resigniert. »Ich bin froh, dass Sie mich erwischt haben. Ich hatte schon überlegt, ob ich mich stellen soll.«

Das verwirrte Laura endgültig.

»Ich habe die letzten Wochen viel nachgedacht, nachdem …« Er schluckte. »Nachdem das mit Kellee passiert ist.« Er sah Laura an, und sie erkannte den tiefen Schmerz in seinen Augen. »Das alles ist allein auf meinem Mist gewachsen. Ich habe meine Frau und meine Tochter immer aus der Sache herausgehalten. Ich habe alles getan, um sie zu schützen. Sie können meine Frau fragen. Sie hatte keine Ahnung.« Er blickte zum Himmel, und Laura sah, dass seine Augen feucht glänzten. »Ich sage Ihnen alles, was ich weiß. Das ist das Mindeste, was ich tun kann.«

Sie brachten ihn zum Auto des Sheriffs, das mittlerweile vor dem Eingang des Motels stand, und ließen ihn hinten einsteigen.

Laura sagte zu Jon: »Ich habe den Eindruck, er meint es aufrichtig. Während wir auf den Haftbefehl warten, sollten wir ihn gleich hier verhören. Wir haben keine Ahnung, wie der Zeitplan der Gruppe aussieht.«

Jon zog ein Diktaphon aus seiner Anzugtasche.

»Haben Sie alles aufgenommen?«

Jon ließ das Band zurückspulen. *Ich bin bereit auszusagen. Ich bin froh, dass Sie mich erwischt haben.*

»Damit hätten wir ein Problem weniger.«

Sie brachten ihn in einen kleinen Raum hinter dem Büro, wo das Frühstück serviert wurde. Er war mit Kiefernholz verkleidet, an den Fenstern hingen grobe Baumwollvorhänge und an den Wänden witzige alte Werbeschilder, die nicht recht zu den verstörenden Schlitzen auf der dunklen Leinwand passten, die im Flur hing und *Pico Central* betitelt war. In der rechten Ecke prangte die Signatur von Janet Weir.

Der lange Tisch an der Wand war abgeräumt, es stand nur noch eine Kanne Kaffee darauf, an der sich Laura dankbar bediente.

Laura und Jon geleiteten Jack Taylor zu einem der kleinen runden Eichentische in der Nähe des Fernsehers.

Jon schaltete das Aufnahmegerät ein, sagte seinen eigenen

Namen, das Datum und den Namen des Verdächtigen und informierte diesen noch einmal über seine Rechte. »Sie erklären sich bereit, auf diese Rechte zu verzichten?«

»Ja, ja!«, erwiderte er ungeduldig. »Das habe ich doch schon gesagt. Wo ist meine Frau?«

»Wir haben sie gebeten, im Haus zu bleiben. Ein Deputy ist bei ihr.«

»Sie hat nichts mit dem Ganzen zu tun. Rein gar nichts. Ich habe ihr gegenüber nie ein Sterbenswörtchen über diese Aktion verloren. Nie. Kellee und Dan wussten auch nicht Bescheid. Ich würde nie meine Frau oder mein Kind in Gefahr bringen, das würde ich niemals tun. Ich liebe sie doch.«

Und dann erzählte er ihnen von den Earth Warriors – wobei er sich immer wieder unterbrach und neu ansetzte. Er verriet ihnen etwas, beinahe beiläufig, und dann folgte unweigerlich eine Erklärung, die darauf hinauslief, dass er kein schlechter Kerl war, schließlich würde er seine Familie ja niemals einer solchen Gefahr aussetzen.

Er erzählte ihnen, dass er von 1968 bis 1972 Kopf der ersten Earth-Warriors-Gruppe gewesen sei. Nach ihrem größten Coup waren sie untergetaucht – sie hatten in der Sierra Nevada ein riesiges, im Bau befindliches Wintersport-Resort abgefackelt. Wie Jack Taylor es ausdrückte, hatte er es »einfach sein lassen. Ich war zu dem Schluss gekommen, dass es das nicht wert ist. Egal, was wir taten, es war doch nur ein Tropfen auf den heißen Stein angesichts der Zerstörungen, die im ganzen Land stattfanden. Ich wusste, dass sie mich bis ans Ende der Welt verfolgen würden, aber ich wollte mich niederlassen und eine Familie gründen, und daher änderte ich meinen Namen und verließ Kalifornien.«

Das war ein bisschen melodramatisch, dachte Laura, wenn man bedachte, dass sie außer in einem einzigen Blog nichts über die alten Earth Warriors hatte finden können. Dann sprach er leidenschaftlich über das Kyoto-Protokoll, die Rote Liste, WWF, UNEP, NASA und ein Dutzend anderer Akronyme.

Sie musste sich beherrschen, nicht genervt die Augen zur Decke zu drehen. Natürlich war sie in einigen Punkten einer Meinung mit ihm, aber sie hatte den Eindruck, er benutzte das alles, um sein eigenes Verhalten zu rechtfertigen. Sie stellte fest, dass er ihnen reichlich wenig über das Vorhaben, einen Transporter von der Nevada Test Side zu klauen, erzählte, ganz entgegen seiner angeblichen Aussagebereitschaft. Jack Taylor zu verhören kam einem Spaziergang durch Treibsand gleich.

»Kellee war ein so liebes kleines Mädchen. Als sie fünf war, starb ihre Mutter. Die nächsten fünf Jahre habe ich sie allein großgezogen – sie war ein richtiges Papa-Kind. Sie reagierte nicht einmal bockig, als Megumi und ich eine Beziehung anfingen. Wir waren eine perfekte kleine Familie. Und jetzt habe ich alles kaputtgemacht.« Seine Stimme brach.

Als Jon ihn geduldig auf das eigentliche Thema zurückbrachte, wich Jack sogleich wieder aus. Seine erste Frau, die an Brustkrebs gestorben war, sein kleines Mädchen, das einen Hirntumor bekommen hatte, wie schrecklich es war, wenn man die eigene Tochter krank werden und beinahe sterben sah.

»Es war Schicksal«, sagte er. »Sie sollte uns genommen werden, und das wurde sie dann auch.« Weitere Tränen. Seine Hände, die sie inzwischen vorn gefesselt hatten, baumelten zwischen seinen Knien. »Mein süßes kleines Mädchen. Sie hatte vom ersten Tag an keine Chance.«

»Haben Sie eine Ahnung, wer ihren Tod gewollt haben könnte?«, fragte Jon.

»Woher soll ich das wissen?« Er sah entsetzt aus. »Mit

den Earth Warriors kann es ja wohl nichts zu tun haben. Ich habe sie aus allem herausgehalten. Sie hatte keine Ahnung …«

Jon Service beugte sich über den Tisch und sah ihm in die Augen. »Dan Yates wusste von dem Brandanschlag auf Jimmy Davis Ford. Wenn Sie den Verdacht haben, dass es einen Zusammenhang geben könnte, müssen Sie mir das sagen.«

Taylor lehnte sich zurück, verwirrt. Schüttelte den Kopf. »Niemals. Ich hätte doch keine meiner beiden Frauen irgendeiner Gefahr ausgesetzt.« Er zuckte die Achseln und fügte klar und ruhig hinzu: »Es war Schicksal. Es war ihr vorherbestimmt, dass sie nicht bei mir bleiben durfte.«

Laura hätte ihm am liebsten eine geknallt.

Geduldig lenkte Jon Service ihn immer wieder zurück auf das Thema und fragte ihn geschickt und hartnäckig über den Anschlag aus. Er entlockte Jack Taylor, dass er Bobby Burdette den Auftrag gegeben hatte, einige der älteren Hütten instandzusetzen, und dass sie danach immer noch auf ein paar Bier zusammengesessen waren. Dass Jack Bobby davon erzählt hatte, in den Sechzigern einmal Kopf der Earth Warriors gewesen zu sein, und zwar unter seinem richtigen Namen John Traywick. An einem dieser bierseligen Abende hätten sie dann den Plan ausgeheckt, einen der Atommülltransporter von der Anlage in Nevada zu entführen, aber nur, um auf die wirklichen Gefahren aufmerksam zu machen – nämlich eine Regierung, die völlig den Verstand verloren hatte.

»Heimatschutz«, sagte Jack Taylor voller Verachtung. »Das ist ja wohl ein Witz. Wenn Sie nur die Hälfte von dem wüssten, was ich weiß …«

Er fing an, sich für das Thema zu erwärmen.

Der Plan sah vor, den Transporter an den Lake Mohave am Colorado River zu bringen und ihn dort auf dem Parkplatz des Hafens von Cottonwood Cove abzustellen. »Das würde alle Welt in helle Aufregung versetzen. Wissen Sie, dass der Colorado River drei Bundesstaaten mit Wasser versorgt? Stellen Sie sich nur mal vor, der Transporter würde aus irgendeinem Grund in den Fluss fallen. Stellen Sie sich das nur mal vor.« Selbstgefällig.

Laura hatte gehört, dass das Plutonium erst dann wirklich gefährlich wurde, wenn es mit Luft in Verbindung kam. Das hatten sie zumindest in einer Sendung des Bildungskanals so erklärt.

Laura konnte sehen, dass Jack Taylor anfing, Spaß an der Geschichte zu haben, die er immer weiter ausführte und dabei mit Begriffen um sich warf wie »trilaterale Kommission« und dem guten alten »militärisch-industriellen Komplex«.

»Laughlin liegt nur ein kurzes Stück den Fluss runter. Können Sie sich die Panik vorstellen, die entstehen würde? Vielleicht würden dann unsere lieben Mitbürger endlich mal ihr Hirn einschalten und überlegen, was ihre Regierung ihnen antut.«

Ein paar anonyme Anrufe bei den Medien, und die Wahrheit käme ans Tageslicht.

»Ist Glenn Traywick Ihr Bruder?«, fragte Jon.

Jack Taylor gab keine Antwort.

»Hat Glenn Traywick etwas mit der Sache zu tun?«

Jack Taylor schwieg stur weiter. »Ich will jetzt meinen Anwalt sprechen«, sagte er schließlich gelassen.

Was Laura wollte, war, ihm sein hochmütiges Lächeln aus dem Gesicht zu reißen. Sie bedauerte es einen kurzen Moment, dass es der Polizei verboten war, Gewalt anzuwenden.

Sie führten ihn zurück zum Auto. Megumi stand auf dem Parkplatz, immer noch den weichen Strohhut auf dem Kopf. Ihre ganze Welt musste gerade zusammenbrechen.

Aber sie kam nicht zu ihnen, um mit ihrem Mann zu sprechen, wie Laura bemerkte. Stattdessen winkte ihnen Jack Taylors Frau kurz zu, bevor sie kerzengerade die Stufen zu dem kleinen Laden hochging. Sie wollte ihren Schmerz nicht zeigen.

Als sie beim Auto des Sheriffs ankamen, blieb Jack Taylor stehen, wandte seinen Blick zu dem intensiv blauen Himmel und atmete tief die kühle Gebirgsluft ein. »Da ist noch etwas.«

»Ja?«

»Wenn ich Sie wäre, würde ich mich beeilen.«

Glenn Traywick befand sich schon fast am Flughafen North Las Vegas, als er Michelles Nummer im Büro eintippte. Er hatte sie schon zu Hause und auf dem Handy zu erreichen versucht, aber kein Glück gehabt.

»Trecor Business Machines, kann ich Ihnen helfen?« Es war die Stimme von Michelle, knapp, geschäftsmäßig.

»Ich hatte gedacht, du bist schon längst zu Hause.«

»Nur die Ruhe, Schätzchen. Ich habe bereits gepackt. Alles, was ich brauche, befindet sich längst im Kofferraum des Autos.«

»Was ist mit dem Umzugswagen?«

»Alles erledigt.«

Er sah auf seine Uhr. »Ich sollte um halb zwölf in Flagstaff sein. Du weißt, wohin du fahren musst?«

»Nein, ich bin doch bloß ein dummes kleines Mädchen«, sagte sie mit Piepsstimmchen.

Er ging nicht darauf ein. Manchmal war Michelle eine echte Nervensäge. »Ich will, dass du fertig bist. Nur für den Fall, dass irgendetwas schiefgeht.«

»Ich werde da sein, Süßer. Mach dir keine Sorgen.«

»Hast du auch nicht zu viel eingepackt? Du hast das Gepäck gewogen, oder? Es dürfen insgesamt nicht mehr als fünfzig Kilo sein.«

»Kein Problem.«

»Ich will in Calgary sein, wenn hier die Bombe hochgeht.«

»Nächster Halt Loon Lake Lodge. Nur du und ich und der Loon Lake.«

»Wir werden berühmt sein.«

»Berühmt, aber anonym.«

»Das ist der Plan.« Er sah das Schild, das zum Flughafen wies. »Ich bin da. Wir sehen uns bald.«

Während er auf die rot-weiß-blaue Cessna C-175 zuging, die direkt am Zaun stand, beschloss Glenn, die Vorflugkontrolle auf ein Minimum zu beschränken – Ölstand prüfen, Drainieren des Kraftstoffsystems und los. Für den Flug nach Flagstaff brauchte er keinen Flugplan einzureichen, aber irgendwo zwischen Flagstaff und Calgary musste er es tun, dazu war er gesetzlich verpflichtet, sobald er in den kanadischen Luftraum eindrang. Er hatte überlegt, ob er unterhalb des Radars fliegen sollte, aber das bedeutete, auf Risiko zu spielen und in niedriger Höhe durch enge Täler zu fliegen, und dazu war er nicht bereit.

Für so etwas war er einfach zu alt.

Er beschloss, den Flugplan durchzugeben, wenn er das letzte Mal tankte, dann schnell die Grenze zu überqueren und den Flieger stehen zu lassen.

Wenn alles nach Plan ging, würde er in Kanada sein, bevor sie den Transporter entdeckten. Jack hatte ihm versprochen, dass sie ihm einen gewissen Vorsprung geben würden. Trotzdem würde es eng werden. Wenn einer seiner Komplizen geschnappt wurde und ihn verriet, dann konnte es sein, dass er in Calgary von der Royal Canadian Mounted Police plus dem Zoll empfangen wurde.

Diese Gedanken gingen ihm durch den Kopf, als er sein Flugzeug auf die Rollbahn steuerte und die Anzeigen prüfte und das ATIS einschaltete, um die Flugbedingungen und die Startinformationen abzuhören, was alles ganz automatisch ablief.

Er wechselte zur Frequenz des Towers. »Cessna N21993 ist startklar«, sagte er und stellte zufrieden fest, dass seine Stimme völlig ruhig klang. »Abflug Nord, Verfahren bekannt.«

Als Mark und Dell vor Micaville in Kalifornien auf die Schotterstraße abbogen, befand sich Glenn Traywick schon eine Stunde in der Luft.

Mark und Dell bogen gerade zu dem verlassenen Hangar ein, als fünfzig Meter vor ihnen ein Kojote die Straße überquerte, in dessen Maul irgendein Nagetier baumelte. Er blieb stehen, warf ihnen aus seinen leuchtenden goldenen Augen einen wissenden Blick zu und trottete davon.

»Der Schwindler«, murmelte Mark.

Dell sah ihn an. »Was sagst du?«

»Kojoten. Die Indianer nennen sie Schwindler. Hoffentlich ist das kein schlechtes Omen.«

»Quatsch.«

Aber Mark war immer noch nicht über das hinweg, was an der Staatsgrenze passiert war. Er war davon ausgegangen, dass sich der Inspektor das Ladungsprotokoll ansehen und sie dann mit einem Nicken durchwinken würde. Aber sie hatten den Transporter fast zwanzig Minuten lang untersucht, und er hatte gesehen, wie der Kerl mit dem Strahlendetektor jeden einzelnen Behälter geprüft hatte.

Vielleicht wollten sie ja nur, dass es echt aussah. Nun, das sollte nicht seine Sorge sein. Sie waren schließlich gut durchgekommen.

Der Hangar befand sich nur ein paar hundert Meter von der Straße entfernt, und mit seinen weiß gestrichenen Wellblechwänden sah er zwischen den Kreosotbüschen aus wie der Briefkasten eines Giganten. Eine Reihe von Sprossenfenstern, deren Scheiben entweder weiß gestrichen oder zerbrochen waren, lief an den Seiten entlang. Weit und breit war niemand zu sehen, aber darum ging es ja auch. Bobby sollte drinnen mit seinem Gespann warten.

Mittlerweile hatte ein kräftiger Wind eingesetzt und wirbelte unter den Rädern des Transporters Sand in den porzellanblauen Himmel. Sie fuhren in einer riesigen Sandwolke auf die weite freie Fläche vor dem Hangar. Bobby Burdettes Sattelschlepper stand in dem Hangar, und Bobby hatte es irgendwie geschafft, die riesige olivfarbene Plane über das Gestell zu zerren. Er sprang herunter und dirigierte Dell rückwärts hinein. Der Wind pfiff durch die zerbrochenen Scheiben.

Mark mochte Bobby Burdette nicht, aber er musste ihm zugestehen, dass er schnell arbeitete. Er hatte das Navigationssystem in nicht einmal zwei Minuten aus dem Armaturenbrett des Fleet-Transporters ausgebaut und in den Transporter, der als Köder diente, wieder eingebaut.

Sie montierten auf beide Transporter gestohlene Nummernschilder. Die Plane über die Behälter zu bekommen war nicht ganz einfach, aber dank des Gestells, das Bobby mitgebracht hatte, war es nicht so schlimm, wie er gedacht hatte.

Allerdings waren die Behälter so groß, dass die Plane sie nicht ganz bedeckte. »Erinnert mich an Danas kleinen Jungen«, bemerkte Dell. »Der rennt auch immer mit nacktem Hintern unterm T-Shirt im Haus rum.«

Unter Verrenkungen banden sie die Plane fest, und Mark fragte sich, ob der Wind, der mittlerweile wie ein wütender

Boxer gegen den Hangar hämmerte, womöglich die Abdeckplane losreißen würde.

Mark hatte schon den Mund geöffnet, um die anderen darauf aufmerksam zu machen, aber dann schloss er ihn wieder. Das war nicht sein Problem. Er und Dell waren im Grunde genommen hier fertig. Sie mussten jetzt nur noch in dem falschen Transporter die Route weiterfahren, damit Bobby etwas Zeit gewann, und ihn dann irgendwo in Seligman stehen lassen, wo Dell ein Auto versteckt hatte.

Danach würden sie im Wald verschwinden. Dell hatte einen Freund, der über einen »sicheren Unterschlupf« in Kingman verfügte, wo sie für ein paar Monate untertauchen konnten, bis die Wogen sich geglättet hatten, und dann würde er unter seinem eigenen Namen nach Indiana fliegen.

Es hörte sich ganz einfach an. Aber wie der Lieblingsspruch seines Vaters lautete: »Ein Plan mag noch so schön sein, schiefgehen kann er allemal.«

Bobby kämpfte immer noch mit der letzten Befestigungsschlaufe, als er sagte: »Ihr solltet lieber los. Falls irgendjemand bei TRANSCOM guckt, sieht er, dass ihr schon seit vierzig Minuten steht.«

Mark sollte es recht sein. Er und Dell kletterten in das Führerhaus, und sie verließen den Hangar. Er erhaschte einen letzten Blick auf Bobby Burdette im Seitenspiegel: Die Arme vor der Brust verschränkt, lehnte er an dem Kühlergrill, großspurig wie immer.

Mark und Dell hatten schon beinahe die Ausläufer von Baker erreicht (»Heimstatt des weltberühmten Riesenthermometers!«), als sie um ein Haar mit einer Corvette zusammengestoßen wären, die direkt vor ihrem Kühlergrill aus einer Seitenstraße geschossen kam.

»Hast du dieses Arschloch gesehen?«, fragte Dell.

Mark sah das Fahrzeug schnell im Seitenspiegel verschwinden und erinnerte sich wieder an die schrecklichen Minuten, die er damals dank Jimmy Hollings erleben durfte. Älter und klüger geworden, schüttelte er den Kopf. »Wenn er von der Straße abkommt, möchte ich lieber nicht in der Nähe sein.«

35

In dem sonst so ruhigen Büro von Abteilung zwei der Highway Patrol ging es zu wie im Taubenschlag.

Seit sie vom Oak Creek Canyon gekommen waren, hing Jon Service ununterbrochen am Telefon, um eine Spezialeinheit zusammenzustellen und eine Straßensperre westlich von Searchlight in Nevada errichten zu lassen. Der Helikopter, der sie zu dem Treffpunkt vor Searchlight fliegen sollte, stand schon bereit, aber der Flug würde eine Stunde dauern. Jon koordinierte den Einsatz mit allen auf dem Boden zur Verfügung stehenden Einheiten – ein logistischer Alptraum, der die Zuständigkeitsbereiche dreier Bundesstaaten umfasste, verschiedene Bundes- und Landesbehörden und das Gebiet selbst, ein abgelegenes Stück Wüste, in dem es praktisch nichts von dem gab, was sie für diese Aktion brauchten. Ein Stromversorger, die Energiebehörde und der Nuklearkatastrophenschutz trommelten bereits ihre eigenen Mannschaften zusammen, um sie nach Searchlight zu schicken.

Darcy Clayborn, die andere FBI-Agentin vor Ort, war zu Jack Taylors Haus abberufen worden, um den Abtransport seines Computers und anderer Beweismittel zu überwachen. Sie war in ständigem Kontakt mit Jordan Benteen, einem

FBI-Datenanalysten der mit Rapid Start arbeitete, einem Clearinghouse-Programm, das Informationen aus verschiedenen Quellen miteinander verglich. Er hatte sich an einem Ende des Tisches im Gemeinschaftsraum der Highway Patrol – die in dem gelben Ziegelgebäude zur Kaibab Lane hin untergebracht war – niedergelassen, wo er sich besser ausbreiten konnte als in dem winzigen Büro der Detectives. Er hatte ein Handy, zwei Laptops, einen Laserdrucker und ein Fax um sich herum aufgebaut. Der Tisch war mit Papieren bedeckt. An das schwarze Brett hatte jemand zwei identische Straßenkarten geheftet. Auf einer war in Schwarz die normale Fleet-Trucking-Route eingezeichnet. Die andere zeigte in Rot die geplante Route des entführten Transporters.

Die Routen stimmten bis Searchlight überein: von der Nevada Test Site Richtung Süden nach Baker in Kalifornien; nach Osten auf der Interstate 15 bis zur 164 und auf dieser weiter Richtung Osten nach Searchlight. Dort sollte der Transporter auf der 95 nach Süden fahren, die ihn bis nach Kingman in Arizona und zur Interstate 40 nach Osten brachte. Aber nach dem Plan der Entführer wandten sie sich nicht nach Süden, sondern fuhren auf der 164 geradeaus durch Searchlight bis zum Colorado River und Cottonwood Cove.

Jon erhielt auf seiner Freisprechanlage einen Anruf vom Spezialeinsatzkommando des Las Vegas Metro Police Department, das ihm seine Dienste anbieten wollte. Er erklärte ihnen, dass sie sich bitte gedulden sollten; er würde sich so bald wie möglich wieder bei ihnen melden.

»Das haben sie bestimmt gerne gehört«, sagte Laura.

»Was soll ich machen? Ich muss mir erst vom SAC das Okay holen.«

Der Special Agent in Charge, kurz SAC, war Damien Peltier. Laura hatte schon mit ihm zusammengearbeitet. »Er ist noch bei der Truppe? Ich hätte gedacht, dass er mittlerweile mindestens den Heimatschutz leitet.«

»Offenbar sind sie der Überzeugung, dass *wir* ihn brauchen.« Er setzte sich auf die Schreibtischkante, die Beine übereinandergeschlagen, und wippte mit dem Fuß. »Ich möchte dennoch niemanden verprellen – wir brauchen vielleicht das Spezialeinsatzkommando aus Las Vegas für die Verkehrsüberwachung.«

»Verkehrsüberwachung. Das machen sie sicher gerne.« Laura sah zu der Tafel, wo sie ganze Listen mit Informationen aufgeschrieben hatte. Die grellweiße Kreide auf dem Schwarz der Tafel ließ die Informationen für sie irgendwie deutlicher hervortreten.

Zwei Transporter hatten heute Morgen die Nevada Test Site verlassen, einer von ihnen war mit Transuranabfällen beladen und fuhr Richtung Carlsbad, der andere brachte leere Behälter zur Texas A&M. TRANSCOM verfolgte beide, und bislang hatte noch keiner die vorgeschriebene Route verlassen.

Sie ließen Informationen über die Fahrer der beiden Transporter und das Transportunternehmen Fleet Trucking zusammentragen. Die Ausbeute war im Moment allerdings noch reichlich dürftig.

Einer der beiden Transporter – derjenige mit dem radioaktiven Abfall – war bereits bei Searchlight nach Süden auf die 95 abgebogen.

»Dann muss es der andere sein«, sagte Laura.

Jon sagte. »Der andere führt leere Behälter mit sich.«

Laura sah ihn an. »Alle Gefahrengut-Transporte werden von der Polizei begleitet. Wie steht es mit Transportern ohne Ladung?«

»Keine Ahnung.«

Laura hatte ihre Aufmerksamkeit schon wieder auf etwas anderes gerichtet: Jack Taylor hatte mit einer auf den Namen John Traynor ausgestellten Kreditkarte einen Sattelschlepper geliehen. Sie tippte mit dem Finger auf den Kreditkartenbeleg: »Warum sollte er einen Sattelschlepper leihen?«

Jon erhob sich, schwerfällig und unbeholfen – merke: lass dich nicht vom Äußeren täuschen. »Vielleicht haben sie die Behälter umgeladen. Nein, Unsinn.« Er sah auf das Digitalfoto eines Transporters, der mehrere TRUPACT-II geladen hatte. »Selbst wenn es ein Tieflader wäre, was er nicht ist, könnten sie diese Dinger niemals so schnell umladen – hier steht, dass es vier Stunden dauert, die Dinger aufzuladen und richtig zu befestigen.«

Laura ging zu Jordy Benteen und stellte sich hinter ihn, so dass sie die Navigationsanzeige auf einem der Laptops verfolgen konnte. Sie wusste, dass sie etwas übersehen hatte. Vielleicht fiel es ihr ja auf, wenn sie auf den sich durch die Landschaft bewegenden Punkt starrte, aber Jordy hatte die Protokolldaten aufgerufen: nur Zahlen – Breitengrad, Längengrad, Höhe, Geschwindigkeit. »Jordy, können Sie bitte mal die Karte anzeigen lassen?«

»Klar.« Er schaltete zur Karte um und vergrößerte sie, bis sie ein siebzig mal siebzig Kilometer großes Gebiet abdeckte. Auf der Karte waren zwei Punkte zu sehen, die zu den zwei fraglichen Transportern gehörten.

Er klickte auf den zweiten Punkt, und ein Fenster öffnete sich, in dem die Nummer des Transporters, sein Ziel und seine vorläufige Ankunftszeit aufgeführt waren.

»Die haben nie im Leben die Fässer ausgetauscht«, sagte Laura. »Sie haben doch keine vier Stunden gehalten.«

»Da ist allerdings was«, sagte Jordy. »Ich habe ein paar Berechnungen angestellt – ausgehend von der Abfahrtszeit und der Dauer der Fahrt nach Cottonwood Cove, muss der zweite Transporter irgendwo gehalten haben, wie es aussieht. Es gibt eine zeitliche Diskrepanz von fast vierzig Minuten.«

Laura sah zu Jon. »Sie haben wegen irgendetwas angehalten«, sagte sie. »Aber wegen was?«

Jordy sagte: »Deshalb liegen sie so weit hinter dem anderen Transporter. Aber das ist gar nicht mal das Seltsamste. Jemandem von TRANSCOM ist aufgefallen, dass der Laster heute Morgen für ein paar Minuten verschwunden war.«

»Verschwunden? Was meinen Sie damit?«

»Wenn das GPS erst einmal eingeschaltet ist, dann bleibt es nicht stehen, auch nicht, wenn das Fahrzeug anhält. Nehmen wir also mal an, der Fahrer geht aufs Klo, dann läuft das Ding weiter. Und deshalb ist es seltsam, dass der Transporter plötzlich verschwunden ist.«

»Wissen Sie, wie das passieren kann?«

Er zuckte die Achseln. »Ich schätze mal, dass jemand die Verbindung unterbrochen hat.«

Ein flüchtiger Gedanke ging ihr durch den Kopf – zwei verschiedene Informationen, die sich miteinander verbanden –, dann bemerkte sie den Ausdruck auf Jon Service' Gesicht. Sein Blick war auf etwas hinter ihr gerichtet.

Sie hörte das Knacken von Knöcheln. Sie kannte dieses Geräusch.

Es war das Geräusch, das ankündigte, dass alle Luft aus einem Raum wich.

36

Eine von Bobby Burdettes Lieblingsgeschichten war die von Jim Thorpe, dem Indianer, der für einen der größten Athleten aller Zeiten gehalten wurde. Auf dem Weg zu den Olympischen Spielen 1912 saß er stundenlang auf dem Deck des Schiffes und starrte auf eine Latte, die er auf zwei Pfosten gelegt hatte, und ab und zu stand er von seinem Liegestuhl auf und legte sie ein bisschen höher. Als ihn ein Reporter fragte, was er da täte, sagte er: »Ich habe eben den Rekord im Hochsprung gebrochen.«

Vielleicht hatte sich diese Geschichte niemals so zugetragen – das wusste Bobby nicht –, aber sie entsprach seiner persönlichen Philosophie. Zu Hause hatte er einen ganzen Stapel Bücher, in denen stand, dass man einen Plan entwickeln und sich dann sich selbst bei dessen Ausführung visualisieren sollte, wenn man Erfolg haben wollte. In einem von diesen Büchern hieß es, dass man sogar die Moleküle im Körper in einen anderen Zustand versetzte, wenn man sich den Weg zu seinem Ziel vorstellte, so dass der ganze Körper zu einer Art Geschoss wurde, das man in Richtung des Erfolgs losjagte.

Das hörte sich ein bisschen weit hergeholt an. Aber er wusste, dass positives Denken Kraft verleihen konnte.

Durch die immer gleich aussehende, graubraune Mojave-Wüste zu fahren hätte ihn leicht langweilen können, aber Bobby sah in seinem Kopf andere Dinge. Er stellte sich seinen Plan vor, Schritt für Schritt.

Er sah sich auf der Interstate 15 nach Las Vegas hineinfahren.

Er sah sich den Transporter vor dem Casino-Hotel Blue Lagoon abstellen.

Er sah sich zum Mirage gehen und auf das Dach steigen, von wo aus er den Transporter genau im Blick hatte.

Er sah sich, wie er im Blue Lagoon anrief und den Manager verlangte und wie der Manager zum Telefon kam. Er sah sich, wie er ihm die Lage in ruhigen und klaren Worten auseinandersetzte und ihm erklärte, dass das Telefon, das er gerade benutzte, eine Detonation auslösen konnte. Er konnte sehr überzeugend sein – er hatte die dazu nötige Autorität und fand immer die richtigen Worte. »Sehen Sie den Fleet-Transporter da draußen, direkt vor Ihrem Fenster?«, würde er sagen. »Er hat hinten drei TRUPACT-II geladen. Schlagen Sie bei Wikipedia nach, was das ist. Rufen Sie bei der Energiebehörde an, rufen Sie bei der Nevada Test Site an, Sie werden erfahren, dass heute ein TRUPACT-II-Transporter mit einer Ladung schwachradioaktivem Abfall Richtung Carlsbad losgefahren ist. Nur dass er nicht nach Carlsbad gefahren ist. Er steht direkt vor Ihrer Tür.

Der Transporter ist an drei Stellen mit Sprengstoff versehen. Ich habe die Ladungen so angebracht, dass der erste Behälter in die Luft geht. Ich kann die Explosion mit meinem Handy auslösen. Haben Sie mich verstanden?«

Er würde in groben Zügen die Gefahren, die von transuranischem Abfall ausgingen, beschreiben, besonders an einem windigen Tag wie diesem.

»Niemand wird davon getötet werden, nein, nein«, würde er sagen. »Nicht sofort jedenfalls. Aber es wird kommen – die verschiedensten Arten von Krebs, deren Namen Sie noch nicht mal kennen. Die Leute werden das Zeug einatmen, und schon sind sie dran.

Aber das ist ja noch nicht einmal das Schlimmste, oder?«

Der Manager würde zu stammeln anfangen, weil er begriff, worauf hinaus Bobby wollte. Es war nicht der mögliche Verlust von Menschenleben in zehn oder zwanzig Jahren. Nein, so denken Casino-Besitzer nicht. Sie denken in Zahlen, sie denken in Aktienwerten, sie denken in Bilanzen.

Daher würde Bobby ihm Zeit lassen, bis er die ganze Dimension erfasst hatte, und dann sagen: »Sie wissen, was in Tschernobyl passiert ist, oder?«

Zu diesem Zeitpunkt würde der Manager in seinen Guccis schon schlottern.

»Sie werden einen Zaun außen herum errichten. Sie werden alle rausholen und dann einen Zaun errichten, um die Stadt, um die ganze Gegend, und keiner darf die nächsten paar hundert Jahre mehr hinein.

Denken Sie darüber nach. All die schönen Casinos. Ihr schönes Casino. Denken Sie an das Geld, das jeden Tag seinen Besitzer wechselt. Denken Sie darüber nach, wie es ist, wenn Las Vegas eines Tages nicht mehr existiert.«

Dann das Angebot. *Im Vergleich dazu ist eine Million Dollar doch nichts. Eine lausige Million. Ich weiß, was Sie jetzt gleich sagen werden: Woher sollen wir so viel Bargeld nehmen? Aber Ihnen ist klar, dass das Blödsinn ist, oder? So viel haben Sie doch in der Portokasse, oder nicht? Wenn es einen Ort gibt, wo man jederzeit Zugriff auf einen Haufen Bargeld hat, dann ist das Las Vegas.*

Es war der perfekte Plan. Der Transporter auf dem Parkplatz, Bobby mit dem Telefon an einem »geheimen Ort«, wie Dick Cheney nach dem 11. September, und massenhaft Geld gleich nebenan und in ganz Las Vegas.

»Es ist überhaupt nicht schwer«, würde er sagen. »Wenn Sie tun, was ich sage, ist es eine der einfachsten Transaktionen auf der Welt. Alles, was ich will, ist eine Million Dollar. Wenn Sie die Kohle nicht selbst zusammenkratzen können, rufen Sie doch ein paar Ihrer Freunde an. Ich bin sicher, dass Sie nur mit dem Finger schnippen müssen, und schon haben Sie die Million.« Er würde einige der Parteien aufzählen, die ein Interesse daran hätten: das Mirage, das Mandalay Bay, das Bellagio, das Luxor. Für sie alle ging es um einiges.

Folgendermaßen würden seine Bedingungen aussehen: eine Million Dollar auf ein Schweizer Nummernkonto, deren Überweisung er sich natürlich bestätigen lassen würde. Wenn das geschehen war, würde er mit dem Auto abhauen, das er auf dem Parkplatz des Mirage abgestellt hatte.

Er war sich natürlich völlig darüber im Klaren, dass sie versuchen würden, ihn zu bescheißen. Sogar wegen einer lächerlichen Million Dollar, was sie praktisch unter Betriebsausgaben verbuchen konnten, um damit zu verhindern, dass Las Vegas zur Geisterstadt wurde – sogar dann. So viel wusste er mittlerweile über die Menschen, erst recht über die reichen Menschen. Und erst recht über Firmen. Sie hockten regelrecht auf ihrem Geld. Je mehr sie hatten, desto unwilliger trennten sie sich auch nur von einem lausigen Cent. Diese Casino-Typen hielten sich für besonders schlau und würden versuchen, diesem armen weißen Trottel, der nicht mal bis zehn zählen konnte, etwas vorzumachen. Sie würden versuchen, ihn hinzuhalten, damit ein Sprengkommando kommen und den Sprengsatz entschärfen konnte. Oder sie würden die Polizei hinzuziehen, damit die in der unmittelbaren Umgebung sämtliche Hotels durchsuchten. Oder sie würden etwas mit der Überweisung zu drehen versuchen – wobei der Teil des Plans eigentlich narrensicher war.

Jedenfalls traute er ihnen nicht. Deshalb die Geisel.

Manchmal war eben ein menschlicher Faktor nötig, damit die Gleichung aufging. Die Angst, dass eine Frau bei lebendigem Leib begraben war und unter einem Haufen Erde sterben könnte – die konnte jeder nachempfinden. Oder zumindest die Angst davor, dass es bekannt würde, wenn das Casino-Hotel Blue Lagoon den Wert des Geldes über den Wert des menschlichen Lebens stellte.

Wenn das herauskäme, würde die Lagune zu einem Kaulquappenteich vertrocknen.

Bobby beobachtete einen Eselhasen, der durch die Wüste hoppelte und von demselben Graubraun war wie die Landschaft, in der er lebte. Las Vegas mit seinem Lichtermeer und den Shows und Wasserfällen und künstlich wirkendem Gras und dem unablässigen Geklapper von Münzen, das einen verrückt machen konnte, dieses Las Vegas könnte innerhalb einer Woche so tot wie die Wüste sein. Er sah es regelrecht vor sich: Herrschaften in Armani-Anzügen mit PDAs in der Hand, die wie Ratten über den Strip flüchteten.

Bobby wusste, dass niemand außer ihm und den Casinos Bescheid wissen sollte. Er wusste, dass sie genauso wenig wie er die Medien informiert sehen wollten. Letztes Jahr hatte eine Al-Kaida-Gruppe Videoaufnahmen von Casinos als möglichen Zielen eines Terroranschlags gemacht. Als die Stadtväter informiert wurden, dass Terroristen ihre Stadt auskundschafteten, hatten sie die Köpfe in den Sand gesteckt. Sie wollten nichts davon wissen. Sie wollten keine schlechte Presse, wollten nicht, dass auch nur ein übergewichtiger Tourist mit Flip-Flops und Hawaii-Hemd davon abgehalten wurde, sein Monatsgehalt an einem der Spieltische auszugeben. So sah ihre Reaktion auf die Bedrohung aus. Wenn man sie ignoriert, wird sie schon von allein verschwinden.

Daher hielt er die Wahrscheinlichkeit, dass er unbeschadet davonkam, für ziemlich groß, wenn nur er und das Blue Lagoon eingeweiht waren.

Ein Satz, den seine Mutter zu jeder passenden und unpassenden Gelegenheit von sich gab, kam ihm in den Sinn: Denke positiv. Aus ihrem Mund war das natürlich der reinste Witz. Sie hatte in ihrem ganzen Leben noch keinen einzigen positiven Gedanken gehabt, wiederholte diesen Satz aber trotzdem gebetsmühlenartig. Zum Beispiel sagte sie: Dein Problem ist, dass du nicht positiv denkst. Du hast kein echtes Ziel vor Augen.

Ist das echt genug für dich, Ma?

Ja, er würde positiv denken. Wie es in dem Song hieß, würde er seine Segelschuhe anziehen und bis runter nach Mexiko segeln. Er würde nicht daran denken, was alles schiefgehen könnte. Er würde diese glücklichen, erfolgsorientierten Moleküle in Bewegung versetzen.

Bobby ging seinen Plan noch einmal Schritt für Schritt durch und fing gerade an, sich richtig auf seine Zukunft zu freuen, als er über eine Erhebung fuhr und die Schlange von Autos auf seiner Spur erblickte.

37

»So, was haben wir alles?«, fragte Damien Peltier, Special Agent in Charge, als er an Laura vorbei in den Raum trat.

Laura sah Jon an. Er wirkte plötzlich völlig anders. Er machte einen höflichen, sogar aufmerksamen Eindruck. Aber seine Augen hatten ihren Glanz verloren; waren auf einmal matte blaue Murmeln in seinem Kopf. Die Stimme, mit der er einen kurzen Überblick gab, war ebenso ausdruckslos.

Peltier war klein und schlank, er hatte schwarze Haare und eine schmale Nase, deren geblähte Nasenflügel ständig etwas Unangenehmes zu riechen schienen. Die elegant beringten Finger hielten nie still, die schwarzen Haare auf den Rücken seiner blassen Knöchel schimmerten im Licht. Laura hatte Jon von ihm einmal als Korinthenkacker reden hören, weil er dazu neigte, sich mit Kleinigkeiten aufzuhalten, was auf Kosten der wirklich wichtigen Dinge gehen konnte.

Abgesehen davon war er ein bisschen verrückt.

Er war einer der Aufsichtsbeamten gewesen, die Anfang 2000 Warnungen vor potentiellen Terroristen in den Wind geschlagen hatten, als diese an eine Flugschule in Arizona herangetreten waren, wo sie Fliegen ohne Start und Landung lernen wollten. Dafür hatte man ihn zum Chef der Abteilung Phoenix befördert.

Jon wollte gerade ein Detail in seiner Beschreibung der Ereignisse näher ausführen, als Peltier die Hand hob. »Dafür haben wir keine Zeit«, sagte er. »Könnte ich bitte die Kurzfassung haben?«

Jon fing noch mal an, dieses Mal in knappen Sätzen. Er gab einen groben Umriss und ließ vieles aus. Peltier schien es zu genügen; er ließ seine Fingerknöchel knacken, als Jon fertig war. In der Sprache von Peltier bedeutete das: Lasst uns die Ärmel aufkrempeln und uns an die Arbeit machen.

Peltier sah zu Laura. »Gute Arbeit – danke für den Tipp. Sobald der Hubschrauber gelandet ist, werde ich vor Ort die Einsatzleitung übernehmen. Wie sind Ihnen bald nicht mehr im Weg, und Sie können wie gewohnt weiterarbeiten.«

FBI-Ausdruck für: Sie können jetzt gehen, wir brauchen Sie nicht mehr.

Laura wusste, dass es keinen Sinn hatte, sich auf ein Kräftemessen mit ihm einzulassen. Aber sie wollte auch nicht klein beigeben, es ging hier schließlich um ihren Fall. »Sie sind überhaupt nicht im Weg«, sagte sie möglichst freundlich. »Allerdings sind wir auch an Bobby Burdette interessiert. Er wird des Mordes an zwei Leuten verdächtigt. Wir werden von hier aus weiter an dem Fall arbeiten.«

Er lächelte, aber seine kleinen Augen glänzten hart. »Natürlich müssen Sie Ihren Fall weiterverfolgen«, erwiderte er. »Ihnen ist aber hoffentlich klar, dass wir es hier mit einem atomaren Notfall zu tun haben. Eines kann ich Ihnen also gleich sagen. Erwarten Sie nicht von uns, dass wir bei Ihnen die ganze Zeit Händchen halten – wir haben genug damit zu tun, eine Katastrophe zu verhindern.«

»Ach, mir war bis zu dieser Minute gar nicht klar, dass die beiden Fälle nichts miteinander zu tun haben.«

»Prioritäten«, sagte er brüsk. »Sie wissen, wie das läuft.« Er wandte sich an Jordan Benteen, Laura war offensichtlich entlassen. »Wann trifft der Hubschrauber ein?«

»Jeden Moment, Sir.«

Peltier stützte sein Kinn auf die Hand wie *Der Denker*. »Sie haben den richtigen Ort rausgesucht – östlich von Searchlight. Sehr gute Arbeit, das von hier aus festzulegen. Aber ich denke, dass wir ein bisschen näher dran sein sollten. Wir verlegen den Befehlsstand drei Kilometer weiter an Searchlight heran – dann sind wir ungefähr neun Kilometer östlich der Stadt, nicht mehr zwölf.« Er trat an die Karte und tippte mit dem Finger auf die Route 164 im Osten von Searchlight. »Ich habe ein Spezialeinsatzkommando des FBI hierher beordert.«

»Las Vegas Metro hat auch eine Spezialeinheit angeboten.«

»Darum kümmern wir uns. Haben Sie Hubschrauberüberwachung angefordert?«

»Nein«, sagte Service. »Wir wollten sie nicht aufschrecken. Wir verfolgen sie über Satellit.«

»Wir sollten unbedingt unsere Muskeln spielen lassen –

die sollen merken, dass sie nicht davonkommen können, damit sie gleich aufgeben. Ich möchte, dass sich jeder Polizist in einem Umkreis von fünfzig Kilometern genau hier – hinter der Straßensperre – einfindet, um sicherzugehen, dass sie den Colorado River nicht erreichen. Wir können es uns nicht leisten, dass diese Typen glauben, sie könnten die Straßensperre durchbrechen und entkommen.«

»Wir brauchen jemanden auf der 95«, sagte Jon. »Nur für den Fall, dass der Transporter nach Süden fährt.«

»Warum sollten sie das tun? Sie fahren zum Colorado River.«

»Vielleicht kommt es ja nicht dazu, aber …«

Peltier tippte noch einmal auf die Karte. »Ich möchte jeden einzelnen Mann an der Straßensperre auf der 164 haben. Sonst noch was?« Er blickte von Laura zu Jon.

»Das Department of Public Safety schickt einen Unterhändler«, sagte Laura.

»Einen Verhandlungsführer?« Er sah sie an. »Warum?«

»Einen Spezialisten für Geiselnahmen, für den Fall …«

»Brauchen wir nicht.«

»Ich würde Ihnen raten, einen kommen zu lassen«, sagte Service.

»Nein, wir werden kein DPS-Team kommen lassen. Die ganze Sache betrifft Nevada. Ich will mir nicht noch mehr den Kopf über irgendwelche Zuständigkeiten zerbrechen, als ich es ohnehin tun muss. Es sind offenbar sowieso schon Gott und die Welt mit von der Partie.«

»Sie könnten ein Team aus Las Vegas kriegen«, sagte Laura.

Er starrte sie an. »Detective, diese Angelegenheit geht Sie nun wirklich überhaupt nichts an.« Er wandte sich an Jon. »Ich habe vor einer Stunde mit dem Einsatzleiter unserer Spezialeinheit gesprochen. Er scheint überzeugt zu sein, dass wir keinen Verhandlungsführer brauchen. Dabei bleibt es.«

Auf einmal war das vertraute Rattern eines Hubschrauberrotors zu hören. Damien Peltier fletschte seine weißen Zähne, was wohl ein Lächeln sein sollte. »Da ist ja mein Chauffeur. Jordan – packen Sie Ihr Zeug zusammen.«

»Ich finde immer noch, dass Sie diese Einheit auf der 95 lassen sollten«, wiederholte Service.

Peltier ignorierte ihn. »Los, los. Setzen Sie sich in Bewegung, das muss schnell gehen.« Er sah, wie Service seine Aktentasche packte. »Jon, Sie brauchen wir hier. Sie werden sämtliche Informationen, die eintrudeln, auswerten.«

Jon lief dunkelrot an, aber er sagte nichts.

»Sie beide werden Ihre Schritte koordinieren.« Er warf einen Blick auf seine Uhr. »Vergessen Sie nur nicht, dass Sie zu Gast hier sind, Jon, passen Sie also schön auf, dass Sie dieser Dame mit ihrem Mordfall nicht in die Quere kommen – alles eine Frage der Rücksichtnahme, dann kommt man auch gut miteinander aus.«

Er nahm seine Schultertasche. »Wir sind doch Kavaliere. Nur weil da ein Laster mit Atommüll auf den Colorado River zusteuert, heißt das nicht, dass wir nicht auch den Leuten in der Gegend hier ein bisschen unter die Arme greifen können.«

Dann schnappte er sich seinen Aktenkoffer und eilte mit großen Schritten aus dem Büro, wobei er über die Schulter rief: »Tun Sie wenigstens so, als würden Sie für Ihr Geld arbeiten!«

38

Jess Harding von der kalifornischen Highway Patrol ging an der Reihe von Autos entlang und blieb gelegentlich stehen, um mit dem einen oder anderen Fahrer zu sprechen, was sie unter Kollegen »den Freund und Helfer spielen« nannten – dem Bürger ein nettes Gesicht zeigen und einen Teil zur PR beitragen.

Einige der Fahrer waren ungeduldig, regelrecht wütend über die Verzögerung, andere dagegen nahmen es philosophisch – eine Familie spielte in ihrem neuen großen Geländewagen Trivial Pursuit, die Klimaanlage bei geschlossenen Fenstern auf vollen Touren laufend. Trotz der Hitze und des Windes standen viele Leute auf der Straße und reckten den Hals, um das immer noch schwelende Wrack zu betrachten.

»Was ist da vorne eigentlich passiert?«, fragte ein Mann in Flip-Flops, Shorts und einem T-Shirt, auf dem ein Adlerkopf und der Spruch ICH BIN STOLZ, EIN AMERIKANER ZU SEIN prangte.

»Autounfall. Wir sind schon dabei, die Straße zu räumen; dauert nicht mehr lange.«

Was nicht ganz der Wahrheit entsprach. Der Abschleppwagen wartete zwar bereits, um das Wrack der Corvette, von der nur noch eine schwarze, reifenlose Hülle übrig war, mitnehmen zu können. Aber das andere Fahrzeug, das dem Feuer entkommen war, stand mitten auf der Fahrbahn, und es war immer noch nichts von der Feuerwehr mit dem Rettungsgerät zu sehen, die den Fahrer herausschneiden sollte.

»Was ist passiert? Ist jemand ums Leben gekommen?«

»Das weiß ich nicht, Sir.«

Natürlich wusste er es. Der Fahrer der Corvette war komplett verkohlt. Der andere Mann lebte noch, machte aber nicht den Eindruck, als würde er noch lange durchhalten. Seiner Ansicht nach musste die Corvette mit einem Affenzahn unterwegs gewesen sein, als der alte Rancher vor ihm auf die Straße gebogen war und – bum!

Sein Kollege Jack Sheedy maß gerade den Unfallort aus und markierte Spuren, falls der Unfall vor Gericht käme. Bestimmt würde jemand Strafanzeige stellen. Jess ging weiter, wich Fragen aus und machte ein heiteres Gesicht. Das letzte Fahrzeug, das wartete, war ein Sattelschlepper.

Als er am Führerhaus ankam, hielt er sich am Spiegel fest und stieg auf die Trittstufe. Der Fahrer ließ das Fenster herunter.

»Na, wo geht's hin?«, fragte Harding.

»Flagstaff«, sagte der Fahrer. Er nickte zu den Autos vor ihm. »Was ist denn da los?«

»Unfall. Irgendein Raser in einem Sportwagen ist in einen alten Knaben reingerasselt, der vor ihm auf die Fahrbahn gebogen ist.«

»Was meinen Sie, wie lange das dauern wird?«

Weil der Mann ein Lastwagenfahrer war, wollte Harding ihn nicht genauso unverfroren anlügen wie die anderen. »Ich würde mal von mindestens anderthalb Stunden ausgehen.«

»Na, dann habe ich ja Zeit, eine zu rauchen.«

»Ich könnte auch eine brauchen.«

Der Typ schüttelte eine Camel aus der Schachtel, aber Harding lehnte ab. »Darf nicht«, sagte er und hätte sich seltsamerweise beinahe noch entschuldigt. Als Harding wieder auf die Straße trat, erblickte er die silberfarbenen Behälter unter der schweren Plane. »Die Dinger da sehen ja aus wie riesige Bierfässer. Wäre nicht schlecht, was? Aber was ist wirklich drin?«

»Milch.«

»Milch?«

»Kondensmilch.«

Harding schüttelte den Kopf. »Habe ich schon seit Jahren nicht mehr genommen. Gibt es überhaupt noch einen Markt für das Zeug?«

»Ja. Vor allem in Frankreich.«

»Frankreich« – er lachte – »das passt.« Er stellte wieder einen Fuß auf die Trittstufe, um seinen Rücken zu entlasten. Er quatschte lieber mit einem Truckerfahrer oder spielte Freund und Helfer bei seinen Mitbürgern, als in seiner Karre zu sitzen, auch wenn er Rückenschmerzen bekam, wenn er zu lange stand. »Woher kommen Sie?«

»Tonopah.«

»Und von dort stammt auch dieses Zeug?«

Der Mann sah ihn an, die dunkle Sonnenbrille spiegelte, er lächelte schief. »Nein, von der Milchfarm.«

Ein Windstoß erwischte Harding und brachte die Beine seiner Uniformhose zum Flattern. Er fragte sich, ob der Mann ihn auf den Arm nehmen wollte oder ob das ein Witz gewesen sein sollte. Er lachte. »Woher auch sonst? Muss ganz schön schwierig sein, die Milch in so kleine Dosen zu kriegen, was?«

Schweigen. Der Typ saß da und verzog hinter seiner dunklen Brille keine Miene. Hatte offenbar keinen Sinn für Humor, deshalb wollte sich Harding auch gar nicht erst die Mühe machen, seinen Witz zu erklären. Er konnte noch immer das Echo seines eigenen Lachens hören, das ein bisschen blechern geklungen hatte. Er klopfte auf die Fahrertür und sagte: »Okay. Machen Sie's gut.« Er ging an der Reihe von Autos zurück, der Wind wehte jetzt in heftigen Böen, brachte ihn kurz ins Wanken und trug den Geruch nach verbranntem Fleisch heran. Harding hätte schwören können, dass ihm die ganze Zeit über diese dunklen Brillengläser nachstarrten.

39

Richie Lockhart hatte sich seinen Durchsuchungsbeschluss per Telefon geben lassen und war bereits auf dem Weg zu Bobby Burdettes Haus, aber dann entschloss er sich, doch bei seinen Kollegen im Polizeirevier von Williams vorbeizufahren, das gebot einfach die Höflichkeit. Als er sein Auto am Straßenrand abstellte, sah er Josh Wingate, der auf dem Parkplatz mit Chief Loffgren sprach.

»Brauchen Sie Hilfe bei der Ausführung Ihres Durchsuchungsbeschlusses?«, rief ihm Chief Loffgren zu.

»Ach, dann wissen Sie also schon Bescheid!«

»Hab mit dem Richter gesprochen. Die Buschtrommeln.« Er klopfte Officer Wingate auf die Schulter. »Nehmen Sie doch Josh mit. Vier Augen sehen mehr als zwei.«

Warum nicht? Richie hatte keine Lust, die ganze Arbeit allein zu machen, und die Art, wie Wingate am Cataract Lake vorgegangen war, hatte ihn beeindruckt. Er nickte dem jungen Polizisten zu. »Na, dann mal los.«

Josh Wingate löste sich von dem Auto, an dem er gelehnt hatte, und folgte Richie zu dessen Chevrolet.

»Haben Sie schon mal eine Durchsuchung durchgeführt?«, fragte Richie.

»Nein, Sir.«

»Dann tun Sie einfach, was ich Ihnen sage. Der Bewohner des Hauses wird nicht anwesend sein. Aber wir müssen uns trotzdem an die Vorschriften halten, und daher erwarte ich von Ihnen in erster Linie, dass Sie meinen Anweisungen folgen und genau das tun, was ich Ihnen sage – und dass Sie Handschuhe tragen.«

»Ja, Sir.«

Sie fuhren auf der Seventh zur Edison Avenue und bogen nach rechts ab.

Josh Wingate war still. Richie drehte sich zu ihm hin und sah, dass der Junge starr geradeaus blickte, das Gesicht unbewegt. Richie hatte zu früherer Gelegenheit bemerkt, dass er sehr hilfsbereit war, auch wenn er diese nervöse Energie ausströmte, als ob er statisch aufgeladen wäre. Aber heute nicht. Er war davon ausgegangen, dass er ihm einen Gefallen tun würde, wenn er ihn mitnahm, aber der Junge hockte auf dem Beifahrersitz wie ein Sack Kartoffeln.

Dann dämmerte es ihm. Klar, er hatte Probleme in der Familie: Seine Mutter war vor ein paar Tagen komplett ausgetickt und hatte gedroht, Laura Cardinal und sich selbst umzubringen. Klar, dass der Junge fertig war. Barbara Wingate in der Klapsmühle. Seine ganze Welt auf den Kopf gestellt.

»Alles in Ordnung bei Ihnen?«

Josh Wingate murmelte etwas, das Richie nicht verstand.

Richie beschloss, es nicht einfach auf sich beruhen zu lassen. Er musste wissen, in welchem Zustand sich der Junge befand. Wenn ihn seine persönlichen Probleme zu sehr beschäftigten, war er in dem Haus zu nichts zu gebrauchen; es war schließlich das Haus eines Verdächtigen und musste entsprechend behandelt werden. »Ich habe gehört, was mit Ihrer Mutter war. Wie geht es ihr?«

»Ganz okay.« Jetzt starrte er rechts aus dem Fenster.

»Soweit ich weiß, haben sie sie zur Beobachtung mitgenommen. Ist sie schon wieder draußen?«

»Ja, Sir.« Ausdrucklose Stimme, ausdruckslose Miene. Ließ seinen Schmerz nicht raus, klammerte sich daran fest. Richie kannte das von sich selbst, nur dass er seinen Schmerz hinter Witzeleien versteckte. Er erinnerte sich an glücklichere Zeiten, als seine Frau ein Abonnement für die Arizona Opera hatte und ihn immer mitschleppte. Einmal sahen sie den *Bajazzo*.

Lache, Bajazzo.

Was würde er dafür geben, wenn sie ihn nur noch ein Mal in die Oper mitschleppen würde. »Wie geht's Erin? Ist sie wohlauf?«

»Mein Schwager und seine Frau holen sie nächstes Wochenende ab.«

»Kommen sie aus Arizona?«

»Deutschland.«

»*Deutschland?*«

»Er ist dort stationiert.«

»Ach so. Dann nehmen sie sie wahrscheinlich mit nach Deutschland.«

»Sieht so aus.«

»Macht Ihnen das etwas aus?«, fragte Richie. Wie ein echter Psychofritze.

»Ich bin froh darüber.«

Er klang allerdings nicht froh. Er klang wütend auf die Welt, aber das konnte ihm Richie wirklich nicht verübeln. Wenn man eine solche Hexe als Mutter hatte, würde man natürlich wollen, dass die Nichte so weit wie möglich von ihr wegkam, oder? Nachdem sie sie krank gemacht hatte. Da war Deutschland so gut wie jeder andere Ort.

Richie sah erneut zu Josh Wingate. Das Profil in Stein gemeißelt, die Augen nach vorn gerichtet, die Hände im Schoß. In Gedanken ganz weit weg.

Richie hielt an. »Möchten Sie diese Durchsuchung mit mir durchführen?«

Josh Wingate drehte den Kopf, um ihn anzusehen. »Ja, Sir. Das möchte ich.«

Richie überlegte. Der Junge war deprimiert – sehr deprimiert –, aber Richie konnte Hilfe gut gebrauchen. Zögernd legte er den Gang ein und fragte sich, ob er einen Fehler machte.

Und den ganzen Nachmittag über schlafwandelte Josh durch das Haus. Es passierte nichts, was man hätte benennen können. Er arbeitete präzise, er tat, was man ihm sagte, und er war vorsichtig.

Aber er war geistig nicht anwesend.

Tun Sie wenigstens so, als würden Sie für Ihr Geld arbeiten. Laura sah sich in dem Raum um, in dem sich außer ihr selbst und Jon nur noch eine eilig herbeibeorderte Telefonistin befand, die ihnen zur Hand gehen sollte, obwohl sie eigentlich frei hatte. Im Moment wischte sie verschütteten Kaffee vom Tisch auf. Prioritäten, wie Special Agent in Charge Damien Peltier gesagt hätte. »Nun ja, wir sind immerhin noch genug Leute, um eine Frittenbude betreiben zu können«, sagte Laura zu Jon.

Jon Service sah auf einen der Laptops. Es kamen unablässig neue Informationen herein. Er setzte sich und loggte sich in Rapid Start ein, Laura blickte ihm über die Schulter.

Es gab etwas Neues zu Glenn Traywick. Er war am frühen Morgen auf der Nevada Test Site gewesen, aber schon bald wieder gefahren, vermutlich war er auf dem Weg nach Utah.

Laura wusste, dass er Jack Taylors Neffe war, und auch ohne dass Jack Taylor ihn verpfiff, stand bereits fest, dass er mit von der Partie war. Darüber hinaus hatte sie seinen Namen schon einmal gesehen: an der Tür des alten Kühlschranks im Laden von Taylor's Creekside Cabins. Die Broschüre für Flüge über den Grand Canyon. »Traywick hat ein Flugzeug.«

Jon sah von dem Computer auf. »Ach ja?«

Sie beschrieb ihm die Broschüre und die rot-weiß-blaue Maschine.

»Wenn jemand jemals einen Flieger brauchen konnte, dann er«, sagte Jon.

Zehn Minuten später hatte Laura die Informationen von der Luftfahrtbehörde. »Es steht hier in Flagstaff, am Flughafen Pulliam. Eine Cessna 175.« Sie nannte Jon die Kennung. »Ein Flugzeug mit dieser Kennung ist heute Vormittag vom Flughafen North Las Vegas gestartet. Er hat keinen Flugplan eingereicht.«

»Glauben Sie, dass er auf dem Weg hierher ist?«

»Ich weiß es nicht.«

Sie fanden heraus, dass Glenn Traywick fünfzehn Jahre lang ein Haus in Flagstaff besessen und es vor acht Monaten verkauft hatte. Momentan lebte er hier in der Stadt in einer Mietwohnung. Aber es kam noch besser: Der Hausmeister wohnte in der Wohnung gegenüber der von Glenn Traywick und kannte Traywicks Freundin Michelle vom Sehen.

»Wissen Sie ihren Nachnamen?«, fragte Laura in den Hörer.

»Nein. Sie steht nicht im Mietvertrag. Aber ich weiß, wo sie arbeitet. Bei Trecor.«

»Trecor?«

»Trecor Business Machines auf der Milton Road. Mein Bruder kauft dort alles ein, was er fürs Geschäft braucht – er hat eine Telefonsoftware-Firma.«

»Haben Sie in letzter Zeit irgendetwas Ungewöhnliches an einem von beiden bemerkt?«

»Zählt dazu, dass sie ausgezogen sind?«

Lauras Finger schlossen sich fester um den Hörer. »Und ob das zählt.«

»Der Umzugswagen stand gestern den ganzen Tag vor der Tür. Sie müssen eine ganze Menge Zeug in der kleinen Wohnung gehabt haben.«

»Wollten sie sich einfach so davonmachen?«

»Nein. Michelle ist gestern rübergekommen. Sie sagte, dass es einen Todesfall in ihrer Familie gegeben hätte und sie die Stadt verlassen und den Mietvertrag kündigen müssten. Das ließen sie sich immerhin eine Stange kosten – sie haben ihre Kaution und die Miete für einige Monate im Voraus verloren.«

»Das war gestern?«

»Ja. Aber sie ist erst heute mit ihren letzten Sachen weggefahren.«

»Wann war das?«

»Heute Morgen um Viertel vor acht.«

Nachdem Laura aufgelegt hatte, fragte sie Jon, um wie viel Uhr Glenn Traywick das letzte Mal auf der Nevada Test Site gesehen worden war.

Er starrte auf den Bildschirm. »Irgendwo war das hier vermerkt. Wo treibt sich eigentlich Jordy rum, wenn man ihn braucht?«

»Draußen, mit Clint Eastwood Cowboy und Indianer spielen.« Laura schnappte sich das Telefonbuch, tippte die Nummer von Trecor Business Machines ein und erfuhr, dass Michelle, die mit Nachnamen Cantey hieß, fast den ganzen Vormittag gearbeitet hatte. Vor ungefähr zehn Minuten war sie gegangen, weil sie irgendetwas erledigen musste, und sie würde heute nicht mehr zurückkommen.

Es war bald klar, dass Bobby Burdette seine sämtlichen persönlichen Unterlagen mitgenommen hatte. Während die

Stunden vergingen und Richie sich durch Berge schmutziger Kleidung, Schränke mit Konserven, einen Kühlschrank mit angegammelter Schnittwurst, und Senftuben, die schon seit Jahren da drin liegen mussten, arbeitete, wurde ihm darüber hinaus klar, dass Burdette eine ganze Weile nicht mehr hier gewesen war.

Und er würde auch nicht zurückkehren. Das Haus wirkte muffig, trostlos, aber da war noch etwas anderes. Man spürte es gleich, wenn jemand sein Heim für immer verlassen hatte. Es machte fast den Eindruck, als hätte das Haus selbst aufgegeben. Er hatte ein paar Dinge zurückgelassen – eine durchgesessene alte Couch, ein Bett und ein Nachttischchen, Küchenstühle, die nicht zusammenpassten. Und erstaunlicherweise einen neuen Fernseher mit Flachbildschirm und einen kombinierten Video- und DVD-Rekorder. Insgesamt mindestens zweitausend Dollar wert.

Würde das jemand zurücklassen, der alle Tassen im Schrank hatte? Aber selbst wenn Richie die Umstände nicht gekannt hätte und nicht darüber informiert gewesen wäre, was Bobby Burdette plante, hätte er doch gewusst, dass er nicht zurückkehren würde.

Plötzlich rief Josh Wingate: »Hey.«

Richie sah zu seinem jungen Kollegen, der in der Küche vor einer Tür stand, die auf den ersten Blick in eine Speisekammer zu führen schien. »Da unten ist offenbar ein Keller.«

Richies Puls beschleunigte sich, und er ging zu Josh Wingate hinüber. Warf einen Blick ins Dunkle. Betonwände. Zehn Stufen, dann bog die Treppe um die Ecke. Auf halbem Weg eine nackte Glühbirne, die an einer Leitung baumelte.

Richie fiel ein, was in dieser spießigen Kleinstadt in Florida den beiden Polizisten passiert war, mit denen Laura Cardinal ein Haus durchsucht hatte.

»Gehen Sie nicht da runter«, sagte er zu Josh. »Ich rufe unsere Sprengstoffexperten.«

Was in einem Städtchen wie Williams natürlich dauern konnte.

An der Ausfahrt 337 bog Jon Service nach rechts auf die West Shamrell Road ein und fuhr durch parkähnliches Gelände: eine nagelneue Asphaltstraße, die sich durch unbebautes Land mit kleinen Kiefernwäldchen schlängelte. Dann kamen sie an einem Gewerbegebiet vorbei und fuhren auf die Grumman, eine kurze Straße, die an dem Maschendrahtzaun am Flughafen endete. Es gab nur die Möglichkeit, nach rechts auf einen Parkplatz zu fahren. Der Parkplatz gehörte zu Wiseman Aviation. Nach dem, was Laura telefonisch in Erfahrung hatte bringen können, war Wiseman Aviation eine Kombination aus Tankstelle, Aufenthaltsraum für die fliegende Kundschaft und Wartungsdienst für deren Maschinen. Hier also würde Glenn Traywick seine Freundin abholen, sofern er überhaupt auftauchte.

Ein zerbeultes rotes Auto, das wie eine vergammelte Blechbüchse auf vier Rädern aussah – Michelles Auto, nach der Beschreibung des Hausmeisters und dem Kennzeichen zu schließen –, stand da.

»Sie ist hier«, sagte Laura.

»Oder sie ist schon wieder fort.«

Laura erfasste jedes Detail ihrer Umgebung, als sie sich der Tür auf der rechten Seite des großen, mit Aluminium verkleideten Gebäudes näherte. Laura versuchte, Ruhe auszustrahlen. Sie wollte Michelle nicht aufschrecken. Sie wollten sie abfangen, ohne Aufsehen zu erregen.

Sie gingen durch die lange Eingangshalle, an deren Ende sich eine Doppeltür zum Rollfeld hin befand. Rechts war die Lounge: eine Sitzgruppe mit braunen Ledersesseln, ein gefliester Sofatisch, ein Kamin in der Ecke. Eine Frau saß mit dem Rücken zu ihnen da, neben ihren Füßen ihr Gepäck. Blond gefärbte Haare mit dunklem Ansatz, die sie unter einer weißen Schirmmütze zu einem Pferdeschwanz gebunden trug, rosa Pulli über gebleichten Bluejeans, Turnschuhe. Große Brüste und breite Hüften, aber eine schmale Taille. Sie saß nach vorn gebeugt da. Als Laura um den Sessel herumging, sah sie, dass sie eine schlanke schwarze Katze streichelte, die um ihre Beine strich.

Laura empfand sofort Sympathie für Michelle, aber das änderte nichts an dem Grund ihres Hierseins. Sie sah zu Jon, der echsengleich um den Sessel herum auf die andere Seite geschlüpft war.

»Michelle Cantey?«

Die Frau sah auf. Einen Moment lang dachte Laura, sie würde versuchen wegzulaufen. Dann zuckte sie die Schultern und seufzte. »Was wollen Sie?«

»Ich bin vom FBI«, sagte Jon und zeigte ihr seinen Ausweis. »Wir möchten kurz mit Ihnen reden.«

»Schießen Sie los.« Ihr angespannter Mund, der ihre Nervosität verriet, strafte die lässigen Worte Lügen.

Jon sah sich um. »Wir sollten uns besser draußen unterhalten.«

»Gut.« Sie stand auf und wollte nach ihren Taschen greifen.

»Die können sie hierlassen.« Er nickte zu der Empfangsdame. »Sie wird darauf aufpassen.«

»Da sind aber die Fotoalben meiner Mutter drin.«

»Keine Sorge«, sagte Laura.

Sie traten ins Sonnenlicht hinaus, Michelle zwischen Laura und Jon. Michelle sagte: »Was habe ich eigentlich verbrochen?«

Laura führte sie auf Jons Auto zu.

»Verhaften Sie mich?«

»Nein«, erwiderte Laura. »Sollten wir das tun?«

Michelle Canteys Lippen bewegten sich, aber es drang kein Laut hervor.

Am Auto angekommen, fragte Laura: »Wissen Sie, warum wir hier sind?«

»Eigentlich nicht.«

»Sie sind mit Glenn Traywick verabredet, nicht wahr? Er kommt mit dem Flugzeug.«

»Ja, das stimmt.«

»Wann soll er eintreffen?«

»Jeden Moment.«

»Was passiert dann normalerweise? Tankt er?«

Michelle starrte erst sie und dann Jon an. »Wenn ich mich recht erinnere, sagte er, dass er erst mal auftanken würde, und dann könnten wir das Gepäck einladen und abhauen. Ich habe keine Ahnung, was Sie ihm vorwerfen.«

Laura erinnerte sich, dass sie in der Lounge ein Schild gesehen hatte, auf dem sowohl Selbstbedienung als auch der Service durch einen Tankwart angeboten wurde. »Will er selbst tanken, oder lässt er es machen?«

»Können Sie mir nicht wenigstens sagen, was Sie ihm vorwerfen?«

»Wie wäre es, wenn Sie uns sagen, wo Ihr Ziel liegt?«, fragte Laura.

Michelle schüttelte den Kopf und fragte erneut, ob sie verhaftet sei.

»Nein.«

»Kann ich dann gehen?«

»Ich begleite sie«, sagte Laura.

Laura und Michelle gingen hinein. Jon blieb auf dem Parkplatz zurück, wo er auf die Deputys des Sheriffs von Coconino County warten wollte.

Laura und Michelle setzten sich in die Lounge. Michelle holte ein Taschenbuch aus ihrer Tasche. Es hieß *Bluthimmel*, und auf dem Umschlag war ein Sonnenuntergang über einem See zu sehen und ein Wasserflugzeug, das über den Baumwipfeln darauf zuschwebte. Sah aus wie Alaska oder Kanada. Michelle versuchte zu lesen, aber sie konnte sich ganz offensichtlich nicht konzentrieren.

»Wo wollen Sie eigentlich hin?«, fragte Laura und klang dabei ganz freundlich.

»Das muss ich Ihnen nicht sagen.«

»Nein, das müssen Sie nicht. Aber wie es aussieht, planen Sie einen Umzug.«

Michelle stand auf. »Ich muss aufs Klo.«

»Was für ein Zufall«, sagte Laura. »Ich auch.«

Während er auf die Sprengstoffexperten wartete, sah sich Richie Lockhart noch einmal den neuen Fernseher an. Wenn Bobby Burdette wirklich abgehauen sein sollte, warum hatte er dann etwas so Wertvolles zurückgelassen?

Neben dem Fernseher stand ein billiges Schränkchen aus dunklem Furnierholz für DVDs und Videobänder, in diesem wuchtigen spanischen Stil, der an die Siebziger erinnerte. Es war leer. Hatte Bobby alles mitgenommen, oder hatte er die Sachen verschenkt? Richie drückte auf den Knopf des DVD-Spielers – keine DVD eingelegt. Er probierte es auch mit der Auswurftaste für Videos, schaden konnte es ja nicht. Dieses Mal war ein Brummen zu hören, und es erschien eine Videokassette.

Da wusste Richie, dass Bobby ihm etwas hinterlassen hatte.

Er schob das Videoband wieder in das Gerät und drückte auf die Rückspultaste. Es war schon zurückgespult, also schaltete er den Fernseher ein und drückte auf Play.

Josh Wingate kam und blieb in der Küchentür stehen. »Was ist das?«, fragte er. Das war das erste Mal an diesem Tag, dass er an irgendetwas Interesse zeigte.

»Das werden wir hoffentlich bald erfahren.«

Umgebungsgeräusche. Das Bild zeigte das Wohnzimmer – die Couch, auf der im Moment Richie saß. Bobby Burdette kam ins Bild, nahm Platz, räusperte sich. Richie bemerkte, dass er ein kurzärmliges Hemd trug, Jeans und weiße Tennisschuhe und dass seine Haare noch nass vom Duschen waren.

Er hielt ein Blatt Papier in der Hand, das zweimal gefaltet war. Erneut räusperte er sich, blickte in die Kamera, und als er lächelte, sah man seine gelblichen Zähne.

»Wenn Sie das hier sehen, bin ich entweder in Mexiko oder ich bin tot.« Er legte eine dramatische Pause ein. Sah auf das Blatt Papier hinunter und dann wieder hoch. »Sie haben es vielleicht in den Nachrichten gesehen. Was auch geschehen sein mag, ich habe getan, was ich tun musste. Ich werde nicht um Entschuldigung dafür bitten, weil es nichts zu entschuldigen gibt. Wenn mich jemand zu bestimmten Handlungen gezwungen hat, dann müssen die betreffenden Personen die Konsequenzen tragen. Es war eine Fehleinschätzung von ihrer Seite.«

Er schwieg und sah nach unten, rief sich die nächsten Worte ins Gedächtnis.

»Ich wollte niemandem Schaden zufügen. Wenn sich zeigen sollte, dass etwas anders lief, als ich beabsichtigt hatte, dann tut mir das leid, aber ich habe die Verantwortlichen vor die Entscheidung gestellt. Ich hoffe, sie werden das hier ernst nehmen, *weil es wirklich keinen Grund gibt, dass jemand zu Schaden kommen sollte.*«

Er kratzte sich im Nacken und ließ das Blatt Papier auf sein Knie sinken. »Ich bluffe nicht. Bluffen entspricht nicht meiner Art. Wenn ihnen das klar ist, werden wir prima miteinander auskommen. So«, sagte er und beugte sich nach vorn. »Ich hoffe, sie haben es ernst genommen. Wenn es so ist, dann hat die Geschichte für alle ein gutes Ende genommen. Wenn nicht, dann haben sie mich schwer unterschätzt. Das tut mir leid, aber sie wussten über alles genau Bescheid. Ich gebe nicht klein bei. Niemals. Das ist einfach nicht meine Art.

Meine einzige Bitte ist, dass Sie meiner Mutter eine Kopie dieses Bandes schicken. Mrs. June R. Burdette. Mein gesamter Besitz geht übrigens an sie, es sei denn, die Sachen werden konfisziert. Aber das ist nicht mehr mein Problem. Egal, wo ich bin, Sie werden mich auf jeden Fall nicht erreichen können.«

Er stand von der Couch auf und ging zur Kamera. Dann verwandelte sich das Bild in Schneegestöber.

Richie sah zu Josh Wingate, der unverwandt auf den Fernseher starrte – mit einer Intensität, von der den ganzen Tag nichts zu merken gewesen war. Richie fragte ihn, was er dachte.

»Der Typ ist knallhart«, sagte er.

»Glauben Sie wirklich, dass er das ist? Ich glaube, er ist ein Feigling.«

Josh sah ihn an. »Jedenfalls hat er sein Ding durchgezogen, oder nicht?«

40

Ungefähr zehn Kilometer östlich von Searchlight in Nevada, auf einer Nebenstraße unmittelbar hinter der ersten leichten Steigung der 164, wartete Damien Peltier am Kommandoposten. Der Posten war von der Straße aus erst zu sehen, wenn man die Kuppe erreicht hatte. Hinter der Kuppe führte die Straße weiter nach Cottonwood Cove am Lake Mohave und fiel dabei von einer Höhe von knapp tausend Metern über dem Meeresspiegel bis auf zweihundert Meter ab.

Die Straßensperre war einen guten Kilometer hinter dem Posten errichtet worden, unmittelbar hinter einer weiteren Erhebung. Oben an der Straße stand ein Beobachter. Sobald das Zielfahrzeug vorbeikam, würden ihm zwei Wagen des FBI vom Kommandoposten aus folgen.

An der Straßensperre würde ein Spezialeinsatzkommando warten. Zu dem Team gehörten zwei Scharfschützen: einer für den Fahrer und einer für den Beifahrer. Selbst in dieser gottverlassenen Gegend gab es genug verkrüppelte Bäume und Büsche, die ihnen Deckung boten. Die Straßensperre war quer über die Straße und seitlich davon errichtet, erlaubte es einem Fahrzeug jedoch, sie zu passieren – langsam.

Sicherheit war oberstes Gebot.

Peltier warf einen Blick zu den beiden dunkelblauen Suburbans, die startbereit auf der unbefestigten Straße standen. Nur mühsam konnte er seine Ungeduld zügeln.

Nachdem man unter Hochdruck alle nötigen Vorkehrungen getroffen hatte, hieß es: warten. Alles war bis ins kleinste Detail geplant, aber dieser Wind ging ihm auf die Nerven. Er hasste es, zu warten. Das hatte er als Kind oft genug tun müssen. Seine völlig überforderte und vergessliche Mutter mit ihren acht Kindern hatte ihn immer zuletzt abgeholt, wenn sie nachmittags ihre Sprösslinge von ihren diversen Freizeitaktivitäten wieder einsammelte. Infolgedessen hatte er regelmäßig eine halbe bis eine ganze Stunde warten müssen, und oft hatte sie völlig vergessen, ihn abzuholen.

Inzwischen sorgte er dafür, dass er nie lange warten musste. Als Special Agent für den Bereich Phoenix ließ er das lieber andere tun. Leider hatte man vergessen, Mark Anthony und Jerry Lewis davon in Kenntnis zu setzen.

Mark Anthony. Jerry Lewis. Diese Arschlöcher von Fleet Trucking – einer Firma, die für die Nevada Test Site Atommülltransporte durchführte – waren sich nicht einmal zu blöd gewesen, sich dermaßen offensichtlich falsche Namen zuzulegen.

Der Wind rüttelte an dem Sonnensegel des Postens, wirbelte Sand zwischen den Polizeiautos auf, malträtierte sie und die davor stehenden Männer. Peltier spürte den feinen Sand an sämtlichen ungeschützten Stellen seines Körpers – an den Händen, im Gesicht. Es fühlte sich an, als würde er mit winzigen Schrotkugeln beschossen.

Als er angekommen war, hatte den blauen Himmel lediglich der Kondensstreifen eines Flugzeugs getrübt. Inzwischen hatte es sich zugezogen, und die Wüste sah schmutzig grau wie Spülwasser aus. Peltier hasste es, hier draußen sein zu müssen. Zu ausgedorrt, zu viel freies Gelände.

Er beschirmte seine Augen mit der Hand und wartete darauf, dass der Späher ihm per Funk Meldung erstattete. Er hatte sich gegen die Evakuierung von Searchlight entschieden. Danach zu schließen, was er über diese beiden Idioten wusste, wollten sie einfach nur ein Zeichen setzen. Sie waren zu feige, um bei dem Transporter zu bleiben – sie wollten ihn abstellen und dann die Medien informieren. Für so etwas hatte er nur Geringschätzung übrig. Ökoterroristen waren nicht bereit, für ihre Überzeugung Opfer zu bringen. Er hatte es nicht mit Survivalisten zu tun, und das hier war nicht die Belagerung von Waco.

Es war eine schwierige Entscheidung, aber er war es gewohnt, schwierige Entscheidungen zu treffen. Er war seit jeher in der Lage gewesen, ein Problem rasch zu erfassen und eine Lösung zu finden. Er war stolz auf seine Entschlusskraft, seine Fähigkeit, etwas auf den Punkt zu bringen, so dass das geforderte Vorgehen klar auf der Hand lag.

Eine hastige Evakuierung des Ortes hätte die Fahrer des Transporters gewarnt. So etwas ließ sich nicht unbemerkt bewerkstelligen.

Er ging zu Jordan Benteen, der über seinen Laptop gebeugt in einem Zivilfahrzeug saß.

»Wie sieht es aus?«

»Sie haben gerade Searchlight erreicht.«

Ein erneuter Windstoß. In seinem Mund knirschte der Sand. Plötzlich flog ihm etwas ins Auge.

»Verflucht noch mal!«

Er beugte sich in den Wagen, dem Wind den Rücken zugekehrt, schob sein Augenlid nach oben und versuchte, den Dreck zu entfernen. Er blinzelte ein paarmal, konnte ihn aber immer noch spüren.

Jordan sagte: »Oje.«

»Was ist?« Er packte die Wimpern und zog das Lid wie eine Jalousie nach unten.

»Es sieht so aus, als würde …«

»Was?«, brüllte er. »Was ist los?«

Jordan Benteen sagte: »Sie sind abgebogen.«

Es dauerte eine Weile, bis er begriff. Dann spürte er seinen Magen nach unten sacken. »Was soll das heißen, sie sind abgebogen?«

»Sieht so aus, als würden sie nach Süden fahren.«

»Nach Süden?«

»Hier, sehen Sie selbst.«

»Nach Süden? Warum sollten sie denn nach Süden fahren?

»Das GPS lügt nicht, Sir.«

»Sie müssen sich irren.«

»Sehen Sie es sich an, Sir.«

Das eine Auge zugekniffen, sah er auf den Bildschirm. »Da ist ja kaum was zu erkennen. Wo ist die Karte?«

Benteen beugte sich zur Rückbank, griff nach der bereits auseinandergefalteten Karte und zog sie umständlich nach vorn. Er brauchte eine Weile, bis er sich darauf zurechtgefunden hatte. »Es ist die 95. Sie fahren auf der 95 nach Süden. In Richtung Cal Nev Ari.«

Wo hatte er diesen Namen schon einmal gelesen?

Auf der Karte im örtlichen Büro des DPS. Irgendein gottverlassenes Kaff an der State Route 95.

Er musste sich schnell etwas einfallen lassen – einen Fehler konnte er sich nicht erlauben.

»Gibt es irgendeine Nebenstraße, auf der wir zur 95 kommen?«

»Sieht nicht so aus.«

Scheiße.

Er machte sich keine Sorgen, dass er sie nicht erwischen könnte. Das war nicht das Problem. Aber wenn aus dem Ganzen eine reine Verfolgungsjagd wurde, könnte sie das dazu veranlassen, mit einer Lastwagenladung Atommüll wild durch die Gegend zu rasen.

Er senkte den Kopf, so dass Jordy ihm in die Augen sehen konnte, und sagte, jedes Wort einzeln betonend: »Es ist mir gleich, was Sie tun und wie Sie es tun, aber unsere Leute müssen ihnen den Weg abschneiden.

Sie sollten also, verdammt noch mal, eine Straße finden.«

Glenn Traywick rollte mit seiner Cessna auf das kleine Verwaltungsgebäude zu, in Gedanken bereits ein Stück weiter – wie er es am besten machen sollte. Selbstbedienung wäre billiger, und normalerweise würde er das auch tun. Er gab nicht gern mehr Geld aus als unbedingt nötig. Aber heute war er in Eile, also würde er den Lotsen bitten, ihm den Tanklastwagen zu schicken. Während die Cessna aufgetankt wurde, könnte er reingehen und Michelle abholen, und dann wären sie auch schon wieder unterwegs.

Er hoffte, dass sie kein Theater wegen des Gepäcks veranstalten würde. Das hätte ihm gerade noch gefehlt. Im Schrank dieser Frau hingen mehr Designerklamotten als in einem Outlet von Liz Claiborne.

Glenn bremste, erwartete, dass jeden Moment das Wägelchen mit dem Lotsen auftauchen würde. Er brauchte ihn, damit er ihn einwies. Er hatte überlegt, ob er vorher anrufen und um einen Stellplatz in der vordersten Reihe, direkt vor der Tür, bitten sollte, hatte sich aber dagegen entschieden. Auch wenn er ein bisschen weiter laufen musste, würde er wenigstens seine Ankunft nicht ankündigen. Es war besser, zu landen, wieder zu starten und dazwischen möglichst wenig Aufsehen zu erregen. Aber wo blieb dieser Lotse?

Endlich sah er den Typ aus dem Gebäude kommen, in das Wägelchen steigen und auf ihn zutuckern.

Er hielt die Cessna mit laufendem Motor auf dem Rollfeld an, wartete. Seine Gedanken eilten erneut voraus zum Loon Lake. Zu der Hütte, die er mit der Anzahlung von Onkel Jack gekauft hatte. Das war das Tolle an Jack; er nahm seine Verpflichtungen ernst.

Sobald sie die Staaten verlassen hatten, konnte nichts mehr passieren. Er hatte einen neuen Namen, einen neuen Pass, ein ganz neues Leben. Falls seine Freundin nicht all ihre Klamotten anschleppte und mitnehmen wollte.

Ihm fiel auf, dass der Typ in dem Wägelchen Schwierigkeiten beim Fahren zu haben schien. Er sah überhaupt nicht so aus wie einer der Flugwarte oder Lotsen, mit denen er es bisher zu tun gehabt hatte. Er sah aus wie ein Polizist.

Glenn hatte plötzlich ein ungutes Gefühl. Aus Erfahrung wusste er, dass er seinen unguten Gefühlen trauen sollte. Der Typ musste nicht unbedingt ein als Lotse verkleideter Polizist sein, aber er wollte lieber kein Risiko eingehen. Michelle wäre zwar enttäuscht, aber sie könnten sich später treffen. Er begann zu wenden und nahm aus dem Augenwinkel heraus etwas Dunkles wahr.

Ein Polizeiwagen fuhr durch das Tor hinaus aufs Rollfeld.

Glenn saß in seinem Flugzeug, in dem er sich bisher immer unbesiegbar gefühlt hatte. Noch hatte er alles im Griff. Er blickte auf das Instrumentenbrett, die Anzeigen, den glänzenden Lack auf dem Flügel hinter seinem Fenster, den blauen Himmel und die Sonne, die ihm auf den Schoß schien. Sein kleines Königreich. Der einzige Ort, an dem er sich wirklich frei fühlte. Und jetzt war die Polizei da, und er würde diese Maschine nie mehr fliegen – weder diese noch irgendeine andere.

Ihm blieb immer noch genug Zeit, Gas zu geben und die Maschine zu wenden. Er könnte Richtung Startbahn rollen, aber hinter ihm waren plötzlich noch mehr Polizeiautos. Es wäre so, als würde er in einem Vergnügungspark herumkurven. Er könnte einen gewissen Vorsprung gewinnen, aber am Ende würde er vor einem verschlossenen Tor stehen und nirgendwohin kommen. Und ohne Startbahn würde er nie im Leben abheben können.

Er stellte den Motor in dem Augenblick aus, als der Polizeiwagen vor der Cessna hielt und ihm den Weg versperrte. Zwei Deputys öffneten die Türen und richteten ihre Pistolen auf ihn. Er warf einen Blick zu dem Mann in dem Wägelchen, der jetzt ausstieg und seine Dienstmarke hochhielt.

Dabei stieß er aus Versehen gegen den aufgerollten roten Teppich, den die Leute von Wiseman Aviation immer für ihre Kunden bereithielten. Er fiel um und rollte sich auf dem Asphalt aus, ein höhnischer Willkommensgruß.

41

Richie wartete, bis die Sprengstoffexperten das Haus durchsucht hatten. Nachdem sie festgestellt hatten, dass alles in Ordnung war, machte er sich auf den Weg in Bobby Burdettes Keller.

Josh fuhr mit dem Sprengstoffexperten zurück nach Williams zum Polizeirevier. Offen gestanden war Richie froh, als er weg war. Jetzt hatte er das Haus für sich, und in gewisser Weise genoss er das.

Der Leiter des Sprengstoffkommandos, Bill Slade, hatte ihn bereits darüber informiert, was sich dort unten befand. Ein Wäschetrockner, ein Warmwasserbereiter, eine völlig verstaubte Werkbank und ein Waffenschrank.

Richie musterte die Waffen: eine Ruger Mini 14 mit Schulterstütze, eine Schrotflinte Remington 870 – ebenfalls mit Schulterstütze –, ein alter M1-Karabiner Kaliber .30, eine Winchester 70, Kaliber .270, eine Smith & Wesson Modell 19 mit 6 Zoll Lauflänge und eine Raven .25 Halbautomatik.

Hübsche Sammlung, das sah selbst ein Laie wie er. Er überprüfte die Schrotflinte, um festzustellen, ob sie geladen war. War sie nicht. Er roch am Lauf, er roch nach Öl. Alle Waffen von Bobby waren gut gepflegt. Er fand auch Munition. Er verstaute Schrotflinte und Munition in Plastiksäcken und markierte sie als Beweisstücke.

Dann rief er Laura an. Als sie sich meldete, sagte er: »Ich habe hier eine Schrotflinte Kaliber zwölf. Eine Remington 870.«

»Prima«, sagte sie, »das ist gut.« Der Ton, in dem sie es sagte, freute ihn; in ihrer Stimme schwang eine gewisse Aufregung mit, beinahe Begeisterung. Sie waren nicht immer einer Meinung, aber das hier war eine Ausnahme.

»Ich hoffe, wir können ihn festnageln«, sagte er.

»Ich auch.«

Großzügig fügte er hinzu: »Das war gute Arbeit, das mit der Patronenhülse.«

Sie lachte. »Das war mehr Glück als Verstand.«

»Ja, na ja.«

Als er auflegte, lag ein breites Grinsen auf seinem Gesicht – ein erfolgreicher Arbeitstag.

Bei all dem Wind und dem Staub, der die Landschaft bläulich überzog, war zwar nur schwer etwas zu erkennen, aber Mark Sproule glaubte vor sich Lichter zu sehen. »Ist das ein Streifenwagen?«

Dell blickte von der Motorradzeitschrift auf, in die er sich vertieft hatte. »Sieht so aus.«

Ja, es war eindeutig ein Streifenwagen. Mit eingeschalteter Warnblinkanlage, auf dem Wagendach zuckende blaue und rote Lichter.

Marks Fuß schwebte über der Bremse. Er schaltete herunter.

»Was machst du denn?«, fragte Dell.

»Wir müssen anhalten.«

»Warum brichst du nicht einfach durch?«

Mark sah Dell an. Achtundzwanzig Jahre alt und hielt sich für den Größten. Mark würde seinetwegen nicht sein Leben aufs Spiel setzen.

»Wahrscheinlich hat es nichts weiter zu bedeuten«, sagte Dell. »Die haben doch sicher nur einen Raser angehalten.«

Aber Mark wusste es. Und ein paar Augenblicke später, als er die Lichter in seinem Außenspiegel sah, war er sich sicher.

Sie hatten den Transporter, sie hatten die Fahrer. Die saßen in diesem Moment in einem Wagen der Las Vegas Metropolitan Police, der aus Laughlin gekommen war.

Damien Peltier beugte sich in den Suburban und griff nach einer Flasche Wasser. Die Trockenheit machte ihm zu schaffen, sein Auge tat immer noch weh. Im Wagen saß Jordy und machte irgendetwas auf seinem Computer.

Großartig, wie es gelaufen war. Auch wenn sie die Verfolgung hatten aufnehmen müssen, auch wenn sie keine Straße gefunden hatten, um ihnen den Weg abzuschneiden. Die Kollegen aus Las Vegas waren schließlich genau zum richtigen Zeitpunkt auf der Bildfläche erschienen.

Sorgten für sichere Straßen für die Touristen in Laughlin.

»Ziel erreicht, Mission beendet«, sagte Peltier zwischen zwei Schlucken.

»Das hat Bush auch gedacht.«

Peltier sah Jordy an. Er hegte schon länger den Verdacht, dass er ein Liberaler war. »Was soll das denn heißen?«

Jordy deutete mit dem Kopf auf den Transporter, der mit eingeschalteter Warnblinkanlage in der Wüste stand. »Sieht das für Sie nach einem Atommülltransporter aus?«

42

»Alle wollen einen Deal«, sagte Laura zu Jon, nachdem sie eine halbe Stunde lang ohne Erfolg versucht hatten, Glenn Traywick zum Reden zu bewegen. Sie hatte dafür das kleine Konferenzzimmer am Ende des Gangs neben den Büros von Wiseman Aviation gewählt, statt Traywick zurück zum DPS zu bringen. Man konnte sich zwischen Tisch und ein paar Stühlen zwar kaum bewegen, aber zumindest hatten sie hier ihre Ruhe. Laura fuhr fort: »Sein Anwalt ist unterwegs. Was ist bei der Befragung von Michelle rausgekommen?«

»Nada. Aber sie kann im Bezirksgefängnis noch ein bisschen nachdenken.«

Laura fragte sich, ob sie wusste, worauf sie sich eingelassen hatte, wie ihr Leben von nun an aussehen würde. »Wenigstens haben sie den Laster«, sagte sie.

»*Einen* Laster.«

»*Einen* Laster?«

»Es ist mit ziemlicher Sicherheit nicht *der* Laster. Sie waren mit einem normalen Sattelschlepper unterwegs. Er ist völlig leer – Jordy hat es mir gerade gesagt.«

Laura erinnerte sich plötzlich an den flüchtigen Gedanken, der ihr durch den Kopf gegangen war, bevor sich die Ereignisse überstürzt hatten: die fehlenden vierzig Minuten und der Sattelschlepper, den Jack Taylor gemietet hatte. »Ein Ablenkungsmanöver«, sagte sie.

»So sieht es aus.«

»Und wo ist der richtige Laster?«

Der richtige Laster, die Nummer fünfundsiebzig von Fleet Trucking, hatte endlich die Unfallstelle bei Baker in Kalifornien passiert und war auf dem Weg zur Interstate 15 in östlicher Richtung.

Auf der Fahrt durch die Außenbezirke der Stadt entdeckte Bobby einen gelben Dodge Challenger, der aufgebockt in einer Einfahrt stand, und es versetzte ihm einen kleinen Stich.

Vielleicht hätte er sich nach einer Unterstellmöglichkeit für den Mean Green umsehen sollen, wo er ihn wieder hätte abholen können, falls er jemals zurückkehrte.

Aber er würde nicht zurückkehren. Auf dem Parkplatz des Mirage in Las Vegas wartete ein weißer Toyota Camry auf ihn – davon fuhren mindestens eine Million durch die Gegend. Der Camry würde ihn schnurstracks nach Mexiko bringen, und sobald er erst mal die Grenze passiert hatte, war er frei wie ein Vogel, mit einer Million Dollar auf der Bank und in der Tasche das Geld, das er von seinen Konten geräumt hatte. Keine Riesensumme, aber er könnte erst einmal gut davon leben. Er würde sich ein nettes Haus in der Gegend von Cabo suchen, ein einfaches Leben führen. Margaritas am Strand, vielleicht würde er sich ein kleines Segelboot zulegen.

Falls Cabo zu nahe lag, gab es jede Menge kleiner Fischerdörfer entlang der Küste, wo man einfach untertauchen konnte, solange man nicht auf fremde Hilfe angewiesen war. In solchen Orten kam niemand auf die Idee, nach einem Ausweis zu fragen.

Trotzdem würde er den Mean Green vermissen.

Er erinnerte sich daran, dass eine seiner Freundinnen in ihrer Wohnung ein Poster aufgehängt hatte, auf dem stand: WENN DU ETWAS LIEBST, DANN SCHENK IHM DIE FREIHEIT. WENN ES ZURÜCKKOMMT, IST ES DEINS; WENN NICHT, HAT ES DIR AUCH NIE GEHÖRT. Oder irgendwas in der Art. Jeder Polizist in drei verschiedenen Bundesstaaten würde Ausschau nach dem Mean Green halten. Wenn er Glück hatte, dann hatte sich bereits irgendein bedauernswerter Kerl den Wagen unter den Nagel gerissen und kurvte damit irgendwo durch die Landschaft.

Ihm sollte es recht sein. Er hatte ein neues Leben vor sich und konnte sich keine Sentimentalitäten leisten. Er hing an dem Mean Green, und wenn es dem Auto bestimmt war, zu ihm zurückzukehren, dann würde es das tun. Andernfalls hoffte er, dass wer immer jetzt damit herumfuhr, möglichst lange seinen Spaß daran hatte.

Ein unbeteiligter Beobachter, der Bobby Burdettes Überlegungen hätte mitverfolgen können, wäre vermutlich verwundert gewesen, dass Shana Yates, die Frau, mit der er geschlafen und die er betrogen hatte, kein einziges Mal darin vorkam.

»Sir?«

Damien Peltier hätte Jordan Benteen am liebsten den Kopf abgerissen. »Was ist?«

Er starrte den Sattelschlepper an, der nicht der war, nach dem er suchte. Zwischen seinen Zähnen knirschte Sand. Er versuchte, sich auf das Verhör von Mark Sproule und Dell Anders vorzubereiten, dachte darüber nach, wie er am besten vorgehen sollte, aber bei diesem verdammten Wind fiel es ihm schwer, sich zu konzentrieren.

»Ein Anruf für Sie.«

»Wer ist es?«

»Ein Streifenpolizist von der Highway Patrol. Ich glaube, Sie sollten sich anhören, was er zu sagen hat.«

»Ach ja?«

»Er sagt, es sei wichtig. In Anbetracht der Ereignisse.«

Peltier schnappte sich das Handy. »Wer ist da?«

Der Mann stellte sich als Jess Harding von der Highway

Partrol vor. »Sie suchen nach einem Sattelschlepper, der Behälter für Atommüll geladen hat?«, fragte er.

Peltier grunzte bestätigend.

»Auf der 127 hat es kurz hinter Baker einen Unfall gegeben. Es hat ziemlich lange gedauert, bis die Unfallstelle geräumt war ...«

»Kommen Sie zur Sache.«

»Da war ein Lastwagenfahrer, der in dem Stau stand. Irgendetwas hat mit ihm nicht gestimmt. Hat einen Haufen Schwachsinn von sich gegeben. Hat mich nicht mal richtig angesehen.«

Gegen seinen Willen wurde Peltier von einer gewissen Aufregung erfasst. »Ja, weiter. Was für ein Lastwagen war das?«

Harding beschrieb ihn: Eine schwere Ladung auf einem Sattelschlepper, größtenteils von einer Plane verdeckt, von der Art, wie die Armee sie verwendete. »Aber ich konnte die Behälter sehen – drei davon, die Plane war nicht groß genug. Zu dem Zeitpunkt habe ich mir nicht viel dabei gedacht, aber solche Behälter habe ich schon mal gesehen. Sahen aus wie die Dinger, die sie hier vorbei nach Carlsbad transportieren.«

Peltier murmelte irgendetwas, das wie ein Dank klang, dann warf er das Handy Jordan Benteen wieder zu.

Jetzt konnte er sich mal wieder beweisen. Er war eine Führungspersönlichkeit und in der Lage, zu erkennen, was wichtig war, und er war in der Lage, rasche Entscheidungen zu treffen. Er dachte darüber nach, was Harding über den Mann gesagt hatte. Wie er ihn beschrieben hatte. Das klang nicht nach einem der Ökofritzen, mit denen er es bisher zu tun gehabt hatte. Es klang, als hätte dieser Typ die Birkenstock-Sandalen in die Ecke gestellt.

»Wir brauchen zwei Dinge«, sagte er zu Jordy. »Erstens

brauchen wir einen Hubschrauber. Wir müssen die Interstate 15 und alle anderen Straßen, die aus Baker herausführen, im Auge behalten.« Er hielt kurz inne, dachte an den Vorschlag, den Jon Service vor ein paar Stunden gemacht hatte. Auch da hatte er eine Entscheidung getroffen, aber inzwischen hatte sich die Situation geändert. »Reden Sie mit den Leuten von der Las Vegas Metro. Wir brauchen einen Unterhändler.«

Glenn Traywicks Anwalt war eingetroffen und besprach sich mit seinem Mandanten, während Laura und Jon Service draußen an einem Picknicktisch unter den Bäumen warteten. Mittlerweile saßen sie seit fast zwei Stunden da und warteten. Aber zumindest hatten sie Gesellschaft, die beiden Katzen von Wiseman Aviation, Stealth und Cessna, waren ebenso darauf erpicht, sich als gute Gastgeber zu zeigen, wie ihre Besitzer.

»Wo ist Sharp?«, fragte Laura, während sie einem Flugzeug beim Starten zusah.

»Er hat eine Besprechung, sollte aber bald hier sein.«

»Was glauben Sie, was Glenn Traywick gemeint hat, als er sagte, es gäbe etwas, das wir unbedingt wissen müssten?«

Jon zuckte die Achseln. »Könnte alles Mögliche sein.«

»Aber der Ton, in dem er es gesagt hat.« Sie verschränkte die Arme. »Als wäre es die Lösung aller Probleme. Als wollte er uns etwas geben, für das wir ihm sehr dankbar wären.«

»Vielleicht wollte er sich einfach nur aufspielen – inzwischen ist die Sache doch klar, da brauchen wir seine Hilfe nicht mehr.«

Laura war sich nicht so sicher.

In diesem Moment trat ein Mann im Anzug und mit einer Aktentasche in der Hand aus der Tür und winkte sie zu sich. Jeremy Sharp, der Bundesstaatsanwalt.

»Unser Auftritt«, sagte Jon und hielt ihr die Tür auf, als sie wieder hineingingen.

Als Bobby den Hubschrauber das erste Mal über dem Freeway kreisen sah, dachte er, es wäre einer von der Verkehrsüberwachung. Als er das zweite Mal über den Freeway flog, beschlich ihn eine böse Vorahnung.

Zumal ihm außerdem auffiel, dass auf dem Freeway weniger Verkehr herrschte als sonst. Nein, wurde ihm auf einmal klar – nicht weniger Verkehr, sondern überhaupt kein Verkehr. Zumindest nicht von Las Vegas her.

Einen kurzen Moment lang erfasste ihn Panik, als er feststellte, dass ihm keine Autos entgegenkamen.

Er blickte von einem Außenspiegel in den anderen, sah die Streifenwagen und die dunklen Suburbans, die sich rasch von hinten näherten, mit Dauerlichthupe und Blaulicht, aber ohne jedes Geräusch.

Vor sich erblickte er entlang der nächsten Ausfahrt orangefarbene Pylonen.

Irgendetwas blitzte in dem aufgewirbelten Sand vor ihm immer wieder hell auf, eine Spiegelung.

Die Wagen hinter ihm, schnell und leise.

Erneut flog der Hubschrauber über ihn hinweg, er sah aus wie eine riesige dunkelblaue Libelle. Ein zweiter Hubschrauber mit einem riesigen Logo – der war von einem Nachrichtensender.

Vor ihm eine leere Fahrbahn, die ihm allein gehörte, bis sie in eine aus weiteren Suburbans und schwarz-weißen Streifenwagen gebildete Sackgasse mündete.

Er dachte an Mexiko.

Er dachte an das Geld.

Er dachte an den Mean Green.

Fahr einfach weiter, drängte eine Stimme in seinem Kopf.

Er wusste, dass er es nicht schaffen würde, die Reihe der Fahrzeuge vor ihm zu durchbrechen. Er wusste, dass er es nicht schaffen würde, an den Männern von den Spezialeinsatzkommandos vorbeizukommen, die wie schwarze Actionfiguren hinter geöffneten Wagentüren Stellung bezogen hatten und mit Präzisionsgewehren auf ihn zielten.

Wenn er weiterfuhr, würde er es womöglich nicht schaffen. Aber wenn er anhielt, könnte er noch einen Trumpf ausspielen.

Er hatte noch immer den Sprengstoff, der am ersten Behälter befestigt war. Er hatte noch immer das Plutonium.

Und Las Vegas war nur noch knapp fünfzig Kilometer entfernt.

Er schaltete einen Gang herunter, der Motor gab ein tiefes Brummen von sich. Er schaltete noch einen Gang herunter und noch einen und noch einen.

Bereit für einen Deal.

43

Bobby dachte: Sorg bloß dafür, dass sie auf dem richtigen Handy anrufen. Sonst …

Bumm.

Er war froh, dass er zwei verschiedene Handys mitgenommen hatte. Zwei verschiedene Farben. Mit einem Kugelschreiber schrieb er die gute Nummer auf die Rückseite eines Ladungsverzeichnisses. Er schrieb die Ziffern möglichst groß und fuhr die Linien ein paarmal nach, damit sie gut lesbar waren.

Er hielt den Zettel ans Fenster und schwenkte ihn hin und her.

»Sir, werfen Sie die Schlüssel aus dem Wagenfenster.«

Der Mann sprach in ein Megaphon, genau wie im Film. Statt einer Antwort schwenkte Bobby das Blatt Papier noch einmal hin und her.

Stille.

Der Wind heulte um die Fenster, spielte mit ihm. Sand wirbelte über den verlassen daliegenden Abschnitt der Interstate 15 in Richtung Norden. Zweihundert Meter vor ihm blinkten die Lichter. Schwarzgekleidete Männer vom Spezialeinsatzkommando. Die Suburbans des FBI, genau wie im Film.

Er fragte sich, wo die Scharfschützen waren. Er wusste, dass sie ihn in diesem Moment im Visier hatten. Das Einzige, was sie zurückhielt, war die Tatsache, dass er auf einer Riesenladung radioaktiven Abfalls saß, die, verdammt noch mal, beste Geisel der Welt.

»Werfen Sie die Schlüssel raus!«

Sonst was? Sperrt ihr mir das Handy?

Er ließ das Blatt Papier über das Armaturenbrett spazieren, eine Ecke nach oben, eine nach unten, rauf und runter.

Dann hörte er »Yankee Doodle Dandy« – das Handy. Das richtige Handy. Falls nicht, hätte er es natürlich nie erfahren.

Er nahm ab.

»Wir wollen …«

»Es interessiert mich nicht, was Sie wollen«, sagte er flüsternd, kaum zu hören. Wer immer am anderen Ende war – und er war sich ziemlich sicher, dass es der Obermacker war –, müsste sich anstrengen, um ihn zu verstehen. Es würde seine ganze Konzentration erfordern, mitzubekommen, was Bobby sagte, und ihn daran hindern, vorauszudenken und sich etwas einfallen zu lassen, wie er ihn austricksen konnte.

»Hören Sie gut zu. Ich sage das nur ein Mal. Auf der Ladefläche hinter mir befinden sich Behälter mit Transuranabfällen. Ich habe eine Sprengladung daran angebracht. Wenn Sie näher kommen, sprenge ich mich mitsamt dem Transporter in die Luft. Glauben Sie nicht, dass das nur eine Drohung ist – ich habe nichts zu verlieren. Wenn ich gehe, dann schnell. Sie dagegen – für Sie wird es eine Weile dauern, wahrscheinlich enden Sie in einem Krankenhausbett mit einem Schlauch in der Nase und einer Bettpfanne unterm Hintern. Ich gebe Ihnen ein bisschen Zeit, um darüber nachzudenken, dann können Sie mich wieder anrufen.«

Er drückte die Trenntaste.

Entsetztes Schweigen. Er konnte es beinahe spüren. Sie hatten die Ausrüstung, die Suburbans, die Spezialisten, aber er, Bobby Burdette, war derjenige, der ihnen sagte, wo es langging.

Das Telefon klingelte erneut. Eine andere Stimme. Ruhig, vernünftig.

Oho, dachte Bobby. Wenn sie ruhig und vernünftig werden, haben sie wirklich Schiss.

Laura und Jon ergaben sich in ihr Schicksal, erneut warten zu müssen. Der Bundesstaatsanwalt und Glenn Traywicks Anwalt – ein in die Breite gegangener Mann mit einer Brille mit schwarzer Fassung und einem ergrauenden Pferdeschwanz – hatten sich in das kleine Konferenzzimmer zurückgezogen und handelten einen Deal aus.

Jons Telefon klingelte. Er hörte aufmerksam zu, sein Gesichtsausdruck wechselte von erleichtert zu besorgt.

Laura versuchte aus seinen Beiträgen zu dem Gespräch herauszuhören, was los war.

»Sind sie sicher? O Mann! Aber sie reden mit ihm, das ist gut. Sie brauchen wahrscheinlich …«

Dann sah sie, wie sein Gesicht einfiel, die Tränensäcke

unter seinen Augen größer zu werden schienen. Er blickte in ihre Richtung, ohne sie zu sehen.

Laura starrte ihn an, starrte auf das Telefon, das er mit weiß hervortretenden Fingerknöcheln an sein Ohr hielt.

»ANFO«, sagte er.

»ANFO?«, fragte Laura.

Er machte eine abwehrende Geste – *Seien Sie still.*

ANFO. Das stand für einen Sprengstoff aus Ammoniumnitrat und Mineralöl.

»Das behauptet er«, sagte Jon. »Er könnte bluffen, aber … Ja, ist gut.«

Er klappte das Handy zu und sah Laura an.

Sie hatte bereits eins und eins zusammengezählt, aber er informierte sie trotzdem. »Sie haben Bobby Burdette gestellt. Er hat an den Behältern mit dem Plutonium eine Sprengladung befestigt.«

In diesem Augenblick kam Jeremy Sharp aus dem Besprechungszimmer.

Peltier konnte von hier aus sehen, dass der Unterhändler keinen Schritt weiterkam. Obwohl die Männer vom Spezialeinsatzkommando es nicht zu erkennen gaben, wusste er, dass sie langsam die Nase voll hatten. Sie ertrugen jetzt schon seit zwei Stunden Hitze und Wind, und dieses Arschloch hielt sie *alle* als Geiseln.

Für ihn sah es so aus, als hätte der Unterhändler von der Polizei Las Vegas von Tuten und Blasen keine Ahnung.

»Was macht der bloß da drin?«, fragte Peltier.

Jordy sagte: »Er sitzt es aus.«

»Denkt er vielleicht, wir verziehen uns irgendwann?«

Jordy zuckte die Achseln. »Vielleicht weiß er nicht, was er machen soll. Ich nehme an, das ist der Punkt, an dem der Unterhändler auf den Plan tritt.«

»Die Männer von der Einsatztruppe wollen nicht länger warten. Sie denken, sie können ihn erwischen, ohne dass jemand zu Schaden kommt.«

Jordy gab keine Antwort.

»Wenn dieser verdammte Atommüll nicht wäre ...«

»Ich hab neulich einen guten Witz gehört.«

Peltier wischte sich den Schweiß aus den Augen. »Ja?«

»Was ist der Unterschied zwischen einer Einsatztruppe und einem Unterhändler?«

»Keine Ahnung.«

»Die von der Einsatztruppe sagen: ›Hey, es sind jetzt zehn Minuten. Der gibt nie auf.‹ Der Unterhändler sagt: ›Hey, es sind jetzt drei Wochen. Ich glaube, wir machen Fortschritte.‹«

Peltier lachte laut.

Der Unterhändler, Frank Handley, erklärte Bobby, wie einfach die ganze Sache wäre. Bobby müsste wahrscheinlich noch nicht einmal sehr lange ins Gefängnis. Er könnte seine Haftstrafe in Arizona absitzen, wo ihn seine Mutter besuchen könnte.

Das klang nicht besonders verlockend.

Handley und seine Leute hatten einige Vorarbeit geleistet. Sie hatten mit Bobby Burdettes Mutter gesprochen. So weit Peltier mitbekommen hatte, konnte die Frau ihren Sohn nicht ausstehen. Sie hatte etwas in der Art gesagt, dass sie sich keine Sorgen machen sollten, er würde nie etwas zu Ende bringen. Sie hatte ihn als Versager bezeichnet.

Jeder hier hoffte, dass sie recht hatte.

Peltiers Handy klingelte. Es war diese Ermittlerin vom DPS, Laura Cardinal. Während sie sprach, begann das andere Handy zu klingeln – das, auf dem Bobby Burdette anrief. »Ich kann jetzt nicht mit Ihnen reden«, bellte er und unterbrach die Verbindung.

»Was hat er gesagt?«, erkundigte sich Jon.

Laura starrte ihr Handy an. »Er sagte: ›Ich kann jetzt nicht mit Ihnen reden.‹«

»Vielleicht sind sie gerade an einem entscheidenden Punkt angelangt.«

Laura hörte ein schwaches Rotorengeräusch. »Der Hubschrauber des DPS ist da«, sagte sie.

»Gehen wir. Wir können es ihm sagen, wenn wir dort sind.«

Als sie im Hubschrauber saßen, die Kopfhörer auf den Ohren, fragte Jon Laura: »Glauben Sie es?«

»Ich will es glauben.«

»Ich auch.«

Laura dachte über Traywicks Verhalten nach. Ihm hatte ganz offensichtlich an einem Deal gelegen. Die Vorstellung, den Rest seines Lebens im Gefängnis zu verbringen, war wohl zu beängstigend gewesen.

Genauso gut könnte er jedoch gelogen haben. Schwer zu sagen.

Falls es eine Lüge war, würden sie es ziemlich bald erfahren. In diesem Moment überprüften die Leute auf der Nevada Test Site sämtliche Behälter für transuranische Abfälle und stellten sicher, dass der Verbleib jedes einzelnen zweifelsfrei feststand. Dutzende von Leuten waren ausgeschwärmt, führten Messungen durch, prüften sie auf Strahlung. Es gab einiges, was man tun konnte, war ihr gesagt worden. Der andere Transporter, derjenige, der vorausgefahren war, war bereits untersucht worden. Die Ladung war unbeschädigt. Alle drei Behälter enthielten radioaktive Abfälle.

Sie stellte sich Glenn Traywicks Gesicht vor. Er hatte unnatürlich ruhig gewirkt, sachlich. Die Hände im Schoß gefaltet, auf sein Zeichen wartend. Dann hatte sich sein Anwalt geräuspert: »Schießen Sie los.«

Langes Schweigen. Als würde er sich die Pointe überlegen. Und was für eine Pointe es war.

»Ich habe die Behälter niemals ausgetauscht.«

Laura begriff es nicht gleich. Sie sah, dass sich seine Lippen bewegten, aber sie verstand nicht, was er sagte.

Jon, der sich neben ihr kerzengerade aufrichtete, voll konzentriert. »Was soll das heißen?«

»Ich dachte, Burdette könnte irgendwas anstellen – der Kerl ist völlig durchgeknallt. Ich habe ihm nicht getraut, deshalb habe ich beschlossen, die Behälter nicht auszutauschen.«

Jon sagte langsam: »Wollen Sie damit sagen, dass sich in den Behältern kein radioaktiver Abfall befindet?«

GLENN ELECTRIC, das Schild der Kappe tief in die gerötete Stirn gezogen. »Genau das will ich damit sagen.«

Im Raum war es so still, dass man eine Stecknadel hätte fallen hören.

»Er weiß es nicht?«

»Nein. Niemand weiß es.« Er hielt kurz inne. »Außer uns fünf hier.«

Als sie in der Luft waren, Traywick auf dem Sitz hinter ihnen, versuchte Jon, Peltier zu erreichen. Er landete bei Jordy Benteen, der offensichtlich Peltiers Anrufe entgegennahm.

»Ich habe gute Neuigkeiten.«

»Haben Sie was von Ihrer Autoversicherung zurückbekommen?«, fragte Jordy todernst.

Jon lachte. »Besser.«

Er sagte es ihm.

»Leer?«, fragte Peltier, als er ans Telefon kam. »Wollen Sie mich auf den Arm nehmen, Service?«

»Glenn Traywick hat die Behälter niemals ausgetauscht.«

»Woher wissen Sie, ob das stimmt?«

»Na ja, ich schätze, wir wissen es nicht. Noch nicht.«

»Was hat er Ihnen erzählt?«

Jon erstattete ihm ausführlich Bericht. Dass Glenn Traywick Bobby Burdette nicht getraut hatte, ihn für unberechenbar hielt. Dass er befürchtet hatte, er könnte etwas Unüberlegtes tun, wenn er in die Enge getrieben wurde. Da ihr Plan darauf hinauslief, der Öffentlichkeit Angst einzujagen, würde es völlig ausreichen, wenn sie einen dieser Transporter in ihren Besitz brachten. Alle Nachrichtensender würden über ihre Aktion berichten, und schon hätten sie ihr Ziel erreicht: zu zeigen, wie gefährlich Atommüll war und wie leicht er in die falschen Hände geraten konnte. Wie hirnverbrannt es von der Regierung war, nach einem Moratorium von fünfundzwanzig Jahren erneut Atomtests durchzuführen und weitere Kernkraftwerke zu bauen. Glenn Traywick sagte, es wäre nicht notwendig, Menschen in Gefahr zu bringen. Es reichte, ein Statement abzugeben.

Traywick hatte ihnen auch gesagt, dass er gern am Colorado River angelte. Er würde niemals das Risiko eingehen, dass dieser auf Generationen hinaus verseucht werden könnte.

Niemals. Das betonte er mehrere Male.

Jetzt sagte Peltier zu Service: »Ich habe mit den Leuten von der kalifornischen Grenzkontrolle gesprochen. Sie schwören Stein und Bein, dass sie diese Behälter auf Radioaktivität geprüft haben. Das würde erklären, wie sie durchgekommen sind.« Seine Stimme klang skeptisch.

»Leere Behälter, wie im Ladungsverzeichnis.«

»Trotzdem schwer zu glauben.«

Jon sagte: »Bald wissen wir mehr. Es gibt nur eine bestimmte Anzahl TRUPACT II, und momentan wird der Verbleib von jedem einzelnen überprüft. Wir reden weiter, wenn wir bei Ihnen sind«, setzte er hinzu.

»Was?«

»Wir bringen Traywick mit. Nur für den Fall, dass Burdette mit ihm sprechen will.«

»Was soll das heißen, *wir* bringen ihn mit? Wer ist wir? Sie haben doch hoffentlich nicht diese Frau dabei, oder?«

»Ich konnte sie schlecht zurücklassen. Es ist ihr Hubschrauber.«

44

Bobby Burdette hatte eine neue Ebene erreicht. Vielleicht hatten sich seine Moleküle tatsächlich neu geordnet. Was immer es auch war, er war gelassen, so wie es sein sollte. Er fragte sich, ob Soldaten sich so fühlten, wenn sie dem Feind gegenüberstanden. Wahrscheinlich hatten sie keine Zeit, darüber nachzudenken. Er dagegen schon.

Vielleicht ähnelte es eher dem Moment, in dem man seiner Hinrichtung entgegensah. Alle Sinne waren wach, jede Empfindung schnitt wie ein Rasiermesser in dein Innerstes. Man spürte alles, war zum ersten Mal richtig lebendig.

Die beiden Hubschrauber da oben waren seinetwegen da. Heute war er der wichtigste Mensch auf der ganzen Welt. Das, was er in den nächsten paar Stunden tat, würde die Wirtschaft der Vereinigten Staaten verändern, ganz zu schweigen von Las Vegas und dieser gottverlassenen Wüste.

Man musste sich das mal vorstellen, Las Vegas in eine Geisterstadt verwandelt. Mit einem Zaun außen herum, um alle fernzuhalten. All die teuren Casinos und Hotels, die dem Erdboden gleichgemacht wurden. Und er war derjenige, der die Macht dazu hatte.

Es lag in seiner Hand. Die anderen da draußen in ihren schwarzen Anzügen und den schicken Geländewagen, mit ihren Funkgeräten und Präzisionsgewehren und Hubschraubern – all das war doch nur Deko.

Während er mit dem Unterhändler sprach, sah er sich selbst von außen. Er hatte alles unter Kontrolle, trieb sogar seine Spielchen mit dem Mann. Sagte erst hü und dann hott, widersprach sich selbst. Erzählte ihm die unglaublichsten Geschichten. Dass er seine Schwester vor einem geistesgestörten Mörder gerettet hatte, als er vier Jahre alt war, obwohl er gar keine Schwester hatte. Dass er in der Armee bei den Fallschirmspringern gewesen sei. Konnten sie alles überprüfen. Völliger Schwachsinn.

Er sah sein Bild in den Nachrichten. Hoffte, sie würden nicht das Foto aus der Verbrecherkartei von seiner ersten Verurteilung verwenden. Er sah sie in seiner Vergangenheit herumstochern, mit seiner Mutter sprechen, mit den Nachbarn. *Er war immer so still.*

»Das ist es nicht wert, dass Sie sich deswegen umbringen«, sagte der Unterhändler. »Da stimmen Sie mir doch zu, oder?«

»Ja, vielleicht.«

Er genoss es.

»Hören Sie, die Sache ist doch so. Bis jetzt ist nichts passiert. Überlegen Sie mal, bis jetzt ist nichts weiter passiert, als dass Sie in diesem Transporter sitzen, Sie haben nichts getan …«

Plötzlich hörte er eine zweite Stimme. »Geben Sie her.«

Interessant. Bobby verfolgte das Geschehen von seiner erhöhten Warte aus. Es kam ihm vor, als würde er auf einem fliegenden Teppich dahinschweben, während gleichzeitig das Adrenalin durch seine Adern schoss. Zwei unterschiedliche Empfindungen zur selben Zeit.

Besser als das beste Marihuana.

»Burdette, wir wissen etwas, was Sie nicht wissen«, sagte die Stimme barsch.

»Und das wäre?« In sich hineinlächelnd.

»Ihr Freund Glenn hat Sie aufs Kreuz gelegt, Kumpel. Sie sitzen gar nicht auf einer Ladung Atommüll. Die Behälter sind leer.«

Für einen kurzen Moment drohte ihm sein Hochgefühl abhanden zu kommen. Er versuchte es festzuhalten, umklammerte es wie die Schnur eines Drachen.

»Sie lügen«, sagte er.

»Glenn Traywick ist auf dem Weg hierher. Sie können es ihm persönlich sagen.«

»Das ist Blödsinn.«

»Das ist die Wahrheit. Sie können es selbst sehen. Werfen Sie mal einen Blick zu den Scharfschützen. Die Spielregeln haben sich geändert. Die sind ganz wild darauf, Sie auszuschalten, und jetzt gibt es keinen Grund mehr, es nicht zu tun.«

Bobby sah durch die Windschutzscheibe zu dem Spezialeinsatzkommando, zu den Wagen. Er konnte keinen Unterschied feststellen, aber seine Unerschütterlichkeit bekam einen haarfeinen Riss. »Ich glaube Ihnen nicht.«

»Wir warten jetzt nicht mehr lange. Sie können mit Traywick reden, und wenn dann nichts passiert, war's das für Sie.«

Bobby drückte die Trenntaste.

Arrogantes Arschloch!

Sie versuchten, ihn zu verunsichern. Was für eine leicht zu durchschauende Lüge. Auf so etwas hätte er vorbereitet sein sollen.

Traywick sollte nicht den Mut gehabt haben, die Behälter zu vertauschen?

Quatsch.

Oder war doch etwas dran?

Bobby kannte Traywick nicht gut genug, um sicher sein zu können. Aber warum hätte er das tun sollen? Es musste ein Trick sein.

Aber tief in seinem Inneren hörte er einen leise klagenden Laut, als würde jemand vom Grund seiner Seele nach ihm rufen. Ihn fragen, ob er all das für nichts und wieder nichts getan hatte.

45

Laura war hinter die Autos verbannt worden. Sie konnte den Transporter sehen, aber das war auch schon alles.

Alle Einheiten standen so weit von Burdettes Transporter entfernt, dass auch eine größere Explosion einen möglichst geringen Schaden anrichten würde. Falls es nur eine Explosion war. Sie hoffte, dass Glenn Traywick die Wahrheit gesagt hatte.

Bobby Burdette hatte sich angehört, was Traywick ihm mitzuteilen hatte.

Danach blieb es still.

Er ging nicht mehr ans Handy.

Seit sie es das letzte Mal versucht hatten, war eine Stunde vergangen. Sie wusste, dass Peltier mit seiner Geduld allmählich am Ende war. Die Sonne versank als blutroter Ball hinter den Bergen im Westen und überzog sie mit einem purpurfarbenen Schimmer.

Was machte er?

Der Wind zerrte wütend an ihr. Sobald die Sonne untergegangen war, würde sich hoffentlich auch der Wind legen.

Sie lehnte sich gegen eines der Autos. Durstig, müde, schwitzend, tränende Augen von dem aufgewirbelten Sand. Ihr Rücken begann zu schmerzen. Sie hatte sich die Lippen bestimmt fünf oder sechs Mal eingecremt, seit sie hier angekommen war, aber es schien nichts zu nützen.

Glaubte ihnen Bobby Burdette?

Sie wusste es nicht.

Der Unterhändler versuchte sein Glück inzwischen mit dem Megaphon, aber auch er erhielt keine Antwort mehr.

Abgesehen vom Heulen des Windes, war es still. Sobald die Sonne untergegangen war, würde es kalt werden. Jemand hatte Scheinwerfer aufgestellt, die alles in ein unheimliches Licht tauchten, lange Schatten über die Straße warfen. Man kam sich vor wie in einem Stadion. Und das war das Spiel.

Peltier lief auf und ab und sah ununterbrochen auf seine Armbanduhr. Plötzlich blieb er stehen, blickte Handley an, den Unterhändler, und fuhr sich mit der Handkante über die Kehle. Er trat zu ihm und nahm ihm das Megaphon aus der Hand.

»Burdette, werfen Sie die Schlüssel aus dem Wagen und steigen Sie aus, die Hände hinter dem Kopf. Sofort!«

Keine Antwort.

»Wenn Sie nicht rauskommen, holen wir Sie. Zwei meiner Scharfschützen haben Sie im Visier. Werfen Sie die Schlüssel raus! Jetzt!«

Stille. Der Transporter stand vor ihnen im gleißenden Scheinwerferlicht. Unbeweglich. Das Licht wurde von der Windschutzscheibe reflektiert, so dass man dahinter nichts erkennen konnte.

»Werfen Sie die Schlüssel raus. Jetzt. Sofort.«

Laura nahm eine kaum merkliche Unruhe bei den Männern des Spezialeinsatzkommandos wahr, als würde ein leichter Windstoß durch ein Weizenfeld fahren. Dann herrschte erneut Stille.

»Bobby Burdette …«

Der Rest von Peltiers Worten ging in der Detonation unter.

46

Noch lange nach der abschließenden Besprechung, die bis tief in die Nacht dauerte, stand Laura unter Schock. Die Erinnerung war noch frisch – eine panisch flüchtende Nachhut, ein geordneter Rückzug. Es würden Aufräumarbeiten stattfinden, aber nicht durch sie. Es würde eine Tatortermittlung stattfinden, aber nicht durch sie.

Ein unglaubliches Medienspektakel.

Die Stunden im Hauptquartier des FBI in Las Vegas. Alle – einschließlich Peltier – wie betäubt und bemüht, sich zu konzentrieren. Unter Schock. Seine Überheblichkeit war verschwunden. Und währenddessen spielte sich in Lauras Kopf das Ganze immer wieder von vorn ab. Sie hatte die Explosion gesehen, bevor sie sie gehört hatte: Wie in Zeitlupe war die Motorhaube des Transporters in die Höhe gehoben worden, zusammen mit dem Dach der Führerkabine, hatte sich zu einem bizarren Gebilde verformt – dann löste sie sich in hoch aufschießende Flammen und schwarzen Rauch auf, und der rote Himmel verschwand hinter einer öligen, stinkenden Wolke. Ein ohrenbetäubender Knall.

Metallteile regneten herab, alles war in dichten Rauch gehüllt. Der erste Gedanke, der Laura in ihrer Panik durch den Kopf schoss, verfolgte sie auch jetzt noch: *Was, wenn Glenn Traywick gelogen hatte?*

Und eine zweite Frage: Was hätten sie anders machen können? Das war die entscheidende Frage, eine, auf die es keine Antwort gab.

Laura für ihren Teil war der Meinung, dass sie nichts hätten tun können, damit die Sache einen anderen Ausgang genommen hätte.

Bobby Burdette hatte seinen großen Auftritt gehabt, und er hatte nicht gekniffen. Ihm hatte sich die Chance auf Unsterblichkeit geboten, und er hatte sie ergriffen.

Alles, was sie im Lauf dieses langen Tages über ihn erfahren hatte, stützte diese Vermutung.

Todmüde bestieg Laura kurz vor Morgengrauen den Hubschrauber des DPS. Die Meldungen, die von den mit den Aufräumarbeiten beschäftigten Teams eingegangen waren, klangen gut. Es fanden sich geringe Spuren von Radioaktivität, aber nichts, was auf einen ganzen Behälter voll radioaktivem Abfall hingewiesen hätte. Dennoch hatte sich die Angst tief in ihr Inneres gegraben.

Als sie im klaren, rosafarbenen Licht der Morgendämmerung zurückflog, unter ihr die Wüste, die von den ersten Sonnenstrahlen erwärmt wurde, lange Schatten, Land, das durch die zahllosen Salbeibüsche aussah wie genoppt, konnte sie die Laster erkennen, die Tankwagen, die Männer in weißen Schutzanzügen und Masken, die Berge weißer Plastiksäcke. Sie arbeiteten sich durch die geschwärzten und verbogenen Überreste des Transporters und der TRUPACT II.

Die Behälter waren unbeschädigt. Bobbys Sprengstoff hatte offenbar nicht einmal eine Delle hinterlassen. Sie lagen über den Wüstenboden verteilt da wie Bierfässer nach einer Party.

Es war nicht genug Sprengstoff gewesen, um die gewünschte Wirkung zu erzielen. Bobby Burdette musste das gewusst haben.

Als Laura nach Flagstaff zurückkam, checkte sie im Motel ein, schloss die Jalousien, zog sich aus und kroch ins Bett. Sie wachte erst am Abend wieder auf.

Sie hatte Hunger, aber als ihr in dem Coffeeshop, in dem sie bereits mehrmals gegessen hatte, das bestellte Essen serviert wurde, war ihr auf einmal der Appetit vergangen. Während sie auf das Steak und die Kartoffeln starrte (»Vorsicht, der Teller ist heiß«), rief sie zu Hause an, und ihr Anrufbeantworter schaltete sich ein. Nach allem, was passiert war, verspürte sie das Bedürfnis, mit Tom zu reden. Noch immer stand ihr das Bild vor Augen, wie sich Bobbys Laster in seine Einzelteile auflöste und dann in ein Geschoss verwandelte.

Niemand da, der abhob. Das war jetzt das dritte Mal, dass sie anrief und eine Nachricht hinterließ.

Als ein paar Sekunden später ihr Handy klingelte, griff sie hastig danach. »Tom?«

»Äh, nein. Hier ist Brandon. Brandon Terry.« Dan Yates' Mitbewohner. »Sie wollten mich sprechen?«

Laura schluckte ihre Enttäuschung hinunter und stellte ihm ein paar Fragen, eher um die Sache abzuschließen als aus einem anderen Grund. Er hatte der Aussage von Steve Banks' zu den Ereignissen des Tages, an dem Dan und Kellee nach Las Vegas gefahren waren, wenig hinzuzufügen.

»Es ist also nichts Außergewöhnliches vorgefallen?«, fragte sie müde und kam sich dabei vor wie eine Schallplatte mit Sprung. Wie viele Male hatte sie diese Frage wohl schon gestellt?

»Nicht dass ich wüsste …«

»Na gut, vielen Dank für …«

»Später ist ein Freund von ihm aufgekreuzt. Meinen Sie so was?«

»Wann?«

»Ich weiß nicht genau, ich wollte gerade zum Seminar. Vielleicht Viertel nach elf.«

»Was für ein Freund war das?« Laura stellte sich den achtunddreißigjährigen Bobby Burdette vor, großspurig und mit einer dunklen Sonnenbrille auf der Nase.

»Keine Ahnung. Wahrscheinlich ein Kommilitone.«

Kommilitone?

»Können Sie ihn beschreiben?«

»Er war in meinem Alter ...«

Laura richtete sich auf. »In Ihrem Alter? Wie sah er aus?«

»Normal. Ich kann mich allerdings erinnern, dass er ziemlich aufgeregt war. Er ärgerte sich, weil er Dan verpasst hatte. Man konnte sehen, dass er stinksauer war.«

»Was hat er gesagt?«

»Weiß ich nicht mehr. Er war einfach sauer. So wie er reagiert hat.«

»Hat er gesagt, wie er heißt?«

»Ja, aber ich kann mich nicht erinnern.«

Laura stellte ihm noch ein paar Fragen, aber ihm fiel nichts mehr dazu ein.

Ein Junge, der nach Dan gefragt hatte. Das musste nichts weiter bedeuten. Wahrscheinlich hatte es auch nichts weiter zu bedeuten. Aber sie hätte zu gern gewusst, wer er war.

47

Der Augenarzt war ein niedlicher Typ. Nicht gutaussehend – niedlich. Er war Mitte dreißig und hatte ein offenes, freundliches Gesicht. Während er auf seinem kleinen Stuhl durch den abgedunkelten Raum rollte, fielen ihm die Haare ins Gesicht; mit seinen hektischen Bewegungen und dem weißen Kittel könnte er einem der alten Filme mit Groucho Marx entsprungen sein, dachte Laura.

Er bat sie, ihm die letzten Male, als sie diese merkwürdigen optischen Erscheinungen gehabt hatte, zu beschreiben. Das tat sie, und da sie eine Pedantin war, erzählte sie ihm auch von dem Eis.

»Eis? Ach so, wegen der Tränensäcke unter den Augen.« Er hatte sich ihre Krankenkartei angesehen, die auf dem niedrigen Tisch neben der Tür lag. Jetzt rollte er zu ihr, beugte sich ganz nah zu ihrem Gesicht vor und musterte sie mit prüfendem Blick. Hielt seine Taschenlampe auf ihr Gesicht gerichtet. »Da kann man was machen, das wissen Sie, oder?«

»Was denn?«

»Na ja, hier ein bisschen wegschnippeln, dort ein bisschen straffen – eine reine Routine-Operation.«

Laura spürte, wie etwas in ihr nachgab. Die Prognose konnte nicht so schlecht ausfallen, wenn er ihr eine Schönheitsoperation vorschlug.

»Früher war ich auch in dem Geschäft, aber inzwischen mache ich nur noch Augenheilkunde. Aber ich kenne einen guten Arzt, der das kann. Ich gebe Ihnen gerne seinen Namen. Die Versicherung kommt allerdings nicht dafür auf …« Nachdenklich klopfte er mit der Karteikarte auf sein Knie.

Sie hätte ihn am liebsten angeschrien: *Was stimmt mit meinen Augen nicht?*

»Sie möchten wahrscheinlich wissen, was mit Ihren Augen nicht stimmt.«

Der Kandidat hat hundert Punkte.

»Sie haben Augenmigräne. Entweder das oder einen Hirntumor, aber eigentlich ist es klar.«

»Sie meinen, ich habe keinen Hirntumor?«

Er schüttelte den Kopf. »Unwahrscheinlich.«

Er klärte sie über Augenmigräne auf. Es war eine Form von Migräne, die nicht unbedingt mit Kopfschmerzen und Übelkeit einherging, sondern sich unter anderem durch ein Flimmern am Rand des Gesichtsfelds auszeichnete. »Das ist zwar störend, aber harmlos und wird durch Stress verursacht. Wenn Sie also Stressoren vermeiden können, sind Sie bald davon befreit.«

Wie einfach sich das anhörte. Stressoren vermeiden. Nichts leichter als das.

»Und an Ihrer Stelle würde ich auch das mit dem Eis sein lassen. Kein Wunder, dass Sie Augenmigräne haben – Sie müssen ja Ihr halbes Kranium tiefgefroren haben.«

Laura hatte den Termin beim Augenarzt vom Flughafen in Tucson aus vereinbart und war direkt dorthin gefahren. Sie überlegte, ob sie gleich Feierabend machen sollte, aber es gab zu viel zu erledigen, deshalb fuhr sie zurück ins Büro.

Kaum hatte sie es betreten, als ihr Richie auch schon die schlechte Neuigkeit verkündete.

»Die Patronenhülse stammt nicht aus Bobby Burdettes Gewehr.«

Das musste sie erst einmal verdauen.

»Er hatte andere Waffen.«

»Keine davon Kaliber zwölf.«

»Er könnte sie weggeworfen haben.«

Richie nickte. »Mag sein, aber da können wir gleich nach der Nadel im Heuhaufen suchen. Egal, das Schwein ist tot, von daher ist es ein rein theoretisches Problem.«

»Na super.« Sie ging zu ihrem Schreibtisch. Fünf oder sechs Benachrichtigungszettel warteten auf sie. Sie sah sie durch, hoffte, dass eine Nachricht von Tom dabei war.

Nichts.

Sie setzte sich und fühlte sich seltsam losgelöst von allem, von ihrem Schreibtisch, ihren Kollegen, der Welt. Wenigstens war mit ihren Augen alles in Ordnung.

Dann schloss sie die Lider, sie fühlte sich plötzlich verloren. Das allzu bekannte Beklemmungsgefühl in der Brust. Sie wollte wissen, was mit Tom los war, wollte die Ursache für die Traurigkeit, die in ihr aufstieg, herausfinden. Vielleicht war es nur das, was sie gesehen hatte: Bobby Burdettes Laster, der sich über der Mojave-Wüste in seine Einzelteile auflöste.

Ein paar Minuten lang saß sie bloß da. Sie erinnerte sich an das Plakat, das sie an diesem Morgen auf dem Weg zum Flughafen in Flagstaff gesehen hatte: Wähle das Leben.

Den Leuten, die die Plakatwand gemietet hatten, ging es um Abtreibung. Aber sie musste an Bobby Burdette denken. Er musste sein Image schützen; er hatte ein bestimmtes Bild von sich. Sie überlegte, dass ihm dieses Bild, das er von sich selbst hatte, wichtiger war als die Wirklichkeit.

Wenn man das mit einbezog, war verständlich, warum er sich umgebracht hatte. Er hatte gedacht, er hätte keine andere Wahl.

Anders als sie selbst.

Sie ging einen Stock tiefer zu Jerrys Büro, klopfte am Türrahmen. Jerry erhob sich hinter seinem Schreibtisch und lächelte sie aus seinem faltigen Gesicht an. »Ich gratuliere.

Respektable Leistung. Sieht so aus, als hätten Sie den Fall unter Dach und Fach gebracht.«

»Sieht so aus.« Allerdings war sie sich dessen inzwischen nicht mehr so sicher. »Weshalb ich gekommen bin – ich würde gerne ein paar Tage freinehmen. Ich hatte ein bisschen wenig Schlaf ...«

Jerry setzte sich wieder und musterte sie mit seinen wachen blauen Augen. »Das ist eine sehr gute Idee. Sie haben viel durchgemacht.«

»Es geht also? Kann ich gleich weg?«

»Ich finde sogar, dass Sie das sollten.«

Laura drehte sich in der Tür noch einmal um. »Ich glaube, ich könnte auch ein paar Sitzungen beim Polizeipsychologen gebrauchen.«

Sie hatte beinahe schon die Abzweigung nach Vail erreicht, den Weg nach Bosque Escondido und zu ihrem Wiedersehen mit Tom Lightfood – wie das auch aussehen mochte –, als ihr Handy klingelte.

Es war der Polizeichef von Lordsburg in New Mexico.

»Laura Cardinal? Ich habe gehört, Sie kennen einen Jamie Cottle aus Williams in Arizona, stimmt das?«

»Ja ...«

»Er sitzt hier bei uns in einer Zelle. Er würde gerne mit Ihnen reden.«

»In einer Zelle?«

»Er hat einen Lehrer namens Richard Garatano verfolgt.«

Laura sah das Schild für die Ausfahrt Wentworth Road näher kommen, dann rauschte es vorbei. Auf der anderen Seite der Straße sah sie die Mesquitebäume und die Straße, die durch die Wüste nach Hause führte.

Sie gab Gas.

Es waren nur zweihundert Kilometer bis nach Lordsburg, wenn sie auf der Interstate 10 blieb.

48

Laura erreichte Lordsburg, das knapp hinter der Grenze von New Mexico lag, gerade als die untergehende Sonne sich noch mit letzter Kraft am Horizont festklammerte und die Welt unter dunklen Wolkenschlieren rot färbte. Ein Glühen in ihrem Rückspiegel, das sie geradezu blendete. Alles war rot: die vereinzelten Häuser auf der grasbewachsenen Hochebene, die reflektierenden Straßenschilder, die billigen Motels, Fast-Food-Restaurants und Tankstellen. Die Stadt schien sich wie eine gigantische Platine auf der linken Seite der Interstate auszubreiten. Scheinwerfer blitzten auf, als sie die Ausfahrt 22 nahm, die Unterführung passierte und weiter auf der State Route 70 Richtung Wabash Street fuhr.

Auf dem Polizeirevier angekommen, sprach sie ihren Namen und die Nummer ihres Dienstausweises in das Mikrofon an dem Plastikfenster, das die Polizeibeamten von der Öffentlichkeit trennte. Kurz darauf wurde sie vom Chief persönlich in der kleinen Lobby abgeholt und nach hinten geführt. Chief Daniel Fansworth war ein groß gewachsener Mann, ein Rancher. Eckiges Gesicht, eckige Hände, die Fältchen um seine blauen Augen, die den sicheren Schützen verrieten wie ein Ehrenabzeichen. Er roch nach Nikotin und Zimtkaugummi.

»Das ist vielleicht ein Früchtchen«, sagte er, als er sie zum Verhörzimmer brachte. Laura blickte durch das Fenster: Der Junge da drin wirkte klein und hilflos, obwohl er für sein Alter eigentlich groß war. Seine dunklen Haare fielen ihm ins Gesicht.

»Sie sagen, er ist Garatano gefolgt?«

»Das war mehr, das war schon Stalking. Außerdem haben wir eine Schrotflinte Kaliber zwölf aus dem Gewehrhalter in seinem Truck konfisziert.«

»Truck?«, fragte Laura. »Er besitzt nur einen ganz normalen PKW.«

»Er ist auf den Namen seiner Eltern zugelassen.«

»Was genau hat er getan?«

Der Chief gab ihr eine Zusammenfassung der Geschehnisse der letzten anderthalb Tage. Das erste Mal fiel Richard Garatano sein Verfolger auf, als er mit seiner Frau und seinem Kind zum Essen zu Pizza Hut ging. Er hatte den Eindruck, der Junge beobachtete ihn. Als er ihn dann einen Moment lang richtig sehen konnte, wusste er sofort, wer er war.

Offenbar hatte Cottle ihn schon in Williams verfolgt. War ihm immer wieder wie zufällig über den Weg gelaufen und hatte ihn böse angestarrt, ohne je ein Wort zu sagen.

»Als Garatano ihn dann auf einmal hier in Lordsburg sah, hat er Schiss bekommen. Er hat uns angerufen, und wir sind hingefahren, aber da war der Junge schon verschwunden. Wir haben keinen Bericht geschrieben. Noch ist Schauen nicht verboten, soweit ich weiß.«

Laura musste grinsen. »Sie wissen, was mit dem Bruder von Cottle passiert ist, oder?«

»Mittlerweile. Ich habe gestern mit der Polizei in Williams gesprochen. Üble Geschichte.« Er hielt einen Moment inne – der arme Junge, möge er in Frieden ruhen. »Vorgestern hat Cottle dann die Nacht in seinem Truck vor dem Haus der Garatanos verbracht. Garatano hat ihn zweimal aufgefordert abzuhauen, aber Cottle hat ihm wohl nur das zur Antwort gegeben, was ich gerade sagte: ›Seit wann ist Schauen verboten?‹.«

Garatano unterrichtete mittlerweile an der Royal's Academy, einer Privatschule hier in der Stadt.

Jamie Cottle hatte vor der Schule geparkt und dort den ganzen Tag über ausgeharrt. Als Garatano die Schule verließ, sprang Cottle aus seinem Truck und fragte ihn, ob er etwa einen anderen Jungen gefunden hätte. »Da gerade Schulschluss war, haben das eine Menge Kinder mitbekommen, die in der Nähe herumstanden. Laut Garatano bedrohte Cottle ihn und sagte, dass er seine Pfoten von den Jungen lassen sollte, sonst würde er es bereuen. Da es Zeugen gab, hatten wir genug in der Hand, um ihn zum Verhör mitzunehmen. Er hat ihn ganz eindeutig bedroht.«

»Wie hat er reagiert, als sie ihn festgenommen haben?«

»Er schien froh zu sein.«

»Froh?«

»Er sagte, er wolle Garatano das Leben schwermachen und es sähe ganz danach aus, als hätte er damit Erfolg.

Ich habe den Eindruck, dass er eine Stinkwut hat. Nach dem, was mit seinem Bruder passiert ist. Mann.« Er rieb sich über die Nase. »Chief Loffgren und ich kennen uns schon seit Ewigkeiten. Er sagte, dass der Junge in das Mädchen, das vor einer Woche erschossen wurde, verknallt war. Sie wurde mit einer Schrotflinte Kaliber zwölf umgebracht, oder?«

»Ja, das stimmt.«

Der Chief schüttelte den Kopf. »Der Junge könnte eine Menge Probleme haben. Er hat nach Ihnen gefragt, ich weiß, aber passen Sie bloß auf, dass Sie ihm nicht auf den Leim gehen.«

»Keine Sorge«, sagte sie. »Wird schon nicht passieren.«

Jamie Cottle sah erwartungsvoll auf, als sich die Tür öffnete. Sie war erneut erstaunt über die wache Intelligenz, die aus seinem Gesicht sprach. Und trotz aller Offenheit wusste sie genau, dass sich unter der Oberfläche eine Menge Geheimnisse verbargen.

»Da sind Sie ja«, sagte er. »Ich wusste nicht, ob Sie tatsächlich kommen würden.«

»Offenbar stecken Sie in Schwierigkeiten.«

Sein Lächeln verschwand. »Eigentlich nicht. Ich habe ja nichts verbrochen.«

»Stalking ist eine ernste Sache.«

»Aber Pädophilie nicht? Und jemanden ertränken?«

Wieder dieser trotzige Ausdruck.

»Das wissen Sie doch gar nicht. Sie wissen nicht, was passiert ist.«

»Ich weiß, dass mein Bruder tot ist und dass dieses Schwein frei herumläuft. Er arbeitet sogar wieder als Lehrer!«

Laura stellte ihren Rekorder auf den kleinen Tisch zwischen ihnen und schaltete ihn ein. Nannte ihren Namen und Rang, seinen Namen, den Ort, das Datum. Dann klärte sie ihn über seine Rechte auf.

»Ich habe Sie um Hilfe gebeten«, sagte er.

»Ich bin auch hier, um Ihnen zu helfen. Aber Sie müssen mir die Wahrheit sagen. Warum sind Sie Mr. Garatano gefolgt?«

»Ist das denn nicht klar?«

»Wie haben Sie herausgefunden, wo er wohnt?«

»Ich habe meine Quellen. Ich bin nicht dumm.«

»Und wann kamen Sie auf die Idee, hierher zu kommen? Was haben Sie damit bezweckt?«

Er beugte sich zu ihr vor. »Haben Sie jemals einen Menschen verloren? Jemanden aus der Familie? Ich schon. Ich denke jeden Tag an meinen Bruder. Warum darf dieses – dieses Arschloch frei herumlaufen und den Sonnenschein genießen, warum darf er nach dem, was er T. J. angetan hat, zu Pizza Hut gehen, ein ganzes Leben vor sich haben?«

Er sah sie mit einem provozierenden Blick an. Laura sagte: »Es ist nicht Ihre Aufgabe, für Gerechtigkeit zu sorgen.«

»Gerechtigkeit? Machen Sie Witze? Sie haben ihn nicht einmal vor Gericht gebracht. Er hat seine Stelle verloren, mehr nicht. Und jetzt hat er eine neue. Er unterrichtet Kinder. Nennen Sie das vielleicht Gerechtigkeit?«

Er versuchte, sie in einen Streit zu verwickeln, den sie nur verlieren konnte. »Sie hatten eine Schrotflinte in Ihrem Truck. Haben Sie sie kürzlich abgefeuert?«

»Ach so, darum geht es! Sie denken also immer noch, dass ich Kellee getötet habe, oder? Wie lautet Ihre Theorie? Dass ich beide in einem Anfall von Eifersucht umgebracht habe? Ist es das?«

Äußerst aggressiv. Einen Moment lang glaubte sie, er würde aufspringen und sie angreifen.

»Glauben Sie wirklich, dass ich sie getötet haben könnte? Erst erschieße ich sie und ihren Freund, und dann komme ich hierher und bringe den Lehrer um, oder was? Eine Art Rachefeldzug vielleicht? Glauben Sie das wirklich?«

»Sie müssen es einmal von meinem Standpunkt aus betrachten.«

»Nein, das muss ich nicht. Weil Sie nämlich falsch liegen.«

»Warum sind Sie dann hier? Erklären Sie mir das bitte mal. Warum sind Sie den ganzen weiten Weg hierher gefahren? Nur um ihn zu ärgern?«

Er starrte sie an, bleiches Gesicht, auf den Wangen zwei rote Flecken. Die Augen hart und glänzend.

»Sie glauben mir nicht, oder? Sie glauben wirklich, dass ich sie umgebracht habe.«

Laura dachte: *Der Junge gibt einem nur eine Chance.*

»Stellen Sie sich doch nicht dumm, Jamie. Ich muss Ihnen diese Fragen stellen, das heißt aber nicht, dass ich nicht auf Ihrer Seite bin.«

Er verschränkte die Arme und sah sie wütend an. »Ich dachte, ich kann Ihnen vertrauen, dass wenigstens Sie es kapieren, aber jetzt habe ich den Eindruck, dass Sie keinen Deut besser als die anderen sind. Ich werde kein Wort mehr sagen. Ich möchte einen Anwalt.«

Von da an konnte sie nichts mehr tun. Jamie Cottle hatte einen sehr starken Willen. Als sein Anwalt auftauchte, war das Spiel vorbei.

Laura ging, und er bedachte sie mit einem letzten Blick voller Verachtung.

In seinen Augen hatte sie ihn betrogen.

Sie fuhr nachts noch nach Hause.

Während sie an den wenigen kleinen Städten vorbeifuhr, die den Freeway säumten und die Nacht mit ihren Lichtern immer wieder für ein paar kurze Augenblicke erhellten, versuchte sie Ordnung in ihre Gedanken zu bringen. Vor ihr erstreckte sich das endlose Band der Straße. Sie war müde, aber im Kopf hellwach. Sie dachte über Jamie Cottle nach und wie seine Welt jetzt aussehen mochte.

Der Tod seines Bruders hatte wie ein Auslöser gewirkt. Er war voller Wut – rasender Wut. Er gebärdete sich beinahe so, als ob all das ihm angetan worden wäre. Sein Bruder war gestorben, aber der Angriff hatte ihm gegolten. Dennoch war es nicht der Tod seines Bruders gewesen, der ihn jeden Halts beraubt hatte. Er hatte noch seine Familie, und er hatte Kellee gehabt.

Seine Beziehung zu Kellee war ein reines Fantasieprodukt gewesen, aber für ihn war sie real und der Grund dafür gewesen, warum er nicht den ganzen Sommer über Richard Garatano verfolgt und bedroht hatte? War seine Liebe zu Kellee das entscheidende Moment gewesen?

Dann war ihm seine Fantasie, die möglicherweise das Einzige gewesen war, das ihm Halt gegeben hatte, geraubt worden. Er wusste, dass Kellee und Dan ein Paar waren, damit wurde er Tag für Tag konfrontiert. Aber Laura vermutete, dass Jamie Cottle überzeugt gewesen war, Kellee und Dan würden sich eines Tages trennen. Als die beiden dann heirateten, gab ihm das den Rest. Jamie glaubte an die Ehe als Bündnis für die Ewigkeit. Ihre Heirat musste ihn tief getroffen haben. Sie war etwas, das er nicht leugnen und nicht vom Tisch wischen konnte.

Brandon Terry hatte gesagt, der junge Mann, der in Dans Wohnung aufgetaucht war, wäre aufgeregt und ärgerlich gewesen.

Stinksauer.

49

In einer Minute werde ich es wissen, dachte Laura.

Sie bog auf die Straße, die zu ihrem Haus führte. Warf einen Blick zu den Koppeln, aber der Mond war heute Nacht von Wolken verdeckt, und sie konnte keine einzelnen Formen erkennen, nur eine große dunkle Masse. Sie hätte nicht sagen können, ob sein Truck da war oder nicht; es war zu weit weg.

Sie fuhr die Schotterstraße entlang, die Senke hinunter und wieder hinauf und dann bis zur Kurve. Rechts war ihr Haus, *Mi Nidito*.

Es lag dunkel da.

Sie sah auf die Uhr am Armaturenbrett: fast eins.

Er würde schon schlafen.

Sie stellte das Auto ab und trat durch das Gartentor auf den alten Eingang zu. Irgendwo zirpte eine Grille.

Laura schloss die Tür auf und wurde von völliger Dunkelheit empfangen. Sie streckte ihre rechte Hand aus und knipste das Licht an – eine weiße Porzellanhalbkugel an der Decke, gehalten von einer schmiedeisernen Fassung. Ziemlich scheußlich – sie war schon im Haus gewesen.

Sie ging auf Zehenspitzen zum Schlafzimmer und wartete, bis sich ihre Augen an die Dunkelheit gewöhnt hatten.

Das Bett war gemacht. Es sah genauso aus wie vor drei Tagen, als sie das Haus verlassen hatte. Sie warf einen Blick auf den Anrufbeantworter auf ihrem Nachttisch. Er blinkte wie wild, zu viele Anrufe, um sie zählen zu können.

Sie knipste das Licht an. Wenn niemand da war, den sie wecken könnte, brauchte sie auch nicht im Dunkeln herumzuschleichen. Sie ging in die Küche, um zu schauen, ob vielleicht dort eine Nachricht für sie lag. Nichts. Sie sah in den Kühlschrank. Senf, Ketchup. Nicht einmal sein Lieblingsbier. Nada.

Er war in der Zwischenzeit nicht hier gewesen.

Wo war er?

Es war zu spät, um noch zur *cantina* zu gehen. Zu spät, um jemanden anzurufen. Alle schliefen schon.

Sie ging wieder ins Schlafzimmer und hörte den Anrufbeantworter ab. Sie mochte den Klang ihrer eigenen Stimme nicht, sie hörte sich unsicher und zunehmend verzweifelt an.

Dann trat sie zu dem Schrank, den sie miteinander teilten. Seine Sachen waren noch da. Wenigstens das.

Was glaubst du eigentlich? Dass er dich einfach sitzenlässt? Wie kommst du denn darauf?

Irgendetwas ging vor, nur was?

Tom war ein Freigeist. Er hatte erwähnt, dass er nach Mexiko wollte zu einer Ranch, wo er manchmal arbeitete und Vieh zusammentrieb. Der Besitzer war ein alter Freund von ihm. Laura hatte seinen Namen und seine Telefonnummer in ihr Adressbuch geschrieben.

Sie fand die Seite und hatte schon den Hörer in der Hand.

Ein Uhr früh.

Vergiss es.

Sie zog sich aus und kroch ins Bett, überzeugt, kein Auge zuzubekommen. Die Gedanken drehten sich unablässig in ihrem Kopf wie ein Hamster in seinem Rad.

Das Telefon weckte sie.

Sie griff auf die andere Seite des Bettes. Sie hatte sich nicht von ihrer Seite gerührt, eine Gewohnheit, die sie in den Nächten mit Tom angenommen hatte.

»Aufwachen, Schlafmütze. Heller wird's nicht.«

Es war Richie.

»Wie spät ist es?«, fragte sie. Die Sonne knallte auf das Bett und den Fußboden: ziemlich spät.

»Zwölf.«

»Zwölf?« Dann erinnerte sie sich. Jerry hatte ihr ein paar Tage freigegeben. Sie musste nicht ins Büro. »Was gibt es?«

»Nichts, außer dass dein genialer Partner wieder einmal erstaunliche Erkenntnisse gewonnen hat.«

»Ich komme heute nicht. Hat dir Jerry nicht Bescheid gesagt?«

»Er hat etwas in der Art verlauten lassen, aber ich dachte, dass du vielleicht deine Meinung änderst.«

»Warum?« Warum sagte er nicht einfach, was er wollte? Warum musste um alles immer so ein Theater gemacht werden?

»Du hast echt eine Menge Fotos am Tatort geschossen, weißt du das?«

»Ja, und?« *Jetzt rück schon raus mit der Sprache, damit ich auflegen und mich im Garten um die Pflanzen kümmern kann – oder so was.*

»Ich glaube, deine Zwanghaftigkeit zahlt sich endlich mal aus.«

Hörst du endlich auf, in Rätseln zu sprechen?

»Das ist eines deiner Probleme, Laura. Du machst immer alles streng nach Vorschrift. Und dabei übertreibst du. Mann, ich habe mir diese Fotos angesehen und konnte jeden einzelnen deiner Schritte verfolgen. Das reinste Protokoll.«

»Schön für dich.«

»Ich habe sogar ein Foto von deinem Fußabdruck. Die gute alte Methode. Vielleicht ein bisschen übertrieben, aber sehr nützlich.«

Laura erinnerte sich, wie sie Steine und Laub entfernt und einen Fuß in die Erde gedrückt hatte, dann hatte sie Officer Wingate gebeten, dasselbe zu tun. »Ja und?«

»Wie es der Zufall will, hast du wahrscheinlich auch ein Foto vom Fußabdruck des Mörders gemacht.«

Laura spürte es in ihrer Brust plötzlich heftig pochen. »Wirklich? Hat sich etwas gefunden?«

Das Bild des Tatorts kam ihr in den Sinn, und dass der Mörder seine Spuren mit einem Kehrbesen verwischt hatte. Vielleicht hatte er es im Dunkeln gemacht, im Licht der Scheinwerfer, und etwas übersehen …

»Ja, du hast einen Teilabdruck. Fast die ganze Sohle. Größe 45.«

»Einen Teilabdruck. Er war also nicht gründlich genug.«

»Jawohl.«

Sie dachte an Jamie Cottle in Lordsburg. Könnte er Größe 45 tragen? »Schade, dass wir nichts haben, um ihn zu vergleichen.«

»Doch, haben wir.«

Laura legte den Hörer auf. Sie fühlte sich wie in einem Aufzug, der gerade zehn Stockwerke nach unten gerauscht war. Wie hatte sie das nur übersehen können? Sie ließ alles noch einmal vor ihrem geistigen Auge ablaufen, dachte, wie vertrauensvoll sie gewesen war, und hatte das Gefühl, für dumm verkauft und betrogen worden zu sein.

Du und deine Menschenkenntnis!

Sie musste sofort ins Büro. Jetzt, da sie wussten, mit wem sie es zu tun hatten. Sie trat zum Schrank und musterte ihre dunkelblauen und schwarzen Hosenanzüge. Nahm irgendeinen heraus.

Sie hatte es übersehen. Sie hatte es komplett übersehen. Aber ihre Kamera nicht.

Sie zog die Jacke vom Bügel, hatte eine Idee. Ein weiterer Nagel für seinen Sarg.

Sie ging ins Wohnzimmer, nahm ihre Handtasche und holte den Notizblock hervor, den sie erst vor kurzem das letzte Mal benutzt hatte, schlug die Seite mit der Nummer auf. Wählte sie. »Bitte, sei da. Bitte, bitte.«

Ein junger Mann meldete sich.

»Spreche ich mit Brandon?«

»Einen Moment.«

Als Brandon Terry dranging, stellte sie ihm eine Frage.

Er sei sich nicht völlig sicher, sagte er. Aber er glaubte, dass der Typ, der Junge, der damals nach Dan Yates gesucht hatte, blond gewesen sei.

Im Büro sahen Laura und Richie die Fotos durch und schauten sich besonders das Foto von Josh Wingates Fußabdruck genau an. Sie legten es neben das des Teilabdrucks. Der Abdruck war zum Teil verwischt, aber das Profil war klar zu erkennen.

»Es könnte ein alter Abdruck sein«, sagte Laura. »Schon von vor der fraglichen Nacht.«

»Ja, das könnte sein.«

»Der Täter hat nicht nur seine eigenen Abdrücke verwischt, er hat auch alle anderen Abdrücke verwischt, die schon dagewesen waren. Das weißt du.«

»Josh war derjenige, der sie gefunden hat – Dan und Kellee meine ich.« Richies Stimme verriet seine Aufregung, das tolle Gefühl, wenn man endlich die Ziellinie klar vor Augen hatte. Man war jede Sackgasse abgegangen und schließlich, endlich, erzielte man den Durchbruch. Für Laura hatte dieser Moment immer etwas von dem befriedigenden Geräusch einer Autotür, die ins Schloss fiel – *klack.*

Klappe zu, Affe tot.

Aber dieses Mal empfand sie es nicht als Erfolg. Richie mochte über ihre hartnäckige Polizeiarbeit sagen, was er wollte, aber sie hatte es einfach übersehen. Dans und Kellees Mörder war nicht Bobby Burdette. Es war auch nicht Jamie Cottle.

Der Mörder war Josh Wingate.

Laura sah zu Richie: »Was ich nicht verstehe, ist, warum?«

50

Früher am selben Tag

Josh war fast die ganze Nacht herumgefahren und hatte darauf gewartet, dass die Dämmerung anbrach.

Jetzt hellte sich der Himmel langsam auf, und er kehrte nach Hause zurück. Ruckus begrüßte ihn am Tor, er wollte spazieren gehen.

»Möchtest ein bisschen raus, hm?«, sagte er. Tränen stiegen ihm in die Augen. Er wischte sie mit seinem Hemdsärmel weg.

Er trat durch das Tor und holte die Leine, die über dem alten Grill hing. Ruckus sprang ungeduldig hin und her, weshalb er die Leine nur mit Mühe an seinem Halsband festmachen konnte, aber auch, weil er wieder anfing zu heulen.

Männer heulen nicht. Das wusste er, aber er glaubte, dass er es dieses eine Mal durfte. Ruckus war der einzige Freund, der ihm noch geblieben war, und jetzt betrog er auch ihn.

Er ließ Ruckus auf den Beifahrersitz springen, statt ihn wie sonst auf die Rückbank zu verbannen. Er streichelte über das glänzende schwarze Fell des Labradors, konnte gar nicht aufhören damit, und Ruckus leckte ihm das Gesicht und schlug mit dem Schwanz gegen die Beifahrertür von Joshs neuem Nissan.

Josh fuhr die kurze Strecke zu Seth Janneys Haus. Seth hatte Ruckus immer gemocht, und Ruckus verstand sich gut mit Seths Hund Coalie. Sie stammten aus demselben Wurf.

Seths Pick-up stand vor dem Haus, aber aus dem Haus war kein Laut zu hören. Coalie bellte hinter dem Zaun. Josh ging mit Ruckus zum Tor, öffnete es, machte die Leine los und hängte sie über den Zaun. Er ging in die Hocke, nahm den Kopf des Hundes zwischen beide Hände und drückte ihm einen Kuss auf die Schnauze. »Ich werde dich vermissen, alter Kumpel.« Tränen fielen auf das schöne schwarze Gesicht des Hundes. Ruckus sah ihn mit einem seelenvollen Blick aus seinen braunen Augen an. Deshalb konnte Josh auch nichts mit der Kirche anfangen: Wenn Hunde keine Seele hatten, wer dann?

Er fragte sich, was danach käme. Falls überhaupt etwas kam. Vielleicht war es ja so, als ob man schliefe. Er hoffte, dass es so war. Nur ein langer Schlaf, in dem man nichts mehr spürte.

Er tätschelte Ruckus noch einmal, dann ging er.

Und verließ seinen besten Freund.

Zurück zu Hause, duschte er und zog seine Uniform an. Er hatte sie gestern aus der Reinigung geholt und die Bügelfalten in der Hose selbst noch einmal nachgebügelt, sein Dienstabzeichen poliert und seine Waffe gereinigt. Jetzt schaltete er CNN ein und ging online.

Sie brachten gerade die Geschichte über Bobby Burdette. Vor seinem Haus stand ein Reporter und erzählte etwas davon, dass die Nachbarn ihn nicht gut gekannt, aber immer ganz nett gefunden hätten.

Josh ging auf seine Website mit der Adresse thefoundling.com. Er wusste nicht, warum er sie so genannt hatte, nur, dass der Name gut klang. Foundling hieß so viel wie Findling, ein gefundenes Kind. Vielleicht war das der Grund gewesen. Er war nicht adoptiert, aber er fühlte sich wie ein adoptiertes Kind – anders als die anderen. Irgendwie nicht zugehörig. Er hatte nicht viele Freunde. Sein bester Freund, Dan, war nicht nur sein Freund, sondern auch sein Halt in der Welt gewesen. Als Dan wegging, aufs College, war das ziemlich schlimm für ihn gewesen. Er hatte schon im-

mer das Gefühl gehabt, ein Fremdkörper in der Familie zu sein. Seine Schwester war stark gewesen und hatte immer gewusst, was sie wollte, während ihm selbst ein Ziel und eine innere Mitte gefehlt hatten, bis ihm klar wurde, dass er zur Polizei wollte.

Der letzte Blogeintrag, den niemand erwarten würde, war zu neunundneunzig Prozent fertig. Er hatte ihn wie eine Chronik verfasst, sogar die Uhrzeiten hatte er aufgeschrieben. Er gab auch jetzt die Zeit ein: sechs Uhr und drei Minuten.

Was sollte er schreiben? Es sollte bedeutsam sein. Er wollte, dass die paar Leute da draußen, die seine Website regelmäßig besuchten, begriffen, was er tat.

Und warum.

»Wohin willst du?«, rief Richie Laura nach, die in Richtung Treppe lief.

»Mir ist eben etwas eingefallen«, sagte sie. »Bin gleich wieder zurück.«

Laura ging in die Asservatenkammer und nahm sich eine der Kisten vor, die sie aus Dan Yates' Haus mitgenommen hatte.

Ihr Puls beschleunigte sich, als sie den Inhalt durchsah. Sie entdeckte die Zigarrenkiste und füllte ein Formular aus, quittierte den Empfang.

Ein Bild, das sich in ihrem Kopf zu formen begonnen hatte, als Richie an diesem seltsamen Tag bei den Wingates verschiedene Bemerkungen gemacht hatte, der Tag, an dem sie Luke Jessup vernommen hatten. Sein Eindruck, dass Josh auf seine Mutter wütend war.

Aber noch etwas anderes schwirrte in Lauras Kopf herum, ohne dass sie es fassen konnte.

Etwas, das Luke Jessup gesagt hatte.

Sie ging mit der Zigarrenkiste in der Hand ein paar Stufen hinauf, dann blieb sie unvermittelt stehen und ging zurück zur Asservatenkammer, um ein weiteres Beweisstück zu holen. Füllte erneut ein Formular aus.

Zurück nach oben.

Richie erhob sich von seinem Stuhl und folgte ihr zu ihrem Schreibtisch. »Was ist das?«

»Sachen von Dan. Karten, Briefe.«

Er sah ihr über die Schulter, als sie einen Stapel Karten, der mit einem Gummi zusammengehalten wurde, hervorzog.

Sie breitete die Karten auf dem Schreibtisch aus.

»Siehst du irgendetwas, das sie gemeinsam haben?«

»Sie sehen aus wie Bilder in einem Buch, das ich als Kind hatte.«

»Was war das für ein Buch?«

»Märchen. Es hatte mal meiner Großmutter gehört.«

Laura betrachtete die Karten. Die Bilder darauf sahen alle so aus, als wären sie vor langer Zeit gemalt oder gezeichnet worden, wahrscheinlich um die vorletzte Jahrhundertwende. Sie hatte in ihrer Kindheit auch einmal ein Buch mit solchen Bildern gehabt. Schneeweißchen und Rosenrot. Dornröschen. Rapunzel.

Eine Fantasiewelt mit wunderschönen Jungfrauen und hinterhältigen Zwergen. Das Gute gegen das Böse.

»Erinnert es dich an etwas, das wir erst kürzlich gesehen haben?«, fragte Laura.

Richie zog die Augenbrauen zusammen. »Ja. Irgendwie kommt es mir bekannt vor.«

»Wie wäre es mit Barbara Wingates Haus? Der Unicorn Farm?« Sie erinnerte sich an den Druck im Badezimmer, das Mädchen mit den langen Haaren.

»Und?«

Laura klappte eine Karte auf. Sie spürte Richies Atem

in ihrem Nacken. Die Karte war innen nicht bedruckt, dafür stand in schöner, geschwungener Handschrift da: *Nichts kann uns trennen*.

Richie sagte noch einmal: »Und?«

Laura öffnete eine weitere Karte: »*Wir sind füreinander bestimmt*.«

»Sehr romantisch.«

Laura zog das Buch hervor, das Kellee auf dem Campingplatz dabeigehabt hatte. *König Ödipus*. Sie schlug es auf und deutete auf das Vorsatzblatt.

Kellee Taylor und darunter eine Telefonnummer.

Richie sah von der Karte zum Buch. »Verschiedene Handschriften. Dan bekam Liebesbriefe, die nicht von Kellee stammten.«

Laura erinnerte ihn an den Tag, als sie zur Unicorn Farm gefahren waren: Luke Jessup, der vor der Scheune Löcher für Zaunpfähle gebohrt hatte. »Weißt du noch, was er gesagt hat? Dan war eine Woche, bevor er starb, bei Mrs. Wingate.«

Richie sah sie an. »Und du fragst dich, warum er bei Mrs. Wingate aufkreuzen sollte? Warum nicht den besten Freund ohne Umweg besuchen? Ist das nicht ein bisschen dünn?«

»Hm.«

»Das muss gar nichts bedeuten.« Er tippte auf die Karten. »Könnte eine Freundin aus längst vergangenen Zeiten gewesen sein.«

Aber Laura hatte so ein Gefühl, dasselbe Gefühl wie Richie, als er die Fotos vom Tatort aneinandergereiht gesehen hatte. Dieses Gefühl von Unausweichlichkeit, wenn etwas nicht mehr geleugnet werden konnte. Dieses Klacken, wenn ein Schloss zuschnappte.

Barbara Wingate liebt die Welt der Märchen. Sie hat ihre Farm sogar Unicorn Farm genannt.

Dan kommt in die Stadt und besucht Barbara Wingate, nicht Josh.

Eine Woche später taucht Josh bei Dan auf, »aufgeregt«. Wütend auf seinen besten Freund.

Laura wusste, dass sich Barbara Wingate viel auf ihre Schönheit einbildete. Sie hatte mitbekommen, wie die Frau ihr Aussehen einsetzte. Sie flirtete gern. Sie musste ständig ihre Wirkung auf Männer ausprobieren.

Laura hatte die Märchengestalt Barbara gesehen, die bezaubernde, vom Unglück verfolgte Frau, die all die Widrigkeiten des Lebens mit Würde meisterte. Selbst Wendy, die Nachtdienst im Pioneer Motel schob, hatte erzählt, dass sie sich als kleines Mädchen gewünscht hatte, einmal so wie Mrs. Wingate zu werden. Barbara Wingate war die perfekte Frau. Sie war sanft, freundlich und schön und dabei stets von der Aura des Tragischen umgeben. Stark genug, um Tragödien durchzustehen, und doch der Typ von Frau, den Männer gerne umsorgten. Eine unschuldige Jungfrau, die umzingelt von Wölfen einen Beschützer brauchte.

Das romantische Ideal.

Aber Laura hatte einen Blick hinter die Maske geworfen, und eine kalte, berechnende, böse Frau war zum Vorschein gekommen, die sie beinahe umgebracht hätte.

Die Jungfrau, die einen Beschützer brauchte.

War Barbara Wingate imstande, den besten Freund ihres Sohnes zu verführen?

Laura hätte wetten können, dass die Antwort darauf ja war.

Josh fand sich plötzlich in seinem Auto wieder. Der Blog war gut gewesen – allerdings auch schockierend. Er hatte sich entschlossen, die schonungslose Wahrheit zu schreiben, selbst in Bezug auf Dinge, die ihm normalerweise pein-

lich gewesen wären. Er wollte, dass alle wussten, wie sehr er betrogen worden war, und zwar sowohl von seinem besten Freund als auch von seiner Mutter.

Sie musste zur Verantwortung gezogen werden.

Die Leute würden überrascht sein. An das Philosophieren über diese verrückte moderne Welt waren sie gewöhnt. Aber er hatte es in brutaler Offenheit formuliert:

Seid ihr jemals dem wahren Bösen begegnet? Habt ihr ihm jemals ins Angesicht geblickt und es als solches erkannt? Ich schon. Und wisst ihr, was? Es sieht ganz normal aus.

Und da ist noch etwas, was ihr vielleicht nicht wisst. Das Gesicht des Bösen ist das meiner Mutter.

Sein Freund Dan und seine Mutter hatten all die Jahre ein Doppelleben geführt. Gaben sich unschuldig, dabei vögelten sie die ganze Zeit heimlich miteinander. Sein bester Freund. Er spürte erneut die Wut in sich aufsteigen, und als er die Einfahrt zum Cataract Lake erreicht hatte und davor hielt, war er wieder froh darüber.

Er saß in seinem Truck und starrte zwischen den Bäumen hindurch hinunter zum See. Erinnerte sich.

Er hatte gedacht, es warte ein ganz normales Abendessen bei seiner Mutter auf ihn. Aber als er ankam, hatte sie ihr Nachthemd an. Er musste zugeben, dass sie schön war, jünger aussah. Und etwas Tragisches ausstrahlte.

Diese Rolle kannte er an ihr.

Seine Mutter ähnelte diesem See – sie war schön, aber unter der Oberfläche lauerte das Böse, lauerten Dinge, die einen packen und in die Tiefe ziehen konnten, wie es diesem Jungen und seinem Lehrer passiert war.

Noch ein Fall von unerlaubtem Geschlechtsverkehr mit Minderjährigen.

Er zwang sich dazu, sich zu erinnern, wie sie auf ihn zugekommen war, das Weinglas in der Hand – schon leicht angetrunken –, und ihm, noch bevor er ganz durch die Haustür getreten war, gesagt hatte, dass sie ein ganzes Röhrchen Schlaftabletten geschluckt hätte. Dann brach sie ohnmächtig zusammen –

Er hatte nicht gewusst, ob auch das Teil der Inszenierung war. Aber als pflichtbewusster Sohn hatte er sie ins Krankenhaus gefahren. Sie hatten ihr den Magen ausgepumpt und ihm gesagt, dass er gerade noch rechtzeitig gekommen war, sonst wäre sie gestorben.

Das bezweifelte er. Seine Mutter hatte einen erstaunlichen Lebenswillen.

Sie hatte ihn gebeten, um sechs Uhr zum Abendessen zu kommen. Hatte die Tabletten wahrscheinlich erst um fünf genommen.

Wie der Arzt ihm geraten hatte, war er ein paar Tage bei ihr geblieben, um ein Auge auf sie zu haben. Sich um sie zu kümmern, bis sie wieder auf den Beinen war.

Bei dem Gedanken musste er lachen.

Am nächsten Tag ging es ihr schon wieder blendend, so als sei nie etwas gewesen. Aber sie blieb im Bett, und er versorgte sie. Erst wollte sie etwas zu essen, dann bat sie ihn sehr nett darum, ein paar Blumen im Garten zu schneiden und sie in die Bleikristallvase zu stellen, so dass sie sie sehen konnte.

Es dauerte nicht lange, und sie fing an zu weinen. Er hatte das Gefühl, ihr zuhören zu müssen. Es dauerte nicht lange, und sie hatte ihm alles erzählt.

Zweimal. Dreimal. In allen erdenklichen Einzelheiten. Ihre Tränen verwandelten sich in Wut auf Dan, und diese Wut ging auf ihn über. Er hätte schwören können, ihr kam es dabei. Ihr kam es, als sie ihrem Sohn erzählte, dass sie die ganze Zeit über, die ganze verfickte Zeit über, jahrelang, seinen besten Freund gefickt hatte. Dass sie ihn die ganze Zeit über hinters Licht geführt hatten und dass er in seiner Dummheit nichts, rein gar nichts mitbekommen hatte.

Wir lieben uns, *hatte sie gebrüllt.* Er will dieses Mädchen gar nicht. Er tut das nur, weil er weiß, dass niemand unsere Liebe akzeptieren würde. Er liebt sie überhaupt nicht, er liebt mich.

Ich ich ich.

Sie genoss sein Entsetzen. Das war unübersehbar. Genoss seinen Schmerz, genoss sogar seine Wut. »Willst du mich schlagen?«, provozierte sie ihn. »Na los, schlag mich. Ich verdiene es nicht anders. Ich liebe dich, und es tut mir leid, dass ich dich verletzt habe. Du musst mich doch hassen!«

Wie gern hätte er sie geschlagen.

Er erinnerte sich, wie er weggelaufen war. Er hatte ihren Anblick nicht mehr ertragen können. Er erinnerte sich, wie er herumgefahren war. Er war schon immer gerne Auto gefahren, es beruhigte ihn. Aber an diesem Tag hatte es ihn nur noch wütender gemacht.

Er hatte seine Schicht durchgehalten, getan, als ob nichts wäre. Alle bekundeten ihr Mitgefühl wegen seiner Mutter. Dass alles zu viel für sie wäre, der Tod seiner Schwester, die Enkelin, die sie allein großziehen musste, wie viel sie hatte leiden müssen.

Nach der Arbeit fuhr er noch ein bisschen herum. Er fuhr bis nach Wickenburg und zurück, ohne etwas von der Landschaft zu sehen, er sah nichts außer ihrem Gesicht, als sie ihm alles erzählte, die Befriedigung, die hinter ihren Tränen hervorlugte. Er fuhr nach Flagstaff zu Dan, er wollte ihn zusammenschlagen, irgendetwas tun. Aber Dan war nicht zu Hause.

Er fühlte sich ohnmächtig. Die ganze Wut, und niemand war da, den er zur Rechenschaft ziehen konnte.

Völlig erschöpft war er nach Hause gefahren und hatte geschlafen, stundenlang.

Als er aufwachte, war es Nacht. Er fuhr zur Farm seiner Mutter. Er wollte ihr sagen, was er von ihr hielt. Dann müsste er wenigstens nicht mehr dauernd daran denken. Aber das Haus lag still da, kein Licht brannte.

Auf dem Heimweg auf der Cataract Lake Road entdeckte er Dans Auto.

Er sah seine Mutter vor sich, als sie das Messer noch einmal umdrehte: Der Cataract Lake war einer unserer Lieblingsplätze, dort hatten wir immer unsere Rendezvous.

Rendezvous.

Danach hatte er rausfahren wollen, zu einem seiner Lieblingsplätze, wo er sich das Leben nehmen wollte.

Und er hätte es auch gemacht, wäre da nicht Ruckus gewesen.

Es hatte gedacht, wenn man die beiden nicht so bald fände, wenn man ihn nicht so bald fände, müsste Ruckus ohne Wasser und ohne Fressen auskommen. Er wäre in dem Hof gefangen. So viel zu Betrug. Die Vorstellung, dass sein einziger Freund vor Hunger und Durst sterben könnte, hatte ihn davon abgehalten, sich umzubringen.

Er musste einen Platz für Ruckus finden. Anders als seine Mutter betrog er diejenigen, die ihn liebten, nicht. Auch wenn es nur ein Hund war.

Als er nach Hause kam, klingelte das Telefon. Er ließ den Anrufbeantworter den Anruf entgegennehmen.

Und bekam einen Riesenschrecken, als er die Stimme seiner Mutter hörte. Gesund und munter. Sie rief an, weil sie sich Sorgen um ihn machte.

Richie rief auf dem Revier in Williams an.

Laura hörte zu, was er sagte. Seine Stimme verriet ihr, dass er auf Skepsis stieß.

Sicherheitshalber sollten wir ein Spezialeinsatzkommando anfordern.

Er legte auf und sah sie an. Seine Augen machten einen müden Eindruck. »Sie sind unterwegs. Ich habe ihnen gesagt, dass er gefährlich ist, beide eigentlich.«

Laura nickte.

»Willst du noch ein interessantes Detail hören? Josh Wingate hat eine Schrotflinte Kaliber zwölf. Eine seiner Dienstwaffen. Wollen wir wetten, dass wir endlich eine Übereinstimmung finden?«

»Das werden wir wohl bald wissen.« Laura sah auf ihre Uhr. Selbst wenn sie sofort ein Flugzeug besteigen könnten, bräuchten sie mindestens zwei Stunden, bis sie an Ort und Stelle wären.

Bis dahin hätte man ihn schon verhaftet.

»Was ist mit der Mutter?«, fragte Richie.

»Da mach dir mal keine Sorgen«, antwortete sie. »Sie hat ihn bisher immer im Griff gehabt.«

Eines musste er noch erledigen: die Briefe aufgeben. Er stellte sich seiner Verantwortung, anders als seine Mutter.

Die Briefe lagen neben ihm auf dem Beifahrersitz: einer an den Chief, einer an die Eltern von Dan, einer an die Eltern von Kellee. Einer an Erin.

Er wusste nicht, wohin er den für Erin schicken sollte. Jeff, der Bruder von Michael Ramey, hatte ihm die Adresse in Deutschland gegeben, aber er war in letzter Zeit ziemlich durcheinander gewesen und hatte sie verloren. Er könnte im Adressbuch seiner Mutter nachsehen; sie hatte die Adresse sicher.

Er stellte sich vor, wie er ihr Adressbuch durchsah, während sie ihm Mittagessen machte.

51

Da sie nichts tun konnte, fuhr Laura nach Hause und begann offiziell ihre Ferien. Das erste Mal seit Jahren fühlte sie sich ihrer Arbeit entfremdet. Sie hatte zu viel von ihrer Kraft und Zeit verschlungen. Die Vorstellung, den Garten auf Vordermann zu bringen, Wanderungen zu unternehmen und Zeit mit Tom zu verbringen – falls das überhaupt noch eine Option war –, machte sie froh. Sie schaltete den Fernseher ein, während sie sich aus ihrem Anzug schälte. So erfuhr sie davon – in den Nachrichten. Im selben Moment fing das Telefon an zu klingeln, aber sie stellte es nur leiser, setzte sich auf die Bettkante, völlig gebannt, und sah zu, wie die Techniker von der Gerichtsmedizin von Coconino County eine Bahre aus dem blauen Haus von Barbara Wingate rollten.

Es überraschte sie, wie wenig überrascht sie war.

Die Reporterin, eine Frau mit braunen Haaren und breitem Mund, übertönte das Summen in Lauras Ohren. Laura verstand die Worte »Mord mit anschließendem Selbstmord«.

Plötzlich traf es sie mitten in die Magengrube und schnürte ihr die Luft ab.

Sie erinnerte sich an Josh Wingate an jenem ersten Tag und daran, dass sie gedacht hatte, wie sehr sich der junge Polizist bemühte, gute Arbeit zu leisten, obwohl er gerade seinen besten Freund verloren hatte.

Tränen stiegen ihr in die Augen, liefen ihr über die Wangen und tropften auf die Decke. Ihr Atem ging stoßweise, und plötzlich heulte sie los, als wäre ein Damm gebrochen und aller Schmerz der Welt würde aus ihrer Seele strömen.

Und in diesem Zustand fand Tom Lightfood sie vor.

Eng ineinander verschlungen lagen sie auf dem Bett, und Tom strich ihr über die Haare.

»Es ist alles gut, Bird«, sagte er und sah ihr in die Augen. Streichelte sie, als wäre sie ein verängstigtes Tier.

Sie hatte losgelassen, ihren Tränen freien Lauf gelassen. Irgendwann war ihr klar geworden, dass sie nicht um Barbara Wingate weinte und auch nicht um Josh Wingate, sondern um sich selbst. Etwas war verloren, etwas, von dem sie nicht genau wusste, was es war, dessen Fehlen sie jedoch deutlich spürte. Für immer aus ihrem Leben verschwunden.

Es war wunderbar gewesen, mit Tom zu schlafen, hatte ihr Trost geschenkt, aber jetzt fühlte sie sich fremd. Fremd und völlig erschöpft und traurig.

Tom sah ihr in die Augen, er sagte nichts Falsches, aber sie glaubte den Abstand zwischen ihnen zu spüren, als wäre er physisch. Mit ihm zu schlafen war eine Illusion gewesen. Irgendetwas stimmte nicht. Das merkte sie daran, wie er sie ansah, den Blick nicht wirklich auf sie gerichtet. Sondern durch sie hindurch.

Was war es – Mitleid?

Sie spürte, wie ihr Herz sich verschloss. Sie musste raus aus dem Bett. Daher erhob sie sich und ging ins Badezimmer, die Decke um sich geschlungen, weil sie plötzlich nicht wollte, dass er sie nackt sah.

Merkwürdig.

Sie musterte ihr Gesicht im Spiegel, die geschwollenen, geröteten Augen. Der Augenarzt hatte gesagt, dass man da was machen könnte.

Sie schloss die Badezimmertür, klappte den Klodeckel herunter und dann saß sie da und fragte sich, was eigentlich vor sich ging. Sie hatte mit Tom geschlafen, und es war mehr oder weniger so wie immer gewesen. Und doch wusste sie, dass es vorbei war.

Nach einer Weile stand sie auf und stellte sich unter die Dusche. Wusch seine Spuren von ihrem Körper. Sie wickelte sich in ein Handtuch und ging zurück ins Schlafzimmer.

Er saß auf der Bettkante, mit Jeans und bloßem Oberkörper. Starrte auf den Boden.

Er sah aus wie ein Mann, der sich vor dem, was er gleich tun würde, fürchtete.

»Du verlässt mich, nicht wahr?«

Er sah auf, mit unbewegter Miene. Seine Augen waren traurig, aber sie konnte auch die Entschlossenheit darin erkennen.

»Es funktioniert einfach nicht, oder?«, fragte sie. Versuchte, ungerührt zu klingen, so als könnte sie das nicht verletzen.

Er sagte nichts.

»Es war ein Fehler, dass wir zusammengezogen sind. Du brauchst deine Freiheit. Ich wusste das. Du brauchst deinen Raum. Dir gefällt dein Leben, so wie es war, fertig. Du brauchst niemanden und ich auch nicht.«

Sie hörte die Bitterkeit in ihrer Stimme.

Er erhob sich. »Bird ...«

»Sag nichts. Mach einfach, dass du wegkommst.«

Sie ging an ihm vorbei, riss ein Hemd von einem Bügel im Schrank, zog die Hose an, die sie gestern ausgezogen hatte, als sie von der Arbeit nach Hause gekommen war. Vergaß die Unterwäsche. Scheißegal.

Sie schnappte sich ihre Schuhe und die Autoschlüssel,

zog die Schuhe auf der Veranda an. Rief ins Haus: »Wenn ich wiederkomme, bist du besser weg.«

Dann fuhr sie davon.

Sie fragte sich erst, wohin sie sollte, als sie schon halb durch Vail war. Zurück in die Arbeit? Nein. Nein, ganz sicher nicht.

Sie kam zur Auffahrt zum Freeway, und plötzlich befand sie sich auf der Interstate 10 Richtung Osten. Zurück nach Lordsburg. Nach Lordsburg kam Deming dann Las Cruces. Dort hatte sie die Wahl: weiter in östlicher Richtung nach Alamogordo oder in südlicher nach El Paso.

Sie hielt erst an, als sie El Paso erreicht hatte.

52

In El Paso gab es einen Ort, den Laura finden wollte – einen kleinen Park mit einem Wasserturm, unter dem sie und ihre Eltern auf einem ihrer Ausflüge Rast gemacht hatten, als sie elf Jahre alt war. In dem Park war ein Junge gewesen, und es war offensichtlich, dass er sie toll fand. Sie verbrachten vielleicht eine halbe Stunde miteinander, und danach sahen sie sich nie wieder; aber sie erinnerte sich bis heute an diese Begegnung. Es war das erste Mal, dass sie diese Erregung empfunden hatte, die Anziehungskraft des anderen Geschlechts. Besser als jede Droge. Aber war dabei jemals etwas Gutes für sie herausgekommen?

Sie fand zwei Wassertürme, aber keinen Park. Sie fragte sich, wie zum Teufel sie auf die Schnapsidee gekommen war, bis hierher zu fahren. Nach einer Nacht in einem Motel 6, wo sie Anzeigenblättchen las, sich Reality-Shows ansah und schlechtes chinesisches Essen vom Imbiss aß, fuhr sie zurück nach Hause, kein bisschen klüger, was Tom betraf, außer, dass sie ihn wiederhaben wollte. Aber das Haus war leer: Nicht mehr die geringste Spur von ihm. Sie ging zu den Koppeln. Sein Truck war weg, der Anhänger, Ali, der alte Bronco – alles weg.

Auf dem Weg zurück ins Haus kam sie an einem kleinen Mesquitewäldchen vorbei. Und da war Frank Entwistle, auf einem Baumstumpf sitzend.

»Wie geht es dir, Kleine?«

»Dreimal darfst du raten.«

Er hatte seinen zinnoberroten Blazer feinsäuberlich gefaltet und über seine Knie gelegt. Es war der Blazer, den er in jenem schrecklichen Sommer, als Ricky Lee wegen des Mordes an ihren Eltern der Prozess gemacht wurde, fast täglich ins Gericht angezogen hatte. »Was hast du jetzt vor?«, fragte er.

Laura zuckte die Achseln. »Ich werde eine Therapie machen.« Therapie war im Moment nur irgendein Wort für sie. Etwas, das sie machen musste und das ihr hoffentlich helfen würde. Sie hatte keine Ahnung, was dabei herauskommen würde, und wollte es eigentlich auch nicht wissen. Tu es einfach, sagte sie sich. Am Montag wollte sie anfangen.

Vielleicht konnte der Polizeipsychologe ja etwas gegen dieses beklemmende Gefühl in ihrer Brust tun, aber sie war in dieser Hinsicht nicht allzu optimistisch.

Frank schlug die Beine übereinander. Er trug weiße Slipper – Rentnerschuhe.

»Er hat dich nicht fallenlassen. Das weißt du, oder?«

Laura verschränkte die Arme vor der Brust, damit die Tränen blieben, wo sie hingehörten. »Genau so fühlt es sich allerdings an.«

»Möchtest du wissen, was ich glaube?«

»Klar, warum nicht? Ich bin sicher, dass jeder eine Meinung dazu haben wird.«

Er sah ungewöhnlich heiter aus an diesem Tag, genau wie er in seinem Sarg ausgesehen hatte. Wie ein alter Krieger, der endlich den verdienten Frieden gefunden hatte. »Er wollte, dass du es fühlst.«

»Also hör mal, ich war doch diejenige, die diese Beziehung die ganze Zeit gewollt hat.«

Entwistle sah sie an. »Glaubst du das wirklich?«

»Ich habe mich voll und ganz darauf eingelassen. Ich wollte, dass es funktioniert …«

Sie hielt inne. Das stimmte nicht ganz.

Frank stand auf und legte sich den Blazer über den Arm. »Du wolltest einen Freund haben, und du hast versucht, ihn nach deinen Vorstellungen zu ändern. Es hätte irgendein Mann sein können. Glaubst du nicht, dass er das wusste?«

Darauf hatte Laura keine Antwort.

»Weißt du, das war ja auch gar keine so blöde Idee – jemanden zu wollen, den du lieben kannst.« Er zwinkerte ihr zu. »Gib es bloß nicht auf.«

Und damit war sie wieder allein.

53

Eine Woche später rief Richie sie an. Alles fügte sich langsam ineinander; das war seiner Stimme anzuhören.

Er erzählte ihr von dem Blogeintrag, den Josh Wingate hinterlassen hatte. »Eine Art Abschiedsbrief.«

Ein Abschiedsbrief im Technikzeitalter.

Er weihte sie in die Einzelheiten ein: Josh hatte mit derselben Waffe, mit der er Dan und Kellee erschossen hatte, erst seine Mutter und dann sich selbst umgebracht. »Sie hat ihm gerade Mittagessen gemacht«, fügte Richie hinzu. »Er hat ihr mitten ins Gesicht geschossen – eine Riesensauerei. Schade, wo sie so gut aussah.«

Er konnte es einfach nicht lassen. Laura stöhnte innerlich auf. Typisch Richie, so etwas zu sagen.

»Dann steckte er sich den Lauf in den Mund und benutzte seinen großen Zeh, um sich selbst ins Jenseits zu befördern.« Er hielt inne. »In einer anderen Richtung hat sich übrigens noch etwas Interessantes ergeben. Jamie Cottle war in einer katholischen Jugendgruppe, die Barbara Wingate geleitet hat.«

»Du meinst den Katechismusunterricht?«

»Nein, eher so etwas wie eine Freizeitgruppe. Einer der Jungs, die ich befragt habe, sagte, dass die beiden ständig die Köpfe zusammengesteckt hätten. Ich frage mich, über was sie immerzu geredet haben.«

»Ich wette, sie hat ihn gedrängt, es bei Kellee weiter zu probieren.«

»Ja, das kann gut sein. Bestimmt. Sie hat ihn angefeuert, richtig scharf gemacht. Konnte in ihren Augen vermutlich nicht schaden. Vielleicht wäre Kellee irgendwann schwach geworden. Hartnäckigkeit kann jeden Widerstand brechen. So habe ich schließlich auch meine Frau gekriegt.«

Dazu wollte Laura lieber nichts sagen, deshalb meinte sie nur: »Barbara Wingate konnte sehr manipulativ sein.«

»Stimmt. Sie hat sich direkt in ihr vorzeitiges Grab manipuliert.«

»Und, wie geht's bei euch so?«

»Ob du es glaubst oder nicht, wir vermissen dich irgendwie. Du kommst doch wieder, oder?«

Laura hielt schweigend den Hörer in der Hand. Sie sah aus dem Fenster, wo gerade ein Rennkuckuck über die hintere Veranda flitzte, im Schnabel eine Eidechse. Es war schön hier, aber irgendwann reichte es.

Am liebsten wäre sie jetzt im Büro, um mit den Kollegen zu plänkeln, das Knistern in der Luft zu spüren, wenn sie sich langsam der Lösung in einem besonders schwierigen Fall näherte.

Sie vermisste dieses Gefühl, es war wie ein Phantomschmerz.

»Laura? Bist du noch dran?«

»Oh, ja, klar«, sagte sie. »Ich bin hier. Und du musst dir keine Sorgen machen – ich komme zurück.«

Und wie.